LUA FRIA

ABRIL / 2016

JEFFERY DEAVER

LUA FRIA

tradução de
FELIPE JOSÉ LINDOSO

EDITORA RECORD
RIO DE JANEIRO • SÃO PAULO
2010

CIP-BRASIL. CATALOGAÇÃO-NA-FONTE
SINDICATO NACIONAL DOS EDITORES DE LIVROS, RJ

Deaver, Jeffery, 1950-
D329L Lua fria / Jeffery Deaver; tradução de Felipe José Lindoso. – Rio de Janeiro: Record, 2010.

Tradução de: The Cold Moon
ISBN 978-85-01-08281-7

1. Romance americano. I. Lindoso, Felipe J. (Felipe José). II. Título.

09-3502 CDD: 813
CDU: 821.111(73)-3

Título original em inglês:
The Cold Moon

Editoração eletrônica: Abreu's System

Texto revisado segundo o novo Acordo Ortográfico da Língua Portuguesa.

Impresso no Brasil

ISBN 978-85-01-08281-7

Seja um leitor preferencial Record.
Cadastre-se e receba informações sobre nossos lançamentos e nossas promoções.

Atendimento e venda direta ao leitor
mdireto@record.com.br ou (21) 2585-2002

Você não pode me ver, mas estou sempre presente.
Corra o mais rápido que puder, mas jamais escapará de mim.
Lute contra mim com todas as suas forças, mas jamais me derrotará.
Mato quando quero, mas jamais posso ser levado ao tribunal.
Quem sou eu?

Velho Pai Tempo

I

0H02 — TERÇA-FEIRA

O tempo está morto enquanto é marcado por
pequenas engrenagens; só quando o relógio
para é que o tempo vive.

— William Faulkner

CAPÍTULO 1

— Quanto tempo eles levaram para morrer?

O homem a quem se fez a pergunta pareceu não escutar. Olhou pelo retrovisor novamente e se concentrou na direção. Passava da meia-noite e as ruas de Downtown, em Manhattan, estavam geladas. Uma frente fria tinha varrido o céu limpo, transformando a neve que caíra mais cedo em vidro escorregadio sobre o asfalto e o concreto. Os dois homens estavam no chacoalhante Band-Aid-Móvel, como Vincent Esperto tinha apelidado o utilitário esportivo marrom. Já tinha alguns anos de uso; os freios precisavam de manutenção e os pneus, ser trocados. Mas levar um veículo roubado para a oficina não era uma boa ideia, ainda mais porque dois de seus passageiros recentes eram agora vítimas de assassinato.

O motorista — um homem magro lá pelos 50 anos, cabelos negros aparados — fez uma curva cuidadosa para entrar numa rua lateral e continuou a viagem, jamais correndo, traçando o caminho precisamente no centro da faixa. Ele dirigiria da mesma maneira se as ruas estivessem escorregadias ou secas, se o veículo tivesse acabado de ser usado num assassinato ou não.

Cuidadoso, meticuloso.

Quanto tempo levaram?

Vincent Grande — Vincent de dedos longos como salsichas, sempre úmidos, e um cinto marrom esticado no primeiro furo — tremeu forte. Ele esperava na esquina da rua, depois do seu turno da noite como empregado temporário em processamento de texto. Estava terrivelmente frio, mas Vincent não gostava do hall do seu prédio. A luz era esverdeada e as paredes, cobertas com grandes espelhos nos quais podia ver seu corpo oval de todos os ângulos. Então ele saiu para o ar puro e frio de dezembro, caminhou e comeu uma barra de chocolate. OK, duas.

Enquanto Vincent olhava para a lua cheia, um disco incrivelmente branco visível por um instante no meio do desfiladeiro de edifícios, o Relojoeiro refletiu em voz alta:

— Quanto tempo levou para que eles morressem? Interessante.

Vincent conhecia o Relojoeiro — cujo nome verdadeiro era Gerald Duncan — havia pouco tempo, mas já tinha aprendido que era arriscado fazer perguntas ao sujeito. Até mesmo uma simples dúvida podia acabar num monólogo. Nossa, como ele falava. E as respostas eram sempre organizadas, como as de um professor universitário. Vincent sabia que o silêncio dos últimos minutos se devia a Duncan estar preparando a resposta.

Vincent abriu uma lata de Pepsi. Estava com frio, mas precisava de algo doce. Bebeu e guardou a lata no bolso. Comeu um pacote de biscoitos amanteigados. Duncan olhou para ter certeza de que Vincent usava luvas. Eles sempre usavam luvas no Band-Aid-Móvel.

Meticuloso...

— Diria que há várias respostas para isso — disse Duncan com sua voz suave e neutra. — Por exemplo, o primeiro que matei tinha 24 anos, então, pode-se dizer que ele levou 24 anos para morrer.

Como, *claro...*, pensou Vincent Esperto com o sarcasmo de um adolescente, apesar de ter que admitir que essa resposta óbvia não lhe tinha ocorrido.

— O outro tinha 32 anos, acho.

Um carro da polícia vinha do outro lado. O sangue na testa de Vincent começou a martelar, mas Duncan não reagiu. Os tiras não mostraram qualquer interesse no Explorer roubado.

— Outra maneira de responder à pergunta é considerar o tempo decorrido do momento em que comecei até quando o coração parou de bater — disse Duncan. — Provavelmente isso é o que você quer saber. Veja, as pessoas querem enquadrar o tempo em referências fáceis de digerir. Isso é válido, desde que sirva para alguma coisa. Saber que as contrações vêm a cada vinte segundos é útil. Também saber que um atleta corre 1,6 quilômetro em três minutos e 58 segundos, ganhando assim a corrida. Agora, quanto tempo eles levaram para morrer esta noite... Bem, isso não é importante, desde que não tenha sido *rápido*. — Um olhar a Vincent. — Não estou criticando sua pergunta.

— Não — disse Vincent, sem se importar se ele estava criticando. Vincent Reynolds não tinha muitos amigos e podia aguentar muita coisa de Gerald Duncan. — Só estava curioso.

— Compreendo. Simplesmente não prestei atenção. Mas o próximo vou cronometrar.

— A garota? Amanhã?

O coração de Vincent bateu um pouco mais rápido.

Ele assentiu.

— Hoje mais tarde, quer dizer.

Era pouco depois da meia-noite. Com Gerald Duncan era necessário ser preciso, especialmente no que dizia respeito ao tempo.

— Certo.

O Vincent Faminto mandou o Vincent Esperto pastar, agora que pensava em Joanne, a garota que morreria em seguida.

Hoje mais tarde...

O assassino dirigiu por um caminho complicado de volta ao seu lar temporário em Chelsea, distrito de Manhattan, ao sul de Midtown, perto do rio. As ruas estavam desertas; a temperatura, bem abaixo de 0° e o vento soprava tranquilo pelas ruas estreitas.

Duncan estacionou no meio-fio, desligou o motor e puxou o freio de mão. Os homens desceram. Caminharam meia quadra enfrentando o vento gelado. Duncan olhava sua sombra na calçada, projetada pela lua.

— Pensei em outra resposta. Sobre quanto tempo se leva para morrer.

Vincent tremeu novamente — principalmente, mas não apenas, por conta do frio.

— Quando se olha do ponto de vista deles — disse o assassino —, pode-se dizer que dura para sempre.

CAPÍTULO 2

— O que *é* aquilo?

Na sua cadeira rangedora no escritório aquecido, o homem grandalhão tomava café e apertava os olhos à luz matinal brilhante, olhando para a ponta mais distante do cais. Era o supervisor de manutenção de rebocadores do turno da manhã, localizados no rio Hudson, ao norte do Greenwich Village. Havia um rebocador da Moran, com problemas no motor a diesel, previsto para atracar em quarenta minutos, mas no momento o cais estava vazio e o supervisor desfrutava do calor do depósito, onde sentava com os pés na escrivaninha, café quente nas mãos. Limpou a condensação da janela e olhou novamente.

O que é isso?

Uma pequena caixa preta estava na ponta do cais, do lado que dava para Nova Jersey. Não estava ali quando as instalações fecharam, às 18 horas do dia anterior, e ninguém tinha atracado depois disso. Tinha que ter vindo da terra. Havia uma cerca de arame para evitar que pedestres e vagabundos entrassem nas instalações, mas, como ele bem sabia — pelas ferramentas e latas de lixo desaparecidas, imagine só —, se alguém quisesse entrar, entrava.

Mas para que *deixar* alguma coisa?

Ficou olhando aquilo por algum tempo, pensando. Lá fora está frio, ventando, e o café está ótimo. Por fim, decidiu: Diachos, melhor ver o que é. Vestiu a grossa jaqueta cinza, luvas e chapéu e, depois de tomar um último gole de café, saiu para o ar gélido.

O supervisor foi caminhando contra o vento pelo cais, os olhos lacrimejantes focados na caixa preta.

Que diabo era aquilo? A coisa era retangular, menos de 30 centímetros de altura, e a luz baixa do sol refletia direto em algo na parte de cima. Ele apertou os olhos novamente por conta do brilho. As águas quase congeladas do Hudson batiam contra os pilares abaixo.

Parou três metros antes da caixa, compreendendo o que era.

Um relógio. Um relógio antigo, com aqueles números engraçados — números romanos — e uma face da lua na frente. Parecia caro. Olhou para seu relógio e viu que estava funcionando: a hora estava certa. Quem deixaria uma coisa dessas ali? Bom, muito bem, ganhei um presente.

Quando caminhou para pegá-lo, entretanto, escorregou e suas pernas cederam: teve um momento de puro pânico, pensando que cairia no rio. Mas apenas caiu em cima de um bloco de gelo que não tinha visto, o que o fez parar.

Gemendo de dor, ofegante, conseguiu se levantar. Olhou para baixo e viu que não era gelo normal. Era marrom-avermelhado.

— Oh, Cristo — sussurrou quando viu a enorme mancha de sangue, que tinha empoçado perto do relógio e congelado.

Inclinou-se e seu choque aumentou quando compreendeu por que havia sangue ali. Viu o que pareciam marcas sanguinolentas de pontas de dedos nas tábuas do cais, como se alguém com os dedos ou com os pulsos cortados tivesse se segurado ali para não cair nas águas agitadas do rio.

Ele avançou até a borda e olhou para baixo. Ninguém flutuava no mar revolto. Não se surpreendeu; se o que imaginou fosse verdade, o sangue congelado dizia que o pobre coitado estivera ali algum tempo antes e, se não tinha sido salvo, seu corpo já estaria agora a meio do caminho da Ilha da Liberdade.

Remexendo o bolso à procura do celular, recuou e tirou a luva com os dentes. Deu uma última olhada no relógio e depois se apressou de volta ao depósito, discando para a polícia com a mão gorda e trêmula.

Antes e Depois.

A cidade estava diferente depois daquele dia de setembro, depois das explosões, das grandes caudas de fumaça, dos edifícios que desapareceram.

Não se podia negar isso. Podia-se falar sobre a resiliência, o brio, a atitude nova-iorquina de vamos-voltar-para-o-trabalho, que seria tudo verdade. Mas as pessoas ainda paravam e olhavam, quando os aviões que faziam a aproximação final para o LaGuardia pareciam voar um pouco mais baixo que o normal. Atravessava-se a rua, bem ao largo, dando a volta diante de uma bolsa de compras abandonada. Ninguém mais se surpreendia ao ver soldados ou policiais com uniformes escuros portando metralhadoras negras, estilo militar.

A parada do Dia de Ação de Graças transcorrera sem incidentes e agora o Natal já movimentava tudo, multidões por todo lado. Mas, flutuando por cima das festividades, como o reflexo na vitrine de uma loja de departamentos, estava a imagem persistente das torres que não estavam mais lá, das pessoas que não estavam mais conosco. E, é claro, a grande pergunta: o que vai acontecer depois?

Lincoln Rhyme tinha tido seu próprio "Antes e Depois" e compreendia muito bem o sentimento. Houve época em que ele podia andar e se virar, mas, depois, chegou a época em que não podia mais. Num momento ele estava saudável, investigando uma cena de crime. Um minuto depois, uma viga partira seu pescoço e o deixara tetraplégico a partir da C4, quase completamente paralisado dos ombros para baixo.

Antes e Depois...

Há momentos que transformam você para sempre.

Entretanto, acreditava Lincoln Rhyme, se você faz disso algo sombrio, os acontecimentos se tornam mais potentes. E os maus ganham.

Agora, cedo em uma fria manhã de terça-feira, esses eram os pensamentos de Rhyme enquanto ouvia a locutora da National Public Radio anunciar, com sua inabalável voz de FM, a notícia de uma parada planejada para dali a dois dias, seguida de algumas cerimônias e do encontro de oficiais do governo, tudo o que logicamente deveria ter sido planejado para acontecer na capital do país. Mas a atitude "Para a frente, Nova York" tinha prevalecido e espectadores, assim como manifestantes, estariam presentes em grande número, entupindo as ruas, tornando a vida das equipes de segurança da polícia muito mais difícil nas imediações de Wall Street. Na política, assim como no esporte: partidas finais que deveriam acontecer em Nova Jersey agora estavam sendo marcadas para o Madison Square Garden — como uma exibição, por algum motivo, de patriotismo. Rhyme pensou cinicamente se a próxima maratona de Boston não aconteceria em Nova York.

Antes e Depois...

Rhyme passara a acreditar que ele mesmo não era muito diferente no "Depois". Sua condição física, sua silhueta, por assim dizer, tinha mudado. Mas ele era essencialmente a mesma pessoa do "Antes": um tira e cientista um tanto impaciente, temperamental (certo, às vezes irritante), incansável e intolerante com incompetência e preguiça. Ele não bancava o aleijado, não se queixava, não fazia de sua condição um assunto (mas ai dos proprietários de edifícios que não cumprissem as exigências da Lei dos Americanos com Deficiências Físicas para largura das portas e rampas de acesso quando ele examinava uma cena de crime em seus edifícios).

Agora, quando escutava a notícia, o fato de certas pessoas da cidade estarem cedendo à autocomiseração o irritava.

— Vou escrever uma carta — anunciou a Thom.

O magro e jovem ajudante, de calças pretas, camisa branca e um suéter grosso (a mansão de Rhyme no lado oeste do Central Park sofria com aquecimento ruim e calefação antiga), levantou os olhos da caprichada decoração de Natal que fazia. Rhyme gostava da ironia de ele ter colocado uma miniatura de árvore de Natal numa mesa na qual um presente, ainda que não desembrulhado, já esperava: uma caixa de fraldas de adulto descartáveis.

— Carta?

Ele explicou sua teoria de que era mais patriótico continuar cuidando normalmente das coisas.

— Vou armar um inferno em cima deles. Acho que no *Times*.

— E por que não? — perguntou o ajudante, cuja profissão era conhecida como "cuidador" (apesar de já ter dito que ser empregado de Lincoln Rhyme fazia com que a descrição de seu trabalho pudesse ser "santo").

— Vou fazer mesmo — disse Rhyme enfaticamente.

— Boa sorte... mas tem uma coisa.

Rhyme levantou uma sobrancelha. O criminalista podia — e o fazia — se expressar vivamente com o resto de seu corpo: ombros, rosto e cabeça.

— A maioria das pessoas que diz que vai escrever cartas não faz isso. As pessoas que escrevem cartas simplesmente vão e escrevem. Não anunciam que vão escrever. Já notou isso?

— Obrigado pelo seu brilhante insight psicológico, Thom. Você sabe que nada vai me impedir de fazer isso agora.

— Ótimo — repetiu o ajudante.

Usando o touchpad controlador, o criminalista dirigiu sua cadeira de rodas Storm Arrow para perto de um da meia dúzia de monitores gigantes de tela plana que havia na sala.

— Comando — disse ao sistema de reconhecimento de voz, por meio de um microfone preso à cadeira. — Processador de texto.

Obediente, o WordPerfect apareceu na tela.

— Comando, digite: "Prezados senhores." Comando, dois pontos. Comando, parágrafo. Comando, digite: "Chamou minha atenção..."

A campainha tocou e Thom foi ver quem era.

Rhyme fechou os olhos e estava compondo seu discurso quando uma voz se intrometeu:

— Alô, Linc. Feliz Natal.

— Hum, o mesmo — resmungou Rhyme para o pançudo e despenteado Lon Sellitto que entrava pela porta.

O detetive grandalhão tinha que manobrar cuidadosamente na sala, antes um salão pitoresco da era vitoriana, mas agora atolada com equipamentos de ciência forense: microscópios ópticos, um microscópio eletrônico, um cromatógrafo a gás, provetas e suportes de laboratório, pipetas, placas de petri, centrífugas, produtos químicos, livros, revistas e computadores — e cabeamento grosso, que se espalhava por toda parte. (Quando Rhyme começou a fazer consultoria forense a partir de sua casa, o equipamento consumia tanta energia que frequentemente queimava os disjuntores. A corrente que abastecia o lugar provavelmente equivalia à usada por todos os demais no quarteirão).

— Comando, volume, nível três.

A Unidade de Controle Ambiental, a UCA, obedientemente abaixou o rádio.

— Nada de espírito natalino, certo? — perguntou o detetive.

Rhyme não respondeu. Olhou de volta para o monitor.

— Olá, Jackson.

Sellitto abaixou-se e acariciou o cachorrinho de pelos compridos enroscado dentro de uma caixa de provas do DPNY. Estava vivendo ali temporariamente; seu dono anterior, uma tia idosa de Thom, falecera recentemente em Westport, Connecticut, depois de uma longa doença. Incluído na herança do jovem, estava Jackson, um havanês. A raça, aparentada com o bichon frisé, surgira em Cuba. Jackson estava morando ali até que Thom encontrasse um bom lar para ele.

— Estamos com um complicado, Linc — disse Sellitto, de pé. Começou a tirar o casaco, mas mudou de ideia. — Puxa, que frio. Será que é um recorde?

— Não sei. Não passo muito tempo vendo o canal do tempo. — Ele estava pensando numa boa abertura para sua carta ao editor.

— Complicado — repetiu Sellitto.

Rhyme olhou para Sellitto com a sobrancelha torta.

— Dois homicídios, mesmo MO. Mais ou menos.

— Há um monte de "complicados" lá fora, Lon. Por que esses são mais?

Como sempre acontecia nos tediosos dias entre casos, Rhyme estava de mau humor; entre todos os bandidos que já enfrentara, o pior era o tédio.

Mas Sellitto trabalhava havia anos com Rhyme e era imune às atitudes do criminalista.

— Recebi um telefonema da Chefia. Os chefões querem você e Amelia neste caso. Disseram que insistem nisso.

— Ah, insistem?

— Prometi que não iria contar a você que eles disseram isso. Você não gosta que insistam.

— Não podemos ir logo para a parte "complicada", Lon? Ou será que é pedir demais?

— Onde está Amelia?

— Westchester, em um caso. Deve voltar logo.

O detetive levantou o dedo pedindo um minuto quando o celular tocou. Manteve uma conversa assentindo e tomando notas. Desligou e olhou para Rhyme.

— OK, vamos lá. Em algum momento da noite passada, nosso criminoso... ele agarrou...

— Ele? — perguntou Rhyme na hora.

— OK. Não sabemos com certeza qual o gênero.

— Sexo.

— O quê?

— Gênero é um conceito linguístico. Refere-se às palavras que designam macho e fêmea em algumas línguas. Sexo é um conceito biológico que diferencia os organismos masculinos dos femininos.

— Obrigado pela lição de gramática — resmungou o detetive. — Talvez me ajude se algum dia for para um programa tipo "Quem quer ser um milionário"! De qualquer forma, *ele* agarrou um idiota e o levou até aquele cais de manutenção de barcos, no Hudson. Não sabemos exatamente como conseguiu, mas forçou o cara, ou a mulher, a se pendurar sobre o rio e cortou seus pulsos. A vítima segurou algum tempo, pelo visto, o bastante para perder um montão de sangue, e depois se soltou.

— Cadáver?

— Nada ainda. A Guarda Costeira e Unidade de Buscas de Emergência estão procurando.

— Ouvi um plural antes.

— OK; então, poucos minutos depois recebemos outra chamada. Para verificar num beco lá no centro, travessa da rua Cedar, perto da Broadway. O criminoso pegou *outra vítima*. Um policial em patrulha descobriu a vítima amarrada com fita adesiva e de costas. O criminoso armou uma barra de ferro de uns 35 quilos em cima do seu pescoço. A vítima tem que manter a barra acima para evitar que seu pescoço seja esmagado.

— Trinta e cinco quilos? OK, dado a força necessária, concordo que o *sexo* do criminoso talvez seja masculino.

Thom traz café e biscoitos para a sala. Sellitto, cujo peso é um problema constante, parte logo para cima de um sonho, hibernando sua dieta durante as festas de fim de ano. Comeu a metade e, limpando a boca, continuou:

— Então a vítima consegue manter a barra no alto. Provavelmente conseguiu durante algum tempo, mas não aguentou.

— Quem é a vítima?

— O nome é Theodore Adams. Vivia perto do Battery Park. Numa ligação para a polícia ontem à noite, uma mulher disse que seu irmão deveria encontrá-la para jantar, mas não apareceu. Esse foi o nome que ela deu. O sargento da delegacia vai falar com ela agora de manhã.

Lincoln Rhyme geralmente não achava úteis descrições genéricas. Mas reconheceu que "complicada" definia bem a situação.

Assim como a palavra "intrigante".

— Por que você acha que é o mesmo MO? — perguntou.

— O criminoso deixou uma mensagem nos dois lugares. Relógios.

— Tipo tique-taque.

— Sim. O primeiro estava ao lado da poça de sangue no cais. O outro estava perto da cabeça da vítima. Era como se o criminoso quisesse que eles vissem. E, acho, ouvissem.

— Descreva-os. Os relógios.

— Pareciam antigos. É só isso o que sei.

— Não tinham bombas?

Nesses dias — na época do "Depois" —, qualquer item de prova que fizesse tique-taque era rotineiramente verificado em busca de explosivos.

— Nada. Não vai fazer "bum". Mas a equipe mandou tudo para o esquadrão antibombas em Rodman's Neck para checar agentes biológicos ou químicos. Mesma marca de relógios, parece. Mal-assombrado, comentou um dos tiras que foram ao local. Tem uma lua gravada neles. Oh, e se por acaso fôssemos lentos, ele deixou um bilhete embaixo dos relógios. Impressão de computador. Nada escrito à mão.

— E os bilhetes diziam...?

Sellitto olhou sua caderneta, não confiando na memória. Rhyme gostava dessa característica do detetive: não era brilhante, mas *era* um buldogue e fazia tudo devagar e com perfeição. Ele leu:

— "A cheia Lua Fria está nos céus, brilhando sobre o cadáver da Terra, indicando a hora de morrer e o fim da jornada iniciada no nascimento." — Ele olhou para Rhyme. — Estava assinada "O Relojoeiro".

— Temos duas vítimas e um motivo lunar. Muitas vezes uma referência astronômica significa que o assassino estava planejando atacar várias vezes. Ele tem mais na sua agenda.

— Ei, por que você acha que estou aqui, Linc?

Rhyme olhou o começo de sua carta para o *Times*. Fechou o processador de textos. O ensaio sobre "Antes" e "Depois" teria de esperar.

CAPÍTULO 3

Um barulhinho do lado de fora da janela. Neve esmagada.

Amelia Sachs parou. Deu uma olhada no quintal calmo e branco. Não viu ninguém.

Ela estava meia hora ao norte da cidade, sozinha numa casa bem-conservada, estilo Tudor, silenciosa como a morte. Um pensamento adequado, refletiu, já que o proprietário do lugar não estava mais entre os vivos.

O ruído novamente. Sachs era uma garota da cidade, acostumada à cacofonia dos ruídos urbanos — ameaçadores e benignos. Seu mergulho no excessivo silêncio do subúrbio a deixava inquieta.

Será que fora uma pisada?

A detetive alta e ruiva, vestindo uma jaqueta de couro preta, suéter azul-marinho e jeans escuro, escutou cuidadosamente por um momento, coçando a cabeça distraidamente. Ouviu outro barulho de esmagamento. Abriu a jaqueta, deixando sua Glock facilmente acessível. Agachando-se, olhou para fora rapidamente. Não viu nada.

E voltou para sua tarefa. Sentou-se na luxuosa poltrona de couro do escritório e começou a examinar o conteúdo da enorme escrivaninha. Era uma missão um tanto frustrante, porque ela não sabia exatamente o que buscar. Isso acontecia frequentemente quando se pesquisava uma cena de crime que fosse secundária, terciária ou ainda mais remota. De fato, era forçar a barra qualificar aquele local como uma cena de crime. Era improvável que qualquer criminoso tivesse estado ali, nem cadáveres sido descobertos, ou butins escondidos. Era simplesmente a residência pouco usada de um homem chamado Benjamin Creeley, que tinha morrido a quilômetros de distância e que não estivera na casa por pelo menos uma semana antes de sua morte.

Ainda assim teria de pesquisar, e cuidadosamente — porque Amelia Sachs não estava ali no papel que geralmente desempenhava: perita de cena do crime. Estava como detetive-líder em seu primeiro caso próprio de homicídio.

Outro estalo lá fora. Gelo, neve, galho, cervo, esquilo... Ela ignorou e continuou a busca que tinha começado havia semanas, tudo por causa de um nó num pedaço de corda de algodão.

Fora esse pedaço de corda de varal que terminara com a vida de Ben Creeley 56 anos, descoberto pendurado da balaustrada de sua mansão no Upper West Side. Um bilhete de suicida estava na mesa, nenhuma evidência de violência.

Logo depois da morte do marido, entretanto, a viúva Suzanne Creeley foi ao DPNY. Ela simplesmente não acreditava que ele tivesse se matado. O próspero comerciante e contador andava rabugento nos últimos tempos, sim. Mas apenas, acreditava ela, porque trabalhava muitas horas num projeto bastante difícil.

Sua melancolia ocasional estava muito longe de ser uma depressão suicida. Ele não tinha histórico de problemas emocionais ou mentais e não estava tomando antidepressivos. As finanças dos Creeley eram sólidas. Não houve nenhuma mudança recente em seu testamento ou apólice de seguros. Seu sócio, Jordan Kessler, estava em viagem de negócios no escritório de um cliente na Pensilvânia. Mas ele tinha conversado com Sachs rapidamente e confirmou que, embora Creeley parecesse deprimido ultimamente, não tinha jamais falado em suicídio.

Sachs era sempre designada para trabalhos de cena do crime com Lincoln Rhyme. Mas, agora, queria fazer algo além de uma perícia. Havia feito pressão junto à Grandes Casos para ter a oportunidade de ser a detetive-líder em uma investigação de homicídio ou de terrorismo. Alguém na Chefia de Polícia decidiu que a morte de Creeley merecia mais atenção e lhe entregou o caso. Fora o consenso de que Creeley não seria propenso ao suicídio, entretanto, Sachs a princípio não encontrou indícios de violência. Mas então descobriu algo. O legista informou que no momento de sua morte Creeley tinha o polegar quebrado; toda a sua mão direita estava engessada.

O que simplesmente não permitiria que ele atasse o nó da corda que o enforcou nem a amarrasse na balaustrada do balcão.

Sachs sabia porque tinha tentado uma dúzia de vezes. Impossível sem usar o polegar. Talvez ele tivesse feito o nó antes do acidente de bicicleta, uma semana antes de sua morte, mas não parecia nada plausível que alguém atasse um nó e o deixasse à mão, esperando uma data futura para se matar.

Ela decidiu declarar a morte suspeita e abriu uma pasta de homicídio.

Mas o caso estava se provando difícil. A regra em homicídios é que ou eles são solucionados nas primeiras 24 horas, ou levam meses para se encerrar. As poucas evidências disponíveis (a garrafa que ele tinha bebido antes de morrer, o bilhete e a corda) não diziam nada. Não havia testemunhas. O relatório da polícia tinha só meia página. O detetive responsável não perdera tempo cuidando do caso, típico de suicidas, não dando a Sachs qualquer outra informação.

Mas ela não estava descobrindo nada. Então sentou-se, olhando uma foto recente de Creeley apertando as mãos de alguém que parecia ser um homem de negócios. Os dois estavam na pista de um aeroporto, diante do que parecia um jato particular da companhia. Plataformas de petróleo e oleodutos apareciam ao fundo. Ele sorria. Não parecia deprimido — mas quem parece em fotos?

Foi então que outro estalo soou, bem perto, do lado de fora da janela atrás dela. Depois, mais outro, ainda mais perto.

Aquilo não era um esquilo.

Ela sacou a Glock, um cartucho 9 mm brilhante na câmara e mais 13 no pente. Caminhou silenciosamente até a porta de frente e rodeou a casa, segurando a pistola com as duas mãos ao lado do corpo (*nunca* à sua frente quando estiver dando a volta em um canto, quando ela pode ser alcançada; os filmes sempre mostravam do jeito errado.) Uma olhada rápida. O lado da casa estava limpo. Sachs foi então para os fundos, colocando suas botas negras cuidadosamente na calçada, que estava coberta com gelo espesso.

Uma pausa, escutando.

Sim, definitivamente eram passadas. A pessoa se movia hesitantemente, talvez em direção à porta dos fundos.

Uma pausa. Um passo. Outra pausa.

Pronto, disse Sachs a si mesma.

Ela se aproximou do canto dos fundos da casa.

Foi então que seu pé deslizou num pedaço de gelo. Ela sem querer soltou um arfar sufocado. Quase inaudível, pensou.

Mas alto o suficiente para o invasor ouvir.

Ela ouviu o bater de pés de alguém fugindo pelo quintal, esmagando a neve.

Droga.

Agachada — caso aquilo fosse um truque para fazê-la virar um alvo fácil —, olhou pelo canto e levantou rápido a Glock. Viu um jovem magricela de jeans e casaco grosso correndo pela neve.

Droga... Simplesmente *odiava* quando eles corriam. Sachs era alta e tinha as articulações frágeis — artrite —, combinação que tornava qualquer corrida um tremendo sacrifício.

— Polícia. Pare!

Começou a correr atrás dele.

Ela estava sozinha nessa perseguição. Não tinha avisado a polícia de Westchester County que estava ali. Qualquer reforço teria de ser pedido pelo 911. Não tinha tempo para isso.

— Não vou repetir mais. Pare!

Sem resposta.

Os dois correram um atrás do outro pelo grande quintal e depois entre as árvores atrás da casa. Respirando pesado, uma dor abaixo da costela se juntando à de seus joelhos, ela corria o mais rápido que podia. Mas ele estava ganhando distância.

Merda, vou perder esse sujeito.

Mas a natureza interveio. Um galho saindo da neve prendeu no sapato dele, que caiu direto no chão, com um gemido que Sachs escutou a uns 12 metros atrás. Ela correu mais e, ofegante, enfiou o cano da Glock no pescoço dele. Ele parou de se contorcer.

— Não me machuque! Por favor!

— Quieto.

Sacou as algemas.

— Mãos nas costas.

Ele olhou de esguelha.

— Não fiz nada!

— Mãos.

Ele obedeceu, mas de um modo tão hesitante que a fez acreditar que nunca tinha sido detido antes. Era mais jovem do que ela pensara — um adolescente, o rosto marcado pela acne.

— Não me machuque, por favor!

Sachs recuperou o fôlego e o revistou. Nenhuma identidade, nenhuma arma, nada de drogas. Dinheiro e um molho de chaves.

— Como se chama?

— Greg.

— Sobrenome?

Uma hesitação.

— Witherspoon.

— Mora aqui por perto?

Ele respirou fundo, acenando para a direita.

— Naquela casa ali, vizinha dos Creeley.

— Quantos anos você tem?

— Dezesseis.

— Por que correu?

— Não sei. Estava assustado.

— Não me ouviu dizer que era policial?

— Sim, mas você não parece tira... uma policial mulher. Você é mesmo policial?

Ela mostrou sua identidade a ele.

— O que você estava fazendo na casa?

— Moro ao lado.

— Já disse isso. O que você estava *fazendo*?

Ela o colocou sentado. Ele parecia aterrorizado.

— Vi alguém lá dentro. Pensei que fosse a Sra. Creeley, talvez alguém da família ou coisa assim. Só queria contar uma coisa para eles. Então olhei lá dentro e vi que você estava armada. Fiquei assustado. Achei que você era um deles.

— Quem são eles?

— Os caras que invadiram. Isso era o que eu ia contar para a Sra. Creeley.

— Invadiram?

— Vi dois homens invadirem a casa. Algumas semanas atrás. Perto do Dia de Ação de Graças.

— Você chamou a polícia?

— Não. Acho que devia ter feito isso. Mas não queria me envolver. Eles pareciam, como posso dizer, durões.

— Conte o que aconteceu.

— Eu estava do lado de fora, no nosso quintal, e vi quando chegaram pelos fundos, deram uma olhada e então, sabe, forçaram a porta e entraram.

— Brancos, negros?

— Brancos, acho. Não estava muito perto. Não pude ver a cara deles. Era assim, sabe, uns caras. Jeans e casacos. Um era maior que o outro.

— Cor dos cabelos?

— Não sei.

— Quanto tempo ficaram lá dentro?

— Uma hora, acho.

— Viu o carro deles?

— Não.

— Levaram alguma coisa?

— Sim. Um som, CDs, uma TV. Alguns jogos, acho. Posso levantar?

Sachs colocou-o de pé e andou com ele até a casa. Notou que a porta dos fundos tinha sido forçada. Trabalhinho sujo.

Ela olhou ao redor. Uma televisão grande estava montada na parede da sala de estar. Havia um bocado de louças finas no armário. A prataria também estava lá. E era de boa qualidade. O roubo não fazia sentido. Será que tinham feito aquilo para disfarçar outra coisa?

Ela verificou o andar térreo. A casa estava intocada — menos a lareira. Era um modelo a gás, mas lá dentro havia muita cinza. Com queimadores a gás não havia necessidade de papel ou gravetos. Será que os invasores tinham acendido um fogo?

Sem tocar em nada dentro, ela pôs a luz da lanterna sobre o local.

— Você viu se essas pessoas acenderam a lareira enquanto estavam aqui?

— Não sei. Talvez.

Havia também vestígios de lama perto da lareira. Seu equipamento básico de cena do crime estava na mala do carro. Passou o pó procurando impressões digitais em volta da lareira e da mesa e coletou as cinzas, a lama e quaisquer outras evidências físicas que pudessem ser úteis.

Foi então que seu celular vibrou. Ela olhou a tela. Uma mensagem de texto urgente de Lincoln Rhyme. Era necessário que ela voltasse imediatamente. Mandou uma mensagem confirmando o recebimento.

O que tinha sido queimado?, pensou, olhando para a lareira.

— Então — disse Greg —, posso ir embora?

Sachs olhou-o de cima a baixo.

— Não sei se sabe, mas depois de qualquer morte a polícia faz um inventário completo de tudo o que há na casa no dia em que o proprietário morre.

— É?

Ele olhou para baixo.

— Daqui a uma hora vou ligar para a polícia de Westchester County e pedir que confiram a lista com o que está aqui agora. Se estiver faltando alguma coisa eles vão me chamar de volta e vou dizer a eles seu nome e chamar seus pais.

— Mas...

— Os sujeitos não roubaram nada, não foi? Depois que saíram, você entrou pelos fundos e se serviu de... quê?

— Só tirei emprestado algumas coisas. Do quarto de Todd.

— O filho do Sr. Creeley?

— Sim. E um dos Nintendos era meu. Ele não tinha devolvido.

— Os homens? Eles levaram alguma coisa?

Ele hesitou.

— Não pareceu.

Ela abriu as algemas. Sachs disse:

— Quando a polícia vier, você já terá devolvido tudo. Coloque na garagem. Vou deixar a porta aberta.

— Ah, tá, sim, prometo — disse ele sem fôlego. — Com certeza... só... — Ele começou a chorar. — A coisa é que comi um pouco de bolo. Estava na geladeira. Eu não... Vou comprar outro.

— Eles não fazem inventário de comida.

— Não fazem?

— Simplesmente traga de volta todo o resto.

— Prometo. De verdade.

Ele limpou o rosto com a manga e começou a sair.

— Só mais uma coisa... — ela disse... — Quando você ouviu dizer que o Sr. Creeley tinha se matado, ficou surpreso?

— Bem, sim.

— Por quê?

O garoto deu uma risada.

— Ele tinha uma BMW 740. Quem vai se matar quando tem um carro desses, não é?

CAPÍTULO 4

Eram maneiras horríveis de morrer.

Amelia Sachs já tinha visto de tudo, ou pelo menos achava isso. Mas aqueles eram os meios mais cruéis que podia recordar.

Falara com Rhyme, que estava em Westchester, e este lhe dissera que fosse logo para Lower Manhattan, onde deveria processar duas cenas de homicídios cometidos aparentemente com apenas horas de diferença por alguém que se chamava Relojoeiro.

Sachs já tinha estado na cena do crime mais simples dos dois — um cais no rio Hudson. Foi uma cena fácil de processar: não havia cadáver e a maior parte dos vestígios tinha sido varrida ou contaminada pelo vento abrasivo que corria pelo rio. Ela fotografou e fez vídeos da cena de todos os ângulos. Anotou onde o relógio estivera — chateada por o local ter sido alterado pelo esquadrão antibombas, que o recolheu para os testes. Mas não havia alternativa diante de um possível explosivo.

Recolheu também o bilhete do assassino, parcialmente incrustado de sangue. Depois tirou amostras do sangue congelado. Notou marcas de unhas no cais onde a vítima tinha sido mantida, pendurada sobre a água, e depois deslizado. Recolheu uma unha quebrada — era larga, curta e sem esmalte, sugerindo que a vítima fosse um homem.

O assassino tinha cortado a cerca de arame que protegia o cais para entrar. Sachs recolheu amostras do arame para verificar marcas de ferramentas. Não encontrou impressões digitais, pegadas ou marcas de pneus perto do local de entrada ou na poça de sangue congelada.

Nenhuma testemunha foi localizada.

O legista disse que se a vítima tivesse realmente caído no Hudson, como parecia ser o caso, teria morrido de hipotermia em mais ou menos dez minutos. Mergulhadores da polícia e a Guarda Costeira continuavam procurando o cadáver e qualquer evidência dentro da água.

Sachs estava agora na segunda cena, o beco que saía da rua Cedar, perto da Broadway. Theodore Adams, 30 e poucos anos, estava deitado de costas, fita adesiva amordaçando-o e amarrando seus tornozelos e pulsos. O assassino passara uma corda por uma saída de incêndio, uns três metros acima dele, e amarrara uma das pontas numa barra de metal pesada, cerca de um metro de comprimento, com buracos nas pontas como se fossem olhos de agulha, que suspendera acima do pescoço da vítima. A outra ponta ele colocou nas mãos do homem. Amarrado, Adams não podia deslizar para longe da barra. Sua única esperança era usar toda a sua força para manter o enorme peso suspenso até que alguém passasse por ali e o salvasse.

Mas ninguém passou.

Ele estava morto havia algum tempo e a barra comprimiu sua garganta até que o corpo congelou solidamente no frio de dezembro. O pescoço dele tinha apenas uns 2 centímetros de espessura sob o peso esmagador do metal. Sua expressão tinha o olhar fixo e neutro da morte. Mas ela podia imaginar como seu rosto devia estar durante os — quantos? — dez ou quinze minutos em que ele lutou para ficar vivo, ficando vermelho com o esforço, depois púrpura, de olhos saltados.

Quem no mundo podia assassinar de um jeito que obviamente tinha sido escolhido para provocar uma morte prolongada?

Usando um macacão Tyvek branco para evitar que vestígios de suas roupas ou cabelo contaminassem a cena, Sachs preparou o equipamento de coleta de evidências, enquanto discutia a cena com dois de seus colegas da polícia, Nancy Simpson e Frank Rettig, policiais do principal laboratório de cena do crime, localizado no Queens. Ali perto estava estacionada sua Unidade de Cena do Crime de resposta rápida — uma van enorme lotada com os equipamentos essenciais para a investigação.

Ela envolveu os pés com fitas de borracha para diferenciar suas pegadas das do criminoso. (Outras das ideias de Rhyme. "Para que se preocupar? Estou vestindo Tyvek, Rhyme, e não sapatos comuns", argumentara Sachs. Ele a olhara enfastiado: "Ah, desculpe. Acho que um criminoso *nunca* pensaria em comprar um macacão Tyvek. Quanto eles custam, Sachs, U$ 49,95?")

Suas primeiras teses eram que os assassinatos ou eram obras do crime organizado ou de um psicopata; operações da Máfia muitas vezes eram encenadas para mandar mensagens a gangues rivais. Um sociopata, por sua vez, podia planejar um assassinato tão elaborado a partir de seus delírios ou por gratificação, que poderia ser sádica — se tivesse motivação sexual — ou apenas cruel em si mesma, sem luxúria alguma. Em seus anos de rua ela aprendera que infligir dor era fonte de poder e podia até mesmo viciar.

Ron Pulaski, de uniforme e casaco de couro, aproximou-se. O patrulheiro louro da polícia nova-iorquina, jovem e elegante, ajudara Sachs no caso Creeley e estava disponível para dar assistência nos casos que Rhyme coordenava. Depois de um confronto perigoso com um criminoso, que o deixara no hospital por um longo período, ofereceram-lhe aposentadoria por invalidez.

O recruta contara a Sachs que tinha sentado com Jenny, sua jovem esposa, e discutido o assunto. Deveria ou não voltar ao serviço ativo? O irmão gêmeo de Pulaski, também policial, deu seus palpites. E, por fim, ele decidiu fazer terapia e regressar à polícia. Sachs e Rhyme ficaram impressionados com a força de vontade do jovem e mexeram seus pauzinhos para que ele fosse designado a trabalhar com eles sempre que possível. Mais tarde ele confessou a Sachs (jamais a Rhyme, é claro) que a recusa do criminalista em ser posto de lado devido à tetraplegia e à intensa terapia diária foi sua principal inspiração para voltar ao serviço ativo.

Pulaski não estava usando Tyvek, por isso parou diante da fita que marcava a cena do crime.

— Jesus — murmurou, quando viu o cenário grotesco.

Pulaski contou a ela que Sellitto e outros policiais estavam falando com guardas de segurança e gerentes de escritórios nos edifícios perto do beco para saber se alguém tinha visto ou ouvido o ataque e se alguém conhecia Theodore Adams. E acrescentou:

— O esquadrão antibombas ainda está verificando os relógios e vai entregá-los a Rhyme mais tarde. Vou pegar todas as placas de carros estacionados por aqui. O detetive Sellitto mandou que eu fizesse isso.

De costas para Pulaski, Sachs assentiu. Mas realmente não estava prestando muita atenção: essa informação não lhe era útil no momento. Ia começar a pesquisar a cena do crime e tentava livrar a mente de pensamentos e distrações. A despeito de, por definição, o trabalho na cena do crime envolver objetos inanimados, ele exige uma certa intimidade para que possa ser eficaz, e o policial tem que *se transformar* no criminoso, mental e emocionalmente. Todo o horrível cenário atua por si mesmo na imaginação deles: o que o assassino estava pensando, onde ficou quando levantou a arma, como ajustou sua postura, se ficou por perto para observar a agonia final da vítima ou se fugiu imediatamente, o que chamou sua atenção no local, o que o atraiu ou repeliu, qual a rota de fuga. Isso não era fazer perfil psicológico — aquele às vezes útil retrato dos suspeitos tão querido da "mídia chique"; essa era a arte de extrair da imensa confusão da cena do crime os passos que podiam levar à porta de um suspeito.

Sachs agora fazia isso, tornando-se outro alguém — o assassino que planejara esse final terrível para outro ser humano.

Os olhos percorrendo a cena, para cima e para baixo, para os lados; os paralelepípedos, as paredes, o corpo, o peso de ferro.

Eu sou ele... Eu sou ele... O que estou pensando? Por que quis matar essas vítimas? Por que dessas maneiras? Por que no cais, por que aqui?

Mas a causa da morte era tão incomum, a mente do assassino tão distante da dela, que não tinha respostas para essas perguntas, não ainda. Colocou o fone de ouvido.

— Rhyme, você está aí?

— E onde mais estaria? — perguntou, soando engraçado. — Estava esperando. Onde está você? Na segunda cena?

— Sim.

— O que está vendo, Sachs?

Eu sou ele...

— O beco, Rhyme — falou para o microfone. — É um beco sem saída para entregas. Não tem passagem. A vítima está perto da rua.

— Perto quanto?

— Cinco metros em um beco de 33 metros.

— Como ele chegou aí?

— Não há pegadas, mas ele definitivamente foi arrastado para o local onde foi morto; há sal e sujeira por trás de seu casaco e das calças.

— Existem portas perto do cadáver?

— Sim, ele está praticamente em frente a uma.

— Ele trabalhava no edifício?

— Não. Peguei o cartão de visita dele. É redator freelancer. O endereço de trabalho é o mesmo do apartamento.

— Ele poderia ter um cliente aí ou em algum outro edifício.

— Lon está verificando isso.

— Bom. Essa porta mais perto, poderia ser um lugar onde o criminoso estivesse esperando?

— Sim — respondeu Sachs.

— Peça para um guarda abrir e quero que pesquise o que há do outro lado.

Atrás da fita, Lon Sellitto falou:

— Sem testemunhas. São todos uns cegos da porra. Ah, e surdos também... E deve ter uns quarenta ou cinquenta escritórios nos edifícios em volta do beco. Se alguém o viu, vai levar tempo para descobrir.

Sachs transmitiu o pedido do criminalista para abrir a porta dos fundos perto do cadáver.

— É pra já.

Sellitto foi cumprir a missão, soprando o hálito quente nas mãos.

Sachs fotografou e filmou a cena. Procurou, mas não achou nenhuma evidência de atividade sexual envolvendo a vítima ou em sua proximidade. Depois começou a caminhar pelo quadrilátero — passando duas vezes por cada centímetro quadrado da cena, procurando evidências físicas. Diferentemente de muitos profissionais de cena do crime, Rhyme insistia em ter um único pesquisador — salvo nos casos de desastres em massa, é claro — e Sachs sempre caminhava sozinha pelo quadrilátero.

Mas fosse lá quem tivesse cometido o crime, fora muito cuidadoso e não deixara pista alguma no caminho, exceto o bilhete e o relógio, a barra de metal, a fita adesiva e a corda.

Informou isso a ele.

— Não é da natureza deles facilitar as coisas para nós, Sachs, não é mesmo?

Seu tom alegre a desagradava; *ele* não estava ao lado de uma vítima que tivera uma porra de uma morte horrível. Ignorou o comentário e continuou trabalhando a cena: fazendo o processamento básico do cadáver para que pudesse ser liberado para o legista, recolhendo seus objetos, passando o pó detector de digitais e tirando moldes eletrostáticos de pegadas de sapatos, recolhendo vestígios com rolo adesivo, do tipo usado para remover pelos.

Era provável que o criminoso tivesse dirigido até ali, considerando o peso da barra, mas não havia marcas de pneus. O centro do beco estava coberto de sal grosso para derreter o gelo, e os grãos evitavam um bom contato com os paralelepípedos.

Então ela apertou os olhos:

— Rhyme, tem algo estranho aqui. Ao redor do corpo, provavelmente um metro ao redor... há algo no chão.

— O que você acha que é?

Sachs abaixou e com uma lente de aumento examinou o que parecia ser areia fina. Disse isso para Rhyme.

— Será que era para o gelo?

— Não, está apenas ao redor dele. E não há nada no resto do beco. Estão usando sal para a neve e o gelo. — Então deu um passo para trás. — Mas só restou um resíduo fino. É como... Sim, Rhyme. Ele varreu. Com uma vassoura.

— Varreu?

— Posso ver as marcas da palha. É como se ele tivesse espalhado punhados de areia na cena e depois varrido... Mas talvez não tenha feito isso. Não havia nada disso na primeira cena, no cais.

— Tem areia na vítima, ou na barra?

— Não sei... Espere, há sim.

— Então ele fez isso *depois* do assassinato — disse Rhyme. — Provavelmente é um agente ofuscador.

Criminosos diligentes às vezes usam algum tipo de material em pó — areia, granulado para gatos ou mesmo farinha de trigo — para espalhar no chão depois de cometer um crime. Depois varrem ou aspiram o material, removendo assim a maior parte das partículas de vestígios.

— Mas por quê? — refletiu Rhyme.

Sachs olhou fixamente para o corpo e para os paralelepípedos do beco.

Eu sou ele... Por que varreria?

Os criminosos limpam digitais e levam consigo as evidências óbvias, mas é muito raro alguém se dar ao trabalho de usar um agente ofuscador. Ela fechou os olhos e, embora com dificuldade, imaginou-se de pé diante do jovem que lutava para manter a barra longe do seu pescoço.

— Talvez tenha derramado alguma coisa.

Mas Rhyme disse:

— Não parece provável. Ele não seria tão descuidado.

Ela continuou a pensar: sou cuidadoso, é certo. Mas por que varreria?

Eu sou ele...

— Por quê? — sussurrou Rhyme.

— Ele...

— *Ele* não — corrigiu o criminalista. — Você é ele, Sachs. Lembre-se. Você.

— *Eu sou* um perfeccionista. Quero me livrar do máximo de evidências.

— É verdade, mas o que você ganha varrendo — disse Rhyme — perde ao ficar mais tempo na cena. Acho que deve haver outra razão.

Indo mais fundo, sentindo ela mesma levantando a barra, colocando a corda nas mãos do homem e olhando para seu rosto contorcido, os olhos saltados, colocou o relógio perto da cabeça dele. Está tique-taqueando, tique-taqueando...

Eu o vejo morrer. Não deixo qualquer evidência, varro tudo.

— Pense, Sachs. O que ele quer?

Eu sou ele...

Então ela deixa escapar:

— Estou voltando, Rhyme.

— O quê?

— Estou voltando para a cena. Quer dizer, *ele* está voltando. Por isso é que ele varre. Porque realmente não quer deixar nada que possa nos dar uma descrição sua: fibras, cabelo, pegadas, sujeira na sola. Ele não receia que usemos isso para rastreá-lo até o buraco onde se esconde; é bom demais para deixar vestígios como esses. Não, ele teme que encontremos algo que nos ajude a reconhecê-lo quando ele voltar.

— OK, pode ser isso. Talvez ele seja um voyeur, goste de ver as pessoas morrerem. Ou talvez queira ver quem o está caçando... para começar sua própria caçada.

Sachs sentiu um frio de medo nas costas. Olhou ao redor. Havia, como de costume, uma pequena multidão de curiosos do outro lado da rua. Estaria o assassino entre eles, observando-a nesse instante?

Então, Rhyme acrescentou:

— Ou talvez ele já tenha voltado. Voltou hoje cedo para ver se a vítima estava mesmo morta. O que significa...

— Que pode ter deixado alguma evidência em algum lugar por aqui, fora da cena do crime. Na calçada, na rua.

— Exatamente.

Sachs saiu por baixo da fita que marcava a cena do crime e olhou pela rua. Depois, para a calçada diante do prédio. Lá encontrou na neve meia dúzia de pegadas de sapatos. Não havia como saber se alguma era do Relojoeiro, mas várias — feitas por botas com sola de borracha bem largas — indicavam que alguém, provavelmente um homem, tinha parado na entrada do beco por alguns minutos, alternando o peso entre os pés. Ela olhou ao redor e se deu conta de que não fazia sentido alguém ficar ali parado — não havia telefones públicos, caixas de correio ou janelas por perto.

— Percebi algumas pegadas incomuns de botas na entrada do beco, perto do meio-fio da rua Cedar — contou para Rhyme. — Grandes. — Ela continuou a pesquisar a área, cutucando um monte de neve. — Achei algo mais.

— O quê?

— Um prendedor de notas dourado — disse e, com os dedos doendo pelo frio que passava pelas luvas de látex, contou o dinheiro. — Tem 340 dólares em notas novas de 20. Bem ao lado da pegada de botas.

— A vítima tinha algum dinheiro?

— Sessenta paus, também notas novas.

— Talvez o assassino tenha roubado o prendedor e depois perdido quando foi embora.

Ela colocou tudo em sacolas de provas, depois terminou de pesquisar outras partes da cena, sem descobrir mais nada.

A porta dos fundos do edifício de escritórios se abriu. Sellitto e um guarda uniformizado da equipe de segurança do prédio estavam lá. Ficaram de lado enquanto Sachs verificava a porta — descobrindo e fotografando o que ela descrevia a Rhyme como sendo um milhão de impressões digitais (ele só fez um muxoxo) e o saguão meio escuro do outro lado. Não descobriu nada muito relevante para o caso.

De repente a voz em pânico de uma mulher cortou o ar gelado.

— Oh, meu Deus, não!

Uma morena atarracada, lá pelos seus 30 anos, correu até a fita amarela, onde foi detida por um patrulheiro. Com as mãos no rosto, ela soluçava. Sellitto avançou. Sachs juntou-se a ele.

— A senhora o conhece? — perguntou o detetive grandalhão.

— O que aconteceu, o que aconteceu? Não... Oh, Deus...

— Você o conhece? — repetiu o detetive.

Destroçada pelo choro, a mulher tirou os olhos da visão terrível.

— Meu irmão... Não, é ele... Oh, Deus, não, não pode ser ele...

Ela caiu de joelhos no gelo.

Deve ser a mulher que informou o desaparecimento do irmão ontem à noite, deduziu Sachs.

Lon Sellitto tinha a personalidade de um cão raivoso quando se tratava de suspeitos. Mas com as vítimas e seus parentes, mostrava uma surpreendente ternura. Numa voz suave, engrossada pelo sotaque do Brooklyn, disse:

— Sinto muitíssimo. Ele se foi, sim.

Ajudou-a a se levantar e ela encostou-se na parede do beco.

— Quem fez isso? Por quê? — gritou enquanto olhava o terrível quadro da morte de seu irmão. — Quem faria uma coisa dessas? Quem?

— Não sabemos, senhora — disse Sachs. — Sinto muito. Mas vamos descobrir. Eu lhe prometo.

Ofegando em busca de ar, ela virou.

— Não deixem minha filha ver, por favor.

Sachs olhou adiante para o carro da moça, estacionado perto do meio-fio, de onde ela viera em pânico. No assento do passageiro estava uma adolescente, olhando para Sachs com a testa franzida, a cabeça inclinada. A detetive ficou diante do corpo, bloqueando a visão que a garota pudesse ter do tio.

A irmã, cujo nome era Barbara Eckhart, tinha saltado do carro sem casaco e estava tremendo de frio. Sachs a levou pela porta aberta até o saguão de serviço que havia acabado de processar. A mulher histérica pediu para usar o banheiro e quando saiu ainda estava trêmula e pálida, apesar de ter controlado o choro.

Barbara não tinha ideia de qual poderia ter sido o motivo do assassino. Seu irmão, solteiro, trabalhava por conta própria, como redator freelancer de publicidade. Era muito estimado e, que ela soubesse, não tinha inimigos. Não estava envolvido em triângulos amorosos — nada de maridos ciumentos — e nunca usara drogas ou qualquer outra coisa ilegal. Tinha se mudado para a cidade havia dois anos.

O fato de ele aparentemente não ter nenhuma ligação com o crime organizado perturbou Sachs; isso colocava em primeiro plano a tese do assassino psicopata, muito mais perigoso para as pessoas do que alguém da máfia.

Sachs explicou como o corpo seria processado. Seria entregue ao parente mais próximo, dentro de 24 a 48 horas. O rosto de Barbara endureceu.

— Por que ele matou Tony dessa maneira? O que ele pensava?

Mas essa era a pergunta para a qual Amelia Sachs não tinha resposta.

Observando a mulher voltar a seu carro, com Sellitto ajudando-a, Sachs não conseguia afastar os olhos da menina, que olhava a policial de volta. Era um olhar difícil de sustentar. A garota já deveria saber que aquele homem era seu tio e que estava morto, mas Sachs podia perceber uma leve esperança em seu rosto.

Esperança, prestes a ser destruída.

Faminto.

Vincent Reynolds estava deitado em sua cama mofada da residência temporária, que era, onde já se viu, uma antiga igreja, e sentia a fome de sua alma silenciosamente imitar o ronco de sua proeminente barriga.

A velha construção católica, numa área deserta de Manhattan, perto do rio Hudson, era sua base de operações para os assassinatos. Gerald Duncan era de outra cidade e o apartamento de Vincent, em Nova Jersey. Vincent dissera que podiam ficar nele, mas Duncan negara: eles não deviam ter contato algum com suas verdadeiras residências. Ele soava como se estivesse dando uma lição. Mas não de um modo ruim. Era como um pai instruindo o filho.

“Uma igreja?”, Vincent certa vez perguntara. “Por quê?”

“Porque está no mercado há 14 meses e meio. Não é uma propriedade quente. E ninguém vai aparecer nesta época do ano.” Uma olhada rápida para Vincent. “Não se preocupe. Foi desconsagrada.”

“Foi mesmo?”, perguntara Vincent, percebendo que já tinha cometido pecados o suficiente para garantir passagem direta para o inferno, se houvesse um; invadir uma igreja, consagrada ou não, seria o menor deles.

O corretor imobiliário mantinha as portas fechadas, mas como as habilidades de um relojoeiro são essencialmente as mesmas de um chaveiro (os primeiros fabricantes de relógios, Duncan explicara, eram chaveiros), ele facilmente aplicou a gazua numa das fechaduras dos fundos e depois colocou um cadeado, de modo que podiam entrar e sair sem serem vistos por ninguém da rua ou da calçada. Ele também mudou a fechadura da porta da frente e deixou um pouco de cera ali, para que soubessem se alguém tentasse entrar enquanto estivessem fora.

O lugar era deprimente, cheio de correntes de ar e cheirava a desinfetante barato.

O quarto de Duncan era o velho dormitório do segundo andar da parte que era a antiga casa paroquial. Do outro lado do vestíbulo, o escritório ficou sendo o quarto de Vincent. Lá havia um catre, mesa, chapa elétrica, micro-ondas e refrigerador (Vincent Faminto, é claro, ficou com a cozinha, ou coisa que o valesse). A igreja ainda tinha eletricidade, para o caso de os corretores precisarem de luz, e o aquecimento estava ligado para os canos não estourarem, apesar de o termostato estar ajustado bem baixo.

Quando esteve ali pela primeira vez, e já sabendo da obsessão de Duncan pelo tempo, Vincent dissera: "Chato não ter uma torre com relógio. Como o Big Ben."

"Esse é o nome do sino, não do relógio."

"Na Torre de Londres."

"Na torre do relógio", corrigiu novamente. "No Palácio de Westminster, sede do Parlamento. Batizado em homenagem a sir Benjamin Hall. Nos anos 1850, era o maior sino na Inglaterra. Nos relógios primitivos, só os sinos marcavam o tempo. Não havia faces nem ponteiros."

"Ah."

A palavra "relógio", *clock*, em inglês, vem do latim *clocca*, que significa "sino."

O cara conhecia *tudo*.

Vincent gostava daquilo. Gostava de muitos outros aspectos de Gerald Duncan. Tinha se perguntado se dois desajustados como eles podiam se tornar amigos verdadeiros. Vincent não tinha muitos. Às vezes, saía para beber com os auxiliares de advogados e outros operadores de processadores de texto. Mas nem mesmo o Vincent Esperto falava muito porque temia deixar escapar algum comentário sobre uma garçonete ou sobre uma mulher sentada numa mesa próxima. A fome podia torná-lo descuidado (bastava ver o que tinha acontecido com Sally Anne).

Vincent e Duncan eram opostos de muitas maneiras, mas tinham uma coisa em comum: segredos sombrios em seus corações. E quem quer que os compartilhe sabe que isso compensa grandes diferenças de estilos de vida e opiniões.

Ah, sim, Vincent realmente daria uma oportunidade a essa amizade.

Lavou-se novamente, mais uma vez pensando em Joanne, a morena que iriam visitar naquele dia: a florista, sua próxima vítima.

Vincent abriu o pequeno refrigerador. Tirou de lá um bagel e o cortou ao meio com sua faca de caça. Tinha uma lâmina de 20 centímetros e era muito afiada. Espalhou cream cheese e o comeu enquanto bebia duas Cocas. Seu nariz ardia por causa do frio. Meticuloso, Gerald Duncan insistia para que usassem luvas ali dentro também, o que era uma chateação. Mas como estava muito frio, Vincent não se importava.

Deitou de costas na cama, imaginando como seria o corpo de Joanne.

Hoje mais tarde...

Sentindo fome, morrendo de fome. Sua pança estava secando de desejo. Se ele não tivesse logo seu pequeno corpo a corpo com Joanne, acabaria desperdiçando sua ânsia.

Agora bebeu uma lata de Dr. Pepper, comeu um saco de batatas fritas. Depois alguns biscoitos.

Esfomeado...

Faminto...

Vincent Reynolds não teria tido por conta própria a noção de que seu desejo de abusar sexualmente de mulheres era uma fome. Essa ideia foi cortesia do seu terapeuta, Dr. Jenkins.

Quando estava detido por causa de Sally Anne — a única vez que fora preso —, o doutor explicara que ele tinha de aceitar que esse impulso que sentia jamais desapareceria.

— Você não pode se livrar disso. De certa forma é uma fome... Agora, o que fazemos quando temos fome? É natural. Não podemos evitar sentir fome. Não concorda?

— Sim, senhor.

O terapeuta disse ainda que mesmo que não se possa parar completamente de sentir fome, era possível se satisfazer adequadamente.

— Compreende o que quero dizer? Com comida, você prepara uma refeição saudável quando está na hora certa, não se pode simplesmente fazer lanches. Com as pessoas, é preciso ter um relacionamento saudável, comprometido, que leve ao casamento e a uma família.

— Percebi.

— Bom. Acho que estamos progredindo. Não concorda?

E o rapaz tinha guardado a mensagem no fundo do seu coração, apesar de traduzi-la em algo um pouco diferente do que sugeria o bom doutor. Vincent concluiu que usaria a analogia da fome como um guia útil. Ele só comeria, isto é, teria seu pequeno corpo a corpo com uma garota, quando realmente precisasse. Assim não ficaria desesperado — e descuidado —, como tinha sido com Sally Anne.

Brilhante.

Não concorda, Dr. Jenkins?

Vincent terminou os biscoitos e uma soda e escreveu outra carta para sua irmã. Vincent Esperto desenhou alguns cartuns nas margens. Desenhos que ele achava que ela gostaria. Vincent não era um mau artista.

Então bateram na porta.

— Entre.

Gerald Duncan abriu. Os dois deram bom-dia um ao outro. Vincent olhou para o quarto de Duncan, que estava em perfeita ordem. Tudo na mesa estava arrumado em simetria. As roupas estavam passadas e penduradas no closet exatamente a cinco centímetros de distância uma da outra. Isso poderia ser um obstáculo para a amizade deles: Vincent era um porcalhão.

— Quer comer alguma coisa? — perguntou Vincent.

— Não, obrigado.

Por isso o Relojoeiro era tão magro. Raramente comia, jamais estava faminto. Isso poderia ser outro obstáculo. Mas Vincent decidiu ignorá-lo. Afinal, a irmã de Vincent jamais comia muito e ele a amava.

O assassino preparou um café para si. Enquanto a água esquentava, tirou um vidro com grãos do refrigerador e mediu exatamente duas colheres. Os grãos se chocavam enquanto ele os colocou no moedor manual e girou a manivela uma dúzia de vezes até o barulho parar. Depois, cuidadosamente, derramou o pó num coador de papel dentro do suporte. Deu uns tapinhas para espalhar o pó. Vincent adorava ver Gerald Duncan fazer café.

Meticuloso...

Duncan olhou seu relógio de bolso dourado. Deu corda cuidadosamente. Terminou o café — bebia rápido como se fosse remédio — e depois olhou para Vincent.

— Nossa florista, Joanne — disse. — Você dá uma conferida nela?

Um baque nas tripas. Até logo, Vincent Esperto.

— Claro.

— Vou até o beco da rua Cedar. A polícia já deve estar por lá. Quero ver com quem estamos lutando.

Quem...

Duncan vestiu o casaco e pendurou sua bolsa no ombro.

— Está pronto?

Vincent assentiu e colocou sua parca creme, chapéu e óculos de sol.

Duncan disse:

— Avise se pessoas estão indo até a oficina para recolher pedidos ou se ela está trabalhando sozinha.

O Relojoeiro já sabia que Joanne passava um bom tempo na oficina, a alguns quarteirões de distância da sua floricultura. A oficina era calma e escura. Imaginando a mulher, seus cabelos castanhos cacheados, seu rosto comprido, mas bonito, o Vincent Faminto não conseguia tirá-la da cabeça.

Desceram a escada e entraram no beco atrás da igreja.

Duncan fechou o cadeado e disse:

— Ah, queria dizer uma coisa. A de amanhã? Também é mulher. Vão ser duas em seguida. Não sei com que frequência você gosta de ter seu... como é que você chama? Seu corpo a corpo?

— Certo.

— Por que você diz isso? — perguntou Duncan.

O assassino, Vincent aprendera, tinha uma curiosidade incansável.

Aquela frase também vinha do Dr. Jenkins, seu amigo, médico do centro de detenção, que lhe dizia para ir a seu escritório sempre que desejasse falar sobre seus sentimentos: eles poderiam então ter um bom e velho corpo a corpo.

Por alguma razão Vincent gostou das palavras. Aquilo também soava bem melhor que "estupro".

— Não sei. Simplesmente gosto.

E acrescentou que não teria nenhum problema com duas mulheres em sequência.

Às vezes comer torna você ainda mais faminto, Dr. Jenkins.

Não concorda?

Enquanto evitavam cuidadosamente as poças geladas na calçada, Vincent perguntou:

— Hã, o que você vai fazer com Joanne?

Ao matar suas vítimas, Duncan só tinha uma regra: as mortes não podiam ser rápidas. Isso não era tão fácil quanto parecia, explicou com sua voz precisa e neutra. Duncan tinha um livro intitulado *Técnicas extremas de interrogatório*. Era sobre como aterrorizar prisioneiros e fazê-los falar, submetendo-os a torturas que acabariam por matá-los se não confessassem: colocando pesos em suas gargantas, cortando seus pulsos e deixando-os sangrar, e dúzias de outras.

Duncan explicou:

— Não quero gastar muito tempo no caso dela. Vou amordaçá-la e atar as mãos por trás. Depois a ponho de bruços e enrolo um arame pelo pescoço e nos tornozelos.

— Os joelhos vão estar dobrados?

Vincent podia imaginar a cena.

— Certo. Estava no livro. Você viu as ilustrações?

Vincent balançou a cabeça.

— Ela não será capaz de manter as pernas no ângulo por muito tempo. Quando elas começarem a se estender, vão puxar o arame ao redor do pescoço e ela mesma vai se estrangular. Acho que vai levar de oito a dez minutos. — Ele sorriu. — Vou cronometrar tudo. Como você sugeriu. Quando acabar eu o chamo e ela será toda sua.

Um bom corpo a corpo.

Eles saíram do beco e um golpe de vento gelado os atingiu. A parca de Vincent, que estava aberta, enfunou.

Ele parou, alarmado. Na calçada, a alguns passos de distância, estava um jovem. Tinha uma barba rala e usava um casaco puído. Uma mochila estava pendurada em um ombro. Um estudante, pensou Vincent. Cabeça baixa, ele continuou caminhando com rapidez.

Duncan olhou de relance para seu parceiro.

— O que houve?

Vincent apontou com o queixo para seu lado, onde a faca de caça, dentro da bainha, estava enfiada no cós da calça.

— Acho que ele viu. Eu... Eu sinto muito. Devia ter puxado o zíper do casaco, mas...

Os lábios de Duncan se apertaram.

Não, não... Vincent esperava não ter chateado Duncan.

— Vou cuidar dele, se você quiser. Eu...

O assassino olhou para o estudante, que se afastava rapidamente deles.

Duncan voltou-se para Vincent.

— Você alguma vez matou alguém?

Ele não conseguia sustentar os penetrantes olhos azuis.

— Não.

— Espere aqui.

Gerald Duncan observou a rua, deserta, salvo o estudante. Meteu a mão no bolso e tirou o estilete que tinha usado para retalhar os pulsos do homem no cais na noite passada. Duncan caminhou rapidamente atrás do estudante. Vincent o observou se aproximar até que o assassino estava apenas a alguns passos atrás dele. Os dois viraram a esquina, caminhando para o leste.

Aquilo era terrível... Vincent não tinha sido meticuloso. Tinha colocado tudo em risco: sua oportunidade de fazer amizade com Duncan, sua oportunidade do corpo a corpo. Tudo porque tinha sido descuidado. Ele queria gritar, queria chorar.

Procurou um Kit Kat no bolso, achou e engoliu, enfiando na boca uns pedaços de papel com o chocolate.

Depois de cinco torturantes minutos, Duncan voltou, segurando um jornal amassado.

— Desculpe — disse Vincent.

— Tudo bem. Tudo certo.

A voz de Duncan era suave. Dentro do jornal estava o estilete ensanguentado. Ele limpou a lâmina com o jornal e a recolheu. Jogou fora o papel ensanguentado e as luvas. Colocou um novo par. Ele insistia para sempre levarem consigo dois ou três.

— O corpo está numa caçamba de lixo. Cobri tudo com lixo. Se tivermos sorte estará num aterro ou mar adentro antes que alguém note o sangue — disse Duncan.

— Você está bem?

Vincent achou que havia uma marca vermelha na bochecha de Duncan.

O homem sacudiu os ombros.

— Fui descuidado. Ele resistiu. Tive de retalhar seus olhos. Lembre disso. Se alguém resiste, retalhe seus olhos. Isso faz com que parem imediatamente e assim você pode controlá-los como quiser.

Retalhe seus olhos...

Vincent assentiu vagarosamente.

Duncan perguntou:

— Você vai ser mais cuidadoso?

— Ah, sim. Prometo. De verdade.

— Então agora vá checar a florista e me encontre no museu às 16h15.

— OK, com certeza.

Duncan focou os olhos azuis em Vincent. Deu um de seus raros sorrisos.

— Não fique preocupado. Surgiu um problema. Foi resolvido. No grande esquema das coisas, não foi nada.

CAPÍTULO 5

O corpo de Teddy Adams fora removido e os parentes de luto tinham ido embora.

Lon Sellitto acabara de sair para ir até a casa de Rhyme, e a cena foi oficialmente liberada. Ron Pulaski, Nancy Simpson e Frank Rettig estavam removendo a fita que isolava a cena do crime.

Ainda aflita pelo olhar de esperança aflita no rosto da jovem sobrinha de Adams, Amelia Sachs tinha percorrido a cena mais uma vez e com mais cuidado que o habitual. Verificou outras portas e possíveis caminhos de entrada e fuga que o criminoso pudesse ter usado. Mas não encontrou mais nada. Não se lembrava da última vez que um crime complicado como esse produzira tão poucas evidências.

Depois de arrumar seu equipamento, ela mentalmente voltou para o caso de Benjamin Creeley e telefonou para a esposa dele, Suzanne, para dizer que alguns homens haviam arrombado sua casa em Westchester.

— Não sabia disso. Tem ideia do que possam ter roubado?

Sachs encontrara-se várias vezes com a mulher. Era muito magra — corria todos os dias —, tinha os cabelos curtos com mechas, um rosto bonito.

— Não parecia estar faltando nada.

Decidiu não falar sobre o vizinho; percebeu que já o assustara o suficiente para que não repetisse o erro.

Sachs perguntou se tinham usado a lareira, e Suzanne disse que ninguém havia estado recentemente na casa.

— O que você acha que aconteceu?

— Não sei. Mas torna o suicídio cada vez mais improvável. Ah, falando nisso, precisa pôr uma fechadura nova na porta dos fundos.

— Vou mandar alguém lá hoje... Obrigada, detetive. Significa muito para mim que acredite no que digo sobre Ben não ter se matado.

Depois que desligaram, Sachs preencheu um requerimento para analisar a cinza, a lama e outras evidências da casa de Creeley e as empacotou numa sacola separada das evidências do caso do Relojoeiro. Depois preencheu a papelada e ajudou Simpson e Rettig a carregar a van. Foi preciso o esforço dos dois para embrulhar a pesada barra de metal com plástico e guardá-la.

Ela estava fechando a porta da van quando deu uma olhada no outro lado da rua. O frio tinha espantado a maioria dos espectadores, mas ela notou um homem parado, segurando o *Post*, diante de um velho edifício que estava sendo reformado na rua Cedar, perto do Chase Plaza.

Isso não está certo, pensou Sachs. Ninguém fica parado na esquina para ler um jornal com esse tempo. Se está preocupado com o mercado de ações ou curioso sobre um desastre recente, folheia rapidamente, descobre quanto dinheiro perdeu ou onde o ônibus da igreja bateu e continua caminhando.

Mas não fica parado numa esquina com vento para ler as fofocas da página 6.

Ela não conseguia ver claramente o homem — estava parcialmente escondido pelo jornal e por uma pilha de entulho de obra. Mas uma coisa era óbvia: suas botas. Tinham um solado de tração, que podia ter deixado as pegadas peculiares que ela encontrou na neve do beco.

Sachs conjecturou. A maioria dos outros policiais tinha ido embora. Simpson e Rettig estavam armados mas ainda não tinham treinamento tático, e o suspeito estava do outro lado de uma barricada de um metro de altura colocada para um desfile que passaria por ali. Podia escapar facilmente se ela cruzasse a rua. Tinha que fazer essa aproximação do modo mais sutil.

Caminhou até Pulaski e sussurrou:

— Há alguém na sua posição de seis horas. Quero falar com ele. O homem com o jornal.

— O criminoso? — perguntou.

— Não sei. Talvez. Vamos fazer o seguinte: vou entrar na van com a equipe de cena do crime. Eles me deixam na esquina a leste. Você dirige carro com câmbio manual?

— Claro.

Ela entregou as chaves do seu Camaro vermelho brilhante a ele.

— Você dirige para oeste na rua Cedar em direção à Broadway, uns 15 metros. Pare de repente, saia e salte por cima da barricada, voltando nesta direção.

— Espanto o cara.

— Certo. Se ele estiver somente lendo o jornal, conversamos lá, pedimos a identidade dele e voltamos para o trabalho. Se não, acho que ele dobra à direita e cai bem nos meus braços. Você vem por trás e me dá cobertura.

— Saquei.

Sachs fez questão de mostrar que dava uma última olhada na cena do crime e depois subiu na grande van marrom. Inclinou-se para a frente.

— Temos um problema.

Nancy Simpson e Frank Rettig olharam de relance para ela. Simpson abriu o fecho do casaco e colocou a mão no cabo da pistola.

— Não, não é preciso isso. Olhe só o que está acontecendo. — Ela rapidamente explicou a situação e para Simpson, que estava no volante, disse: — Siga na direção leste. No sinal, dobre à esquerda. Só diminua a marcha. Eu caio fora.

Pulaski entrou no Camaro, ligou a ignição e não resistiu a dar uma acelerada para mostrar o barulho sexy do escapamento esportivo.

Rettig perguntou:

— Você não queria parar aqui?

— Não, basta diminuir a velocidade. Quero que o suspeito tenha certeza de que estou indo embora.

— OK — disse Simpson. — Vamos lá.

A van acelerou rumo a leste. No retrovisor lateral, Sachs viu Pulaski avançar. Calma!, ela pensou silenciosamente; era um motor monstruoso e a embreagem engatava como velcro. Mas ele controlou os cavalos e avançou suavemente, na direção contrária à da van.

No cruzamento da Cedar com a Nassau a van dobrou e Sachs abriu a porta.

— Continue em frente. Não diminua a velocidade.

Simpson fez um bom trabalho mantendo a van estável.

— Boa sorte — gritou o perito de cena do crime.

Sachs pulou.

Opa, um pouco mais rápido do que pretendia. Quase caiu, conseguiu se equilibrar e agradeceu ao Departamento de Obras pela generosa quantidade de sal espalhada na rua gelada. Caminhou pela calçada, vindo por trás do homem com o jornal. Ele não a viu.

Um quarteirão de distância, depois meio quarteirão. Ela abriu o casaco e empunhou a Glock presa no coldre acima de sua cintura. Cerca de 30 metros distante do suspeito, Pulaski encostou rapidamente no meio-fio, saltou e — sem o sujeito notar — facilmente pulou por cima da barricada. Eles estavam com o suspeito encurralado, separado por uma barreira de um lado e um edifício em reforma do outro.

Um bom plano.

Salvo um probleminha.

Do outro lado da rua em frente a Sachs estavam dois guardas armados, parados diante do edifício do Departamento de Urbanismo e Habitação. Eles tinham ajudado com a cena do crime e um deles viu Sachs de relance. Acenou para ela, chamando-a:

— Esqueceu alguma coisa, detetive?

Merda. O homem com o jornal girou e a viu.

Jogou o jornal, pulou a barreira e correu o mais rápido que podia pelo meio da rua na direção da Broadway, passando por Pulaski do outro lado da cerca de metal. O policial tentou saltá-la, prendeu o pé e se estatelou no meio da rua. Pulaski rolou, levantou-se e juntos correram em direção ao suspeito, que tinha uns 10 metros de vantagem e cada vez aumentava mais a diferença.

Ela agarrou o walkie-talkie e apertou o botão de transmissão.

— Detetive Cinco Oito Oito Cinco — falou com voz entrecortada. — Perseguindo a pé suspeito do homicídio perto da rua

Cedar. Suspeito segue na direção oeste na Cedar, espere, agora na direção sul da Broadway. Preciso de cobertura.

— Entendido, Cinco Oito Oito Cinco. Mandando unidades para sua localização.

Várias outras radiopatrulhas e carros dos esquadrões responderam que estavam por perto e a caminho para cortar a fuga do suspeito.

Quando Sachs e Pulaski se aproximaram do Battery Park, o homem parou de repente, quase tropeçando. E olhou para sua direita — para o metrô.

Não, não pelo trem, ela pensou. Muitas pessoas e muito próximas.

Não faça isso...

Outra olhada para trás e ele mergulhou pelas escadas. Ela parou, chamando Pulaski.

— Vá atrás dele. — Respirou fundo. — Se ele atirar, verifique bem o entorno. É melhor deixá-lo escapar do que atirar se houver qualquer dúvida.

Com o rosto preocupado, o recruta assentiu. Sachs sabia que ele nunca tinha participado de um tiroteio. Ele perguntou:

— Para onde você...

— Vá de uma vez! — ela gritou.

O recruta respirou e começou a correr novamente. Sachs correu para a entrada do metrô e observou Pulaski descendo as escadas três degraus de cada vez. Então cruzou a rua e trotou por meio quarteirão em direção ao sul. Sacou a arma e parou atrás de uma banca de jornais.

Contagem regressiva... quatro... três... dois...

Um.

Saiu e se virou para a saída do metrô, justo no momento em que o suspeito corria subindo as escadas. Ela apontou a arma.

— Não se mexa.

Transeuntes começaram a gritar e a se jogar no chão. A reação do suspeito, entretanto, era simplesmente de desgosto ao perceber que seu truque não tinha funcionado. Sachs tinha previsto que ele sairia por ali. A surpresa nos olhos dele quando viu o metrô podia ser falsa, ela intuiu. Deu a ela a ideia de que talvez estivesse pretendendo ir para a estação desde o começo — como uma possível finta. Ele levantou as mãos letargicamente.

— No chão, cabeça baixa.

— Vamos, eu...

— Agora! — cortou a frase dele.

Ele olhou a arma e depois obedeceu. Sem fôlego por causa da corrida e com as juntas doloridas, ela enfiou um joelho no meio das costas dele para algemá-lo. Ele estremeceu. Sachs não se importou. Estava num daqueles dias.

— Detiveram um suspeito. No local.

Lincoln Rhyme e o homem que deu essa notícia interessante estavam sentados no laboratório dele. Dennis Baker, quarentão, compacto e de aparência agradável, era tenente supervisor da Grandes Casos — a divisão de Sellitto — e fora mandado pela prefeitura para garantir que o Relojoeiro fosse detido o mais rapidamente possível. Fora um dos que "insistiram" para que Sellitto colocasse Rhyme e Sachs no caso.

Rhyme levantou uma sobrancelha. Suspeito? Criminosos muitas vezes voltam à cena do crime, por várias razões, mas Rhyme se perguntava se Sachs tinha prendido mesmo o assassino.

Baker voltou a seu celular, ouvindo e assentindo. O tenente — com uma incrível semelhança com o ator George Clooney — tinha aquele jeito focado e sério que produz um excelente administrador policial, mas um chatíssimo companheiro de bebida.

"É um bom tipo para se ter ao lado", comentara Sellitto sobre Baker, pouco antes deste chegar, vindo direto da Chefia de Polícia.

"Ótimo, mas vai interferir?"

"Não de modo que você perceba."

"Como assim?"

"Ele quer um grande caso resolvido no bolso e acha que você pode conseguir isso. Vai deixá-lo ter toda a liberdade de ação, e apoio, que precisar."

O que era bom, pois faltava pessoal. Havia outro detetive do DPNY que frequentemente trabalhava com eles, Roland Bell, um sulista transferido para Nova York. O detetive tinha um modo afável, bem diferente de Rhyme, mas também uma natureza igualmente metódica. Bell estava de férias com seus dois filhos na Carolina do Norte, visitando a namorada, xerife local de uma cidade do estado sulista.

Muitas vezes também trabalhavam com um agente do FBI célebre por sua experiência com infiltração e antiterrorismo, Fred Dellray. Assassinatos desse tipo em geral não são crimes federais, mas Dellray muitas vezes ajudava Sellitto e Rhyme em homicídios, disponibilizando os recursos da agência sem a burocracia típica. Mas os federais estavam atolados de grandes investigações de fraudes — do tipo da Enron — que mal estavam começando. Dellray estava enfiado numa dessas.

Portanto, a presença de Baker — sem mencionar sua influência na Chefia de Polícia — era uma bênção. Sellitto desligou seu celular e explicou que Sachs estava interrogando o suspeito, que não parecia querer cooperar.

Sellitto estava sentado ao lado de Mel Cooper, o franzino frequentador de dança de salão e perito técnico que Rhyme insistia em usar. Cooper sofria por conta de seu brilhantismo como laboratorista de cena do crime; Rhyme o chamava a qualquer hora para lidar com a parte técnica de seus casos. Ele hesitou um pouco quando Rhyme ligou para o laboratório no Queens naquela manhã, já que planejava passar o fim de semana na Flórida com a namorada e a mãe.

— Mais uma razão para vir logo para cá, não acha? — respondeu Rhyme.

— Estarei aí em meia hora.

Estava agora sentado numa mesa de exame no laboratório, esperando as evidências. Com mãos cobertas com luvas de látex, dava biscoitos para Jackson; o cão estava enroscado a seus pés.

— Se houver contaminação com pelos caninos, eu certamente não vou ficar contente — resmungou Rhyme.

— Ele é bonitinho — disse Cooper, trocando de luvas.

O criminalista grunhiu. "Bonitinho" não era palavra que aparecesse no dicionário de Lincoln Rhyme.

O telefone de Sellitto tocou novamente. Ele atendeu a chamada e depois desligou.

— Sobre a vítima no cais: a Guarda Costeira e nossos mergulhadores ainda não acharam corpo algum. Ainda estão checando relatórios sobre pessoas desaparecidas.

Naquele instante chegou a van da cena do crime e Thom ajudou um policial a carregar para dentro as evidências que Sachs acabara de processar.

Bem na hora...

Baker e Cooper trouxeram a pesada barra de metal envolvida em plástico.

A arma do assassinato no beco.

O perito da cena do crime entregou os cartões da cadeia de custódia, que Cooper assinou. O homem se despediu, mas Rhyme nem reparou. O criminologista estava olhando as evidências. Esse era o momento pelo qual vivia. Depois do acidente com a coluna, sua paixão — na verdade, um vício — pelo esporte do mano a mano com criminosos continuava inalterada, e as evidências de crimes eram o campo em que jogava a partida.

Sentia uma expectativa ansiosa.

E também culpa.

Porque não estaria sentindo essa alegria se não fosse a morte de alguém: a vítima no cais e Theodore Adams, a tristeza das famílias e amigos. Ah, ele lamentava seu sentimento, certamente. Mas era capaz de empacotar a dor da tragédia e guardá-la em outro lugar. Algumas pessoas diziam que era frio, insensível, e ele mesmo supunha que fosse. Mas os que têm sucesso num campo o conseguem porque neles se reúnem características diferentes. A mente aguda de Rhyme, seu impulso incansável e sua impaciência coincidiam com o distanciamento emocional, atributo dos melhores criminologistas.

Ele apertava os olhos, fixos nas caixas, quando Ron Pulaski chegou. Rhyme o conhecera quando o jovem estava havia pouco tempo na polícia. Embora isso já tivesse mais de um ano — e Pulaski fosse um chefe de família com dois filhos —, Rhyme não conseguia deixar de pensar nele como o "recruta". Alguns apelidos não desaparecem.

Rhyme anunciou:

— Sei que Amelia já tem alguém sob custódia, mas, caso esse não seja o criminoso, não quero perder tempo. — Virou-se para Pulaski: — Descreva o terreno para mim. Primeira cena, o cais.

— Certo — começou ele, desconfortável. — O cais está localizado aproximadamente na altura da rua 22 no rio Hudson. Entra aproximadamente 16 metros rio adentro, a uma altura de 5,5 metros acima da superfície da água. O assassinato...

— Então acharam o cadáver?

— Acho que não.

— Então você quer dizer o *aparente* assassinato?

— Certo. Sim, senhor. O aparente assassinato aconteceu na ponta mais distante do cais, ou seja, o lado oeste, em algum momento entre 18 e 6 horas. O píer estava fechado na ocasião.

Havia poucas evidências: apenas a unha, provavelmente de um homem, o sangue, que Mel Cooper testara e mostrou ser humano e do tipo AB positivo, o que significava que os antígenos A e B — proteínas — estavam presentes no plasma da vítima, e que os antígenos anti-A e anti-B não estavam. Ainda outra proteína, Rh, estava presente. A combinação dos antígenos AB e Rh positivo faziam do sangue da vítima o terceiro mais raro tipo sanguíneo, presente em aproximadamente 3,5 por cento da população. Testes adicionais confirmaram que a vítima era do sexo masculino.

Complementando, concluíram que era provavelmente mais velho e tinha problemas coronários, já que estava tomando um anticoagulante — um solvente sanguíneo. Não havia vestígios de outras drogas, indicações de infecção ou doenças no sangue.

Não havia impressões digitais, rastros ou pegadas na cena nem marcas de pneus por perto, além daquelas deixadas pelos veículos dos empregados.

Sachs tinha coletado um pedaço da cerca de arame e Cooper examinou as bordas, vendo que o criminoso aparentemente usara um alicate comum para passar pela cerca. A equipe podia conferir essas marcas com as de alguma ferramenta se encontrassem alguma, mas não havia como saber quem as tinha feito somente pelas marcas.

Rhyme olhou as fotos da cena, em especial para o padrão que o sangue formara enquanto escorria pelo chão. Considerou que a vítima tinha ficado pendurada na ponta do cais, à altura do peito, seus dedos desesperadamente enfiados no espaço entre as tábuas. As marcas de unhas mostravam que, no fim, perdeu as forças. Rhyme se perguntou quanto tempo a vítima conseguira se segurar.

Ele assentiu vagarosamente.

— Fale da cena seguinte.

— Certo, esse homicídio aconteceu num beco que sai da rua Cedar, perto da Broadway — respondeu Pulaski. — O beco é sem saída. Tem 4,5 metros de largura e 31 de comprimento e é pavimentado com paralelepípedos.

O corpo, lembrou Rhyme, estava a 5 metros da entrada do beco.

— Qual a hora da morte?

— Pelo menos oito horas antes de ser descoberto, disse o legista. O corpo estava solidamente congelado, de modo que vai demorar um pouco para determinar com certeza.

O jovem policial tinha o hábito de usar jargão de polícia.

— Amelia me contou sobre as portas de serviço e de incêndio no beco. Alguém perguntou a que horas são fechadas durante a noite?

— Três dos edifícios são comerciais. Dois fecham as portas de serviço às 20h30 e um às 22 horas. O outro é um edifício do governo. A porta é fechada às 18 horas. O recolhimento noturno de lixo passa às 22 horas.

— A que horas o corpo foi descoberto?

— Por volta de 7 horas.

— OK, a vítima no beco estava morta havia pelo menos oito horas, a última porta foi trancada às 22 horas e o lixo recolhido pouco depois. Então o assassinato aconteceu, digamos, entre 22h15 e 23 horas. Situação do estacionamento?

— Anotei as placas de todos os carros num raio de dois quarteirões.

Pulaski estava segurando um caderno de anotações do tamanho do *Moby Dick*.

— Que droga é essa?

— Ah, fiz anotações sobre todos os carros. Achei que poderia ser útil. Sabe, onde estavam estacionados, qualquer coisa suspeita sobre eles.

— Perda de tempo. Só precisamos das placas para conseguir nomes e endereços — explicou Rhyme. — Para conferir com o departamento de trânsito e com o Centro Nacional de Informações sobre o Crime ou outros bancos de dados. Não nos importa quem precisava de lanternagem, tinha pneus carecas ou um cachimbo de crack no banco de trás... Bem, você fez isso?

— O quê?

— Conferiu as placas?

— Ainda não.

Cooper entrou na internet mas não descobriu mandados para nenhum dos nomes registrados como proprietários dos carros. Seguindo instruções de Rhyme, também verificou se algum bilhete de estacionamento fora emitido na área por volta da hora do assassinato. Não havia nada.

— Mel, cheque o nome da vítima. Mandados? Qualquer coisa mais sobre ele?

Não havia mandados estaduais para Theodore Adams, e Pulaski contou o que a irmã da vítima dissera: que aparentemente não tinha inimigos ou problemas pessoais que pudessem resultar no seu assassinato.

— Então por que essas vítimas? — Rhyme perguntou. — Serão casuais?... Sei que Dellray anda ocupado, mas isso é importante. Ligue para ele e peça que confira o nome de Adams. Veja se os agentes federais têm algo sobre ele.

Sellitto telefonou para lá e foi transferido para Dellray — que estava de mau humor por causa da "porra da sujeira" de um caso de fraude financeira em que estava trabalhando. Ainda assim, conseguiu verificar nos bancos de dados federais e nos casos em aberto. Mas os resultados foram negativos para Theodore Adams.

— OK — anunciou Rhyme —, até descobrirmos mais alguma coisa, vamos supor que são vítimas ao acaso de um louco. — Fixou o olhar nas fotos. — Onde estão as drogas dos relógios?

Um telefonema para o esquadrão antibombas revelou que tinham eliminado a possibilidade de ameaças biológicas ou tóxicas e que os relógios estavam a caminho da casa de Rhyme.

O dinheiro no clipe dourado — falso ouro — parecia ter saído direto de um caixa eletrônico. As notas estavam limpas, mas Cooper achou algumas boas digitais no clipe. Infelizmente, quando as checou por meio do IAFIS*, não corresponderam a nada. As poucas digitais no dinheiro do bolso de Adams também deram negativas, e os números de série revelaram que as notas não tinham sido marcadas pelo Departamento do Tesouro como suspeitas de envolvimento em lavagem de dinheiro ou outros crimes.

— A areia? — perguntou Rhyme, referindo-se ao agente ofuscador.

— Genérica — respondeu Cooper, sem tirar o olho do microscópio. — Do tipo usado em playgrounds em vez de construções. Estou verificando outros rastros.

E não havia areia no cais, Rhyme lembrou que Sachs havia lhe dito. Será que isso, como ela especulara, se devia ao fato de o criminoso planejar voltar ao beco? Ou simplesmente porque a substância não fora necessária ali, onde o vento forte do Hudson varreria completamente a cena?

— E o que temos sobre a viga?

— A o quê?

— A barra que esmagou o pescoço da vítima. É uma viga com um orifício.

Rhyme tinha feito um estudo de materiais de construção na cidade, já que uma maneira comum de se livrar de cadáveres era jogá-los em áreas de construção. Cooper e Sellitto pesaram o

* IAFIS (Integrated Automated Fingerprint Identification), o sistema automático de identificação de digitais do FBI. (*N. do E.*)

pedaço de metal — 36,7 quilos — e o colocaram sobre a mesa de exames. A viga tinha quase 2 metros de comprimento, 2,5 centímetros de largura e 76 centímetros de altura. Um furo fora brocado em cada ponta.

— São usadas principalmente em estaleiros, equipamento pesado, guindastes, antenas e pontes.

— Deve ser a arma de crime mais pesada que já vi — disse Cooper.

— Mais pesada que uma Suburban? — perguntou Lincoln Rhyme, para quem precisão era tudo. Estava se referindo ao caso de uma esposa que tinha passado com um enorme utilitário por cima do marido infiel, no meio da Terceira Avenida, alguns meses antes.

— Oh, isso... seu coração traiçoeiro — cantou Cooper com uma voz guinchada de tenor. Depois, procurou digitais, mas não encontrou nada. Limou pedaços da barra. — Provavelmente ferro. Vejo mostras de oxidação.

Um teste químico revelou que esse era o caso.

— Sem marcas de identificação?

— Nada.

Rhyme fez uma careta.

— É um problema. Deve haver umas cinquenta fontes na área metropolitana... Espere. Amelia disse que havia uma construção ali por perto...

— Ah — disse Pulaski. — Ela me mandou verificar e eles não estavam usando nenhuma barra de metal como essa. Esqueci de mencionar isso.

— Você esqueceu — murmurou Rhyme. — Bem, sei que a cidade está fazendo uma obra grande na ponte Queensboro. Vamos verificar lá — disse Rhyme a Pulaski. — Chame a equipe de trabalho na Queensboro e descubra que vigas estão usando, e, se for o caso, se falta alguma.

O recruta assentiu e puxou o celular.

Cooper examinou a análise da areia.

— OK, achei alguma coisa aqui. Sulfato de tálio.

— O que é isso? — perguntou Sellitto.

— Veneno de rato — disse Rhyme. — Está proibido no país, mas às vezes é encontrado em comunidades de imigrantes ou em edifícios onde eles trabalham. Qual a concentração?

— Muito... e não há nada no solo de controle e resíduos que Amelia coletou. O que significa que provavelmente é de algum lugar onde o criminoso esteve.

— Talvez esteja pensando em matar alguém com isso — sugeriu Pulaski, enquanto aguardava a resposta da ligação.

Rhyme sacudiu a cabeça.

— Improvável. Não é fácil de administrar, e é preciso uma dose alta para matar seres humanos. Mas pode nos levar a ele. Descubra se houve algum confisco recente ou queixas em alguma agência ambiental da cidade.

Cooper fez as chamadas.

— Vamos olhar a fita adesiva — instruiu Rhyme.

O técnico examinou os retângulos da fita cinza brilhante, que fora usada para amarrar as mãos e os pés da vítima e amordaçá-la. Disse que a fita era genérica, dessas vendidas aos milhares em lojas de artigos para casa, drogarias e armazéns por todo o país. O teste do adesivo na fita revelou poucos vestígios, apenas alguns grãos do sal de remoção de neve, que conferiam com os exemplos que Sachs tirara da área, e a areia que o Relojoeiro espalhara para ajudar a limpar os vestígios.

Desapontado pelo fato de a fita não ter sido mais útil, Rhyme voltou para as fotos que Sachs tinha tirado do corpo de Adams. Então rodou para perto da mesa de exame e olhou a tela.

— Olhe para as bordas da fita.

— Interessante — disse Cooper, dando uma olhada nas fotos digitais da própria fita.

O que surpreendeu pela estranheza era que os pedaços de fita tinham sido cortados com extrema precisão e aplicados muito cuidadosamente. Geralmente eram apenas rasgadas do rolo, às vezes pelos dentes do criminoso (o que poderia produzir saliva carregada de DNA), e enroladas descuidadamente ao redor das mãos, tornozelos e boca da vítima. Mas as fitas usadas pelo Relojoeiro foram cortadas perfeitamente com um objeto afiado. Os comprimentos eram idênticos.

Ron Pulaski desligou o telefone e anunciou:

— Eles não usam vigas com orifícios no trabalho que estão fazendo agora na ponte.

Bem, Rhyme não esperava respostas simples.

— E a corda que ele estava segurando?

Cooper examinou a corda, verificou alguns bancos de dados. Sacudiu a cabeça.

— Genérica.

Rhyme balançou a cabeça na direção de vários quadros de anotações vazios guardados num canto do laboratório.

— Vamos começar nossos diagramas. Ron, sua caligrafia é boa?

— Boa o suficiente.

— É só o que precisamos. Escreva.

Quando trabalhava em seus casos, Rhyme fazia diagramas de todas as evidências descobertas. Para ele, eram como bolas de cristal; ele olhava para as palavras, fotos e diagramas para tentar compreender quem poderia ser o criminoso, onde estava escondido, onde iria atacar em seguida. Olhar fixamente para seus quadros de anotações era a coisa mais próxima que Lincoln Rhyme chegava da meditação.

— Usaremos o nome dele como cabeçalho, já que foi tão cortês e deixou que soubéssemos como quer ser chamado.

Enquanto Pulaski escrevia o que Rhyme ditava, Cooper pegou um tubinho que continha uma pequena amostra do que parecia ser solo. Examinou o material no microscópio, começando com ampliação 4x (a regra número 1 em instrumentos ópticos é começar com pouco; se você começa logo com magnificações maiores vai terminar olhando imagens abstratas esteticamente interessantes, mas inúteis para a investigação criminal).

— Parece ser o nosso solo básico. Vamos ver o que mais há nele.

Preparou uma amostra para o cromatógrafo/espectrômetro de massa, um instrumento enorme que separa e identifica substâncias na evidência.

Quando os resultados ficaram prontos, Cooper olhou por cima da tela do computador e anunciou:

— OK, temos alguns óleos, nitrogênio, ureia, cloreto... e proteína. Vamos verificar o perfil. — Logo depois seu computador deu informações adicionais. — Proteína de peixe.

— Então talvez o criminoso trabalhe num restaurante de peixes — disse Pulaski, entusiasmado. — Ou numa barraca de peixes em Chinatown. Ou, espere, talvez no balcão de peixes de um supermercado.

Rhyme perguntou:

— Ron, você já ouviu um sujeito que discursa dizer: "Antes de começar, gostaria de dizer alguma coisa"?

— Hum, acho que sim.

— O que é um pouco estranho, porque ele já está falando, já começou, certo?

Pulaski levantou uma sobrancelha.

— O que quero dizer é que, ao analisar uma evidência, é preciso fazer uma coisa antes de começar.

— E o que é?

— Descubra de onde ela *veio*. Agora, de onde Sachs recolheu a terra com proteína de peixe?

Ele olhou para a etiqueta.

— Oh!

— Onde é "oh!"?

— Dentro do casaco da vítima.

— Então sobre quem essa evidência nos diz algo?

— Sobre a vítima, não o criminoso.

— Exatamente! É útil saber que ele tinha isso *dentro* do casaco, e não sobre ele? Quem sabe? Talvez seja. Mas o ponto importante é não mandar precipitadamente as tropas interrogar todos os peixeiros da cidade. Você ficou confortável com essa teoria, Ron?

— Bastante.

— Fico contente. Escreva sobre o solo com peixe no perfil da vítima e vamos em frente, está certo? Quando o legista vai enviar o relatório?

— Pode demorar um pouco. É época de Natal — disse Cooper.

— "A estação para assassinar..." — cantou Sellitto.

Pulaski franziu a cara. Rhyme lhe explicou:

— As épocas mais mortais do ano são as ondas de calor e os feriados. Lembre-se, Ron: o estresse não mata as pessoas; pessoas matam pessoas, mas o estresse é a causa.

— Achei fibras aqui, marrons — Cooper anunciou; olhou para a etiqueta presa na sacola. — Nos salto do sapato da vítima e na corrente do seu relógio.

— Que tipo de fibras?

Cooper examinou-as mais minuciosamente e submeteu o perfil ao banco de dados de fibras do FBI.

— Automotivas, ao que parece.

— Faz sentido que ele tenha um carro. Realmente não se pode carregar uma barra de ferro de quase 40 quilos por aí pelo metrô. Então nosso Relojoeiro estacionou na frente do beco e arrastou a vítima para seu lugar de descanso. O que podemos saber sobre o veículo?

Não muito, segundo o resultado. A fibra era de um carpete usado em mais de quarenta modelos de carros, caminhões e utilitários. Não havia marcas de pneus, pois a parte do beco onde teria estacionado estava coberta de sal, o que interferiu no contato dos pneus com os paralelepípedos e evitou que deixassem vestígios.

— Uma decepção no departamento de carros. Bem, vejamos seu bilhete de amor.

Cooper tirou a folha de papel branca de dentro do envelope de plástico.

A cheia Lua Fria está nos céus,
brilhando sobre o cadáver da Terra,
indicando a hora de morrer
e o fim da jornada iniciada no nascimento.
O RELOJOEIRO

— É isso?

— Isso o quê? — perguntou Pulaski, como se tivesse perdido alguma coisa.

— A lua cheia. Obviamente. Hoje.

Pulaski folheou o *New York Times* de Rhyme.

— Sim. Cheia.

— Qual o significado de Lua Fria em maiúsculas? — perguntou Dennis Baker.

Cooper fez algumas pesquisas na internet.

— Bem, é um mês do calendário lunar... Nós usamos o calendário solar, 365 dias por ano, baseado no sol. O calendário lunar marca o tempo da lua nova à lua nova. Os nomes dos meses descrevem o ciclo de nossas vidas do nascimento à morte. São nomeados a partir de fatos marcantes do ano: a Lua do Morango na primavera, a Lua da Colheita e a Lua do Caçador no outono. A Lua Fria é em dezembro, o mês da hibernação e da morte.

Como Rhyme já tinha notado antes, criminosos que tomam como referência lua ou temas astrológicos tendem a ser assassinos seriais. Havia alguma literatura sugerindo que as pessoas são de fato influenciadas pela lua para cometer crimes, mas Rhyme acreditava que isso era simplesmente influência da sugestão — como o aumento de relatos de abdução por extraterrestres logo depois que *Contatos imediatos do terceiro grau*, o filme de Spielberg, foi exibido.

— Passe o nome Relojoeiro pelos bancos de dados junto com "Lua Fria". Ah, e também com os outros meses lunares.

Depois de dez minutos pesquisando no Programa de Detenção de Criminosos do FBI e no Centro Nacional de Informação sobre o Crime, assim como nos bancos de dados estaduais, não conseguiram nada.

Rhyme pediu a Cooper que descobrisse de onde tinha vindo o poema, mas ele não achou nada, nem nada parecido, em dúzias de sites de poesia. O técnico também ligou para um professor da New York University que o ajudara em outras ocasiões. Ele nunca tinha ouvido falar do poema. O texto ou era obscuro demais para aparecer em algum mecanismo de busca, ou era criação do próprio Relojoeiro.

— Quanto ao bilhete propriamente dito, está em papel genérico de impressora de computador — disse Cooper. — A tinta é HP, não tem nada distintivo.

Rhyme sacudiu a caneca, frustrado com a ausência de pistas. Se o Relojoeiro fosse de fato um serial killer, podia estar em qualquer lugar naquele instante, escolhendo — ou talvez já até assassinando — sua próxima vítima.

Logo depois, Amelia Sachs chegou e tirou o casaco. Foi apresentada a Dennis Baker, que lhe disse estar feliz por tê-la no caso; sua reputação a precedia, acrescentou o tira, que não usava aliança, lançando um sorriso de flerte para ela. Sachs respondeu com um aperto de mãos enérgico, profissional. Tudo isso fazia parte de um dia de trabalho para uma mulher policial.

Rhyme a informou sobre o que tinham descoberto até então com as evidências.

— Não é muito — murmurou ela. — Ele é bom.

— E qual a história do suspeito? — perguntou Baker.

Sachs apontou para a porta.

— Estará aqui num minuto. Ele fugiu quando tentamos pegá-lo, mas não acho que seja nosso rapaz. Já verifiquei tudo sobre ele. Casado, é corretor na mesma firma há cinco anos, sem mandados. Acho mesmo que ele não seria capaz de carregar isso.

E apontou para a viga de ferro.

Bateram na porta.

Dois policiais uniformizados entraram com um homem de olhar infeliz, algemado. Ari Cobb tinha 30 e poucos anos, boa presença como a de muitos homens de negócios. Era franzino e usava um belo sobretudo, provavelmente de caxemira, apesar de estar manchado com o que parecia ser lama da rua, provavelmente por causa da prisão.

— Qual a história? — perguntou Sellitto rispidamente a ele.

— Como já contei para *ela* — disse com um aceno frio na direção de Sachs —, estava caminhando para o metrô na rua Cedar ontem à noite e deixei cair um pouco de dinheiro. Esse que está bem ali. — Ele balançou a cabeça na direção das notas e do clipe de dinheiro. — Hoje de manhã percebi o que tinha acontecido e voltei para procurar. Vi a polícia lá. Não sei, simplesmente não queria me envolver. Sou corretor. Tenho clientes que são muito sensíveis a exposição. Isso pode prejudicar meus negócios.

Foi só então que o sujeito percebeu que Rhyme estava numa cadeira de rodas. Piscou uma vez, depois deixou para lá e reassumiu sua postura indignada.

A busca em suas roupas não encontrou nada da areia fina, sangue ou qualquer outro vestígio que o ligasse aos assassinatos. Como Sachs, Rhyme duvidava de que esse fosse o Relojoeiro, mas diante da gravidade dos crimes, ele não seria descuidado.

— Tire as digitais dele — ordenou Rhyme.

Cooper fez isso e descobriu que as marcas de fricção no clipe de dinheiro eram dele. Uma verificação no departamento de trânsito indicou que Cobb não tinha carro, e uma chamada para seus cartões de crédito revelou que não tinha alugado nenhum recentemente usando seu dinheiro plástico.

— Quando você deixou cair o dinheiro? — perguntou Sellitto.

Ele explicou que tinha deixado o trabalho por volta das 19h30 do dia anterior. Tomou uns drinques com amigos, saiu por volta das 21 horas e caminhou até o metrô. Ele se lembrava de ter tirado um bilhete de metrô do bolso quando caminhava pela Cedar, e foi aí que provavelmente perdeu o clipe. Continuou até a estação e voltou para casa, no Upper East Side, onde chegou às 9h45. Sua mulher estava em uma viagem de negócios, de modo que foi a um bar perto de seu apartamento e jantou sozinho. Chegou em casa por volta das 23 horas.

Sellitto fez algumas chamadas para verificar a história. O guarda-noturno do seu escritório confirmou que ele havia saído às 19h30; um recibo de cartão de crédito mostrou que esteve em um bar na rua Water por volta das 21 horas, e o porteiro do seu prédio e um vizinho confirmaram que tinha voltado a seu apartamento na hora que disse. Parecia impossível que tivesse raptado duas vítimas, assassinado uma no cais e depois preparado a morte de Theodore Adams no beco, tudo isso entre 21h15 e 23 horas.

— Estamos investigando um crime muito sério aqui. Aconteceu perto de onde você estava na noite passada. Você notou *qualquer coisa* que possa nos ajudar? — disse Sellitto.

— Não, absolutamente nada. Juro que ajudaria se pudesse.

— O assassino pode atacar novamente, sabe.

— Sinto muito por isso — disse ele, sem parecer muito sentido. — Entrei em pânico. Isso não é crime.

Sellitto olhou para os guardas.

— Levem ele lá fora um instante.

Depois que ele saiu, Baker murmurou:

— Perda de tempo.

Sachs sacudiu a cabeça.

— Ele sabe de alguma coisa. Tenho um palpite.

Rhyme acatava a opinião de Sachs no que dizia respeito ao que ele classificava — com alguma condescendência — o lado “social” de ser policial: testemunhas, psicologia e — Deus me livre! — palpites.

— Está bem — disse ele. — Mas o que *faremos* com seu palpite?

Não foi Sachs quem respondeu, entretanto, mas Lon Sellitto, que disse:

— Tenho uma ideia.

Abriu o casaco, revelando uma camisa absurdamente amarrotada, e pescou de lá seu celular.

CAPÍTULO 6

Vincent Reynolds caminhava pelas ruas geladas do SoHo, sob a luz azulada dessa parte deserta do bairro, a leste da Broadway, algumas quadras distante da área dos restaurantes e butiques chiques. Estava a uns 15 metros atrás de sua florista — Joanne, a mulher que logo seria sua.

Seus olhos estavam fixos nela, e sentia uma fome, aguçada e elétrica, tão intensa quanto aquela que sentiu na noite em que conheceu Gerald Duncan, um momento muito importante para Vincent Reynolds.

Depois do incidente com Sally Anne — quando Vincent foi preso porque perdera o controle —, ele disse a si mesmo que tinha que ser mais esperto. Usaria uma máscara de esqui, pegaria a mulher por trás para que ela não pudesse vê-lo, usaria camisinha (que o ajudaria a ir mais devagar, de qualquer maneira), jamais caçaria perto de casa, iria variar suas técnicas e o bairro dos ataques. Planejaria cuidadosamente os estupros e estaria preparado para fugir se houvesse risco de ser pego.

Bem, essa era a teoria. Mas, no último ano, tinha achado cada vez mais difícil conter sua fome. O impulso tomava conta dele quando via uma mulher sozinha na rua. Pensava, tenho que *possuí-la*. Agora! Não importa que alguém me veja.

Isso é o que a fome faz com você.

Duas semanas antes, estava comendo um pedaço de bolo de chocolate e uma Coca numa lanchonete perto do escritório onde trabalhava como temporário. Deu uma olhada na nova garçonete. Tinha um rosto redondo e um corpo delgado, cachos de cabelos dourados. Notou a blusa azul apertada que estava com dois botões abertos e, em sua alma, irrompeu a fome.

Ela sorriu quando trouxe a conta e ele decidiu que tinha de possuí-la. Imediatamente.

Ouviu-a dizer ao patrão que ia até o beco fumar um cigarro. Vincent pagou e saiu. Caminhou até o beco e deu uma olhada. Lá estava ela, de casaco, encostada na parede, olhando para outro lado. Era tarde — ele preferia o turno das 15 às 23 horas — e, apesar de haver alguns transeuntes na calçada, o beco estava completamente deserto. Se o ar estava frio, os paralelepípedos estariam ainda mais. Mas ele não se importava: o corpo dela o aqueceria.

Foi então que escutou uma voz sussurrar em seu ouvido:

— Espere cinco minutos.

Vincent deu um salto e virou, vendo um homem com um rosto redondo e corpo enxuto, lá pelos 50 anos, um jeito calmo Olhava para o beco para além de Vincent.

— O quê?

— Espere.

— Quem é você?

Vincent não estava exatamente com medo — era uns cinco centímetros mais alto, mais de 20 quilos mais pesado —, mas o olhar estranho nos olhos profundamente azuis do homem o assustou.

— Isso não importa. Finja que somos apenas amigos conversando.

— Foda-se.

Coração batendo rápido, mãos tremendo, Vincent começou a se afastar.

— Espere — disse o homem suavemente mais uma vez.

Sua voz era quase hipnótica.

O estuprador esperou.

Um minuto depois, viu uma porta do edifício do outro lado do beco do fundo do restaurante ser aberta. A garçonete foi até lá e conversou com dois homens. Um estava de terno, o outro era um policial uniformizado.

— Jesus — sussurrou Vincent.

— É uma armadilha — disse o homem. — Ela é tira. O proprietário opera um ponto de números, a loteria clandestina, a partir do restaurante, acho. Eles estão armando para cima dele.

Vincent se recuperou rapidamente.

— E daí? Não tenho nada a ver com isso.

— Se você fizesse o que estava pensando já estaria algemado. Ou morto.

— Estava pensando? — perguntou Vincent, tentando soar inocente. — Não sei do que você está falando.

O estranho apenas sorriu, levanto Vincent de volta para a rua.

— Você vive aqui?

Uma pausa e depois Vincent respondeu:

— Nova Jersey.

— Você trabalha na cidade?

— Sim.

— Conhece bem Manhattan?

— Bastante.

O homem assentiu, olhando Vincent de cima a baixo. Ele se identificou como Gerald Duncan e sugeriu que fossem a um lugar mais aquecido para conversar. Caminharam três quarteirões até outro restaurante; Duncan tomou café e Vincent pediu outro pedaço de bolo e um refrigerante.

Conversaram sobre o tempo, o orçamento da cidade, o centro de Manhattan à meia-noite.

— Só um pensamento, Vincent: se você estiver interessado em um trabalhinho, eu estou precisando de alguém que não esteja muito preocupado com a lei. E poderia deixar você praticar seu... hobby.

E balançou a cabeça na direção do beco.

— Colecionar comédias da TV dos anos 1970? — perguntou Vincent Esperto.

Duncan sorriu novamente e Vincent decidiu que gostava do tipo.

— O que você quer que eu faça?

— Estive poucas vezes em Nova York. Preciso de alguém que conheça as ruas, o metrô, o esquema de trânsito, os bairros... Que saiba alguma coisa sobre como a polícia trabalha. Os detalhes, deixo para depois.

Hmmm.

— Qual é a sua linha de trabalho? — perguntou Vincent.

— Negócios. Por enquanto ficamos por aí.

Hum.

Vincent disse a si mesmo para ir embora. Mas se sentiu atraído por aquele comentário — sobre praticar seu hobby. Qualquer coisa que pudesse ajudá-lo a matar a fome valia a pena ser considerada, mesmo que fosse arriscado. Continuaram conversando por meia hora mais, trocando algumas informações. Duncan explicou que *seu* hobby era colecionar relógios antigos, que ele mesmo consertava. Tinha até reconstruído alguns a partir de quase nada.

Enquanto acabava sua quarta sobremesa do dia, Vincent perguntou:

— Como você sabia que era uma tira?

Duncan pareceu debater consigo mesmo um pouco. Depois disse:

— Estava checando outra pessoa no restaurante. O homem no final do balcão. Lembra-se dele? O homem de terno escuro?

Vincent assentiu.

— Estou seguindo-o há um mês. Vou matá-lo.

Vincent sorriu:

— Está brincando.

— Nunca brinco.

E Vincent aprendeu que isso era verdade. Não havia nenhum Gerald Esperto. Ou Gerald Faminto. Havia apenas um: Gerald Calmo e Meticuloso, que expressou naquela noite sua intenção de matar o homem do restaurante — Walter qualquer coisa —, da mesma maneira como depois cumpriu a promessa de cortar os pulsos do filho da puta e observá-lo lutar até cair no cais, na água marrom e gelada do rio Hudson.

O Relojoeiro prosseguiu, contando que estava na cidade para matar também outras pessoas. Entre elas havia algumas mulheres. Se Vincent fosse cuidadoso e não gastasse mais que vinte ou trinta minutos com elas, poderia dispor de seus corpos depois que estivessem mortas — para fazer o que quisesse. Em troca, Vincent o ajudaria — como guia na cidade, em seus caminhos e sistemas de transporte, ficando de guarda e às vezes dirigindo o carro de fuga.

— Então, está interessado?

— Acho que sim — disse Vincent, embora sua resposta interior fosse muito mais entusiasmada que aquela.

E Vincent agora estava ralando no trabalho, seguindo a terceira vítima: Joanne Harper, florista deles, como Vincent Esperto a apelidara. Ele a observou tirar uma chave e desaparecer pela porta de serviço de sua oficina. Diminuiu o passo até parar, comeu um doce e se inclinou num poste de luz, olhando pelos vidros sujos da loja.

Sua mão tocou o volume em sua cintura, onde a faca de caça estava enfiada. Olhando fixo para a forma de Joanne, acendendo as luzes, tirando o casaco, movendo-se pela oficina. Estava sozinha.

Agarrando a faca.

Ele se perguntou se ela era sardenta, imaginava o cheiro de seu perfume. Imaginava se choramingava quando sentia dor. Será que ela...

Mas não, não podia pensar assim! Estava ali só para conseguir informações. Não iria quebrar as regras, não podia desapontar Gerald Duncan. Vincent inalou o ar doloridamente frio. Devia esperar.

Mas então Joanne se aproximou da janela. Ele deu uma boa olhada nela. Oh, como é bonita...

As mãos de Vincent começaram a suar. É claro, podia pegá-la agora simplesmente e deixá-la amarrada para que Duncan a matasse mais tarde. Isso era algo que um amigo compreenderia. Ambos teriam o que queriam.

Afinal, às vezes não se *consegue* esperar.

A fome faz isso com você.

Da próxima vez, abrigue-se melhor. O que você *estava* pensando?

Viajando num táxi fedorento, a trintona Kathryn Dance colocava as mãos em frente ao aquecedor do banco traseiro que soltava um ar que não era quente nem morno; no melhor dos casos, decidiu, podia-se dizer que não estava frio. Ela esfregava os dedos, inclinando as unhas pintadas de vermelho-escuro, e depois deu uma chance a suas pernas cobertas com meias negras de pegar um pouco de ar...

Dance vinha de um lugar onde a temperatura estava sempre por volta dos 23 graus o ano inteiro, e era preciso subir muito a estrada de Carmel Valley para encontrar neve suficiente para andar de trenó e deixar seu filho e sua filha felizes. Quando arrumou a bagagem de última hora para vir a um seminário em Nova York, acabou esquecendo que o nordeste dos Estados Unidos em dezembro equivalia ao Himalaia.

Refletia: posso perder aqui os últimos dois quilos que ganhei no México no mês passado (onde não tinha feito nada mais que sentar numa sala enfumaçada, interrogando um suspeito de sequestro). Se não conseguir isso, pelo menos o peso a mais poderá cumprir seu papel como calefação. Não é justo... Ela puxou o casaco fino em volta de si.

Kathryn Dance era agente especial do California Bureau of Investigation — o CBI, com sede em Monterey. Era uma das mais importantes especialistas do país em interrogatório e cinésica — a ciência de observar e analisar a linguagem corporal e o comportamento verbal de testemunhas e suspeitos. Estivera em Nova York nos últimos três dias apresentando seu seminário sobre cinésica para as agências policiais locais.

Cinésica é uma especialidade incomum no trabalho policial, mas para Kathryn Dance não havia nada igual. Ela era viciada em pessoas, elas a fascinavam, eletrificavam-na. Também a confundiam e desafiavam. Esses bilhões de criaturas ímpares que se moviam pelo mundo, dizendo as coisas mais estranhas, maravilhosas e terríveis... Ela sentia o que elas sentiam, temia o que as assustava, e tinha prazer com a alegria delas.

Dance fora repórter depois da faculdade: jornalismo, essa profissão feita para os sem objetivo mas com curiosidade insaciável.

Terminou cobrindo crimes e passou horas em tribunais, observando advogados, suspeitos e jurados. Compreendeu algo sobre si mesma. Podia olhar para uma testemunha, escutar suas palavras e captar com um sentido imediato quando estava dizendo a verdade e quando não. Podia olhar para os jurados e ver quando estavam chateados, perdidos, com raiva ou chocados, quando acreditavam no suspeito e quando não. E podia dizer quais advogados não serviam para o tribunal e quais iriam brilhar.

Percebia quais policiais cujo coração estava no trabalho que faziam e aqueles que só estavam esperando o tempo passar. (Um dos primeiros em especial chamou sua atenção: um agente do FBI prematuramente grisalho do escritório de San José, que testemunhava com humor e estilo no julgamento de uma gangue que ela estava cobrindo. Conseguiu extorquir dele uma entrevista depois dos veredictos de culpados, e ele extorquiu um encontro com ela. Oito meses depois ela e William Swenson estavam casados.)

No final, chateada com a vida de repórter, Kathryn Dance decidiu mudar de carreira. A vida enlouqueceu numa época em que teve de conciliar seus papéis de mãe de duas crianças pequenas, esposa e estudante de pós-graduação, mas conseguiu terminar a California University em Santa Cruz com um diploma conjunto em psicologia e comunicação. Abriu uma consultoria de avaliação de jurados, aconselhando advogados quais escolher e quais evitar. Era talentosa e ganhou muito dinheiro. Mas seis anos antes decidiu mudar de carreira mais uma vez. Com a ajuda do incansável marido que a apoiava, de sua mãe e de seu pai, que moravam em Carmel, perto dela, voltou mais uma vez à universidade: a Academia de Treinamento do CBI, em Sacramento.

Kathryn Dance virou tira.

O CBI não tinha a cinésica como especialidade, de modo que Dance era tecnicamente apenas outra investigadora, trabalhando em homicídios, sequestros, narcóticos, terrorismo e coisas do tipo. Mas nas agências de polícia os talentos são logo notados e as notícias sobre sua habilidade se espalharam rapidamente. Ela se viu como a residente especialista em entrevistas e interrogatórios (o que, para ela, estava ótimo, já que lhe deu poder de barganha para não ser designada para trabalho infiltrado e perícia, nos quais tinha pouco interesse).

Deu uma olhada no relógio, imaginando quanto tempo duraria essa missão voluntária. Seu voo estava marcado para o final da tarde, mas tinha que ter bastante tempo para chegar ao JFK; o trânsito na cidade era horrível, pior até que o da autoestrada 101 em volta de San José. Não podia perder o avião. Estava ansiosa para voltar para seus filhos. Além disso, os arquivos em sua mesa jamais desapareciam quando estava fora do escritório; ao contrário, se multiplicavam.

O táxi parou.

Dance olhou pela janela.

— É o endereço certo?

— É o que você me deu.

— Não parece uma delegacia de polícia.

Ele também olhou para o edifício pomposo.

— Claro que não. Essa é no número 675.

Sim e não, Dance pensou consigo mesma.

Era uma delegacia de polícia, mas ao mesmo tempo não era.

Lon Sellitto recebeu-a no saguão da frente. O detetive tinha feito seu curso em cinésica no dia anterior no One Police Plaza e ligara, perguntando se ela podia passar por ali para dar uma mão num caso de homicídios múltiplos. Quando ligou e deu o endereço, ela imaginou que era o de uma delegacia de polícia. Acontece que estava quase tão cheio de equipamentos de perícia quanto o laboratório do quartel-general do CBI em Monterey, embora fosse uma residência particular.

Cujo proprietário era nada menos que Lincoln Rhyme.

Outro fato que Sellitto tinha deixado de mencionar.

Dance ouvira falar de Rhyme, é claro — muitos agentes da lei conheciam o brilhante perito-detetive tetraplégico —, mas não tinha conhecimento dos detalhes de sua vida ou de seu papel no DPNY. O fato de ser deficiente físico logo deixou de ser notado; a menos que estivesse estudando linguagem corporal intencionalmente, Kathryn Dance tendia a prestar mais atenção ao olhar das pessoas. Além disso, como um de seus colegas no CBI era paraplégico, ela estava acostumada com pessoas em cadeiras de rodas.

Sellitto a apresentou a Rhyme e a uma detetive alta e intensa chamada Amelia Sachs. Dance notou imediatamente que eram mais que parceiros profissionais. Não foi necessária muita dedução cinésica para saber; quando ela entrou, Sachs estava com os dedos entrelaçados com os de Rhyme e sussurrava algo no ouvido dele, sorrindo.

Sachs a cumprimentou calorosamente e Sellitto a apresentou a vários outros policiais.

Dance percebeu um barulhinho vindo de trás do seus ombros — fones de ouvido pendurados para trás. Ela sorriu e desligou seu iPod, que carregava como se fosse um sistema de apoio à vida.

Sellitto e Sachs contaram sobre o caso de homicídio para o qual queriam sua ajuda — um caso que aparentemente estava sendo comandado por Rhyme, apesar de ser civil.

Rhyme não participou muito da discussão. Seus olhos se voltavam continuamente para um grande quadro, no qual estavam anotações de evidências. Os outros policiais davam detalhes do caso a Dance, embora ela não conseguisse deixar de observar

Rhyme — a maneira como olhava para o quadro, murmurava baixo alguma coisa e sacudia a cabeça, como se punisse a si mesmo por ter perdido algo. De vez em quando fechava os olhos. Uma ou duas vezes comentou alguma coisa sobre o caso, mas, no geral, ignorou Dance.

Ela se divertia. A agente estava acostumada com ceticismo. O que muitas vezes surgia simplesmente porque ela não parecia uma policial típica, essa mulher de quase 1,70 m com cabelos castanho-escuros geralmente penteados, como agora, em uma trança grossa, batom púrpura suave, fones de ouvido de iPod pendurados, a joia de ouro e madrepérola que sua mãe tinha feito, isso sem mencionar sua paixão: sapatos de salto alto muito enfeitados (correr atrás de criminosos em geral não figurava entre suas atividades diárias como tira).

Entretanto, suspeitava de que compreendia a falta de interesse de Rhyme. Como muitos peritos cientistas, ele não confiava em cinésica ou interrogatórios. Provavelmente tinha votado por não chamá-la.

Quanto a Dance, bem, ela reconhecia o valor das evidências físicas, só que estas não a atraíam. Era o lado humano do crime, e da solução do crime, que fazia seu coração bater mais forte.

Cinésica versus perícia...

Jogo aberto, detetive Rhyme.

Enquanto o belo, sardônico e impaciente criminalista continuava com o olhar fixo nos diagramas de evidências, Dance absorveu os detalhes do caso, que era bem estranho. Os assassinatos pelo autodenominado Relojoeiro eram horríveis, com certeza, mas Dance não estava chocada. Já tinha trabalhado em casos tão horripilantes quanto esse. E, afinal, ela vivia na Califórnia, onde Charles Manson tinha estabelecido um padrão de maldade.

Outro detetive do DPNY, Dennis Baker, finalmente lhe disse o que precisavam. Tinham descoberto uma testemunha que poderia ter alguma informação útil mas não estava disposta a fornecer os detalhes.

— Ele alega não ter visto nada — acrescentou Sachs. — Mas tenho a sensação de que viu.

Dance estava desapontada por não interrogar um suspeito e sim uma testemunha. Preferia o desafio de confrontar criminosos, e quanto mais mentirosos fossem, melhor. Ainda assim, entrevistar uma testemunha levava muito menos tempo que quebrar a resistência de suspeitos, e ela não podia perder o voo.

— Verei o que posso fazer — disse.

Remexeu em sua bolsa Coach e de lá tirou óculos redondos com armação rosa-pálida.

Sachs deu os detalhes sobre Ari Cobb, a testemunha relutante, esboçando a cronologia de sua noite tal como tinham conseguido remontar, assim como seu comportamento naquela manhã.

Dance escutou cuidadosamente enquanto bebia o café que o ajudante de Rhyme tinha feito e não resistia à tentação de comer meio pastel doce.

Depois de entender todo o cenário, Dance organizou seus pensamentos. Disse a eles:

— OK, olhem só o que estou pensando. Primeiro, uma aula rápida. Lon assistiu a uma ontem no seminário, mas o que vou dizer permitirá que vocês saibam como conduzirei a entrevista. A cinésica tradicionalmente estudava o comportamento físico da pessoa, sua linguagem corporal, para compreender o estado emocional e se estavam mentindo ou não. A maioria das pessoas, inclusive eu, agora usa o termo para designar todas as formas de comunicação, não apenas a linguagem corporal, mas também comentários e declarações escritas.

"Primeiro, eu faço uma leitura básica da testemunha. Vejo como reage quando responde a coisas que sabemos ser verdadeiras: nome, endereço, trabalho, coisas assim. Vou notar seus gestos, postura, escolha de palavras e o teor do que diz.

"Quando tiver essa leitura básica, vou começar a fazer perguntas e descobrir se mostra estresse. O que significa que ou está mentindo ou tem envolvimento com alguma coisa que estou perguntando. Nesse momento, estarei "entrevistando". Se suspeitar de que está mentindo, a sessão se transforma num "interrogatório". Começo desbastando o que diz, usando uma série de técnicas diferentes, até chegarmos à verdade.

— Perfeito — disse Baker.

Apesar de Rhyme aparentemente estar no comando, deduziu Dance, Dennis Baker era da chefia; tinha aquele ar surrado do sujeito em cujos ombros caía uma investigação como essa, tanto em termos de resultados práticos como políticos.

— Vocês têm um mapa da área sobre a qual estamos falando? — disse Dance. — Gostaria de conhecer a geografia do local. Não se pode ser um interrogador eficiente sem isso. Gosto de dizer que tenho que conhecer o terrário do interrogado.

Lon Sellitto caiu na risada. Dance sorriu sem entender.

— Lincoln diz exatamente a mesma coisa sobre a perícia. — explicou Sellitto. — Se você não conhecer a geografia, estará trabalhando em um vácuo. Certo, Linc?

— Desculpe? — perguntou o criminalista.

— Terrário, você gosta disso?

— Ah.

Seu sorriso educado era o equivalente ao filho de Dance dizer "Tá bem".

Dance examinou o mapa de Downtown, memorizando os detalhes da cena do crime e do horário pós-expediente de Ari Cobb, tal como Sachs e um jovem patrulheiro, Pulaski, informaram.

Finalmente, sentiu-se confortável com os fatos.

— OK, vamos trabalhar. Onde está ele?

— Numa sala do outro lado do saguão.

— Tragam-no.

CAPÍTULO 7

Um instante depois um policial uniformizado trouxe um baixo e bem-apessoado homem de negócios, vestindo um terno caro. Dance não sabia se ele chegara a ser preso, mas a maneira como tocava seus pulsos indicava que fora recentemente algemado.

Dance cumprimentou o homem, que estava inquieto e zangado, e apontou para que se sentasse numa cadeira. Sentou-se diante dele — nada entre os dois — e deslizou para a frente até que se colocou numa zona proximal neutra, expressão que se refere ao espaço físico entre o interrogado e seu entrevistador. Essa zona pode ser ajustada para deixar o interrogado mais ou menos confortável. Ela não estava perto demais para ser invasiva nem tão longe que lhe desse uma sensação de segurança. ("Você força os nervos do nervoso", diz em suas conferências.)

— Sr. Cobb, meu nome é Kathryn Dance. Sou agente da lei e gostaria de conversar com você sobre o que viu ontem à noite.

— Isto é ridículo. Já contei a eles — disse com um aceno para Rhyme —, contei tudo o que vi.

— Bem, acabei de chegar. Não tenho a vantagem de ter escutado o que disse antes.

Anotando as respostas, ela fez algumas perguntas simples — onde tinha vivido e trabalhado, estado civil, e coisas assim — o que serviu para demonstrar a reação padrão de Cobb diante do estresse. Escutava cuidadosamente as respostas. ("Observar e escutar são as duas partes mais importantes da entrevista. Falar vem em último lugar".)

Uma das primeiras tarefas do entrevistador é determinar o tipo de personalidade do interrogado — se é introvertido ou extrovertido. Esses tipos não são o que a maioria das pessoas pensa: não se trata de ser impetuoso ou reservado. A distinção é sobre como as pessoas tomam decisões. Um introvertido é governado pela intuição e emoção mais que pela lógica e pela razão; um extrovertido é o contrário. Designar personalidades ajuda o entrevistador a formular as perguntas e saber o tom e a conduta física a serem adotados quando se fazem perguntas a eles. Por exemplo, assumir uma abordagem grosseira e brusca com um introvertido o fará se recolher dentro de sua concha.

Ari Cobb, entretanto, era o extrovertido clássico e, além do mais, arrogante — sem luvas de pelica quando achava necessário. Esse era o tipo de interrogado favorito de Kathryn Dance. Ela batia duro quando os entrevistava.

Cobb cortou uma pergunta:

— Vocês já me mantiveram aqui muito tempo. Tenho que ir trabalhar. O que aconteceu com aquele homem não é culpa minha.

Respeitosa mas firme, Dance disse:

— Oh, não é uma questão de culpa... Agora, Ari, vamos falar sobre a noite passada.

— Você não acredita em mim. Está me chamando de mentiroso. Eu não estava *lá* quando o crime aconteceu.

— Não estou sugerindo que você tenha mentido. Mas ainda assim poderia haver algo que viu e que nos ajudaria. Algo que você não acha importante. Veja, parte do meu trabalho é ajudar as pessoas a se lembrarem das coisas. Vamos repassar juntos os acontecimentos da noite passada e talvez alguma coisa lhe ocorra.

— Bem, não há nada que eu tenha visto. Simplesmente deixei cair um dinheiro. Só isso. Lidei mal com essa situação toda. E agora é um caso federal. Isso tudo é uma merda.

— Apenas vamos voltar para ontem. Um passo de cada vez. Você estava trabalhando em seu escritório. Stenfeld Brothers Investments. No Edifício Hartsfield.

— Sim.

— O dia inteiro?

— Certo.

— A que horas você saiu do trabalho?

— Um pouco antes de 19h30.

— E o que você fez depois disso?

— Fui até o Hanover's para uns drinques.

— Isso é na rua Water — disse ela.

Sempre mantenha o interrogado tentando adivinhar o quanto você sabe.

— Sim. É um lugar que serve martínis e tem caraoquê. Eles chamam de Noite Martmusica.

— Esperto.

— Tem um grupo que sempre encontro lá. Vamos muito. Alguns amigos. Amigos íntimos.

Ela notou que a linguagem corporal dizia que estava quase acrescentando algo mais — provavelmente antecipando que ela perguntaria pelos nomes. Estar sempre pronto com um álibi é sinal de trapaça — o interrogado tende a pensar que oferecer o álibi é o suficiente, e que a polícia não vai se dar ao trabalho de verificar, ou não vai ser inteligente o suficiente para perceber que tomar um drinque às 20 horas não elimina sua culpa em um roubo que aconteceu às 19h30.

— E quando você saiu de lá?

— Mais ou menos às 21 horas.

— E foi para casa?

— Sim.

— Para o Upper East Side.

Um assentimento.

— Você pegou uma limusine?

— Limusine, claro — disse ele sarcasticamente. — Não, o metrô.

— Em que estação?

— Wall Street.

— Você caminhou?

— Sim.

— Como?

— Cuidadosamente — disse ele, sorriso aberto. — O chão estava gelado.

Dance sorriu.

— Qual caminho?

— Desci a rua Water, cortei pela Cedar até a Broadway e depois para o sul.

— E foi lá que você perdeu seu dinheiro. Na Cedar. Como isso aconteceu?

O tom das perguntas não era nada ameaçador. Ele estava relaxando. Sua atitude era menos agressiva, o sorriso e a voz calma e baixa dela o estavam deixando à vontade.

— Pelo que posso imaginar, caiu quando estava tirando meu bilhete do metrô.

— Quanto dinheiro havia mesmo lá?

— Mais de 300.

— Puxa...

— Sim, puxa.

Ela acenou para o envelope de plástico com o dinheiro e o clipe.

— Parece também que você tinha acabado de passar por um caixa eletrônico. Pior momento para perder dinheiro, certo? Logo depois de um saque.

— Sim.

Ele deu um sorriso.

— Quando você chegou no metrô?

— Às 21h30.

— Tem certeza de que não foi mais tarde?

— Tenho. Verifiquei meu relógio quando estava na plataforma. Eram 21h35, para ser exato.

Olhou seu enorme Rolex de ouro. Querendo dizer, ele supunha, que com um relógio tão caro, era capaz de dizer a hora certa.

— E então?

— Voltei para casa e jantei num restaurante perto do meu edifício. Minha mulher estava fora da cidade. Ela é advogada. Trabalha com finanças corporativas. É uma associada.

— Voltemos para a rua Cedar. Havia luzes acesas? Pessoas em casa, nos apartamentos?

— Não, lá só tem escritórios e lojas. Não é residencial.

— Não tem restaurantes?

— Alguns, mas só abrem para o almoço.

— Alguma construção?

— Estão reformando um edifício do lado sul da rua.

— Havia alguém pelas calçadas?

— Não.

— Carros andando devagar, de maneira suspeita?

— Não — disse Cobb.

Dance percebia vagamente os outros policiais os observando. Sem dúvida estavam impacientes, esperando, como a maioria das pessoas, pelo grande "Momento de Confissão". Ela os ignorou. Ninguém existia de verdade, salvo o agente e seu interrogado. Kathryn Dance estava em seu próprio mundo — uma "zona", como seu filho Wes às vezes dizia (ele era o atleta da família).

Ela olhou as anotações que tinha feito. Depois fechou o bloco e substituiu seus óculos por outros, como se estivesse trocando lentes de leitura por lentes de distância. Na verdade, a receita era a mesma, mas em vez das lentes grandes e redondas e armação pastel, essas eram pequenas e retangulares, com armação escura de metal, que a fazia parecer uma predadora. Ela chamava essa armação de "Óculos do Exterminador". Dance aproximou-se de Cobb. Ele cruzou as pernas.

Com uma voz muito mais irritada, ela perguntou:

— Ari, de onde veio realmente esse dinheiro?

— O...

— Dinheiro? Você não retirou de um caixa automático.

Foi durante seus comentários sobre o dinheiro que ela notou um aumento do nível de estresse: os olhos dele estavam fixos nos dela, mas as pálpebras se mexiam ligeiramente e sua respiração se alterou, ambos grandes desvios de seu comportamento "honesto".

— Sim, tirei sim — contestou.

— De que banco?

Uma pausa.

— Você não pode me obrigar a dizer isso.

— Mas podemos requisitar seus dados bancários. E vamos detê-lo até conseguirmos isso. O que pode demorar um ou dois dias.

— Fui numa porra de um caixa eletrônico!

— Não foi isso que perguntei. Perguntei de onde vinha o dinheiro no seu clipe de notas.

Ele olhou para baixo.

— Você não foi honesto comigo, Ari. O que significa que está metido numa grande encrenca. Agora, o dinheiro?

— Não sei. Provavelmente parte dele veio do caixa pequeno da minha firma.

— Que você retirou ontem?

— Acho que sim.

— Quanto?

— Eu...

— Vamos intimar e recolher também os livros do seu empregador.

Ele olhou chocado. Depois disse rapidamente:

— Mil dólares.

— Onde está o resto disso? Trezentos e quarenta no clipe de notas. Onde está o resto?

— Gastei um pouco no Hanover's. É uma despesa de negócios. É legítima. É parte do meu trabalho...

— Perguntei onde estava o resto do dinheiro.

Uma pausa.

— Deixei um pouco em casa.

— Em casa? Sua mulher já está de volta? Ela pode confirmar isso?

— Ela ainda está fora.

— Então vamos mandar um policial recolher esse dinheiro. Onde ele está, exatamente?

— Não me lembro.

— Mais de 600 dólares? Como é que você esquece onde colocou 600 dólares?

— Não sei. Você está me confundindo.

Ela se aproximou mais, para dentro de uma zona proximal mais ameaçadora.

— O que você estava fazendo de verdade na rua Cedar?

— Caminhando para a porra do metrô.

Dance agarrou o mapa de Manhattan.

— O Hanover's está *aqui*. O metrô, *aqui*. — Os dedos dela faziam um barulho alto com cada golpe no papel grosso. — Não faz sentido caminhar pela Cedar para sair do Hanover's e ir para a estação Wall Street do metrô. Por que você caminharia por aí?

— Queria fazer um pouco de exercício. Gastar o que bebi de Cosmopolitans e o que comi de asas de galinha.

— Com gelo na calçada e a temperatura bem abaixo de zero? Você faz isso sempre?

— Não, aconteceu de fazer isso naquela noite.

— Se você não caminha frequentemente por ali, como é que sabe tanto sobre a rua Cedar? O fato de não ter residências, a hora de fechamento dos restaurantes e a obra?

— Simplesmente sei. Que merda é essa?

O suor formava gotas em sua testa.

— Quando você deixou cair o dinheiro, tirou as luvas para pegar seu bilhete do metrô?

— Não sei.

— Eu acho que sim. Não se pode meter a mão no bolso usando luvas de inverno.

— Tá bem — respondeu, brusco. — Já que você sabe tanto, então tirei.

— Com a temperatura baixa como estava, por que você faria isso dez minutos antes de chegar ao metrô?

— Você não pode falar comigo assim.

Ela disse com a voz firme e baixa:

— E você também não conferiu a hora na plataforma do metrô, não foi?

— Sim, conferi. Era 21h35.

— Não, você não fez isso. Não ia exibir um relógio de 5 mil dólares de noite na plataforma do metrô.

— OK, é isso. Pronto. Não vou falar mais nada.

Quando um interrogador enfrenta um interrogado mentiroso, essa pessoa sofre um intenso estresse e responde de várias maneiras para tentar escapar dele — "muros à verdade", como Dance as chamava. A condição de resposta mais destrutiva e difícil de quebrar é a raiva, seguida pela depressão, depois pela negação, e finalmente pela barganha. O papel do interrogador é decidir em qual estado o suspeito está e neutralizá-lo — e quaisquer outros que venham depois —, até que finalmente o interrogado chega ao estado da aceitação, ou seja, confissão, no qual finalmente será honesto.

Dance tinha avaliado que, apesar de Cobb exibir alguma raiva, estava primariamente no estado de negação — tais interrogados são muito rápidos para alegar problemas de memória e culpar o interrogador por incompreensões. A melhor maneira para quebrar um interrogado em estado de negação é fazer o que Dance tinha acabado de fazer: o que é conhecido como "ataque aos fatos". Com um extrovertido, sempre se rebate as fraquezas e contradições das histórias que contam, uma depois da outra, até que suas defesas estejam despedaçadas.

— Ari, você saiu do trabalho às 19h30 e foi para o Hanover's. Sabemos disso. Ficou lá uma hora e meia. Depois disso caminhou dois quarteirões fora do seu caminho até a rua Cedar. Você conhece a Cedar muito bem porque vai lá pegar prostitutas. Noite passada, entre 21 e 21h30, uma delas parou o carro perto do beco. Você negociou um preço e a pagou. Entrou no carro com ela. Saiu do carro lá pelas 22h15. Foi aí que deixou cair o dinheiro no meio-fio, provavelmente vendo no celular se sua mulher tinha chamado, ou pegando algum dinheiro a mais para gorjeta.

Enquanto isso, o assassino tinha entrado no beco e você notou alguma coisa. O quê? O que você viu?

— Não...

— Sim — disse Dance calmamente. Encarou-o e não disse mais nada.

Finalmente ele abaixou a cabeça e suas pernas se descruzaram. Seus lábios tremiam. Não estava confessando mas tinha subido um degrau no estado de resposta ao estresse — da negação para a tentativa de barganhar. Agora Dance tinha que mudar a linha de ação. Tinha que mostrar compreensão e abrir uma porta para que ele livrasse a cara. Até mesmo os indivíduos mais cooperativos, no estado de barganha, continuarão a mentir ou a negar, se o interrogador não deixar algum espaço para sua dignidade e um modo de escapar das piores consequências do que fizeram.

Ela tirou os óculos e se recostou.

— Olhe, Ari, não queremos arruinar sua vida. Você se assustou. É compreensível. Mas o homem que queremos deter é muito perigoso. Já matou duas pessoas e pode matar mais. Se você puder ajudar, o que soubemos aqui hoje sobre você não precisa vir a público. Sem intimações, telefonemas para sua esposa ou seu patrão.

Dance olhou para o detetive Baker, que disse:

— Tem toda a razão.

Cobb suspirou. Olhando o chão, murmurou:

— Porra, eram apenas 300 dólares de merda. Por que merda tive que voltar lá hoje de manhã?

Ganância e estupidez, pensou Kathryn Dance. Mas disse gentilmente:

— Todos nós cometemos erros.

Uma hesitação. Depois ele suspirou de novo.

— Olhe, é uma coisa louca. Não foi muito o que vi, quer dizer. Provavelmente vocês não vão acreditar em mim. Mal vi qualquer coisa. Nem mesmo vi uma pessoa.

— Se for honesto conosco, acreditaremos em você. Continue.

— Era por volta das 22h30, um pouco depois. Depois que saí do... carro da garota, comecei a andar para o metrô. Você está certa. Parei e tirei meu celular do bolso. Liguei para ver se tinha mensagens. Foi aí que o dinheiro caiu, acho. Eu *estava* passando pelo beco. Olhei para o fundo e vi faróis traseiros lá no fundo.

— Que tipo de carro? — perguntou Sachs.

— Não vi o carro, só os faróis traseiros. Juro.

Dance acreditou nisso. Ela assentiu para Sachs.

— Espere — disse Rhyme de repente. — No *final* do beco?

O criminalista estava ouvindo tudo, afinal.

— Certo. Bem no fundo. Então as luzes de ré se acenderam e o carro começou a vir na minha direção. O motorista dirigia rápido e então continuei caminhando. Daí ouvi o barulho de freios e ele parou e desligou o motor. Ainda estava no beco. Eu continuei caminhando. Ouvi a porta bater e um barulho. Como um pedaço grande de metal caindo no chão. Isso foi tudo. Não vi ninguém. Nesse instante já tinha passado pelo beco. Verdade.

Rhyme olhou para Dance, que assentiu confirmando que ele dizia a verdade.

— Descreva a garota com quem você estava — disse Dennis Baker. — Também quero falar com ela.

Cobb disse rapidamente:

— Lá pelos 30 anos. Afro-americana, cabelos curtos crespos. O carro dela era um Honda, acho. Não vi a placa. Ela era bonita — acrescentou como uma desculpa patética.

— Nome?

Cobb suspirou.

— Tiffanee. Com dois "e". Não é com "y".

Rhyme deu uma risadinha.

— Ligue para a Costumes, pergunte sobre garotas que costumam trabalhar na Cedar — ordenou a seu assistente magro e meio careca.

Dance fez mais algumas perguntas, depois balançou a cabeça para Lon Sellitto e disse:

— Acho que o Sr. Cobb aqui nos disse tudo que sabe. — Ela olhou para o corretor e disse com sinceridade: — Obrigada por sua cooperação.

Ele piscou, sem saber o que fazer com o comentário dela. Mas Kathryn Dance não estava sendo sarcástica. Ela nunca levava para o lado pessoal as palavras ou os olhares (e, às vezes, cusparadas ou objetos atirados) dos interrogados. Um entrevistador cinésico tem que lembrar que o inimigo nunca é o próprio indivíduo, e sim as barreiras que ele ergue contra a verdade, às vezes até sem intenção.

Sellitto, Baker e Sachs debateram por alguns minutos e decidiram liberar o negociante sem acusações. O interrogado caprichoso foi embora, com um olhar que Dance conhecia muito bem: parte terror, parte desgosto e parte puro ódio.

Depois que ele saiu, Rhyme, que estava olhando o diagrama da cena do assassinato no beco, disse:

— É curioso. Por alguma razão o criminoso decidiu que não queria a vítima no fundo do beco, então deu a ré e escolheu o ponto a cerca de 5 metros da calçada... Fato interessante. Mas será *útil*?

Sachs assentiu.

— Sabe, pode ser. Parece que não caiu neve no fundo do beco. Eles podem não ter jogado sal por lá. Nós poderíamos levantar algumas pegadas ou marcas de pneus.

Rhyme fez uma ligação — com um impressionante programa de reconhecimento de voz — e mandou alguns policiais de volta à cena. Pouco depois, eles telefonaram e relataram que tinham descoberto marcas de pneus frescas no fundo do beco, assim como uma fibra marrom, que aparentemente combinava com as que havia na sola e no relógio da vítima. Transmitiram as fotos digitais da fibra e das marcas e a medida da distância entre as rodas.

A despeito de sua falta de interesse pela perícia criminal, Dance se viu intrigada com essa coreografia. Rhyme e Sachs eram uma equipe particularmente perspicaz. Ela se impressionou quando, dez minutos depois, o técnico Mel Cooper olhou por cima da tela do computador e disse:

— Com essa medida entre as rodas e essas fibras marrons em particular, provavelmente é um Ford Explorer, dois ou três anos de fabricação.

— A chance é de que seja o mais antigo — disse Rhyme.

Por que ele disse isso?, perguntou-se Dance.

Sachs observou o franzido em seu rosto e respondeu:

— Os freios chiaram.

Ah.

— Essa foi ótima, Kathryn. Você acertou em cheio — disse Sellitto a Dance.

— Como você conseguiu? — perguntou Sachs.

Ela explicou o processo que usara:

— Saí pescando. Revisei tudo o que ele tinha contado: o bar depois do trabalho, o metrô, o dinheiro e o clipe de notas, o beco, a cronologia dos eventos e a geografia. Observei a reação cinésica dele diante de cada pergunta. Dinheiro era um assunto particularmente sensível. O que ele estava fazendo de errado com o dinheiro? Um homem de negócios extrovertido e narcisista como ele? Percebi que se tratava de sexo ou de drogas. Mas um corretor de Wall Street não anda comprando drogas nas ruas: teria que ter uma conexão. Sobraram as prostitutas. Simples.

— Essa foi hábil, não acha, Lincoln? — perguntou Cooper.

Dance se surpreendeu ao ver que o criminalista podia dar de ombros. Depois ele disse com voz neutra:

— Funcionou bem. Conseguimos algumas evidências que talvez demorássemos um pouco para conseguir.

Seus olhos se voltaram para o quadro.

— Lincoln, deixe disso. Conseguimos o modelo do carro. Não teríamos isso se não fosse por ela. — Sellitto disse para Dance: — Não leve para o pessoal. Ele não confia em testemunhas.

Rhyme fechou a cara para o detetive.

— Não é uma competição, Lon. Nosso objetivo é a verdade, e minha experiência diz que a confiabilidade de testemunhas é algo menor que as evidências físicas. Só isso. Não existe nada de pessoal sobre o assunto.

Dance assentiu.

— Engraçado você dizer isso. Eu digo às pessoas nas minhas conferências: o nosso principal trabalho como tiras não é jogar os bandidos na cadeia, é chegar até a verdade. — Ela também deu de ombros. — Nós acabamos de ter um caso na Califórnia em que um preso no corredor da morte foi inocentado no dia anterior ao previsto para a execução. Um detetive particular amigo meu passou três anos trabalhando para o advogado dele para saber o que havia acontecido. Ele simplesmente não aceitava que tudo fosse como parecia ser. O preso estava a trinta horas de morrer e resulta que era inocente... Se aquele detetive particular não tivesse procurado a verdade todos esses anos, agora ele estaria morto.

— Eu sei como isso aconteceu. O réu foi condenado porque uma testemunha cometeu perjúrio, e a análise do DNBA o libertou, certo? — disse Rhyme.

Dance voltou-se.

— Não, na verdade não houve testemunhas do assassinato. O verdadeiro assassino plantou falsas evidências físicas incriminando-o.

— Que tal essa? — disse Sellitto, ele e Amelia Sachs compartilharam um sorriso.

Rhyme olhou os dois com frieza.

— Bem — disse ele para Dance —, sorte que as coisas se resolveram da melhor forma possível... Agora é melhor eu voltar ao trabalho.

Seus olhos se dirigiram para o quadro.

Dance despediu-se de todos e vestiu o casaco enquanto Sellitto a levava até a saída. Na rua, ela caminhou até o meio-fio, onde enfiou os fones de ouvido de volta no iPod e ligou o aparelho. Essa lista de músicas em particular tinha folk, rock irlandês e umas músicas pesadas dos Rolling Stones (uma vez, num show, ela tinha feito uma análise cinética de Mick Jagger e Keith Richards para divertir seus amigos).

Estava fazendo sinal para um táxi quando compreendeu que sentia algo estranho e perturbador. Passou-se um momento antes que percebesse o que era. Estava chateada e lamentava que seu curto envolvimento com o caso do Relojoeiro tivesse terminado.

Joanne Harper sentia-se bem.

Bonita, com 32 anos, ela estava na oficina alguns quarteirões a leste de sua floricultura no SoHo. Estava entre amigos.

Quer dizer, estava entre rosas, orquídeas *cymbidium*, estrelítzias, lírios, helicônias, antúrios e colônias.

A oficina ficava em uma área grande no térreo do que havia sido um armazém. Era cheia de correntes de ar, fria, e ela deixava a maioria das salas no escuro para proteger as flores. Ainda assim, adorava aquilo ali, o frio, a luz baixa, o cheiro de lilases e fertilizante. Estava no meio de Manhattan, sim, mas aquilo parecia mais uma floresta tranquila.

A mulher colocou um pouco mais da espuma de base de arranjos dentro do enorme vaso de cerâmica diante dela.

Sentindo-se bem.

Por várias razões: porque estava trabalhando em um projeto lucrativo para o qual tinha total liberdade para criar.

E por causa do alvoroço de seu encontro na noite anterior.

Com Kevin, que sabia que copos-de-leite precisavam de uma drenagem excepcionalmente boa para florescer, e que o sedum florescia num carmim brilhante durante setembro, e que Donn Clendendon mandou três bolas por cima do muro para ajudar os Mets a derrotarem Baltimore em 1969 (o pai dela tinha captado dois dos *homers* com sua Kodak).

Kevin, o bonitinho. Kevin com covinhas e um belo sorriso. *Sans* atuais ou ex-esposas.

Poderia ficar melhor que isso?

Uma sombra cruzou as janelas da frente. Ela deu uma olhada, mas não viu ninguém. Era um trecho deserto da rua Spring leste e os pedestres eram escassos. Examinou as janelas. Realmente tinha que mandar Ramón lavá-las. Bem, isso esperaria até o tempo esquentar.

Continuou montando o vaso, pensando novamente em Kevin. Será que as coisas entre eles iriam em frente?

Talvez.

Talvez não.

Na verdade, não importava (tudo bem, importava, sim, mas uma mulher solteira urbanoide de 32 anos tinha que levar as coisas na base do "não importa"). Mas o *importante* era que se divertia com ele. Depois de ter feito o jogo da pós-divorciada em Manhattan durante vários anos, sentia-se no direito de ter alguma diversão com outro homem.

Joanne Harper, que tinha alguma semelhança com a ruiva de *Sex and the City*, chegara à cidade havia dez anos para se transformar numa artista famosa, viver num estúdio no East Village e vender seus quadros numa galeria em Tribeca. Mas o mundo das artes tinha outras ideias. Era muito árduo, muito mesquinho, também, bem, *pouco* artístico. O que importava era ser polêmico, complicado, comível ou rico. Joanne desistiu das belas-artes e tentou o desenho gráfico por um tempo, mas também não ficou satisfeita. Num momento de capricho aceitou um trabalho numa firma de paisagismo de interiores em Tribeca e se apaixonou pelo negócio. Decidiu que, se fosse morrer de fome, pelo menos ficaria faminta fazendo uma coisa pela qual era apaixonada.

A piada, entretanto, foi que ela se transformou num sucesso. Conseguira abrir sua própria empresa havia alguns anos. Esta agora incluía a floricultura a varejo na Broadway e a operação comercial da rua Spring, que prestava serviços para companhias e organizações, preparando diariamente flores para escritórios e grandes arranjos para encontros, cerimônias e eventos especiais.

Continuou a acrescentar espuma, folhagem, galhos de eucalipto e bolinhas de vidro nos vasos — as flores seriam colocadas no último instante. Joanne tremeu ligeiramente por causa do ar gelado. Deu uma olhada no relógio na parede escura da oficina. Não tinha que esperar muito tempo. Kevin ia fazer algumas entregas hoje na cidade. Telefonara de manhã dizendo que estaria na floricultura à tarde. E, olhe, se você não estiver fazendo nada, talvez pudéssemos sair para tomar um cappuccino ou coisa assim.

Café no *dia* seguinte a um encontro? Ora, ora...

Outra sombra na janela.

Ela olhou mais uma vez, rapidamente. Ninguém. Mas ela se sentiu inquieta. Os olhos deslizaram até a porta da frente, que nunca usava. Caixas estavam arrumadas diante dela. Está trancada... ou não?

Joanne espremeu os olhos para ver melhor, mas, com o brilho do sol, não podia ter certeza. Deu a volta pela mesa de trabalho para verificar.

A poucos metros, na calçada lá fora, havia um homem enorme olhando para ela. Alto e gordo, ele se inclinava para olhar através da janela da oficina, abrigando os olhos. Usava óculos de aviador fora de moda com lentes espelhadas, boné de beisebol e uma parca de cor creme. Por conta do ofuscamento e da sujeira na vitrina, ele não podia ver que ela estava bem diante dele.

Joanne parou no ato. Às vezes pessoas davam uma olhadela, curiosas, mas havia uma intensidade na postura dele, e a maneira como rondava a incomodou muito. A porta da frente não era de vidro especial; qualquer pessoa com um martelo ou um tijolo podia arrombar. E com o tráfego rarefeito nessa parte do SoHo, um assalto poderia passar completamente despercebido.

Ela recuou.

Talvez seus olhos tivessem se acostumado à luz ou ele tivesse descoberto um pedacinho de janela limpa pois então a notou. Deu um pulo para trás, surpreso. Parecia debater sobre alguma coisa. Depois deu a volta e desapareceu.

Avançando, Joanne apertou o rosto contra a vidraça, mas não pôde ver para onde tinha ido. Havia algo muito assustador nele — o modo como ficara ali parado, cabeça inclinada, mãos enfiadas nos bolsos, olhando por aqueles óculos estranhos.

Joanne arrastou os vasos para o lado e deu outra olhada lá fora. Não havia sinal do homem. Ainda assim, ela cedeu à tentação de sair e ir para a floricultura, verificar os recibos da manhã e conversar com o pessoal até Kevin chegar. Vestiu o casaco, hesitou e saiu pela porta de serviço. Olhou de um lado para o outro na rua. Não havia sinal dele. Caminhou na direção da Broadway, lado oeste, a direção para onde o grandalhão tinha ido. Saiu e caminhou por um enorme raio de luz solar perfeitamente clara, que parecia quase quente. O brilho a ofuscou e ela apertou os olhos, alarmada por não poder enxergar claramente. Joanne parou, não querendo passar pelo beco mais acima da rua. Será que o homem tinha entrado ali? Estaria escondido, esperando por ela?

Decidiu caminhar na direção leste, a direção oposta, e dar a volta para chegar na Broadway pela rua Prince. O caminho por ali era mais deserto, mas pelo menos não tinha que passar por nenhum beco. Apertou bem seu casaco e apressou o passo, cabeça baixa. Logo a imagem do homem gordo tinha fugido de sua mente e ela mais uma vez pensava em Kevin.

Dennis Baker foi ao centro para relatar o progresso da investigação e o resto da equipe continuou a examinar as evidências.

O telefone do fax tocou e Rhyme olhou ansioso para o aparelho, na esperança de que fosse algo útil. Mas as páginas eram para Amelia Sachs. Rhyme observava atentamente seu rosto enquanto ela lia. Ele conhecia o olhar. Como um cão atrás de uma raposa.

— O quê, Sachs?

Ela sacudiu a cabeça.

— A análise das evidências da casa de Ben Creeley em Westchester. Nenhuma correspondência no IAFIS, mas havia marcas de textura de couro em alguns dos instrumentos da lareira e na escrivaninha de Creeley. Quem abriu as gavetas usando luvas?

Não havia, é claro, nenhum banco de dados de marcas de luvas, mas se Sachs descobrisse um par em posse de um suspeito que correspondesse ao padrão, isso seria evidência circunstancial sólida para colocá-lo na cena, quase tão boa quanto uma digital com marcas bem claras.

Ela continuou a ler.

— E a lama que descobri em frente da lareira? Não corresponde ao solo do quintal de Creeley. Conteúdo ácido maior e alguns poluentes. Como os de um local industrial. — Sachs continuou: — Havia alguns vestígios de cocaína queimada na lareira. — Olhou para Rhyme e deu um sorriso torto. — Uma decepção se minha primeira vítima de assassinato não for assim tão inocente.

Rhyme sacudiu os ombros.

— Freira ou traficante de drogas, Sachs, assassinato ainda é assassinato. O que mais você tem?

— A cinza que descobri na lareira, o laboratório não conseguiu recuperar muita coisa, mas descobriram isso. — Ela mostrou a foto de registros financeiros, como uma planilha ou livro de contabilidade, marcando entradas totalizando milhões de dólares. — Descobriram parte de um logotipo ou coisa parecida nele. Os técnicos ainda estão pesquisando. E vão mostrar as entradas para um perito contador para ver se descobre algum sentido. Também descobriram parte da agenda dele. Coisas sobre trocar o óleo do carro, hora no barbeiro; aliás, pouco se parece com a agenda semanal de quem pretende se matar... E um dia antes de morrer ele esteve no St. James Tavern.

Ela bateu os dedos na página, aquela recuperada da agenda.

Uma nota de Nancy Simpson explicava sobre o lugar: "Bar na rua East Ninth. Vizinhança vagabunda. Por que um contador rico iria lá? Parece curioso."

— Não necessariamente.

Ela olhou para Rhyme e depois caminhou até o canto da sala. Ele captou a mensagem e a seguiu na cadeira de rodas Storm Arrow.

Sachs se agachou a seu lado. Ele se perguntou se ela pegaria sua mão (desde que um pouco de sensação voltara a seus dedos e seu punho direito, enlaçar as mãos tinha grande importância para os dois). Mas havia uma linha tênue entre suas vidas pessoais e profissionais e agora ela permanecia puramente profissional.

— Rhyme — sussurrou.

— Eu sei o que...

— Deixe-me terminar.

Ele resmungou.

— Tenho que dar continuidade a isso.

— Prioridades. Seu caso está mais frio que o do Relojoeiro, Sachs. Seja lá o que tenha acontecido com Creeley, mesmo que ele tenha sido assassinado, o criminoso provavelmente não é um serial killer. O Relojoeiro é. Ele tem que ser nossa prioridade. Independente das evidências que existirem no caso de Creeley, ainda estarão lá depois que agarrarmos nosso rapaz.

Ela sacudia a cabeça.

— Acho que não, Rhyme. Já comecei a fazer perguntas. Você sabe como isso funciona. O caso começa a ser falado. Evidências e suspeitos podem estar desaparecendo agora mesmo.

— E o Relojoeiro provavelmente também está fazendo pontaria em alguém agora mesmo. Ele poderia estar *matando* alguém agora mesmo... E, acredite em mim, se houver outro assassinato e nós deixarmos cair a peteca, a confusão vai ser grande. Baker me disse que o nosso pedido veio do último andar.

Insistiu...

— Não vou deixar cair a peteca. Se houver outra cena, eu processo. Se Bo Haumann planejar alguma operação tática, estarei lá.

Rhyme fez uma careta exagerada.

— Tática? Você não vai ganhar a sobremesa antes de terminar os legumes.

Ela riu e então ele sentiu a pressão da mão dela.

— Deixe disso, Rhyme, estamos na terra dos tiras. Ninguém cuida apenas de um caso por vez. A maioria do pessoal da Grandes Casos tem dúzias de pastas na mesa. Eu posso lidar com *dois*.

Perturbado por um pressentimento que não conseguia articular, Rhyme hesitou, mas depois disse:

— Esperemos que sim, Sachs. Esperemos.

Era a maior bênção que ele podia dar.

CAPÍTULO 8

Ele veio *aqui*?

Amelia Sachs, parada ao lado de uma jardineira que fedia a urina e tinha apenas um caule amarelo morto, olhou pela janela imunda.

Ela suspeitava de que o lugar seria ruim, conhecendo o endereço, mas não *tão* ruim. Sachs estava parada do lado de fora do St. James Tavern, em cima de um pedaço de concreto quebrado que saía da calçada. O bar ficava na rua East Ninth, na Alphabet City, apelido que se referia às avenidas que a cortavam: A, B, C e D. Alguns anos antes, o lugar era um terror, remanescente dos terrenos baldios ocupados por gangues do Lower East Side. Havia melhorado um pouco (bocas de crack se metamorfosearam em caríssimos lofts reformados, com vista), mas ainda era uma vizinhança barra-pesada; jogada na neve aos pés de Sachs havia uma seringa hipodérmica descartada, e uma bala 9 mm estava incrustada no rebordo da janela a meio metro do seu rosto.

Que diabos o contador/investidor capitalista Benjamin Creeley, proprietário de duas casas e de uma BMW, estaria fazendo num lugar desses, um dia antes de morrer?

No momento, a grande e surrada taverna não estava muito cheia. Através da janela engordurada ela localizou os moradores locais no balcão e nas mesas: mulheres e homens magricelas que conseguiam um bocado, ou a maior parte, de suas calorias diárias no gargalo de uma garrafa. Numa pequena sala dos fundos estavam alguns brancos de jeans, macacões, camisas de trabalho. Quatro deles, todos falando alto — mesmo através da janela escutavam-se as vozes grosseiras e as risadas. Ela pensou imediatamente nos vagabundos que passavam horas e horas nos clubes da máfia, alguns tolos, outros preguiçosos — mas todos perigosos. Uma olhada lhe deu a certeza de que aqueles eram homens que machucavam pessoas.

Entrando no lugar, Sachs encontrou um banco no fim da ponta menor do bar em L, onde ficava menos visível. A bartender era uma mulher de uns 50 anos, rosto estreito, unhas vermelhas, cabelo preso para cima como o de uma cantora de música country. Toda a sua postura mostrava cansaço e lassidão. Sachs pensou que não era por já ter visto de tudo, mas sim porque tudo o que *vira* tinha sido em lugares como esse.

A detetive pediu uma Coca diet.

— Ei, Sonja — chamou uma voz da sala dos fundos.

No espelho sujo atrás do bar, Sachs pôde ver que a voz era de um tipo louro com jeans extremamente apertados e casaco de couro. Tinha uma cara de fuinha e parecia estar bebendo havia muito tempo.

— O Dickey aqui quer você. É um cara tímido. Venha até aqui e visite o garotinho tímido.

— Foda-se — gritou alguém, supostamente Dickey.

— Venha cá, Sonja, amorzinho! Sente aqui no colinho do tímido. É confortável. Bem macio. Não tem nenhum inchaço.

Algumas risadas.

Sonja sabia que ela também era o alvo daquelas piadas cruéis, mas gritou de volta bravamente:

— Dickey? Ele é mais novo que meu filho.

— Tudo bem, todo mundo aqui sabe que ele é um filho da puta!

Enorme gargalhada.

Os olhos de Sonja encontraram os de Sachs e logo se desviaram, como se tivesse sido vista ajudando e confortando o inimigo. Mas uma das vantagens dos bêbados é que eles não conseguem manter por muito tempo coisa alguma — crueldade ou euforia —, e logo o grupo estava conversando sobre esportes e contando piadas grosseiras. Sachs tomou um gole da bebida e perguntou a Sonja:

— Então, como vão as coisas?

A mulher respondeu com um sorriso padrão.

— Tudo bem.

Não tinha o menor interesse em ser simpática, especialmente com uma mulher mais jovem e mais bonita e que não tinha que cuidar de um bar como aquele.

Tudo bem. Sachs foi direto ao ponto. Mostrou discretamente o distintivo e depois uma foto de Benjamin Creeley.

— Você se lembra de ver este cara por aqui?

— Ele? Sim, algumas vezes. De que se trata?

— Você o conhecia?

— Na verdade, não. Só vendi umas bebidas para ele. Vinho, lembro. Ele queria vinho tinto. Só temos aqui um vinho de merda, mas ele bebeu. Era um tipo decente. Não como algumas pessoas. — Nem era preciso olhar para a sala dos fundos para entender o que ela queria dizer. — Mas já faz tempo que não o vejo. Talvez um mês. Da última vez que esteve aqui se meteu numa grande discussão. Então achei que não voltaria mais.

— O que aconteceu?

— Não sei. Só ouvi uns gritos e depois ele se mandou.

— Com quem ele discutia?

— Não vi. Só ouvi.

— Alguma vez você o viu consumindo drogas?

— Não.

— Você sabia que ele se matou?

Sonja piscou.

— Que merda.

— Estamos investigando a morte dele... Gostaria que essas minhas perguntas ficassem só entre nós.

— Sim, claro.

— Pode me dizer alguma coisa a mais sobre ele?

— Puxa, eu não sei nem o nome dele. Acho que esteve aqui talvez umas três vezes. Ele tem família?

— Tem sim.

— Oh, isso é duro. É difícil.

— Esposa e filho adolescente.

Sonja sacudiu a cabeça. Depois disse:

— Gerte talvez o tenha conhecido melhor. É a outra bartender. Ela trabalha mais que eu.

— Está por aqui agora?

— Não, deve chegar daqui a pouco. Se quiser, peço para ligar para você.

— Dê-me o número dela.

A mulher escreveu. Sachs se inclinou e apontou para a foto de Creeley, dizendo:

— Você se lembra se ele se encontrou aqui com alguém em particular?

— Só sei que ele estava ali. Onde geralmente *eles* ficam. — Ela balançou a cabeça na direção da sala dos fundos.

Um homem de negócios milionário e aquela turma? Será que foram dois deles que arrombaram a casa de Creeley em Westchester e assaram marshmallow na lareira dele?

Sachs olhou pelo espelho, estudando a mesa dos homens, cheia de garrafas de cerveja, cinzeiros e pedaços de frango mordidos. Os sujeitos deviam fazer parte de um bando. Talvez jovens *capos* em algum esquema do crime organizado. Havia um monte de franquias dos *Sopranos* pela cidade. Geralmente eram pequenos criminosos, mas muitas vezes as pequenas equipes eram mais perigosas que a máfia tradicional, que evitava ferir civis e ficava longe do crack, da metanfetamina e do lado mais desagradável do submundo. Ela tentou entender a conexão Benjamin Creeley-gangues. Era difícil.

— Você vê erva, pó, com eles? *Qualquer* droga?

Sonja sacudiu a cabeça.

— Nada.

Sachs se inclinou e sussurrou para Sonja.

— Você sabe a que bando eles estão ligados?

— Bando?

— Gangue. Quem é o chefão a quem eles estão ligados? Qualquer coisa?

Sonja ficou muda um instante. Deu uma olhada a Sachs para ver se ela falava a sério e depois riu.

— Não são de qualquer gangue. Pensei que você soubesse. São tiras.

Finalmente os relógios — o cartão de visita do Relojoeiro — chegaram do esquadrão antibombas com um certificado de que eram seguros.

— Ah, você quer dizer que não encontraram nenhum pedacinho de armas de destruição em massa dentro deles? — perguntou Rhyme causticamente.

Estava irritado pelo fato de os relógios estarem fora do seu alcance — mais riscos de contaminação — e pelo atraso na chegada.

Pulaski assinou o recibo de custódia e o patrulheiro que os entregara foi embora.

— Vejamos o que temos.

Rhyme moveu sua cadeira de rodas até a mesa de exame enquanto Cooper tirava os relógios das bolsas de plástico.

Ambos idênticos, a única diferença era o sangue incrustado na base do que tinha sido deixado no cais. Ambos pareciam antigos — não eram elétricos; a corda era dada manualmente. Mas os componentes eram modernos. Os mecanismos internos estavam numa caixa selada, que fora aberta pelo esquadrão antibombas, mas os dois estavam funcionando e marcando a hora certa. O gabinete era de madeira, pintada de preto, e a face era de metal branco envelhecido. Os números eram em algarismos romanos, e os ponteiros de hora e de minuto também eram pretos, terminando numa seta afiada. Não havia ponteiro de segundos, mas a máquina clicava alto a cada segundo.

A característica mais incomum era uma grande janela no alto do rosto do relógio que exibia um disco no qual estavam pintadas as fases da lua. No centro da janela estava agora a lua cheia, pintada como um sinistro rosto humano, olhando para o exterior com olhos ameaçadores e lábios finos.

A cheia Lua Fria está nos céus...

Cooper examinou os relógios com sua precisão habitual e relatou que não havia digitais de qualquer tipo, mas apenas evidência mínimas de vestígios, que batiam com os coletados por

Sachs em ambas as cenas, significando que nada resultara do manuseio pelo Relojoeiro em seu carro ou residência.

— Quem os fabrica?

— Arnold Products. Framingham, Massachusetts. — Cooper fez uma busca no Google e leu o site. — Vendem relógios, artigos de couro, decoração de escritório, presentes. Luxuosos. Não são coisas baratas. Uma dúzia de modelos diferentes de relógios. Este é vitoriano. Mecanismo de bronze genuíno, carvalho, modelado a partir de um relógio britânico vendido nos anos 1800. Custam 54 dólares no atacado. Não fazem vendas diretas ao público. Só através de um revendedor.

— Números de série?

— Apenas nos mecanismos. Não nos próprios relógios.

— OK, ligue para lá — ordenou Rhyme.

— Eu? — perguntou Pulaski, piscando.

— Sim. Você.

— Supõe-se que eu...

— Chame o fabricante e diga a ele os números de série dos mecanismos.

Pulaski assentiu.

— Depois vejo se podem nos dizer para que loja foram enviados.

— Cem por cento certo — disse Rhyme.

O recruta pegou seu telefone e discou para o número que Cooper lhe dera.

É claro que o assassino podia não ter sido o comprador. Ele poderia ter roubado os relógios de uma loja. Ou de uma residência. Poderia tê-los comprado numa liquidação de fundo de quintal.

Mas "poderia" é uma palavra que está sempre presente no trabalho de cena do crime, refletiu Rhyme.

É preciso começar por algum lugar.

O RELOJOEIRO

CENA DO CRIME 1

Localização:
- Cais de reparos no rio Hudson, rua 22.

Vítima:
- Identidade desconhecida.
- Masculino.
- Possivelmente de meia-idade ou mais velho, e pode ter uma doença coronária (presença de anticoagulantes no sangue).
- Nenhuma outra droga, doença ou infecção no sangue.
- Mergulhadores da Guarda Costeira e da polícia procurando pelo corpo e por evidências no porto de Nova York.
- Verificando informes de pessoas desaparecidas.

Criminoso:
- Ver abaixo.

MO:
- Criminoso forçou a vítima a se pendurar no cais, sobre a água, cortou dedos ou pulso até ela cair.
- Hora do ataque: entre 18 horas de segunda-feira e 6 horas de terça-feira.

Evidências:
- Tipo sanguíneo AB positivo.
- Unha rasgada, sem esmalte, larga.
- Parte da grade de arame cortada com alicates comuns.
- Relógio. Ver abaixo.
- Poema. Ver abaixo.
- Marcas de unhas no cais.
- Nenhum vestígio discernível, nenhuma impressão digital, nenhuma pegada, nenhuma marca de pneu.

CENA DO CRIME 2

Localização:
- Beco saindo da rua Cedar, perto da Broadway, atrás de três edifícios comerciais (portas traseiras fechadas entre 20h30 e 22 horas) e um edifício da administração pública (porta traseira fechada às 18 horas).
- O beco é sem saída, 4,5 metros de largura e 31,6 metros de comprimento, pavimentado de paralelepípedos, o corpo estava a 4,5 metros da rua Cedar.

Vítima:
- Theodore Adams.
- Vivia em Battery Park.
- Redator freelancer.
- Sem inimigos conhecidos.
- Sem mandados, federais ou estaduais.
- Verificando conexões com edifícios ao redor do beco. Nenhuma encontrada.

Criminoso:
- O Relojoeiro.
- Masculino.
- Não existem entradas em bancos de dados para o Relojoeiro.

MO:

- Arrastado de um veículo para o beco, onde viga de ferro foi suspensa por cima dele, e depois esmagou seu pescoço.
- Aguardando relatório do legista para confirmar.
- Sem evidências de atividade sexual.
- Hora da morte: aproximadamente entre 22h15 e 23 horas de segunda-feira. Legista deverá confirmar.

Evidências:

- Relógio:
  - Sem explosivos, químicos ou bioagentes.
  - Idêntico ao relógio do cais.
  - Sem digitais, vestígios mínimos.
  - Arnold Products, Framingham, MA. Vendido por Hallerstein's Timepieces, Manhattan.
- Poema deixado pelo criminoso em ambas as cenas.
  - Impressora de computador em ambas as cenas, papel comum, tinta HP Laserjet.
  - Texto:

    A cheia Lua Fria está nos céus,
    brilhando sobre o cadáver da Terra,
    indicando a hora de morrer
    e o fim da jornada iniciada no nascimento.

    O Relojoeiro

  - Não encontrado em nenhum banco de dados de poesias; provavelmente de própria autoria.
  - Lua Fria é um mês lunar, o mês da morte.
- 60 dólares no bolso, sem números de série marcados; sem digitais.
- Areia fina usada como "agente ofuscador". Areia genérica. Porque o assassino pretendia voltar à cena?
- Barra de metal, 36,7 kg, é uma viga com orifícios nas pontas. Não estava sendo usada na construção em frente ao beco. Nenhuma outra fonte descoberta.
- Fita adesiva genérica, mas precisamente cortada, incomum. Exatamente os mesmos comprimentos.
- Sulfato de tálio (veneno de rato) descoberto na areia.
- Solo contendo proteína de peixe descoberto dentro do casaco da vítima.
- Poucos vestígios descobertos.
- Fibras marrons, provavelmente de tapete automotivo.

Outros:

- Veículo:
  - Provavelmente Ford Explorer, com três anos de uso. Tapete marrom.
  - Revisão de placas de carros na área na terça de manhã não revelou mandados. Não foram emitidas multas na segunda-feira à noite.
- Verificando com a Costumes sobre prostitutas, ref.: testemunhas.

Sempre existe uma rede de velhos amigos nos governos municipais, uma matriz de dinheiro, clientelismo e poder que se estende como uma teia de aranha de aço por todos os lugares, acima e abaixo, ligando os políticos a servidores públicos, a sócios de negócios, a sindicalistas, a trabalhadores... É interminável.

Nova York não é exceção, é claro, mas a rede de velhos amigos na qual Amelia Sachs se viu envolvida naquele momento tinha uma diferença: a principal jogadora era uma "velha amiga".

A mulher de 50 e poucos anos, usando um uniforme azul bem vistoso na frente — medalhas, fitas, botões, divisas. Um broche com a bandeira americana, é claro. (Como os políticos, os chefões do DPNY que aparecem em público *têm* que usar a bandeira vermelha, branca e azul). O corte tipo pajem do cabelo grisalho emoldurava um rosto comprido e sombrio.

Marilyn Flaherty era inspetora, uma das poucas mulheres nessa patente no departamento (o posto de inspetor é superior ao de capitão). Era oficial superior da Divisão de Operações. Era um comando que respondia diretamente ao chefe do departamento — a designação do DPNY para chefe de polícia. A Divisão de Operações tinha muitas funções, entre as quais fazer a ligação com outras organizações e agências sobre os principais acontecimentos na cidade — os planejados, como visitas de dignitários, e inesperados, como ataques terroristas. O papel mais importante de Flaherty era ser o contato do departamento de polícia com a prefeitura.

Flaherty tinha sido promovida de baixo, como Sachs (coincidentemente, ambas tinham crescido em vizinhanças adjacentes no Brooklyn). A inspetora trabalhara no serviço de patrulhamento — como guarda a pé —, depois no Birô de Detetives, e depois dirigira uma delegacia de polícia. Severa e frágil, densa e liberal, era uma mulher formidável em todos os sentidos, com os meios — OK, com os *colhões* — para andar pelo campo minado que uma mulher nos escalões superiores das agências policiais tem que enfrentar.

Para constatar seu sucesso, bastava observar a parede e ver as fotos dos amigos: autoridades da cidade, dirigentes sindicais, ricos incorporadores imobiliários e homens de negócios. Uma a mostrava com um imponente homem calvo na varanda de uma enorme casa de praia. Em outra ela estava na Metropolitan Opera de braço dado com um homem que Sachs reconheceu — alguém tão rico quanto Donald Trump. Outro indicador de seu sucesso era o tamanho do escritório no One Police Plaza onde estavam agora; Flaherty conseguira ocupar um espaço enorme numa esquina com vista para o porto, enquanto nenhum dos inspetores comandantes que Sachs conhecia tinha uma instalação tão impressionante.

Sachs estava sentada diante de Flaherty, com a enorme e polida escrivaninha da inspetora entre as duas. A outra pessoa presente na sala era Robert Wallace, um subprefeito. Ele exibia um rosto jovial e autoconfiante e os cabelos prateados penteados perfeitamente como um político.

— Você é filha de Herman Sachs — disse Flaherty. Sem esperar resposta, olhou para Wallace. — Patrulheiro. Bom homem. Eu estava na cerimônia quando lhe entregaram aquela homenagem.

O pai de Sachs tinha recebido uma boa quantidade de homenagens no decorrer dos anos. Ela se perguntou a qual delas Flaherty se referia. A de quando conseguiu convencer o marido bêbado a largar a faca que mantinha no pescoço da mulher? Ou a de quando avançou quebrando o vidro da janela de uma loja de conveniência e desarmou o ladrão, quando estava de folga? Ou quando fez o parto no teatro Rialto, com Steve McQueen lutando contra os bandidos na tela enquanto a mãe, uma latina, estava deitada no chão coalhado de pipocas, gemendo enquanto paria?

Wallace perguntou:

— Do que se trata? Estamos aqui porque poderia haver crimes nos quais policiais estão envolvidos?

Flaherty fitou Sachs com seus olhos de aço cinzento e balançou a cabeça.

Adiante.

— É possível... Temos uma situação com drogas. E uma morte suspeita.

— Certo — disse Wallace, escandindo as sílabas com um suspiro e um estremecimento.

O ex-homem de negócios de Long Island, agora participando da equipe de assessores principais do prefeito, tinha atuado como comissário especial para extirpar a corrupção no governo municipal. Fora impiedosamente eficiente no trabalho; somente no ano anterior liquidara com grandes esquemas de fraude entre os inspetores de obras e dirigentes do sindicato dos professores. Estava claramente perturbado diante da possibilidade de haver policiais bandidos.

O rosto enrugado de Flaherty, entretanto, diferentemente do de Wallace, não deixou transparecer nada.

Sob o escrutínio da inspetora, Sachs explicou sobre o suicídio de Benjamin Creeley, suspeito por causa do dedo quebrado, assim como as evidências queimadas na casa, vestígios de cocaína e a possível conexão com alguns tiras que frequentavam o St. James.

— Os policiais da 118.

Ela se referia à delegacia de polícia 118, localizada no East Village. O St. James, ela soube, era o bar preferido dos que trabalhavam lá.

— Havia quatro deles no bar quando estive lá, mas outros aparecem também de vez em quando. Não faço ideia de com quem Creeley se encontrava. Se eram um, dois ou meia dúzia.

— Pegou o nome deles? — perguntou Wallace.

— Não. Não queria fazer muitas perguntas naquela hora. E nem mesmo consegui confirmar se Creeley realmente encontrou com alguém da delegacia. É provável, no entanto.

Flaherty tocou em um anel de diamante no seu anular direito. Era grande. Além dele, e de um bracelete grosso de ouro, ela não usava joias. A inspetora continuou sem demonstrar emoção, mas Sachs sabia que essa notícia em especial iria perturbá-la muito. Mesmo a insinuação sobre tiras sujos estremecia toda a administração da cidade, mas um problema com a 118DP seria bastante constrangedor. Era uma delegacia modelo, com grande quantidade de prisões, assim como um índice mais alto de baixas entre seus integrantes do que as demais delegacias. Havia mais policiais experientes promovidos da 118DP para a Chefia de Polícia do que de qualquer outro lugar.

— Depois que descobri que podia haver uma conexão entre eles e Creeley — acrescentou Sachs —, fui a um caixa automático e saquei uns 200 dólares. Troquei tudo por notas menores da caixa do St. James. Algumas das notas tinham que vir dos policiais que estavam lá.

— Ótimo. E conferiu os números de série.

Flaherty rolou distraída sua caneta Mont Blanc no bloco em cima da mesa.

— Certo. Deu negativo nos números do Departamento do Tesouro e da Justiça. Mas quase todas as notas deram positivo para cocaína. Uma para heroína.

— Oh, Deus — disse Wallace.

— Não se precipite nas conclusões — disse Flaherty.

Sachs assentiu e explicou ao subprefeito a que a inspetora se referia: muitas notas de 20 dólares em circulação continham alguma droga. Mas o fato de quase todas as notas usadas pelos tiras no St. James mostrarem isso era razão para preocupação.

— A mesma composição da cocaína que foi descoberta na lareira de Creeley? — perguntou Flaherty.

— Não. E a bartender disse que nunca os tinha visto com drogas.

Wallace perguntou:

— Você tem *alguma* evidência de que policiais estariam diretamente envolvidos na morte?

— Oh, não. Não estou nem insinuando isso. O que imaginei é que, se algum policial estiver mesmo envolvido, seria simplesmente conectando Creeley com alguma gangue, fazendo vista grossa e levando alguma vantagem se ele estivesse lavando dinheiro ou uma porcentagem do lucro das drogas. E enterrando qualquer queixa ou atrapalhando as investigações de outras delegacias.

— Alguma prisão no passado?

— Creeley? Não. E conversei com a esposa. Ela disse que nunca o viu consumindo drogas. Mas muitos usuários podem manter muito bem o segredo. Traficantes especialmente, se não estiverem usando eles mesmos o produto.

A inspetora sacudiu os ombros.

— É claro, tudo pode ser completamente inocente. Talvez Creeley tenha simplesmente encontrado um conhecido de negócios no St. James. Você mencionou que ele estava discutindo com alguém pouco antes de morrer?

— Tudo indica que sim.

— Então talvez alguns de seus negócios tenham ido mal. Incorporações ou coisa assim. Pode não ter nada que ver com a 118DP.

Sachs assentiu enfaticamente.

— Certamente. Pode ter sido pura coincidência o fato do St. James ser um ponto de tiras. Creeley poderia ter sido assassinado por ter pegado dinheiro emprestado com as pessoas erradas ou ter sido testemunha de alguma coisa.

Wallace olhou pela janela para o céu brilhante e frio.

— Mas com a morte, temos de investigar isso. Logo. Vamos envolver o DAI.

O Departamento de Assuntos Internos seria, na lógica, o pessoal destinado a investigar qualquer crime envolvendo a polícia. Mas Sachs não queria isso, pelo menos não naquele ponto. Ela entregaria o caso para eles mais adiante, mas não até que ela mesmo garfasse os criminosos.

Flaherty tocou mais uma vez a caneta e depois pareceu pensar melhor. Os homens usam todo tipo de maneirismos descuidados sem serem notados; mulheres não podem se permitir isso, não naquele nível. Com a ponta dos dedos coberta com unhas perfeitamente manicuradas, esmalte brilhante, Flaherty colocou a caneta na gaveta de cima.

— Não, não o DAI.

— E por que não? — perguntou Wallace.

A inspetora sacudiu a cabeça.

— Está perto demais da 118DP. A coisa vazaria.

Wallace assentiu vagarosamente.

— Se você achar melhor...

— Acho.

Mas o alívio de Sachs pelo DAI não assumir o caso não durou muito. Flaherty acrescentou:

— Vou achar alguém aqui para cuidar disso. Alguém mais experiente.

Sachs hesitou só um instante.

— *Eu* gostaria de seguir o assunto, inspetora.

— Você é nova. Nunca lidou com algo interno. — Então a inspetora também tinha feito seu dever de casa. — São casos diferentes.

— Compreendo. Mas posso cuidar disso.

Sachs pensava: fui eu que levantei o caso; trouxe o assunto até aqui. E é meu primeiro homicídio. Droga, não tire isso de mim.

— Este não é simplesmente um caso de cena do crime.

Sachs respondeu calmamente:

— Sou a principal investigadora do homicídio de Creeley. Não estou fazendo trabalho técnico.

— Ainda assim, acho melhor... Então. Se você puder me trazer todas as pastas do caso. Tudo o que você tiver.

Sachs estava inclinada para a frente, o indicador apertando o polegar. O que ela poderia fazer para continuar no caso?

Foi então que o subprefeito franziu o rosto.

— Espere. Não é você que trabalha com aquele ex-policial da cadeira de rodas?

— Lincoln Rhyme. Sim.

Ele considerou o assunto por alguns momentos e depois olhou para Flaherty.

— Acho melhor deixá-la seguir com o caso, Marilyn.

— Por quê?

— Ela tem uma reputação impecável.

— Não precisamos de reputação. Precisamos de alguém com experiência. Sem querer ofender.

— Não me ofendi — respondeu Sachs calmamente.

— São questões bem polêmicas. Incendiárias.

Mas Wallace gostou de sua própria ideia.

— O prefeito vai adorar isso. Ela está ligada a Rhyme e ele tem boa imagem. E também *é* civil. As pessoas vão ver o caso como se ela fosse uma investigadora independente.

Pessoas... Ou seja, repórteres, Sachs compreendeu.

— Não quero uma investigação grande e complicada.

Sachs respondeu rapidamente:

— Não será. Só tenho mais um policial trabalhando comigo.

— Quem?

— Um patrulheiro. Ronald Pulaski. É um bom sujeito. Jovem, mas bom.

Depois de um instante, Flaherty perguntou:

— Como você procederia?

— Descobrir mais sobre as conexões de Creeley com a 118DP e com o St. James. E sobre a vida dele, verificar se haveria outra razão para assassiná-lo. Quero falar com o sócio. Talvez haja problemas com clientes ou com algum trabalho que estivesse fazendo.

Flaherty não estava completamente convencida, mas disse:

— OK, vamos tentar com você. Mas me mantenha informada. A mim e a ninguém mais.

Uma imensa sensação de alívio inundou Sachs.

— É claro.

— Informada pelo telefone ou pessoalmente. Sem e-mails ou memorandos... — Flaherty franziu o cenho. — Uma coisa, você está cuidando de outros casos?

Inspetores não chegam a esse nível sem um sexto sentido. A mulher tinha feito a única pergunta que Sachs esperava que ela não fizesse.

— Estou dando assistência num caso de homicídio... O do Relojoeiro.

Flaherty franziu o cenho.

— Oh, você está *nesse* aí? Não sabia que... Bem, comparada com um serial killer, essa questão do St. James não é tão importante.

As palavras de Rhyme ecoavam: *Seu caso está mais frio que o do Relojoeiro.*

Wallace ficou perdido em seus pensamentos por um instante. Depois olhou para Flaherty.

— Temos que ser adultos. O que vai ser pior para a imagem da cidade, um sujeito que mata algumas pessoas ou um escândalo na polícia que a imprensa descobre antes que o controlemos? Os jornalistas vão em cima de tiras corruptos como tubarões atrás de sangue. Não, quero resolver esse assunto. De uma vez.

Sachs se controlou diante do comentário de Wallace — *matar algumas pessoas* — mas não podia negar que os objetivos de ambos eram iguais. Ela queria ver o caso de Creeley finalmente resolvido.

Pela segunda vez naquele dia, ela se viu dizendo:

— Posso lidar com os dois casos ao mesmo tempo. Prometo que isso não será um problema.

Mentalmente, ela ouviu uma voz cética dizendo: *Esperemos, Sachs.*

CAPÍTULO 9

Amelia Sachs passou pela casa de Rhyme e recolheu Ron Pulaski, percebendo que o criminalista não ficara nada satisfeito com isso, embora o recruta não parecesse estar muito ocupado na ocasião.

— Que velocidade você já conseguiu com ela? — Pulaski tocou no painel do Camaro SS 1969 dela. Depois disse rapidamente: — Quero dizer, com o carro, não "ela".

— Você não precisa ser tão politicamente correto, Ron. Cheguei a 187.

— Puxa.

— Você gosta de carros?

— Gosto mais de motos, sabe. Meu irmão e eu tínhamos duas quanto estávamos no ginásio.

— Combinavam?

— O quê?

— As motos.

— Oh, porque somos gêmeos? Não, nunca fizemos isso. Usar roupas iguais e coisas assim. Mamãe queria que usássemos, mas nós dois sempre fomos teimosos quanto a isso. Agora ela ri, é claro, por causa dos nossos uniformes. De qualquer maneira, naquela época não podíamos simplesmente comprar a máquina que quiséssemos, duas Hondas 850 idênticas ou algo assim. Tínhamos o que conseguíamos de segunda ou terceira mão. — Deu uma risadinha sonsa. — Uma noite, Tony estava dormindo, eu me meti na garagem e troquei os motores. Ele nunca percebeu.

— Você ainda anda de moto?

— Deus lhe dá uma escolha: filhos ou motocicletas. Na semana depois que Jenny ficou grávida, um cara sortudo do Queens conseguiu uma Moto Guzzi por um ótimo preço. — Ele sorriu. — Com um motor particularmente macio.

Sachs riu. Depois explicou a sua missão. Havia várias pistas que queria seguir: a outra bartender no St. James — o nome dela era Gerte — começaria a trabalhar dali a pouco. Queria também falar com o sócio de Creeley, Jordan Kessler, que estava voltando da viagem de negócios a Pittsburg.

Mas primeiro havia outra tarefa.

— O que você acha de trabalhar clandestino? — perguntou ela.

— Tudo bem, acho.

— Alguns dos tiras da 118DP podem ter dado uma boa olhada em mim lá no St. James. Então esta só pode ser você. Mas não vai usar nenhum gravador ou coisa assim. Não estamos atrás de provas, só de informação.

— O que tenho que fazer?

— Pegue minha pasta. Aí no banco de trás.

Ela reduziu bruscamente, derrapou fazendo uma curva e controlou o carro possante. Pulaski pegou a pasta do chão.

— Peguei.

— Os papéis que estão em cima.

Ele assentiu, revisando-os. No cabeçalho de um formulário aparentemente oficial estava escrito *Controle de Inventário de Evidências Perigosas*. Acompanhando isso havia um memorando que explicava um novo procedimento para conferir periodicamente no local as evidências perigosas, como armas de fogo e substâncias químicas, para assegurar que estavam adequadamente armazenadas e conferidas.

— Nunca ouvi falar disso.

— Não, porque eu inventei.

Explicou que se tratava de encontrar uma boa desculpa para entrar nos porões da 118DP e comparar os registros das evidências com o que de fato havia no local.

— Você vai dizer que está verificando todas as evidências, mas o que quero que verifique são os registros de narcóticos apreendidos no ano passado. Anote o nome do criminoso, data, quantidades e prisões. Depois vamos comparar isso com os relatórios disponíveis na promotoria para cada caso.

Pulaski estava assentindo.

— Então saberemos se houve desaparecimento de drogas entre o momento em que foram registradas e quando o criminoso foi julgado ou fez um acordo... Bem, isso é interessante.

— Espero que sim. Não vamos necessariamente saber quem levou, mas é um começo. Agora, pode ir bancar o espião. — Ela parou um quarteirão antes da 118, numa miserável rua de prédios para alugar. — Você está confortável com isso?

— Tenho que reconhecer que nunca fiz nada parecido. Mas, com certeza, vou fazer o melhor possível.

Hesitou, olhando o formulário, depois respirou fundo e saiu do carro.

Depois que ele saiu, Sachs telefonou para alguns colegas discretos e de confiança no DPNY, do FBI e na Drug Enforcement Agency (DEA), para ver se havia algum caso de crime organizado, homicídio ou narcóticos na área da 118 que tivesse sido abandonado ou parado em circunstâncias suspeitas. Ninguém ouvira falar nada disso, mas as estatísticas revelavam que, a despeito da brilhante marca de condenações, havia poucas investigações sobre crime organizado originadas dali, o que sugeria que os detetives talvez estivessem protegendo gangues locais. Um agente do FBI contou a ela que algumas quadrilhas tradicionais tinham mais uma vez feito incursões no East Village, agora que a região estava sendo melhorada.

Depois, Sachs ligou para um amigo que dirigia uma força-tarefa antigangues em Midtown. Este lhe informou que havia duas quadrilhas principais no East Village — uma jamaicana e outra local. Ambas traficavam metanfetamina e cocaína e não hesitariam em matar uma testemunha ou alguém que os enganasse ou atrasasse o pagamento. Mesmo assim, comentou o detetive, encenar uma morte para parecer suicídio não era do estilo de nenhuma das duas gangues. Eles fuzilavam no local com uma Mac-10 ou uma Uzi e saíam para tomar uma cerveja jamaicana ou um uísque.

Pulaski voltou pouco tempo depois, cheio de anotações, como de costume. Esse garoto escreve *tudo*, pensou Sachs.

— Como foi?

Pulaski se esforçava para não cair na risada.

— Acho que foi tudo bem.

— Então pegou tudo, hein?

Ele sacudiu os ombros.

— Bem, o sargento da recepção não queria me deixar entrar, mas olhei para ele como quem diz que se ele me atrapalhasse eu ia ligar para o Police Plaza e dizer que não conseguia preencher o formulário graças a ele. Ele imediatamente recuou. Me surpreendeu.

— Bom trabalho.

Ela bateu seu punho no dele, e pôde ver que o jovem estava satisfeitíssimo com seu desempenho.

Sachs arrancou do meio-fio e saiu do East Village. Quando achou que estavam suficientemente longe, estacionou e começaram a comparar os dois conjuntos de dados.

Depois de dez minutos, já tinham o resultado. As quantidades anotadas no registro da DP e no relatório para a promotoria eram bem parecidas. Apenas menos de 200 gramas de maconha e 100 gramas de cocaína não conferiam, e isso no ano inteiro.

Pulaski disse:

— E nenhum dos registros de evidências parecia ter sido adulterado. Achei que valia a pena olhar isso também.

Assim, um motivo — a equipe do St. James vender drogas desviadas das evidências da 118 — não estava valendo. Essa pequena quantidade que faltava podia ter se perdido nos testes de cena do crime ou pelo registro impreciso no local.

Mas mesmo que os tiras não estivessem roubando do cofre, ainda assim podiam estar traficando, é claro. Talvez conseguissem a droga direto de uma fonte. Ou eram desviadas em uma apreensão antes de serem registradas como evidências. Ou o próprio Creeley poderia ser o fornecedor.

A primeira operação clandestina de Pulaski respondera a uma questão, mas outras permaneciam.

— OK, para o alto e avante, Ron. Agora me diga, você quer ser bartender ou homem de negócios?

— Não tenho preferência. Que tal tirarmos cara ou coroa?

— O Relojoeiro provavelmente comprou os relógios na Hallertein's Timepieces — anunciou Mel Cooper para Rhyme e Sellitto, desligando o telefone. — No Flatiron District.

Antes de ser arrastado por Sachs para o caso Creeley, Pulaski tinha levantado os atacadistas da região que trabalhavam com a Arnold Products. O chefe da companhia de distribuição acabara de retornar o telefonema do recruta.

Cooper relatou que o distribuidor não mantinha registros pelos números de série, mas que, se os relógios *tivessem* sido vendidos na área de Nova York, teria sido no Hallerstein's, o único ponto de venda local. A loja estava localizada ao sul de Midtown, no bairro conhecido pelo histórico edifício triangular da Quinta Avenida com a rua 23, que parecia um velho ferro de passar.

— Vamos checar a loja — instruiu Rhyme.

Cooper fez a busca online. A Hallerstein's não tinha seu próprio site, mas estava relacionada em vários sites que vendiam relógios de mesa e de pulso. O proprietário era um certo Victor Hallerstein. Uma verificação revelou que não havia registros policiais dele. Sellitto bloqueou a identificação de chamada do telefone e ligou, sem se identificar, só para se informar sobre o horário de funcionamento. Fingiu ter estado lá anteriormente e perguntou se estava falando com o próprio Hallerstein. O homem disse que sim. Sellitto agradeceu e desligou.

— Vou falar com ele e ouvir o que tem a nos dizer.

Sellitto vestiu o casaco. Era sempre melhor chegar de modo inesperado a uma testemunha. Telefonar com antecedência dava a oportunidade de se pensar em mentiras, tivesse ou não qualquer coisa para esconder.

— Espere, Lon — disse Rhyme.

O detetive grandalhão olhou para ele.

— E se ele *não* vendeu o relógio para o Relojoeiro?

Sellitto assentiu.

— Sim, pensei nisso. E se ele *for* o Relojoeiro, ou sócio ou amigo dele?

— Ou talvez esteja por trás de tudo isso e o Relojoeiro esteja trabalhando para ele.

— Também pensei nisso. Mas, olhe, não se preocupe. Vou com cobertura.

Com a trilha sonora de música de harpa irlandesa em seus ouvidos, a agente do CBI Kathryn Dance olhava distraidamente as ruas de Lower Manhattan passarem, a caminho do Aeroporto Kennedy.

Decorações de Natal, luzinhas e papelão pegajoso.

Namorados também. Braços dados, mão enluvadas segurando mãos enluvadas. Fazendo compras. De férias.

Ela pensava em Bill. Imaginava se ele gostaria dali.

Engraçado como lembramos de pequenas coisas tão perfeitamente — mesmo dois anos e meio depois, o que seria muito de tempo em outras circunstâncias.

Sra. Swenson?

Aqui é Kathryn Dance. O nome do meu marido é Swenson.

Ah. Bem, aqui é o sargento Wilkins. Patrulha Rodoviária da Califórnia.

Por que a Patrulha Rodoviária estaria ligando para sua casa e não se referia a ela como agente Dance?

Sempre desafinada na cozinha, Dance estava fazendo o jantar, cantando uma música de Roberta Flack, em voz baixa, tentando ver como encaixava um acessório do processador de alimentos. Fazia sopa de ervilhas.

— *Receio ter de lhe dizer algo, Sra. Dance. É sobre seu marido.*

Segurando o telefone com uma das mãos, o livro de receitas na outra, ela parou de se movimentar; olhava para a receita até apreender as palavras. Dance ainda conseguia ver perfeitamente a página do livro de receitas, apesar de só tê-lo visto aquela vez. Lembrava até da legenda e da gravura. *Uma sopa suculenta e apetitosa que você pode fazer num instante. E também é nutritiva.*

Ela podia fazer aquela sopa de memória.

Apesar de nunca tê-la feito.

Kathryn Dance sabia que ainda haveria algum tempo antes que ela se curasse — bem, "curar" foi a palavra que o psicólogo usou. Mas isso não era certo, porque jamais se cura, como ela acabou compreendendo. Uma cicatriz que substitui a carne ferida ainda assim é uma cicatriz. Com o tempo, uma certa insensibilidade substitui a dor. Mas a carne é modificada para sempre.

Dance sorriu para si mesma agora, dentro do táxi, enquanto percebia que tinha cruzado os braços e enroscado os pés. Uma especialista em cinésica sabe o que *esses* gestos significam.

As ruas pareciam idênticas para ela — desfiladeiros escuros, cinzentos e amarronzados, pontilhados com néon brilhante: *Caixa Eletrônico. Balcão de Saladas. Unhas $9,95.* Que contraste com a península de Monterey, com pinheiros, carvalhos, eucaliptos e trechos arenosos cobertos de arbustos. O táxi meio fedorento andava devagar. A cidade onde ela vivia, Pacific Grove, era uma aldeia vitoriana a 193 quilômetros ao sul de San Francisco. Habitada por 18 mil almas e aninhada entre a chique Carmel e a laboriosa Monterey, do famoso *A rua das ilusões perdidas*, de Steinbeck. Pacific Grove podia ser toda percorrida no tempo que o táxi levou para atravessar quatro quarteirões.

Olhando fixamente as ruas da cidade, escuras e congestionadas, caóticas, absolutamente frenéticas, pensava, sim... Ainda assim, ela amava Nova York. (Ela era, afinal, viciada em pessoas, e nunca tinha visto tantas em um só lugar). Dance se perguntava como seus filhos reagiriam a essa cidade.

Maggie iria gostar, Dance não tinha dúvida. Podia facilmente imaginar a garota de 10 anos, o rabo de cavalo balançando enquanto parava no meio da Times Square e olhava cartazes de teatro, pedestres, camelôs e o trânsito para os espetáculos da Broadway, fascinada.

Wes? Ele era diferente. Tinha 12 anos e passara por um período difícil desde a morte do pai. Mas, no final, seu humor e confiança pareciam estar voltando. Pelo menos Dance tinha se sentido suficientemente tranquila para deixá-lo com seus pais enquanto esteve no México tratando da extradição do sequestrador, sua primeira viagem internacional desde a morte de Bill. Segundo sua mãe, ele parecia estar bem enquanto ela viajava e, então, tinha agendado o seminário aqui; a polícia de Nova York e a polícia do estado havia mais de um ano queriam que ela apresentasse um seminário na área.

Ainda assim, pensou, sabia que era preciso ficar de olho no garoto magro e bonito, de cabelos encaracolados e com os olhos verdes de Dance. Às vezes ele ficava taciturno, desinteressado e zangado. Um pouco por conta da adolescência masculina, e também por ter perdido o pai tão cedo. Comportamento típico, seu analista tinha explicado, nada preocupante. Mas Dance sentia que ainda iria demorar um pouco até que ele pudesse estar pronto para o caos de Nova York, e jamais o forçaria. Quando chegasse em casa perguntaria se gostaria de visitar a cidade. Dance não conseguia compreender pais que pareciam necessitar de fórmulas mágicas ou da psicoterapia para descobrir o que seus filhos queriam. Só era preciso perguntar e escutar cuidadosamente suas respostas.

Sim, Dance decidiu que, se ele se sentisse confortável, viria de férias com os dois no próximo ano, antes do Natal. Nascida em Boston e lá criada, Dance não gostava da ausência de estações definidas da Califórnia. O clima era adorável — mas nos feriados ela sentia saudades de um pouco de frio no nariz e na boca, das tempestades de neve, das achas brilhando nas lareiras, da geada criando teias de aranha nas janelas.

Dance foi retirada de seu devaneio pelo toque de seu celular, que mudava frequentemente — uma brincadeira das crianças (apesar de a regra número um, que é nunca colocar o telefone de um tira no modo silencioso, ser obedecida).

Ela olhou para o identificador de chamadas.

Hum. Interessante. Sim ou não?

Kathryn Dance cedeu ao impulso e apertou o botão para responder.

CAPÍTULO 10

Enquanto dirigia, o detetive grandalhão se inquietava, tocava a barriga, puxava o colarinho.

Kathryn Dance analisava a linguagem corporal de Lon Sellitto enquanto este dirigia o Crown Vic — sem adesivos, o mesmo veículo oficial que ela usava na Califórnia — pelas ruas de Nova York, rapidamente, faróis piscando, sem sirene.

O telefonema que ela recebera no táxi era dele, mais uma vez perguntando se ela poderia ajudar no caso.

— Sei que você vai pegar um voo, sei que tem que ir para casa, mas...

Explicou que tinham descoberto uma possível fonte dos relógios deixados pelo Relojoeiro nas cenas do crime e queria que ela entrevistasse o homem que poderia tê-los vendido. Havia a possibilidade, ainda que remota, de que ele tivesse alguma conexão com o Relojoeiro e queriam a opinião dela sobre isso.

Dance debateu apenas por um breve instante antes de concordar. Tinha lamentado sua saída abrupta da casa de Lincoln Rhyme; Kathryn Dance detestava deixar um caso em aberto, mesmo que não fosse seu. Então mandou o táxi voltar para a casa de Rhyme, onde Lon Sellitto a esperava.

Agora, no carro do detetive, Dance perguntou:

— Foi ideia sua me chamar, não foi?

— Como assim? — perguntou Sellitto.

— Não foi de Lincoln. Ele não sabe bem como me avaliar.

A pausa de um segundo era um sinal. Sellitto disse:

— Você fez um bom trabalho com Cobb, aquela testemunha.

Dance sorriu.

— Sei disso. Mas ele não sabe como me avaliar.

Outra pausa.

— Ele gosta de suas evidências.

— Todos têm suas fraquezas.

O detetive riu. Ele apertou o botão da sirene e cruzaram um sinal vermelho.

Enquanto ele dirigia, Dance o observava, olhando suas mãos e olhos, escutando sua voz. Ela avaliou: ele estava realmente obcecado por pegar o Relojoeiro; os outros casos em sua mesa são tão etéreos quanto o vapor. E, como havia observado no dia anterior, durante sua aula, era obstinado e sensato, e não tinha problemas em usar o tempo que fosse necessário para compreender um problema ou aprender corretamente uma técnica de interrogatório; se alguém ficasse impaciente, bem, isso era problema deles.

A energia dele era nervosa, mas muito diferente da de Amelia Sachs, que tinha questões mal resolvidas. Ele resmunga por força de hábito, mas é essencialmente um cara muito satisfeito.

Era o tipo de coisa que Dance fazia automaticamente, a análise. Um gesto, um olhar, uma declaração casual, tudo para ela se transformava em outra peça do milagroso quebra-cabeça que era um ser humano. Geralmente era capaz de "desligar" isso quando queria — não tem graça sair e dividir um Pinot Grigio ou uma cerveja Anchor Steam e se pegar analisando seus colegas de bebida (e é muito menos divertido para eles). Mas às vezes os pensamentos simplesmente jorravam; era um hábito que acompanhava Kathryn Dance.

A viciada em pessoas...

— Você tem família? — perguntou ele.

— Dois filhos, sim.

— E o que faz seu marido?

— Sou viúva.

O trabalho de Dance era reconhecer o efeito de diferentes tons de voz, e agora disse as palavras de uma maneira particular, ao mesmo tempo calmo e grave, que ele deveria entender como "Não quero falar sobre isso". Uma mulher podia pegar no seu braço com simpatia. Sellitto fez o que a maioria dos homens faz: murmurou um autêntico mas desajeitado "desculpe" e continuou. Começou a falar sobre as evidências que descobriram no caso e as pistas — que a princípio não eram pistas. Tudo isso de um modo engraçado e áspero.

Ah, Bill... Sabe do que mais? Acho que você gostaria desse sujeito. Dance sabia que gostava.

Ele contou sobre a loja de onde era provável que os relógios tivessem vindo.

— Como dizia, não achamos que esse Hallerstein seja o criminoso. Mas isso não significa que não esteja envolvido. Há uma chance de que esse assunto possa se tornar, digamos, cabeludo.

— Não estou armada — avisou Dance.

As leis sobre portar armas de uma jurisdição a outra são muito restritivas, e a maioria dos policiais está proibida de transportar armas de seu estado para outro. Não que isso importasse. Dance jamais tinha disparado sua Glock fora do estande de tiro ao alvo e esperava poder dizer isso na festa da sua aposentadoria.

— Vou estar por perto — tranquilizou Sellitto.

A Hallertein's Timepieces ficava no meio de um quarteirão sombrio ao lado de algumas lojas atacadistas e armazéns. Ela observou o lugar. A fachada do edifício estava coberta com pintura descascada e fuligem, mas, dentro da vitrine da loja, protegida por grossas barras de aço, os relógios de mesa e de pulso pareciam intocados.

Enquanto caminhavam para a porta, Dance disse:

— Se não se importar, detetive, você dá as credenciais e depois deixa que eu conduzo o assunto. Está bem?

Alguns tiras na sua área teriam problemas para deixar que ela assumisse a liderança. Sentiu, entretanto, que Sellitto não se importaria (tinha autoconfiança o bastante), mas era preciso perguntar. Ele respondeu:

— Esse é o seu, digamos, estilo de jogo. Por isso chamamos você.

— Vou dizer coisas que podem soar um pouco estranhas. Mas é parte do plano. Se eu achar que ele é o criminoso, vou me inclinar para a frente e cruzar as mãos. — Um gesto que a tornaria um pouco mais vulnerável e deixaria o assassino, subconscientemente, mais à vontade, e menos inclinado a pegar uma arma. — Se achar que ele é inocente, tiro a bolsa do ombro e a coloco no balcão.

— Saquei.

— Pronto?

— Atrás de você.

Dance apertou um botão e a porta abriu. Era um lugar pequeno, cheio de toda espécie imaginável de relógios: grandes relógios do vovô, outros menores e de mesa, esculturas ornamentadas com mecanismos de relógio, relógios modernos e polidos, e centenas de outros, assim como cinquenta ou sessenta relógios de pulso novos.

Foram até o fundo, onde um sujeito atarracado, careca, por volta dos 60 anos, observava os dois por trás do balcão, cautelosamente. Estava sentado diante de um relógio desmontado, no qual trabalhava.

— Boa tarde — disse Sellitto.

O homem balançou a cabeça.

— Alô.

— Sou o detetive Sellitto, do departamento de polícia, e esta é a agente Dance. — Sellitto mostrou sua identidade. — Você é Victor Hallerstein?

— Correto.

Ele tirou óculos com lentes de aumento de um suporte ao lado e olhou o distintivo de Sellitto. Ele sorriu, sem mexer os olhos, e apertou a mão deles.

— Você é o proprietário? — perguntou Dance.

— Proprietário, certo. Cozinheiro-chefe e lavador de garrafas. Tenho a loja há dez anos. No mesmo endereço. Quase 11.

Informação desnecessária. Muitas vezes sinal de fraude. Mas também podia simplesmente ser dada por conta de ele estar inquieto com a visita inesperada de dois tiras. Uma das regras mais importantes da cinésica é a de que um único gesto ou comportamento não significa muito. Não se pode medir com precisão uma resposta isolada, mas sim observando os "agrupamentos" — por exemplo, a linguagem corporal de cruzar os braços tem que ser considerada à luz do contato visual, do movimento da mão, do tom de voz e do que o interrogado diz, assim como a escolha de palavras que é feita.

E, para ser significativo, o comportamento deve ser consistente quando os mesmos estímulos são repetidos.

Análise cinésica, dizia Kathryn Dance em suas palestras, não é sobre fazer gols, e sim observar o volume de jogo.

— Como posso ajudá-los? Polícia, hã? Outro roubo na vizinhança?

Sellitto olhou para Dance, que não respondeu mas deu uma risada e olhou ao redor.

— Nunca vi tantos relógios em um só lugar em toda a minha vida.

— Vendo isso há muito tempo.

— São todos para vender?

— Faça uma oferta que eu não possa recusar. — Deu uma risada e depois disse: — Sério, alguns deles eu não venderia. Mas a maioria, com certeza. Afinal, isto aqui é uma loja, certo?

— Aquele ali é bem bonito.

Ele olhou para o que ela indicava. Era de estilo art nouveau em metal dourado, com uma face grande.

— Seth Thomas, feito em 1905. Tem estilo e é confiável.

— Caro?

— Trezentos. É apenas folheado a ouro, produção em massa... Agora, quer um caro? — Hallerstein apontou para um relógio de cerâmica, rosa, azul e púrpura, pintado com flores, que Dance achou irritantemente berrante. — Cinco vezes mais caro.

— Ah.

— Percebo a reação. Mas no mundo dos colecionadores de relógios, o que para alguém é feio para outro é arte.

Ele sorriu. O cuidado e a preocupação não tinham desaparecido, mas Hallerstein estava ligeiramente menos defensivo.

Ela franziu a testa.

— E ao meio-dia, o que você faz? Usa tampão de ouvido?

Uma risada.

— Você pode desligar o carrilhão da maioria. Os cucos são os que me deixam louco, por assim dizer.

Ela fez mais algumas perguntas sobre o negócio, arquivando uma biblioteca de gestos e olhares, tons e palavras — analisando em linhas gerais seu comportamento.

Finalmente, mantendo um tom de conversa, ela perguntou:

— Senhor, gostaríamos de saber: alguém recentemente comprou dois relógios como este aqui?

Ela mostrou a ele uma das fotos dos relógios da Arnold Products deixados nas cenas de crime. Seus olhos o observavam atentamente enquanto ele olhava a foto, o rosto neutro. Ela viu que ele examinava por muito tempo, uma indicação que sua mente estava em conflito.

— Não posso dizer que me lembro. Vendo muitos relógios, pode acreditar.

Lembrança falha — sinal do estresse numa pessoa mentirosa, tal como Ari Cobb antes. Seus olhos percorreram cuidadosamente a foto mais uma vez, como se tentasse ser útil, mas seus ombros se voltaram ligeiramente na direção dela, a cabeça inclinada, e a voz aumentou um tom. Mas estaria mentindo simplesmente porque não queria se envolver, ou porque tinha vendido os relógios para alguém que achou que poderia ser um criminoso, ou porque estivesse ele mesmo envolvido nos assassinatos?

Mãos entrelaçadas diante dela, ou bolsa no balcão.

Ao determinar o tipo de personalidade, Dance tinha caracterizado a relutante testemunha anterior, Cobb, como um extrovertido; Hallerstein era o oposto, um introvertido, alguém que toma decisões com base na intuição e na emoção. Ela chegou a essa conclusão sobre o negociante por causa de sua óbvia paixão pelos relógios e pelo fato de ele ser um negociante apenas um pouco bem-sucedido (ele preferia vender o que gostava a organizar uma operação de venda em massa e conseguir mais lucros).

Para conseguir que um introvertido dissesse a verdade, teria que estabelecer laços com ele, deixá-lo sentir-se confortável. Um ataque como o feito contra Cobb faria Hallerstein imediatamente se fechar.

Dance suspirou, os ombros caindo.

— Você era nossa última esperança.

Ela suspirou, dando uma olhada em Sellitto, que, felizmente, era o próprio retrato do policial desapontado, balançando a cabeça e fazendo careta.

— Esperança? — perguntou Hallerstein.

— O homem que comprou esses relógios cometeu um crime muito sério. Estas são as únicas pistas que temos.

A preocupação que apareceu no rosto de Hallerstein parecia autêntica, mas Kathryn Dance já tinha conhecido atores muito bons. Colocou o papel de volta na bolsa.

— Esses relógios foram encontrados ao lado de suas vítimas de assassinatos.

O olhar se congelou por um instante. Era uma pessoa bem estressada que eles tinham diante de si.

— Assassinatos?

— Certo. Duas pessoas foram assassinadas ontem à noite. Os relógios foram deixados como uma espécie de mensagem. Não temos certeza. — Dance franziu a testa. — A coisa toda é muito confusa. Se *eu* fosse assassinar alguém e deixar uma mensagem, não a esconderia a 10 metros da vítima. Deixaria bem perto e às claras. Portanto, não sabemos.

Dance observava cuidadosamente as reações dele. Diante de suas declarações calculadamente erradas, Hallerstein deu a mesma resposta de alguém não familiarizado com a situação, balançando a cabeça diante da tragédia, mas sem outras reações. Se fosse o assassino, provavelmente teria dado uma "resposta de reconhecimento" — geralmente centrado ao redor dos olhos e nariz —, de que as palavras não coincidiam com o conhecimento dele dos fatos. Teria pensado: mas o assassino *deixou* os relógios perto dos corpos; por que alguém os teria deslocado? E esse pensamento teria sido acompanhado por gestos e linguagem corporal bem específicos.

Um bom enganador pode minimizar uma "resposta de reconhecimento" de modo que a maioria das pessoas não se dá conta disso, mas o radar de Dance estava operando com força total e ela acreditou que o negociante tinha passado no teste. Estava convencida de que ele não estivera nas cenas de crime nem conhecia o Relojoeiro.

Colocou a bolsa no balcão.

Lon Sellitto afastou a mão de sua cintura, onde estava repousando.

Mas o trabalho dela mal estava começando. Tinham estabelecido que o negociante não era o assassino e não o conhecia, mas ele definitivamente tinha informação.

— Senhor Hallerstein, as pessoas assassinadas morreram de modo muito desagradável.

— Espere, isso estava no noticiário, certo? Um sujeito foi esmagado? E alguém foi jogado no rio.

— Certo.

— E... o relógio estava lá?

Quase "meu" relógio, mas não exatamente.

É preciso tomar cuidado com esse peixe, disse a si mesma.

Ela assentiu.

— Achamos que ele vai machucar alguém novamente. E, como disse, você era nossa última esperança. Levaremos semanas se tivermos que rastrear outros negociantes que poderiam ter vendidos os relógios ao assassino.

O rosto de Hallerstein ensombreceu.

Aflição é facilmente reconhecível no rosto de uma pessoa, mas pode surgir como resposta a muitas emoções diferentes — simpatia, dor, desapontamento, pena, embaraço — e apenas a cinésica pode revelar a fonte se o interrogado não revelar a informação. Kathryn Dance examinava agora os olhos do homem, suas mãos acariciando o relógio diante dele, a língua tocando a ponta dos lábios. De repente compreendeu: Hallerstein tinha a resposta do tipo "lutar ou fugir".

Tinha medo — por sua própria segurança.

Saquei.

— Sr. Hallerstein, se puder lembrar de qualquer coisa que possa nos ajudar, nós garantimos sua segurança.

Uma olhada para Sellitto, que acenou.

— Ah, pode apostar. Colocamos um policial diante da sua loja, se for preciso.

O infeliz interrogado brincava com uma pequena chave de fenda.

Dance tirou a foto de dentro da bolsa.

— Poderia dar mais uma olhada? Ver se consegue se lembrar de alguma coisa?

Mas ele não precisava olhar. Sua postura encolheu mais, o peito afundando, a cabeça para a frente. Hallerstein correu na direção do estado de resposta.

— Sinto muito. Eu menti.

Coisa que raramente se escutava. Ela deu a ele a oportunidade de alegar que tinha olhado muito rapidamente a foto ou que estava confuso. Mas ele não se importou com isso. Não havia dúvida. Era hora de confissão, pura e simplesmente.

— Reconheci o relógio imediatamente. A coisa é que, sabe, ele disse que se eu contasse para alguém ele voltaria, me machucaria, destruiria todos os meus relógios, toda a minha coleção! Mas eu não sabia nada sobre assassinato. Juro! Pensei que fosse um maluco.

Seu queixo tremia e colocou novamente a mão em cima da caixa do relógio em que trabalhava, um gesto que Dance interpretou como busca desesperada de conforto.

Mas sentiu que havia algo mais. Os especialistas em cinésica têm que julgar se as respostas dos indivíduos são adequadas às perguntas feitas ou aos fatos que foram relatados. Hallerstein estava perturbado com os assassinatos, sim, e temia por si e por seus tesouros, mas sua reação era desproporcional em relação ao que estavam discutindo.

Ela ia começar a explorar isso quando o negociante de relógios explicou exatamente por que estava tão perturbado.

— Ele está deixando esses relógios nos lugares onde mata suas vítimas? — perguntou Hallerstein.

Sellitto assentiu.

— Bem, tenho que contar a vocês. — A voz dele apertou e ele continuou num sussurro: — Ele não comprou apenas dois relógios. Comprou dez.

CAPÍTULO 11

— *Quantos?* — disse Rhyme, sacudindo a cabeça enquanto repetia o que Sellitto acabara de lhe dizer. — Ele planeja *dez* vítimas?

— Parece que sim.

Sentados a cada lado de Rhyme no laboratório, Kathryn Dance e Sellitto mostraram o retrato falado do Relojoeiro que o detetive tinha feito na loja de relógios, usando EFIT — a tecnologia eletrônica de identificação facial, uma versão computadorizada do velho Identi-kit, que reconstruía as feições do suspeito a partir de sugestões de testemunhas. A imagem era a de um homem branco no final dos 40 e começo dos 50 anos, rosto redondo, queixo duplo, nariz grosso e olhos azuis incomumente claros. O negociante disse ainda que o assassino tinha um pouco mais de

1,80 m. O corpo era magro e os cabelos negros cortados a meia altura. Não usava joias. Hallerstein lembrava de roupas escuras, mas não conseguia recordar exatamente o que ele vestia.

Dance então contou a história de Hallerstein. Um homem tinha ligado para a loja havia um mês, pedindo um tipo específico de relógio — não uma marca específica, mas qualquer uma que fosse compacta, mostrasse as fases da lua e tivesse um tique-taque alto.

— Esses eram os aspectos mais importantes — disse ela. — A lua e o tique-taque alto.

Presumivelmente para que as vítimas escutassem o ruído enquanto morriam.

O negociante encomendou dez relógios. Quando estes chegaram, o homem foi até lá e pagou em dinheiro. Não deu o nome nem disse de onde era ou por que queria os relógios, mas sabia muito sobre ele. Conversaram sobre itens de coleção, quem tinha comprado recentemente certos relógios bem conhecidos em leilões e exposições horológicas que aconteciam na cidade.

O Relojoeiro não deixou que Hallerstein o ajudasse a levar os relógios até o carro. Fez várias viagens para levar todos.

Quanto a evidências na loja, havia muito pouco. Hallerstein não fazia muitos negócios a dinheiro, de modo que a maior parte dos 900 dólares com que o Relojoeiro o tinha pago ainda estava na caixa. Mas o negociante dissera a Sellitto: "Não vai adiantar muito se você procura impressões digitais. Ele usava luvas."

De qualquer maneira, Cooper escaneou as notas em busca de digitais e só encontrou as do negociante. Os números de série das notas não estavam registrados em lugar algum. Escovar as notas em busca de vestígios não mostrou nada mais que poeira sem características distintas.

Eles tentaram determinar exatamente quando o Relojoeiro tinha entrado em contato com o negociante e, revisando os registros telefônicos, descobriram as prováveis ligações. Mas resultou que estas tinham sido feitas de um telefone público localizado em Downtown.

Nada mais foi encontrado na loja de Hallerstein que fosse de alguma ajuda.

Uma chamada da Costumes relatou que os policiais não tiveram sorte para encontrar a prostituta Tiffanee, com "e" ou com "y", na área de Wall Street. O detetive disse que continuaria tentando, mas, como acontecera um assassinato, a maioria das garotas havia desaparecido da vizinhança.

Foi então que os olhos de Rhyme se fixaram numa entrada no quadro de evidências.

Solo com proteína de peixe...

Arrastado do veículo até o beco...

Depois, olhou mais uma vez para as fotos da cena do crime.

— Thom!

— O quê? — falou o ajudante da cozinha.

— Preciso de você.

O jovem apareceu instantaneamente.

— Qual o problema?

— Deite-se no chão.

— O que é que você quer que eu faça?

— Deite-se no chão. E, Mel, arraste-o até aquela mesa.

— Achei que havia algo errado — disse Thom.

— E há. Preciso que você se deite no chão. Agora!

O ajudante olhou para ele com uma expressão esquisita de incredulidade.

— Está brincando.

— Agora! Apresse-se.

— Não neste chão.

— Eu lhe *disse* para usar jeans no trabalho. Você é que insiste em usar essas calças esporte caríssimas. Coloque aquele casaco, aquele ali no gancho. Então se apresse. De costas.

Um suspiro.

— Isso vai custar caro para você.

O ajudante vestiu o casaco e se deitou no chão.

— Espere, tire esse cachorro daqui — disse Rhyme.

Jackson, o havanês, tinha pulado para fora da sua caixa, aparentemente achando que era hora de brincadeira. Cooper segurou o cachorro e o entregou a Dance.

— Podemos continuar? Não, puxe o zíper do casaco. Finja que é inverno.

— *Estamos* no inverno — respondeu Cooper. — Só não é inverno aqui dentro.

Thom puxou o zíper do casaco até o pescoço e deitou.

— Mel, coloque um pouco de pó de alumínio em seus dedos e depois o arraste pela sala.

O técnico nem se deu ao trabalho de perguntar o propósito do exercício. Enfiou os dedos na lata do pó cinza-escuro de verificar digitais e parou diante de Thom.

— Como eu arrasto ele?

— Isso é o que quero imaginar — disse Rhyme, apertando os olhos. — Qual a maneira mais eficiente?

Disse a Cooper que agarrasse a parte de baixo do casaco e o puxasse por cima do rosto de Thom, arrastando daquele modo, cabeça adiante.

Cooper tirou os óculos e agarrou o casaco.

— Desculpe — murmurou para o ajudante.

— Tudo bem, você só está obedecendo.

Cooper fez o que Rhyme mandara. O técnico estava respirando pesado pelo esforço, mas o ajudante era arrastado suavemente pelo chão. Sellitto observava impassível e Kathryn Dance tentava evitar o sorriso.

— É o suficiente. Tire o casaco. Abra-o e me mostre.

Sentando, Thom tirou o casaco.

— Posso levantar do chão agora?

— Sim, sim, sim.

Rhyme olhava fixo para o casaco. O ajudante levantou e limpou o pó.

— O que é isso tudo? — perguntou Sellitto.

Rhyme fez uma careta.

— Droga, o recruta estava certo e nem sabia como.

— Pulaski?

— Sim. Ele supôs que o vestígio de peixe era do Relojoeiro. *Eu* supus que era da vítima. Mas olhe só o casaco.

Os dedos de Cooper tinham deixado vestígios do pó de alumínio *dentro* da roupa, exatamente nos lugares do casaco de Theodore Adams onde tinham descoberto terra. O próprio Relojoeiro deixara a substância na vítima quando o arrastou pelo beco.

— Estúpido — repetiu Rhyme.

Raciocínios descuidados o enfureciam, especialmente o seu próprio.

— Agora, passo seguinte. Quero saber tudo sobre proteína de peixe.

Cooper voltou para o computador.

Rhyme notou Kathryn Dance olhando seu relógio.

— Perdeu seu voo? — perguntou.

— Tenho uma hora. Acho difícil, no entanto. Agora com as questões de segurança e as multidões natalinas.

— Desculpe! — exclamou o detetive amarrotado.

— Se ajudei, valeu a pena.

Sellitto puxou o celular do cinto.

— Vou mandar um carro da polícia levar você. Posso deixar você no aeroporto em meia hora. Luzes acesas e sirene ligada.

— Seria ótimo. Talvez eu consiga alcançar o voo.

Dance vestiu o casaco e se encaminhou para a porta.

— Espere. Tenho uma oferta a lhe fazer.

Tanto Sellitto quando Dance se voltaram para quem tinha falado.

Rhyme olhou para a agente californiana.

— Você gostaria de ter mais uma noite com tudo pago na bela cidade de Nova York?

Ela levantou a sobrancelha.

O criminologista continuou:

— Estou pensando se você poderia ficar mais um dia.

Sellitto caiu na risada.

— Linc, não estou acreditando. Você sempre se queixou de que testemunhas são inúteis. Está mudando de opinião?

Rhyme fechou a cara.

— Não, Lon. Eu me queixo é de como a maioria das pessoas *lida* com as testemunhas; "visceral", "sensação íntima", todo esse blá-blá-blá cascateiro. Inútil. Mas Kathryn faz a coisa certa: aplica uma metodologia baseada em respostas repetidas e observáveis a estímulos e daí tira conclusões verificáveis. Obviamente isso não é tão bom quanto impressões digitais ou o reagente A-10 na análise de drogas, mas o que ela faz é... — procurou uma palavra. — Proveitoso.

Thom riu.

— É o melhor cumprimento que você pode achar. Proveitoso.

— Não precisa me complementar, Thom — retrucou Rhyme.

Voltou-se para Dance:

— Então? Que tal?

Os olhos da mulher deslizaram sobre o quadro de evidências e Rhyme notou que ela não estava focada nas frias anotações das pistas, mas sim nas fotos. Particularmente nas fotografias do cadáver de Theodore Adams, os olhos fixos no nada.

— Eu fico — disse.

* * *

Vincent Reynolds subiu vagarosamente os degraus do Metropolitan Museum na Quinta Avenida e ficou sem fôlego quando chegou no topo. Suas mãos e braços eram muito fortes — úteis quando ele tinha seus corpo a corpo com as mulheres —, mas sua capacidade aeróbica era nula.

Joanne, sua florista, flutuava em seu pensamento. Sim, ele a seguira e quase a estuprara. Mas, no último minuto, outra de suas encarnações tinha assumido o controle, o Vincent Esperto, que era o mais fugidio da ninhada. A tentação foi grande, mas ele não podia desapontar seu amigo. (Vincent também não achava prudente chatear um sujeito cujo conselho para acabar com um problema era "retalhar os olhos".) Assim, simplesmente conferira onde ela estava mais uma vez, comera um enorme almoço e tomara o trem até ali.

Agora comprou o ingresso e entrou no museu, notando uma família — a mulher parecia com sua irmã. Havia escrito a ela na semana anterior pedindo que viesse a Nova York para o Natal, mas não teve resposta. Gostaria de lhe mostrar a cidade. Dificilmente poderia vir agora, é claro, enquanto ele e Duncan estivessem ocupados. Mas esperava que viesse logo, pensou. Vincent estava convencido de que se ela estivesse mais presente, isso faria diferença em sua vida. Proporcionaria uma estabilidade que o tornaria menos faminto, acreditava. Não iria precisar de corpo a corpo tão frequentemente.

Realmente não se *importaria* de mudar um pouco, Dr. Jenkins.

Não concorda?

Talvez ela pudesse vir para o ano-novo. Eles poderiam ir para a Times Square e ver a bola cair.

Vincent entrou no museu. Não havia dúvida onde encontraria Gerald Duncan. Estaria na área que abrigava as exposições temporárias mais importantes — "Tesouros do Nilo", por exemplo, ou "Joias do Império Britânico". Agora a exposição era "Horologia nos Tempos Antigos".

Horologia, Duncan explicara, era o estudo do tempo e dos relógios.

Recentemente, o assassino fora ali várias vezes. A exposição atraía o homem mais velho da mesma maneira como as lojas de pornografia atraíam Vincent. Normalmente distante e sem emoções, Duncan se iluminava quando olhava a exposição. Vincent ficava feliz ao ver seu amigo realmente desfrutando de algo.

Duncan estava olhando algumas coisas antigas de cerâmica chamadas "relógios de incenso". Vincent se colocou perto dele.

— O que você descobriu? — perguntou Duncan, que não virou a cabeça.

Tinha visto o reflexo de Vincent no vidro da vitrine. Ele era sempre assim — sempre atento, sempre vendo o que precisava ser visto.

— Ela esteve sozinha na oficina durante o tempo que passei por lá. Ninguém apareceu. Foi para a loja na Broadway e encontrou aquele sujeito das entregas. Os dois saíram. Eu telefonei e perguntei por ela...

— De onde?

— De um telefone público. Claro.

Meticuloso.

— O balconista disse que ela havia saído para tomar um café. Devia voltar dentro de uma hora, mas não iria ficar na loja. Acho que voltaria para a oficina.

— Bom — assentiu Duncan.

— E o que *você* descobriu?

— O cais estava isolado mas não havia ninguém. Vi barcos da polícia no rio, de modo que ainda não acharam o corpo. Na rua Cedar não pude me aproximar muito. Mas estão levando o assunto muito a sério. Um bando de tiras. Dois pareciam ser encarregados. Uma delas era bem bonita.

— Uma garota, verdade?

O Vincent Faminto se animou. A possibilidade de ter um corpo a corpo com uma policial nunca tinha lhe ocorrido. Mas de repente gostou da ideia

Muito.

— Jovem, lá pelos 30. Ruiva. Você gosta de ruivas?

Ele jamais se esquecera dos cabelos ruivos de Sally Anne, como se espalhavam em cascata no velho e fedorento cobertor enquanto estava em cima dela.

A fome foi ao espaço. Na verdade, já estava babando. Vincent meteu a mão no bolso, tirou uma barra de confeito e rapidamente a devorou. Ele se perguntou aonde Duncan estava indo com esses comentários sobre ruivas e sobre a policial bonita, mas o assassino não disse mais nada. Parou diante de outra vitrine que mostrava velhos relógios de pêndulo.

— Você sabe a que devemos agradecer por termos um registro preciso do tempo?

O professor em seu púlpito, pensou o Senhor V. Esperto, que substituiu o Senhor V. Faminto por enquanto, agora que tinha devorado seu chocolate.

— Não.

— Trens.

— Como assim?

— Quando a vida inteira das pessoas estava limitada a uma única cidade, elas podiam começar o dia quando decidissem. Seis horas em Londres podia ser 6h15 em Oxford. Quem se importava? E se você *tivesse* que ir até Oxford, montava a cavalo e não importava se a hora não fosse a mesma. Mas com a estrada de ferro, se um trem não deixasse a estação na hora certa e o seguinte entrasse embarricando, bem, os resultados seriam desagradáveis.

— Isso faz sentido.

Duncan se afastou da vitrine. Vincent tinha esperança de que saíssem agora, fossem até o centro e pegassem Joanne. Mas Duncan caminhou pela sala até uma grande vitrine de vidro grosso. Estava por trás de um cordão de veludo. Um guarda grandalhão permanecia ao lado.

Duncan olhava para o objeto lá dentro, uma caixa de ouro e prata de aproximadamente 18 centímetros quadrados e 20 centímetros de profundidade. A frente tinha uma dúzia de mostradores estampados com esferas e gravuras do que pareciam ser os planetas, estrelas e cometas, juntamente com números e letras estranhas e símbolos, como na astrologia. A própria caixa estava entalhada com imagens e coberta de joias.

— O que é isso? — perguntou Vincent.

— O Mecanismo Délfico — explicou Duncan. — Veio da Grécia, tem mais de 1.500 anos. Faz um giro ao redor do mundo.

— E o que é que faz?

— Muitas coisas. Vê esses mostradores? Calculam o movimento do sol, da lua e dos planetas. — Olhou de relance para Vincent. — Na verdade, mostra a Terra e os planetas se movendo *ao redor* do sol, o que era revolucionário e herético na época, mil anos antes do modelo do sistema solar feito por Copérnico. Assombroso.

Vincent se lembrava de algo sobre Copérnico das aulas de ciência da escola, embora o que ele mais se lembrasse era de uma garota naquela aula, Rita Johansson. A lembrança que mais desfrutava era da moreninha gorducha, no final de uma tarde de outono, deitada de barriga num campo perto da escola, um saco de aniagem na cabeça, e dizendo com voz educada: "Por favor, não, por favor, não."

— E olhe ali aquele mostrador — disse Duncan, interrompendo a muito agradável lembrança de Vincent.

— O prateado?

— É platina. Pura platina.

— Isso é mais valioso que ouro, certo?

Duncan não respondeu.

— Mostra o calendário lunar. Mas um muito especial. O calendário gregoriano, que nós usamos, tem 365 dias e meses irregulares. O calendário *lunar* é mais consistente do que o gregoriano; os meses sempre têm a mesma duração. Mas não correspondem ao sol, o que significa que se o mês lunar começa, digamos, no dia 5 de abril deste ano, vai começar em um dia diferente ano que vem. Mas o Mecanismo Délfico mostra um calendário *lunissolar*, que combina os dois. Eu odeio o gregoriano e o lunar puro. — Havia paixão em sua voz. — Os dois são desleixados.

Odeia os dois?, pensava Vincent.

— Mas o lunissolar é elegante, harmonioso. Belo.

Duncan balançou a cabeça diante do Mecanismo Délfico.

— Muitas pessoas não acreditam que seja autêntico porque os cientistas não conseguem duplicar seus cálculos sem computadores. Não conseguem acreditar que alguém construiu um calculador tão sofisticado há tanto tempo. Mas estou convencido de que é autêntico.

— Vale muito?

— Não tem preço. — Depois de um momento, acrescentou: — Existem dúzias de boatos acerca dele, que contém as respostas para os segredos do universo.

— Você acha isso?

Duncan continuou olhando o brilho luminoso do metal.

— De certa maneira. Ele faz algo sobrenatural? Claro que não. Mas faz algo importante: unifica o tempo. Ajuda a compreender que este é um rio sem fim. O Mecanismo não trata um segundo de modo diferente do que trata um milênio. E de algum modo foi capaz de medir esses intervalos com precisão de quase cem por cento. — E apontou para a caixa. — Os antigos pensavam o tempo como uma força separada, uma espécie de deus com poderes próprios. O Mecanismo é um emblema dessa visão, pode-se dizer. Acho que estaríamos muito melhor se observássemos o tempo dessa maneira: como um único segundo pode ser tão poderoso quanto uma bala, uma faca ou uma bomba. Pode afetar acontecimentos a mil anos no futuro. Pode modificá-los completamente.

O grande esquema das coisas...

— É isso aí.

Apesar de o tom de Vincent revelar que não tinha o mesmo entusiasmo de Duncan.

Mas tudo estava aparentemente bem. O assassino conferiu seu relógio de bolso. Soltou uma de suas raras risadas.

— Você já aguentou o suficiente das minhas divagações loucas. Vamos visitar sua florista.

A vida do patrulheiro Ron Pulaski era assim: sua esposa e filhos, seus pais e seu irmão gêmeo, sua casa no Queens e os pequenos prazeres de cozinhar ao ar livre com os amigos e as esposas (ele fazia seu próprio molho de churrasco e de salada), correr, conseguir juntar um dinheirinho para pagar uma babá e fugir com a mulher para assistir a um filme, trabalhar num quintal tão pequeno que seu irmão gêmeo chamava de "tapetinho de grama".

Coisas simples. Por isso Pulaski estava bastante inquieto indo encontrar Jordan Kessler, o sócio de Benjamin Creeley. Quando o cara ou coroa jogado no Camaro de Sachs sorteou o homem de negócios para ele, em vez da bartender, telefonou e combinou para encontrar Kessler, que acabara de voltar de uma viagem de negócios. (Seu jato, e não um jato qualquer, tinha acabado de aterrissar, e *seu* motorista estava trazendo-o para a cidade).

Ele gostaria de ter sorteado a bartender. Endinheirados deixavam-no desconfortável.

Kessler estava no escritório de um cliente em Manhattan e queria adiar o encontro com Pulaski. Mas Sachs tinha lhe dito para ser insistente e ele o foi. Kessler concordou em encontrá-lo num Starbucks no térreo do edifício do cliente.

O recruta caminhou pelo saguão da Penn Energy Transfer, um lugar impressionante — vidro e cromados, cheio de esculturas de mármore. Na parede havia imensas fotografias dos oleodutos da companhia, pintados de diferentes cores. Embora fossem componentes de fábrica, ele achou tudo bem artístico. Pulaski realmente gostou das fotos.

No Starbucks, um homem fixou o olhar quando o tira entrou e acenou para ele. Pulaski comprou um café — o homem de negócios já tinha se servido —, e os dois apertaram as mãos. Kessler era um sujeito firme, cujos cabelos ralos estavam cuidadosamente penteados por cima da careca brilhante. Vestia uma camisa azul-escura, engomada como se fosse madeira de balsa. O colarinho e os punhos eram brancos e as abotoaduras eram laços de ouro.

— Obrigado por me encontrar aqui — disse Kessler. — Não sei bem o que o cliente pensaria se recebesse um policial no andar executivo.

— O que você faz para eles?

— Ah, a vida de um contador. Nunca descansa. — Kessler deu um gole no café, cruzou as pernas e disse em voz baixa: — É terrível, a morte de Ben. Simplesmente terrível. Não pude acreditar quando escutei... Como é que a esposa e o filho estão enfrentando? — Então, sacudiu a cabeça e respondeu sua própria pergunta. — Como eles *estariam* enfrentando? Estão arrasados, tenho certeza. Bem, o que posso fazer, policial?

— Como expliquei, estamos simplesmente fazendo um levantamento sobre a morte dele.

— Certo, tudo que eu puder fazer para ajudar.

Kessler não parecia nervoso por conversar com um policial. E não havia nada condescendente na maneira como conversava com um homem que ganhava milhares de vezes menos do que ele.

— O Sr. Creeley tinha algum problema com drogas?

— Drogas? Não, não que eu tenha visto. Sei que ele uma vez tomou pílulas para dor nas costas. Mas isso foi há um tempo. E acho que jamais o vi, como diria?, afetado. Mas tem uma coisa: não socializávamos muito. Tipos de personalidade diferentes. Dirigíamos juntos nosso negócio e nos conhecíamos havia seis anos, mas mantínhamos nossas vidas particulares, bem, particulares. A menos que fosse com clientes, só jantávamos juntos talvez uma ou duas vezes por ano.

Pulaski dirigiu a conversa de volta ao tema:

— E sobre drogas ilegais?

— Ben? Não. — Kessler riu.

Pulaski lembrou-se de suas perguntas. Sachs tinha lhe dito que as decorasse. "Se você ficar olhando suas anotações", ela disse, "isso o fará parecer pouco profissional."

— Alguma vez ele se encontrou com alguém que você achasse perigoso, talvez alguém que lhe desse a impressão de que fosse criminoso?

— Nunca.

— Você contou à detetive Sachs que ele estava deprimido.

— Correto.

— E sabe por que ele estava deprimido?

— Não. Repito: não conversávamos muito sobre assuntos pessoais. — O homem descansou o braço na mesa e a enorme abotoadura fez barulho. O custo daquilo provavelmente equivalia ao salário mensal de Pulaski.

Mentalmente, Pulaski ouviu sua esposa lhe dizer que relaxasse. Ele estava indo bem.

O irmão acrescentou, em sua mente: ele pode ter abotoaduras de ouro, mas você tem um revólver grande pra caralho.

— Além da depressão, você notou nele ultimamente alguma coisa fora do normal?

— Na verdade, sim. Ele estava bebendo mais do que o normal. E começou a jogar. Foi a Las Vegas e a Atlantic City algumas vezes. Não costumava fazer isso.

— Você pode identificar isto? — Pulaski entregou ao homem de negócios uma cópia das imagens das cinzas que Amelia Sachs tinha recuperado na casa de Creeley em Westchester. — É uma planilha financeira ou folha de balanço — disse o patrulheiro.

— Sei disso.

Um pouco condescendente desta vez, mas parecia não ser intencional.

— Estavam em posse do Sr. Creeley. Significam alguma coisa para você?

— Não. Está difícil de ler. O que aconteceu?

— Foi assim que a encontramos.

Não diga nada sobre elas terem sido queimadas, dissera-lhe Sachs. Não botar o pau na mesa, você quer dizer?, comentara Pulaski, e depois achara que não deveria usar essas palavras com uma mulher. Tinha enrubescido. Seu irmão gêmeo não teria. Eles compartilhavam todos os genes, menos o que o fazia ser tímido.

— Parece que mostram um bocado de dinheiro.

Kessler olhou novamente.

— Não tanto, apenas alguns milhões.

Não muito.

— Voltando à depressão. Como você sabia que ele estava deprimido, se não falava sobre o assunto?

— Cara comprida. Muito irritado. Distraído. Realmente alguma coisa o estava devorando por dentro.

— Alguma vez ele disse algo sobre o St. James Tavern?

— O...?

— Um bar cm Manhattan.

— Não. Sei que de vez em quando ele saía mais cedo do trabalho. Ia encontrar alguns amigos de bebida, acho. Mas nunca disse quem.

— Alguma vez ele foi investigado?

— Por quê?

— Alguma coisa ilegal.

— Não. Eu teria sabido.

— O Sr. Creeley tinha algum problema com seus clientes?

— Não. Tínhamos um ótimo relacionamento com todos eles. O lucro médio deles era três ou quatro vezes o índice de retorno do Standard & Poor 500. Quem não ficaria feliz?

Standard & Poor... Pulaski não entendeu. De qualquer forma, escreveu. E depois a palavra "feliz".

— Pode me enviar uma lista dos clientes?

Kessler hesitou.

— Francamente, prefiro que não entre em contato com eles.

Abaixou levemente a cabeça e fixou os olhos nos do recruta. Pulaski encarou de volta. E perguntou:

— Por quê?

— Inconveniente. Ruim para os negócios. Como disse antes.

— Bem, senhor, quando se pensa no assunto, não há nada de embaraçoso quando a polícia faz perguntas sobre a morte de alguém, não é? Afinal, esse *é* o nosso trabalho.

— Suponho que sim.

— E todos os seus clientes sabem o que aconteceu com o Sr. Creeley, não é mesmo?

— Sim.

— Então, quanto a nós fazermos perguntas sobre isso... Seus clientes esperam que as façamos.

— Alguns sim, outros não.

— De qualquer maneira, você *fez* algo para controlar a situação, não foi? Contratou uma empresa de RP, ou talvez tenha se encontrado com seus clientes para tranquilizá-los?

Kessler hesitou. Depois disse:

— Vou preparar a lista e a enviarei a você.

Sim, Pulaski pensou, um golaço! E se forçou a não sorrir.

Amelia Sachs disse que guardasse a grande pergunta para o final.

— O que vai acontecer com a metade da companhia que era do Sr. Creeley?

A pergunta trazia consigo uma leve sugestão de que Kessler poderia ter assassinado seu sócio para controlar o negócio. Mas Kessler ou não percebeu isso ou não se ofendeu caso tivesse compreendido.

— Comprarei essa metade. Nosso contrato de negócios prevê isso. Suzanne, sua esposa, conseguirá um preço de mercado justo pela participação. Vai ganhar um bom trocado.

Pulaski escreveu aquilo tudo. Fez um gesto na direção das fotos dos oleodutos, visíveis através da porta de vidro.

— Seus clientes são companhias grandes como essa?

— Trabalhamos principalmente para indivíduos, executivos e membros de conselhos. — Kessler pôs mais açúcar no café e mexeu. — Você alguma vez se envolveu com negócios, policial?

— Eu? — Pulaski abriu o sorriso. — Nunca. Quer dizer, uma vez trabalhei para um tio meu no verão. Mas ele afundou. Bem, não ele, a gráfica dele.

— É empolgante criar um negócio e fazê-lo crescer e virar uma coisa grande. — Kessler tomou um golinho do café, mexeu novamente e depois se inclinou. — Está bem claro que você acha que há algo mais na morte dele do que simplesmente um suicídio.

— Gostamos de cobrir todas as possibilidades.

Pulaski não tinha ideia do que ele queria dizer com aquilo; simplesmente saiu. Pensou de novo nas perguntas. O poço tinha secado.

— Acho que é só isso, senhor. Agradeço sua ajuda.

Kessler terminou o café.

— Se pensar em algo mais, telefono. Você tem um cartão?

Pulaski entregou um ao negociante, que perguntou:

— Aquela mulher detetive com quem falei. Como é mesmo o nome dela?

— Detetive Sachs.

— Certo. Se não conseguir achar você, devo ligar para ela? Ela ainda trabalha neste caso?

— Sim, senhor.

Enquanto Pulaski ditava, Kessler escreveu o nome e o número do celular de Sachs atrás do cartão. Pulaski também lhe deu o número do telefone de Rhyme.

Kessler assentiu.

— Melhor eu voltar ao trabalho.

Pulaski agradeceu novamente, terminou seu café e saiu. Deu uma última olhada na maior das fotos do oleoduto. Era mesmo impressionante. Não se importaria de conseguir uma menor para pendurar na sua sala de recreação. Mas supunha que uma companhia como a Penn Energy não era uma loja de suvenires, como o Disney World.

CAPÍTULO 12

Uma mulher troncuda entrou na pequena cafeteria. Casaco negro, cabelos curtos, jeans. Foi assim que ela se descreveu. Amelia Sachs acenou do fundo.

Era Gerte, a outra bartender do St. James. Estava a caminho do trabalho e concordara em encontrar Sachs antes do seu turno.

Havia um cartaz de não fumar na parede, mas a mulher continuou com um cigarro aceso entre o indicador e o médio grosseiros e avermelhados. Nenhum dos empregados disse nada sobre isso; cortesia profissional funciona também nos restaurantes, pensou Sachs.

Os olhos escuros da mulher se estreitaram enquanto ela lia a identidade da detetive.

— Sonja disse que você tinha algumas perguntas. Mas não disse sobre o quê. — A voz dela era baixa e áspera.

Sachs sentiu que Sonja provavelmente tinha contado tudo para ela. Mas a detetive foi na onda e disse os detalhes importantes para a mulher — os que podia compartilhar, pelo menos — e depois lhe mostrou a foto de Ben Creeley.

— Ele se suicidou. — Não viu surpresa no olhar de Gerte. — E estamos investigando sua morte.

— Eu o vi, acho, umas duas ou três vezes. — Ela olhou para a lousa com o menu. — Posso comer de graça no St. James. Mas vou perder o jantar. Já que estou aqui, com você.

— Que tal eu convidar você?

Gerte acenou para a garçonete e fez o pedido.

— Quer alguma coisa? — a garçonete perguntou a Sachs.

— Você tem algum chá de ervas?

— Se o Lipton's for erva, temos.

— Então pode trazer.

— Algo para comer?

— Não, obrigada.

Gerte olhou para a silhueta magra da detetive e deu uma risada cínica. Depois perguntou:

— Então esse sujeito se matou. Deixou família?

— Correto.

— É duro. Qual o nome dele?

Uma pergunta que não inspirava confiança em Gerte como boa fonte de informação. E, com certeza, acabou sendo menos útil que Sonja. Tudo de que se lembrava era que o tinha visto uma vez por mês nos últimos três meses. Também tinha a impressão de que ele estava com os tiras na sala dos fundos mas não foi muito positiva.

— O lugar é bem movimentado, sabe.

Depende de como você defina "movimentado", pensou Sachs.

— Você conhece pessoalmente algum desses policiais?

— Da DP? Sim, alguns deles.

Quando as bebidas chegaram, Gerte disse alguns nomes, algumas descrições. Não sabia nenhum sobrenome.

— A maioria dos que vão lá são legais. Alguns são uns merdas. Mas não é a mesma coisa no mundo inteiro?... Sobre ele. — Um aceno para o retrato de Creeley. — Lembro que não ria muito. Estava sempre olhando ao redor, por cima do ombro, ou pela janela. Tipo nervoso.

A mulher colocou creme e adoçante no café.

— Sonja disse que ele discutiu na última vez em que esteve por lá. Você lembra de algum outro caso?

— Nada. — Engoliu o café fazendo barulho. — Não enquanto eu estava lá.

— Alguma vez você o viu com drogas?

— Nada.

Inútil, Sachs estava pensando. Parecia um beco sem saída.

A bartender tragou fundo e expirou o fumo para o teto. Deu uma olhada para Sachs e sorriu sem porquê com os lábios vermelhos brilhantes.

— Então, por que você está tão interessada no sujeito?

— Simples rotina.

Gerte abriu uma expressão de sabida e finalmente disse:

— *Dois* sujeitos aparecem no St. James e pouco tempo depois ambos estão mortos. E isso é rotina, hein?

— Dois?

— Você não sabia?

— Não.

— Bem que imaginei. Do contrário você teria mencionado isso logo.

— Conte.

Gerte ficou em silêncio e olhou para o lado. Sachs se perguntou se a mulher estava assustada. Mas ela simplesmente olhava o hambúrguer com fritas que chegava para aterrissar na mesa.

— Obrigada, querida — resmungou, depois olhou de volta para Sachs. — Sarkowski. Frank Sarkowski.

— O que aconteceu?

— Foi morto num assalto. Ouvi dizer.

— Quando?

— Começo de novembro. Algo por aí.

— Quem ele via lá no St. James?

— Ele andava lá pela sala dos fundos, é só o que eu sei.

— Eles se conheciam? — disse, com um aceno para a foto de Creeley.

A mulher sacudiu os ombros e olhou seu hambúrguer. Tirou o pão de cima, espalhou um pouco de maionese e brigou com a tampa do ketchup. Sachs abriu para ela.

— Quem era ele?

— Homem de negócios. Parecia que estava no ramo de pontes e túneis. Mas ouvi dizer que morava em Manhattan e tinha dinheiro. Era Gucci, o jeans que usava. Nunca falei com ele, só para retirar os pedidos.

— Como você soube da morte dele?

— Ouvi algo de passagem. Eles falando.

— Os policiais da DP?

Ela assentiu.

— *Alguma outra* morte de que você tenha ouvido falar?

— Nada.

— Algum outro crime? Extorsão, agressão, suborno?

Ela sacudiu a cabeça, derramando ketchup no hambúrguer e fazendo uma poça para mergulhar as batatas fritas.

— Nada. Isso é tudo que sei.

— Obrigada.

Sachs colocou uma nota de dez na mesa para pagar a refeição da mulher.

Gerte olhou o dinheiro.

— As sobremesas são muito boas. A torta. Se você algum dia comer aqui, peça a torta.

A detetive acrescentou mais cinco.

Gerte olhou para cima e sorriu de modo astucioso.

— E por que contei para você tudo isso? Você se pergunta, certo?

Sachs concordou com um sorriso. Ela se perguntara exatamente aquilo.

— Você não compreenderia. Esses sujeitos na sala dos fundos, os tiras? O jeito como olham para nós, Sonja e eu, as coisas que eles dizem, as coisas que eles *não* dizem. O modo como fazem piadas sobre nós quando pensam que não escutamos... — Ela sorriu com amargura. — Sim, eu sirvo bebidas para ganhar a vida, OK? Só faço isso. Mas isso não dá a eles o direito de gozar da minha cara. Todo mundo tem o direito a um pouco de dignidade, não é?

Joanne Harper, a garota dos sonhos de Vincent, ainda não tinha voltado para a oficina.

Os homens estavam no Band-Aid-Móvel, estacionado na rua Spring oeste diante da oficina escura onde Duncan estava prestes a matar sua terceira vítima e Vincent a ter seu primeiro corpo a corpo havia muito, muito tempo.

O utilitário não era grande coisa, mas era seguro. O Relojoeiro o roubara de algum lugar onde disse que não sentiriam a falta dele por algum tempo. Também tinha placas de Nova York, roubadas de outro Explorer — para passar por alguma verificação inicial dos tiras caso fossem vistos (eles raramente verificavam se a matrícula correspondia, só as placas, ensinou o Relojoeiro para Vincent).

Isso era esperto, concordou Vincent, mas perguntou o que fariam se algum tira *checasse* a matrícula. Não iria corresponder à placa e ele saberia que o Explorer tinha sido roubado.

— Ah, eu o mataria — respondeu Duncan. Como se isso fosse óbvio.

Hora de se mexer...

Duncan olhou seu relógio de bolso e o guardou, puxando o zíper do bolso. Abriu a bolsa de mão, que tinha o relógio e outras ferramentas do seu negócio, todos cuidadosamente organizados. Deu corda no relógio, acertou a hora e correu o zíper fechando a bolsa. Através do náilon, Vincent escutava o tique-taque.

Ligaram os fones de ouvidos em seus celulares e Vincent ajustou um rádio de polícia a seu lado (ideia de Duncan, é claro). Ligou e ouviu o vozerio comum de transmissões sobre acidentes de trânsito, o progresso do isolamento de ruas para algum evento na quinta-feira, um aparente ataque cardíaco na Broadway, uma corrente sendo fechada...

Vida na grande cidade.

Duncan se inspecionou cuidadosamente, certificou-se de que todos os bolsos estavam fechados. Passou um adesivo de remover pelos no corpo, para eliminar vestígios de evidências, e pediu a Vincent que fizesse o mesmo antes de entrar para o corpo a corpo com Joanne.

Meticuloso.

— Pronto?

Vincent assentiu. Duncan desceu do Band-Aid-Móvel, olhou para os dois lados da rua e caminhou até a porta de serviço. Arrombou a fechadura em dez segundos. Espantoso. Vincent sorriu, admirando a habilidade de seu amigo. Comeu duas barras de chocolate, mastigando as duas juntas em mordidas ferozes.

Um instante depois o telefone vibrou e ele respondeu. Duncan disse:

— Estou dentro. Como está a rua?

— Alguns carros de vez em quando. Ninguém nas calçadas. Está limpo.

Vincent ouviu alguns cliques metálicos. Depois a voz do homem num sussurro:

— Chamo você quando ela estiver pronta.

Dez minutos depois Vincent viu alguém com um casaco escuro caminhar na direção da oficina. O passo e o movimento sugeriam que fosse uma mulher. Sim, era a sua florista, Joanne.

Uma pontada de fome bateu nele.

Ele afundou no banco, para que ela não o visse. Apertou o botão de transmissão do aparelho.

Ouviu o clique do telefone de Duncan. Nenhum "alô" ou "sim".

Vincent levantou ligeiramente a cabeça e a viu caminhar até a porta. Então disse no aparelho:

— É ela. Está sozinha. Deve entrar num instante.

O assassino não disse nada. Vincent ouviu o barulho de desligar.

Certo, ele era protetor.

Joanne Harper e Kevin tinham tomado três cafés no Kosmo's Diner, um restaurante funcional e sem graça no SoHo, mas que naquele dia tinha sido um lugar muito especial. Ela agora caminhava para a porta dos fundos da oficina, pensando que gostaria de ter ficado por mais uma meia hora, ou mais. Kevin queria — ainda havia piadas para contar, histórias para compartilhar —, mas sua obrigação de trabalho prevalecia. A encomenda só seria entregue na noite seguinte, mas era um cliente importante e ela precisava ter certeza de que os arranjos estavam perfeitos. A contragosto, disse que tinha que voltar.

Olhou para um lado e para o outro da rua, ainda um pouco inquieta com o sujeito gordo de parca e óculos estranhos. Mas a área estava deserta. Entrando na oficina, bateu a porta e passou a chave duas vezes.

Pendurando o casaco, Joanne respirou profundamente, como sempre fazia quando entrava, desfrutando da miríade de cheiros dentro da loja: jasmim, rosa, lilás, lírio, gardênia, fertilizante, argila, palha. Era embriagador.

Ligou as luzes e caminhou na direção dos arranjos nos quais estava trabalhando mais cedo. De repente, parou e soltou um grito.

Seu pé tinha batido em algo. A coisa correu para longe dela. Deu um pulo para trás, pensando: rato!

Então olhou para baixo e riu. O que tinha chutado era um rolo grande de arame de floricultura no centro do corredor. Como fora parar ali? Todos os rolos eram pendurados em ganchos na parede próxima. Apertou o olho para olhar na penumbra e viu que, de alguma maneira, aquele tinha escorregado e rolado pelo chão. Estranho.

Devem ser os fantasmas dos floristas do passado, disse a si mesma, para depois se lamentar da piada. O lugar estava bem fantasmagórico e a imagem do gordo de óculos de sol imediatamente lhe ocorreu. Não fique assustando a você mesma.

Pegou o rolo e viu por que tinha caído: o gancho tinha escorregado da madeira. Só isso. Mas então notou algo mais curioso. Esse rolo era um dos novos; ainda não tinha usado arame dele, pensou. Mas *devia* ter usado; faltava um pouco.

Ela riu. Nada como o amor para fazer uma garota se esquecer de coisas.

Então parou, levantando a cabeça. Escutara um ruído com o qual não estava acostumada.

O que era?

Estranho... água pingando?

Não, era mecânico. Metal...

Misterioso. Parecia um relógio batendo. De onde vinha? A oficina tinha um grande relógio de parede nos fundos, mas era elétrico e não fazia tique-taque. Joanne olhou ao redor. O barulho, concluiu, vinha de uma pequena área de trabalho sem janelas, logo depois da sala refrigerada. Verificaria logo isso.

Joanne abaixou-se para consertar o gancho.

CAPÍTULO 13

Amelia Sachs derrapou, parando diante de Ron Pulaski. Depois que ele pulou para dentro do carro apontou para o norte e acelerou o motor.

O recruta lhe deu os detalhes da conversa com Jordan Kessler. E acrescentou:

— Ele parece sincero. Bom sujeito. Mas acabei de pensar que deveria conferir com a Sra. Creeley para confirmar tudo, sobre o que Kessler ganha por conta da morte de Creeley. Ela disse que confia nele e que tudo é correto. Mas ainda assim não fiquei muito seguro e liguei para o advogado de Creeley. Espero que isso seja certo.

— E por que não seria?

— Não sei. Só pensei em perguntar.

— É sempre bom fazer *muito* trabalho em cima desse negócio — disse Sachs. — O problema está quando alguém não faz o suficiente.

Pulaski balançou a cabeça.

— É difícil imaginar alguém trabalhar para Lincoln e ser preguiçoso.

Ela deu uma risada enigmática:

— E o que o advogado disse?

— Basicamente a mesma coisa que Kessler e a mulher. Ele comprará a parte de Creeley pelo valor de mercado. Tudo legal. Kessler disse que o sócio andava bebendo mais e tinha começado a jogar. A mulher me disse que estava surpresa por ele fazer isso. Nunca foi do tipo que joga.

Sachs assentiu.

— Jogo. Talvez haja aí alguma conexão com quadrilhas. Jogando para eles, ou simplesmente pegando um pouco de drogas recreativas pelo caminho. Talvez lavagem de dinheiro. Ele ganhou ou perdeu, você sabe?

— Parece que perdeu muito. Eu me perguntei se tinha recorrido a algum agiota para cobrir a perda. Mas a mulher me disse que as perdas não eram grande coisa, com suas rendas e tudo mais. Algumas centenas de milhares não faziam muita falta. *Ela* não ficou muito feliz com essa notícia, você pode imaginar... Kessler disse que ele tinha um bom relacionamento com todos os seus clientes. Mas pedi uma lista. Acho que nós mesmos temos que conversar com eles.

— Bom — disse Sachs —, as coisas estão ficando mais pegajosas. Houve outra morte. Talvez assassinato ou roubo. — Ela explicou sobre seu encontro com Gerte e lhe contou sobre Frank Sarkowski. — Preciso que você localize o arquivo.

— Pode deixar.

— Eu...

Ela parou de falar. Tinha olhado pelo retrovisor e sentido um puxão interior.

— Hum...

— O quê? — perguntou Pulaski.

Ela não respondeu, mas fez calmamente uma curva para a direita, passou vários quarteirões e de repente virou para a esquerda.

— OK, pode ser alguém nos seguindo. Percebi há alguns minutos. Um Mercedes fez o mesmo caminho que nós agora há pouco. Não, não olhe.

Era um Mercedes negro com janelas escurecidas.

Ela fez outra curva, abruptamente, e freou até parar. O recruta gemeu por conta do puxão do cinto de segurança. O Mercedes continuou em frente. Sachs deu uma olhada, não conseguiu ver a placa, mas que o carro era um AMG, a versão mais cara e potente do carro alemão.

Ela começou a fazer uma volta em U com o Camaro, mas nesse instante um caminhão de entregas parou em fila dupla diante dela. Quando conseguiu dar a volta, o Mercedes tinha desaparecido.

— Quem você acha que era?

Sachs trocou de marcha rapidamente.

— Provavelmente uma coincidência. É muito raro ser seguida. E, acredite em mim, nunca acontece com um cara num carro de 140 mil dólares.

Tocando o corpo frio, a florista deitada no concreto, seu rosto pálido como as rosas brancas espalhadas no chão.

O corpo frio, frio como a Lua Fria, mas ainda macio; a dureza da morte ainda não tinha assentado.

Cortando as roupas, a blusa, o sutiã...

Tocando...

Provando...

Essas eram as imagens que cascateavam nos pensamentos de Vincent Reynolds enquanto estava sentado no banco do motorista do Band-Aid-Móvel, olhos fixos na oficina escura do outro lado da rua, respirando rápido, imaginando o que logo faria com Joanne. Consumido pela fome.

O ruído se intrometeu. *"Trânsito 42, pode... querem acrescentar mais barreiras na esquina da Nassau com a Pine? Perto do local de inspeção."*

"Claro, podemos fazer isso. Câmbio."

As palavras não representavam ameaça para ele ou para Gerald Duncan; assim, Vincent continuou fantasiando.

Provando, tocando...

Vincent imaginava que o assassino provavelmente puxaria Joanne para o chão, amarrando-a imediatamente. Então fechou a cara. Será que Duncan estaria tocando em certos lugares dela? No peito, entre as pernas?

Vincent era ciumento.

Joanne era *sua namorada*, não de Duncan. Porra! Se ele quisesse foder alguém, que fosse procurar uma boa garota por conta própria...

Mas então disse a si mesmo para se acalmar. A fome fazia isso com ele. Fazia-o enlouquecer, possuído como aquelas pessoas naqueles sanguinolentos filmes de zumbi a que Vincent assistia. Duncan é seu amigo. Se ele quiser brincar um pouco com ela, que seja. Eles podiam reparti-la.

Vincent olhou impaciente para o relógio. Estava demorando tanto... Duncan tinha lhe dito que o tempo não era absoluto. Alguns cientistas uma vez fizeram uma experiência em que colocavam um relógio bem no alto de uma torre e outro no nível do mar. O mais alto correu mais rápido do que o que estava no chão. Alguma lei da física. Psicologicamente também, Duncan tinha acrescentado, o tempo é relativo. Se você estiver fazendo alguma coisa que ama, passará mais rápido. Se estiver esperando alguma coisa, o tempo se moverá mais devagar.

Como agora. Vamos, vamos.

O rádio em cima do painel crepitou de novo. Mais informação sobre trânsito, ele achou.

Mas Vincent estava errado.

"Central para todos os carros em Downtown. Prossigam para a rua Spring, leste da Broadway. Estejam atentos, procurando lojas de flores na vizinhança, em conexão com os homicídios no cais da rua 22 e do beco que sai da rua Cedar ontem à noite. Procedam com cuidado."

— Deus do céu — Vincent resmungou alto, olhando o rádio; apertou o redial no fone e olhou pela rua —, ainda nenhum sinal da polícia.

Uma chamada, duas...

— Atenda!

Clique. Duncan não disse nada — esse era o plano deles. Mas Vincent sabia que ele tinha atendido.

— Saia daí agora! Mexa-se! Os tiras estão chegando.

Vincent ouviu um leve arfar. O fone desligou.

"Aqui RP Três Três Sete. Estamos a três minutos do local."

"Recebido e entendido, Três Três Sete... Adicional a essa chamada, temos um comunicado, um dez-três-quatro, assalto em progresso, no quatro-um-oito da Spring. Todas as unidades disponíveis respondam."

"Recebido e entendido."

"Radiopatrulha Seis Um, também estamos a caminho."

— Venha logo, pelo amor de Deus — murmurava Vincent.

Ligou e engatou o Explorer.

Então houve uma enorme explosão quando um vaso de cerâmica quebrou o vidro da porta da frente da oficina da florista.

Duncan saiu correndo. Correu por cima dos cacos de vidro, quase caiu no gelo e alcançou o Explorer, saltando para o banco de passageiro. Vincent acelerou.

— Mais devagar — mandou o assassino. — Vire na próxima rua.

Vincent aliviou o acelerador. Ainda bem que tinha diminuído a velocidade, porque, na mesma hora, um carro da polícia derrapou na esquina diante deles.

Dois mais chegaram à rua, os policiais saindo correndo.

— Pare no sinal — disse Duncan calmamente. — Não entre em pânico.

Vincent sentiu um tremor correr pelo corpo. Queria meter o pé, aproveitar a oportunidade. Duncan sentiu isso.

— Não. Simplesmente se comporte como todo mundo aqui. Você está curioso. Olhe os carros da polícia. Tudo bem fazer isso.

Vincent olhou.

A luz mudou.

— Devagar.

Ele se afastou do sinal.

Mais carros de polícia passaram como raios, respondendo à chamada.

O rádio informou que vários outros carros estavam a caminho. Um policial informou pelo rádio que não havia identificação do suposto criminoso. Ninguém disse nada sobre o Band-Aid-Móvel. As mãos de Vincent estavam tremendo, mas ele manteve normalmente o utilitário, bem no meio da pista, a velocidade sempre a mesma. Finalmente, depois que colocaram alguma distância entre eles e a loja da florista, Vincent disse suavemente:

— Eles sabiam que éramos nós.

Duncan se voltou para ele:

— Eles o quê?

— A polícia. Estavam mandando carros para vigiar as floriculturas por aqui, como se tivesse alguma coisa a ver com os assassinatos de ontem à noite.

Gerald Duncan pensou nisso. Não parecia abalado ou desesperado.

— Eles sabiam que estávamos aqui? Isso é curioso. Como é possível que soubessem?

— Para onde devo ir? — perguntou Vincent.

Seu amigo não respondeu. Continuava olhando as ruas. Finalmente, disse numa voz calma:

— Por enquanto simplesmente dirija. Tenho que pensar.

— Ele escapou? — A voz de Rhyme estalou pelo alto-falante do Motorola. — O que aconteceu?

Parado ao lado de Sachs na cena diante da loja da florista, Lon Sellitto respondeu:

— Tempo. Sorte. Porra, quem pode saber?

— Sorte? — falou Rhyme asperamente, como se fosse uma palavra estrangeira que ele não compreendesse. Depois fez uma pausa. — Espere... vocês estão usando frequência codificada?

— Estamos na tática — disse Sellitto. — Mas a Central não está, não para chamadas para o 911. Ele deve ter ouvido a chamada inicial. Merda. OK, vamos assegurar que sejam todas codificadas no caso do Relojoeiro.

Depois Rhyme perguntou:

— O que a cena diz, Sachs?

— Acabei de chegar.

— Bem, *reviste* tudo.

Clic.

Irmão... Sellitto e Sachs olharam um para o outro. Logo que ela recebera a chamada sobre o 10-34 na Spring, tinha deixado Pulaski saltar para ir buscar o arquivo do homicídio Sarkowski e correu para cá para pesquisar a cena.

Posso fazer as duas coisas.

Esperemos que sim, Sachs.

Jogou a bolsa no banco traseiro do Camaro, trancou a porta e foi para a loja da florista. Viu Kathryn Dance vindo pela rua da loja de varejo, onde havia entrevistado a proprietária, Joanne Harper, que por pouco escapara de ser a terceira vítima do Relojoeiro.

Um carro sem identificação parou no meio-fio, as luzes de emergência acesas. Dennis Baker desligou-as e saltou. Correu até Sachs.

— Era ele? — perguntou Baker.

— Sim — disse Sellitto. — Os patrulheiros encontraram outro relógio lá dentro. Do mesmo tipo.

Três já foram, pensou Sachs soturnamente. Faltam sete.

— Outra mensagem de amor?

— Não desta vez. Mas foi por pouco. Acho que não teve chance de deixar uma.

— Ouvi a chamada — disse Baker. — Como vocês sacaram que era ele?

— Uma agência ambiental fez uma inspeção a um quarteirão daqui, um vazamento numa companhia de desratização armazenando ilegalmente sulfato de tálio, veneno de rato. Então Lincoln soube que o principal uso da proteína de peixe descoberta na cena do assassinato de Adams era o de fertilizante de orquídeas. Lon fez o despacho enviar carros para floriculturas e empresas de paisagismo perto dessa operação de desratização.

— Veneno de rato. — Baker deu uma risada. — Esse Rhyme pensa mesmo em tudo, não é?

— E em algo mais — acrescentou Sellitto.

Dance reuniu-se a eles. Explicou o que tinha descoberto entrevistando a florista: Joanne Harper tinha voltado do café e viu alguns arames fora do lugar na loja.

— Isso não a incomodou muito. Mas então escutou um tique-taque e depois pensou ter ouvido alguém no quarto dos fundos. Então ligou para o 911.

Sellitto continuou:

— E como já tínhamos carros dirigindo-se para a área, chegamos antes que ele a matasse. Mas *bem na hora*.

Dance acrescentou que a florista não sabia por que alguém desejasse machucá-la. Tinha se divorciado havia muito tempo e não ouvia falar do ex fazia anos. Não conseguia se lembrar de qualquer inimigo.

Joanne também contou a Dance que vira alguém observando-a através da janela mais cedo durante o dia, um homem branco troncudo vestindo uma parca de cor creme, óculos de sol antiquados e boné de beisebol. Ela não tinha visto muito mais por causa da janela suja. Dance especulou se havia alguma conexão com a primeira vítima, Adams, mas Joanne nunca ouvira falar dele.

Sachs perguntou:

— E como ela está?

— Chocada. Mas vai voltar para o trabalho. Não aqui na oficina, entretanto. Na loja da Broadway.

Sellitto disse:

— Até pegarmos esse sujeito ou acharmos o motivo, vou mandar um carro ficar do lado de fora da loja.

Sacou o rádio para arranjar isso.

Nancy Simpson e Frank Rettig, os peritos de cena do crime, caminharam até Sachs. Entre eles estava um jovem com boné de meia e um casaco frouxo. Era magro e parecia estar congelando de frio.

— O cavalheiro aqui quer ajudar — disse Simpson. — Foi nos procurar no veículo de emergência.

Com um olhar para Sachs, que assentiu, Dance virou-se para ele e perguntou o que tinha visto. Não era preciso ser especialista em cinésica, entretanto. O garoto estava feliz por bancar o bom cidadão. Explicou que estava andando pela rua e viu alguém pular da oficina da florista. Era um homem de meia-idade num casaco negro. Olhando o retrato falado eletrônico que Sellitto e Dance tinham feito na floricultura, disse:

— Sim. Poderia ser ele.

O sujeito correra até um utilitário marrom, dirigido por um branco de cara redonda que usava óculos de sol. Mas não tinha visto nada mais específico sobre o motorista.

— Então eram *dois* deles? — Baker suspirou. — Ele arranjou um parceiro.

Provavelmente o que Joanne tinha visto antes na loja.

— O carro era um Explorer?

— Eu não sei dizer se era um Explorer ou... qualquer outro tipo de utilitário.

Sellitto perguntou sobre a placa. A testemunha não tinha visto.

— Bem, pelo menos temos a cor.

Sellitto emitiu um boletim de emergência de localização de veículos. Um ELV alertaria todas as radiopatrulhas assim como os demais agentes da lei e policiais de trânsito na área para que procurassem um Explorer marrom com dois caras brancos dentro.

— Muito bem, vamos em frente — anunciou Sellitto.

Simpson e Rettig ajudaram Sachs a reunir o equipamento para processar as cenas. Havia várias delas: a loja em si, o beco, a calçada por onde ele escapara, assim como o lugar onde o Explorer estivera estacionado.

Kathryn Dance e Sellitto voltaram para a casa de Rhyme, enquanto Baker continuou procurando testemunhas, mostrando fotos do retrato falado do Relojoeiro para pessoas na rua e trabalhadores nos armazéns e negócios da rua Spring.

Sachs reuniu todas as evidências que pôde localizar. Já que o primeiro não fora um aparelho explosivo, não havia necessidade de envolver o esquadrão antibombas; um simples teste de campo para determinar a presença de nitratos era suficiente para ter certeza. Empacotou o relógio junto com o resto das evidências, depois tirou o macacão Tyvek e vestiu seu casaco de couro. Apressou-se pela rua e desabou no banco do motorista do Camaro, ligou o carro e o aquecedor em força total.

Pôs a mão para trás do assento do carona para pegar a bolsa e tirar as luvas. Mas quando levantou a bolsa de couro o conteúdo se esparramou.

Sachs franziu o rosto. Era muito cuidadosa e sempre deixava a bolsa de couro amarrada. Não podia se permitir perder o conteúdo, que incluía dois pentes extras de munição para sua Glock, assim como uma lata de gás lacrimogêneo. Ela lembrou claramente de ter apertado o laço quando chegara.

Olhou para a janela do lado do passageiro. Manchas no vidro feitas por luvas podiam ter sido feitas por alguém usando uma chapa fina de metal para arrombar a porta do carro. E um pouco da faixa isolante ao redor da janela tinha sido empurrada para o lado.

Roubada enquanto processava uma cena de crime. Essa era inédita.

Ela conferiu a bolsa, item por item. Nada tinha desaparecido. O dinheiro e os cartões de crédito estavam todos lá — apesar de ela ter que ligar para as companhias de cartões de crédito para o caso de o ladrão ter copiado os números. A munição e o spray de gás lacrimogêneo estavam intactos. Olhou ao redor com a mão no cabo da Glock. Havia uma pequena multidão reunida ali perto, curiosos com a atividade policial. Desceu do carro e se aproximou deles, perguntando se alguém tinha visto o arrombamento. Ninguém vira.

Regressando ao Chevvy, tirou o equipamento básico de cena do crime da mala e processou o carro como qualquer outra cena — procurando pegadas, impressões digitais e vestígios dentro e fora. Não descobriu nada. Pôs o equipamento de volta na mala e sentou-se no assento da frente mais uma vez.

Então viu, meio quarteirão adiante, um carrão preto saindo de um beco. Ela pensou no Mercedes que vira antes, quando tinha recolhido Pulaski. Entretanto, não conseguiu ver a marca daquele, e o carro desapareceu no trânsito antes que pudesse dar a volta no seu carro e ir atrás.

Coincidência ou não? Pensou.

O motorzão do Chevvy começou a esquentar o carro e ela prendeu o cinto. Engrenou a primeira marcha. Avançando facilmente, pensou consigo mesma: Bem, não aconteceu nada.

Estava no meio do quarteirão, já engrenando a terceira, quando um pensamento a atingiu: o que ele procurava? O fato de seu dinheiro de papel e de plástico ainda estarem lá sugeria que o criminoso estava atrás de alguma outra coisa.

Amelia Sachs sabia que as pessoas de motivações misteriosas são sempre as mais perigosas.

CAPÍTULO 14

Na casa de Rhyme, Sachs entregou as provas para Mel Cooper.

Antes de colocar as luvas de látex, foi até uma lata e de lá tirou alguns biscoitos para cão, que deu a Jackson. Ele os comeu rapidamente.

— Você já pensou em ter um cão de auxílio? — perguntou Kathryn Dance a Rhyme.

— Ele *é* um cão de auxílio.

— Jackson? — disse Sachs, franzindo a testa.

— Claro. Ajuda muito. Distrai as pessoas e assim não tenho que fazer sala.

As mulheres riram.

— Eu quis dizer, um de verdade.

Um dos seus terapeutas tinha sugerido um cão. Muitos paraplégicos e tetraplégicos tinham animais de ajuda. Pouco depois do acidente, quando o conselheiro levantou o assunto pela primeira vez, ele resistiu à ideia. Não podia explicar exatamente por quê, mas acreditava que tinha a ver com sua resistência em depender de alguma coisa ou de alguém. Agora, a ideia não parecia tão má.

Ele franziu a testa.

— Você pode treiná-lo para servir uísque? — O criminalista olhou do cão para Sachs. — Oh, teve uma chamada para você quando estava na cena. Alguém chamado Jordan Kessler.

— Quem?

— Ele disse que você sabia quem era.

— Ah, espere... Claro, o sócio de Creeley.

— Ele queria falar com você. Eu disse que você não estava e ele deixou um recado. Tinha falado com o resto dos empregados da companhia e que Creeley realmente estava deprimido ultimamente. E Kessler ainda está organizando a lista dos clientes. Mas vai levar um ou dois dias.

— Alguns dias?

— Foi o que ele disse.

O olhar de Rhyme já estava nas evidências que ela arrumava numa mesa de exame ao lado de Cooper. Sua mente se afastou da situação no St. James — o que ele estava chamando de "Outro Caso". Para diferenciar do "Seu Caso", o Relojoeiro.

— Vamos ver as evidências — anunciou.

Sachs vestiu as luvas de látex e começou a desempacotar as caixas e a bolsa.

O relógio era igual aos outros dois, batendo e mostrando a hora certa. O rosto da lua ligeiramente passando da fase cheia.

Juntos, Cooper e Sachs o desmontaram, mas não encontraram qualquer vestígio significativo.

Nenhuma pegada, nada de impressões de fricção ou digitais, armas ou qualquer outra coisa que tenha sido deixada atrás na loja da florista. Rhyme se perguntou se havia uma ferramenta especial que o assassino tivesse usado para cortar o arame da florista ou alguma técnica que revelasse uma carreira ou experiência. Mas, não, ele usara as tesouras da própria Joanne. Como a fita adesiva, entretanto, o arame fora cortado em tamanhos iguais. Cada um tinha exatamente 1,82 m. Rhyme se perguntou se ele pretendia amarrá-la com o arame ou se esta seria a arma do crime.

Joanne Harper tinha trancado a porta quando saiu da loja para tomar café com um amigo. Era evidente que o assassino usara uma gazua para entrar. Isso não surpreendeu Rhyme; um sujeito que conhece a mecânica dos relógios pode aprender facilmente como abrir fechaduras.

Uma busca nos registros do trânsito revelou 423 proprietários de Explorers marrons na área metropolitana. Cruzaram a lista com a de mandados e descobriam apenas dois: um homem nos seus 60 anos, procurado por não pagar dúzias de multas por estacionamento proibido, e um mais jovem preso por vender cocaína. Ele se perguntou se esse era o assistente do Relojoeiro, mas acabou que ele ainda estava na cadeia. O Relojoeiro bem poderia estar entre os demais nomes da lista, mas não havia como falar com todos, apesar de Sellitto mandar alguém verificar aqueles cujos endereços fossem em Lower Manhattan. Houve também algumas respostas do ELV, mas nenhuma das descrições dos motoristas correspondia às do Relojoeiro e seu parceiro.

Sachs coletara amostras na própria loja e descobriu que, sim, o solo e a proteína de peixe, sob a forma de fertilizante, tinham realmente vindo da loja de Joanne. Havia um pouco dentro do edifício, mas Sachs também descobrira quantidades consideráveis do lado de fora, dentro e ao lado de sacolas de fertilizante descartadas.

Rhyme sacudia a cabeça.

— Qual o problema? — perguntou Sellitto.

— Não é o problema em si. É o fato de que estava na *segunda* vítima, Adams.

— Por quê?

— Quer dizer que o criminoso esteve verificando a oficina antes, presumivelmente a vítima e também procurando alarmes ou câmeras de segurança. Esteve espreitando o local. O que significa que existe uma razão para escolher essas vítimas em particular. Mas que droga, qual é?

O homem esmagado até morrer no beco aparentemente não estava envolvido em nenhuma atividade criminosa e não tinha inimigos. O mesmo valia para Joanne Harper. E ela nunca ouvira falar de Adams — nenhuma ligação entre os dois. E, no entanto, os dois tinham sido escolhidos como alvos pelo Relojoeiro. Por que eles?, Rhyme se perguntava. Uma vítima desconhecida no cais, um jovem redator, uma florista... e mais sete pela frente. O que havia neles que o levava a matá-los? Qual a ligação?

— O que mais você descobriu?

— Lascas negras — disse Cooper, segurando um envelope de plástico, onde havia pontinhos como de tinta negra seca.

Sachs disse:

— Vieram de onde ele tirou o rolo de arame e onde provavelmente estava escondido. Também descobri um pouco disso do lado de fora da porta, onde ele pisou no vidro enquanto corria até o Explorer.

— Bem, processe-os no cromatógrafo.

Cooper ligou o cromatógrafo a gás/espectrômetro de massa e carregou uma mostra das lascas. Poucos minutos depois, os resultados apareceram na tela.

— Então, o que temos, Mel?

O técnico empurrou os óculos mais para cima do nariz. Inclinou-se para a frente.

— Orgânico... Parece ter 73 por cento de n-alcanos, depois hidrocarbonetos policíclicos aromáticos e benzenos.

— Ah, alcatrão de teto.

Rhyme apertou os olhos. Kathryn Dance deu uma risada.

— Você sabe isso?

— Ah, Lincoln costumava vagar pela cidade recolhendo tudo que pudesse achar para seus bancos de dados de evidências... — disse Sellitto. — Devia ser divertido sair para jantar com você, Linc. Levava tubos de testes e bolsas de evidência com você?

— Minha ex pode lhe contar tudo sobre isso — respondeu Rhyme com um gemido divertido, prestando atenção nos pontinhos negros de alcatrão. — Aposto que ele andou verificando outra vítima de um lugar onde há um teto sendo impermeabilizado.

— Ou talvez estejam impermeabilizando de novo o seu lugar — sugeriu Cooper.

— Duvido que ele passe tempo desfrutando coquetéis e o pôr do sol do seu teto com esse tempo — retrucou Rhyme. — Vamos considerar que é outro teto. Quero descobrir quantos edifícios estão sendo retelhados ou impermeabilizados de novo agora.

— Pode haver centenas deles, milhares — disse Sellitto.

— Provavelmente não com esse tempo.

— E como diabos vamos descobrir isso? — perguntou o amarrotado detetive.

— REAET.

— E o que é isso? — perguntou Dance.

Rhyme recitou, distraído:

— Radiômetro Espacial Avançado de Emissões Termais. É um instrumento e pacote de dados num satélite, uma associação entre a NASA e o governo japonês. Captura imagens térmicas do espaço. Orbita a cada... quanto, Mel?

— Cerca de 98 minutos. Mas leva 16 dias para cobrir a Terra inteira.

— Descubra quando foi o mais recente de Nova York. Quero imagens térmicas e ver se elas podem delinear calor acima de 100 graus Celsius; imagino que o alcatrão esteja pelo menos nessa temperatura quando é aplicado. Isso deve estreitar bastante a área onde ele esteve.

— Toda a cidade? — perguntou Cooper.

— Ele caça em Manhattan, ao que parece. Comecemos por aí.

Cooper teve uma longa conversa telefônica e depois desligou.

— Já estão trabalhando nisso. Vão fazer o melhor possível.

Thom trouxe Dennis Baker até a sala.

— Não houve outras testemunhas perto da oficina da florista — relatou o tenente, tirando o casaco e aceitando agradecido uma xícara de café. — Procuramos por uma hora. Ou ninguém viu nada ou não tem coragem de admitir que viu. Esse sujeito está assustando todo mundo.

— Precisamos de mais. — Rhyme olhou para o diagrama que Sachs tinha desenhado da cena e perguntou: — Onde o utilitário estava estacionado?

— Do outro lado da rua em frente à oficina — respondeu Sachs.

— E você revistou o lugar onde estava estacionado.

Não era uma pergunta. Rhyme sabia que ela havia feito isso. Continuou:

— Algum carro na frente ou atrás?

— Não.

— OK, ele corre até o carro, seu parceiro dirige até o cruzamento mais próximo, esperando se perder no trânsito. Não vai infringir lei alguma e portanto vai fazer uma bela, cuidadosa e rápida curva, mantendo-se na faixa. — Assim como solavancos de velocidade, curvas suaves muitas vezes deslocam importantes vestígios dos pneus. — Se a rua ainda estiver bloqueada, quero que uma equipe de cena do crime varra tudo no cruzamento. É um tiro no escuro, mas acho que temos que tentar. — Ele se voltou para Baker: — Você acabou de deixar a cena, certo? Há uns dez, quinze minutos?

— Por aí — respondeu Baker, sentando e se esticando enquanto bebia o café.

Ele parecia exausto.

— A rua ainda estava bloqueada?

— Não prestei muita atenção. Acho que estava.

— Descubra — disse Rhyme a Sellitto. — Se estiver, mande uma equipe.

Mas o telefonema do detetive revelou que a rua já estava aberta ao trânsito. Qualquer vestígio deixado pelo Explorer do assassino já teria sido obliterado pelo primeiro ou segundo veículo que fizesse a mesma curva.

— Maldição — resmungou Rhyme, voltando a olhar novamente o painel de evidências, pensando que havia muito tempo um caso não apresentava tantas dificuldades.

Thom bateu na porta e fez entrar outra pessoa na sala, uma mulher de meia-idade vestindo um casaco negro caro. Era familiar a Rhyme, mas ele não conseguia se lembrar do nome.

— Alô, Lincoln.

Então ele se lembrou.

— Inspetora.

Marilyn Flaherty era mais velha que Rhyme, mas os dois tinham sido capitães ao mesmo tempo e trabalhado juntos em alguns casos especiais. Ele se lembrava dela como esperta e ambiciosa — e, quando necessário, um pouco mais dura e mais focada que seus colegas masculinos. Conversaram alguns minutos sobre conhecidos comuns e colegas atuais e passados. Ela perguntou pelo Relojoeiro e ele fez uma sinopse.

A inspetora então chamou Sachs de lado e perguntou sobre a situação da investigação, com isso querendo dizer, é claro, o Outro Caso. Rhyme não pôde deixar de ouvir Sachs dizer que ainda não tinha achado nada conclusivo. Não havia grande desvio de drogas da sala de provas da 118DP. O sócio de Creeley e seus empregados confirmaram sua depressão e relataram que ultimamente ele andava bebendo muito. Apareceu também que recentemente ele andara por Las Vegas ou Atlantic City.

— Possível conexão com crime organizado — assinalou Flaherty.

— Pensei nisso — disse Sachs.

Depois acrescentou que aparentemente não havia clientes com queixas contra Creeley, mas que ela e Pulaski esperavam a lista de clientes de Jordan Kessler para verificar pessoalmente isso.

Suzanne Creeley, entretanto, continuava convencida que ele não tinha nada a ver com drogas ou atividades criminosas e que não tinha se suicidado.

— E descobrimos outra morte — disse Sachs.

— *Outra* morte?

— Um homem que frequentou algumas vezes o St. James. Talvez tenha se encontrado com as mesmas pessoas que Creeley.

Outra morte?, refletiu Rhyme. Tinha que admitir que o Outro Caso estava mostrando alguns ângulos bem interessantes.

— Quem? — perguntou Flaherty.

— Outro homem de negócios. Frank Sarkowski. Vivia em Manhattan.

O olhar de Flaherty deslizou pelo laboratório, pelas lousas de evidências, pelo equipamento, e ela franziu a testa.

— Alguma pista sobre quem o matou?

— Acho que foi durante um assalto. Mas só vou saber depois que ler o arquivo.

Rhyme pôde ver a frustração no rosto de Flaherty.

Sachs também estava tensa. Ele logo compreendeu a razão. Assim que Flaherty disse "Vou continuar mantendo o Assuntos Internos fora por enquanto", Sachs relaxou. Não iriam tirar o caso dela. Bem, Lincoln Rhyme ficou feliz por Sachs, apesar de, no fundo do coração, preferir que ela entregasse o Outro Caso para os Assuntos Internos e voltasse a trabalhar no Seu Caso.

Flaherty perguntou:

— Aquele jovem policial? Ron Pulaski? Está trabalhando direito?

— Está fazendo um bom trabalho.

— Vou relatar tudo a Wallace, detetive. — A inspetora acenou para Rhyme. — Lincoln, foi um prazer revê-lo. Cuide-se.

— Até logo, inspetora.

Flaherty caminhou até a porta e saiu, marchando tal qual um general numa parada.

Amelia Sachs estava para chamar Pulaski e descobrir o que ele tinha conseguido saber sobre Sarkowski quando ouviu uma voz perto de seu ouvido:

— A Grande Inquisidora.

Sachs voltou-se para olhar Sellitto, que punha açúcar no seu café. Ele disse:

— Ei, passe aqui no meu escritório. — E fez um gesto na direção do saguão da frente da casa de Rhyme.

Deixando os demais, os dois detetives caminharam até a entrada mal-iluminada.

— Inquisidora. É assim que chamam Flaherty? — perguntou Sachs.

— Certo. Não que ela não seja boa.

— Eu sei. Dei uma verificada nela.

— Hum.

O detetive grandalhão tomou um golinho de café e terminou um pastel doce.

— Olhe, já estou com meu rabo lotado com relojoeiros psicóticos, então não sei nada desse troço do St. James. Mas se há tiras que talvez estejam recebendo propina, como é que é você e não o Assuntos Internos que está cuidando do caso?

— Flaherty não quis metê-los no caso ainda. Wallace concordou.

— Wallace?

— Robert Wallace. O subprefeito.

— Sim. Conheço ele. Bom sujeito. E o certo seria chamar o DAI. Por que ela não quis?

— Ela queria dar para alguém sob seu comando. Disse que a 118DP é muito perto da Chefia de Polícia. Se alguém descobrisse que o Assuntos Internos estava envolvido, cortariam tudo e dariam no pé.

Sellitto esticou o lábio inferior em concessão.

— Pode ser. — Então sua voz abaixou ainda mais. — E você não discutiu muito porque queria o caso.

Ela olhou direto em seus olhos.

— Certo.

— Então você pediu e conseguiu — disse ele, e deu uma risadinha suave.

— O quê?

— Então agora você está na linha de frente?

— E o que tem de errado com isso?

— Nada, só que você tem que saber qual é o jogo. Veja, se qualquer coisa der errado, qualquer coisa mesmo, como gente boa se queimar e os malvados escaparem, a merda cai em cima de você, mesmo se tiver feito tudo certinho. Flaherty está protegida e o DAI sai cheirando a rosas. Por outro lado, se você fizer as prisões certas, eles assumem e de repente todo mundo esquece seu nome.

— Você está dizendo que armaram para cima de mim? — Sachs sacudiu a cabeça. — Mas Flaherty não *queria* que eu assumisse o caso. Ela ia me tirar dele.

— Amelia, fique esperta. No final de um encontro, o cara diz: "Puxa, foi legal, mas melhor eu não convidar você para meu apartamento." Qual a primeira coisa que a garota diz?

— "Vamos subir." Que era o que ele tinha em mente o tempo todo. Você quer dizer que Flaherty está me enrolando?

— Só estou dizendo que ela *não* tirou você do caso, certo? O que ela podia ter feito, digamos, em cinco segundos.

Distraidamente, Sachs coçou a cabeça. Sua barriga doía só de pensar nas políticas do departamento a tão alto nível — território totalmente fora do seu mapa.

— Veja, o que quero dizer é que gostaria que você não tivesse se metido num caso desses, não tão cedo em sua carreira. Mas você está. Então tem que se lembrar, mantenha a cabeça baixa. Quer dizer, fique completamente invisível, porra.

— Eu...

— Deixe eu terminar. Invisível por duas razões. Uma, se as pessoas descobrirem que você está atrás dos maus tiras, os boatos começam a circular, sobre esse tira recebendo grana, ou aquele tira que perde evidências, seja lá o que for. O fato é que não querem dizer *merda* nenhuma. Boatos são como o resfriado. Não se manda embora. Eles levam seu tempo para sumir e também levam carreiras de algumas pessoas com eles.

Ela assentiu.

— E qual a segunda razão?

— Só porque você recebeu seu escudo, não pense que é imune. Um tira corrupto da 118DP, sim, não vai liquidar você. Isso não acontece. Mas os civis com quem ele lida não vão querer ouvir a opinião dele. Não vão pensar duas vezes se tiverem que jogar seu cadáver na mala de um carro e deixar num estacionamento de aeroporto... Deus te abençoe, garota. Vá e pegue os caras. Mas seja cuidadosa. Não quero me ver obrigado a dar más notícias para Lincoln. Ele jamais me perdoaria.

Ron Pulaski voltou para a casa de Rhyme, e Sachs o encontrou no hall de entrada, onde estava parada, olhando para a cozinha e pensando no que Sellitto lhe dissera.

Ela deu rapidamente as últimas notícias do caso do Relojoeiro e perguntou.

— Qual é a situação de Sarkowski?

Ele folheou as anotações.

— Localizei a esposa e procedi para entrevistá-la. Bem, o falecido tinha 57 anos, era branco e dono de um negócio em Manhattan. Não tinha registros criminais. Foi assassinado no dia 4 de novembro deste ano e deixou uma esposa e dois filhos adolescentes, um rapaz e uma moça. A morte ocorreu como consequência de disparo. Ele...

— Ron? — disse ela num certo tom.

Ele piscou.

— Ah, desculpe. Resumir, claro.

O uso de jargão policial era um hábito dele que Sachs estava disposta a quebrar.

Relaxando, o recruta continuou:

— Ele era proprietário de um edifício no West Side, aqui em Manhattan. Morava lá. Também tinha uma companhia que fazia manutenção e retirada de lixo para grandes empresas e serviços públicos por toda a cidade. O negócio dele tinha ficha limpa — federal, estadual e municipal. Não tinha ligações com o crime organizado, nenhuma investigação em andamento. Ele mesmo não tinha mandados ou prisões, salvo uma multa por excesso de velocidade ano passado.

— Algum suspeito pela morte dele?

— Não.

— Quem fez a investigação?

— A 131DP.

— Então ele estava no Queens quando morreu, não em Manhattan.

— Correto.

— O que aconteceu?

— O criminoso pegou a carteira com dinheiro e depois atirou três vezes no peito.

— O St. James? Alguma vez ela o ouviu dizer alguma coisa sobre isso?

— Nada.

— Ele conhecia Creeley?

— A mulher não tinha certeza, achava que não. Mostrei o retrato e ela não o reconheceu. — Ficou quieto um instante e depois acrescentou: — Uma coisa. Acho que vi de novo, o Mercedes.

— Foi mesmo?

— Depois que você me deixou, cruzei a rua rápido para aproveitar o sinal e olhei para trás para ver se havia trânsito. Não consegui dar uma boa olhada mas achei que tinha visto o Mercedes. Não pude ver a placa. Só pensei em mencionar.

Sachs balançou a cabeça.

— Também tive visitas.

Contou a ele sobre o arrombamento de seu carro. Acrescentou que também achava ter visto o Mercedes.

— Esse motorista anda muito ocupado. — Depois olhou as mãos dele, que só seguravam seu grosso caderno de notas. — Onde está o arquivo de Sarkowski?

— Olhe, esse é o problema. Não há arquivo, não existem evidências. Revistei todo o depósito de evidências da 131DP. Nada.

— Bem, isso está ficando feio. Nenhuma evidência?

— Desaparecida.

— O arquivo foi retirado?

— Pode ter sido, mas não está registrado no computador. Deveria estar se alguém retirou ou levou para outro lugar. Mas peguei o nome do detetive encarregado. Ele mora no Queens. Acabou de se aposentar. Art Snyder. — Pulaski entregou a ela uma folha com o nome e o endereço do policial. — Quer que eu vá falar com ele?

— Não. Eu vou vê-lo. Quero que você fique aqui e escreva suas anotações num quadro. Quero ver a coisa em perspectiva. Mas não faça isso lá no laboratório. Muito trânsito.

O pessoal da Cena do Crime e outros policiais rotineiramente entregavam e retiravam coisas na casa de Rhyme. Com um caso envolvendo policiais com problemas, ela não queria que alguém visse o que sabiam. Acenou na direção da sala de exercícios de Rhyme, onde também estavam sua esteira e sua máquina de exercícios.

— Vamos deixar ali.

— Claro. Mas isso não vai demorar muito. Quando terminar, quer que encontre você lá na casa do Snyder?

Sachs pensou de novo no Mercedes. E ouviu a voz de Sellitto girando em sua cabeça: *...Na mala de um carro num estacionamento de aeroporto...*

— Não, quando você terminar fique aqui e ajude Lincoln. — Ela riu. — Talvez isso melhore o humor dele.

O RELOJOEIRO

CENA DO CRIME 1

Localização:
- Cais de reparos no rio Hudson, rua 22.

Vítima:
- Identidade desconhecida.
- Masculino.
- Possivelmente de meia-idade ou mais velho, e pode ter uma doença coronária (presença de anticoagulantes no sangue).
- Nenhuma outra droga, doença ou infecção no sangue.
- Mergulhadores da Guarda Costeira e da polícia procurando pelo corpo e por evidências no porto de Nova York.
- Verificando informes de pessoas desaparecidas.

Criminoso:
- Ver abaixo.

MO:
- Criminoso forçou a vítima a se pendurar no cais, sobre a água, cortou dedos ou pulso até ela cair.
- Hora do ataque: entre 18 horas de segunda-feira e 6 horas de terça-feira.

Evidências:
- Tipo sanguíneo AB positivo.
- Unha rasgada, sem esmalte, larga.
- Parte da grade de arame cortada com alicates comuns.
- Relógio. Ver abaixo.
- Poema. Ver abaixo
- Marcas de unhas no cais.
- Nenhum vestígio discernível, nenhuma impressão digital, nenhuma pegada, nenhuma marca de pneu.

CENA DO CRIME 2

Localização:
- Beco saindo da rua Cedar, perto da Broadway, atrás de três edifícios comerciais (portas traseiras fechadas entre 20h30 e 22 horas) e um edifício da administração pública (porta traseira fechada às 18 horas).
- O beco é sem saída, 4,5 metros de largura e 31,6 metros de comprimento, pavimentado de paralelepípedos, o corpo estava a 4,5 metros da rua Cedar.

Vítima:
- Theodore Adams.
- Vivia em Battery Park.
- Redator freelancer.
- Sem inimigos conhecidos.
- Sem mandados, federais ou estaduais.
- Verificando conexões com edifícios ao redor do beco. Nenhuma encontrada.

Criminoso:
- O Relojoeiro.
- Masculino.
- Não existem entradas em bancos de dados para o Relojoeiro.

MO:

- Arrastado de um veículo para o beco, onde viga de ferro foi suspensa por cima dele, e depois esmagou seu pescoço.
- Aguardando relatório do legista para confirmar.
- Sem evidências de atividade sexual.
- Hora da morte: aproximadamente entre 22h15 e 23 horas de segunda-feira. Legista deverá confirmar.

Evidências:

- Relógio:
    - Sem explosivos, químicos ou bioagentes.
    - Idêntico ao relógio do cais.
    - Sem digitais, vestígios mínimos.
    - Arnold Products, Framingham, MA. Vendido por Hallerstein's Timepieces, Manhattan.
- Poema deixado pelo criminoso em ambas as cenas.
    - Impressora de computador em ambas as cenas, papel comum, tinta HP Laserjet.
    - Texto:

      A cheia Lua Fria está nos céus,
      brilhando sobre o cadáver da Terra,
      indicando a hora de morrer
      e o fim da jornada iniciada no nascimento.

      O Relojoeiro

    - Não encontrado em nenhum banco de dados de poesias; provavelmente de própria autoria.
    - Lua Fria é um mês lunar, o mês da morte.
- 60 dólares no bolso, sem números de série marcados; sem digitais.
- Areia fina usada como "agente ofuscador". Areia genérica. Porque o assassino pretendia voltar à cena?
- Barra de metal, 36,7 kg, é uma viga com orifícios nas pontas. Não estava sendo usada na construção em frente ao beco. Nenhuma outra fonte descoberta.
- Fita adesiva genérica, mas precisamente cortada, incomum. Exatamente os mesmos comprimentos.
- Sulfato de tálio (veneno de rato) descoberto na areia.
- Solo contendo proteína de peixe descoberto dentro do casaco da vítima.
- Poucos vestígios descobertos.
- Fibras marrons, provavelmente de tapete automotivo.

Outros:

- Veículo:
    - Provavelmente Ford Explorer, com três anos de uso. Tapete marrom.
    - Revisão de placas de carros na área na terça de manhã não revelou mandados. Não foram emitidas multas na segunda-feira à noite.
- Verificando com a Costumes sobre prostitutas, ref.: testemunhas.
- Sem pistas.

ENTREVISTA COM HALLERSTEIN

Criminoso:

- Retrato falado composto do Relojoeiro — final dos 40 anos ou começo dos 50, rosto redondo, queixo duplo, nariz grosso, olhos azuis incomumente claros. Mais de 1,80 m de altura, magro, cabelos negros, corte médio, sem joias, roupas escuras. Sem nome.
- Conhece muito sobre relógios de mesa e de pulso e quais foram vendidos em leilões recentes e onde estavam as exposições horológicas atualmente em exibição na cidade.
- Ameaçou o negociante para que este ficasse quieto.
- Comprou dez relógios. Para dez vítimas?
- Pagou em dinheiro.
- Queria face da lua no relógio. Queria que o mecanismo soasse alto.

Evidências:

- A fonte dos relógios foi a Hallerstein's Timepieces, Flatiron District.
- Sem digitais no dinheiro pago pelos relógios, sem números de série marcados. Nenhum vestígio no dinheiro.
- Ligou de telefones públicos.

CENA DO CRIME 3

Localização:

- Rua Spring, 481.

Vítima:

- Joanne Harper.
- Sem motivo aparente.
- Não conhecia a segunda vítima, Adams.

Criminoso:

- Relojoeiro.
- Assistente.
  - Provavelmente o homem visto mais cedo pela vítima, em sua loja.
  - Branco, troncudo, óculos de sol, parca de cor creme e boné. Dirigia o utilitário.

MO:

- Usou gazua para entrar.
- Método de ataque pretendido: desconhecido. Possivelmente planejava usar o arame da florista.

Evidências:

- Proteína de peixe veio da loja de Joanne (fertilizante de orquídeas).
- Sulfato de tálio nas proximidades.
- Arame da florista, cortado em pedaços precisos. (Para usar como arma do assassinato?)
- Relógio:
  - Igual aos outros. Sem nitratos.
  - Sem vestígios.
- Sem nota ou poema.
- Sem pegadas, impressões digitais, armas ou qualquer outra coisa deixada para trás.
- Lascas negras — piche de teto.
- Verificando pelo REAET imagens térmicas de Nova York para possíveis fontes.

Outros:

- Criminoso vigiava a vítima antes do ataque. Transformou-a em alvo com um objetivo. Qual?
- Tem rádio da polícia. Mudar frequência.
- Veículo:
  - Utilitário marrom.
  - Placa desconhecida.
- Emitido boletim de localização.
- 423 proprietários de Explorers marrons na área. Listas cruzadas para verificar mandados de prisão. Descobertos dois. Um proprietário velho demais; o outro está preso por tráfico de drogas.

HOMICÍDIO DE BENJAMIN CREELEY

- Creeley, 56 anos, suicídio aparente por enforcamento. Fio de pendurar roupa. Mas tinha o polegar quebrado, não podia fazer o nó.
- Nota de suicídio escrita no computador sobre depressão. Mas não parecia ser suicida depressivo, sem histórico de problemas emocionais/mentais.
- Por volta do Dia de Ação de Graças dois homens invadiram sua casa e possivelmente queimaram evidências. Homens brancos, mas rostos não observados. Um maior que o outro. Ficaram lá dentro por cerca de uma hora.
- Evidências na casa de Westchester:
  - Invadiram arrombando a porta com gazua; trabalho habilidoso.
  - Marcas de textura de couro nas ferramentas da lareira e na escrivaninha de Creeley.
  - Piso em frente à lareira de Creeley tem conteúdo de ácido maior que o solo ao redor da casa e contém poluentes. De indústria?
- Vestígios de cocaína queimada na lareira.
- Cinza na lareira:
  - Registros financeiros, planilhas, referências a milhões de dólares.
  - Verificando logotipo nos documentos, enviando entradas para perito-contador.
  - Entradas na agenda: trocar óleo do carro, hora no barbeiro e ir ao St. James Tavern.
- St. James Tavern:
- Creeley foi lá várias vezes.
- Aparentemente não usou drogas enquanto estava lá.
- Não há certeza sobre quem encontrou, mas talvez tiras da vizinha 118DP.
- Última vez que esteve lá — pouco antes da sua morte — discutiu com pessoas desconhecidas.
- Conferido o dinheiro usado como pagamento pelos policiais

no St. James — números de série limpos, mas cocaína e heroína descobertas. Roubadas da DP?
    - Não faltavam muitas drogas, apenas cerca de 170 a 200 gramas de maconha e um pouco mais de 100 gramas de cocaína.
- Poucos casos de crime organizado na área da 118DP, o que é incomum, mas não há evidência de que os policiais estejam bloqueando isso intencionalmente.
- Duas gangues no East Village são suspeitos possíveis mas não prováveis.
- Entrevista com Jordan Kessler, sócio de Creeley, e verificação com a esposa.
    - Confirmou o não uso visível de drogas.
    - Não parecia ligado a criminosos.
    - Bebendo mais que o usual; começou a jogar; viagens para Las Vegas e Atlantic City. Perdas grandes, mas não significativas para Creeley.
    - Não está clara a razão da depressão.
    - Kessler não reconheceu registros queimados.
    - Esperando lista de clientes.
    - Kessler aparentemente não ganha com a morte de Creeley.
- Sachs e Pulaski seguidos por Mercedes AMG.

HOMICÍDIO DE FRANK SARKOWSKI

- Sarkowski tinha 57 anos, sem registros policiais, assassinado no dia 4 de novembro deste ano, deixou esposa e dois filhos adolescentes.
- Vítima era proprietária de edifício em Manhattan. Empresa de manutenção para outras companhias e serviços públicos.
- Art Snyder era o detetive encarregado.
- Sem suspeitos.
- Assassinato/Roubo?
- Negócios iam mal?
- Assassinado no Queens; não se sabe por que estava lá.
- Arquivo e evidências desaparecidos.
- Sem conexão conhecida com Creeley.
- Sem registros criminais — Sarkowski ou companhia.

CAPÍTULO 15

O bangalô era em Long Island City, aquela parte do Queens logo depois do East River, vindo de Manhattan e da ilha Roosevelt.

Decorações natalinas — muitas delas — estavam perfeitamente arrumadas no quintal, a calçada perfeitamente limpa de gelo e neve, o Camry na entrada de automóvel perfeitamente limpo, a despeito da neve recente. As molduras das janelas estavam sendo raspadas para uma nova demão de pintura, e um monte de tijolos estava ali pronto para um novo caminho ou pátio.

Era a casa de um homem com muito tempo livre recém-conseguido.

Amelia Sachs tocou a campainha.

A porta da frente abriu alguns segundos depois e um homem forte lá pelo final dos seus 50 anos olhou estrábico para ela. Vestia um casaco de correr de veludo verde.

— Detetive Snyder?

Sachs sempre tinha o cuidado de usar seu antigo título. Ser educado leva você mais longe do que uma arma, dizia seu pai.

— Sim, pode entrar. Você é Amelia, certo?

Sobrenome versus primeiro nome. Você sempre escolhe as batalhas que quer lutar. Ela sorriu, apertou as mãos dele e o seguiu para dentro. A fria luz da rua vazava para dentro e a sala de estar era hostil e fria. Sachs sentiu cheiro de fumaça úmida na lareira, assim como de um gato. Tirou o casaco e sentou num sofá rangedor. Estava claro que a poltrona de reclinar, ao lado da qual estavam os controles remotos, era o trono do rei.

— A esposa está fora — anunciou, com um olhar de esguelha. — Você é a garota de Herman Sachs?

Garota...

— Correto. Você trabalhou com ele?

— Um pouco, sim. Arrombamentos e alguns trabalhos em Manhattan. Bom sujeito. Soube que a festa de despedida da aposentadoria foi um sucesso. Durou a noite inteira. Quer um refrigerante, água, qualquer coisa? Não tenho álcool, desculpe.

Ele disse isso com um certo tom de voz que, juntamente com as veias do nariz, informou a ela que, como muitos tiras de uma certa idade, ele tivera um problema com as garrafas. E que agora estava em recuperação. Bom para ele.

— Para mim, nada. Obrigada... Só tenho algumas perguntas. Você foi o detetive encarregado de um caso de roubo com homicídio pouco antes de se aposentar. O nome era Frank Sarkowski.

Olhares varrendo o tapete.

— Sim, lembro-me dele. Era tipo negociante. Levou um tiro num assalto com agressão ou coisa parecida.

— Eu queria ver o arquivo. Mas desapareceu. A evidência também.

— Sem arquivo? — Snyder balançou o ombro, um pouco surpreso, mas não muito. — A sala dos registros lá na casa... sempre uma confusão.

— Preciso saber o que aconteceu.

— Puxa, não lembro muito. — Snyder coçou o dorso de sua mão musculosa, descamada de eczema. — Sabe, é um *desses* casos. Nenhuma pista... Negócio sujo. Depois de uma semana você acaba esquecendo tudo sobre o caso. Você já deve ter lidado com alguns desse tipo.

A frase era quase uma provocação, um comentário sobre o fato de que ela obviamente não era detetive havia muito tempo e provavelmente *não tinha* lidado com muitos casos desse tipo. Ou de qualquer outro tipo, aliás.

Ela não respondeu.

— Diga-me o que você lembra.

— Descobriram o corpo num terreno baldio, estirado perto do carro. Sem dinheiro, sem carteira. A coisa estava ali perto.

— O que era?

— Um Smith frio e falsificado. Limpinho... Sem impressões.

Interessante. "Frio" significava sem número de série. Os bandidos os compravam nas ruas quando queriam armas que não pudessem ser rastreadas. Não era possível obliterar completamente os números de uma arma marcada — era um requerimento para os produtores nos EUA —, mas alguns fabricantes de armas estrangeiros não colocavam número de série em seus produtos. Essas eram as usadas por assassinos profissionais e frequentemente deixadas no local do crime.

— Os informantes escutaram alguma coisa depois?

Muitos homicídios eram solucionados porque o assassino cometia o erro de se gabar sobre suas proezas exagerando o que tinha roubado. O boato sempre chegava aos informantes, que entregavam o tipo como um favor para os tiras.

— Nada.

— Onde era o terreno baldio?

— Perto do canal. Sabe aqueles tanques grandes?

— Os tanques de gás natural?

— Sim.

— E o que ele fazia por ali?

Snyder sacudiu os ombros.

— Não tenho ideia. Ele tinha essa empresa de manutenção. Acho que um dos clientes era por ali, e estava inspecionando ou coisa assim.

— O pessoal de cena do crime encontrou algo sólido? Vestígios? Impressões digitais? Pegadas?

— Nada veio para nós.

Seus olhos lacrimosos continuavam a examiná-la. Parecia um pouco desnorteado. Poderia estar pensando. Então essa é a nova geração do DPNY. Que bom que dei o fora a tempo.

— Você está convencido de que tudo foi como parecia ser? Um assalto que desandou?

Ele hesitou.

— Bem convencido.

— Mas não completamente convencido?

— Acho que poderia ter sido execução.

— Profissional?

Snyder sacudiu o ombro.

— Quer dizer, não havia ninguém por perto. É preciso caminhar quase um quilômetro só para chegar numa rua residencial. São só fábricas e coisas assim. Garotos não ficam parados por lá. Não há razão para isso. Eu achava que o atirador levou a carteira e o dinheiro para parecer um assalto. E deixar a arma para trás... Isso me cheirava a encomenda.

— Mas sem conexão com a máfia.

— Não que eu descobrisse. Mas um de seus empregados me disse que ele tinha acabado de perder um negócio. Perdeu muito dinheiro. Fui atrás, mas não cheguei a lugar algum.

Então Sarkowski — e talvez também Creeley — poderia ter trabalhado com alguma turma do crime organizado: drogas ou lavagem de dinheiro. O negócio azedou e eles o mataram. Isso explicaria o Mercedes seguindo-a — alguns *capos* ou soldados estavam acompanhando sua investigação — e os tiras da 118 estavam interferindo a favor dessa equipe.

— O nome Benjamin Creeley apareceu na sua investigação?

Ele balançou a cabeça.

— Você sabia que a vítima, Sarkowski, frequentava St. James?

— O St. James... Espere, aquele bar na Alphabet City? Na esquina da...

A voz sumiu.

— Certo. Da 118DP.

Snyder ficou perturbado.

— Eu não sabia disso. Não.

— Bem, ele ia. Engraçado um sujeito que morava no West Side e trabalhava em Midtown frequentar um muquifo como aquele. Sabe alguma coisa sobre isso?

— Não. Nada de nada. — Ele olhou mal-humorado ao redor da sala. — Mas se você está me perguntando se alguém da 118DP me procurou para enterrar o caso Sarkowski, não fizeram isso. Fizemos tudo segundo as regras e passamos para outra merda qualquer.

Ela olhou direto nos seus olhos.

— O que você sabe sobre a 118DP?

Ele pegou um dos controle remotos, brincou um pouco com ele e o colocou de volta.

— Será que eu falei alguma coisa? — disse Sachs.

— Quê? — perguntou ele sombriamente.

Ela notou seus olhos passearem rapidamente sobre um armário da sala. Ela percebeu as marcas onde as garrafas estiveram.

— Eu tenho uma memória de merda — disse a ele.

— Memória?

— Mal consigo lembrar do meu nome.

Snyder ficou confuso.

— Uma garota como você?

— Ah, pode apostar — disse, com uma risada. — No instante em que puser os pés fora daqui vou me esquecer até que estive aqui. Esquecer seu nome, seu rosto. Desaparece completamente. Engraçado como isso funciona.

Ele sacou a mensagem. Ainda assim, balançou a cabeça.

— Por que você está fazendo isso? — perguntou num sussurro. — Você é jovem. Tem que aprender... Em algumas coisas simplesmente é melhor não cutucar o bicho que dorme.

— Mas se ele não estiver dormindo? — perguntou ela, inclinando-se para a frente. — Tenho duas viúvas e tenho crianças sem seus pais.

— Duas?

— Creeley, a vítima que mencionei. Ia ao mesmo bar que Sarkowski. Parece que conheciam gente da 118DP. E os dois estão mortos.

Snyder olhava fixo para a tela plana da TV. Era impressionante.

Ela perguntou:

— Então, o que você escutou?

Ele estudava o chão, parecia que tinha notado mais manchas. Talvez estivesse acrescentando "mudar o tapete" na lista de suas tarefas domésticas. Finalmente:

— Boatos. Mas é isso. Estou sendo sincero com você. Não sei de nomes. Não sei de nada específico.

Sachs acenou para tranquilizá-lo.

— Boatos já servem.

— Havia grana rolando por aí. É isso.

— Dinheiro? Quanto?

— Podia ser coisa grande. Quer dizer, sério. Ou podia ser apenas uns trocados.

— Vá em frente.

— Não sei de detalhes. É como se você estivesse na rua fazendo seu trabalho e alguém dissesse alguma coisa para um sujeito parado a seu lado e a coisa, sabe, não bate bem, mas depois você fica com ideias

— Você lembra de nomes?

— Não, não. Já faz algum tempo. Simplesmente, pode haver algum dinheiro. Não sei como era pago. Ou quanto. Ou para quem. Só escutei a pessoa juntando as coisas, tinha alguma coisa que ver com Maryland. É para lá que todo o dinheiro vai.

— Algum lugar específico? Baltimore? A região costeira?

— Nada.

Sachs pensou naquilo, imaginando como poderia ter ocorrido. Será que Creeley ou Sarkowski tinham uma casa em Maryland, talvez perto da água — Ocean City ou Rehobeth? Ou algum dos tiras da 118DP? Ou talvez fosse o sindicato de Baltimore? Isso fazia sentido: explicava por que não conseguiam pistas para uma turma de Manhattan, Brooklyn ou Jersey.

Ela perguntou:

— Quero ver o arquivo de Sarkowski. Você pode me dar alguma indicação?

Snyder hesitou.

— Vou dar uns telefonemas.

— Obrigada.

Sachs levantou-se.

— Espere — disse Snyder. — Deixe lhe dizer uma coisa. Chamei você de garota. OK, não devia ter dito isso. Você tem colhões, não recua, é esperta. Qualquer um pode ver isso. Mas você ainda não circulou muito nesse negócio. Tem que compreender isso que você está pensando sobre a 118DP. Eles não vão liquidar ninguém. E mesmo se alguma coisa *estiver* acontecendo, não vai ser preto no branco. Você tem que se perguntar: "Que diferença essa porra faz? Alguns dólares aqui ou ali?" Às vezes um tira ruim salva a vida de um bebê. E às vezes um bom tira leva algo que não devia. Assim é a vida nas ruas. — E olhou para ela com o rosto franzido e perplexo. — Quero dizer, porra, que você, dentre todas as pessoas, devia saber disso.

— Eu?

— Claro que sim. — Ele a olhou de cima a baixo. — O Clube da Avenida 16.

— Não sei o que é isso.

— Ah, aposto que sabe.

E contou a ela tudo sobre o assunto.

— Ouvi falar que ela atira muito bem — dizia Dennis Baker para Rhyme.

Naquela hora o laboratório era um espaço exclusivamente masculino. Kathryn Dance tinha voltado para o hotel para se registrar mais uma vez e Amelia estava no Outro Caso. Pulaski, Cooper e Sellitto estavam lá, junto com Jackson, o cachorro.

Rhyme explicava sobre o clube de pistola de Sachs e as competições em que participava. Orgulhosamente contou a Baker que ela estava bem perto de ser a melhor atiradora de armas curtas da liga metropolitana. Logo entraria em competição e esperava chegar no primeiro lugar.

Baker assentiu.

— Parece que ela está em tão boa forma quanto a maioria dos recrutas que acabou de sair da Academia. — Ele deu uma palmadinha na barriga. — Eu devia me exercitar mais.

Ironicamente, Rhyme, que estava preso numa cadeira de rodas, fazia mais exercícios agora do que antes do acidente. Ele usava uma bicicleta motorizada — ergométrica — e uma esteira computadorizada, diariamente. Também fazia aquaterapia várias vezes por semana. Esse regime servia a dois objetivos. Pretendia manter rijos seus músculos para o dia em que, acreditava, pudesse caminhar novamente. Os exercícios também o faziam se aproximar daquele objetivo ao melhorar as funções nervosas nas partes danificadas de seu corpo. Nos últimos anos reconquistara funções que segundo os médicos ele jamais teria novamente.

Mas Rhyme sentiu que Baker não estava particularmente interessado nas rotinas de Sachs nos aparelhos de musculação — uma dedução confirmada quando o homem disparou sua pergunta seguinte:

— Ouvi dizer que vocês estão... saindo.

Amelia Sachs era um farol que atraía muitas mariposas e Rhyme não se surpreendeu que o detetive estivesse conferindo a disponibilidade da "chama". Ele riu com o termo antiquado usado pelo detetive. *Saindo.*

— Pode-se dizer dessa maneira — disse.

— Deve ser duro — disse Baker, que piscou. — Espere, não quis dizer o que você está pensando.

Rhyme, entretanto, tinha uma ideia bem aproximada do que o detetive queria dizer. Ele não se referia ao relacionamento entre um aleijado e alguém que tinha mobilidade. Talvez Baker mal notasse a condição de Rhyme. Não, ele se referia a um conflito em potencial bem diferente.

— Dois tiras, você quer dizer.

O Outro Caso versus Seu Caso.

Baker assentiu.

— Uma vez namorei uma agente do FBI. Ela e eu tínhamos problemas de jurisdição.

Rhyme riu.

— É uma boa maneira de colocar o caso. É claro, minha ex não era tira e tivemos momentos bem difíceis também. Blaine lançava bola muito bem. Perdi alguns abajures bastante bons. E um microscópio Bausch & Lomb. Provavelmente não devia tê-lo trazido para casa... Bem, ter aquilo em casa era OK; o que eu não devia ter feito era deixá-lo na mesa de cabeceira do quarto.

— Bom, eu não vou fazer piadas sobre microscópios no quarto de dormir — disse Sellitto atravessando a sala.

— Parece que você acabou de fazer uma, se quer saber — respondeu Rhyme.

Desviando-se da conversa-fiada de Baker, Rhyme levou a cadeira de rodas até Pulaski e Cooper, que tentavam levantar impressões digitais do rolo de arame da loja da florista, com base na esperança de Rhyme de que o Relojoeiro não teria conseguido desenrolar o arame metálico verde usando luvas e tivesse usado as mãos despidas. Mas não estavam conseguindo.

Rhyme escutou a porta abrir e um momento depois Sachs entrou no laboratório, tirou o casaco de couro e o jogou distraidamente numa cadeira. Não sorria. Acenou saudando a equipe e perguntou a Rhyme:

— Alguma novidade?

— Nada ainda. Mais algumas paradas de veículos, mas não correspondia aos passageiros. Também ainda não temos informação do REAET.

Sachs olhou o quadro. Mas para Rhyme parecia que ela não estava vendo nenhuma das palavras. Voltando-se para o recruta, disse:

— Ron, o detetive do caso de Sarkowski me disse que ouviu boatos de dinheiro indo para nossos amigos da 118DP do St. James. Ele acha que existe uma conexão com Maryland. Se descobrirmos isso, descobriremos o dinheiro e provavelmente nomes de algumas pessoas envolvidas. Acho que o gancho é CO em Baltimore.

— Crime Organizado?

— A menos que você tenha ido a outra Academia de Polícia que a minha, é isso que CO significa.

— Desculpe.

— Dê alguns telefonemas. Descubra se alguém das turmas de Baltimore anda operando em Nova York. E descubra se Creeley, Sarkowski ou alguém da 118DP tem alguma coisa lá ou anda fazendo muitos negócios em Maryland.

— Vou passar pela DP e...

— Não, pelo telefone. Faça isso anonimamente.

— Não seria melhor fazer isso pessoalmente? Eu poderia...

— O *melhor* é fazer o que estou mandando — disse Sachs com aspereza.

— Está bem.

Ele levantou as mãos em rendição.

— Ei, um pouco de seu bom humor está contagiando as tropas, Linc — disse Sellitto.

Sachs contraiu os lábios. Depois se abrandou.

— É mais seguro assim, Ron.

Era uma desculpa tipo Lincoln Rhyme, ou seja, não era muito assim, mas Pulaski aceitou.

— Claro.

Ela tirou os olhos do quadro.

— Preciso falar com você, Rhyme. Sozinha. — Uma olhada para Baker. — Você se importa?

Ele balançou a cabeça.

— De jeito nenhum. Tenho que dar uma olhada em outros casos. — Vestiu o casaco. — Estarei no centro se precisarem de mim.

— Então? — Rhyme perguntou a ela com voz suave.

— Lá em cima. A sós.

Rhyme assentiu.

— Muito bem.

O que estava acontecendo ali?

Sachs e Rhyme tomaram o minúsculo elevador até o segundo andar e ele rodou até o quarto, com Sachs atrás dele.

Lá em cima, ela se sentou num terminal de computador e começou a digitar furiosamente.

— O que é que há? — perguntou Rhyme.

— Dê-me um minuto.

Ela repassava alguns documentos.

Rhyme observou duas coisas nela: os dedos tinham coçado a nuca e seu polegar estava com sangue por causa da ferida. A outra coisa é que percebeu que ela havia chorado. O que tinha acontecido apenas duas ou três vezes desde que se conheciam.

Ela digitou ainda mais rápido, as páginas rolaram, quase rápido demais para ler.

Ele estava impaciente. Estava preocupado. Finalmente, teve que dizer com firmeza:

— Conte-me, Sachs.

Ela olhava fixo para a tela, sacudindo a cabeça. Depois se voltou para ele.

— Meu pai... ele era desonesto. — A voz engasgou.

Rhyme rolou a cadeira para mais perto, enquanto os olhos dela se voltavam para os documentos na tela. Eram reportagens, pelo que viu.

As pernas dela sacudiam com a tensão.

— Ele recebia suborno — ela sussurrou.

— Impossível.

Rhyme não conhecera Herman Sachs, que morrera de câncer antes que ele e Sachs se encontrassem. Ele tinha sido um "portátil", um patrulheiro de rua, a vida inteira (um fato que proporcionara a Sachs seu apelido quando trabalhava na Patrulha — "a filha do Portátil"). Herman tinha sangue de tira nas veias — o pai dele, Heinrich Sachs, viera da Alemanha em 1937, imigrando com o pai de sua noiva, um detetive da polícia de Berlim. Depois de se tornar cidadão americano, Heinrich entrara no DPNY.

Para Rhyme, a possibilidade de que qualquer ascendente de Sachs pudesse ser corrupto era impensável.

— Acabei de falar com o detetive no caso do St. James. Ele trabalhou com papai. Houve um escândalo no final dos anos 1970. Extorsão, suborno, e até mesmo alguns assaltos. Uma dúzia ou mais de uniformizados e detetives foi em cana. Eram conhecidos como o Clube da Avenida 16.

— Sim. Li a esse respeito.

— Na época eu era bebê. — Sua voz esganiçou. — Nunca ouvi falar disso, mesmo depois que entrei para a força. Mamãe e papai jamais mencionaram isso. Mas ele estava dentro.

— Sachs, simplesmente não posso acreditar. Você perguntou à sua mãe?

A detetive balançou a cabeça.

— Ela disse que não foi nada. Alguns dos uniformizados que foram presos começaram a soltar nomes para conseguir acordos com a Promotoria.

— Isso vive acontecendo nessas situações do DAI. O tempo todo. Todo mundo deda todo mundo, mesmo os inocentes. Depois as coisas se arrumam. É só isso.

— Não, Rhyme. Isso *não é* tudo. Parei na sala de registros dos Assuntos Internos e recuperei o arquivo. Papai *era* culpado. Dois dos tiras que eram parte do esquema deram depoimentos juramentados em que diziam vê-lo pressionando lojistas e protegendo os apontadores de loterias ilegais, e mesmo perdendo arquivos e evidências em alguns casos importantes contra quadrilhas do CO no Brooklyn.

— Ouviram dizer.

— *Evidências* — ela retrucou. — Eles tinham evidências. Suas digitais no dinheiro da compra. E em algumas armas não registradas que ele guardava na garagem. — Ela sussurrou: — A balística relacionou uma delas com uma tentativa de assassinato no ano anterior. Meu pai estava guardando uma arma quente, Rhyme. Está tudo no arquivo. Eu vi o impresso do relatório da perícia. Eu vi os *relatórios*.

Rhyme ficou em silêncio. Finalmente, perguntou:

— Então como é que ele se livrou?

Ela riu com amargura.

— Essa é a piada, Rhyme. O pessoal de cena do crime fodeu com a busca. Os cartões da cadeia de custódia não foram preenchidos corretamente, e o advogado dele conseguiu excluir as provas na audiência.

Os cartões de cadeia de custódia existem para que as evidências não possam ser manipuladas ou alteradas mesmo que sem intenção para aumentar as chances de o suspeito ser condenado. Mas não havia como ter adulteração no caso de Herman Sachs; é praticamente impossível colocar impressões digitais na evidência a menos que o próprio suspeito efetivamente pegue nelas. Ainda assim, as regras devem ser aplicadas de modo equânime, e se os cartões da cadeia de custódia não são preenchidos ou estão incorretos, quase sempre as evidências são excluídas.

— E depois... havia fotos dele com Tony Gallante.

Um dos mais importantes *capos* do crime organizado em Bay Ridge.

— Seu pai e Gallante?

— Estavam jantando juntos, Rhyme. Liguei para um tira com quem papai trabalhou, Joe Knox, que também estava no Clube da Avenida 16. Ele foi em cana. Perguntei logo sobre papai. No começo não queria dizer nada. Estava muito perturbado por eu ter ligado, mas finalmente admitiu que era verdade. Papai, Knox e vários outros pressionaram os proprietários de lojas e empreiteiros por mais de um ano. Jogaram provas fora, e até ameaçaram surrar pessoas que se queixavam.

"Eles pensaram que papai ia se ferrar de vez mas, com a mancada com as evidências, ele se safou. Eles o chamavam de 'peixe que escapou'."

Enxugando as lágrimas, ela continuou rolando pelos arquivos do computador. Estava revisando a documentação oficial — arquivos do DPNY aos quais Rhyme tinha acesso por causa do trabalho que fazia para o departamento. Ele rodou para mais perto, tão perto que sentia o cheiro do seu sabonete perfumado.

— Doze policiais do Clube da Avenida 16 foram indiciados — ela disse. — O Assuntos Internos conhecia outros três, mas não pôde fazer nada por causa de problemas com as evidências. Ele era um desses três. Jesus. O peixe que escapou...

Ela desabou na cadeira, os dedos enfiados nos cabelos e coçando. Compreendeu o que estava fazendo e deixou cair a mão no colo. Havia sangue fresco na unha.

— Quando aconteceu aquela coisa com o Nick — começou Sachs. Outra inspiração profunda. — Quando aquilo aconteceu, tudo que eu pensei foi que não havia nada pior do que um tira desonesto. Nada... E agora descubro que meu pai *era* um deles.

— Sachs...

Rhyme sentia uma dolorosa frustração por não ser capaz de levantar o braço e pôr sua mão sobre a dela, e tentar livrá-la um pouco daquela aflição terrível. Sentiu uma onda de raiva diante de sua impotência.

— Eles foram subornados para destruir evidências, Rhyme. Você sabe o que isso significa. Quantos criminosos ficaram livres por causa do que eles fizeram? — Ela deu as costas para o computador. — Quantos pistoleiros livraram a cara? Quantos inocentes mortos por causa do meu pai? Quantos?

CAPÍTULO 16

A fome de Vincent estava voltando, grande e pesada como a maré, e ele não conseguia despregar os olhos das mulheres na rua.

Ali estava a loura de cabelos curtos, carregando uma sacola de compras. Vincent podia imaginar suas mãos segurando-lhe a cabeça enquanto deitava em cima dela.

E ali estava a moreninha, cabelos longos como os de Sally Anne, balançando debaixo do gorro. Ele quase conseguia sentir o tremor de seus músculos enquanto suas mãos pressionavam o começo da sua bunda.

Ali, outra loura, de terninho, carregando uma pasta. Imaginava se ela gritaria ou choraria. Ele apostava que ela era uma gritalhona.

Gerald Duncan agora era quem dirigia o Band-Aid-Móvel, manobrando-o para entrar num beco e depois de volta na rua principal, rumando para o norte.

— Não há mais transmissões.

O assassino apontou com o queixo para o rádio da polícia, de onde só saíam agora as chamadas de rotina e mais informações de trânsito.

— Eles trocaram a frequência.

— Devo tentar descobrir qual é a nova?

— Vão codificar os sinais. Estou surpreso que não tenham feito isso desde o começo.

Vincent viu outra morena — oh, ela é gostosa — saindo de um Starbucks. Usava botas. Vincent gostava de botas.

Quanto tempo ele podia esperar?, perguntou-se.

Não muito. Talvez até aquela noite, talvez até o dia seguinte. Quando conhecera Duncan, o assassino lhe disse que precisava abandonar seus corpo a corpo até começarem seu "projeto". Vincent tinha concordado — por que não? O Relojoeiro lhe disse que havia cinco mulheres entre suas vítimas. Duas seriam mais velhas, de meia-idade, mas poderia tê-las também, se estivesse interessado. É um sacrifício, mas alguém tem que fazer isso, gracejou Vincent Esperto consigo mesmo.

Portanto, estava em abstinência.

Duncan sacudiu a cabeça.

— Estou tentando imaginar como eles sabiam que éramos nós.

Nós? Ele às vezes falava engraçado.

— Tem alguma ideia?

— Nada — respondeu Vincent.

Duncan ainda não estava com raiva, o que surpreendia Vincent. O padrasto de Vincent gritava e berrava quando estava com raiva, como depois do incidente com Sally Anne. E o próprio Vincent se enraivecia quando uma de suas damas resistia e o machucava. Mas Duncan não. Ele dizia que a raiva era ineficaz. Era preciso olhar o grande esquema das coisas, dizia. Existe sempre um grande plano, e pequenos reveses eram insignificantes, não valia a pena gastar sua energia com isso.

— É como o tempo. Os séculos e milênios são o que importa. Com os humanos é a mesma coisa. Uma única vida não é nada. São as gerações que contam.

Vincent supôs que concordava, mas, no que lhe dizia respeito, *todos* os corpo a corpo eram importantes; não queria perder a oportunidade de nenhum. Então perguntou:

— Vamos tentar novamente? Com Joanne?

— Não agora — respondeu o assassino. — Eles podem ter colocado um guarda lá. E, mesmo que fôssemos capazes de pegá-la, eles compreenderiam que a queríamos morta por uma razão. É importante que pensem que são vítimas aleatórias. O que faremos agora é...

Ele parou de falar. Estava olhando pelo retrovisor.

— O quê?

— Tiras. Um carro de polícia saiu de uma transversal. Começou a ir para um lado mas depois virou em nossa direção.

Vincent olhou por cima do ombro. Podia ver o carro branco com uma armação de luzes no capô, mais ou menos um quarteirão atrás deles. Parecia estar acelerando rapidamente.

— Acho que vêm atrás de nós.

Duncan entrou rapidamente numa rua estreita e acelerou. No cruzamento seguinte fez outra curva rumo ao sul.

— O que você vê?

— Não acho... Espere. Lá está ele. Está atrás de nós. Com certeza.

— Aquela rua ali, um quarteirão adiante. À direita. Você conhece? Vai até a West Side Highway?

— Sim. Pode pegar.

Vincent sentiu a palma das mãos suando.

Duncan fez a curva e acelerou pela rua de mão única, depois fez outra curva e entrou na autoestrada, rumo ao sul.

— Diante de nós? O que é aquilo? Luzes piscando?

— Sim.

Vincent podia vê-las claramente. No rumo deles. Sua voz aumentou:

— O que vamos fazer?

— O que for preciso ser feito — disse Duncan, girando calmamente o volante de modo preciso, fazendo uma curva difícil parecer fácil.

Lincoln Rhyme lutava para desligar o zumbido de Sellitto falando no celular. Também desligou o recruta, Ron Pulaski, fazendo suas ligações sobre os gângsteres de Baltimore.

Desligando tudo para deixar alguma outra coisa entrar em seus pensamentos.

Não tinha certeza do que era. Uma vaga lembrança que o incomodava.

O nome de uma pessoa, um incidente, um lugar. Não sabia dizer. Mas era algo que *sabia* ser importante, vital.

O quê?

Fechou os olhos e guinou para bem perto do pensamento. Mas este escapou.

Efêmero, como os cogumelos que ele procurava quando era garoto no Meio-Oeste, além dos limites de Chicago, correndo pelos campos, correndo, correndo. Lincoln Rhyme adorava correr, adorava catar cogumelos e as sementes que desciam girando das árvores como helicópteros baixando. Adorava caçar libélulas, mariposas e abelhas.

Para estudá-las, aprender sobre elas. Lincoln Rhyme nascera com uma curiosidade feroz, um cientista já então.

Correndo... sem fôlego.

E agora o homem imobilizado também corria, tentando agarrar uma espécie elusiva de semente. E apesar de a perseguição ocorrer apenas em sua cabeça, não era menos cansativa e intensa que as corridas de sua juventude.

Lá... Lá...

Quase peguei.

Não, não consegui.

Droga.

Não pense, não force. *Deixe* vir.

Sua mente corria por lembranças completas e lembranças fragmentadas, do mesmo modo como seus pés batiam sobre a relva fragrante ou o solo quente, por caniços farfalhantes e milharais, sob nuvens maciças que deslizavam a quilômetros de altura no céu azul.

Mil imagens de homicídios, raptos e furtos, fotos de cenas de crime, memorandos departamentais e relatórios, inventários de evidências, a arte capturada no visor de microscópios, os picos montanhosos e vales na tela de um cromatógrafo a gás. Como tantos cogumelos e sementes, grilos, gafanhotos e penas de tordos.

OK, perto... perto...

Então seus olhos se abriram.

— Luponte — sussurrou.

A satisfação encheu o corpo que não tinha sensações.

Rhyme não tinha certeza mas acreditava que havia algo significativo no nome Luponte.

— Preciso de um arquivo. — Rhyme olhou para Sellitto, que estava sentado diante de um monitor de computador, examinando a tela. — Um arquivo!

O detetive grandalhão olhou para ele.

— Está falando comigo?

— Sim, estou falando com você.

Sellitto deu uma risadinha.

— Um arquivo? Está comigo?

— Não. Preciso que você o ache.

— Sobre o quê? Um caso?

— Acho que sim. Não sei quando. Só sei que aparece o nome Luponte. — E soletrou. — Faz algum tempo.

— O criminoso?

— Talvez. Ou talvez uma testemunha, talvez quem tenha feito a prisão ou um supervisor. Ou mesmo um chefão. Não sei.

Luponte...

— Você parece o gato que comeu o creme — disse Sellitto.

Rhyme franziu a testa.

— É alguma expressão?

— Não sei. Só gosto do som. OK, o arquivo Luponte. Vou dar uns telefonemas. É importante?

— Com um assassino psicótico lá fora, Lon, acha que vou fazer você perder tempo procurando para mim algo que *não seja* importante?

Chegou um fax.

— Nossas imagens térmicas do REAET? — perguntou Rhyme ansioso.

— Não, é para Amelia — disse Cooper. — Onde é que ela está?

— Lá em cima.

Rhyme já ia chamá-la mas nesse instante ela entrou no laboratório. Seu rosto estava seco e não tinha mais rubor, os olhos, claros. Ela raramente usava maquiagem, mas ele imaginou se ela não tinha feito uma exceção pelo fato de ter chorado.

— Para você — disse Cooper, olhando o fax. — Análise secundária das cinzas da casa do sei lá o nome dele.

— Creeley.

— O laboratório finalmente reconstruiu a imagem do logo que estava na planilha — disse o técnico. É de um software usado em contabilidade corporativa. Nada fora do comum. É vendido a milhares de contadores pelo país inteiro.

Ela balançou os ombros, pegando a folha e lendo:

— E Queens mandou um perito contador olhar as entradas recuperadas. É uma folha de pagamento padrão e reembolsos para executivos em alguma companhia. Nada fora do comum. — Ela balançou a cabeça. — Não parece ser importante. Acho que os que invadiram a casa simplesmente queimaram tudo o que encontraram para ter certeza de que destruíam o que os pudesse ligar a Creeley.

Rhyme olhou seus olhos perturbados. E disse:

— Também é uma prática comum queimar materiais que não têm nada a ver com o caso para simplesmente confundir os investigadores.

Sachs assentiu.

— Sim, certo. Boa observação, Rhyme. Obrigado.

O telefone dela tocou.

A policial ouviu, franzindo a testa.

— Onde? — perguntou. — Está bem. Fez algumas anotações. — Vou para lá agora.

Disse para Pulaski:

— Pode ser uma pista para o arquivo de Sarkowski. Vou verificar.

Inquieto, ele perguntou:

— Quer que eu vá com você?

Mais calma, ela sorriu, apesar de Rhyme poder ver que era forçado.

— Não, fique aqui, Ron. Obrigado.

Ela agarrou o casaco e, sem dizer mais nada, apressou-se em sair.

Quando a porta da frente se fechou atrás dela, o telefone de Sellitto tocou. Ele ficou tenso enquanto escutava. Depois olhou e anunciou:

— Olhem só. Deu positivo no localizador de emergência de veículos. Um Explorer marrom, dois homens brancos dentro. Fugindo de uma radiopatrulha. Estão na perseguição. — Ouviu um pouco mais. — Consegui. — Desligou. — Seguiram o carro até aquele estacionamento grande no rio, na saída da Houston pela West Side Highway. As saídas foram bloqueadas. Podem ser eles.

Rhyme ordenou a seu rádio para receber as transmissões codificadas, e todos no laboratório olharam para os pequenos alto-falantes de plástico. Os policiais da patrulha relataram que o Explorer tinha sido localizado no segundo andar, abandonado. Não havia sinal dos homens que estavam nela.

— Eu conheço o estacionamento — disse Sellitto. — É uma peneira. Podem ter saído por qualquer lugar.

Bo Haumann e um tenente relataram que carros estavam patrulhando as ruas em volta do estacionamento, mas ainda não havia sinal do Relojoeiro ou de seu parceiro.

Sellitto balançou a cabeça, frustrado.

— Pelo menos conseguimos o possante deles. Vai nos dizer muitas coisas. Deveríamos chamar Amelia de volta para processar a cena.

Rhyme deliberava. Ele havia previsto que os conflitos entre os dois casos podiam se agravar, apesar de jamais ter pensado que isso aconteceria tão rapidamente.

Certo, deveriam chamá-la de volta.

Mas o criminalista decidiu que não. Ele a conhecia talvez melhor do que conhecia a si mesmo e compreendeu que ela precisava prosseguir com o caso do St. James.

Não há nada pior que um tira desonesto.

Ele faria isso por ela.

— Não. Deixe-a ir.

— Mas, Linc...

— Vamos achar outra pessoa.

O silêncio tenso, que parecia durar para sempre, foi quebrado:

— Eu posso fazer, senhor.

Rhyme olhou à sua direita.

— Você, Ron?

— Sim, senhor. Posso lidar com isso.

— Acho que não.

O recruta olhou direto em seus olhos e recitou:

— É importante notar que o local onde o corpo da vítima foi efetivamente encontrado é muitas vezes o menos importante dentre as muitas cenas de crime criadas quando ocorre um homicídio, já que é lá que os perpetradores conscienciosos limparão os vestígios e plantarão evidências falsas para desorientar o investigador. O mais importante...

— Isso...

— É o seu livro, senhor. Eu o li. Várias vezes, na verdade.

— E decorou tudo?

— Só as partes importantes.

— E o que *não é* importante?

— Quero dizer que decorei as regras específicas.

Rhyme deliberava. Ele era jovem, inexperiente. Mas pelo menos conhecia a equipe e tinha um olho firme.

— Muito bem, Ron. Mas não dê um único passo na cena a menos que estejamos conectados um com o outro.

— Isso é bom, senhor.

— Ah, é *bom*? — perguntou Rhyme irônico. — Obrigado por sua aprovação, recruta. Agora, pode ir

Estavam sem fôlego pela corrida.

Duncan e Vincent, ambos carregando grandes bolsas de lona com o conteúdo do Band-Aid-Móvel, diminuíram o passo num parque perto do rio Hudson. Estavam a dois quarteirões do estacionamento onde tinham abandonado o utilitário ao fugir dos tiras.

Assim, usar luvas — que no começo Vincent achava paranoico demais — tinha valido a pena, afinal de contas.

Vincent olhou para trás.

— Não estão nos seguindo. Não nos viram.

Duncan encostou-se numa árvore, pigarreou e cuspiu na grama. Vincent apertou o peito, que doía depois da corrida. Vapor saía da boca e dos narizes dos dois. O assassino ainda não estava zangado, apenas mais curioso que antes.

— O Explorer também. Eles sabiam sobre o carro. Não compreendo isso. Como eles sabiam? E quem está atrás de nós?... A policial ruiva que vi na rua Cedar, talvez seja ela?

Ela...

Então Duncan olhou do lado e franziu o rosto. A bolsa de lona estava aberta.

— Oh, não — sussurrou.

— O quê?

O assassino ajoelhou-se e começou a remexer a bolsa.

— Algumas coisas estão faltando. O livro e a munição ainda estão no carro.

— Nada com nossos nomes lá. Ou impressões digitais, certo?

— Não. Eles não vão nos identificar. — Ele deu uma olhada em Vincent. — Todas aquelas embalagens de comida e as latas? Você usou luvas, certo?

Vincent vivia aterrorizado com a possibilidade de desapontar seu amigo e sempre era cuidadoso. Fez que sim com a cabeça.

Duncan olhou de novo para o estacionamento.

— Ainda assim... qualquer pedacinho de evidência que eles conseguem é como encontrar outra peça de um relógio. Com a quantidade suficiente delas, se você for esperto, pode compreender como funciona. Pode até imaginar quem o construiu.

Ele tirou o casaco, entregou-o a Vincent. Usava um suéter cinzento por baixo. Tirou um boné de beisebol da bolsa e o vestiu.

— Encontre comigo na igreja. Vá direto para lá. Não pare para nada.

— O que você vai fazer? — sussurrou Vincent.

— O estacionamento é escuro e grande. Não vão ter policiais suficientes para cobrir tudo. E aquela porta do lado que usamos é quase impossível de ver do lado de fora. Pode ser que não tenham colocado ninguém lá... Se tivermos sorte podem ainda não ter descoberto o Explorer. Vou pegar as coisas que deixamos.

Tirou o estilete e o enfiou na meia. Depois enfiou a mão no bolso, retirou sua pequena pistola e verificou se estava carregada. Colocou de volta no bolso.

Vincent perguntou:

— Mas e se já tiverem? Quer dizer, descoberto o carro.

— Dependendo, posso tentar pegar tudo de qualquer maneira — respondeu Duncan com sua voz calma.

CAPÍTULO 17

Ron Pulaski acreditava jamais ter sentido tanta pressão como agora, de pé no estacionamento, com uma temperatura de congelar, olhando o Explorer marrom, brilhantemente iluminado por holofotes. Ele estava sozinho. Lon Sellitto e Bo Haumann — duas lendas do DPNY — estavam no posto de comando, abaixo daquele nível. Dois técnicos de cena do crime tinham instalado as luzes, entregue as maletas em suas mãos e ido embora, desejando-lhe boa sorte no que pareceu ser um tom de voz agourento.

Ele estava usando um macacão Tyvek, sem casaco, e tremia.

Vamos lá, Jenny, ele disse silenciosamente para a esposa, como sempre fazia em momentos de estresse, mande bons pensamentos para mim. E acrescentou, apesar de falar apenas para si mesmo: não me deixe foder com isso aqui. Isso é o que ele compartilharia com o irmão.

Fones de ouvido ajustados lhe informaram que estava sendo colocado numa frequência segura diretamente com Lincoln Rhyme, apesar de até então só ter escutado estática.

Depois, de repente:

— Então, o que você tem aí? — A voz de Lincoln Rhyme estalou nos fones de ouvido.

Pulaski deu um salto. Abaixou o volume.

— Bem, senhor, tenho o utilitário diante de mim. A aproximadamente 6 metros na minha frente. Está estacionado numa parte bem deserta do...

— *Bem* deserta. Isso é como ser quase único ou meio grávida. Existem carros por perto ou não?

— Sim.

— Quantos?

— Seis, senhor. Estão entre 3 e 6 metros distantes do veículo examinado.

— Não preciso do "senhor". Economize o fôlego para as coisas importantes.

— Certo.

— Os carros estão vazios? Há alguém escondido neles?

— A Unidade de Serviços de Emergência, USE, verificou todos.

— Os capôs estão quentes?

— Hum, não sei. Vou verificar.

Devia ter pensado nisso.

Ele tocou em todos — com as costas das mãos, para não deixar impressões digitais, caso precisasse verificá-las.

— Não. Estão todos frios. Já estão aqui há tempo.

— Certo, então não há testemunhas. Algum sinal de marcas de pneus recentes na direção da saída?

— Nada parece recente, não. Só as do Explorer.

— Então eles provavelmente não tinham carro de apoio — disse Rhyme. — O que significa que saíram a pé. Isso é melhor para nós... Agora, Ron, veja a cena como um todo.

— Capítulo Três.

— Eu escrevi a porra do livro. Não preciso escutar você recitar novamente.

— OK, como um todo. O carro está estacionado de modo descuidado, cruzando duas linhas.

— Eles deram no pé rapidamente, é claro — disse Rhyme. — Sabiam que estavam sendo seguidos. Alguma pegada óbvia?

— Não. O chão está seco.

— Qual a porta mais próxima?

— A saída para a escada, 8 metros daqui.

— Que foi verificada pela USE?

— Certo.

— O que mais sobre o todo?

Pulaski olhou atentamente ao seu redor, dando uma volta de 360 graus. É um estacionamento. É só isso que é... Apertou os olhos, obrigando a si mesmo a ver algo útil. Mas não havia nada. Relutantemente, disse:

— Não sei.

— Nunca *sabemos* neste negócio — disse Rhyme com voz tranquila, por um momento sendo um professor gentil. — Trata-se de achar coisas estranhas. O que *atinge* você? Impressões. Simplesmente mande algumas.

Por algum tempo Pulaski não conseguiu pensar em nada. Mas, então, algo lhe ocorreu.

— Por que eles estacionariam aqui?

— O quê?

— Você me perguntou o que me atingia. Bem, é estranho que eles tenham estacionado aqui, tão longe da saída. Por que não deixar lá perto? E por que não tentar esconder melhor o Explorer?

— Boa sacada, Ron. Eu deveria ter feito essa pergunta. O que você acha? Por que eles estacionariam aí?

— Talvez tenham entrado em pânico.

— Pode ser. Bom para nós, nada como o medo para tornar alguém descuidado. Vamos pensar sobre isso. Bem, agora caminhe pelo quadrilátero até a saída e de volta e depois ao redor do carro. Olhe por baixo e para o teto. Você conhece o quadrilátero?

— Sim — disse, engolindo o "senhor".

Nos vinte minutos seguintes, Pulaski caminhou para a frente e para trás, examinando o chão do estacionamento e o teto ao redor do carro. Não perdeu um milímetro. Cheirou o ar — não tirando qualquer conclusão sobre o odor misturado de escapamento com desinfetante dali. Perturbado mais uma vez, disse a Rhyme que não tinha achado nada. O criminalista não mostrou nenhuma reação e disse a Pulaski que pesquisasse o próprio Explorer.

Conferiram o número de identificação do veículo e a placa do utilitário pelo registro e descobriram que na verdade este *tinha* pertencido a uma das pessoas que Sellitto identificara mais cedo, mas que fora descartado como suspeito por estar cumprindo um ano de prisão na ilha Rikers por posse de cocaína. O Explorer fora confiscado por causa das drogas, o que significava que o Relojoeiro o roubara de um depósito onde esperava o leilão a ser feito pelo escritório do xerife — uma boa ideia, pensou Rhyme, já que muitas vezes passam semanas para registrar a apreensão e vários meses antes que o veículo seja efetivamente posto à venda. As placas tinham sido roubadas de outro Explorer marrom estacionado no aeroporto de Newark.

Agora, com um tom curioso e baixo em sua voz, Rhyme disse:

— Adoro carros, Ron. Eles nos dizem tantas coisas. São como livros.

Pulaski lembrou das páginas do livro de Rhyme que ecoavam seus comentários. Não as citou.

— Claro, o número de registro, a placa, adesivos no para-choque, adesivos dos vendedores, inspeção...

Uma risada.

— *Se* o proprietário for o criminoso. Mas o nosso foi roubado, de modo que a localização do posto onde ele trocou o óleo ou fato de ele ter recebido medalha de honra ao mérito no Colégio John Adams realmente não são mais úteis, certo?

— Acho que não.

— Acho que não — repetiu Rhyme. — Que informações um carro *roubado* pode nos dar?

— Bem, impressões digitais.

— Muito bem. Há tantas coisas que se pode tocar num carro: o volante, a alavanca de câmbio, o aquecedor, o rádio, as maçanetas, centenas de lugares. Obrigado, Detroit... Bem, Tóquio, Hamburgo ou seja lá onde for. E outro ponto: a maioria das pessoas considera os carros como suas gavetas, sabe, como essas de cozinha onde você joga tudo? Uma inundação de objetos pessoais. Quase como um diário onde ninguém pensa em mentir. Investigue primeiro isso. A EF.

A evidência física, lembrou Pulaski.

Enquanto o jovem policial se inclinou para a frente, ouviu um barulho de metal arranhando em algum lugar atrás dele. Deu um salto e olhou em volta, na penumbra da garagem. Conhecia a regra de Rhyme sobre pesquisar sozinho as cenas de crime e portanto mandara embora toda a equipe de reforço. O barulho era apenas de um rato, talvez. Então ouviu um clique. O que o fez se lembrar do tique-taque de um relógio.

Vá em frente, Pulaski disse a si mesmo. Provavelmente apenas os refletores aquecidos. Não seja bobo. *Você* quis esse trabalho, lembra?

Ele estudou os assentos dianteiros.

— Temos migalhas. Muitas delas.

— Migalhas?

— Principalmente de comida industrializada, acho. Parecem ser migalhas de biscoitos, batatas fritas, chips de milho, pedacinhos de chocolate. Algumas manchas pegajosas. Refrigerante, acho. Oh, espere, há alguma coisa aqui embaixo do assento... Isso é bom: uma caixa de munição.

— Que tipo.

— Remington. Calibre .32.

— O que há dentro da caixa?

— Hum, balas.

— Tem certeza?

— Não abri. Deveria?

O silêncio disse sim.

— Sim. Balas. Trinta e dois. Mas não está cheia.

— Quantas faltam?

— Sete.

— Ah, isso é útil.

— Por quê?

— Mais tarde.

— E olhe só isso...

— Olhe o *quê*? — disse Rhyme asperamente.

— Desculpe. Algo mais. Um livro sobre interrogatório. Parece mais ser sobre tortura.

— Tortura?

— Certo.

— Comprado? Biblioteca?

— Não tem nenhum adesivo, nenhum recibo dentro, nenhum sinal de biblioteca. E, seja lá quem for, andou lendo muito isso.

— Disse certo, Ron. Você não está assumindo que seja do criminoso. Mantenha a mente aberta. Sempre mantenha a mente aberta.

Não era lá um grande elogio, mas o jovem gostou.

Pulaski então passou o rolo adesivo para recolher indícios do chão e aspirou o espaço entre e abaixo dos assentos.

— Acho que peguei tudo.

— Compartimento de luvas.

— Verifiquei. Vazio.

— Pedais?

— Raspei todos. Sem muitos vestígios.

— Apoios de cabeça?

— Ah, não processei esses.

— Pode haver transferência de cabelo ou loção.

— As pessoas usam chapéus — salientou Pulaski.

Rhyme disparou de volta:

— A partir da *remota* possibilidade de que o Relojoeiro não seja um sikh, freira, astronauta, mergulhador ou qualquer outra pessoa com a cabeça *completamente* coberta, faça-me o favor e verifique os apoios de cabeça.

— Vou fazer.

Um momento depois, Pulaski se viu olhando para um fio de cabelo negro-grisalho. Confessou isso a Rhyme. O criminalista não entrou no jogo do "eu-lhe-disse".

— Bom — disse. — Sele no saco plástico. Agora, impressões digitais. Estou louco para descobrir quem é mesmo o Relojoeiro.

Pulaski, suando, mesmo no ar úmido e congelando, trabalhou durante dez minutos com um pincel Magna, pós e sprays, fontes de luz alternativas e óculos especiais.

Até que Rhyme perguntou, impaciente:

— Como está indo isso?

— Na verdade, não há nenhuma — admitiu o recruta.

— Você quer dizer que não há digitais inteiras. Tudo bem. Parciais já servem.

— Não, quero dizer que não há *nenhuma*, senhor. Em lugar algum. Em todo o carro.

— Impossível.

Pulaski lembrou que, segundo o livro de Rhyme, havia três tipos de impressões — as plásticas, que são dimensões tridimensionais, tais como as que aparecem na lama ou argila; as visíveis, que podem ser vistas a olho nu; e as latentes, visíveis apenas com equipamento especial. Raramente se encontram impressões plásticas, assim como as visíveis, mas as latentes são comuns em todos lugares.

Menos no Explorer do Relojoeiro.

— Manchas?

— Não.

— Isso é loucura. Eles não tiveram tempo de limpar um carro inteiro em cinco minutos. Processe o lado externo, tudo. Especialmente as portas do fundo e a tampa do tanque de combustível.

Com as mãos vacilantes, Pulaski continuou pesquisando. Será que tinha lidado desajeitadamente com o pincel Magna? Será que espalhara os elementos químicos do modo errado? Será que estava usando os óculos errados?

O terrível ferimento na cabeça que sofrera havia não muito tempo deixara sequelas, inclusive estresse pós-traumático e ataques de pânico. Ainda sofria de uma condição que explicara para Jenny como sendo "essa coisa realmente complicada, coisa de técnica médica: o pensamento indistinto". Ele se apavorava pelo fato de, depois do acidente, simplesmente não se sentir como antes, como se estivesse prejudicado de alguma maneira, já não mais tão esperto quanto seu irmão, apesar de ambos antes terem o mesmo QI. Preocupava-se particularmente em não ser tão esperto quanto os criminosos de quem ia atrás em seus trabalhos para Lincoln Rhyme.

Mas então pensou consigo mesmo: pare. O que você está pensando é besteira. Porra, você esteve entre os cinco por cento melhores na Academia. Sabe o que está fazendo. Trabalha duas vezes mais que a maioria dos tiras. Então, disse:

— Tenho certeza, detetive. De alguma maneira eles conseguiram não deixar impressões... Espere, um momento.

— Não vou a lugar algum, Ron.

Pulaski colocou óculos com lentes de aumento.

— OK, achei alguma coisa. Estou olhando para fibras de algodão. Cor bege. Tipo cor de carne.

— Tipo... — ralhou Rhyme.

— Cor de carne. De luvas, aposto.

— Então ele e seu assistente são cuidadosos *e* espertos.

Havia uma inquietação na voz de Rhyme que perturbou Pulaski. Não gostava da ideia de que Lincoln Rhyme se sentisse desconfortável. Um frio desceu por sua espinha. Lembrou-se do barulho de metal. O clique...

Tique, taque...

— Alguma coisa nas ranhuras dos pneus e na grade? No retrovisor lateral?

Pesquisou ali.

— Principalmente neve derretida e solo.

— Tire amostras.

Depois disso, Pulaski disse:

— Terminei.

— Instantâneos e vídeo, você sabe como.

Executou a ordem. Pulaski tinha sido o fotógrafo do casamento do irmão.

— Agora processe as prováveis rotas de fuga.

Pulaski olhou ao redor mais uma vez. Será que aquilo era outro barulho de metal, uma passada? Havia água pingando. Isso também soava como o tique-taque de um relógio, o que o deixou mais crispado. Ele começou a fazer o quadrilátero novamente, para a frente e para trás enquanto cobria o espaço em direção à saída, olhando tanto para cima quanto para baixo, tal como Rhyme escrevera em seu livro.

Uma cena de crime é tridimensional.

— Até agora nada.

Outro resmungo de Rhyme.

Pulaski escutou o que lhe pareceu uma passada.

As mãos deslizaram para o quadril. Foi então que percebeu que sua Glock estava *dentro* do macacão Tyvek, fora do alcance. Estúpido. Será que devia abrir o zíper e colocar o coldre do lado de fora do macacão?

Mas se fizesse isso poderia contaminar a cena do crime.

Ron Pulaski decidiu deixar a arma onde estava.

Era apenas um estacionamento antigo; é claro que haveria ruído. Relaxe.

As inescrutáveis faces da lua na frente dos cartões de visita do Relojoeiro olhavam para Lincoln Rhyme.

Os olhos sinistros, sem transparecer nada.

O tique-taque era tudo que escutava; no rádio só havia silêncio. Então, alguns ruídos diferentes. Ruídos de raspagem, um fragor. Ou seria apenas estática?

— Ron? Está copiando?

Nada além do *tique... tique... tique.*

— Ron?

Então, o ruído de um choque. Metal.

A cabeça de Rhyme se inclinou.

— Ron? O que está acontecendo?

Ainda sem resposta.

Então ouviu a voz de Ron Pulaski em pânico:

— ...precisa assistência! Dez-treze. Dez.... Eu...

O código 10-13 era o mais urgente de todos os códigos de rádio, a chamada de socorro de um policial.

Rhyme gritava:

— Responda, Ron! Você está aí?

— Não posso...

Um gemido.

O rádio apagou.

Jesus.

— Mel, chame Haumann para mim!

O técnico apertou alguns botões.

— Está ligado — gritou Cooper, apontando para os fones de ouvido de Rhyme.

— Bo, Rhyme. Pulaski está com problemas. Mandou um dez-treze na minha linha. Você ouviu?

— Negativo. Mas vamos já para lá.

— Ele ia processar as escadas mais perto do Explorer.

— Recebido e entendido.

Agora que estava na frequência principal, Rhyme podia escutar todas as transmissões. Haumann estava mandando várias equipes de apoio tático e pedindo uma unidade médica. Mandou seus homens se espalharem pelo estacionamento e cobrir as saídas.

Rhyme apertou a cabeça no descanso da cadeira, furioso.

Estava furioso com Sachs por abandonar Seu Caso pelo Outro Caso e forçar Pulaski a assumir a tarefa. Estava furioso consigo mesmo por permitir que um recruta inexperiente processasse sozinho uma cena do crime potencialmente quente.

— Linc, estamos a caminho. Não conseguimos vê-lo. — Era a voz de Sellitto.

— Porra, não me digam o que vocês *não* descobriram.

Mais vozes.

— Nada neste andar.

— Lá está o utilitário.

— Onde está ele?

— Alguém ali na nossa nove horas?

— Negativo. É dos nossos.

— Mais luzes! Precisamos de mais luzes!

O momento de silêncio passou. Horas, parecia.

O que estava acontecendo?

Porra, alguém tem que me dizer!

Mas não havia respostas a essa demanda tática. Ele voltou para a frequência de Pulaski.

— Ron?

Tudo que ouviu foi uma série de cliques, como se alguém cuja garganta tivesse sido cortada tentasse se comunicar, apesar de não ter mais voz.

CAPÍTULO 18

— Ei, Amie. Temos que conversar.

— Certo.

Sachs dirigia para Hell's Kitchen, em Midtown, em sua busca pelo arquivo do homicídio de Frank Sarkowski. Mas não pensava nisso. Pensava nos relógios das cenas de crime. Pensava no tempo que passava e no tempo que não passava. Pensava nas horas em que queremos que o tempo corra e nos livre do que estamos atravessando. Mas isso nunca acontece. É nesses momentos que o tempo se retarda interminavelmente, às vezes até mesmo para, como o coração do prisioneiro do corredor da morte.

— Temos que conversar.

Amelia Sachs estava se lembrando de uma conversa ocorrida anos antes.

— É muito sério — disse Nick.

Os dois amantes estavam no apartamento de Sachs no Brooklyn. Ela é uma recruta de uniforme, sapatos engraxados até virar espelhos negros. (Conselho de seu pai: *"Sapatos engraxados dão mais respeito que um uniforme passado, querida. Lembre disso."* E ela lembrara.)

Cabelos negros, bonito, o musculoso Nick (ele também poderia ter sido modelo) também é policial. Mais antigo. Mais caubói do que Sachs é agora. Ela está sentada à mesa de café, uma bela mesa, de teca, comprada um ano antes com o dinheiro que sobrou de quando era modelo.

Nick ia para uma tarefa secreta naquela noite. Está de camiseta sem mangas e jeans e portando sua pequena arma — um revólver — na cintura. Precisa se barbear, apesar de Sachs gostar dele meio amarrotado. O plano para aquela noite era: ele iria até a casa dela e os dois jantariam tarde. Sachs tinha vinho, velas, salada e salmão, tudo arrumado, tudo caseiro.

Por outro lado, Nick não passava noites em casa havia algum tempo. Então talvez jantassem depois.

Talvez nem jantassem.

Mas agora há algo errado. Algo *muito sério*.

Bem, ele está parado diante dela, não está morto nem ferido, baleado num trabalho secreto — a tarefa mais séria de um policial. Ia atrás de quadrilhas que roubavam caminhões. Havia muito dinheiro envolvido, o que significava grande quantidade de armas. Três dos colegas mais próximos de Nick estavam com ele naquela noite. Ela pensa, com o coração doendo, se um deles morreu. Conhece todos.

Ou será outra coisa?

Será que ele está rompendo comigo?

Ruim, ruim... mas pelo menos é melhor do que alguém morrendo num tiroteio com uma quadrilha no leste de Nova York.

— Vá em frente — diz ela.

— Olhe, Amie.

É o apelido que seu pai lhe deu. Só existem dois homens no mundo que ela deixa que a chamem por esse nome.

— A coisa é...

— Conte logo — diz ela.

Amelia Sachs fala a verdade de uma vez. E espera a mesma coisa.

— Você logo vai ouvir dizer. Eu queria lhe contar primeiro. Estou com problemas.

Ela acha que compreende. Nick é um caubói, sempre pronto para sacar a metralhadora MP-5 e trocar tiros com criminosos. Sachs, que atira melhor, pelo menos com a pistola, aperta o gatilho com mais vagar. (Mais uma vez seu pai: *"Não há como recolher as balas de volta."*) Ela supõe que tenha acontecido um tiroteio e que Nick tenha matado alguém — talvez até mesmo um inocente. Certo. Ele será suspenso até que a comissão de revisão de tiroteios se reúna e decida se foi justificável.

O coração dela está com ele e quase dizendo que estará "ali, não importa o quê, vamos superar isso juntos", quando ele acrescenta:

— Me pegaram.

— Você...

— Sammy e eu... Frank R. também... os assaltos... os roubos de caminhões. Fomos pegos. E bem de jeito.

A voz dele treme. Ela nunca o viu chorar, mas ele parece prestes a derramar as lágrimas.

— Você está num esquema? — ela pergunta, ofegante.

Ele olha para o carpete verde. Finalmente, sussurra:

— Sim...

Contudo, como já havia começado a confissão, não precisava mais recuar:

— Mas é pior.

Pior? O que poderia ser pior?

— Nós éramos os *executantes*. Nós mesmos pegávamos os caminhões.

— Quer dizer, hoje à noite você... — Sua voz tinha parado de funcionar.

— Oh, Amie, não apenas hoje à noite. Faz um ano. A porra do ano inteiro. Tínhamos cúmplices nos armazéns que nos informavam sobre os carregamentos. Aí nós pegávamos os caminhões e... bem, é isso aí. Você não precisa saber dos detalhes. — Ele esfrega o rosto pálido. — Acabamos de saber, emitiram mandados contra nós. Alguém nos dedou. Nos pegaram em cheio. Ah, cara, eles realmente nos pegaram.

Ela pensa nas noites passadas quando ele estava de campana, trabalhando clandestino para pegar ladrões de caminhões. Pelo menos uma vez por semana.

— Eu fui arrastado. Não tive escolha...

Ela não tem que responder a isso, dizer, sim, sim, sim, meu Deus, nós *sempre* temos escolha. Amelia Sachs não desculpa a si mesma e é surda às desculpas dos outros. Ele compreende isso dela, é claro, parte do amor deles.

Era parte do amor deles.

Então ele para de tentar.

— Fodi com tudo, Amie. Fodi tudo. Vim aqui só para lhe dizer isso.

— Você vai se entregar?

— Acho que sim. Não sei o que vou fazer. Porra.

Entorpecida, ela não sabe o que dizer, nada de nada. Pensa nos momentos que passaram juntos — as horas no estande de tiro, gastando quilos de munição; nos bares na Broadway, derrubando daiquiris congelados; deitados diante da antiga lareira no seu apartamento do Brooklyn.

— Vão olhar minha vida com um microscópio, Amie. Vou dizer que você está limpa. Vou tentar manter você fora disso. Mas vão lhe fazer um monte de perguntas.

Ela quer perguntar por que ele fez isso. Que motivo era possível que tivesse? Nick crescera no Brooklyn, o típico garoto da vizinhança, bonito, esperto. Tinha andado com más companhias durante algum tempo, mas seu pai lhe enfiara à força um pouco de bom-senso e ele desistira deles. Por que tinha se desviado novamente? Será que era a adrenalina? Será que era o dinheiro? (Isso era outra coisa que escondera dela, compreendeu agora; onde ele tinha enfiado tudo?)

Por quê?

Mas ela nem tem oportunidade.

Ele beijou o topo de sua cabeça imóvel. E saiu porta afora.

Pensando novamente naqueles momentos intermináveis, na noite que não acabava, o tempo parado enquanto ela estava sentada olhando as velas se derreterem numa poça de cera marrom.

Ligo para você mais tarde...

Mas nenhuma chamada jamais foi feita.

O golpe duplo — o crime e a morte do relacionamento deles — cobrou seu preço; ela decidiu deixar completamente a Patrulha. Renunciar a isso em troca de um trabalho burocrático. Foi apenas o encontro ocasional com Lincoln Rhyme que a fez desistir da ideia e a manteve de uniforme. Mas o incidente selou dentro dela uma repulsa permanente a policiais desonestos. Para ela, era algo mais horrível que políticos mentirosos ou esposos infiéis e criminosos implacáveis.

Por isso, nada a impediria de descobrir se a quadrilha do St. James era de fato um grupo de tiras desonestos da 118DP. E se fosse, nada a deteria antes de derrubar os tiras desonestos e a quadrilha do crime organizado que trabalhava com eles.

Seu Camaro parou no meio-fio. Sachs jogou o cartão de identificação do DPNY no painel do Chevvy e saltou, batendo a porta com força como se estivesse querendo fechar um buraco que se abrira entre seu presente e esse passado difícil.

— Puxa, que nojeira.

No andar superior do estacionamento onde o utilitário do Relojoeiro fora encontrado, o policial que fez esse comentário para os colegas estava olhando para a figura, deitada de barriga no chão.

— Cara, você pegou bem essa sujeira — respondeu um de seus colegas. — Jesus.

Outro deu uma declaração nada policial:

— Merda.

Sellitto e Bo Haumann correram até a cena.

— Você está bem? Você está bem? — gritou Sellitto.

Falava com Ron Pulaski, parado em cima do homem no chão, que estava coberto de lixo fedorento. O recruta, ele mesmo condecorado com lixo, ofegava. Pulaski assentiu.

— Me deu um susto da porra. Mas estou bem. Cara, ele era bem forte para ser morador de rua.

Um paramédico correu e virou o sujeito de barriga para cima. Pulaski algemou-o e os braceletes de metal tilintaram nos pulsos. Os olhos dele giravam loucamente e sua roupa estava rasgada e imunda. O fedor do corpo era insuportável. Ele tinha acabado de urinar nas calças. (Daí o "nojeira" e "merda".)

— O que aconteceu? — Haumann perguntou a Pulaski.

— Eu estava processando a cena. — E apontou para o lance de escada. — Aparentemente os criminosos saíram por esse local...

Para com isso, lembrou ele.

Tentou novamente:

— Os criminosos correram por essas escadas, tenho bastante certeza, e estava processando aqui, procurando pegadas.

Então ouvi alguma coisa e me virei. O sujeito estava vindo para cima de mim. — Apontou para o cano que o morador de rua carregara. — Não consegui sacar minha arma a tempo mas joguei aquela lata de lixo em cima dele. Lutamos por um minuto ou dois e finalmente consegui dar uma chave de estrangulamento nele.

— Não usamos isso aqui — lembrou Haumann.

— Quero dizer, consegui imobilizá-lo usando métodos de autodefesa.

O comandante tático assentiu.

— Certo.

Pulaski achou o fone de ouvido e o ajustou. E teve um sobressalto quando uma voz berrou nos seus ouvidos:

— Pelo amor de Deus, você está vivo ou morto? O que está acontecendo?

— Desculpe, detetive Rhyme.

Pulaski explicou o que tinha acontecido.

— Você está bem?

— Sim, tudo bem.

— Bom — disse o criminalista. — Agora me diga, por que a merda da sua arma estava dentro do macacão?

— Um descuido, senhor. Não acontecerá novamente.

— Ah, é melhor que não aconteça mesmo. Qual é a primeira regra numa cena quente?

— Uma cena quente...

— Uma cena *quente*, quando o criminoso ainda pode estar por perto. A regra é: pesquise bem mas cuide das suas costas. Sacou?

— Sim, senhor.

— Então a rota de fuga está contaminada — resmungou Rhyme.

— Bem, está simplesmente coberta de lixo.

— Lixo — respondeu exasperado Rhyme. — Então acho melhor você começar a limpar tudo. Quero todos os vestígios aqui dentro de vinte minutos. Tudo. Você acha que pode fazer isso?

— Sim, senhor. Eu...

Rhyme desligou abruptamente.

Enquanto os dois policiais da USE colocavam luvas de látex e levavam o morador de rua, Pulaski se abaixou e começou a remover o lixo. Tentava lembrar o que havia no tom de Rhyme que lhe parecia familiar. Finalmente conseguiu. Era a mesma mistura de raiva e alívio do pai de Pulaski quando tinha uma "discussão" com seus filhos gêmeos depois de tê-los surpreendido disputando uma corrida em cima dos trilhos do elevado perto da casa deles.

Como um espião.

Parado numa esquina de Hell's Kitchen, o detetive aposentado Art Snyder vestia um casaco impermeável e um velho chapéu alpino com uma pena, parecendo um ex-agente estrangeiro de um romance de John Le Carré.

Amelia Sachs caminhou até ele.

Snyder a reconheceu com um breve aceno e, depois de olhar a rua, voltou-se e começou a caminhar na direção oeste, para longe da movimentada Times Square.

— Obrigada pela chamada.

Snyder balançou os ombros.

— Aonde vamos? — perguntou ela.

— Vou encontrar um chapa meu. Jogamos sinuca mais acima todas as semanas. Não queria falar pelo telefone.

Espiões...

Um tipo emaciado com o cabelo amarelado empastado para trás — não era louro, e sim amarelo — abordou-os para pedir algum trocado, Snyder olhou-o bem de perto e depois lhe deu um dólar. O homem foi embora, agradecendo, mas contrafeito, como se esperasse cinco.

Caminhavam por um trecho mais escuro da rua quando Sachs sentiu alguma coisa roçar sua perna, duas vezes, e por um momento imaginou que o aposentado passava a mão nela. Olhando para baixo, entretanto, viu um pedaço de papel dobrado que ele sutilmente passava para ela.

Ela pegou e quando estavam debaixo de uma lâmpada, deu uma olhada.

A folha era uma fotocópia de uma página de um fichário ou livro.

Snyder inclinou-se e sussurrou:

— É uma página do arquivo de registro. Na 131DP.

Ela olhou novamente. No meio havia uma entrada:

Arquivo nº: 3453496, Sarkowski, Frank
Assunto: Homicídio
Enviado para: 158DP.
Solicitado por:
Data de envio: 28 de novembro.
Data de regresso:

— O patrulheiro com quem estou trabalhando falou que não havia referência no registro sobre a retirada do arquivo — disse Sachs.

— Ele deve ter olhado apenas no computador. Eu olhei lá também. Provavelmente foi registrado, mas depois foi apagado. Essa é a cópia à mão.

— E por que foi para a 158DP?

— Não sei. E não há razão para isso.

— Onde conseguiu isso?

— Um amigo descobriu. Um tira com quem trabalhei. Sujeito legal. Já esqueceu que perguntei.

— E para onde teria ido na 158DP? A sala de arquivos?

Snyder encolheu os ombros.

— Não tenho ideia.

— Vou verificar.

Ele bateu as mãos.

— Porra de frio.

Olhou para trás. Sachs fez o mesmo. Será que era um carro preto parado no cruzamento?

Snyder parou de caminhar. Apontou para uma loja meio decadente. *Flannagan's Pool and Billiards. Desde 1954.*

— É aí que vou.

— Obrigada de novo — disse.

Snyder olhou lá dentro e depois para seu relógio. Disse para Sachs:

— Não sobraram muitos desses lugares antigos em Times Square... Eu patrulhei o Deuce, o pedaço da rua 42 entre a Sexta e a Oitava Avenida. Você sabe...

— Rua 42. Eu também.

E olhou de volta na direção da Oitava Avenida. O carro preto tinha desaparecido.

Ele olhava para o salão de bilhar, falando suavemente:

— Lembro-me principalmente dos verões. Alguns desses dias de agosto. Até os gângsteres locais e batedores de carteira estavam em casa, era tão quente. Lembro dos restaurantes, bares e cinemas. Alguns tinham marquises de anúncios, acho que desde os anos 1940 e 1950, dizendo que tinham ar-condicionado Engraçado, um lugar que anunciava que tinha ar-condicionado para fazer as pessoas entrarem. Bem diferente de hoje, não é?... O tempo muda mesmo tudo. — Snyder abriu a porta e entrou no salão enfumaçado. — O tempo muda como o diabo.

CAPÍTULO 19

O carro novo era um Buick LeSabre.

— Onde você o conseguiu? — perguntou Vincent a Duncan, enquanto subia no assento de passageiro do carro estacionado em ponto neutro diante da igreja.

— No Lower East Side.

Duncan olhou para ele.

— Ninguém viu você?

— O dono viu. Brevemente. Mas não vai dizer nada.

Deu uma palmadinha no bolso, onde estava a pistola. Duncan apontou para a esquina onde antes retalhara até a morte o estudante.

— Alguma polícia por aqui?

— Não. Quer dizer, não vi nenhuma.

— Ótimo. A limpeza pública provavelmente recolheu a lixeira e o corpo deve estar no meio do mar numa balsa.

Retalhe seus olhos...

— O que aconteceu na garagem? — perguntou Vincent.

Duncan fez uma leve careta.

— Não pude chegar perto do Explorer. Não havia muitos policiais, mas um morador de rua apareceu por lá. Fez muito barulho e então ouvi gritos e os tiras começaram a correr até o lugar. Tive que ir embora.

Começaram a rodar. Vincent não tinha ideia de para onde iam. O Buick era velho e cheirava a fumaça de cigarro. Não sabia como chamá-lo. Era azul-escuro, mas "Azul-móvel" não era engraçado. O Vincent Esperto não se sentia muito espirituoso no momento. Depois de alguns minutos de silêncio, perguntou:

— Qual a sua comida preferida?

— Minha...?

— Comida. O que você gosta de comer?

Duncan olhou de esguelha. Ele fazia isso muito, considerava seriamente a pergunta e depois recitava as respostas que planejara. Mas essa o desconcertou. Deu uma risadinha.

— Você sabe, eu não como muito.

— Mas você deve ter uma comida favorita.

— Nunca pensei nisso. Por que você pergunta?

— Ah, nada, estava pensando que podia fazer um jantar para nós uma hora dessas. Posso cozinhar muitas coisas. Pasta, sabe, espaguete. Você gosta de espaguete? Faço um com almôndegas. Posso fazer também com molho de creme. Chamam de Alfredo. Ou com tomate.

— Bem, acho que com tomate. É o que pediria num restaurante.

— Então vou cozinhar isso para você. Talvez, se minha irmã estiver na cidade, façamos um jantar festivo. Não uma festa de verdade. Só nós três.

— Isso é... — Duncan sacudiu a cabeça, parecendo emocionado. — Ninguém faz um jantar para mim desde... Bem, ninguém faz um jantar para mim há muito tempo.

— Talvez mês que vem.

— Mês que vem pode ser. Como é a sua irmã?

— Ela tem uns dois anos a menos que eu. Trabalha num banco. E é magrinha também. Não quero dizer que você é magrinho. Só, sabe, está em boa forma.

— É casada, tem filhos?

— Ah, não. Na verdade, é muito ocupada com o trabalho. É boa no que faz.

Duncan assentiu.

— Mês que vem. Com certeza, volto para cá. Poderemos jantar. Não posso ajudar você. Não sei cozinhar.

— Ah, eu cozinho. Gosto de cozinhar. Assisto ao Food Channel.

— Mas posso trazer uma sobremesa. Algo já pronto. Sei que você gosta de doces.

— Isso seria ótimo — disse um excitado Vincent.

Olhou em volta para as ruas frias e escuras.

— Aonde vamos?

Duncan permaneceu em silêncio por algum tempo. Parou o carro num sinal, as rodas dianteiras bem na faixa branca, suja.

— Deixe-me contar uma história para você.

Vincent olhou seu amigo.

— Em 1714, o Parlamento britânico ofereceu 20 mil libras para quem pudesse inventar um relógio portátil suficientemente preciso para ser usado no mar.

— Na época isso era um bocado de dinheiro, certo?

— Uma enorme quantidade de dinheiro. Eles precisavam de um relógio nos navios porque todos os anos milhares de marinheiros morriam por causa de erros de navegação. Veja, para desenhar uma rota é preciso ter tanto a longitude quanto a latitude. Pode-se determinar a latitude astronomicamente. Mas a longitude precisa de uma hora precisa. Um relojoeiro inglês chamado John Harrison decidiu ganhar o prêmio. Começou a trabalhar no projeto em 1735 e finalmente construiu um relógio pequeno que podia ser usado em um navio e que atrasava apenas alguns segundos no decorrer de toda uma viagem transatlântica. Quando terminou? Em 1761.

— Levou tanto tempo assim?

— Teve que lidar com a política, a concorrência, os negociantes inescrupulosos e os membros do Parlamento e, claro, com as dificuldades mecânicas, quase impossibilidades, para criar o relógio. Mas nunca parou. Vinte e seis anos.

O sinal ficou verde e Duncan acelerou devagar.

— Respondendo à sua pergunta, vamos ver a próxima garota em nossa lista. Tivemos um revés. Mas nada vai nos deter. Não é nada...

— No grande esquema das coisas.

Um breve sorriso cruzou o rosto do assassino.

— Em primeiro lugar, existem câmeras de segurança no estacionamento? — perguntou Rhyme.

A risada de Sellitto queria dizer "só nos seus sonhos".

Ele, Pulaski e Baker estavam de volta à casa de Rhyme, repassando o que o recruta coletara no estacionamento. O sem-teto que atacara Pulaski estava no hospital Bellevue. Não tinha conexão com o caso e foi diagnosticado como esquizofrênico paranoico depois dos exames.

"Hora errada, lugar errado", murmurara Pulaski.

"Você ou ele?", respondera Rhyme, que depois perguntou: "Câmeras de segurança no *depósito judicial* de onde levaram o utilitário?

Outra risada.

Um suspiro.

— Vejamos o que Ron descobriu. Primeiro, as balas.

Cooper trouxe a caixa para Rhyme e a abriu para que ele visse.

Uma bala para pistola automática calibre .32 é pouco comum. Essa bala para pistola semiautomática tem mais alcance que uma menor, calibre .22, mas não muito mais poder de impacto, como os mais poderosos .38 ou a 9mm. As .32 tradicionalmente têm sido chamados de armas de senhoras. Seu mercado é um tanto limitado, mas ainda bastante grande. Descobrir uma .32 compatível na posse de um suspeito poderia ser evidência circunstancial de que fosse o Relojoeiro, mas Cooper não podia simplesmente telefonar para as lojas e conseguir uma lista de quem tivesse comprado essa munição recentemente.

Já que faltavam sete projéteis na caixa, e a pistola Autauga MkII leva sete no pente completo, esse era o palpite de Rhyme para a arma. Mas a Beretta Tomcat, a North American Guardian e a LWS-32 também usavam essas balas. O assassino poderia estar portando qualquer uma delas. (Se estivesse mesmo armado. Balas, assinalou Rhyme, *sugerem* mas não garantem que o suspeito porte ou possua uma arma.)

Rhyme notou que a bala tinha 4,6 gramas, grande o suficiente para provocar sérios danos se fosse disparada de perto.

— Para o quadro-negro, recruta — ordenou Rhyme.

Pulaski escreveu enquanto ele ditava.

O livro que descobrira no Explorer se intitulava *Técnicas extremas de interrogatório* e fora publicado por uma pequena editora de Utah. O papel, a impressão e a tipografia — para nem mencionar o estilo — eram de terceira linha.

Escrito por um autor anônimo que alegava ter sido soldado nas Forças Especiais, o livro descrevia o uso de técnicas de tortura que, em última instância, resultariam na morte se a vítima não confessasse: afogamento, estrangulamento, sufocação, congelamento em água e outros. Uma delas envolvia suspender um peso sobre a garganta do sujeito. Outra, cortar seus pulsos e deixar o sangue esvair-se até que confessasse.

— Cristo — disse Dennis Baker, estremecendo. — É o projeto dele... Vai matar *dez* vítimas dessas maneiras? Doentio.

— Resíduos? — perguntou Rhyme, mais preocupado com as implicações periciais do livro que com o perfil psicológico do comprador.

Segurando o livro em cima de uma folha grande de papel de imprensa limpo, Cooper abriu cada página e espanou todas para deslocar resíduos. Nada caiu.

É claro que também não havia impressões digitais.

Cooper verificou que o livro não era vendido pelas grandes cadeias da internet ou de livrarias — que se recusavam a distribuí-lo. Mas era facilmente disponível por intermédio de companhias de leilões on-line por sites de organizações paramilitares de extrema-direita. Que vendiam tudo o que se precisasse para se proteger da ameaça de minorias, de estrangeiros e do próprio governo dos Estados Unidos. (Nos últimos anos, Rhyme dera consultoria em várias investigações de terrorismo; muitas tinham ligações com a al-Qaeda ou outros grupos fundamentalistas islâmicos, mas outras tantas eram sobre terrorismo interno — uma ameaça que ele mesmo achava ser largamente ignorada pelas autoridades.)

Um telefonema para o editor resultou em não cooperação, o que não surpreendeu Rhyme. Disseram que não vendiam o livro diretamente para os leitores e que se Rhyme quisesse descobrir quais os pontos de venda de varejo que tinham comprado quantidades do livro seria necessário um mandado judicial. Semanas passariam antes de conseguir um.

— Você compreende que alguém está usando o livro como manual para torturar e matar pessoas? — respondeu Dennis Baker asperamente no viva voz.

— Bem, é *para isso* que o livro serve, sabe.

O dono da companhia desligou.

— Porra.

Continuando a pesquisar as evidências, verificaram que a sujeira e as folhas e cinzas que Pulaski tinha recolhido da grade, dos pneus e dos espelhos retrovisores não apresentavam nenhuma distinção. Os resíduos no chão de trás do utilitário revelaram areia semelhante à que o criminoso tinha usado como agente ofuscador no beco da rua Cedar.

As migalhas eram de chips de milho, batata frita, pretzels e chocolate, assim como manchas de refrigerantes — com açúcar, não dietéticos. Nada disso os levaria ao suspeito, é claro, mas podia ser outra tábua na ponte ligando o criminoso ao Explorer, caso o encontrassem.

As fibras curtas de algodão — cor de carne — eram, como tinha sugerido Pulaski, similares às que se soltavam de marcas genéricas de luvas de trabalho vendidas aos milhares em lojas de conveniência, de jardinagem e de verduras. Aparentemente, limparam meticulosamente o Explorer depois de o roubarem e usaram luvas todas as vezes que estiveram dentro do veículo.

Era a primeira vez que isso acontecia. E uma lembrança de como o Relojoeiro era brilhantemente mortal.

O cabelo do descanso de cabeça tinha 23 centímetros de comprimento e era preto com um pouco de cinza. Cabelo é uma boa prova, já que está sempre caindo ou sendo puxado em brigas. Geralmente proporciona apenas características de classe, embora significasse que o cabelo encontrado numa cena de crime proporciona uma conexão circunstancial com um suspeito que tenha cabelo semelhante, baseado na cor, textura, comprimento ou presença de corantes ou outros componentes químicos. Mas o cabelo geralmente não pode ser individualizado: ou seja, não pode ser ligado conclusivamente ao suspeito a menos que o folículo esteja presente, permitindo um perfil de DNA. O cabelo que Pulaski descobriu, entretanto, não tinha folículo.

Rhyme sabia que era comprido demais para ser do Relojoeiro — o retrato falado composto, segundo Hallerstein, descrevia cabelos de comprimento médio. Poderia ser de uma peruca — se o Relojoeiro usasse disfarces —, mas Cooper não achou adesivos na ponta. Seu assistente usara um boné e o cabelo poderia vir dele. Rhyme decidiu, entretanto, que o cabelo tinha provavelmente vindo de outra pessoa — um passageiro usando o utilitário antes que o Relojoeiro o roubasse. Um cabelo de 23 centímetros poderia ser de homem ou mulher, é claro, mas Rhyme sentia que provavelmente era de mulher. O grisalho sugeria meia-idade, e aquele comprimento era incomum para um homem nessa faixa etária — na altura do ombro ou mais curto seria mais provável.

— O Relojoeiro ou seu assistente podem ter uma namorada ou outro parceiro, mas isso não parece provável... Bem, de qualquer maneira coloque no quadro — ordenou Rhyme.

— Porque — disse Pulaski, como se recitasse algo que tivesse escutado — nunca se sabe, certo?

Rhyme levantou uma sobrancelha. Depois perguntou:

— Sapatos?

A única pegada que Pulaski descobriu era de um solado macio, tamanho 43. Estava logo depois de uma poça d'água que quem usava tinha pisado; tinha deixado meia dúzia de pegadas no caminho da saída antes que se apagassem. Pulaski estava quase certo de que eram do Relojoeiro ou seu comparsa, já que estava na rota de fuga mais lógica do Explorer até a saída mais próxima. Também tinha notado que havia alguma distância entre as pegadas e que só algumas delas exibiam o calcanhar.

— Significa que estava correndo — disse Pulaski. — Isso não está no seu livro, mas faz sentido.

Era difícil não gostar do rapaz, refletiu Rhyme.

Mas a pegada era apenas um pouco útil. Não havia como determinar a marca, já que o couro não tinha marcas distintivas. Também não havia sinais comuns de desgaste, que pudessem indicar características podiátricas ou ortopédicas.

— Pelo menos sabemos que ele tem o pé grande — disse Pulaski.

Rhyme murmurou:

— Não sei que lei diz que alguém com pé tamanho 37 não pode calçar um sapato 43.

O recruta assentiu.

— Opa.

Viva e aprenda, pensou Rhyme. Passou os olhos novamente pelas evidências.

— Isso é tudo?

Pulaski assentiu.

— Fiz o melhor que pude.

Rhyme resmungou:

— Você foi bem.

Provavelmente não muito entusiasmado. Ele se perguntou se os resultados seriam diferentes caso Sachs tivesse feito o quadrilátero. Não podia evitar achar que poderia ter sido.

O criminalista voltou-se para Sellitto:

— E o arquivo Luponte?

— Ainda nada. Se você soubesse mais, seria mais fácil descobrir.

— Se soubesse mais, eu mesmo descobriria.

O recruta olhava os quadros com as evidências.

— Tudo isso... e o resultado é que não sabemos quase nada sobre ele.

Não é exatamente verdade, pensou Rhyme. Sabemos que é um criminoso esperto para cacete.

O RELOJOEIRO

CENA DO CRIME 1

Localização:
- Cais de reparos no rio Hudson, rua 22.

Vítima:
- Identidade desconhecida.
- Masculino.
- Possivelmente de meia-idade ou mais velho, e pode ter uma doença coronária (presença de anticoagulantes no sangue).
- Nenhuma outra droga, doença ou infecção no sangue.
- Mergulhadores da Guarda Costeira e da polícia procurando pelo corpo e por evidências no porto de Nova York.
- Verificando informes de pessoas desaparecidas.

Criminoso:
- Ver abaixo.

MO:
- Criminoso forçou a vítima a se pendurar no cais, sobre a água, cortou dedos ou pulso até ela cair.
- Hora do ataque: entre 18 horas de segunda-feira e 6 horas de terça-feira.

Evidências:
- Tipo sanguíneo AB positivo.
- Unha rasgada, sem esmalte, larga.
- Parte da grade de arame cortada com alicates comuns.
- Relógio. Ver abaixo.
- Poema. Ver abaixo.
- Marcas de unhas no cais.
- Nenhum vestígio discernível, nenhuma impressão digital, nenhuma pegada, nenhuma marca de pneu.

CENA DO CRIME 2

Localização:
- Beco saindo da rua Cedar, perto da Broadway, atrás de três edifícios comerciais (portas traseiras fechadas entre 20h30 e 22 horas) e um edifício da administração pública (porta traseira fechada às 18 horas).
- O beco é sem saída, 4,5 metros de largura e 31,6 metros de comprimento, pavimentado de paralelepípedos, o corpo estava a 4,5 metros da rua Cedar.

Vítima:
- Theodore Adams.
- Vivia em Battery Park.
- Redator freelancer.
- Sem inimigos conhecidos.
- Sem mandados, federais ou estaduais.
- Verificando conexões com edifícios ao redor do beco. Nenhuma encontrada.

Criminoso:
- O Relojoeiro.
- Masculino.
- Não existem entradas em bancos de dados para o Relojoeiro.

MO:
- Arrastado de um veículo para o beco, onde viga de ferro foi suspensa por cima dele, e depois esmagou seu pescoço.
- Aguardando relatório do legista para confirmar.
- Sem evidências de atividade sexual.
- Hora da morte: aproximadamente entre 22h15 e 23 horas de segunda-feira. Legista deverá confirmar.

Evidências:
- Relógio:
  - Sem explosivos, químicos ou bioagentes.
  - Idêntico ao relógio do cais.
  - Sem digitais, vestígios mínimos.
  - Arnold Products, Framingham, MA. Vendido por Hallerstein's Timepieces, Manhattan.
- Poema deixado pelo criminoso em ambas as cenas.
  - Impressora de computador em ambas as cenas, papel comum, tinta HP Laserjet.
  - Texto:
    A cheia Lua Fria está nos céus,
    brilhando sobre o cadáver da Terra,
    indicando a hora de morrer
    e o fim da jornada iniciada no nascimento.
    O Relojoeiro
  - Não encontrado em nenhum banco de dados de poesias; provavelmente de própria autoria.
  - Lua Fria é um mês lunar, o mês da morte.
- 60 dólares no bolso, sem números de série marcados; sem digitais.
- Areia fina usada como “agente ofuscador”. Areia genérica. Porque o assassino pretendia voltar à cena?
- Barra de metal, 36,7 kg, é uma viga com orifícios nas pontas. Não estava sendo usada na construção em frente ao beco. Nenhuma outra fonte descoberta.
- Fita adesiva genérica, mas precisamente cortada, incomum. Exatamente os mesmos comprimentos.
- Sulfato de tálio (veneno de rato) descoberto na areia.
- Solo contendo proteína de peixe descoberto dentro do casaco da vítima.
- Poucos vestígios descobertos.
- Fibras marrons, provavelmente de tapete automotivo.

Outros:
- Veículo:
  - Provavelmente Ford Explorer, com três anos de uso. Tapete marrom.
  - Revisão de placas de carros na área na terça de manhã não revelou mandados. Não foram emitidas multas na segunda-feira à noite.
- Verificando com a Costumes sobre prostitutas, ref.: testemunhas.
- Sem pistas.

ENTREVISTA COM HALLERSTEIN

Criminoso:

- Retrato falado composto do Relojoeiro — final dos 40 anos ou começo dos 50, rosto redondo, queixo duplo, nariz grosso, olhos azuis incomumente claros. Mais de 1,80 m de altura, magro, cabelos negros, corte médio, sem joias, roupas escuras. Sem nome.
- Conhece muito sobre relógios de mesa e de pulso e quais foram vendidos em leilões recentes e onde estavam as exposições horológicas atualmente em exibição na cidade.
- Ameaçou o negociante para que este ficasse quieto.
- Comprou dez relógios. Para dez vítimas?
- Pagou em dinheiro.
- Queria face da lua no relógio. Queria que o mecanismo soasse alto.

Evidências:

- A fonte dos relógios foi a Hallerstein's Timepieces, Flatiron District.
- Sem digitais no dinheiro pago pelos relógios, sem números de série marcados. Nenhum vestígio no dinheiro.
- Ligou de telefones públicos.

CENA DO CRIME 3

Localização:

- Rua Spring, 481.

Vítima:

- Joanne Harper.
- Sem motivo aparente.
- Não conhecia a segunda vítima, Adams.

Criminoso:

- Relojoeiro.
- Assistente.
    - Provavelmente o homem visto mais cedo pela vítima, em sua loja.
    - Branco, troncudo, óculos de sol, parca de cor creme e boné. Dirigia o utilitário.

MO:

- Usou gazua para entrar.
- Método de ataque pretendido: desconhecido. Possivelmente planejava usar o arame da florista.

Evidências:

- Proteína de peixe veio da loja de Joanne (fertilizante de orquídeas).
- Sulfato de tálio nas proximidades.
- Arame da florista, cortado em pedaços precisos. (Para usar como arma do assassinato?)
- Relógio:
    - Igual aos outros. Sem nitratos.
    - Sem vestígios.
- Sem nota ou poema.
- Sem pegadas, impressões digitais, armas ou qualquer outra coisa deixada para trás.
- Lascas negras — piche de teto.
- Verificando pelo REAET imagens térmicas de Nova York para possíveis fontes.

Outros:

- Criminoso vigiava a vítima antes do ataque. Transformou-a em alvo com um objetivo. Qual?
- Tem rádio da polícia. Mudar frequência.
- Veículo:
  - Utilitário marrom.
  - Placa desconhecida.
  - Emitido boletim de localização.
  - 423 proprietários de Explorers marrons na área. Listas cruzadas para verificar mandados de prisão. Descobertos dois. Um proprietário velho demais; o outro está preso por tráfico de drogas.
    - O proprietário é o homem preso.

EXPLORER DO RELOJOEIRO

Localização:

- Descoberto num estacionamento. Rio Hudson e rua Houston.

Evidências:

- Explorer de propriedade do homem preso. Foi confiscado e roubado do depósito onde aguardava o leilão.
- Estacionado em área livre. Não perto da saída.
- Migalhas de chips de milho, batatas fritas, pretzels, chocolate. Pedaços de biscoito de manteiga de amendoim. Manchas de refrigerantes do tipo normal, não dietético.
- Caixa de munição Remington calibre .32 para pistola automática, faltam sete balas. A arma é possivelmente uma Autauga MkII.
- Livro *Técnicas extremas de interrogatório*. Mapa de seus métodos de assassinato? Nenhuma informação útil do editor.
- Fio de cabelo preto-grisalho, provavelmente de mulher.
- Nenhuma impressão digital no veículo inteiro.
- Fibras de algodão bege de luvas.
- Areia que combina com a usada no beco.
- Pegada de sola macia de sapato tamanho 43.

CAPÍTULO 20

— Preciso do arquivo de um caso.

— Sim.

A mulher mascava chiclete. Ruidosamente.

Instantâneo.

Amelia Sachs estava na sala de arquivos da 158DP, em Lower Manhattan, não longe da 118DP. Deu para a plantonista noturna sentada à mesa cinza o número do arquivo de Sarkowski. A mulher martelou as teclas do computador. Uma olhada na tela.

— Não tenho isso aqui.

— Tem certeza?

— Não está aqui.

— Hum. — Sachs deu uma risada. — Para onde você acha que ele saiu correndo?

— Correndo como?

— Veio para cá no dia 28 ou 29 de novembro, lá da 131DP. Parece que foi requisitado por alguém daqui.

Instantâneo.

— Bem, não está registrado aqui. Tem certeza de que veio para cá?

— Não, não mil por cento. Mas...

— Mil por cento? — perguntou a mulher, continuando a mascar.

Um maço de cigarros ao lado, pronto para ser pego na pressa quando ela descesse para um descanso ou quando terminasse o turno.

— Há algum cenário que explique por que não foi registrado?

— Cenário?

— Um arquivo sempre é registrado?

— Se for para um detetive específico vai diretamente para o escritório dele, que registraria. Você tem de registrar. É a regra.

— E se não houvesse o nome de quem requisitou no pedido?

— Então viria para cá. — Ela apontou para uma bandeja grande na qual havia um cartão pendurado que dizia *Pendente*. — E quem quisesse teria de vir aqui e pegar. Então faria o registro. Sempre tem de registrar.

— Mas não foi.

— Tem de ser. Se não, como saberíamos onde está?

Ela apontou para outro cartaz. *Registre!*

Sachs remexeu na bandeja.

— Ei, você não pode fazer isso.

— Mas você percebe meu problema?

Um estalo. O chiclete estourou.

— Veio para cá. Mas você não consegue achar. Então o que é que eu faço?

— Faça uma requisição. Alguém vai procurar.

— Será que isso vai acontecer mesmo? Porque eu não tenho certeza disso. — Sachs olhou para a sala de arquivos. — Vou dar uma olhada, se você não se importar.

— Realmente, você não pode.

— Só levo alguns minutos.

— Você não pode...

Sachs passou por ela e mergulhou no monte de arquivos. A plantonista murmurou algo que Sachs não conseguiu escutar.

Todos os arquivos estavam organizados por número e com códigos de cor para indicar se estavam abertos ou fechados ou pendentes de julgamento. Os arquivos da Grandes Casos tinham uma borda especial. Vermelha. Sachs achou os arquivos mais recentes e, percorrendo cada um pelo número, com certeza o arquivo Sarkowski não estava lá.

Ela parou, olhando as prateleiras, mãos na cintura.

— Olá — disse uma voz de homem.

Ela voltou e se viu diante de um sujeito alto, grisalho, de camisa branca e calças esporte azul-marinho. Tinha uma postura militar e sorria.

— Você é...

— Detetive Sachs.

— Sou o VI Jefferies.

Um vice-inspetor geralmente comandava a DP. Ela ouvira falar do nome mas não sabia nada a respeito. Salvo que obviamente era um trabalhador dedicado, já que estava ali no serviço até aquela hora.

— O que posso fazer por você, detetive?

— Um arquivo foi entregue aqui vindo da 131DP. Cerca de duas semanas atrás. Preciso dele como parte de uma investigação.

Ele deu uma olhada para a arquivista que acabara de denunciar a presença dela. Estava parada no saguão.

— Não estamos com ele aqui, senhor. Eu disse isso a ela.

— Você tem certeza de que foi enviado para cá?

— O registro de transferência diz que sim — disse Sachs.

— Foi registrado? — Jefferies perguntou à arquivista.

— Não.

— Venha até meu escritório, detetive. Veremos o que podemos fazer.

Sachs ignorou a arquivista. Não queria dar uma satisfação a ela.

Pelos saguões comuns, corredores aqui e ali, sem dizer uma palavra. Sachs lutando com suas pernas artríticas para acompanhar as passadas enérgicas do homem.

O inspetor Jefferies entrou no seu escritório no canto, apontou para uma cadeira diante de sua escrivaninha e fechou a porta, que tinha uma grande placa de bronze. *Halston P. Jefferies.*

Sachs sentou.

Jefferies subitamente se inclinou, seu rosto a centímetros de distância do dela. Bateu o punho na mesa.

— O que você acha que está fazendo, porra?

Sachs recuou, sentindo o hálito quente com cheiro de alho em seu rosto.

— Eu... O que quer dizer? — Ela engoliu o "senhor" que quase tinha acrescentado à frase.

— De onde é que você veio?

— De onde?

— Sua recruta de merda, qual é sua DP?

Sachs não conseguiu falar por um instante, de tão chocada que estava com a fúria do policial.

— Tecnicamente estou trabalhando para a Grandes Casos...

— Como assim "tecnicamente", porra? Para quem você trabalha?

— Sou a detetive-líder nesse caso. Sou supervisionada por Lon Sellitto. Na Grandes Casos. Eu...

— Você é detetive só...

— Eu...

— Nunca interrompa um oficial superior. Nunca. Está compreendendo?

Sachs se ouriçou. Não disse nada.

— Você está me compreendendo? — gritou ele.

— Perfeitamente.

— Não faz muito tempo que você é detetive, não é?

— Não.

— Sei disso, porque um detetive de verdade teria seguido o protocolo. Teria vindo até o vice-inspetor, se apresentado e perguntado se podia revisar um arquivo. O que você fez... Você ia me interromper novamente?

Ela ia. Mas disse:

— Não.

— O que você fez foi um insulto pessoal contra mim.

Perdigotos caíam entre os dois como uma salva de morteiro.

Ele parou. Seria essa uma interrupção para que ela falasse? Ela não se importava.

— Não tive intenção de insultá-lo. Só estou conduzindo uma investigação. Preciso desse arquivo que apareceu perdido.

— "Apareceu perdido." Que é isso? Ou apareceu ou está perdido. Se você é descuidada com sua investigação como é com sua linguagem, eu me pergunto se você mesma não perdeu esse arquivo e está tentando cobrir o rabo pondo a culpa em nós.

— O arquivo foi retirado da 131DP e mandado para cá.

— Por quem?

— Esse é o problema. Essa parte do registro está em branco.

— E houve outros arquivos retirados que vieram para cá?

Ele sentou na beira da escrivaninha e olhou para ela de cima a baixo.

Sachs franziu as sobrancelhas.

Ele continuou:

— Algum arquivo de *qualquer outro* lugar?

— Não sei o que você quer dizer.

— Você sabe o que eu faço aqui?

— Como?

— Qual é o meu trabalho aqui na 158DP?

— Bem, você é o encarregado da DP, suponho.

— Você supõe — zombou. — Já conheci policiais que morreram na rua por que *supuseram*. Levaram um tiro e morreram.

A coisa estava ficando tediosa. Os olhos de Sachs endureceram e se fixaram nos dele. Ela não teve dificuldade em manter o olhar.

Jefferies mal notou. Ele disse abruptamente:

— Além de comandar esta DP, sua brilhante dedução, sou o encarregado do comitê de alocação de pessoal para todo o departamento. Reviso milhares de arquivos por ano. Verifico quais são as tendências, determino quantas equipes são necessárias para cobrir a carga de trabalho. Trabalho direto com a cidade e com o estado para assegurar que conseguimos o que precisamos. Você provavelmente acha isso uma perda de tempo, não é?

— Eu não...

— Bem, não é, mocinha. Esses arquivos são revisados por mim e devolvidos... Agora, que porra de relatório é esse em que você tanto está interessada?

De repente ela não quis que ele soubesse. Toda essa cena estava fora do lugar. Logicamente, se ele tivesse algo para esconder, dificilmente se comportaria assim como um chato. Mas, por outro lado, poderia estar agindo dessa maneira para afastar suspeitas. Ela pensou no que tinha feito. Tinha informado à arquivista apenas o número do arquivo, não o nome Sarkowski. Muito provavelmente a idiota não se lembraria de todo o número de registro.

— Prefiro não dizer — disse Sachs calmamente.

Ele piscou.

— Você...?

— Não vou lhe dizer.

Jefferies assentiu. Parecia calmo. Então se inclinou e bateu novamente na mesa.

— Você *tem* de me dizer que porra é essa. Quero o nome do caso e quero isso agora.

— Não.

— Vou fazer você ser suspensa por insubordinação.

— Faça o que tiver de fazer, inspetor.

— Você vai me dizer o nome desse arquivo. E vai me dizer agora.

— Não. Não vou.

— Vou ligar para seu supervisor.

A voz dele estava falhando. Ele estava ficando histérico. Sachs começou a pensar que ele poderia partir para agredi-la fisicamente.

— Ele não sabe sobre isso.

— Vocês são todos iguais — disse Jefferies, a voz secando. — Pensam que conseguem o distintivo de ouro e sabem de tudo que é preciso saber para ser um tira. Você é uma guria, simplesmente uma guria, metida a engraçadinha. Chega aqui na minha DP, me acusa de roubar arquivos.

— Eu não fiz...

— Insubordinação... você me insulta, me interrompe. Não tem a menor ideia do que é ser um tira.

Sachs o encarou placidamente. Ela havia deslizado para um lugar diferente — seu abrigo anticiclone pessoal. Sabia que esse confronto poderia ter implicações desastrosas, mas no momento ele não podia tocar nela.

— Vou embora.

— Você está muito enrolada, mocinha. Eu me lembro do seu número. Cinco oito oito cinco. Acha que não? Vou providenciar para que você seja jogada lá nos Mandados. O que acha de manejar papel o dia inteiro? Você não pode chegar na DP de um homem e insultá-lo.

Sachs levantou-se, abriu a porta e saiu rapidamente pelo saguão. Suas mãos começaram a tremer, a respiração começou a acelerar.

A voz dele, quase um grito, a seguiu pelo corredor:

— Vou me lembrar do seu número. Vou dar uns telefonemas. Se voltar alguma vez aqui na minha DP, vai se arrepender. Mocinha, você me ouviu?

A sargento do Exército dos Estados Unidos Lucy Richter trancou a porta de seu velho apartamento no Greenwich Village e foi para o quarto, onde tirou o uniforme verde-escuro, perfeitamente arrumado com as divisas e fitas de campanhas. Queria jogar a roupa na cama mas, é claro, pendurou-a cuidadosamente no guarda-roupa, a blusa também, e enfiou sua identidade e as placas de identificação no bolso do peito, onde sempre as guardava. Depois limpou e engraxou os sapatos antes de colocá-los cuidadosamente numa prateleira do guarda-roupa.

Uma chuveirada rápida e então, enrolada num velho roupão cor-de-rosa, ela se encolheu sobre o tapete peludo do quarto de dormir e olhou atenta pela janela. Seus olhos se encheram com a visão dos edifícios do outro lado da rua Barrow, as luzes piscando por entre as árvores sacudidas pelo vento e a lua branca no céu escuro, sobre Lower Manhattan. Era uma visão familiar, confortadora. Costumava sentar ali, do mesmo jeito, desde que era uma garotinha.

Lucy estivera fora do país por algum tempo e estava de volta a casa, de licença. Finalmente tinha superado a diferença do fuso horário e a tonteira de uma maratona de sono. Agora, com o marido ainda no trabalho, estava contente por estar sentada ali, olhando a janela e pensando sobre o passado distante e recente.

E sobre o futuro também, claro. As horas que ainda temos que passar nos obcecam muito mais que as que já experimentamos, refletiu Lucy.

Tinha crescido naquele mesmo apartamento, ali no bairro mais agradável de Manhattan. Ela adorava o Village. Quando seus pais mudaram de cidade, transferiram o lugar para a filha de 22 anos. Três anos depois, na noite em que o namorado a pediu em casamento, ela concordou, mas com uma condição: tinham que viver ali. Ele, é claro, aceitou.

Ela desfrutara da vida no bairro, saindo com os amigos, trabalhando em restaurantes e em escritórios (apesar de ter abandonado a universidade, era a mais esperta e mais dedicada no trabalho que seus colegas). Gostava da cultura e das peculiaridades da cidade. Sentava-se bem ali, olhando pela janela na direção do sul, para a paisagem incrível dessa cidade imponente, pensando no que queria fazer da vida ou simplesmente não pensando em nada.

Mas então veio aquele dia de setembro e ela viu tudo, as chamas, a fumaça e, depois, a horrível ausência.

Lucy continuou sua rotina, mais ou menos contente, esperando a raiva e a dor passarem, e o vazio ser preenchido. Mas isso nunca aconteceu. E assim a garota magricela que era democrata, gostava de *Seinfeld* e assava seu próprio pão com farinha de trigo orgânico saiu do apartamento, pegou o metrô até a Times Square e se alistou no Exército.

Ela precisava fazer alguma coisa, explicou ao marido Bob. Ele beijou sua testa, segurou sua mão e nem tentou convencê-la a desistir. (Por duas razões: primeiro, como antigo membro da SEAL da Marinha, achava que a experiência militar era importante para todo mundo; segundo, acreditava que Lucy tinha um infalível sentido para fazer a coisa certa.)

Treinamento básico no empoeirado Texas, depois foi embarcada e enviada ao exterior — Bob foi com ela por algum tempo, seu chefe na empresa de entregas era bastante patriota —, enquanto alugaram o apartamento por um ano. Aprendeu alemão, como dirigir qualquer tipo de caminhão existente e um fato sobre si mesma: tinha um dom inato para organização. Ganhou o trabalho de gerenciar equipes de abastecimento, os homens e mulheres que levavam produtos petrolíferos e outros suprimentos vitais até onde fossem necessários.

Gasolina e óleo diesel ganham guerras; tanques vazios as perdem. Essa tem sido a regra da guerra há cem anos.

Então um dia seu tenente comunicou-lhe duas coisas. A primeira, que estava sendo promovida de cabo a sargento. A segunda, que estava sendo enviada para a escola para aprender árabe.

Bob voltou para os Estados Unidos e Lucy empacotou seu equipamento e embarcou num C130 para voar até a terra da neblina amarga.

Cuidado com o que você deseja...

Lucy Richter tinha vindo dos Estados Unidos — uma terra de paisagem modificada — para um país sem qualquer paisagem. Sua vida se transformou numa visão do deserto, calor sufocante com o sol pairando e uma dúzia de diferentes tipos de areia — algumas abrasivas que feriam sua pele, outras finas como talco que achavam como entrar em cada centímetro quadrado de sua existência. Seu trabalho assumiu uma gravidade maior. Se um caminhão fica sem combustível numa viagem entre Berlim e Colônia, o motorista telefona para um veículo de suprimento. Se isso acontece numa zona de combate, pessoas morrem.

Ela cuidava para que isso *nunca* acontecesse.

Horas e horas fazendo malabarismo com caminhões-tanque, caminhões de munição ou outras coisas — como bancar a vaqueira para enfiar ovelhas em caminhões de transporte, parte de uma missão voluntária improvisada para levar comida até uma pequena aldeia havia semanas sem suprimentos.

Ovelhas... Que piada!

Agora estava de volta à terra que tinha uma paisagem de edifícios sem gado do lado de fora das lojas e de empórios de comida, sem areia, sem sol escaldante... sem neblina amarga.

Bem diferente de sua vida além-mar.

Lucy Richter, entretanto, estava longe de ser uma mulher em paz. E por isso é que olhava para o sul, procurando respostas na grande vastidão da paisagem mudada.

Sim ou não...

O telefone tocou. Ela pulou com o ruído. Ultimamente andava tendo essa reação — diante de qualquer ruído súbito. Telefone, porta batendo, motor ligando.

Calafrio... Ela pegou o fone.

— Alô?

— Olá, garota.

Era uma antiga amiga do bairro.

— Claire.

— Como está?

— Só gelando.

— Ei, qual é o seu fuso horário?

— Só Deus sabe.

— Bob está em casa?

— Não. Fazendo serão.

— Bom, vamos nos encontrar para um cheesecake.

— *Apenas* cheesecake? — Lucy perguntou.

— White Russians como coquetel?

— Vamos.

Escolheram um restaurante por perto que ficava aberto até mais tarde e desligaram.

Com uma última olhada ao céu azul vazio ao sul, Lucy levantou, vestiu um suéter, casaco de esquiar, chapéu e saiu do apartamento. Desceu as escadas com pouca luz até o térreo.

Parou, piscando de surpresa quando uma figura a assustou.

— Olá, Lucy — disse o homem.

Cheirando a cânfora e cigarro, o zelador, que já era velho quando ela crescia ali, carregava jornais amarrados até a calçada. Superando-o em mais de 13 quilos e 15 centímetros, Lucy agarrou dois dos pacotes.

— Não — protestou ele.

— Sr. Giradello, tenho que manter a forma.

— Ah, a forma? Você é mais forte que meu filho.

Lá fora o frio fez arder seu nariz e sua boca. Ela adorava a sensação.

— Vi você de uniforme ontem à noite. Você ganhou aquele prêmio?

— Nesta quinta. Hoje fui ao ensaio. Mas não é um prêmio. É uma condecoração.

— Qual a diferença?

— Boa pergunta. Realmente não sei. Acho que você *conquista* um prêmio. Eles dão uma condecoração para você em vez de um aumento.

Empilhou o lixo no meio-fio.

— Seus pais estão orgulhosos.

Uma declaração, não uma pergunta.

— Claro que sim.

— Diga alô para eles de minha parte.

— Farei isso. Bem, estou congelando, Sr. Giradello. Tenho que ir. Cuide-se.

— Boa noite.

Lucy caminhou pela calçada. Notou um Buick azul-escuro estacionado do outro lado da rua. Dois homens dentro. O que estava no assento de passageiro olhou de relance para ela e depois abaixou a cabeça. Levantou e bebeu ansiosamente um refrigerante. Lucy pensou: quem iria beber uma bebida gelada num tempo desses? Ela estava antecipando seu Irish Coffee, fervente e com uma dose dupla de Bushmills. E creme chantilly, é claro.

Então olhou para o chão, parou de repente e mudou a direção. Divertida, Lucy Richter pensou que manchas de gelo escorregadio eram provavelmente o *único* perigo ao qual ela não estivera exposta nos últimos 18 meses.

CAPÍTULO 21

Kathryn Dance estava a sós com Rhyme na casa dele. Bem, Jackson, o havanês, também estava presente. Dance segurava o cachorro.

— Isso foi maravilhoso — disse ela a Thom.

Os três tinham acabado de jantar o boeuf bourguignon que o ajudante preparara, arroz e salada acompanhados de um cabernet Caymus.

— Eu pediria a receita, mas jamais conseguiria fazer justiça a ela.

— Ah, um público apreciador — disse ele, olhando de relance para Rhyme.

— Eu aprecio. Só que sem exageros.

Thom apontou com a cabeça para a tigela do prato principal.

— Para ele, é "cozido". Nem tenta dizer o nome francês. Diga a ela o que você acha de comida, Lincoln.

O criminalista sacudiu os ombros.

— Eu só não sou exagerado a respeito do que como. Só isso.

— Ele chama comida de "combustível" — disse o ajudante, que levantou para levar os pratos para a cozinha.

— Você tem cachorros em casa? — perguntou Rhyme a Dance, acenando para Jackson.

— Dois. E são muito maiores que esse rapaz. Os garotos e eu os levamos à praia umas duas vezes por semana. Eles perseguem as gaivotas e nós os perseguimos. Nos exercitamos todos. E se isso pode lhe parecer muito saudável, não se preocupe. Depois vamos comer waffles no First Watch em Monterey e repomos todas as calorias que gastamos.

Rhyme relanceou o olhar para a cozinha, onde Thom lavava a louça e as panelas. Abaixou a voz e perguntou se ela se engajaria em um pouco de subterfúgio.

Ela franziu o rosto.

— Eu não me importaria se um pouco *daquilo* terminasse aqui — disse, fazendo sinal de uma garrafa de malte escocês Glenmorangie para seu copo. — Mas acho melhor você ficar quieta sobre isso.

— Thom?

Uma inclinação da cabeça.

— De vez em quando ele decreta a Proibição. É bem irritante.

Kathryn Dance sabia o valor de satisfazer caprichos. (Tudo bem, talvez ela tenha engordado quase *três* quilos em Tijuana; numa semana muito, muito longa.) Colocou o cachorro no chão e serviu uma dose bem saudável a ele. Colocou o copo no porta-copo da cadeira de rodas, arrumando o canudo perto de sua boca.

— Obrigado. — Ele tomou um bom gole. — Seja lá quanto você estiver cobrando da cidade por seu tempo, autorizarei o pagamento em dobro. E sirva-se. Thom não vai se chatear com *você*.

— Talvez um pouco de cafeína.

Ela serviu-se de café preto e se permitiu um dos biscoitos de aveia que o ajudante trouxera. Ele mesmo os preparara.

Dance deu uma olhada no relógio. Na Califórnia eram três horas antes.

— Dê-me licença por um minuto. Hora de checar em casa.

— Certo, vá em frente.

Ela fez a chamada pelo celular. Maggie respondeu.

— Olá, doçura.

A garota era faladora e Dance recebeu um relato de dez minutos de uma expedição de compras natalinas com a babá. Maggie terminou dizendo:

— E então, quando voltamos, fui ler *Harry Potter*.

— O novo?

— Sim.

— Quantas vezes com esta?

— Seis.

— Você não gostaria de ler algo diferente? Expandir seus horizontes?

Maggie respondeu:

— Pô, mãe, saca, quantas vezes você escutou Bob Dylan? Aquele álbum *Blonde on Blonde*? Ou o U2?

Lógica inatacável.

— Você me pegou, doçura, só não diga *saca*.

— Mãe, quando você vai voltar para casa?

— Provavelmente amanhã. Amo você. Passe o telefone para seu irmão.

Wes pegou o telefone e os dois também tagarelaram por algum tempo, mas a conversa foi mais hesitante e de um tom mais sério. Ele tinha dado algumas dicas sobre querer ter aulas de caratê e agora perguntou diretamente se podia. Dance, entretanto, preferia que ele praticasse algo menos combativo, se quisesse outro esporte além do futebol e beisebol. Sua musculatura e postura corporal seriam perfeitas para tênis ou ginástica, achava, mas esses não o atraíam.

Como especialista em interrogatório, Kathryn Dance conhecia muito sobre o assunto "raiva"; percebia isso nos suspeitos assim como nas vítimas que entrevistava investigando crimes. Acreditava que o recente interesse de Wes em artes marciais vinha da raiva ocasional que se colocava como uma nuvem sobre ele depois da morte do pai. Ter competição era ótimo, mas ela não achava que seria saudável se ele se engajasse num esporte de lutas. Não nesse momento da vida. A fúria sancionada pode ser uma coisa muito perigosa, especialmente para os jovens.

Durante algum tempo conversou sobre essa decisão.

Trabalhar no caso do Relojoeiro com Rhyme e Sachs tinha feito Kathryn Dance ficar muito consciente sobre o tempo. Ela compreendia agora o quanto o usava em seu trabalho — e com seus filhos. A passagem do tempo, por exemplo, dissolve a raiva rapidamente (ataques do tipo raramente podem durar mais que três minutos) e enfraquece a resistência a posições opostas — melhor que a argumentação estridente na maioria dos casos. Dance não disse "não" sobre o caratê, na ocasião, mas conseguiu que Wes concordasse em ter algumas aulas de tênis. (Uma vez escutara-o dizer a um amigo: "Sim, é uma droga quando a mãe da gente é tira." Dance riu muito de si mesma com isso.)

De repente o ânimo dele mudou e começou a falar alegremente sobre um filme que tinha visto no HBO. Depois seu telefone recebeu uma mensagem de texto de um amigo. Tinha que desligar. Tchau, mãe, te amo, nos vemos logo.

Clique.

O milissegundo do espontâneo "te amo" fez valer toda a conversa.

Ela desligou e olhou Rhyme.

— Filhos?

— Eu? Não. Não sei se seria meu forte.

— Eles não são o forte *de ninguém* até tê-los.

Ele observava o ubíquo fone de ouvido do iPod, pendurado ao redor do pescoço dela como o estetoscópio em um médico.

— Você gosta de música, suponho... Que tal isso como uma dedução esperta?

— É meu hobby — disse Dance.

— Verdade? Você toca?

— Canto um pouco. Antes cantava música folclórica. Agora, se consigo uma folga, ponho os garotos e os cachorros no trailer e vamos caçar canções.

Rhyme franziu o rosto.

— Já ouvi falar disso. Chamam...

— Catar músicas é a frase popular.

— Sim, claro que sim.

Era uma paixão para Kathryn Dance. Ela fazia parte de uma longa tradição de folcloristas, pessoas que viajavam a lugares escondidos para gravar no campo a música tradicional. Alan Lomax talvez tenha sido o mais famoso, caminhando pelos EUA e pela Europa para captar velhas canções. De vez em quando Dance ia até a Costa Leste, mas as canções dali estavam bem documentadas, de modo que suas viagens mais recentes eram para favelas, para a Nova Scotia, o oeste do Canadá, o delta do Mississipi e lugares com grande população latina, como a região central e o sul da Califórnia. Ela gravava e catalogava as canções.

Contou isso para Rhyme e explicou sobre um site mantido por ela e um amigo com informação sobre músicos, as canções e a própria música. Eles ajudavam os músicos a registrar suas canções originais e repassavam a eles o que fosse pago por quem fizesse downloads de suas músicas. Vários deles foram contatados por gravadoras, que tinham adquirido os direitos como trilhas sonoras de filmes independentes.

Kathryn Dance não contou para Rhyme, entretanto, que havia algo mais no seu relacionamento com a música.

Muitas vezes Dance se sentia sobrecarregada. Para fazer bem seu trabalho, tinha que se ligar com as testemunhas e criminosos que entrevistava. Sentar-se a um metro de distância de um assassino psicótico, batalhando com ele por horas, dias ou semanas, era um processo empolgante, mas também cansativo e debilitante. Dance era tão enfática e próxima a seus interrogados que sentia suas emoções muito depois de as sessões terminarem. Escutava as vozes deles em sua mente, infindavelmente girando no meio de seus pensamentos.

Sí, sí, okay, eu mato ela. Eu corto pescoço dela... Bem, o filho dela também, aquele garoto. Ele lá. Ele me vê. Eu tenho que matar ele, quer dizer, quem não? Mas ela merece, do jeito que me olha. Não é culpa minha. Posso fumar esse cigarro que você disse?

A música era uma cura milagrosa. Se Kathryn Dance estivesse escutando Sonny Terry e Brownie McGhee, U2, Dylan ou David Byrne, não estaria revivendo a lembrança de um indignado Carlos Allende queixando-se de que o anel de noivado da vítima tinha cortado a palma de sua mão enquanto ele rasgava seu pescoço.

Isso machuca. Eu tô dizendo. Aquela puta...

— Você canta profissionalmente? — perguntou Rhyme Lincoln.

Ela cantara, um pouco. Mas aqueles anos, em Boston e depois em Berkeley, North Beach e San Francisco, deixaram-na vazia. Cantar parece uma coisa pessoal, mas ela descobrira que na verdade trata-se de você com a música, e não de você com o ouvinte. Kathryn Dance era muito mais curiosa sobre o que as outras pessoas tinham a dizer — e cantar — sobre elas mesmas, sobre a vida e o amor. Compreendeu que com a música, tal como com seu trabalho, preferia o papel de *plateia* profissional.

— Tentei — respondeu a Rhyme. — Mas no final achei que era melhor manter a música como amiga.

— Então em vez disso você virou tira. Uma mudança de 180 graus, acho.

— Imagine só.

— Como isso aconteceu?

Dance debateu consigo mesma. Embora relutasse em falar sobre si mesma (primeiro escute, depois fale), sentia uma conexão com Rhyme. De certa forma, eram rivais — perícia versus cinésica —, mas compartilhavam o mesmo propósito. Da mesma maneira, o empenho e a teimosia dele a faziam lembrar de si mesma. E também sua clara paixão pela caça.

Então ela disse:

— Jonny Ray Hanson... Jonny sem "h".

— Um criminoso?

Ela assentiu e contou-lhe a história. Seis anos atrás Dance tinha sido contratada por promotores como consultora para ajudar a escolher os jurados no caso Califórnia versus Hanson.

Agente de seguros de 35 anos, Hanson vivia no condado de Contra Costa, ao norte de Oakland, a meia hora da casa de sua ex-esposa, que tinha um mandado de proibição contra ele. Uma noite alguém tentou arrombar sua casa. A mulher não estava, mas alguns policiais do departamento do xerife, que patrulhavam regularmente a área, perceberam e perseguiram o arrombador, que conseguiu fugir.

— Não parecia ser tão sério... mas tinha mais coisas. O departamento do xerife estava preocupado porque Hanson mantinha as ameaças e a atacara duas vezes. Então o pegaram e conversaram um tempo com ele. Ele negou tudo e o deixaram ir. Finalmente acharam que podiam montar um caso e o prenderam.

Diante dos ataques anteriores, uma acusação de arrombamento o deixaria preso pelo menos por cinco anos — e daria para a esposa e para a filha universitária um alívio da perseguição que ele movia.

— Passei algum tempo com elas no escritório do promotor. Senti-me muito mal por causa delas. Viviam num terror absoluto. Hanson mandava folhas de papel em branco pelo correio, deixava mensagens esquisitas na secretária eletrônica. Ficava parado a exatamente um quarteirão de distância, o que estava dentro dos limites do mandado de proibição, e ficava olhando para as duas. Mandava entregar comida na casa delas. Nada ilegal, mas a mensagem era clara: vou vigiá-las sempre.

Para fazer compras, mãe e filha eram obrigadas a se esgueirar pela vizinhança, disfarçadas, e ir a shopping centers a 15 ou 30 quilômetros de onde viviam.

Dance escolheu o que pensava ser um bom júri, colocando mulheres solteiras e homens profissionais (liberais, mas não muito), que seriam simpáticos à situação da vítima. Como frequentemente fazia, Dance ficou para assistir ao julgamento e aconselhar a Promotoria — e também criticar suas escolhas.

— Observei Hanson cuidadosamente no tribunal e me convenci de que era culpado.

— Mas aconteceu alguma coisa errada?

Dance assentiu.

— Testemunhas não puderam ser localizadas ou seu testemunho foi derrubado, evidências físicas desapareceram ou foram contaminadas, Hanson tinha uma série de álibis que a Promotoria não conseguiu abalar: cada ponto-chave da Promotoria era contestado pela defesa. Parecia que tinham espionado o escritório do promotor. Ele foi absolvido.

— Essa foi dura. — Rhyme olhou para ela. — Mas a história não acaba aí, não é?

— Receio que sim. Dois dias depois do julgamento, Hanson achou a esposa e a filha no estacionamento de um shopping center e as esfaqueou até a morte. O namorado da filha estava com elas. Hanson também o matou. Fugiu da área e acabou preso, um ano depois.

Dance bebeu um pouco de café.

— Depois dos assassinatos, o promotor tentou considerar o que tinha dado errado no julgamento. Pediu que eu olhasse a transcrição da entrevista inicial no escritório do xerife. — Ela riu com amargura. — Quando revisei, fiquei desolada. Hanson foi brilhante, e o xerife que o interrogou ou não tinha experiência ou era preguiçoso. Hanson manobrou-o completamente. Terminou sabendo o suficiente sobre o caso da Promotoria para poder sabotá-lo: que testemunhas intimidar, que evidências deveriam desaparecer, que tipo de álibis devia apresentar.

— E estou supondo que conseguiu também outro tipo de informação — disse Rhyme, sacudindo a cabeça.

— Ah, sim. O xerife perguntou se ele estivera em Mill Valley. E depois perguntou se ele frequentava shopping centers em Marion County. Isso deu a Hanson informação suficiente para saber onde sua ex e a filha faziam compras. Ele simplesmente acampou por perto do shopping de Mill Valley até elas aparecerem. Foi lá que as assassinou, e lá elas não tinham qualquer proteção policial, já que era outro condado.

"Naquela noite dirigi de volta para casa pela Route One, a rodovia do Pacífico, em vez de pegar a 001, a grande via expressa. Estava pensando. Aqui vou eu sendo paga 150 paus por hora por qualquer um que precise de um consultor para o júri. Tudo bem, nada de indecente nisso, é assim que o sistema funciona. Mas não podia deixar de pensar que se eu tivesse conduzido o interrogatório, Hanson teria ido para a cadeia e três pessoas não teriam morrido.

"Dois dias depois me matriculei na Academia, e o resto é, como dizem, história. Agora, e você, o que o impulsionou?"

— Como decidi me tornar tira? — Ele sacudiu os ombros. — Nada assim tão dramático. Chato, na verdade... Eu meio que caí nisso.

— Verdade?

Rhyme riu.

Dance franziu o rosto.

— Você não acredita em mim.

— Desculpe, eu estava estudando você? Tento não fazer isso. Minha filha diz que às vezes olho para ela como se ela fosse um rato de laboratório.

Rhyme bebeu mais uísque e disse, com um sorriso que parecia tímido:

— Então?

Ela levantou uma sobrancelha.

— Então?

— Sou um osso duro para uma especialista em cinésica, alguém como eu. Você não pode me ler de verdade, não é?

Ela riu.

— Ah, posso ler você muito bem. A linguagem corporal dá um jeito. Você revela tanto com seu rosto e com seus olhos e com a cabeça quanto alguém que usa todo o corpo.

— Verdade?

— É assim que funciona. Na verdade é mais fácil, as mensagens são mais concentradas.

— Então sou um livro aberto, hein?

— Ninguém é um livro aberto. Mas alguns livros são mais fáceis de ler que outros.

— Lembro que você estava falando sobre os estados de respostas quando interroga alguém. Raiva, depressão, negação, barganha... Depois do acidente tive muita terapia. Não queria, mas quando você está jogado de costas sem se mexer, o que pode fazer? Os "psico-não-sei-o-quê" me falaram sobre os estágios do luto. São praticamente a mesma coisa.

Kathryn Dance conhecia os estágios do luto muito bem. Mas isso também não era um tema para aquele dia.

— É fascinante como a mente lida com a adversidade, seja um trauma físico ou estresse emocional.

Rhyme olhou para o lado.

— Luto muito contra a raiva.

Dance manteve seus olhos verdes fixos em Rhyme e sacudiu a cabeça.

— Ah, você não é tão raivoso quanto pretende ser.

— Sou um aleijado — disse ele, estridentemente. — Claro que tenho raiva.

— E eu sou uma policial. Então nós dois temos direito de ficar chateados algumas vezes. E deprimidos por todo tipo de razões, e nós negamos coisas. Mas raiva? Não, você não. Você foi adiante. Está aceitando.

— Quando não estou caçando assassinos — disse, fazendo um sinal para o quadro de evidências —, fico fazendo fisioterapia. Muito mais do que deveria fazer, é o que Thom me diz. *Ad nauseam*, de fato. Dificilmente diria que isso é aceitar as coisas.

— Não é isso que é aceitação. Você aceita sua condição e luta contra isso. Não fica sentado o dia inteiro. Ah, desculpe, acho que você fica sim.

Aquilo não era um pedido de desculpas. Rhyme não conseguiu evitar dar uma risada e Dance percebeu que tinha ganhado muitos pontos com a piada. Ela viu que Rhyme não tinha o menor apreço pela delicadeza e pelo politicamente correto.

— Você aceita a realidade. E tenta mudá-la, mas não mente para si mesmo. É um desafio, é difícil, mas isso não o faz ficar zangado.

— Acho que você está errada.

— Ah, você piscou duas vezes. Resposta cinésica para o estresse. Você não acredita no que diz.

— É difícil discutir com uma mulher como você.

Ele esvaziou o copo.

— Ah, Lincoln, já tracei seu quadro básico. Não pode me enganar. Mas não se preocupe, seu segredo está a salvo comigo.

A porta da frente abriu. Amelia Sachs entrou na sala. Ela tirou o casaco e as duas se cumprimentaram. Era óbvio por sua postura e seus olhos que algo a perturbava. Ela foi até a janela, olhou para fora e depois puxou a cortina.

— O que é que há? — perguntou Rhyme.

— Acabei de receber um telefonema de uma vizinha. Ela disse que alguém esteve no prédio hoje, perguntando por mim. Deu o nome de Joey Teffano. Eu trabalhei na Patrulha com Joey. Ele queria saber o que eu andava fazendo, fez um monte de perguntas, andou pelo edifício. Minha vizinha achou estranho e me telefonou.

— E você acha que alguém estava fingindo ser Joey? Não era ele?

— Positivo. Ele deixou a força ano passado e se mudou para Montana.

— Talvez tenha vindo de visita, e quisesse encontrar você.

— Se foi, então era um fantasma. Ele morreu num acidente de moto ano passado... E tanto Ron quanto eu fomos seguidos. E hoje mais cedo alguém revistou minha bolsa. Estava no meu carro, trancada. Arrombaram o carro.

— Onde?

— Na cena da rua Spring, perto da loja da florista.

Foi então que alguma coisa começou a incomodar no fundo da cabeça de Kathryn Dance. Ela finalmente conseguiu se lembrar.

— Há algo que tenho que dizer... Talvez não seja nada, mas vale a pena falar.

Já era tarde mas Rhyme tinha convocado todos. Sellitto, Cooper, Pulaski e Baker.

Amelia Sachs agora falava com eles:

— Temos um problema que quero que saibam. Alguém andou seguindo a mim e ao Ron. E Kathryn acabou de nos dizer que também viu alguém.

A especialista em cinésica assentiu.

Sachs então olhou para Pulaski.

— Você me disse que achou que viu aquele Mercedes. Viu de novo?

— Nada. Desde hoje à tarde.

— E quanto a você, Mel. Alguma coisa fora do comum?

— Acho que não. — O magrelo empurrou os óculos mais para cima do nariz. — Mas eu nunca presto atenção. Técnicos de laboratório não estão acostumados a ser seguidos.

Sellitto disse que talvez tivesse visto alguém, mas não tinha certeza.

— E quando você estava hoje no Brooklyn, Dennis? — Sachs perguntou a Baker. — Teve a sensação de que alguém vigiava você?

Ele fez uma pausa.

— Eu? Não estava no Brooklyn.

Ela franziu a testa.

— Mas... Você não esteve lá?

Baker sacudiu a cabeça.

— Não.

Sachs voltou-se para Dance, que estudara Baker. A agente da Califórnia assentiu.

A mão de Sachs deslizou até sua Glock e ela voltou-se para Baker.

— Dennis, mantenha suas mãos onde nós possamos ver.

Os olhos de Baker se arregalaram.

— O quê?

— Precisamos ter uma conversinha.

Nenhum dos demais na sala — que tinham sido informados antes — teve qualquer reação, apesar de Pulaski manter a mão perto da sua própria arma. Lon Sellitto ficou atrás de Baker.

— Ei, ei, ei — disse o homem, franzindo o rosto e olhando por cima do ombro para o detetive grandalhão. — O que é *isso*?

Rhyme disse:

— Queremos perguntar algumas coisas a você, Dennis.

O que Kathryn Dance achara que valia a pena mencionar era algo muito sutil e não era sobre alguém a ter seguido; Sachs disse isso para manter Dennis Baker à vontade. Dance lembrou que, mais cedo, quando Baker tinha dito que estivera na cena do crime em frente à loja da florista, ela o observou cruzar as pernas, evitar contato visual e sentar-se numa posição que sugeria um possível engano. Seu comentário exato naquele momento foi de que tinha acabado de deixar a cena do crime e não lembrava se a rua Spring fora reaberta ou não. Já que não havia razão para que ele mentisse, na hora ela não pensou sobre isso.

Mas quando Sachs mencionou que alguém arrombou seu carro no lugar — onde Baker estivera —, ela se lembrou do comportamento possivelmente fraudulento do tenente. Sachs ligou para Nancy Simpson, que estava também na cena, e perguntou-lhe a que horas Baker tinha saído de lá.

— Logo depois de você, detetive — disse a policial.

Mas Baker dissera que tinha ficado lá mais de uma hora.

Simpson acrescentou que achava que Baker tinha ido ao Brooklyn. Sachs tinha perguntado a ele sobre estar no bairro para que Dance examinasse sinais de possível engano.

— Você arrombou meu carro e revistou minha bolsa — disse ela, com voz dura. — E perguntou a uma vizinha sobre mim, fingindo ser um tira com quem trabalhei.

Será que ele negaria? Isso poderia explodir na cara deles se Dance e Sachs estivessem erradas.

Mas Baker olhou para o chão.

— Olhem, isso tudo é um mal-entendido.

— Você falou com minha vizinha? — ela perguntou com raiva.

— Sim.

Ela se aproximou dele. Ambos tinham aproximadamente a mesma altura, mas Sachs, com raiva, parecia maior que ele.

— Você dirige um Mercedes negro?

Ele franziu o rosto.

— Com salário de tira?

A resposta parecia autêntica.

Rhyme olhou para Cooper, que foi abrir o banco de dados do trânsito. O técnico sacudiu a cabeça.

— Não é o carro dele.

Bem, essa eles tinham errado. Mas Baker tinha sido claramente agarrado em alguma coisa.

— Então, qual é a história? — perguntou Rhyme.

Baker olhou para Sachs.

— Amelia, eu realmente queria você no caso. Você e Lincoln, juntos, são uma equipe classe A. E, francamente, vocês conseguem boa imprensa. E queria estar ligado a vocês. Mas depois que convenci o andar de cima a trazer vocês a bordo, escutei que havia problemas.

— O quê? — perguntou Sachs com firmeza.

— Na minha pasta, há uma folha de papel. — Ele acenou para Pulaski, que estava de pé ao lado da velha pasta. — Está dobrada. No alto do lado direito.

O recruta abriu a pasta e encontrou a folha.

— É um e-mail — continuou Baker.

Sachs o tirou das mãos de Pulaski e o leu imediatamente, franzindo o rosto. Ficou imóvel por um instante. Depois se aproximou de Rhyme e colocou a folha no grande braço da cadeira de rodas. Ele leu a breve e confidencial nota. Era de um inspetor sênior do Police Plaza. Dizia que alguns anos antes Sachs se envolvera com um detetive do DPNY, Nicholas Carelli, que fora condenado por várias acusações, incluindo roubo de carga, propinas e assalto.

Sachs não estava envolvida nos incidentes, mas, como Carelli fora solto havia algum tempo, a chefia estava preocupada de ela ter mantido algum contato com ele. Não achavam que ela tivesse feito alguma coisa ilegal, mas se fosse vista com ele, isso poderia ser, como dizia o e-mail, "embaraçoso".

Sachs limpou a garganta e não disse nada. Rhyme sabia tudo sobre Nick e Sachs — como eles tinham pensado em se casar, o quão próximos tinham sido, e como ela se sentira arrasada pela vida secreta de criminoso dele.

Baker sacudiu a cabeça.

— Sinto muito. Não achei outra maneira de lidar com o assunto. Mandaram que eu fizesse um relatório completo. Detalhes sobre onde eu vira você, coisas que soubesse sobre você. No trabalho e fora. Alguma conexão com esse Carelli ou seus amigos.

— Foi por isso que você estava me bombardeando com perguntas sobre ela — disse Rhyme, com raiva. — Isso tudo é uma merda.

— Com todo o respeito, Lincoln, eu pus o meu na reta aqui. Eles queriam tirá-la do caso de qualquer maneira. Não a queriam num caso de grande visibilidade com essa história. Mas eu disse que não.

— Há anos que não vejo Nick. Nem sabia que estava solto.

— E isso é o que vou dizer a eles. — Acenou novamente na direção da pasta. — Minhas anotações estão aí também.

Pulaski achou mais algumas folhas. Ele as entregou a Sachs, que leu e posicionou para que Rhyme lesse. Eram anotações sobre os momentos em que a observara, as perguntas que tinha feito, o que vira em sua agenda e caderneta de endereços, e o que as pessoas tinham dito sobre ela.

— Você fez um arrombamento — disse Sellitto.

— Reconheço. Passei da linha. Desculpe.

— Por que você não falou comigo, porra? — retrucou Rhyme.

— Ou com qualquer um de nós — disse Sellitto.

— Isso veio lá de cima. Mandaram que eu cuidasse disso discretamente. — Baker voltou-se para Sachs: — Você está perturbada com isso. Sinto muito. Foi a única maneira que me ocorreu. Eu já comuniquei a eles minhas conclusões. O assunto está encerrado. Olhem, por favor, podemos esquecer esse assunto e continuar com nosso trabalho?

Rhyme olhou Sachs, e o que o machucou mais foi ver sua reação ao incidente. Ela não estava mais com raiva. Parecia envergonhada por ter sido a causa de toda essa controvérsia com seus colegas policiais, distraindo-os de sua missão. Era tão fora do comum — e portanto tão duro — ver Amelia Sachs machucada e vulnerável.

Ela devolveu o e-mail a Baker. Sem uma palavra para ninguém, agarrou seu casaco e saiu calmamente pela porta, tirando as chaves do carro do bolso.

CAPÍTULO 22

Vincent Reynolds estudava a mulher no restaurante, uma moreninha magra, cerca de 30 anos, de suéter. Seus cabelos curtos estavam puxados para trás e presos com grampos. Eles a seguiram de seu velho apartamento no Greenwich Village, primeiro para um bar local e agora até ali, um café a alguns quarteirões. Ela e a amiga, uma loura lá pelos 20 anos, estavam se divertindo muito, rindo e falando sem parar.

Lucy Richter desfrutava seus últimos breves momentos na terra.

Duncan escutava música clássica no sistema de som do Buick. Estava no seu modo típico, pensativo e calmo. Às vezes não se podia dizer o que passava na cabeça dele.

Vincent, por outro lado, sentia a fome se desdobrando dentro dele. Comeu uma barra de chocolate, e depois outra.

Foda-se o grande esquema das coisas. Eu preciso de uma garota.

Duncan tirou seu relógio de bolso de ouro e olhou, dando corda gentilmente.

Vincent tinha visto o relógio algumas vezes mas sempre ficava impressionado com a peça. Duncan explicara que fora fabricado por Breguet, um relojoeiro francês que viveu há muito tempo ("na minha opinião, o melhor que já existiu").

O relógio era simples. Tinha um mostrador branco, números romanos e alguns pequenos mostradores que mostravam as fases da lua e era um calendário perpétuo. Também tinha um "paraquedas", um sistema antichoque dentro dele, explicou Duncan. Invenção do próprio Breguet.

Vincent agora perguntava:

— Qual a idade desse seu relógio?

— Foi feito no ano 12.

— Doze? Como na época dos romanos?

Duncan sorriu.

— Não, desculpe. Essa é a data no recibo de venda original, por isso que penso que esse é o ano da fabricação. Quero dizer que era o ano 12 no calendário da França revolucionária. Depois que a monarquia caiu, a república instituiu um novo calendário, começando em 1792. Era um conceito curioso. As semanas tinham dez dias, e, cada mês, trinta. A cada seis anos havia um ano extra devotado exclusivamente aos esportes. Por alguma razão, o governo pensou que o calendário seria mais igualitário que o tradicional. Mas era muito desajeitado. Durou apenas 14 anos. Como muitas ideias revolucionárias — pareciam boas no papel, mas não eram muito práticas.

Duncan estudou afetuosamente o disco dourado.

— Gosto dos relógios desse período. Nessa época um relógio era poder. Poucas pessoas podiam comprar um. O proprietário de um relógio era um homem que controlava o tempo. *Você* ia até *ele* e esperava até a hora que ele tivesse determinado para o encontro. Correntes e bolsinhas de relógio foram inventadas para que mesmo quando a pessoa levasse o relógio no bolso, você ainda pudesse ver que ele tinha um. Os relojoeiros eram deuses naqueles dias. — Duncan fez uma pausa. — Falava metaforicamente, mas de certa forma era verdade.

Vincent levantou uma sobrancelha.

— Havia um movimento filosófico no século XVIII que usava o relógio como uma metáfora. Sustentava que Deus tinha criado o mecanismo do universo, depois dado corda e deixado correr. Uma espécie de relógio perpétuo. Deus era chamado de o "Grande Relojoeiro". Acredite você nisso ou não, essa filosofia teve muitos seguidores. Deu aos relojoeiros o status de quase sacerdotes.

Outra olhada no Breguet. Depois o guardou.

— Devemos ir — disse Duncan, apontando para as mulheres com a cabeça. — Elas vão sair logo.

Ligaram o carro, fizeram sinal e saíram pela rua, deixando sua vítima atrás, prestes a perder a vida para um homem e, logo depois, a dignidade para outro. Não podiam pegá-la naquela noite, entretanto, porque Duncan soube que era casada e que o marido trabalhava em horários incertos e podia voltar para casa a qualquer momento.

Vincent respirava fundo, tentando manter a fome a distância. Comeu um pacote de batatinhas. E perguntou:

— Como é que você vai fazer? Matá-la, quero dizer.

Duncan ficou em silêncio por um momento.

— Você me perguntou isso antes. Sobre quanto tempo as primeiras vítimas levaram para morrer.

Vincent assentiu.

— Bem, com Lucy vai levar *muito* tempo.

Apesar de terem perdido o livro sobre tortura, Duncan aparentemente tinha memorizado muito dele. E descreveu a técnica que usaria para assassiná-la. É chamada de afogamento simulado. Você suspende a vítima de costas com os pés para cima. Depois tapa a boca e enfia água pelo nariz. Pode-se levar tanto tempo quanto se quiser para matar a pessoa, se a deixar respirar de vez em quando.

— Vou tentar mantê-la assim por meia hora. Ou 40 minutos, se puder.

— Ela merece, hein? — perguntou Vincent.

Duncan fez uma pausa.

— A pergunta que você realmente quer fazer é por que estou matando essas pessoas.

— Bem...

Era verdade, pensou Vincent.

— Eu nunca lhe contei.

— Não, nunca.

A confiança é quase tão preciosa quanto o tempo...

Duncan olhou para Vincent e depois novamente para a rua.

— Você sabe, estamos na Terra por um certo período de tempo. Talvez apenas dias ou meses. Muitos anos, sempre esperamos.

— Certo.

— É como se Deus, ou seja lá em quem você acredite, tivesse uma enorme lista das pessoas na Terra. Quando os ponteiros de seu relógio chegam a um certo momento, pronto. Eles se vão... Bem, eu tenho minha lista.

— Dez pessoas.

— Dez pessoas... A diferença é que Deus não tem nenhuma boa razão para matá-los. Eu tenho.

Vincent estava quieto. Por um momento não era nem esperto nem tinha fome. Era apenas o Vincent normal, escutando um amigo compartilhar o que era importante.

— Finalmente me sinto confortável para lhe contar qual é essa razão.

E prosseguiu fazendo exatamente isso.

A lua era uma faixa de luz branca no capô do carro, refletindo-se em seus olhos.

Amelia Sachs disparava pelo East River, a luz de emergência piscando no painel de instrumentos.

Ela sentia um peso esmagá-la, as consequências de todos os acontecimentos dos últimos dias: a possibilidade de que policiais corruptos estivessem envolvidos com assassinos que mataram Ben Creeley e Frank Sarkowski. O risco de que a inspetora Flaherty pudesse tirar o caso das mãos dela a qualquer momento. A espionagem de Dennis Baker e o voto de desconfiança da chefia sobre Nick. E o ataque histérico do vice-inspetor Jefferies.

E, principalmente, as notícias terríveis sobre seu pai.

Pensando: que esperança há em fazer seu trabalho, dar duro, desistir da sua tranquilidade mental, arriscar sua vida, se a profissão policial, em última instância, acaba com o que há de decente dentro de você?

Ela enfiou uma quarta, acelerando o carro até mais de 100 km/h. O motor uivava como um lobo à meia-noite.

Nenhum tira era melhor que seu pai, mais sólido, mais consciencioso. E, no entanto, olhe o que tinha acontecido com ele... Mas então compreendeu que não, não, ela não podia pensar naquilo dessa maneira. Nada tinha *acontecido* com ele. Virar desonesto fora sua própria decisão.

Ela se lembrava de Herman Sachs como um homem calmo e bem-humorado, que desfrutava de suas tardes com os amigos, vendo corridas de automóveis, caminhando sem destino pelos ferros-velhos de Nassau County na caça de tesouros de carburadores escondidos, gaxetas ou escapamentos. Mas agora ela sabia que esse personagem era só uma fachada, por trás da qual havia uma pessoa muito mais sombria, alguém que ela realmente não tinha conhecido.

Dentro da alma de Amelia Sachs havia uma força afiada, algo que a fazia ter dúvidas e a compelia a assumir riscos, grandes que fossem. Ela sofria com isso. Mas a recompensa era a alegria quando uma vida inocente era salva ou um criminoso perigoso preso.

Esse fogo a levava para um rumo; aparentemente seu pai fora para outro.

O Chevvy derrapou. Ela facilmente controlou a derrapagem.

Depois da ponte do Brooklyn, uma curva para a rodovia; mais uma dúzia de curvas, para um lado, para o outro, rumo ao sul.

Finalmente achou o cais que procurava e freou, parando no final das marcas de uma derrapada de 3 metros. Saiu do carro, batendo a porta. Caminhou por um pequeno parque, por cima de uma barricada de concreto. Sachs ignorou os avisos e caminhou até o cais, enfrentando um vento constante e sibilante.

Puxa, como estava frio.

Parou numa balaustrada baixa de madeira, que agarrou com as mãos enluvadas. Lembranças a invadiram.

Com 10 anos, uma noite quente de verão, seu pai empurrando-a para subir no pórtico que havia no meio do cais — ainda estava lá — segurando-a firmemente. Ela não tinha medo porque ele a ensinara a nadar na piscina comunitária e, mesmo se um golpe de vento os derrubasse no East River, eles simplesmente nadariam de volta até a escada, rindo e correndo, subindo de volta — e talvez até pulassem novamente, segurando as mãos enquanto mergulhavam 3 metros nas águas mornas e escuras.

Com 14 anos, seu pai com um café e ela com um refrigerante, olhando para a água enquanto ele falava sobre Rose. "Sua mãe, ela tem seu mau humor, Amie. Isso não quer dizer que não ame você. Lembre disso. Ela é simplesmente assim. Mas tem orgulho de você. Sabe o que me disse outro dia?"

E mais tarde, quando ela já era policial, parada ali, ao lado do mesmo Camaro que ela dirigira naquela noite (mas pintado de amarelo na época, uma bela cor para um carro potente). Sachs de uniforme, Herman de casaco de tweed e calça de veludo cotelê.

"Estou com um problema, Amie."

"Problema?"

"É um tipo de problema físico."

Ela esperou, sentindo a unha se enfiando no polegar.

"É câncer. Nada sério. Vou fazer um tratamento." E deu-lhe os detalhes. Ele sempre falava direto com a filha, depois ficou incomumente sério, sacudindo a cabeça. "Mas o problemão... Acabei de pagar cinco paus para cortar o cabelo e agora vou perder tudo." Esfregando o couro cabeludo, disse: "Gostaria de ter economizado a grana."

As lágrimas rolavam agora por suas faces. Droga, murmurou Sachs para si mesma. Pare.

Mas não conseguia. As lágrimas continuavam a cair e a umidade gelada atingiu seu rosto.

Voltando ao carro, ligou o motor poderoso e voltou para a casa de Rhyme. Quando chegou, ele já estava em cima, na cama, dormindo.

Sachs foi para a sala de exercícios, onde Pulaski escrevera os diagramas das evidências do caso Creeley/Sarkowski. Não pôde evitar o sorriso. O diligente recruta não apenas tinha guardado ali o quadro, como o cobrira com um lençol. Ela tirou o pano e observou sua escrita cuidadosa e depois acrescentou ela mesma algumas anotações.

HOMICÍDIO DE BENJAMIN CREELEY

- Creeley, 56 anos, suicídio aparente por enforcamento. Fio de pendurar roupa. Mas tinha o polegar quebrado, não podia fazer o nó.
- Nota de suicídio escrita no computador sobre depressão. Mas não parecia ser suicida depressivo, sem histórico de problemas emocionais/mentais.
- Por volta do Dia de Ação de Graças dois homens invadiram sua casa e possivelmente queimaram evidências. Homens brancos, mas rostos não observados. Um maior que o outro. Ficaram lá dentro por cerca de uma hora.
- Evidências na casa de Westchester:
    - Invadiram arrombando a porta com gazua; trabalho habilidoso.
    - Marcas de textura de couro nas ferramentas da lareira e na escrivaninha de Creeley.
    - Piso em frente à lareira de Creeley tem conteúdo de ácido maior que o solo ao redor da casa e contém poluentes. De indústria?
    - Vestígios de cocaína queimada na lareira.
    - Cinza na lareira:
        - Registros financeiros, planilhas, referências a milhões de dólares.
        - Verificando logotipo nos documentos, enviando entradas para perito-contador.
        - Entradas na agenda: trocar óleo do carro, hora no barbeiro e ir ao St. James Tavern.
    - Análise da cinza feita pelo Laboratório de Cena do Crime do Queens:
        - Logotipo de software usado em contabilidade corporativa.
        - Perito contábil: números padrões para reembolsos de executivos.
        - Queimado pelo que revelava ou para confundir investigadores?
- St. James Tavern:
    - Creeley foi lá várias vezes.
    - Aparentemente não usou drogas enquanto estava lá.
    - Não há certeza sobre quem encontrou, mas talvez tiras da vizinha da 118DP.
    - Última vez que esteve lá — pouco antes da sua morte — discutiu com pessoas desconhecidas.
    - Conferido o dinheiro usado como pagamento pelos policiais no St. James — números de série limpos, mas cocaína e heroína descobertas. Roubadas da DP?
        - Não faltavam muitas drogas, apenas cerca de 170 a 200 gramas de maconha e um pouco mais de 100 gramas de cocaína.
- Poucos casos de crime organizado na área da 118DP, o que é incomum, mas não há evidência de que os policiais estejam bloqueando isso intencionalmente.

- Duas gangues no East Village são suspeitos possíveis mas não prováveis.
- Entrevista com Jordan Kessler, sócio de Creeley, e verificação com a esposa.
  - Confirmou não haver uso visível de drogas.
  - Não parecia ligado a criminosos.
  - Bebendo mais que o usual; começou a jogar; viagens para Las Vegas e Atlantic City. Perdas grandes, mas não significativas para Creeley.
  - Não está clara a razão da depressão.
  - Kessler não reconheceu registros queimados.
  - Esperando lista de clientes.
  - Kessler aparentemente não ganha com a morte de Creeley.
- Sachs e Pulaski seguidos por Mercedes AMG.

HOMICÍDIO DE FRANK SARKOWSKI

- Sarkowski tinha 57 anos, sem registros policiais, assassinado no dia 4 de novembro deste ano, deixou esposa e dois filhos adolescentes.
- Vítima era proprietária de edifício em Manhattan. Empresa de manutenção para outras companhias e serviços públicos.
- Art Snyder era o detetive encarregado.
- Sem suspeitos.
- Assassinato/Roubo?
  - Recebeu disparos mortais como parte de um aparente roubo. Arma recuperada na cena — morto com uma Smith & Wesson .38 Special, sem marcas, arma fria. Detetive do caso acredita que poderia ter sido um crime profissional.
- Negócios iam mal?
- Assassinado no Queens — não se sabe por que estava lá.
  - Área deserta do bairro, perto de tanques de gás natural.
- Arquivo e evidências desaparecidos.
  - Arquivo foi para a 158DP em ou por volta do dia 28 de novembro. Sem indicação do policial que requisitou.
  - Sem indicação de para onde foi na 158DP.
- Sem conexão conhecida com Creeley.
- Sem registros criminais — Sarkowski ou companhia.
- Boatos — dinheiro indo para tiras da 118DP. Terminava em algum lugar/alguém com uma conexão em Maryland. Máfia de Baltimore envolvida?
- Sem pistas.

Sachs ficou olhando o diagrama por meia hora, até que sua cabeça começou a balançar. Voltou para cima, despiu-se, entrou no chuveiro e deixou a água quente bater sobre ela, forte, espetando, por muito tempo. Secou-se, vestiu uma camiseta e calcinhas de seda, e voltou para o quarto.

Subiu na cama ao lado de Rhyme e descansou a cabeça sobre o peito dele.

— Você está bem? — perguntou ele, sonolento.

Ela não disse nada, mas se ajeitou e beijou seu rosto. Depois se deitou e ficou olhando o relógio na mesa de cabeceira enquanto os números digitais avançavam. Os minutos passavam vagarosamente, vagarosamente, cada um deles um longo dia transcorrendo até que finalmente, perto das 3 horas, ela dormiu.

II

9H02 — QUARTA-FEIRA

"O tempo é o fogo no qual queimamos."

— **Delmora Schwartz**

CAPÍTULO 23

Lincoln Rhyme estava desperto havia mais de uma hora. Um jovem oficial da Guarda Costeira tinha entregado um casaco encontrado flutuando no porto de Nova York, tamanho 44 masculino. Era, deduziu o capitão do barco, provavelmente da vítima desaparecida; as duas mangas estavam cobertas de sangue, os pulsos cortados.

O casaco, da marca genérica da Macy's, não continha outros resíduos ou evidências que pudessem levar ao proprietário.

Agora ele estava sozinho no quarto com Thom, que acabara de fazer a rotina matinal de Rhyme — os exercícios de terapia física e o que o ajudante delicadamente chamava de "deveres higiênicos" (Rhyme se referia a eles como "serviço de mijo e merda", ainda que o fizesse geralmente apenas na presença de visitantes que ficassem facilmente chocados).

Amelia Sachs subiu as escadas e reuniu-se a ele. Deixou o casaco numa cadeira, passou por ele e abriu as cortinas. Olhava para o Central Park pelas janelas.

O jovem e magro ajudante imediatamente sentiu que havia algo.

— Vou fazer café. Ou torradas. Ou algo assim.

E desapareceu, fechando a porta atrás de si.

Então, o que era?, especulou Rhyme, infeliz. Ele recentemente tinha tido mais assuntos pessoais para lidar do que gostaria.

Os olhos dela ainda vagavam pela dolorosa luminosidade do parque. Ele perguntou:

— Então, que incumbência tão importante foi essa?

— Passei pela Argyle Security.

Rhyme piscou e olhou detidamente o rosto dela.

— São aqueles que ligaram depois que escreveram sobre você no *Times*, quando resolvemos aquele caso do ilusionista.

— Certo.

Argyle era uma companhia internacional especializada em segurança de executivo e em negociações em casos de sequestros de empregados — crime popular em alguns países. Tinham oferecido a Sachs um emprego pagando o dobro do que ela ganhava como policial. E prometeram um porte de arma — uma licença para portar arma escondida — na maioria das jurisdições, coisa pouco comum em companhias de segurança. Isso e a promessa de a enviarem para locais exóticos e perigosos tinha despertado seu interesse, apesar de ela ter recusado imediatamente a oferta.

— E tudo isso a propósito de quê?

— Estou saindo, Rhyme.

— Saindo da força? Está falando sério?

Ela assentiu.

— Já estou praticamente decidida. Quero ir para uma direção diferente. Posso fazer coisas boas lá, também. Proteger famílias, crianças. Eles fazem muitos trabalhos antiterroristas.

Agora ele também olhava pela janela para as árvores completamente sem folhas do Central Park. Pensou em sua conversa com Kathryn Dance no dia anterior, sobre seus primeiros dias de terapia. Um doutor, jovem brilhante que trabalhava com o DPNY, tinha lhe dito: "Nada dura para sempre." Ele estava se referindo à depressão que sentia na ocasião.

Agora a frase tinha outro significado e ele não conseguia tirar as palavras da mente.

Nada dura para sempre...

— Ah.

— Acho que tenho de fazer isso, Rhyme. Tenho mesmo.

— Por causa de seu pai?

Ela assentiu, enfiou o dedo nos cabelos, coçou. Fez uma careta por aquela dor, ou por outra qualquer.

— Isso é uma loucura, Sachs.

— Acho que não aguento mais isso. Ser policial.

— É muito rápido, você não acha?

— Pensei nisso a noite inteira. Nunca pensei tanto sobre uma coisa em toda a minha vida.

— Bem, continue pensando. Não pode tomar decisões assim logo depois de receber más notícias.

— Más *notícias*? Tudo o que eu pensava sobre papai era uma mentira.

— Nem tudo — contestou Rhyme. — Uma parte da vida dele.

— Mas a parte mais importante. Era o que ele era em primeiro lugar, Rhyme. Um policial.

— Isso foi há muito tempo. O Clube da Avenida 16 fechou quando você era bebê.

— Isso o faz *menos* corrupto?

Rhyme não disse nada.

— Você quer que eu explique isso, Rhyme? Como uma evidência? Adicionar algumas gotas de reagente e olhar os resultados? Não posso. Só sei que tenho esse gosto muito ruim na boca. Isso afeta como vejo todo o trabalho.

Ele disse gentilmente:

— É mesmo muito difícil. Mas o que aconteceu com ele não toca você. Tudo que importa é que você é uma boa policial, e muitos menos casos serão encerrados se você sair.

— Só consigo fechar casos se meu coração estiver nisso. E não está. Alguma coisa sumiu. — Ela acrescentou: — Pulaski está se saindo muito bem. Está melhor agora do que eu quando comecei a trabalhar com você.

— Está melhor por que *você* o está treinando.

— Não faça isso.

— O quê?

— Tentar me amolecer, fazendo esses comentariozinhos. Isso é o que minha mãe costumava fazer com meu pai. Você não quer que eu saia, compreendo, mas não faça esse tipo de jogo.

Mas ele precisava fazer esse jogo. E qualquer outro que conseguisse pensar. Depois do acidente, Rhyme tinha lutado corpo a corpo com o suicídio em muitas ocasiões. E, apesar de chegar perto ele, sempre o rejeitava. O que Amelia Sachs estava considerando agora era um suicídio psíquico. Se deixasse a força, sabia que ela estaria matando sua alma.

— Mas a Argyle? Não é para você. — Ele sacudiu a cabeça. — Ninguém leva a sério segurança corporativa, muito menos os clientes.

— Não, os contratos são bons. E eles mandam você de volta para a escola. Para aprender outras línguas... Tem até um departamento de perícia. E o dinheiro é bom.

Ele riu.

— Desde quando o assunto foi dinheiro?... Dê mais um pouco de tempo, Sachs. Para que a pressa?

Ela sacudiu a cabeça.

— Vou encerrar o caso do St. James. E farei o que você precisar para agarrar o Relojoeiro. Mas depois disso...

— Você sabe, se você sair, muitos botões serão apertados. Isso afetará você por muito tempo, se algum dia quiser voltar.

Ele olhou para o outro lado, o sangue latejando em sua têmpora.

— Rhyme.

Ela puxou uma cadeira, sentou e colocou a mão dele entre as suas; a direita, cujos dedos tinham alguma sensação e movimento. Ela apertou.

— Seja lá o que faça — continuou —, não vai nos afetar, nossa vida.

Ela sorriu.

Você e eu, Rhyme...

Você e eu, Sachs...

Ele olhou para o outro lado. Lincoln Rhyme era um cientista, um homem racional, não um sentimental. Alguns anos antes Rhyme e Sachs se conheceram num caso difícil — uma série de sequestros por um assassino obcecado por ossos humanos. Ninguém conseguiu detê-lo, exceto esses dois desajustados — Rhyme, o tetraplégico aposentado, e Sachs, a recruta desiludida traída pelo seu amante policial. No entanto, de alguma maneira, juntos, eles formaram uma unidade, preenchendo as fendas rasgadas dentro de cada um deles, e pegaram o assassino.

Por mais que quisesse negar, essas palavras, *você e eu*, tinham sido sua bússola no mundo precário que criaram juntos. Ele não estava nada convencido de que ela soubesse o que fazer ou se os dois não seriam atingidos pela decisão. Será que romper a relação os modificaria?

Será que estava testemunhando a transformação de "antes" em "depois"?

— Você já pediu dispensa?

— Não. — Ela tirou um envelope branco do bolso do casaco. — Já escrevi a carta de demissão. Mas queria contar primeiro a você.

— Deixe passar alguns dias antes de decidir. Você não deve isso a mim, mas estou pedindo. Alguns dias.

Ela olhou o envelope por um longo momento. Por fim, disse:

— Está bem.

Rhyme pensava: aqui estamos nós trabalhando num caso de um homem obcecado por relógios, e a coisa mais importante para mim neste instante é comprar um pouco do tempo de Sachs.

— Obrigado... Agora vamos trabalhar.

— Quero que você compreenda...

— Não há nada para compreender — disse ele com o que achava ser um milagroso desprendimento. — Temos de pegar um assassino. Só devemos pensar nisso.

Ele a deixou a sós no quarto e pegou o pequeno elevador até o laboratório, onde Mel Cooper estava trabalhando.

— O sangue no casaco é AB positivo. Semelhante ao que estava no cais.

Rhyme assentiu. Depois pediu que o técnico ligasse para o Laboratório de Propulsão a Jato da NASA para saber pelos detectores térmicos do REAET as possíveis localizações das manchas de piche.

Ainda era cedo na Califórnia, mas o técnico conseguiu localizar alguém e pressionou para que as imagens fossem encontradas e enviadas pela internet. As imagens chegaram um pouco depois. Eram impressionantes, mas nem tanto úteis. Havia, como Sellitto tinha sugerido, centenas, talvez milhares de edifícios que mostravam indicações de calor elevado, e o sistema não podia diferenciar locais cujos tetos tivessem sido refeitos, estivessem em construção, sendo aquecidos pelo vapor da Consolidated Edison ou simplesmente tivessem chaminés particularmente quentes.

Tudo o que Rhyme podia pensar era informar à Central que qualquer assalto ou arrombamento em ou próximo a edifícios que tivessem obras no telhado deveriam ser imediatamente comunicados a eles.

A despachante hesitou e disse que colocaria a informação no servidor.

O tom da voz dela sugeria que ele não teria muita ajuda.

O que podia dizer? Ela estava certa.

Lucy Richter fechou a porta de seu apartamento e girou as trancas.

Pendurou o casaco e o moletom com capuz, impresso na frente *4ª Divisão de Infantaria, Fort Hood* e, atrás, o lema da divisão: *Inabalável e Leal.*

Seus músculos doíam. Na academia de ginástica, tinha corrido 8 quilômetros, com boa velocidade na esteira com inclinação de nove por cento, e depois meia hora de flexões e abdominais. Aquela foi outra coisa que o serviço militar tinha feito com ela: ensinado a valorizar os músculos. Você pode desprezar o condicionamento físico, se quiser, ou fazer piadas dizendo que é vaidade e perda de tempo. Mas o fato é que fortalece as pessoas.

Encheu a chaleira para fazer chá e tirou um sonho açucarado da geladeira, pensando sobre seu dia. Muitas coisas precisavam ser feitas: responder telefonemas e e-mails, assar biscoitos e preparar seu cheesecake especial para a recepção de quinta-feira. Ou talvez simplesmente saísse para fazer compras com amigas e comprasse uma sobremesa na padaria. Ou fosse almoçar com sua mãe.

Ou ficar deitada assistindo à televisão. Mimando-se.

Era o começo do paraíso, suas duas semanas longe da terra da neblina amarga — e ela pretendia desfrutar cada minuto delas.

Neblina amarga...

Era uma expressão que tinha escutado de um policial local nos arredores de Bagdá, referindo-se aos gases e fumaça que se seguiam à detonação de um AEI — aparelho explosivo improvisado.

As explosões no cinema eram apenas grandes labaredas de gasolina. E depois acabavam, não sobrando nada a não ser a tomada da reação dos personagens. Na realidade, o que sobrava de um AEI era uma neblina espessa e azulada que fedia, afligia os olhos e queimava os pulmões. Parte poeira, parte fumaça química, parte cabelo e pele vaporizados, permanecia no local durante horas.

A neblina amarga era um símbolo do horror desse novo tipo de guerra. Não havia mais aliados confiáveis, salvo seus camaradas soldados. Não havia linhas de batalha. Não havia frentes. E você não tinha ideia de quem era o inimigo. Podia ser seu intérprete, um cozinheiro, um transeunte, um negociante local, um adolescente, um velho. Ou alguém a 5 quilômetros de distância. E as armas? Não obuses ou tanques, mas sim pacotinhos que produziam a neblina amarga, o pacote de TNT, C4, C3 ou um explosivo roubado de seu próprio arsenal, tão bem escondido que nunca se via, até... Bem, o fato é que nunca se percebia.

Lucy agora remexia o armário atrás de chá.

Neblina amarga...

Então ela parou. Que barulho era aquele?

Lucy levantou a cabeça e escutou.

O que era aquilo?

Um tique-taque. Sentiu o estômago girar com o ruído. Ela e Bob não tinham relógios de corda. Mas parecia que o ruído vinha de um.

Que diabo era aquilo?

Entrou no dormitório pequeno, que era usado principalmente como closet. A luz estava apagada. Ligou o interruptor. Não, o ruído não vinha dali.

As palmas das mãos suando, a respiração acelerando, o coração disparado.

Estou imaginando o ruído... Estou ficando louca. AEIs não fazem tique-taque. Mesmo explosivos com mecanismos de tempo têm detonadores eletrônicos.

Além disso, será que estava mesmo pensando que alguém tinha deixado uma bomba em seu apartamento em Nova York?

Garota, você está precisando de ajuda de verdade.

Lucy caminhou até a porta do dormitório principal. A porta do armário estava aberta, bloqueando sua visão da penteadeira. Talvez fosse... Avançou. Mas depois parou. O tique-taque vinha de outro lugar, não dali. Atravessou o saguão até a sala de jantar e olhou. Nada.

Prosseguiu até o banheiro. Deu uma risada.

Sobre o toucador, ao lado da banheira, havia um relógio. Parecia ser antigo. Era negro e no mostrador havia uma lua cheia olhando para ela. De onde tinha vindo? Será que sua tia andou limpando o porão de novo? Será que Bob tinha comprado aquilo enquanto ela estava fora e deixou ali de manhã quando ela saíra para fazer ginástica?

Mas por que no banheiro?

A excêntrica lua olhava para ela com um olhar curioso, quase malevolente. Lembrou-lhe os rostos de crianças pelas estradas, as bocas curvadas em expressões que não eram exatamente sorrisos: não se tinha a menor ideia do que se passava na cabeça delas. Quando olhavam para você, viam um salvador? Ou um inimigo? Ou criaturas de outro planeta?

Lucy decidiu que ligaria para Bob ou para sua mãe e perguntaria sobre o relógio. Foi até a cozinha. Fez o chá e levou a xícara para o banheiro, assim como o telefone, e abriu a torneira para encher a banheira.

Imaginando se o primeiro banho de espuma depois de meses ajudaria a lavar a neblina amarga.

Na rua diante do apartamento de Lucy, Vincent Reynolds viu passar duas escolares.

Deu uma olhada nelas mas não sentiu aumentar a fome que já devastava seu corpo. Eram escolares e jovens demais para ele. (É verdade que Sally Anne também era adolescente, mas ele também, assim tudo bem.)

Pelo celular, Vincent escutou a voz sussurrada de Duncan:

— Estou no quarto dela. Está no banheiro, preparando um banho... Isso ajuda.

Simulação de afogamento...

Já que estava num edifício de muitos moradores, e poderia ser facilmente visto forçando a fechadura, Duncan tinha subido no teto de um edifício várias portas antes e caminhado pelos telhados até o de Lucy, descendo depois pela escada de incêndio até o quarto. Ele era bem atlético (outra diferença entre os amigos).

— OK, vou fazer agora.

Obrigado.

Mas depois escutou:

— Espere.

— O quê? — perguntou Vincent. — Alguma coisa errada?

— Ela está ao telefone. Temos que esperar.

O Vincent Faminto estava sentado para a frente. Esperar não era algo que ele fizesse bem.

Um minuto passou, dois, cinco.

— O que está havendo? — sussurrou Vincent.

— Ela ainda está ao telefone.

Vincent estava furioso.

Maldita seja... Gostaria de estar lá com Duncan para ajudá-lo a matá-la. Que porra era essa que ela estava fazendo dando telefonemas agora? E engoliu mais comida.

Finalmente o Relojoeiro disse:

— Vou tentar tirá-la do telefone. Vou voltar pelo teto e descer pelas escadas até o hall. Vou fazê-la abrir a porta.

Vincent escutou uma rara emoção no comentário seguinte:

— Não aguento mais esperar.

Disso você não sabe nem a metade, pensou o Vincent Esperto, que emergiu momentaneamente antes de ser mandado embora por sua outra metade faminta.

Desnudando-se para o banho, Lucy Richter ouviu outro ruído. Não o tique-taque do relógio com a lua. De algum lugar perto. Dentro? No hall? No beco?

Um clique. Metálico.

O que era isso?

A vida de um soldado é o ruído de metal com metal. Enfiando as compridas balas de munição de rifle, fragrantes com o óleo, dentro dos pentes, carregando e travando os Colts, maçanetas de veículos, cintos de seguranças dos caminhões e dos coletes à prova de balas. O repique da bala de um AK-47 batendo em um Bradley ou em um Humvee.

O barulho de novo, *clique, clique*.

Depois, silêncio.

Ela sentiu um ar frio, como se uma janela estivesse aberta. Onde? O quarto de dormir, decidiu. Seminua, ela foi até a porta do quarto e olhou para dentro. Sim, a janela estava aberta. Mas quando ela olhara antes, ouvindo o tique-taque, não estava fechada? Não tinha certeza.

Lucy ordenou: não seja paranoica, soldado. Já estou ficando cansada disso. Aqui não existem AEIs, nem homens-bombas, nem neblina amarga.

Controle-se.

Com um braço cobrindo os seios — havia apartamentos do outro lado — ela fechou e trancou a janela. Olhou para baixo e não viu nada no beco.

Foi então que alguém começou a bater na porta da frente. Lucy girou, arfando. Pegou um roupão e correu até o vestíbulo escuro.

— Quem está aí?

Houve uma pausa, e depois um voz masculina.

— Sou policial. Você está bem?

— Qual o problema? — respondeu.

— É uma emergência. Por favor, abra a porta. Você está bem?

Alarmada, ela apertou o cinto do robe e destrancou, pensando na janela do quarto e imaginando se alguém teria tentado arrombar o apartamento. Soltou a corrente.

Lucy girou a fechadura, refletindo só depois que a porta começou a abrir em sua direção que ela talvez devesse pedir para ver uma identificação ou o distintivo antes de soltar a corrente. Ela estivera em um mundo tão diferente por tanto tempo que esquecera que ainda havia muita gente má na sua terra.

Amelia Sachs e Lon Sellitto chegaram ao velho edifício de apartamentos no Greenwich Village, localizado na graciosa rua Barrow.

— É aqui?

— Sim — disse Sellitto.

Seus dedos estavam azulados. Suas orelhas, vermelhas.

Olharam o beco ao lado do edifício. Sachs examinou-o cuidadosamente.

— Qual o nome dela? — perguntou.

— Richter. Acho que Lucy é o primeiro nome.

— Qual a janela dela?

— Terceiro andar.

Ela olhou a escada de incêndio.

Eles seguiram até as escadas da frente do edifício de apartamentos. Uma multidão de pessoas olhava. Sachs examinou os rostos, ainda convencida de que o Relojoeiro tinha varrido a primeira cena porque pretendia voltar. O que significava que podia ter permanecido ali também. Mas não viu ninguém parecido com ele ou seu parceiro.

— Temos certeza de que foi o Relojoeiro? — perguntou Sachs a Frank Rettig e Nancy Simpson, friorentos e encostados do lado da van de emergência da Unidade de Cena do Crime, estacionada transversalmente no meio da Barrow.

— Sim, ele deixou um desses relógios — explicou Rettig. — Com a cara da lua.

Sachs e Sellitto começaram a subir as escadas.

— Tem uma coisa — disse Nancy Simpson.

Os detetives pararam e se voltaram.

A policial acenou para o edifício, fazendo uma careta.

— Não é nada bonito.

CAPÍTULO 24

Sachs e Sellitto subiram vagarosamente as escadas. O ar na escadaria sombria cheirava a limpador de pinho e a óleo de fornalha.

— Como ele entrou? — meditou Sachs.

— O sujeito é um fantasma. Ele entra em qualquer porra de lugar que queira.

Ela olhou para cima da escada. Pararam diante da porta. Uma placa dizia: *Richter/Dobbs*.

Não é nada bonito.

— Vamos em frente.

Sachs abriu a porta e entrou no apartamento de Lucy Richter.

E encontram uma jovem musculosa de suéter, cabelos presos em coque. Ela desviou-se do policial uniformizado com quem falava. Seu rosto escureceu quando olhou Sachs e Sellitto e notou os distintivos dourados pendurados em seus pescoços.

— Você é o encarregado? — perguntou raivosamente Lucy Richter, avançando, diretamente na cara de Lon Sellitto.

— Sou um dos detetives do caso.

Ele se identificou. Sachs fez o mesmo.

Lucy Richter colocou as mãos nos quadris.

— Que porra é que vocês pensam que estão fazendo? — gritou a soldado. — Vocês *sabem* que há um doido deixando esses malditos relógios quando mata pessoas. E não *avisam* ninguém? Eu não sobrevivi todos esses meses de combate na porra do deserto só para voltar para casa e ser assassinada por algum filho da puta porque vocês não se incomodaram em divulgar essa informação para o público.

Levou algum tempo para acalmá-la.

— Senhora — explicou Sachs —, o MO dele não é o de entregar os relógios antes da hora para avisar as pessoas que está a caminho. Ele estava *aqui*. No seu apartamento. Você teve sorte.

Lucy Richter realmente era afortunada.

Cerca de meia hora antes um transeunte casualmente viu um homem subir pela sua escada de incêndio a caminho do teto. Ligou para o 911 para informar. O Relojoeiro aparentemente olhou para baixo, viu que tinha sido localizado e fugiu.

Uma busca pela vizinhança não descobriu nenhum vestígio dele. Nenhuma testemunha viu alguém que correspondesse ao retrato falado computadorizado do Relojoeiro.

Sachs olhou para Sellitto, que disse:

— Sentimos muito pelo incidente, Sra. Richter.

— Sentem muito — zombou deles. — Vocês precisam avisar as pessoas sobre isso.

Os detetives olharam um para o outro. Sellitto assentiu.

— Faremos isso. Vou cuidar que as Relações Públicas faça um anúncio no noticiário local.

— Gostaria de fazer uma busca em seu apartamento procurando evidências que ele possa ter deixado — disse Sachs. — E fazer algumas perguntas a você sobre o que aconteceu.

— Num minuto. Tenho que dar alguns telefonemas. Minha família vai ouvir falar disso no noticiário. E não quero que se preocupem.

— Isso é muito importante — disse Sellitto.

A soldado abriu seu celular. E acrescentou com voz firme:

— Como disse, em um minuto.

— Rhyme, você está aí?

— Vá em frente, Sachs.

O criminalista estava no laboratório, ligado a Sachs via rádio. Ele lembrou que por volta do próximo mês planejam experimentar uma câmera de alta definição montada na cabeça ou no ombro dela, transmitindo para o laboratório de Rhyme, o que permitiria que ele visse tudo que ela via. Eles brincavam e diziam que era um brinquedo de James Bond. Ele sentiu uma pontada ao pensar que não seria Sachs que inauguraria o aparelho com ele.

Então forçou o sentimento a sumir. O que sempre dizia para os que trabalhavam com ele agora disse a si mesmo: há um criminoso lá fora; nada é mais importante do que pegá-lo, e não se pode fazer isso se não houver cem por cento de concentração.

— Mostramos o retrato falado do Relojoeiro a Lucy. Ela não o reconheceu.

— Como ele entrou aí hoje?

— Não tenho certeza. Se estiver mantendo seu MO, forçou a porta da frente. Mas acho que subiu ao teto e desceu pela escada de incêndio até a janela da vítima. Entrou, deixou o relógio e esperou por ela. Mas por alguma razão voltou para fora e subiu. Foi então que a testemunha o viu lá fora e o Relojoeiro deu no pé. Foi embora pela escada de incêndio.

— Deixou o relógio no banheiro. A escada de incêndio dá no quarto principal, de modo que esteve lá também.

Ela fez uma pausa. Um momento depois, voltou:

— Andaram vasculhando a vizinhança atrás de testemunhas, mas ninguém o viu ou ao seu carro. Talvez ele e seu parceiro estejam a pé desde que pegamos o utilitário. Meia dúzia de diferentes linhas de metrô servem o Greenwich Village e eles poderiam facilmente escapar por uma delas.

— Acho que não.

Rhyme explicou por que achava que o Relojoeiro e seu assistente prefeririam carros. A escolha de usar ou não veículos quando se comete um crime é um padrão no MO de um criminoso. Raramente muda.

Sachs pesquisou o quarto, a escada de incêndio, o banheiro e as rotas que poderia ter feito para chegar a esses lugares. Verificou também o teto. Não tinha sido impermeabilizado recentemente, informou.

— Nada, Rhyme. É como se ele também usasse um macacão de Tyvek. Simplesmente não deixa nada atrás.

Edmond Locard, o famoso criminalista francês, desenvolveu o que ele chamou de "princípio de troca", que dizia que, sempre que ocorre um crime físico, existe alguma transferência de evidências entre o criminoso e a localização. Ele deixa algo de si na cena e leva algo da cena quando se vai. O princípio é enganadoramente otimista, entretanto, porque às vezes o vestígio é tão minúsculo que se perde e às vezes é facilmente localizado mas não proporciona nenhuma informação útil para os investigadores. Ainda assim, o princípio de Locard sustenta que deve existir *alguma* transferência de materiais.

Rhyme muitas vezes se perguntava, porém, se existisse o raro criminoso que fosse tão ou mais esperto quanto ele próprio, e se essa pessoa aprendesse o suficiente sobre criminalística para cometer um crime e assim desmoralizar o princípio de Locard — não deixar nenhum vestígio nem pegar nenhum ele mesmo. Seria o Relojoeiro essa pessoa?

— Pense, Sachs... Deve haver mais. Algo que estamos perdendo. O que a vítima diz?

— Ela está bem abalada. Realmente não está se concentrando.

Depois de uma pausa, Rhyme disse:

— Estou mandando nossa arma secreta para aí.

Kathryn Dance sentou-se diante de Lucy Richter na sala de estar do apartamento.

A soldado estava sob um pôster de Jimi Hendrix e uma foto do casamento de Lucy e seu marido, um homem alegre e de rosto redondo, com uniforme de gala.

Dance notou que a mulher estava bastante calma, considerando as circunstâncias, mas, como Amelia Sachs tinha notado, alguma coisa claramente a perturbava. Dance tinha a impressão de que era outra coisa além do ataque. Ela não mostrava as reações de estresse pós-traumáticas comuns; estava perturbada mais profundamente.

— Se você não se importa, pode repassar novamente os detalhes?

— Se ajudar a pegar o filho da puta, qualquer coisa.

Lucy explicou que fora à academia naquela manhã para se exercitar. Quando voltou, descobriu o relógio.

— Fiquei preocupada. O tique-taque...

Seu rosto agora revelava uma sutil reação de medo. Lutar ou fugir. Instigada por Dance ela explicou sobre as bombas no além-mar:

— Achei que fosse um presente ou coisa assim, mas, tipo, me assustou. Depois senti uma brisa e fui olhar. Descobri a janela do quarto aberta. Foi então que a polícia apareceu.

— Nada mais fora do comum?

— Não. Não que eu me lembre.

Dance fez várias outras perguntas a ela. Lucy Richter não conhecia Theodore Adams ou Joanne Harper. Não conseguia se lembrar de ninguém que desejasse feri-la. Tinha tentado lembrar de algo que pudesse ajudar a polícia, mas não sabia nada.

Aparentemente a mulher era corajosa ("aquele filho da puta"), mas Dance acreditava que alguma coisa na mente de Lucy impedia que ela, subconscientemente, focasse no que tinha acontecido. O clássico cruzar de braços e pernas como postura defensiva era um sinal, indicando não um engano, mas sim uma barreira contra fosse lá quem fosse que a estivesse ameaçando.

A agente precisava de uma abordagem diferente. Descansou o bloco de anotações.

— O que você está fazendo na cidade?

Lucy explicou que estava de licença do turno no Oriente Médio. Normalmente teria encontrado com o marido, Bob, na Alemanha, onde tinham amigos, mas ela ia receber uma condecoração na quinta-feira.

— Ah, parte daquela marcha de apoio às tropas?

— Logo depois.

— Parabéns.

Ela sorriu, agitada. Dance notou a reação minúscula.

E notou outra em si mesma; o marido de Kathryn Dance tinha sido reconhecido por bravura sob fogo pelo FBI quatro dias antes de morrer. Mas aquilo foi um ruído de estática que Dance imediatamente desligou.

Sacudindo a cabeça, a agente continuou:

— Você voltou para casa e olha só o que aconteceu: dá de encontro com esse sujeito. Que droga. Especialmente depois de ter estado fora do país.

— Lá não é tão ruim assim. Aparece pior no noticiário.

— Ainda assim... Mas parece que você está se saindo bem.

O corpo dela contava uma história muito diferente.

— Ah, sim. Você faz o que é preciso fazer. Não é grande coisa.

Os dedos estavam entrelaçados.

— O que você faz lá?

— Gerencio abastecimento. Basicamente é fazer andar os caminhões de suprimentos.

— Trabalho importante.

Sacudiu os ombros.

— Acho que sim.

— É bom estar de licença, aposto.

— Você já serviu?

— Não — respondeu Dance.

— Bem, no Exército, lembre-se da regra número um: nunca desista de descanso e recreação. Mesmo que seja apenas beber ponche com o comando e receber uma condecoração de parede.

Dance continuou extraindo coisas dela.

— Quantos soldados mais estarão na cerimônia?

— Dezoito.

Lucy não estava nada confortável. Dance se perguntava se esse desconforto interior se devia ao fato de ela ter de dizer algumas palavras diante da multidão. Falar em público estava acima de um salto de paraquedas na escala do medo.

— E o evento vai ser grande?

— Ah, não sei. Uns cem. Talvez duzentos.

— Sua família irá?

— Ah, sim. Todo mundo. Depois faremos uma recepção.

— Como diz minha filha — comentou Dance —, a festa é que é boa. O que vai ter no menu?

— Esqueça isso — brincou Lucy. — Estamos no Village. Vai ser italiano. Ziti ao forno, camarões, salame. Minha mãe e minha tia estão cozinhando. Eu faço a sobremesa.

— Meu ponto fraco — disse Dance. — Doces... Já estou ficando com fome. — Deixando o bloco de notas fechado, ela olhou direto nos olhos da mulher. — Voltando ao seu visitante. Você dizia que preparou seu chá. Preparando o banho. Sente uma brisa. Vai até o quarto. A janela está aberta. O que eu perguntava? Ah, sim, houve algo mais que você viu que estava fora do normal?

— Na verdade não — disse rapidamente, como antes, mas depois apertou os olhos. — Espere. Sabe... tem uma coisa.

— É mesmo?

Dance tinha feito o que era conhecido como "inundação". Ela concluiu que não era apenas o Relojoeiro que estava incomodando Lucy, mas sim seu serviço no exterior, assim como a próxima cerimônia de condecoração, por alguma razão. Dance voltara a esses tópicos e continuou bombardeando-a com perguntas, na esperança de entorpecê-la e deixar que outras lembranças aflorassem.

Lucy levantou e foi até o quarto. Sem dizer nada, Dance a seguiu. Amelia Sachs uniu-se às duas.

A soldado olhou em volta do quarto.

Cuidado, Dance disse a si mesma. Lucy estava atrás de algo. Dance ficou em silêncio. Muitos interrogadores estragam a sessão ao insistir. A regra com lembranças vagas é que se pode deixar que venham à superfície, mas dificilmente se pode pescá-las.

Observar e escutar são as duas partes mais importantes da entrevista. Falar vem no final.

— Havia uma outra coisa que me perturbava, além de a janela estar aberta... Ah, sabe o quê? Já sei. Quando entrei no quarto antes, para ver sobre o tique-taque, alguma coisa estava diferente, eu não podia ver a penteadeira.

— E por que isso era fora do comum?

— Porque quando saí para a academia de ginástica dei uma olhada nela, para ver se meus óculos de sol estavam lá. Estavam e eu os peguei. Mas quando olhei para o quarto depois, quando ouvi o tique-taque, não pude ver a penteadeira porque a porta do closet estava parcialmente aberta.

— Então — disse Dance —, depois que o homem deixou o relógio provavelmente veio se esconder no closet ou atrás da porta.

Dance voltou-se para Sachs, que assentiu com um sorriso e disse:

— Bom. É melhor começar a trabalhar.

E abriu a porta do closet com a mão já com a luva de látex.

A segunda vez que falhavam.

Duncan dirigia ainda mais cuidadosamente — *meticulosamente* — do que geralmente fazia.

Estava em silêncio e completamente calmo. O que aborrecia ainda mais Vincent. Se Duncan batesse os punhos e gritasse, como seu padrasto, Vincent teria se sentido melhor. ("Você fez o quê?"; o homem tinha espumado de raiva referindo-se ao estupro de Sally Anne.) Ele temia que Duncan já estivesse cheio e desistisse da coisa toda.

Vincent não queria que seu amigo fosse embora.

Duncan simplesmente dirigia devagar, ficava na faixa, não acelerava, não tentava passar na luz amarela.

E não disse uma palavra por muito tempo.

Finalmente explicou a Vincent o que tinha acontecido: quando começara a subir para o teto — planejando entrar no edifício, bater na porta de Lucy e fazê-la desligar o telefone, olhou para baixo e viu um homem no beco, olhando para ele, tirando o celular do bolso, gritando para que Duncan parasse. O assassino correu para o teto, seguiu por lá na direção oeste por vários edifícios e depois desceu até o beco. De lá correu até o Buick.

Duncan dirigia metodicamente, sim, mas sem nenhum destino óbvio. No começo Vincent pensou que fosse para despistar a polícia, mas parecia não haver nenhum risco de perseguição. Então percebeu que Duncan estava no piloto automático, dirigindo em grandes círculos.

Como os ponteiros de um relógio.

Mais uma vez o choque de uma escapada por pouco foi diminuindo e Vincent sentiu a fome crescendo de novo, ferindo seu queixo, machucando sua cabeça, machucando sua virilha.

Se não comemos, morremos.

Ele queria estar de volta em Michigan, morando com sua irmã, jantando com ela, vendo TV. Mas sua irmã não estava ali, estava a quilômetros e quilômetros de distância, talvez pensando nele naquele instante — mas isso não lhe dava nenhum conforto... A fome era intensa demais. Nada funcionava! Ele queria gritar. Vincent podia ter mais sorte percorrendo shopping centers em Nova Jersey ou esperando alguma universitária ou recepcionista correndo por algum parque deserto. De que adiantava...

Com sua voz calma, Duncan disse:

— Sinto muito.

— Você...?

— Sinto muito.

Vincent se desarmou. Sua raiva diminuiu e ele não sabia o que dizer.

— Você tem me ajudado, trabalhado duro. E olhe o que aconteceu. Deixei você mal.

Lá estava a mãe de Vincent, explicando a ele, quando estava com 10 anos, que o deixara mal com Gus, depois com seu segundo marido, depois com Bart, depois com Rachel, a experiência, depois com seu terceiro marido.

E todas as vezes o jovem Vincent tinha dito exatamente o que dizia agora:

— Tudo bem.

— Não, não está... Eu falo sobre o grande esquema das coisas. Mas isso não minimiza nossos desapontamentos. Devo a você. E vou cumprir minha promessa.

Isso sua mãe jamais tinha dito, e muito menos feito, deixando Vincent procurar o conforto que pudesse em comidas, programas de TV, espiando as garotas e tendo seus corpo a corpo.

Não, estava claro que seu amigo, Duncan, falava a sério. Estava com remorsos verdadeiros por Vincent não ter sido capaz de ter Lucy. Vincent sentiu vontade de chorar, mas agora por uma razão diferente. Não por causa da fome, não por causa da frustração. Sentiu-se cheio de uma sensação estranha. As pessoas nunca diziam coisas amáveis como essa para ele. As pessoas nunca se preocupavam com ele.

— Olhe a próxima que eu vou fazer — disse Duncan. — Você não vai querê-la.

— É feia?

— Nem tanto. É só a maneira como ela vai morrer... Vou queimá-la.

— Ah.

— No livro, você se lembra da tortura com álcool?

— Na verdade, não.

Os desenhos no livro eram de homens sendo torturados; não tinham interessado a Vincent.

— Você derrama álcool na metade inferior do corpo de alguém e toca fogo. Pode-se apagar rapidamente um fogo de álcool se confessarem. É claro que eu não vou apagar.

Verdade, pensou Vincent, não iria querê-la depois disso.

— Mas tenho outra ideia.

Duncan então explicou o que tinha pensado. O ânimo de Vincent melhorava com cada palavra dita. Duncan perguntou:

— Você não acha que vai funcionar bem para todo mundo?

Bem, não exatamente *todo mundo*, pensou o Vincent Esperto, que estava de volta ao seu bom humor, considerando tudo.

Sentado diante dos quadros de evidências, Rhyme escutou Sachs voltar à linha.

— OK, Rhyme. Descobrimos que se escondeu no closet.

— Qual deles?

— No quarto de Lucy.

Rhyme fechou os olhos.

— Descreva-o para mim.

Sachs passou toda a cena — o corredor que levava ao quarto, a planta do próprio quarto e depois a mobília, quadros na parede, a rota de entrada e saída do Relojoeiro e outros detalhes. Tudo era descrito em detalhes precisos e objetivos. O treinamento dela e sua experiência brilhavam tão nitidamente quanto seus cabelos vermelhos. Se ela deixasse a polícia, ele se perguntou, quanto tempo levaria para que outro tira fizesse o quadrilátero tão bem quanto ela?

Uma eternidade, ele pensou cinicamente.

A raiva flamejou por um momento. Depois ele expulsou a emoção e concentrou-se novamente nas palavras dela.

Sachs descrevia o closet:

— Dois metros de largura. Cheio de roupas. As masculinas à esquerda, as femininas à direita, meio a meio. Sapatos no chão. Quatorze pares. Quatro masculinos, dez femininos.

Média típica, refletiu Rhyme, para um casal, pensando em seu próprio closet de algum tempo.

— Quando se escondeu, estava deitado no chão?

— Não. Caixas demais.

Ele escutou-a fazer uma pergunta. Depois voltou à linha.

— As roupas estão ordenadas agora, mas ele deve tê-las movido. Posso ver algumas caixas mexidas no chão e algumas partículas daquele piche de teto que encontramos antes.

— Quais as roupas nas quais ele se escondia?

— Um terno. E o uniforme do Exército de Lucy.

— Bom.

Certas peças de roupa, como os uniformes, são particularmente boas para coletar resíduos, graças às dragonas, botões e condecorações.

— Ele estava contra a frente ou o fundo? — continuou.

— A frente.

— Perfeito. Revise cada botão, medalha, barra de serviço, condecorações.

— Certo, dê-me alguns minutos.

Depois, silêncio.

A impaciência dele, temperada com raiva, estava de volta. Ele olhou para os quadros.

Finalmente, ela disse:

— Descobri dois cabelos e algumas fibras.

Ele ia dizer para conferir os fios de cabelos com exemplos no apartamento. Mas é claro que não precisava dizer isso.

— Comparei os cabelos com os dela. Não combinam.

Ele começou a lhe dizer que descobrisse uma mostra dos cabelos do marido, quando Sachs disse:

— Mas descobri a escova do marido. Tenho 95 por cento de certeza que são dele.

Bom, Sachs. Bom.

— Mas as fibras... não parecem combinar com nada mais daqui. — Sachs fez uma pausa. — Parecem algodão, cor clara. Talvez um suéter... Mas foram recolhidas de um botão no bolso aproximadamente ao nível do ombro de um homem com a altura do Relojoeiro. Pode ser uma gola de lã.

Uma dedução razoável, mas tinham que examinar as fibras mais cuidadosamente no laboratório.

Depois de alguns minutos, ela disse:

— É só isso, Rhyme. Não é muito, mas é alguma coisa.

— Está bem, traga tudo. Vamos revisar o material aqui.

E desligou a linha.

Thom escreveu a informação que Sachs havia passado. Depois que o ajudante saiu da sala, Lincoln Rhyme olhou novamente para as tabelas. Ele se perguntava se as anotações que estava examinando não eram simplesmente pistas em um caso de homicídio, mas evidências de um tipo diferente de assassinato: o cadáver da última cena do crime que ele e Amelia Sachs processariam juntos.

Lon Sellitto já tinha saído e, no apartamento de Lucy Richter, Sachs terminava de empacotar as evidências. Voltou-se para Kathryn Dance e lhe agradeceu.

— Espero que seja útil — disse Dance.

— É disso que se trata o trabalho na cena do crime. Apenas um par de fibras, mas que pode ser o suficiente para uma condenação. Apenas temos que ver. Estou voltando para a casa de Rhyme. Olhe, não sei se você quer, mas será que poderia dar uma investigada na vizinhança? Você tem um toque tão bom quando se trata de falar com testemunhas.

— Pode apostar.

Sachs lhe deu alguns impressos do retrato falado do Relojoeiro e saiu.

Dance acenou para Lucy Richter:

— Você está bem?

— Ótima — respondeu a soldado, dando um sorriso estoico; foi até a cozinha e colocou a chaleira no fogo. — Quer um pouco de chá? Ou café?

— Não. Vou lá fora procurar testemunhas.

Lucy olhava para o chão, um bom sinal de semáforo para uma especialista em cinésica. Dance não disse nada.

— Você falou que era da Califórnia — disse a soldado. — Vai voltar logo para lá?

— Amanhã, provavelmente.

— Estava pensando se teria tempo para um café ou coisa assim.

Lucy brincava com o pano de pegar panelas. Nele estava escrito: *4ª Divisão de Infantaria. Inabalável e Leal.*

— Claro. Vamos combinar.

Dance achou um cartão de visita na bolsa e escreveu nele o nome do hotel, e depois fez um círculo no número do celular na frente.

Lucy pegou.

— Ligue para mim — disse Dance.

— Vou sim.

— Está tudo bem?

— Oh, claro. Tudo bem.

Dance apertou a mão da mulher e deixou o apartamento, lembrando-se de uma regra importante da cinésica: às vezes não é necessário revelar a verdade por trás de todos os enganos que lhe contam.

CAPÍTULO 25

Amelia Sachs voltou para a casa de Rhyme levando uma pequena caixa com as evidências.

— O que temos? — perguntou.

Sachs repassou novamente tudo o que havia encontrado na cena do crime, depois acrescentou os detalhes no quadro.

Segundo o banco de dados de fibras de cena do crime do DPNY, o que Sachs descobrira no uniforme de Lucy *era* a gola de lã de um casaco de couro do tipo usado por pilotos — os chamados casacos de bombardeiros. Sachs testara no campo o relógio em busca de nitratos — esse também não era explosivo —, e era idêntico aos outros três. Dele não se retirou nenhum resíduo salvo uma mancha recente de álcool de madeira, do tipo usado como antisséptico em limpeza. Tal como na florista, o Relojoeiro não teve tempo de deixar outro poema, ou preferiu não fazê-lo.

Rhyme concordou em ir a público com o anúncio sobre o relógio, apesar de prever que tudo que se conseguiria com isso era garantir que o assassino só deixaria o relógio quando tivesse certeza de que a vítima seria incapaz de pedir ajuda.

Os resíduos que Sachs encontrara na rota por onde provavelmente o assassino escapara não revelaram nada útil.

— Não havia nada mais — explicou.

— Nada? — perguntou Rhyme, para depois balançar a cabeça.

O princípio de Locard...

Ron Pulaski chegou, tirando o casaco e o pendurando. Rhyme notou que o olhar de Sachs voltou-se imediatamente para o recruta.

O *Outro Caso...*

— Alguma sorte com a conexão de Maryland? — perguntou Sachs.

— Três investigações federais correntes sobre corrupção no porto de Baltimore — respondeu o recruta. — Uma delas tem uma ligação com a área metropolitana de Nova York, mas apenas com as docas de Jersey. Estão procurando pagamentos ilegais e documentos de embarque falsificados. Estou esperando a resposta do DP de Baltimore sobre investigações estaduais. Nem Creeley nem Sarkowski tinham qualquer propriedade em Maryland e nenhum deles ia lá a negócios, que eu pudesse descobrir. O mais perto que Creeley chegou foi ter reuniões regulares na Pensilvânia para encontrar algum cliente. E Sarkowski não viajava para nada. Ah, e ainda não recebi a lista de clientes de Jordan Kessler. Deixei outro recado mas ele ainda não retornou o telefonema.

E continuou:

— Descobri algumas pessoas lotadas na 118DP que nasceram em Maryland, mas agora não têm nenhuma conexão lá. Passei uma lista de nomes de todos os lotados naquela delegacia para checar com os impostos de propriedades em Maryland...

— Espere — disse Sachs. — Você fez o quê?

— Fiz algo errado?

— Ah, não, Ron. Está certo. Bom palpite.

Sachs compartilhou um sorriso com Rhyme. Ele levantou uma sobrancelha, impressionado.

— Talvez. Mas não deu nenhum resultado.

— Bem, continue cavando.

— Com certeza.

Sachs então foi até Sellitto e disse:

— Uma pergunta. Você conhece Halston Jefferies?

— Vice-inspetor na 158DP?

— Certo. O que é que há com ele? Tem o pavio bem curto.

Sellitto riu.

— Sim, sim, é um raiva-ólico.

— Então não sou a única com quem ele se comporta dessa maneira?

— Imagine. Arrebenta com você sem nenhuma razão. Como você cruzou com ele? — E relanceou para Rhyme.

— Não — respondeu alegremente o criminalista. — Esse deve ser o caso *dela*. Não é o *meu* caso.

O olhar exasperado dela não o desconcertou. A mesquinharia podia ser, em determinadas circunstâncias, bem divertida, refletiu Rhyme.

— Eu precisava de um arquivo e fui até a fonte. Ele achou que eu tinha que pedir sua permissão.

— Mas você precisava manter a chefia no escuro sobre o que acontecia na 118DP.

— Exatamente.

— É só o jeito dele. Teve alguns problemas no passado. A mulher dele era uma socialite...

— Essa é uma grande palavra — interrompeu Pulaski. — "Socialite", como "socialista". Só que são opostos. De certa forma.

Quando Sellitto mandou um olhar frio em cima dele, o recruta se calou.

O detetive continuou:

— Ouvi dizer que Jefferies e a mulher perderam dinheiro, dinheiro *de verdade*. Tanto dinheiro que eu e você nem saberíamos onde colocar os pontos decimais. Um tipo de negócio que a mulher dele tinha. Ele esperava se candidatar... para Albany, a capital do estado, acho. Mas não se chega lá sem dinheiro grosso. E ela se separou depois que o negócio fracassou. Mas, com um temperamento desses, é capaz que ele tivesse problemas complicados desde antes.

Ela balançava a cabeça recebendo a informação, quando seu telefone tocou. Ela respondeu:

— Certo, sou eu mesma... Oh, não. Onde? Chego aí em dez minutos.

O rosto pálido e grave, caminhou apressada para a porta, dizendo:

— Problema. Estou de volta em meia hora.

— Sachs — começou Rhyme.

Mas só ouviu a porta da frente bater como resposta.

O Camaro estacionou no meio-fio na rua 42 Leste, não muito longe da West Side Highway.

Um homem grande de sobretudo e chapéu de pele apertou os olhos para ver Sachs enquanto ela descia do carro. Sachs não o conhecia, nem ele a ela, mas o modo profissional de estacionar e a placa do DPNY no mostrador do carro deixavam claro que era quem ele esperava.

O nariz e as orelhas do jovem estavam vermelhos e o vapor escapava de suas narinas. Ele batia os pés para manter a circulação.

— Puxa, está frio demais. Já estou farto do inverno. Você é a detetive Sachs?

— Sim. Você é Coyle?

Apertaram as mãos. Ele tinha um aperto poderoso.

— Qual a história? — perguntou Sachs.

— Venha. Eu lhe mostro.

— Onde?

— Até a van. No estacionamento mais acima.

Enquanto caminhavam rapidamente por causa do frio, Sachs perguntou:

— Qual a sua DP?

Coyle tinha se identificado como tira quando ligou.

O trânsito estava pesado. Ele não escutou.

Ela repetiu a pergunta:

— Qual a sua delegacia? Midtown South?

Ele piscou.

— Sim.

Depois assoou o nariz.

— Estive por lá algum tempo — disse Sachs.

— Hum.

Coyle não disse mais nada. Guiou-a através do enorme estacionamento. Bem no fundo, Coyle parou, perto de uma van Windstar, as janelas escuras, o motor ligado.

Ele olhou ao redor. Depois abriu a porta.

Investigando apartamentos e lojas no Greenwich Village, perto do apartamento de Lucy Richter, Kathryn Dance refletia sobre a relação simbiótica entre a cinésica e as ciências criminalísticas.

O praticante da cinésica exige um ser humano — uma vítima, um suspeito —, da mesma maneira como o cientista criminalista exige evidências. No entanto, este caso se distinguia pela surpreendente ausência tanto de pessoas quanto de pistas físicas.

Isso a frustrava. Jamais tinha se envolvido em uma investigação como essa.

Desculpe-me, senhor, senhora. Olhe, jovem, houve atividade policial hoje aqui, mais cedo, você ouviu falar disso, ah, bom, eu pergunto se por acaso viu alguém saindo rapidamente dessa área. Ou viu algo suspeito, qualquer coisa fora do comum? Olhe este retrato...

Mas nada.

Dance nem mesmo reconhecia a "testemunhite", a doença na qual a pessoa claramente viu algo mas alega que não, com medo por si ou por sua família. Não, depois de quarenta minutos congelantes na rua, concluiu que o problema era que simplesmente ninguém tinha visto nada.

Desculpe-me, senhor, sim é uma identidade da California mas estou trabalhando com o Departamento de Polícia de Nova York, pode ligar para este número para checar isso, agora será que viu...

Zero.

Dance ficou confusa um momento, na verdade chocada, quando se aproximou de um homem saindo de um apartamento. Ela piscou e seus pensamentos se congelaram quando fixou os olhos nele — era idêntico ao seu falecido marido. Ela se controlou e recitou sua ladainha. Mas o homem sentiu que alguma coisa estava errada, e franziu a testa, perguntando se ela estava bem.

O quanto não profissionais podemos ser?, pensou Dance raivosamente.

— Bem — disse com um sorriso falso.

Como seus vizinhos, entretanto, o negociante não tinha visto nada fora do comum e seguiu pela rua. Com um longo olhar para ele, Dance continuou sua pesquisa.

Ela queria uma pista, queria ajudar a pegar esse criminoso. Como qualquer tira, claro, queria tirar das ruas um sujeito doente e perigoso. Mas também queria passar algum tempo interrogando-o depois de ele ser detido. O Relojoeiro era diferente de qualquer outro criminoso que tivesse enfrentado. Kathryn Dance queria muito saber qual a razão do tique dele — e riu consigo mesmo pela involuntária escolha de palavras.

Continuou parando pessoas por mais um quarteirão mas não achou ninguém que pudesse ajudar.

Até que encontrou o comprador.

Na calçada, um quarteirão depois do apartamento de Lucy, ela parou um homem puxando um carrinho de mão cheio de comestíveis. Ele deu uma olhada no retrato falado do Relojoeiro e disse impulsivamente:

— Ah, sim, acho que vi alguém que se parecia com ele... — Depois hesitou. — Mas realmente não prestei atenção.

E começou a se afastar.

Kathryn Dance, entretanto, soube instantaneamente que ele sabia de mais coisas.

Testemunhite.

— Isso é realmente importante.

— Tudo que vi foi alguém correndo pela rua. Só isso.

— Escute, tenho uma ideia. Alguma coisa perecível aí? — disse, acenando para o carrinho de comestíveis.

Ele hesitou mais uma vez, tentando antecipá-la.

— Realmente não.

— Então que tal se tomarmos um café e eu lhe faço mais algumas perguntas. Você se importa?

Ela podia adivinhar que ele se importava, mas um golpe de vento gelado balançou os dois e ele pareceu querer sair do frio por alguns instantes.

— Tudo bem. Mas acho que realmente não posso lhe dizer nada mais.

Ah, vamos ver isso.

Amelia Sachs sentou na parte de trás da van.

Com ajuda de Coyle, tentou colocar o detetive aposentado Art Snyder sentado no banco traseiro da van. Ele estava semiconsciente, murmurando palavras que ela não conseguia escutar.

Quando Coyle abriu a porta, Snyder estava estatelado, cabeça para trás, inconsciente, e ela pensou — horrorizada — que ele tinha se matado. Logo percebeu que estava apenas bêbado, ainda que muito. Ela o sacudiu gentilmente.

— Art?

Ele abriu os olhos, franzindo a cara e desorientado.

Agora, os dois policiais o colocaram no banco.

— Não, só quero dormir. Deixe-me em paz. Quero dormir.

— Essa van é dele?

— Sim — respondeu Coyle.

— O que aconteceu? Como ele chegou até aqui?

— Ele estava na rua em frente do Harry's. Não queriam mais lhe servir nada, já estava bêbado, e ele ficou vagando ali fora. Fui comprar cigarros logo depois. O bartender sabia que eu era tira e me falou dele. Não queria que ele dirigisse e se matasse, ou matasse alguém. Descobri-o aqui, meio dentro, meio fora. Seu cartão estava no bolso dele.

Art Snyder se mexeu, grogue

— Deixe-me em paz.

Seus olhos fecharam.

Ela relanceou para Coyle.

— Eu assumo daqui em diante.

— Tem certeza?

— Sim. Mas você poderia parar um táxi e mandar que viesse até aqui?

— Claro.

O tira saiu da van e foi embora. Sachs se acocorou e tocou no braço dele.

— Art?

Ele abriu os olhos, apertando-os quando a reconheceu.

— Você...

— Art, vamos levar você para casa.

— Me deixe em paz. Porra, me deixe em paz.

Havia um corte em sua testa e a manga da camisa estava rasgada. Ele tinha vomitado não fazia muito tempo.

Ele resmungou:

— Não basta o que você já fez? Não basta a porra do que você já fez? Me deixe em paz! — Ele rolou e se ajoelhou, tentando se arrastar até o banco do motorista. — Vá... embora!

Sachs puxou-o de volta. Não era um homem pequeno, mas o álcool o debilitara. Ele tentou se levantar mas caiu de volta no assento.

— Você estava liquidando isso.

Ela meneou a cabeça para um litro de bebida no chão. Estava vazio.

— E o que você tem com isso? O que você tem a ver com isso, porra?

— O que aconteceu? — insistiu ela.

— Você não saca? Você aconteceu. *Você.*

— Eu?

— E como fui pensar que ninguém ia saber? Não existem segredos nesse departamento, porra. Faço umas perguntas por você, onde está a porra do arquivo, o que aconteceu com ele... e pronto, aquele meu amigo que eu ia encontrar para jogar bilhar que eu lhe falei? Não aparece mais. E não responde meus telefonemas... — Limpou a boca na manga. — Então eu recebo um telefonema, o cara foi meu parceiro por três anos, ele, eu e as esposas íamos para um cruzeiro. Adivinhe quem não pode mais ir, porra?... E tudo porque eu andei fazendo perguntas. Um tira aposentado fazendo perguntas... Eu devia ter mandado você se foder na hora em que entrou em minha casa.

— Art, eu...

— Oh, não se preocupe, senhora. Não mencionei seu nome. Não mencionei nada.

Ele tentou agarrar a garrafa. Viu que estava vazia. E atirou-a no chão.

— Olhe, eu conheço um bom conselheiro. Você pode...

— Conselheiro? E sobre que merda ele vai me *aconselhar*? Como eu fodi com minha vida?

Ela deu uma olhada na direção da garrafa.

— Você tropeçou. Todo mundo tropeça.

— Não é disso que estou falando. Isso é *porque* eu fodi com tudo.

— O que você quer dizer, Art?

— Porque eu era um tira. Desperdicei tudo. Desperdicei minha vida.

Ela sentiu um calafrio; as palavras dele faziam eco a seus sentimentos. Ele expressava exatamente a razão pela qual ela queria deixar a força. E disse:

— Art, que tal se levarmos você para casa?

— Eu podia ter feito cem outras coisas. Meu irmão é encanador. Minha irmã terminou a universidade e trabalha agora numa agência de publicidade. Ela fez aquele anúncio da borboleta para aquelas coisas de mulher. É famosa. Eu podia ter feito alguma coisa.

— Você está só se sentindo...

— Pare — interrompeu, apontando o dedo para ela. — Você não me conhece o suficiente para falar comigo assim. Não tem o direito.

Sachs ficou em silêncio. Verdade. Ela não tinha o direito.

— Seja lá o que acontecer porque você anda xeretando, estou fodido. Bom ou ruim, estou fodido.

O coração dela gelou ao ver a dor e a raiva dele; colocou o braço ao seu redor.

— Art, escute...

— Tire as mãos de cima de mim.

A cabeça se inclinou no vidro.

Coyle apareceu de volta logo depois, orientando um táxi até a van. Juntos, Coyle e Sachs ajudaram Snyder a subir no táxi. Ela deu o endereço de Snyder para o motorista, depois esvaziou sua carteira, entregando ao motorista quase 50 dólares e as chaves do carro do detetive.

— Vou ligar para a esposa dele, para que saiba que ele está indo — disse ao motorista.

O táxi entrou no trânsito de Midtown.

— Obrigado — disse a Coyle, que meneou a cabeça e foi embora.

Ela ficou agradecida por ele não fazer perguntas.

Depois que ele se foi, Sachs tirou a pistola de Snyder de seu bolso, que retirara do coldre da calça dele quando tinha passado o braço. Talvez ele tivesse outra peça em casa, mas pelo menos não usaria esta para se matar. Ela a descarregou, guardou as balas e escondeu a arma entre as molas do banco do passageiro. Depois trancou o carro e voltou para o seu.

Seu dedo indicador foi enfiado no polegar. A pele coçava. Sua raiva fervia enquanto compreendia que, além da extorsão e do roubo da evidência, havia um crime maior, que seu pai — e todos os policiais bandidos — cometiam. Seu simples esforço de achar a verdade tinha se tornado algo empedernido e perigoso, afetando até mesmo inocentes. O futuro de Snyder como aposentado, que ele antecipara por anos e anos, se dissolvia. Tudo por causa do que tinha acontecido na 118DP.

Tal como as famílias dos tiras condenados, no caso do Clube da Avenida 16, tiveram suas vidas mudadas para sempre pelo que seu pai e os colegas dele tinham feito. Esposas e crianças foram forçadas a devolver suas casas para bancos e abandonar escolas para conseguir empregos; sofreram com o ostracismo, eternamente manchados pelo escândalo.

Ela ainda tinha tempo de sair — deixar o trabalho policial. Entrar na Argyle, sair dessa sujeira e da politicagem, construir uma vida nova para si mesma. Ela ainda tinha tempo. Mas para Art Snyder era tarde demais.

Por quê, papai? Por que você fez isso?

Amelia Sachs jamais saberia.

O tempo tinha passado e levado consigo qualquer chance que poderia ter de descobrir respostas para essa pergunta.

Ela só podia especular, o que não resulta em nada a não ser deixar na alma uma ferida que se sente que jamais será curada.

Voltar atrás no tempo seria a única resposta, e isso, é claro, não era nenhuma resposta.

Tony Parsons estava sentado diante de Kathryn Dance num café, seu carrinho de compras ao lado.

Ele apertou os olhos e balançou a cabeça.

— Tentei me lembrar mas realmente não consigo pensar em mais nada. — Deu um sorriso largo. — Acho que você desperdiçou seu dinheiro.

Ele levantou a xícara de café.

— Bem, vamos tentar.

Dance sabia que ele tinha mais informação. Seu palpite era que ele falara sem pensar (ah, como interrogadores adoram pessoas impulsivas) e depois compreendeu que o homem que vira podia ser um assassino, talvez até aquele que tinha cometido aqueles crimes horríveis no cais e no beco no dia anterior. Dance sabia que as pessoas que ficavam felizes em informar sobre vizinhos trapaceiros e adolescentes que roubavam nas lojas viram esquecidos quando se trata de crimes capitais.

Talvez um osso duro, refletiu Dance, mas isso não a chateava. Adorava desafios (a alegria que sentia quando finalmente conseguia uma confissão era amortecida pelo pensamento de que a assinatura na declaração marcava o final de outra batalha verbal).

Ela colocou leite em seu café e olhou desejosa para uma torta de maçã na vitrine do balcão. Quatrocentos e cinquenta calorias. Ah, bem. Voltou-se para Parsons.

Ele colocou mais açúcar no café e mexeu.

— Sabe, talvez se simplesmente conversássemos um pouco sobre isso eu *poderia* lembrar de alguma coisa mais.

— É uma excelente ideia.

Ele assentiu.

— Então, vamos ter um corpo a corpo no velho estilo.

E sorriu aberto para ela.

CAPÍTULO 26

Ela era seu prêmio de consolação.

Era seu presente dado por Gerald Duncan.

Era o modo de o assassino dizer que sentia muito de verdade, não como a mãe de Vincent.

Era também uma boa maneira de atrapalhar a polícia — estuprando e matando alguém deles. Duncan tinha mencionado a policial ruiva na segunda cena do crime e sugeriu que Vincent a pegasse (ah, sim, por favor... ruiva, como Sally Anne). Mas, observando a polícia no apartamento de Lucy Richter no Greenwich Village, ele e Duncan concluíram que não havia como pegar a ruiva; ela nunca estava sozinha. No entanto, a outra mulher, uma espécie de detetive à paisana ou coisa assim, começou a andar pela rua sozinha, procurando testemunhas, ao que parecia.

Duncan e Vincent entraram num outlet e compraram o carrinho de mão, um casaco de inverno novo, e cinquenta dólares de sabão, comida e refrigerantes para encher o carro. (Alguém puxando um carrinho de comida não provoca suspeitas — seu amigo sempre, sempre pensando.) O plano era Vincent começar a passear pelas ruas do Greenwich Village até encontrar essa segunda policial, ou ela encontrá-lo, depois ele a conduziria até um edifício abandonado a um quarteirão do apartamento de Lucy Richter.

Vincent a levaria até o porão e poderia tê-la por quanto tempo quisesse, enquanto Duncan cuidaria da vítima seguinte.

Duncan então estudou o rosto de Vincent.

“Você teria problemas em matá-la, a tal policial?”

Receoso de desapontar seu amigo, que estava fazendo um favor tão maravilhoso a ele, Vincent tinha dito “não”.

Mas Duncan obviamente sabia que isso não era verdade.

“Vou lhe dizer, simplesmente deixe-a lá no porão. Amarre-a. Depois que eu liquidar o assunto em Midtown, dirijo de volta para lá e eu mesmo cuido dela.”

Vincent se sentiu muito melhor ao ouvir isso.

A fome o devastava agora enquanto olhava Kathryn Dance, sentada tão perto dele. Sua trança, seu pescoço suave, seus dedos longos. Ela não era pesada, mas tinha uma boa aparência, não como essas mulheres tipo modelos magricelas que se viam pela cidade. Quem iria querer uma coisa como *aquela?*

A aparência dela o deixava faminto.

Os olhos verdes dela o deixavam faminto.

Até mesmo seu nome, Kathryn, o deixava faminto. Por alguma razão parecia cair na mesma categoria de nomes como Sally e Anne. Ele não sabia dizer a razão. Talvez ele fosse antiquado. Também gostava do modo esfomeado como olhava as sobremesas. Ela é como eu! Mal podia esperar para tê-la de bruços no edifício mais adiante.

Ele bebericou o café.

— Então, você dizia que é da Califórnia? — perguntou Vincent, quer dizer, o Esperançoso Tony Parsons.

— Correto.

— Bonita, aposto.

— É, sim. Alguns lugares. Agora pense de novo exatamente no que viu. O homem correndo. Fale sobre isso.

Vincent sabia que tinha que permanecer focado — pelo menos até que estivessem a sós no edifício abandonado.

"Seja cuidadoso", dissera o assassino, instruindo-o. "Seja tímido. Finja que sabe de algo sobre mim, mas que não quer falar. Seja hesitante. Assim é que agem as testemunhas de verdade."

Então agora ele contou a ela — tímida e hesitantemente — mais algumas coisas sobre o homem correndo pela rua e acrescentou uma vaga descrição de Gerald Duncan, apesar de isso ser algo que a polícia já sabia, já que tinham aquele desenho dele feito no computador (tinha que contar a Duncan sobre isso). Ela tomou algumas anotações.

— Alguma característica fora do comum?

— Hum. Não me lembro de nenhuma. Como disse, não estava muito perto.

— Alguma arma?

— Acho que não. O que foi exatamente que ele fez?

— Foi uma tentativa de assalto.

— Oh, não. Alguém se machucou?

— Não, felizmente.

Ou *in*felizmente, pensou o Vincent Esperto/Tony.

— Ele estava carregando alguma coisa? — perguntou a agente Dance.

Mantenha a coisa simples, ele lembrou a si mesmo. Não a deixe confundir você.

Ele franziu a testa, pensativo e hesitante. Depois disse:

— Sabe, pode ser que sim. Quer dizer, carregando alguma coisa. Uma bolsa, acho. Realmente não pude ver. Ele ia bem rápido... — E parou de falar.

Kathryn inclinou a cabeça.

— Você ia falar mais alguma coisa?

— Desculpe não poder ajudar mais. Sei que é importante.

— Tudo bem — disse a mulher, tranquilizando-o, e, por um momento, Vincent sentiu uma pontada de culpa pelo que iria acontecer com ela dentro de minutos.

Então a fome lhe disse para não sentir culpa. Era normal ter essa necessidade.

Se não comemos, morremos...

Não concorda, agente Dance?

Os dois bebericaram o café. Vincent lhe disse mais algumas bobagens sobre o suspeito.

Ela conversava como uma amiga. Finalmente, decidiu que a hora tinha chegado. E disse:

— Olhe, *tem* mais uma coisa... Antes eu estava meio assustado. Sabe, ando por aqui todos os dias. E se ele voltar? Pode sacar que eu disse alguma coisa sobre ele.

— Nós mantemos tudo no anonimato. E protegemos você. Prometo.

Uma hesitação astuciosa.

— De verdade?

— Pode apostar. Vamos colocar um policial protegendo você.

Oba, *essa* era uma ideia interessante. Será que posso ter a ruiva?

Então ele disse a Dance:

— Está bem, eu vi para onde ele correu. Era a porta traseira de um edifício mais adiante. Ele correu para dentro.

— A porta estava destrancada? Ou tinha a chave?

— Destrancada, acho. Mostro para você, se quiser.

— Isso seria muito útil. Você já terminou? — Ela apontou o copo.

Ele bebeu o resto do café.

— Agora já.

Ela fechou o bloco de anotações, que ele tinha que se lembrar de tirar dela depois que terminasse.

— Obrigado, agente Dance.

— Por nada.

Enquanto ele puxava o carrinho para fora, a agente pagou a conta. Ela se reuniu a ele e começaram a andar pela calçada na direção que ele indicou.

— É sempre assim tão frio em dezembro aqui em Nova York?

— Muitas vezes, sim.

— Estou congelando.

Verdade? Para mim você parece ser bem quente.

— Para onde estamos indo? — perguntou ela, diminuindo o passo e olhando as placas de rua.

Ela apertou os olhos diante da claridade. Fez uma pausa e anotou alguma coisa no bloco, recitando enquanto escrevia:

— O criminoso estava recentemente nesta localização. Rua Sherman no Greenwich Village. — Ela olhou ao redor. — Entrou por um beco entre a Sherman e Barrow... — Uma olhada para Vincent. — De que lado da rua é o beco: norte ou sul? Devo ser precisa.

Ah, *ela* também é meticulosa.

Ele pensou um instante, desorientado mais pela fome que pelo frio doloroso.

— É pelo sudoeste.

Ela olhou o bloco, rindo.

— Mal posso ler, é a tremedeira. Esse frio é demais. Mal posso esperar para voltar para a Califórnia.

E vai esperar muito, muito tempo, senhorita...

Continuaram a caminhar.

— Você tem família? — perguntou ela

— Sim. Mulher e dois filhos.

— Eu tenho duas crianças. Um filho e uma filha.

Vincent meneou a cabeça, imaginando: que idade terá a filha?

— Então esse é o beco? — perguntou ela.

— Sim. Foi por aí que ele correu.

Puxando o carrinho atrás de si, ele entrou no beco que levaria ao ninho de amor deles, o edifício abandonado. Sentiu uma ereção dolorida.

Vincent enfiou a mão no bolso e agarrou o cabo da faca. Não, não podia matá-la. Mas se ela resistisse, tinha que se proteger.

Corte os olhos...

Seria uma sujeira, mas o rosto ensanguentado não ia ser problema para Vincent. De qualquer forma ele as preferia de barriga para baixo.

Entravam cada vez mais no beco. Vincent olhou ao redor e viu o edifício, 10 ou 15 metros de distância.

Dance parou novamente, abriu o bloco. Recitou o que escrevia:

— O beco vai por trás de seis, não, sete edifícios residenciais. Há quatro lixeiras por aqui. O criminoso correu por esse caminho, direção sul.

Colocou as luvas de volta, protegendo os dedos dela, que tremiam e terminavam em deliciosas unhas vermelhas.

A fome estava consumindo Vincent. Ele se sentia murchando. Agarrou a faca com a mão tensa, respirando rápido.

Ela parou mais uma vez.

Agora! Agarre-a.

Começou a tirar a faca de dentro do casaco.

Mas o grito de uma sirene cortou o ar, vindo do outro lado do beco. Olhou para lá, chocado.

E então sentiu o cano da pistola tocar sua cabeça por trás.

A agente Dance gritava:

— Levante as mãos agora! — disse, agarrando seus ombros.

— Mas...

— Agora.

Ela empurrou a arma com mais força sobre seu crânio.

Não, não, não! Ele soltou a faca e levantou os braços.

O que estava acontecendo?

O carro da polícia derrapou e parou diante deles, outro veio por detrás. Quatro enormes tiras saltaram.

Não... Oh, não...

— De cara no chão — ordenou um deles. — Agora!

Mas ele não conseguia se mexer, estava tão chocado.

Então Dance recuou enquanto os policiais o rodeavam, puxando-o para o chão.

— Não fiz nada! Não fiz!

— Você! — gritou um dos homens. — Barriga no chão... Agora.

— Mas está frio, está sujo! E eu não fiz nada!

Eles o jogaram no chão duro. Ele gemeu enquanto o ar escapava.

Era igual como com Sally Anne, tudo de novo.

Você, gorducho, não se mexa! Pervertido...

Não, não, não!

Mãos passavam por cima dele, agarrando-o. Sentiu dor nos braços quando estes foram puxados para trás e a lingueta das algemas estalou. Foi revistado, os bolsos revirados.

— Achei uma identidade e uma faca.

Agora ou 13 anos atrás. Vincent nem sabia direito.

Um dos policiais disse para a agente Dance:

— Escutamos você alto e claro. Nem precisava entrar no beco com ele.

— Tinha medo que ele disparasse. Queria ficar perto o máximo possível.

O que estava acontecendo?, Vincent pensou. O que ela queria dizer? O que ela queria dizer?

A agente Dance olhou para o policial e meneou a cabeça na direção de Vincent.

— Ele estava fazendo um bom trabalho até entrarmos no restaurante. Quando sentamos percebi que estava fingindo.

— Não, você é louca. Eu...

Ela se voltou para Vincent.

— Seu sotaque e expressões eram inconsistentes, e sua linguagem corporal me disse que você realmente não estava conversando comigo. Tinha outros planos, tentando me manipular por alguma razão... Que resultou me trazer sozinha aqui para este beco.

Ela explicou que, quando pagou a conta, tinha tirado o telefone do bolso e apertou o "rediscar", chamando o detetive do DPNY com quem trabalhava. Sussurrou rapidamente o que tinha concluído e ele fez que policiais fossem deslocados para a área. Ela manteve o telefone ligado, escondido embaixo do bloco.

Por isso é que ela recitava alto os nomes das ruas; estava dando o endereço para eles.

Vincent olhou então para as mãos dela. Ela percebeu o olhar. E levantou a caneta com que escrevia.

— Sim, essa é minha arma.

Ele olhou para os outros tiras.

— Não sei o que está acontecendo aqui. Isso é pura merda.

Um deles disse:

— Escute, é melhor economizar o fôlego. Logo antes de ela ligar recebemos um relatório dizendo que o motorista do carro de fuga no ataque anterior estava de volta na vizinhança com um carrinho de alimentos. Era um sujeito branco, gordo.

O nome dela é Sally Anne, gorducho. Ela escapou e chamou a polícia e nos contou tudo sobre você...

— Esse não sou eu! Não fiz nada. Vocês estão errados. Estão muito enganados.

— Sim — disse um dos tiras uniformizados com uma expressão divertida —, ouvimos muitas vezes isso.

Eles o agarraram pelo antebraço e o arrastaram até o carro da polícia. Ele ouviu a voz de Gerald Duncan em sua mente.

Sinto muito. Deixei você mal. Vou compensar isso para você...

E alguma coisa endureceu dentro do gorducho Vincent Reynolds. Decidiu que nada que pudessem fazer com ele o faria trair seu amigo.

O homem grandalhão e com formato de pera sentou perto da janela do laboratório de Lincoln Rhyme, mãos algemadas nas costas.

Sua licença de motorista e registros no departamento de trânsito revelaram que ele não era Tony Parsons e sim Vincent Reynolds, operador de processamento de textos, 28 anos, que vivia em Nova Jersey e trabalhava para meia dúzia de agências de emprego temporário, nenhuma das quais sabia muita coisa sobre ele, além do que o revelado pelos cheques de pagamento e verificação de currículo: era um empregado correto, se bem que nada memorável.

Com uma mistura de raiva e inquietação, Vincent alternava olhares entre o chão e os policiais ao seu redor — Rhyme, Sachs, Dance, Baker e Sellitto.

Não havia mandados pendentes ou anteriores contra ele e uma busca no seu miserável apartamento em Nova Jersey não revelou nenhuma conexão óbvia com o Relojoeiro. Nem evidências de amante, amigos próximos ou parentes. Os policiais encontraram a carta que ele estava escrevendo para sua irmã em Detroit. Sellitto conseguiu o telefone dela com a Polícia Estadual de Michigan. Deixou uma mensagem para que ela ligasse.

Estava trabalhando na segunda-feira à noite, na hora dos assassinatos no cais e na rua Cedar, mas estava de folga desde então.

Mel Cooper mandara por e-mail uma foto dele para Joanne Harper na loja da florista. A mulher respondeu que parecia com o homem que tinha olhado pela sua janela, mas não podia ter certeza, por causa da claridade, do vidro sujo da janela da frente de sua oficina e dos óculos.

Apesar de suspeitarem que era o cúmplice do Relojoeiro, as evidências ligando-o às cenas eram precárias. A pegada no estacionamento onde o utilitário fora abandonado era do mesmo tamanho que seus sapatos, número 43, mas não havia marcas que pudessem proporcionar uma comparação precisa. Entre as compras — que Rhyme suspeitava tivessem sido feitas para despistar e se aproximar de Dance ou de outro investigador — havia batatas fritas, biscoitos e outros alimentos do mesmo tipo. Mas os pacotes não estavam abertos e uma busca em suas roupas não revelou migalhas que pudessem ser especificamente comparadas com as que tinham sido recuperadas no utilitário.

Ele estava detido apenas pela posse ilegal de uma faca e por interferência com uma operação policial — acusação comum feita contra falsas testemunhas.

Ainda assim, uma boa parte do pessoal da prefeitura e da Central de Polícia queria aplicar um "Abu Ghraib" em Vincent, intimidá-lo e ameaçá-lo até que ele abrisse o bico. Essa era a preferência de Dennis Baker; o tenente estava pressionado pela prefeitura para achar o criminoso.

Mas Kathryn Dance disse:

— Não funciona. Eles se fecham como um tatu-bola e só lhe dão lixo. — E acrescentou: — Para registro, a tortura é um método ineficiente de conseguir informação precisa.

Então Rhyme e Baker pediram a ela que manejasse a entrevista com Vincent. Precisavam descobrir o Relojoeiro o mais rapidamente possível e, já que usar mangueiras de borracha estava fora de questão, precisavam de um especialista.

A agente especial californiana fechou as cortinas e sentou-se diante de Vincent, nada entre eles. Empurrou a cadeira para a frente até estar a menos de um metro de distância. Rhyme supôs que aquilo era para entrar no espaço dele e ajudar a quebrar a resistência. Mas também percebeu que se Vincent pirasse podia dar um salto para a frente e machucá-la severamente com a cabeça ou com os dentes.

Ela sem dúvida também estava consciente disso, mas não deu nenhuma indicação de que se sentia em perigo. Deu um sorriso reservado e disse calmamente:

— Alô, Vincent. Sei que foi informado de seus direitos e concordou em conversar conosco. Agradecemos por isso.

— Por nada. Qualquer coisa que eu possa fazer. Isso aqui é um enorme... — ele sacudiu os ombros — mal-entendido, você sabe.

— Então vamos esclarecer tudo. Primeiro, preciso de algumas informações básicas.

Ela perguntou seu nome completo, endereço, idade, onde trabalhava, se já tinha sido preso.

Ele franziu o rosto.

— Eu já disse isso tudo para ele — falou, olhando para Sellitto.

— Sinto muito. Mão direita, mão esquerda, sabe como é. Se não se importar em repassar tudo novamente.

— Ah, tudo bem.

Rhyme entendeu que já que estava oferecendo fatos verificados, ela estava criando uma base de comparação para a leitura cinésica. Já que Kathryn Dance tinha modificado a opinião do criminalista sobre interrogatório e testemunhas, ele estava intrigado com o processo.

Dance assentia simpaticamente enquanto anotava as respostas de Vincent e de vez em quando agradecia sua cooperação. A polidez dela confundia Rhyme. Ele mesmo seria muito mais duro.

Vincent deu um sorriso.

— Olhe, eu posso, sabe, falar com você quanto tempo você queira. Mas espero que mande alguém procurar aquele homem que eu vi. Você não quer que ele escape. Estou preocupado com isso. Tentei ajudar e veja o que aconteceu... é assim a história da minha vida.

No entanto, o que ele contara a Dance e aos policiais na cena sobre o suspeito não tinha sido útil. O edifício no qual ele alegava ter visto o assassino desaparecer não mostrava sinais de que alguém tivesse entrado lá recentemente.

— Agora quero que repasse os fatos mais uma vez. Conte-me o que aconteceu. Só que, se você não se importar, queria que me contasse na ordem inversa.

— O quê?

— Ordem cronológica inversa. É uma boa maneira de despertar lembranças. Comece com o último acontecimento e depois volte para trás no tempo a partir daí. O suspeito... ele está entrando pela porta daquele velho edifício no beco... Vamos começar com algumas coisas específicas. A cor da porta.

Vincent se mexeu na cadeira, franziu o rosto. Depois de um tempo começou a dar sua versão, começando com o homem entrando pela porta (ele não se lembrava da cor). Vincent então explicou o que tinha acontecido antes daquilo: o homem correndo pelo beco. Depois entrando nele. E antes disso ele corria pela rua. Finalmente Vincent disse ter notado o homem na Barrow, olhando inquieto para os lados, e depois começando a correr.

— OK — disse Dance, fazendo anotações. — Obrigado, Vincent.

Ela franziu levemente o rosto. Continuou:

— Mas por que você me disse que seu nome era Tony Parsons?

— Porque estava assustado. Fiz uma boa ação, disse para você o que tinha visto, mas receava que o assassino me matasse se descobrisse meu nome. — O queixo dele tremia. — Eu queria não ter dito nada sobre o que tinha visto. Mas disse e fiquei assustado. Eu lhe *disse* que estava assustado.

Os lamentos dele irritaram Rhyme. Aperte o cara, ele pressionou silenciosamente Dance.

Mas ela perguntou educadamente:

— Agora me fale sobre a faca.

— OK, eu não devia estar com ela. Mas há alguns anos fui assaltado. Foi terrível. Sou tão estúpido. Devia ter deixado a faca em casa. Geralmente faço isso. Simplesmente não penso. E então me meto em confusão.

Então ela tirou o casaco e o colocou na cadeira a seu lado.

Ele continuou:

— Todo mundo é esperto e não se envolve. Eu digo alguma coisa e veja o que acontece.

Olhando para o chão, o desgosto torcendo o canto da sua boca.

Dance perguntou detalhes sobre como soubera dos assassinatos do Relojoeiro e onde estava no momento dos outros ataques.

As perguntas pareceram curiosas para Rhyme. Superficiais. Ela não estava sondando como ele faria, exigindo álibis e destroçando a história dele. O que pareciam ser boas pistas, ela deixava passar. Dance não perguntou nenhuma vez se havia outra razão para que ele a tivesse levado até o beco, que todos eles suspeitavam que era para assassiná-la — talvez até torturá-la, para que dissesse o que a polícia sabia sobre o Relojoeiro.

A agente não demonstrou reação às respostas dele, simplesmente tomando notas. Finalmente olhou para além de Vincent, falando com Sachs.

— Amelia, você pode me fazer um favor?

— Claro.

— Você pode mostrar a Vincent a pegada que descobrimos?

Sachs levantou e pegou a imagem eletrostática. Segurou diante de Vincent para que ele a examinasse.

— O que é que tem nisso? — perguntou.

— É o tamanho do seu sapato, não é?

— Mais ou menos.

Ela continuou a olhá-lo fixamente, sem dizer nada. Rhyme pressentiu que ela estava armando uma brilhante armadilha. Observou cuidadosamente os dois....

— Obrigada — disse Dance a Sachs, que se sentou novamente.

A agente se aproximou, entrando um pouco mais no espaço pessoal do suspeito.

— Vincent, tenho uma curiosidade. Onde você fez essas compras?

Uma breve hesitação.

— Bem, no Food Emporium.

Rhyme finalmente compreendeu. Ela ia fazer com que ele falasse livremente sobre as compras e depois perguntar a ele por que tinha comprado aquilo em Manhattan se morava em Nova Jersey — já que tudo o que havia no carrinho era disponível mais perto de casa e provavelmente mais barato. Ela se inclinou, tirando os óculos.

Agora — ela vai laçá-lo.

Kathryn Dance sorriu e disse:

— Obrigada, Vincent. Acho que vai bastar. Ei, você está com sede? — acrescentou a agente. — Quer um refrigerante?

Vincent assentiu.

— Sim. Obrigado.

Dance olhou para Rhyme.

— Podemos conseguir alguma coisa para ele?

Rhyme piscou e mandou um olhar perplexo para Sachs, que franzia a cara. Que diabos Dance estava pensando? Ela não extraíra nenhuma informação dele. O criminalista estava achando que aquilo tudo era uma perda de tempo. Isso era tudo que ela ia lhe perguntar? E agora estava bancando a educada? Relutantemente Rhyme chamou Thom, que trouxe uma Coca para Dance.

Dance enfiou um canudinho e segurou para que o sujeito algemado pudesse beber. Ele esvaziou o copo em segundos.

— Vincent, agora nos dê alguns minutos a sós, se não se importar, e acho que vamos esclarecer tudo isso.

— OK. Claro.

Os policiais escoltaram-no até fora. Dance fechou a porta atrás dele.

Dennis Baker sacudiu a cabeça, olhando com cara de desgosto para a agente. Sellitto murmurou:

— Inútil.

Dance franziu a cara.

— Não, não, está tudo indo muito bem.

— Está mesmo? — perguntou Rhyme.

— Bem no caminho... Olhe, a situação é a seguinte. Fiz a leitura base e depois perguntei a ele sobre a ordem reversa dos acontecimentos. É um bom método para pegar os indivíduos enganadores que estão improvisando. As pessoas podem descrever os acontecimentos *reais* em qualquer ordem, do começo ao fim ou de trás para a frente, sem problemas. Mas as pessoas que inventam acontecimentos, só numa direção, do começo ao fim. Quando tentam reconstruir de trás para a frente, não têm mais as pistas que usaram para criar o cenário e então tropeçam. Assim, percebi claramente que ele é o assistente do Relojoeiro.

— Foi mesmo? — Sellitto riu.

— Ah, isso foi óbvio. As respostas de reconhecimento dele estavam completamente fora do padrão. E ele não tem medo por sua segurança pessoal, como alegou. Não, ele conhece o Relojoeiro e esteve envolvido nos crimes, mas de uma maneira que ainda não consegui detectar. Porém, mais que um simples motorista de fuga.

— Mas você não perguntou nada disso — assinalou Baker. — Não deveríamos destroçar o que ele disse sobre onde estava nos momentos dos ataques à loja da florista e no apartamento no Greenwich Village?

Essa também era a observação de Rhyme.

— Ah, não. Seria a pior coisa a ser feita. Se fizesse isso, tocaria nos assuntos sobre os quais ele se bloquearia imediatamente. — Ela continuou: — É uma pessoa complicada, tem muitos conflitos dentro de si, e minha sensação é de que está no segundo estágio do estresse de resposta, depressão. Isso é essencialmente raiva voltada para dentro. É muito difícil de quebrar. Dado o seu tipo de personalidade, tive a necessidade de criar um laço de simpatia entre nós e levaria dias, talvez semanas, para conseguir a verdade com os métodos tradicionais de interrogatório. Mas não temos dias. Nossa única chance é tentar algo radical.

— O quê?

Dance apontou para o canudinho que Vincent tinha usado.

— Você pode pedir um teste de DNA? — perguntou para Rhyme.

— Sim. Mas ainda assim isso leva tempo.

— Tudo bem, desde que possamos dizer realmente que foi solicitado. — Ela sorriu. — Nunca minta. Mas não é preciso dizer tudo para o suspeito.

Rhyme rodou a cadeira até a parte principal do laboratório, onde Mel Cooper e Pulaski ainda processavam as evidências. Explicou o que queria e Cooper empacotou o canudinho num plástico e preencheu uma requisição de análise de DNA.

— Pronto. Tecnicamente foi solicitado. Só que o laboratório ainda não sabe. — E riu.

Dance explicou:

— Tem alguma coisa grande que ele esconde de mim. E está muito nervoso sobre isso. A resposta dele às minhas perguntas sobre ter sido preso foi mentirosa, mas também muito bem ensaiada. Acho que foi preso antes, mas já faz tempo. Como não existe nada arquivado sobre isso, a coisa deve ter passado pelos buracos, talvez um erro do laboratório, talvez ele fosse menor. Mas sei que ele enfrentou a lei antes. E acho que finalmente percebi o que pode ter sido. Por isso, tirei o casaco e fiz Amelia andar diante dele. Ele está comendo nós duas com os olhos. Tentando não transparecer, mas sem conseguir. Isso me faz pensar que existe um ou dois abusos sexuais no seu passado. Quero blefar e usar isso contra ele.

"O problema — continuou ela — é que ele pode pagar para ver e ganhar. Então perdemos nosso poder de barganha e vai levar muito tempo até que ele possa ser espremido e dizer algo útil.

Sellitto disse para Rhyme:

— Sei onde você quer chegar.

Porra, sim, pensou Rhyme.

— Vamos pegar a chance.

Sellitto perguntou:

— E você, Dennis?

— Deveria ligar para a chefia. Mas nós estaríamos dando um chute em nós mesmos se eles dissessem que não. Vá em frente e faça a coisa andar.

— Outra coisa que preciso fazer — disse a agente. — Tenho que sair da equação. Seja lá o que ele tenha planejado fazer comigo naquele beco, temos que deixar passar. Se eu trouxer isso, a relação se transfere para outro plano e ele para de falar comigo. Aí teremos que começar tudo de novo.

— Mas você sabe o que ele ia fazer com você? — perguntou Sachs.

— Ah, sei exatamente o que ele pensava. Mas temos que focar no nosso objetivo: descobrir o Relojoeiro. Às vezes é preciso deixar de lado outras coisas.

Sellitto olhou para Baker e assentiu.

A agente foi até o computador mais próximo e digitou alguns comandos, depois um nome de usuário e uma senha. Apertou os olhos quando o site apareceu e digitou mais alguns comandos. Uma página com o DNA de alguns suspeitos começou a rolar na tela.

Dance abriu a bolsa e substituiu os óculos de "ovelhinha" pelos de "loba".

— Agora vai começar a parte divertida.

Foi até a porta, abriu e mandou que Vincent fosse trazido de volta.

O grandalhão, manchas de suor nos sovacos, entrou pesadamente na sala e sentou-se na cadeira, que gemeu com seu peso. Estava cauteloso.

Dance quebrou o silêncio dizendo:

— Receio que temos um problema, Vincent.

Seus olhos se estreitaram.

Dance mostrou a bolsa plástica de evidência com o canudinho que ele tinha usado.

— Você sabe o que é DNA, não?

— Do que vocês estão falando?

Será que vai funcionar?, perguntou-se Rhyme. Será que ele cai nessa?

Será que Vincent iria dar a entrevista por terminada, fechar-se e insistir num advogado? Ele tinha todo o direito de fazer isso. O blefe terminaria num desastre e eles jamais conseguiriam alguma informação dele até que o Relojoeiro já tivesse assassinado sua próxima vítima.

Dance perguntou calmamente:

— Você já viu sua análise de DNA, Vincent?

Girou o monitor do computador na direção de Vincent.

— Não sei se você conhece o Sistema Combinado de Indexação de DNA, do FBI? Nós o chamamos de CODIS. Sempre que acontece um estupro ou abuso sexual e o criminoso não é pego, seus fluidos, pele e cabelo são coletados. Mesmo com camisinha, geralmente ainda sobra algum material na vítima ou próximo dela, e que tem DNA nele. O perfil é armazenado e quando a polícia pega um suspeito seu perfil é comparado com os dados da perícia criminal. Olhe só.

Abaixo do cabeçalho CODIS havia dúzias de linhas com números, letras, grades e barras difusas virtualmente incompreensíveis para alguém que não fosse familiarizado com o sistema.

O homem estava completamente imóvel, apesar de a sua respiração estar pesada. Seu olhar, para Rhyme, parecia desafiador.

— Isso é cascata.

— Você sabe, Vincent, que ninguém jamais derrubou um caso construído com base sólida em DNA. E conseguimos condenações anos depois dos ataques.

— Você não pode... Eu não disse que era certo fazer isso. — E olhou para o canudinho empacotado.

— Vincent — disse Kathryn Dance suavemente —, você está enrascado.

O que era tecnicamente verdade, refletiu Rhyme. Ele estava na posse de uma arma mortífera.

Nunca minta...

— Mas você tem alguma coisa que nós queremos. — Uma pausa, e depois Dance continuou: — Não conheço os procedimentos de Nova York, mas na Califórnia nossos promotores têm bastante abertura para trabalhar com suspeitos que cooperam.

Ela olhou para Sellitto, que pegou a deixa:

— Sim, Vincent, a mesma coisa aqui. O promotor vai ouvir nossas recomendações.

Perdido nos gráficos da tela de computador, dentes cerrados, Vincent não disse nada.

Baker continuou:

— A proposta é esta: se você nos ajudar a pegar o Relojoeiro e confessar os abusos sexuais anteriores, conseguiremos imunidade para você nas acusações de assassinato e ataque às duas vítimas do outro dia. Garantimos que você terá acesso a um centro de tratamento. E você ficará isolado do resto da população carcerária.

— Mas você terá que nos ajudar — disse Dance firmemente. — Agora, Vincent, o que diz?

O homem olhou para a tela com uma análise de DNA que não tinha nada em absoluto a ver com ele. Sua perna balançava ligeiramente — sinal de que o debate interior pegava fogo.

Lançou um olhar desafiador para Kathryn Dance.

Sim ou não? O que seria?

Um minuto completo transcorreu. Rhyme só escutava o tique-taque dos relógios do Relojoeiro.

Vincent fez uma careta. Olhou para eles friamente.

— Ele é um negociante do Meio-Oeste. O nome dele é Gerald Duncan. Está se abrigando numa igreja em Manhattan. Posso beber outra Coca?

CAPÍTULO 27

— Onde é que ele está agora? — berrou Dennis Baker.

— Havia alguém que ele ia... — A voz de Vincent falhou.

— Matar?

O suspeito balançou a cabeça.

— Onde?

— Não sei exatamente. Ele disse que era em Midtown, acho. Ele não me disse. Verdade.

Eles olharam para Kathryn Dance, que aparentemente não percebeu qualquer tentativa de engano e assentiu.

— Não sei se ele está lá agora ou na igreja.

E entregou o endereço.

— Conheço — disse Sachs. — Está fechada há algum tempo.

Sellitto ligou para a USE e mandou Haumann reunir algumas equipes táticas.

— Ele ia encontrar comigo de volta lá no Village dentro de mais ou menos uma hora. Perto do edifício no beco.

Aonde Vincent estava indo para matar e estuprar Kathryn Dance, refletiu Rhyme. Sellitto mandou que carros sem identificação estacionassem perto do edifício.

— Quem é a próxima vítima? — perguntou Baker.

— Eu não sei. Não sei mesmo. Ele não me disse nada sobre ela porque...

— Por quê? — perguntou Dance.

— Eu não ia fazer nada com ela.

Fazer com ela...

Rhyme compreendeu.

— Então você o ajudava e em troca ele deixava você ter a vítima.

— Só as mulheres — disse Vincent rapidamente, sacudindo a cabeça com nojo. — Homens não. Não sou esquisito ou coisa assim... E só depois que estavam mortas, assim não era um estupro de verdade. Não *era*. Gerald me disse isso. Ele tinha verificado isso.

Dance e Sellitto pareciam impassíveis diante disso, mas Baker piscava. Sachs tentava controlar sua raiva.

Baker perguntou:

— E por que você não iria fazer nada com a próxima vítima?

— Porque... ele ia queimá-la até morrer.

— Jesus — murmurou Baker.

— Ele está armado? — perguntou Rhyme.

Vincent assentiu.

— Ele tem uma arma. Uma pistola.

— Uma .32?

— Não sei.

— O que ele está dirigindo? — perguntou Sellitto.

— É um Buick azul-escuro. Foi roubado. Acho que é um modelo de dois anos atrás.

— Placas?

— Não sei. De verdade. Ele simplesmente roubou o carro.

— Irradie um ELV — ordenou Rhyme.

Sellitto providenciou.

Dance aproveitou:

— E o que mais?

Ela pressentiu algo.

— O que você quer dizer?

— O que mais preocupa você a respeito do carro?

Ele olhou para baixo.

— Acho que ele matou o proprietário. Eu não sabia que ele ia fazer isso. Não sabia mesmo.

— Onde?

— Ele não me disse.

Cooper emitiu um pedido de relatórios de roubo de carros recentes, homicídios ou pessoas desaparecidas.

— E...

Vincent engoliu em seco. Sua perna mais uma vez balançava levemente.

— O quê? — perguntou Baker.

— Ele matou mais uma pessoa também. Um universitário, acho, um garoto. Num beco depois da esquina perto da igreja, perto da Décima Avenida.

— Por quê?

— Ele nos viu saindo da igreja. Duncan o esfaqueou e jogou o corpo numa lixeira.

Cooper telefonou para a delegacia da região para que verificassem isso.

— Vamos deixá-lo ligar para Duncan — disse Sellitto, acenando para Vincent. — Podemos localizar seu celular.

— O telefone dele não vai funcionar. Ele tira a bateria e o SIM chip quando não estamos... você sabe, trabalhando.

Trabalhando...

— Ele disse que desse jeito não pode ser localizado.

— O telefone está no nome dele?

— Não. É um desses pré-pagos. Ele compra um a cada alguns dias e joga fora o velho.

— Pegue o número — ordenou Rhyme. — Confira com as operadoras.

Mel Cooper telefonou para as grandes companhias de telefonia móvel da área e manteve várias conversas breves. Desligou e informou:

— East Coast Communications. Pré-pago, como ele disse. Comprou com dinheiro. Não há como localizar se a bateria estiver desligada.

— Merda — murmurou Rhyme.

O telefone de Sellitto tocou. As Unidades do Serviço de Emergência de Bo Haumann estavam a caminho. Estariam na igreja dentro de minutos.

— Parece que essa é nossa única esperança — disse Baker.

Ele, Sachs e Pulaski saíram apressados para participar da operação tática.

Rhyme, Dance e Sellitto continuaram no laboratório, tentando extrair de Vincent mais coisas sobre Gerald Duncan, enquanto Cooper pesquisava em bancos de dados qualquer informação sobre o personagem.

— Qual o interesse dele em relógios e no tempo e no calendário lunar? — perguntou Rhyme.

— Ele coleciona antigos relógios de mesa e de bolso. E realmente era relojoeiro, como hobby, sabe. Não que tenha uma loja ou coisa assim.

— Mas pode ter trabalhado para alguém em algum momento — disse Rhyme. — Descubra as organizações profissionais de relojoeiros. Também de colecionadores.

Cooper digitava no teclado, até que perguntou:

— Só da América?

Dance perguntou a Vincent:

— Qual a nacionalidade dele?

— Ele é americano, acho. Não tem sotaque ou coisa assim.

Depois de percorrer uma quantidade de sites, Cooper balançou a cabeça.

— É um negócio popular. Os grandes grupos parecem ser a Associação de Relojoeiros, Joalheiros e Ourives de Genebra, a Association Interprofessionelle de La Haute Horlogerie, na Suíça; o American Watchmakers Institute, a Associação Suíça de Lojistas de Relógios e Joias, também na Suíça, a Associação dos Empregados da Indústria Relojoeira Suíça e a Federação Suíça dos Fabricantes de Relógios... mas existem mais dúzias delas.

— Mande e-mails para todas — disse Sellitto. — Pergunte sobre Duncan. Como relojoeiro e colecionador.

— E a Interpol — disse Rhyme.

Depois, para Vincent:

— Como vocês se conheceram?

O sujeito fez um relato divagando sobre um encontro acidental e inocente. Kathryn Dance escutou e, com sua voz calma, fez algumas perguntas e anunciou que ele estava mentindo.

— O acordo é que você jogue limpo conosco — disse ela, inclinando-se.

Seu olhar era frio, por trás dos óculos de predador.

— OK, só estava resumindo, sabe.

— Não queremos resumos — resmungou Rhyme. — Queremos saber como você o conheceu.

O estuprador admitiu que ainda que *fosse* uma coincidência, o encontro não foi tão inocente. Ele entregou os detalhes do contato inicial no restaurante perto de onde Vincent trabalhava. Duncan estava checando um dos homens que tinha sido morto no dia anterior e Vincent estava de olho numa garçonete.

Que par, esses dois, refletiu Rhyme.

Mel Cooper levantou a cabeça da tela do computador.

— Estou pegando alguma coisa por aqui... Temos 68 "Gerald Duncan" em 15 estados do Meio-Oeste. Estou verificando primeiro mandados e o VICAP* do FBI e depois cruzando com as idades aproximadas e profissões. Você não pode reduzir a área de busca?

— Se pudesse, faria. Ele nunca falava sobre si mesmo.

Dance assentiu. Ela acreditava nele.

Lon Sellitto fez a pergunta que Rhyme já ia fazer:

— Sabemos que ele está mirando vítimas específicas, checando todas antes do crime. Por quê? O que ele quer?

O estuprador respondeu:

— Sua esposa.

— Ele é casado?

— Foi.

— Conte-nos.

— Ele e a esposa vieram a Nova York férias em uns dois anos atrás. Ele estava num jantar de negócios em algum lugar e sua esposa foi sozinha a um concerto. Ela caminhava de volta ao hotel nessa rua deserta e foi atingida por um carro ou um caminhão. O motorista fugiu. Ela gritou por socorro, mas ninguém apareceu para ajudá-la, nem mesmo chamaram a polícia ou os bombeiros. O médico disse que ela provavelmente tinha vivido 10 ou 15 mi-

---

* VICAP (Violent Criminal Apprehension Program): Programa de detenção de criminosos violentos. (*N. do E.*)

nutos depois que foi atingida. E até mesmo alguém que não fosse médico poderia ter parado o sangramento, disse. Bastava pressionar num ponto ou coisa assim. Mas ninguém ajudou.

— Verifique todos os hospitais em busca de admissões sob o nome Duncan, de 18 a 36 meses atrás — ordenou Rhyme.

Mas Vincent disse:

— Nem se importe. Ano passado ele invadiu o hospital e roubou o prontuário. E também o relatório da polícia. Subornou um funcionário ou coisa assim. E está planejando tudo desde então.

— Mas por que está *escolhendo* essas vítimas?

— Quando a polícia investigou, conseguiram o nome de dez pessoas que estavam nas proximidades de onde ela morreu. Se podiam tê-la salvado ou não, não sei. Mas Gerald se convenceu de que poderiam. E ficou o ano passado descobrindo onde viviam e quais eram seus horários. Ele precisa pegá-las sozinhas para que possam morrer vagarosamente. Isso é que é importante para ele. Como sua esposa morreu vagarosamente.

— O homem no cais na terça-feira passada. Morreu?

— Deve ter morrido. Duncan fez com que ele se pendurasse e cortou seus braços e ficou lá observando até que ele caiu no rio. Disse que o sujeito tentou nadar por algum tempo, mas de repente parou de se mexer e flutuou embaixo do cais.

— Qual o nome dele?

— Não me lembro. Walter qualquer coisa. Não ajudei com os dois primeiros. Não mesmo.

Olhou de relance para Dance com medo nos olhos.

— O que mais você sabe sobre Duncan?

— Acho que é só isso. O que ele gosta mesmo é de falar sobre o tempo.

— Tempo? Como assim?

— Qualquer coisa, tudo. A história do tempo, como os relógios funcionam, sobre calendários, como as pessoas percebem o tempo diferentemente. Ele me disse, assim, que o termo "apressar" vem dos relógios de pêndulo. Se o peso for mexido para cima, o relógio corre mais rápido. "Devagar", você coloca o peso mais embaixo para diminuir a velocidade... Se fosse outra pessoa seria simplesmente chato. Mas do jeito como ele fala sobre isso, bem, a pessoa fica tipo presa no que ele diz.

Cooper levantou os olhos da tela do computador.

— Recebemos um par de respostas das associações de relojoeiros. Não há registros de Gerald Duncan... Espere, chegou a resposta da Interpol... Nada lá também. E não consegui achar nada no VICAP.

O telefone de Sellitto tocou. Ele atendeu a chamada e falou por alguns minutos. Olhou para o estuprador friamente enquanto falava. Depois desligou.

— Era o marido de sua irmã — disse para Vincent.

O sujeito franziu o rosto.

— Quem?

— O marido de sua irmã.

Vincent sacudiu a cabeça.

— Não, você deve ter falado com a pessoa errada. Minha irmã não é casada.

— Sim, é sim.

Os olhos do estuprador estavam arregalados.

— Sally Anne casou?

Com um olhar de nojo para Vincent, Sellitto disse para Rhyme e Dance:

— Ela estava perturbada demais para retornar ela mesma a chamada. O marido respondeu. Treze anos atrás ele a trancou no porão da casa deles por uma semana enquanto a mãe e o padrasto estavam em lua de mel. Sua própria irmã... Ele a amarrou e abusou sexualmente dela várias vezes. Ele tinha 15 anos, ela, 13. Cumpriu pena como menor e foi libertado depois de aconselhamento. Os registros foram selados. Por isso não conseguimos registros no IAFIS.

— Casada — sussurrou Vincent, rosto cor de cinza.

— Ela recebe tratamento para depressão e distúrbios alimentares desde então. Foi pego espreitando-a uma dúzia de vezes, e tem uma ordem judicial de manter-se longe dela. O único contato entre eles nos últimos três anos são as cartas que ele anda enviando.

— Ele anda ameaçando-a? — perguntou Dance.

— Nada — murmurou Sellitto. — São cartas de amor. Ele quer que ela se mude para cá e viva com ele.

— Puta merda — murmurou o imperturbável Mel Cooper.

— Às vezes ele escreve receitas nas margens. Às vezes faz desenhos pornográficos. O cunhado disse que se houver qualquer coisa que eles possam fazer para garantir que ele fique preso o resto da vida, eles farão. — Sellitto olhou para os dois policiais parados atrás de Vincent.

— Tirem esse merda daqui.

Os policiais ajudaram o grandalhão a se levantar e começaram a andar em direção à porta. Vincent Reynolds mal podia caminhar, de tão abalado.

— Como Sally Anne pôde se casar? Como ela pôde fazer isso comigo? Íamos ficar juntos para sempre... Como ela pôde?

CAPÍTULO 28

Como assaltar um castelo medieval.

Sachs, Baker e Pulaski se uniram a Bo Haumann dobrando a esquina da igreja numa indefinível área de Chelsea. As tropas da USE tinham se disposto discretamente nas ruas abaixo e acima ao redor do lugar, mantendo um perfil baixo.

A igreja só tinha as portas minimamente necessárias para satisfazer o regulamento dos bombeiros e barras de ferro na maioria das janelas. Isso dificultaria a fuga de Gerald Duncan, é claro, mas também significava que a USE tinha poucas opções de acesso. O que, por sua vez, aumentava a possibilidade de o assassino ter instalado armadilhas nas entradas, ou aguardá-los armado. E as paredes de pedra, com mais de meio metro de espessura, também aumentavam o risco possível, já que os sensores térmicos e sonoros das equipes de Busca e Vigilância se tornavam praticamente inúteis, pois simplesmente não podiam detectar o que havia lá dentro.

— Qual o plano? — perguntou Amelia Sachs, de pé ao lado de Bo Haumann no beco atrás da igreja.

Dennis Baker estava ao lado dela, mão perto da pistola. Seus olhos dançavam pela rua e pela calçada, o que informou a Sachs que fazia tempo que ele não participava de uma invasão tática, se é que havia feito isso alguma vez.

Ron Pulaski estava por perto, mão no cabo de sua Glock. Ele também balançava-se nervosamente nos pés enquanto olhava a estrutura imponente e coberta de fuligem.

Haumann explicou que as equipes fariam uma entrada dinâmica simultânea por todas as portas, depois de explodi-las. Não havia escolha — as portas eram grossas demais para o martelo hidráulico —, mas as explosões anunciariam claramente a presença deles e dariam a Duncan a oportunidade de pelo menos preparar alguma defesa dentro do edifício. O que ele faria quando ouvisse as explosões e os passos dos tiras invadindo?

Desistiria?

Muitos criminosos fazem isso.

Mas alguns não. Ou entram em pânico ou se agarram em alguma ideia maluca de que podem abrir caminho na marra contra dúzias de policiais armados. Rhyme contara a ela sobre a missão de vingança de Duncan; ela não imaginava que alguém tão obcecado fosse do tipo que se rendesse.

Sachs assumiu posição com a equipe junto à porta de entrada lateral. Baker e Pulaski ficaram no posto de comando com Haumann.

Pelo fone de ouvido escutou o comandante da USE dizer:

— Cargas de entrada armadas. Equipes confirmem. Câmbio.

As equipes A, B e C responderam que estavam prontas.

Com sua voz rouca, Haumann chamou:

— Na minha contagem... Cinco, quatro, três, dois, um.

Três estouros ressoaram quando as portas explodiram simultaneamente, disparando alarmes de carros e sacudindo as janelas próximas. Policiais correram para dentro.

Resultou que suas preocupações sobre posições fortificadas e armadilhas eram infundadas. A notícia ruim, entretanto, foi que a busca do lugar deixou claro que o Relojoeiro ou era um dos sujeitos mais sortudos da Terra ou tinha se antecipado mais uma vez. Não estava lá.

— Verifique isso aí, Ron.

Amelia Sachs estava parada diante da porta de um pequeno depósito no andar de cima da igreja.

— Assustador — concluiu o jovem policial.

E era mesmo.

Olhavam para uma quantidade de relógios de pé com o mostrador com a lua, arrumados diante de uma parede de pedra. As luas como que olhavam para eles com olhares críticos, um quase sorriso, não exatamente malicioso, como se soubessem exatamente quanto tempo estava reservado para sua vida e tivessem prazer em estar contando os segundos até o final.

Todos faziam tique-taque, um ruído que enervava Sachs.

Ela contou cinco. O que significava que ele estava com um.

Queimá-la até a morte...

Pulaski estava fechando o zíper de seu macacão Tyvek para cena do crime e ajustando o coldre de sua Glock por cima. Sachs lhe disse que faria o quadrilátero ali no andar superior, onde Vincent dissera que eles ficavam. O recruta ficaria com o térreo da igreja.

Ele assentiu, olhando inquieto para o corredor escuro, nas sombras. O golpe em sua cabeça no ano anterior fora severo e um supervisor pretendera torná-lo inativo, colocá-lo atrás de uma mesa. Ele lutou para se recuperar do ferimento na cabeça e simplesmente não concordara que a chefia o tirasse das ruas. Sachs sabia que às vezes ele se assustava. Podia ver em seus olhos que constantemente debatia se decidia ou não aceitar a tarefa diante dele. Mesmo sempre terminando por aceitar o trabalho, havia alguns tiras que não gostariam de trabalhar com ele por conta disso. Sachs, entretanto, preferia trabalhar com alguém que enfrentasse seus fantasmas o tempo todo que fosse para as ruas. Isso era coragem.

Ela jamais hesitara em tê-lo como parceiro.

Então compreendeu o que tinha pensado e incluiu uma ressalva: *se* ela fosse continuar na força policial.

Pulaski esfregou as mãos, que Sachs percebeu que estavam suadas, apesar do frio, e vestiu as luvas de látex.

Enquanto dividiam o equipamento de coleta de evidências, ela disse:

— Ei, ouvi dizer que você foi atacado no estacionamento, processando a cena do Explorer.

— É.

— Detesto quando isso acontece.

Ele deu uma risada, mostrando que sabia que era o jeito de ela dizer que não havia problema em ficar nervoso. Ele caminhou para a porta.

— Ei, Ron.

Ele parou.

— Falando nisso, Rhyme disse que você fez um ótimo trabalho.

— Foi mesmo?

Não com tantas palavras. Mas assim era Rhyme. Sachs disse:

— Claro que sim. Agora vá e procure a merda que está nessa cena. Quero agarrar esse filho da puta.

Ele sorriu.

— Pode apostar.

— Não é um presente de Natal — disse Sachs. — É um trabalho.

E acenou para que ele descesse.

Ela não descobriu nada que sugerisse quem seria a próxima vítima, mas pelo menos havia uma quantidade significativa de evidências na igreja.

No quarto de Vincent Reynolds, Sachs recuperou mostras de uma dúzia de diferentes tipos de comida e refrigerantes, assim como provas de seus apetites mais sombrios: camisinhas, fita adesiva e trapos, presumivelmente para serem usados como mordaças. O lugar era uma sujeira. Cheirava a roupa suja.

No quarto de Duncan, Sachs encontrou revistas horológicas (sem etiquetas de assinatura), ferramentas de relojoeiro e outras (inclusive o cortador de arame que provavelmente fora usado para cortar a cerca na primeira cena). Ao contrário do de Vincent, este quarto estava sinistramente limpo e arrumado. A cama estava tão benfeita que um sargento instrutor teria aprovado. As roupas perfeitamente penduradas no closet (todas as etiquetas removidas, notou), o espaço entre os cabides exatamente igual. Os itens na escrivaninha estavam alinhados em ângulos exatos um em relação ao outro. Ele cuidara de não deixar quase nada pessoal: dois programas de museus, de Boston e de Tampa, estavam escondidos numa lixeira, mas apesar de sugerirem que estivera nessas cidades, estas não eram, claro, de onde Vincent disse que ele viera, no Meio-Oeste. Havia também um rolo adesivo.

É como se ele usasse seu próprio macacão Tyvek...

Ela também descobriu pistas que possivelmente eram das cenas de crime anteriores — um rolo de fita adesiva que provavelmente casaria com a fita encontrada no beco e que, presumivelmente, também fora usada para amordaçar a vítima no cais. Achou uma vassoura velha com sujeira, areia fina e pedacinhos de sal nas cerdas. Calculou que deveria ter sido usada para varrer a cena ao redor de onde Teddy Adams foi morto.

Havia também evidências que esperava pudessem revelar a localização dele ou se relacionar de algum modo às próximas vítimas. Num pequeno recipiente de plástico havia algumas moedas, três canetas Bic, recibos de um estacionamento na cidade e de uma farmácia no Upper West Side, e uma caixa de fósforos (com três faltando) de um restaurante no Upper East Side. Não havia impressões digitais em nenhum desses itens. Ela também descobriu um par de sapatos cujos solados tinham manchas de uma tinta verde berrante e um galão que contivera álcool de limpeza.

Não havia impressões digitais mas ela descobriu uma quantidade de fibras de algodão da mesma cor das que havia no Explorer. Depois descobriu um saco plástico com uma dúzia de pares de luvas, sem etiquetas de loja ou recibos. A sacola não tinha digitais.

Na sua busca no térreo, Ron Pulaski não encontrou muita coisa, mas fez uma descoberta curiosa: uma camada de pó branco num toalete. Os testes confirmariam, mas ele acreditava que era de um extintor de incêndio, já que também descobrira uma bolsa de lixo perto da porta dos fundos, dentro da qual havia a embalagem vazia de um extintor. O recruta examinou cuidadosamente a caixa, mas não havia etiquetas de loja que indicassem onde tinha sido comprado.

Não estava clara a razão pela qual o extintor fora descarregado. Nada sugeria que alguma coisa tivesse queimado no banheiro.

Ela ligou pelo celular para a detenção, onde colocaram Vincent Reynolds na linha, e este disse que Duncan comprara um extintor recentemente. Não sabia por que fora descarregado.

Depois que os formulários da cadeia de custódia foram preenchidos, Sachs e Pulaski reuniram-se a Baker, Haumann e aos demais do lado de dentro da porta da frente da igreja, onde estavam esperando enquanto os dois policiais faziam o quadrilátero. Sachs ligou para Rhyme e contou para ele e Sellitto o que tinham descoberto.

Enquanto lia em voz alta as evidências, escutava Rhyme instruindo Thom para incluir tudo nos quadros.

— Boston e Tampa? — perguntou o criminalista, referindo-se aos programas de museus. — Vincent pode estar errado. Espere aí.

E fez Cooper verificar com os cartórios e com o departamento de trânsito dessas cidades sobre algum Gerald Duncan morando nelas. Mas, apesar de haver residentes com esse nome, suas idades não batiam com a do criminoso.

O criminalista ficou em silêncio durante algum tempo. Depois disse:

— O extintor de incêndio... Aposto que ele fabricou um aparelho incendiário com isso. Usou o álcool como espoleta. Havia um pouco de álcool também no relógio no apartamento de Lucy Richter. É assim que ele vai queimar até a morte a próxima vítima. E qual é a coisa com os extintores de incêndio?

— Desisto — disse Sachs.

— São invisíveis. Um pode estar colocado ao lado de alguém que não pensa duas vezes sobre isso.

— Acho que temos que levar todas as pistas que descobrimos aqui e dividi-las — disse Baker —, esperando que uma delas nos leve até a próxima vítima. Temos recibos, esses fósforos, os sapatos.

A voz de Rhyme estalou no rádio:

— Seja lá o que forem fazer, façam rápido. Segundo Vincent, se ele não estivesse na igreja, estaria a caminho da vítima seguinte. Já pode estar lá agora.

O RELOJOEIRO

CENA DO CRIME 1

Localização:

- Cais de reparos no rio Hudson, rua 22.

Vítima:

- Identidade desconhecida.
- Masculino.
- Possivelmente de meia-idade ou mais velho, e pode ter uma doença coronária (presença de anticoagulantes no sangue).
- Nenhuma outra droga, doença ou infecção no sangue.
- Mergulhadores da Guarda Costeira e da polícia procurando pelo corpo e por evidências no porto de Nova York.
- Verificando informes de pessoas desaparecidas.

Criminoso:

- Ver abaixo.

MO:

- Criminoso forçou a vítima a se pendurar no cais, sobre a água, cortou dedos ou pulso até ela cair.
- Hora do ataque: entre 18 horas de segunda-feira e 6 horas de terça-feira.

Evidências:

- Tipo sanguíneo AB positivo.
- Unha rasgada, sem esmalte, larga.
- Parte da grade de arame cortada com alicates comuns.
- Relógio. Ver abaixo.
- Poema. Ver abaixo.
- Marcas de unhas no cais.
- Nenhum vestígio discernível, nenhuma impressão digital, nenhuma pegada, nenhuma marca de pneu.

CENA DO CRIME 2

Localização:

- Beco saindo da rua Cedar, perto da Broadway, atrás de três edifícios comerciais (portas traseiras fechadas entre 20h30 e 22 horas) e um edifício da administração pública (porta traseira fechada às 18 horas).
- O beco é sem saída, 4,5 metros de largura e 31,6 metros de comprimento, pavimentado de paralelepípedos, o corpo estava a 4,5 metros da rua Cedar.

Vítima:

- Theodore Adams.
- Vivia em Battery Park.
- Redator freelancer.
- Sem inimigos conhecidos.
- Sem mandados, federais ou estaduais.
- Verificando conexões com edifícios ao redor do beco. Nenhuma encontrada.

Criminoso:

- O Relojoeiro.
- Masculino.
- Não existem entradas em bancos de dados para o Relojoeiro.

MO:
- Arrastado de um veículo para o beco, onde viga de ferro foi suspensa por cima dele, e depois esmagou seu pescoço.
- Aguardando relatório do legista para confirmar.
- Sem evidências de atividade sexual.
- Hora da morte: aproximadamente entre 22h15 e 23 horas de segunda-feira. Legista deverá confirmar.

Evidências:
- Relógio:
  - Sem explosivos, químicos ou bioagentes.
  - Idêntico ao relógio do cais.
  - Sem digitais, vestígios mínimos.
  - Arnold Products, Framingham, MA. Vendido por Hallerstein's Timepieces, Manhattan.
- Poema deixado pelo criminoso em ambas as cenas.
  - Impressora de computador em ambas as cenas, papel comum, tinta HP Laserjet.
  - Texto:

    A cheia Lua Fria está nos céus,
    brilhando sobre o cadáver da Terra,
    indicando a hora de morrer
    e o fim da jornada iniciada no nascimento.

    O Relojoeiro
  - Não encontrado em nenhum banco de dados de poesias; provavelmente de própria autoria.
  - Lua Fria é um mês lunar, o mês da morte.
- 60 dólares no bolso, sem números de série marcados; sem digitais.
- Areia fina usada como "agente ofuscador". Areia genérica. Porque o assassino pretendia voltar à cena?
- Barra de metal, 36,7 kg, é uma viga com orifícios nas pontas. Não estava sendo usada na construção em frente ao beco. Nenhuma outra fonte descoberta.
- Fita adesiva genérica, mas precisamente cortada, incomum. Exatamente os mesmos comprimentos.
- Sulfato de tálio (veneno de rato) descoberto na areia.
- Solo contendo proteína de peixe descoberto dentro do casaco da vítima.
- Poucos vestígios descobertos.
- Fibras marrons, provavelmente de tapete automotivo.

Outros:
- Veículo:
  - Provavelmente Ford Explorer, com três anos de uso. Tapete marrom.
  - Revisão de placas de carros na área na terça de manhã não revelou mandados. Não foram emitidas multas na segunda-feira à noite.
- Verificando com a Costumes sobre prostitutas, ref.: testemunhas.
- Sem pistas.

ENTREVISTA COM HALLERSTEIN

Criminoso:

- Retrato falado composto do Relojoeiro — final dos 40 anos ou começo dos 50, rosto redondo, queixo duplo, nariz grosso, olhos azuis incomumente claros. Mais de 1,80 m de altura, magro, cabelos negros, corte médio, sem joias, roupas escuras. Sem nome.
- Conhece muito sobre relógios de mesa e de pulso e quais foram vendidos em leilões recentes e onde estavam as exposições horológicas atualmente em exibição na cidade.
- Ameaçou o negociante para que este ficasse quieto.
- Comprou dez relógios. Para dez vítimas?
- Pagou em dinheiro.
- Queria face da lua no relógio. Queria que o mecanismo soasse alto.

Evidências:

- A fonte dos relógios foi a Hallerstein's Timepieces, Flatiron District.
- Sem digitais no dinheiro pago pelos relógios, sem números de série marcados. Nenhum vestígio no dinheiro.
- Ligou de telefones públicos.

CENA DO CRIME 3

Localização:

- Rua Spring, 481.

Vítima:

- Joanne Harper.
- Sem motivo aparente.
- Não conhecia a segunda vítima, Adams.

Criminoso:

- Relojoeiro.
- Assistente.
  - Provavelmente o homem visto mais cedo pela vítima, em sua loja.
  - Branco, troncudo, óculos de sol, parca de cor creme e boné. Dirigia o utilitário.

MO:

- Usou gazua para entrar.
- Método de ataque pretendido: desconhecido. Possivelmente planejava usar o arame da florista.

Evidências:

- Proteína de peixe veio da loja de Joanne (fertilizante de orquídeas).
- Sulfato de tálio nas proximidades.
- Arame da florista, cortado em pedaços precisos. (Para usar como arma do assassinato?)
- Relógio:
  - Igual aos outros. Sem nitratos.
  - Sem vestígios.
- Sem nota ou poema.
- Sem pegadas, impressões digitais, armas ou qualquer outra coisa deixada para trás.
- Lascas negras — piche de teto.
- Verificando pelo REAET imagens térmicas de Nova York para possíveis fontes.

Outros:
- Criminoso vigiava a vítima antes do ataque. Transformou-a em alvo com um objetivo. Qual?
- Tem rádio da polícia. Mudar frequência.
- Veículo:
  - Utilitário marrom.
  - Placa desconhecida.
  - Emitido boletim de localização.
  - 423 proprietários de Explorers marrons na área. Listas cruzadas para verificar mandados de prisão. Descobertos dois. Um proprietário velho demais; o outro está preso por tráfico de drogas.
    - O proprietário é o homem preso.

EXPLORER DO RELOJOEIRO

Localização:
- Descoberto em estacionamento. Rio Hudson e rua Houston.

Evidências:
- Explorer de propriedade do homem preso. Foi confiscado e roubado do depósito onde aguardava o leilão.
- Estacionado em área livre. Não perto da saída.
- Migalhas de chips de milho, batatas fritas, pretzels, chocolate. Pedaços de biscoito de manteiga de amendoim. Manchas de refrigerantes do tipo normal, não dietético.
- Caixa de munição Remington calibre .32 para pistola automática, faltam sete balas. A arma é possivelmente uma Autauga MkII.
- Livro *Técnicas extremas de interrogatório*. Mapa de seus métodos de assassinato? Nenhuma informação útil do editor.
- Fio de cabelo preto-grisalho, provavelmente de mulher.
- Nenhuma impressão digital no veículo inteiro.
- Fibras de algodão bege de luvas.
- Areia que combina com a usada no beco.
- Pegada de sola macia de sapato tamanho 43.

CENA DO CRIME 4

Localização:
- Rua Barrow, Greenwich Village.

Vítima:
- Lucy Richter.

Criminoso:
- Relojoeiro.
- Assistente.

MO:
- Meio de morte planejado desconhecido.
- Rotas de entrada e fuga não determinadas.

Evidências:
- Relógio:
  - Igual aos demais.
  - Deixado no banheiro.
  - Sem explosivos.
  - Mancha de álcool de limpeza, sem outros resíduos.
- Sem nota ou poema.
- Sem impermeabilização recente do teto.

- Sem impressões digitais ou pegadas.
- Sem resíduos distintivos.
- Fibras de algodão de jaqueta ou casaco com gola de lã.

INTERROGATÓRIO DE VINCENT REYNOLDS E BUSCA NA IGREJA

Localização:
- Décima Avenida e rua 24.

Criminoso:
- Relojoeiro:
- O nome é Gerald Duncan.
- Negociante "do Meio-Oeste", especificidade desconhecida.
- Esposa morreu em NY: está assassinando por vingança.
- Armado com pistola e estilete.
- Seu telefone não pode ser rastreado.
- Coleciona relógios de pé e de bolso antigos.
- Pesquisando organizações horológicas e de relojoeiros.
    - Sem respostas imediatas.
- Sem informação da Interpol ou de bancos de dados sobre criminosos.

Assistente:
- Vincent Reynolds.
- Empregado temporário.
- Vive em Nova Jersey.
- Histórico de abusos sexuais.

Evidências:
- Cinco relógios adicionais, idênticos aos demais. Falta um.
- No quarto de Vincent:
    - Comida industrializada, refrigerantes.
    - Camisinhas.
    - Fita adesiva.
    - Trapos (mordaças?).
- No quarto de Duncan:
    - Revistas horológicas.
    - Ferramentas.
    - Roupas.
    - Programas de museus de Boston e Tampa.
    - Fita adesiva adicional.
    - Vassoura velha com sujeira, areia e sal.
    - Três canetas Bic.
    - Moedas.
    - Recibo de estacionamento.
    - Recibo de farmácia no Upper West Side.
    - Caixa de fósforos de restaurante no Upper East Side.
    - Sapatos com tinta verde brilhante.
    - Rolo adesivo.
    - Luvas bege.
- Sem impressões digitais.
- Resíduo de extintor de incêndio.
- Caixa vazia do extintor de incêndio.
- Extintor para virar aparelho incendiário a álcool?

Outros:
- Assassinou estudante próximo da igreja, era testemunha.
    - Delegacia local está investigando.
- Veículo é roubado, Buick azul-escuro.
    - Assassinou o motorista.
    - Busca — roubos de carro, homicídios, pessoas desaparecidas.
    - Acionado o LVE. Ainda sem resultados.

Sarah Stanton caminhava rapidamente pela calçada congelada de volta ao edifício de escritórios em Midtown, onde trabalhava, segurando seu café com leite e o biscoito com lascas de chocolate comprado na Starbucks — um prazer com culpa, mas recompensado pelo que seria um longo dia no escritório.

Não que ela precisasse do saboroso incentivo para voltar para seu posto de trabalho. Sarah era orçamentista de uma grande companhia de assoalhos e decoração de interiores. Mãe de um garoto de 8 anos, voltara a trabalhar alguns anos antes do planejado, graças a um divórcio difícil. Tinha começado como recepcionista e foi subindo rapidamente até se tornar a principal orçamentista da companhia.

O trabalho era exigente, muitos números — mas a companhia era boa e ela gostava das pessoas com quem trabalhava (bem, a maioria delas). E tinha flexibilidade com seus horários, já que passava muito tempo em campo, encontrando clientes. Isso era importante porque precisava vestir e preparar seu filho para a escola, e depois levá-lo até lá na rua 95 antes das 9 horas e depois voltar a Midtown e ao trabalho, horário sempre sujeito aos caprichos dos engarrafamentos. Naquele dia ela trabalharia mais de dez horas; no dia seguinte iria tirar folga para fazer as compras natalinas com o filho.

Sarah passou o cartão e empurrou a porta traseira do edifício, e em seguida fez seu exercício vespertino: subir pelas escadas até o escritório em vez de usar o elevador. A companhia ocupava todo o terceiro andar, mas seu computador estava num pequeno escritório, que ocupava apenas um pedaço do segundo andar. Esse escritório era calmo, tendo apenas quatro empregados, mas Sarah preferia assim. Os chefes raramente desciam até lá e podia fazer seu trabalho sem interrupções.

Ela subiu até o descanso e parou. Buscou a maçaneta, pensando como quase sempre fazia: por que essas portas abrem sem nenhuma fechadura do lado de dentro? Seria bem fácil para alguém...

E deu um pulo, escutando um leve ruído de metal. Girou. Sarah não viu ninguém.

E... será que isso era um barulho de respiração?

Será que alguém tinha se machucado?

Ela devia ir ver? Ou chamar a segurança?

— Há alguém aí? Alô?

Só silêncio.

Provavelmente não é nada, pensou. E entrou no corredor que ia até a porta traseira do seu escritório. Sarah destrancou a porta e caminhou pelo longo corredor da companhia.

Guardou o casaco no armário e pôs o café e o biscoito em sua mesa, sentou-se no posto de trabalho e olhou para o computador.

Estranho, pensou. Na tela estava a janela que indicava "Propriedades de Data e Hora".

Era um utilitário do sistema operacional Windows XP usado para ajustar data, hora e fuso horário do computador. Mostrava um calendário com a data do dia indicada e, à direita, um relógio analógico com ponteiros e abaixo dele um relógio digital, ambos marcando os segundos.

A tela não estava lá quando saíra para ir até o Starbucks.

Será que se abrira por conta própria? ela se perguntou. E por quê? Talvez alguém tivesse usado seu computador enquanto ela estava fora, embora não tivesse ideia de quem nem do porquê.

Não importa. Fechou a janela na tela e deslizou a cadeira para a frente.

Deu uma olhada para baixo. O que era aquilo?

Sarah viu um extintor de incêndio debaixo de sua mesa. Também não estava ali antes. A companhia sempre fazia coisas estranhas como essa. Instalava nova iluminação, aparecia com planos de evacuação, rearrumava a mobília, aparentemente sem razão alguma.

Agora, extintores de incêndio.

Provavelmente outra coisa pela qual devemos agradecer aos terroristas.

Dando uma olhadinha no retrato do filho, reconfortando-se ao ver seu sorriso, colocou a bolsa embaixo da mesa e desembrulhou o biscoito.

O tenente Dennis Baker caminhava vagarosamente pela rua deserta. Estava ao sul de Hell's Kitchen, numa área predominantemente industrial da zona oeste da cidade.

Como havia sugerido, os policiais dividiram as pistas descobertas na igreja em sua caça ao Relojoeiro. Ele contou para Sachs e Haumann que se lembrava de um armazém que estava sendo pintado com aquele mesmo verde doentio descoberto nos sapatos do Relojoeiro, enquanto o resto da equipe rastreava outras pistas, fora até lá.

O enorme edifício se estendia ao longo da rua, escuro, abandonado, triste até mesmo sob a brilhante luz do sol. A parte mais baixa das paredes de tijolos tisnadas estava coberta de grafites e metade das janelas estava quebrada — algumas tinham mesmo servido de alvo de disparos, ao que parecia. No teto havia um cartaz desbotado com letras de estilo antiquado: *Preston Moving and Storage*.

As portas da frente, pintadas com aquele verde, estavam trancadas e encadeadas, mas Baker descobriu uma entrada lateral, meio escondida atrás de uma lixeira. Olhou de um lado para o outro da rua, abriu a porta e entrou. Baker caminhou pelo local meio escuro, iluminado apenas por alguns feixes de luz. O cheiro era de papelão apodrecido, mofo e óleo de aquecimento. Sacou a pistola. Aquilo parecia estranho em sua mão. Ele não tinha disparado um único tiro em ação.

Caminhando silenciosamente pelo corredor, Baker aproximou-se da principal área de armazenamento do local, um enorme espaço aberto cujo chão estava salpicado de poças de água parada engordurada e lixo. Muitas camisinhas também, ele notou, enojado. Aquele era provavelmente o local menos romântico para uma ligação amorosa que se pudesse imaginar.

Um piscar de luz vindo dos escritórios alinhados na parede chamou sua atenção. Seus olhos começavam a se acostumar com a penumbra e quando se aproximou notou uma lâmpada de mesa queimando dentro de uma salinha. Havia outra coisa que ele também podia ver.

Um dos relógios negros, o mostrador com a cara de lua — o cartão de visita do Relojoeiro.

Baker avançou.

Foi quando pisou numa grande mancha de gordura que não vira na escuridão e caiu de lado, ofegante. Deixou cair a pistola, que deslizou pelo chão imundo de concreto. Ele tremeu de dor.

Foi nesse momento que um homem correu por trás dele, vindo de um dos corredores laterais.

Baker olhou e viu os olhos de Gerald Duncan, o Relojoeiro.

O assassino se abaixou.

E estendeu a mão, ajudando Baker a se levantar.

— Você está bem?

— Só perdi o fôlego. Descuidado. Obrigado, Gerry.

Duncan saiu de lado, recuperou a pistola de Baker e a entregou a ele.

— Você realmente não precisa disso. — E riu.

Baker colocou a arma no coldre.

— Não tinha certeza se iria topar com mais alguém além de você. Lugar assustador.

O Relojoeiro fez um gesto na direção do escritório.

— Vamos lá dentro. Vou lhe dizer exatamente o que vai acontecer com ela.

Ele queria dizer como os homens iriam cometer um assassinato.

E o "ela" ao qual ele se referia era uma detetive do DPNY chamada Amelia Sachs.

CAPÍTULO 29

Sentado numa das cadeiras do escritório do armazém, Dennis Baker escovava suas calças, agora manchadas na queda.

Italianas, caras. Merda.

Disse a Duncan:

— Temos Vincent Reynolds em custódia e tomamos a igreja.

Duncan sabia disso, é claro, já que ele mesmo fizera a chamada avisando a polícia que o parceiro do Relojoeiro estava puxando um carrinho de compras pela região do West Village (Baker ficara surpreso, e impressionado, por Kathryn Dance ter sacado Vincent, antes mesmo que Duncan houvesse dedado seu suposto associado).

E Duncan sabia que o estuprador, sob pressão, entregaria a igreja.

— Demorou um pouco mais do que pensava — disse Baker —, mas ele cedeu.

— Claro que sim — disse Duncan. — É um verme.

Duncan tinha planejado a captura do fodedor doentio desde o começo: era necessário alimentar os tiras com a informação que os fizesse acreditar que o Relojoeiro era um psicopata vingativo, e não o assassino de aluguel que na verdade era. E Vincent era a chave para apontar a polícia na direção certa para que o plano de Duncan se completasse.

E esse plano era elaborado e elegante como o melhor dos relógios. Seu propósito era deter a investigação de Amelia Sachs, que ameaçava desvelar o esquema de extorsão que Baker controlava a partir da 118DP.

Dennis Baker vinha de uma família de agentes da lei. Seu pai tinha sido policial do trânsito, que se aposentou mais cedo depois que levou uma queda na escada de uma estação do metrô. Um irmão mais velho trabalhava para o Departamento Penitenciário e o tio de Baker era tira numa pequena cidade do condado de Suffolk, de onde vinha sua família. Inicialmente ele não havia mostrado interesse pela profissão — jovem bem-apessoado e com boa compleição, queria grana alta. Mas depois de perder o último centavo num negócio de reciclagem que faliu, Baker decidiu entrar para a polícia. Mudou-se de Long Island para Nova York e tentou se reinventar como policial.

Mas o fato de ter entrado na carreira já mais velho — e o estilo arrogante de tira de televisão que adotara — trabalhou contra ele, alienando-o dos chefes e de seus colegas policiais. Mesmo a história de sua família na polícia não ajudava (seus parentes estavam bem embaixo na hierarquia da corporação). Baker podia ganhar a vida como policial, mas não estava destinado a ocupar um escritório de canto na Chefia da Polícia.

Então, por fim, decidiu partir para pegar grana. Mas não por meio de negócios. Ele usaria seu distintivo.

Quando começou a extorquir negociantes, perguntou-se se sentiria culpa por isso.

Nadinha. Nem um pouco.

O único problema era que para sustentar seu estilo de vida — que incluía o gosto pelo vinho, comida e belas mulheres — precisava de algo mais que apenas os mil e pouco por semana que arrancava de atacadistas coreanos e pizzaiolos gorduchos do Queens. Então, Baker, um antigo parceiro e alguns policiais da 118DP bolaram um plano para montar um lucrativo esquema de extorsão. Os cúmplices de Baker roubavam pequenas quantidades de drogas dos cofres de evidências, ou extorquiam alguma cocaína e heroína nas ruas. Depois visavam filhos de ricos negociantes nos clubes de Manhattan e plantavam drogas neles. Baker então ia falar com os pais, dizendo que, por uma soma de seis dígitos, faria desaparecer os relatórios de prisões. Se não pagassem, os garotos iriam para a cadeia. De vez em quando plantava drogas nos próprios homens de negócios.

Entretanto, em vez de receber diretamente o dinheiro, eles arranjavam para que as vítimas perdessem a grana em negócios falsos, como fizeram com Frank Sarkowski, ou em falsos jogos de pôquer em Las Vegas ou Atlantic City — a abordagem que fizeram com Ben Creeley. Isso proporcionava às vítimas uma justificativa razoável como razão de se verem subitamente mais pobres em 200 ou 300 mil dólares.

Mas então Dennis Baker cometeu um erro: ficou preguiçoso. Não era fácil descobrir as vítimas certas para o esquema, e ele decidiu regressar a alguns dos alvos anteriores para pedir uma segunda prestação do dinheiro de extorsão.

Alguns pagaram pela segunda vez. Mas dois deles — Sarkowski e Creeley — eram homens firmes, e mesmo tendo pagado pela primeira vez para se livrar de Baker, definiram um limite quanto ao segundo pagamento. Um ameaçou ir à polícia e outro à imprensa. No começo de novembro, Baker e um tira da 118DP raptaram Sarkowski e o levaram até um setor industrial do Queens, perto de onde um cliente de sua companhia tinha uma fábrica. Lá atiraram nele, encenando o crime como se fosse um assalto. Algumas semanas depois, Baker e o mesmo tira invadiram o apartamento de Creeley, amarraram uma corda no pescoço do homem de negócios e o jogaram do balcão.

Roubaram e destruíram os arquivos pessoais, livros e agendas — qualquer coisa que pudesse apontar para Baker e seu esquema. Quanto aos relatórios policiais, não havia virtualmente nada no de Creeley que fosse incriminador, mas o arquivo de Sarkowski tinha referências a evidências das quais um investigador atento poderia tirar algumas conclusões perturbadoras se as examinasse. Então, uma das pessoas envolvidas no plano planejou seu desaparecimento.

Baker pensou que as mortes passariam despercebidas e continuaram com seu esquema — até que apareceu essa jovem policial. A detetive de terceiro grau Amelia Sachs não acreditou que Benjamin Creeley tivesse se suicidado e começou a investigar sua morte.

Não havia como deter aquela mulher. Não tinham outra escolha senão matá-la. Com Sachs morta ou incapacitada, Baker duvidava de que alguém mais continuasse a investigar os casos tão profundamente quanto ela. O problema, claro, é que se ela morresse Lincoln Rhyme deduziria imediatamente que sua morte estava relacionada com a investigação no St. James e então *nada* impediria que ele e Sellitto perseguissem os assassinos.

Por isso Baker precisava que Sachs morresse por alguma razão não relacionada com os crimes da 118DP.

Baker lançou algumas ideias a alguns membros do crime organizado que conhecia e logo ouviu falar de Gerald Duncan, um assassino profissional que sabia manipular cenas de crime e armar motivos falsos para desviar completamente as suspeitas do homem ou mulher que o contratasse para matar. "O motivo é o modo mais certo de fazer com que alguém seja pego", explicara Duncan. "Elimine o motivo, e se elimina a suspeita."

Concordaram com um preço — caro, pois o sujeito não era nada barato — e Duncan começou a trabalhar no planejamento do caso.

Duncan achou um pobre coitado que pudesse usar para fornecer informações sobre o Relojoeiro para a polícia. Vincent Reynolds seria o perfeito bode expiatório, embebido com a história que Duncan lhe contara — sobre ter virado psicopata por causa da esposa assassinada e assassinando cidadãos que não tinham nada a ver com coisa alguma.

Então, no dia anterior, Duncan começou a pôr o plano em funcionamento. O Relojoeiro matou suas duas primeiras vítimas, escolhidas ao acaso — um sujeito que ele raptou na rua West no Village e assassinou no cais e o outro no beco algumas horas depois. Baker fez com que Sachs fosse designada para o caso. Houve mais duas tentativas de assassinato — o fato de não terem tido sucesso era irrelevante; o Relojoeiro passou a ser um criminoso assustador que precisava ser detido rapidamente.

Então Duncan prosseguiu com suas jogadas: mandou Vincent atacar Kathryn Dance, de modo que a polícia acreditasse que o Relojoeiro queria matar policiais. E armando para que Vincent fosse capturado e dedasse o Relojoeiro à polícia.

Chegara a hora do passo final: o Relojoeiro mataria outro policial, Amelia Sachs, e sua morte seria inteiramente obra de um assassino vingativo, não relacionado com a investigação da 118DP.

Duncan agora perguntou:

— Ela descobriu que você a estava espionando?

Baker assentiu.

— Você adivinhou certinho. É uma puta esperta. Mas fiz o que você sugeriu.

Duncan tinha previsto que ela suspeitaria de todos que não conhecesse pessoalmente. Explicou que quando alguém suspeita de você, é preciso dar-lhe outra — inofensiva — razão para seu comportamento. Você simplesmente confessa o crime menor, banca o arrependido e elas ficam satisfeitas; aí você sai da lista dos suspeitos.

Por sugestão de Duncan, Baker fez algumas perguntas a policiais sobre Sachs. Escutou boatos sobre seu envolvimento com um tira desonesto e falsificou um e-mail de alguém da Chefia de Polícia e usou isso como razão para espioná-la. Ela não ficou feliz, mas não suspeitou nada de pior sobre ele.

— O plano é esse — explicava Duncan agora, mostrando a ele um diagrama de um edifício de escritórios em Midtown. — É aqui que trabalha a última vítima. O nome dela é Sarah Stanton. Ela usa um cubículo no segundo andar. Escolhi o local por causa do traçado do edifício. Vai ser perfeito. Não pude colocar um dos relógios lá porque a polícia anunciou que o assassino estava usando-os, mas abri a janela do dia e hora em seu computador.

— Belo toque.

Duncan sorriu.

— Também achei.

A voz do assassino era suave, suas palavras precisas, mas o tom estava cheio do modesto prazer de um artesão mostrando um móvel ou um instrumento musical... ou um relógio, refletiu Baker.

Duncan explicou que se vestira como um trabalhador, esperou até que Sarah saísse e plantou o extintor de incêndio, cheio de álcool inflamável. Dentro de alguns minutos Baker deveria ligar para Rhyme ou Sellitto e informar que tinha achado evidência de onde o extintor-bomba estava plantado. A USE e o esquadrão antibombas disparariam para o escritório. Amelia Sachs com eles.

— Armei o dispositivo de modo que se ela mexer o extintor de um certo modo, ele dispara e rega a vítima com álcool e acende. O álcool queima bem rápido. Vai matá-la ou feri-la, mas não vai incendiar o escritório inteiro. A polícia pode até mesmo desarmar a bomba e salvar a mulher. — Isso não importava; tudo o que Duncan queria era ter Amelia Sachs no escritório para processar a cena.

O cubículo de Sarah estava no final de um corredor estreito. Sachs estaria pesquisando sozinha, como sempre fazia. Quando virasse de costas, Baker, esperando ali perto, atiraria nela e em quem estivesse lá. A arma que ele usaria seria a automática .32 de Duncan, carregada com balas da mesma caixa que intencionalmente deixara no utilitário para que a polícia descobrisse. Depois de atirar em Sachs, Baker arrombaria uma janela próxima, que dava para um beco a 4,5 metros abaixo. A incomum arma de crime, ligada aos cartuchos descobertos no Explorer, não deixaria dúvidas de que o Relojoeiro era o assassino.

Sachs estaria morta e a investigação sobre a corrupção na 118DP atolaria até parar.

Duncan disse:

— Deixe que algum dos outros policiais chegue primeiro até o corpo dela, mas seria um belo toque se você os empurrasse e tentasse ressuscitá-la.

Baker disse:

— Você pensa em tudo, não é?

— O que há de tão milagroso nos relógios é que nenhum deles jamais tem partes faltando ou sobrando para que o relojoeiro faça o que pretende — disse Duncan, olhando para o relógio com o rosto da lua. — Nada faltando, mas nada supérfluo. — E acrescentou com voz suave: — É pura perfeição, você poderia dizer.

Amelia Sachs e Ron Pulaski caminhavam penosamente pelas ruas frias de Lower Manhattan, ela refletindo que, às vezes, os maiores obstáculos no caso não vinham dos criminosos, mas sim dos circunstantes, testemunhas e vítimas.

Os dois seguiam uma das pistas que foram levantadas na igreja, recibos de um estacionamento não longe do cais onde tinha morrido a primeira vítima. Mas o atendente não fora útil. *Senhora, não, ele não é familiar. Ninguém que eu lembro parece com ele. Ahmed, talvez ele tenha visto... Ah, mas ele não está aqui hoje. Não, não sei o telefone dele.*

E por aí foi.

Frustrada, Amelia apontou para um restaurante perto do estacionamento. Disse:

— Talvez tenha parado ali. Vamos tentar.

Bem nesse instante o rádio chiou. Ela reconheceu a voz de Sellitto.

— Amelia, está copiando?

Ela agarrou o braço de Pulaski e aumentou o volume, para que ambos pudessem escutar.

— Vá em frente. Câmbio.

— Onde você está?

— Downtown. O estacionamento não deu em nada. Vamos visitar alguns restaurantes.

— Pode esquecer. Suba até a rua 32 e a Sétima Avenida. Rápido. Dennis Baker descobriu uma pista. Parece que a próxima vítima está num edifício de escritórios por lá.

— Quem é ela?

— Não sabemos com certeza ainda. Provavelmente teremos que varrer todo o lugar. Já estamos com o esquadrão anti-incêndio e antibombas a caminho, ela seria a tal que ele queimaria até a morte. Cara, espero que estejamos a tempo. De qualquer modo, siga para lá agora.

— Chegaremos lá em 15 minutos.

O corpo de bombeiros estava enviando duas dúzias de homens e mulheres para o edifício de 27 andares em Midtown. E Bo Haumann estava reunindo cinco equipes da USE — expandidas, com seis tiras cada uma, em vez dos quatro policiais típicos — para fazer a busca andar por andar.

Sachs levou quase meia hora para dirigir até lá, graças ao trânsito do feriado. Não era um grande atraso, mas os 15 minutos extra faziam grande diferença: ela perdeu o lugar numa das equipes de invasão. Amelia Sachs era oficialmente uma detetive de cena do crime, mas seu coração também estava com as equipes táticas, aqueles que entravam primeiro pelas portas dos criminosos.

Se encontrassem o Relojoeiro ali, aquela seria sua última oportunidade para participar de um ataque antes de deixar a polícia. Ela supunha que teria alguns momentos excitantes em seu novo trabalho na Argyle, mas os policiais locais certamente teriam a maior parte da diversão tática.

Sachs e Pulaski correram do carro até o posto de comando na porta dos fundos do edifício de escritórios.

— Algum sinal dele? — perguntou a Haumann.

O policial grisalho sacudiu a cabeça.

— Ainda não. Conseguimos uma sequência em uma câmera de vídeo no saguão de alguém que se parecia com o retrato falado, carregando uma bolsa. Mas não sabemos se saiu ou não. Existem duas saídas e duas laterais que não têm alarme nem câmeras de segurança.

— Você mandou evacuar? — perguntou uma voz de homem.

Sachs se virou. Era o detetive Dennis Baker.

— Começou agora — explicou Haumann.

— Como você o descobriu? — perguntou Sachs.

Baker respondeu:

— Aquele armazém com a pintura verde, ele usou como local de ensaio. Descobri algumas notas e um mapa deste edifício.

A policial ainda estava zangada por Baker tê-la espionado, mas um trabalho policial sólido merece crédito, tanto que acenou para ele e disse:

— Bom trabalho.

— Nada inspirado — respondeu com um sorriso. — Só batendo chão. E um pouquinho de sorte.

Os olhos de Baker subiram até o edifício e ele vestiu as luvas.

CAPÍTULO 30

Sentada em seu cubículo, Sarah Stanton escutou outro guincho pelo serviço de alto-falantes acima de sua cabeça.

Havia uma piada corrente no escritório que dizia que a companhia colocava uma espécie de filtro nos alto-falantes que tornava as transmissões completamente ininteligíveis. Ela voltou a seu computador, perguntando:

— O que eles estão dizendo? Não entendi nem pé nem cabeça.

— Algum tipo de anúncio — respondeu um de seus colegas.

Droga.

— Eles ficam *fazendo* isso. É irritante. Será que é treinamento de incêndio?

— Não faço ideia.

Um instante depois ela escutou a sirene do alarme de incêndio.

Acho que é isso.

Depois do 11 de Setembro, o alarme disparava quase uma vez por mês. Nas primeiras vezes ela seguira as regras e descera as escadas como todo mundo. Mas naquele dia a temperatura estava abaixo de zero e havia muito trabalho por fazer. Além disso, se fosse realmente incêndio e as saídas estivessem bloqueadas, ela podia simplesmente pular pela janela. Seu escritório estava apenas no segundo andar.

E voltou à sua tela.

Mas então Sarah escutou vozes no final do corredor que levava a seu cubículo. Havia uma certa urgência no som. E algo mais — o estrépito de metal. Equipamento de bombeiros? Ela se perguntou.

Talvez esteja mesmo acontecendo alguma coisa.

Passos pesados atrás dela, aproximando-se. Ela se voltou e viu policiais com uniformes escuros e armados. Polícia? Oh, Deus, será que era um ataque terrorista? Tudo que pensou foi em ir até a escola de seu filho e pegá-lo.

— Estamos evacuando o edifício — anunciou o tira.

— São os terroristas? — perguntou alguém. — Houve outro ataque?

— Não — disse ele, sem explicar mais nada. — Todo mundo saindo de modo ordenado. Levem seus casacos, deixem tudo o mais.

Sarah relaxou. Não tinha que se preocupar com seu filho.

Outro dos policiais anunciou:

— Estamos procurando por extintores de incêndio. Existe algum nesta área? Não toquem neles. Simplesmente nos avisem. Repito. Não toquem neles!

Então *há* um incêndio, ela pensou, pegando o casaco.

Depois refletiu que era curioso que os bombeiros quisessem usar os extintores da companhia num incêndio. Será que não tinham trazido os deles? E por que estariam tão preocupados que não usássemos um? Não se precisa de treinamento especial para isso.

Repito, não toquem neles!...

O policial olhou no escritório ao lado do posto de trabalho de Sarah.

— Ah, policial? Quer um extintor de incêndio? — perguntou ela. — Tenho um bem aqui.

E puxou o pesado cilindro vermelho do chão.

— Não! — gritou o homem, e saltou na direção dela.

Sachs se sobressaltou quando a transmissão entrou alto no seu fone de ouvido.

— Equipe de contenção de incêndio, segundo andar, escritório do canto sudoeste. Câmbio. Na Lanam Flooring and Interiors. Agora! Avancem, avancem, avancem!

Uma dúzia de bombeiros e policiais do esquadrão antibombas colocou os equipamentos nas costas e correu para a porta traseira.

— Situação? — Haumann gritou no seu microfone.

Mas só escutavam vozes apressadas abafadas pelo uivo do alarme de incêndio.

— Vocês tiveram uma detonação? — repetia o chefe da USE com urgência.

— Não vejo fumaça — disse Pulaski.

Dennis Baker olhou para o segundo andar. Sacudiu a cabeça.

— Se for álcool — explicou um dos comandantes dos bombeiros —, não vai haver fumaça até a ignição do material secundário. — E acrescentou tranquilamente: — Ou o cabelo ou a pele dela.

Sachs continuou a examinar as janelas, apertando os punhos. Será que a mulher estava morrendo naquele instante? Com policiais e bombeiros do lado dela?

— Vamos — sussurrou Baker.

Depois uma voz chegou ruidosamente pelo rádio:

— Estamos com o aparelho... Nós... Sim, pegamos o aparelho. Não detonou.

Sachs fechou os olhos.

— Graças a Deus — disse Baker.

As pessoas estavam saindo do edifício de escritórios, sob o escrutínio dos policiais da USE e da patrulha, que procuravam Duncan, comparando o retrato falado com os rostos dos trabalhadores.

Um policial conduziu uma mulher até Sachs, Baker e Pulaski, bem no momento em que Sellitto reunia-se a eles.

A vítima potencial, Sarah Stanton, explicou que descobrira um extintor de incêndio debaixo de sua mesa; não estava lá antes e não tinha visto quem o colocara lá. Alguém do escritório lembrou de ter visto um trabalhador de uniforme por perto, mas não se lembrava dos detalhes e não reconheceu o retrato falado nem se lembrou de para onde o sujeito tinha ido.

— Condição do aparelho? — chamou Haumann.

Um policial respondeu pelo rádio:

— Não vejo relógio algum, mas o mostrador de pressão no topo está zerado. Isso pode ser o detonador. E sinto cheiro de álcool. O esquadrão antibombas trouxe um recipiente de contenção. Vão levar para Rodman's Neck. Ainda estamos varrendo a área procurando o criminoso.

— Algum sinal dele? — perguntou Baker.

— Negativo. Existem duas escadas de incêndio e os elevadores. Ele pode ter saído por aí. E temos mais quatro ou cinco companhias neste andar. Ele pode ter entrado por uma delas. Vamos procurar aí dentro de um ou dois minutos, logo que o lugar estiver limpo do aparelho.

Dez minutos depois os policiais informaram que não havia outras bombas no edifício.

Sachs entrevistou Sarah, depois ligou para Rhyme e o informou sobre a situação até o momento. A mulher não conhecia as outras vítimas e nunca ouvira falar de Gerald Duncan. Estava muito preocupada com o fato de a mulher do sujeito poder ter sido morta perto de seu apartamento, apesar de não se lembrar de nenhum acidente fatal na área.

Finalmente Haumann informou que todos os seus policiais tinham terminado a varredura. O Relojoeiro havia escapado.

— Que droga — murmurou Dennis Baker. — Estivemos tão perto.

Desencorajado, Rhyme disse:

— Bem, percorra o quadrilátero e me diga o que descobriu.

Eles desligaram. Haumann enviou duas equipes para vigiar o armazém que Duncan tinha usado como lugar de treinamento, para o caso de o assassino voltar lá, e Sachs vestiu seu macacão Tyvek branco e pegou a maleta de metal com o equipamento básico de coleta e preservação de evidências.

— Eu ajudo — disse Pulaski, também vestindo o macacão branco.

Ela entregou a maleta a ele e pegou outra.

No segundo andar, parou e pesquisou o saguão. Depois de fotografar a área, Sachs entrou na Lanam Flooring e seguiu até o posto de trabalho de Sarah Stanton.

Ela e Pulaski abriram as maletas e retiraram o equipamento de coleta de evidências: bolsas, tubos, esfregões, rolos adesivos para recolher resíduos, folhas eletrostáticas para recolher pegadas, produtos químicos para levantar impressões digitais latentes e o equipamento.

— O que posso fazer? — perguntou Pulaski. — Você quer que eu processe as escadarias?

Ela considerou o assunto. As escadas teriam que ser processadas em algum momento, mas decidiu que seria melhor que ela mesma fizesse isso: eram a entrada e a saída logicamente mais prováveis do Relojoeiro e queria ter certeza de não perder qualquer evidência. Sachs examinou o esboço do cubículo de Sarah e notou um posto de trabalho vazio ao lado do dela. Era possível que o Relojoeiro tivesse esperado ali até ter a oportunidade de plantar a bomba. Sachs disse ao recruta:

— Processe aquele cubículo.

— Imediatamente.

Ele entrou no cubículo, acendeu a lanterna e começou a percorrer um quadrilátero perfeito. Ela o surpreendeu cheirando o ar, outro dos ditados de Lincoln Rhyme para os policiais que processavam a cena do crime. Esse rapaz tem futuro, refletiu.

Sachs entrou no cubículo onde tinham encontrado o dispositivo. Ouviu um ruído e olhou para trás. Era apenas Dennis Baker. Ele veio pelo corredor e parou a uns 6 metros dos cubículos, longe o suficiente para não haver risco de contaminar a cena.

Ela não tinha certeza da razão de ele estar ali mas, como não tinham ainda certeza de onde andava o Relojoeiro, ficou agradecida por sua presença.

Pesquise bem, mas guarde suas costas...

Essa era a diferença: o detetive Dennis Baker — junto com um tira da 118DP — tinha assassinado Benjamin Creeley e Frank Sarkowski. Fora difícil, mas fizeram aquilo sem hesitação. E ele estava preparado para matar qualquer outro civil que ameaçasse seu esquema de extorsão. Sem problemas. Cinco milhões de dólares em dinheiro — o saque até o momento — enterram muita culpa.

Mas Baker nunca matara um colega policial.

Franzindo o rosto, nervoso, ele observava Amelia Sachs e o rapaz, Pulaski, que também era um alvo fácil.

Isso era como matar membros da família, colegas policiais.

Mas a triste verdade era que Sachs e, por associação, Pulaski podiam destruir sua vida.

Então não havia o que discutir.

Agora ele estudava a cena. Sim, Duncan planejara perfeitamente. Lá estava a janela. Olhou para fora. O beco, 4,5 metros abaixo, estava deserto. E a seu lado estava a cadeira de metal que o assassino tinha mencionado, a que jogaria pela janela depois de matar os policiais. Havia um grande painel de entrada do ar-condicionado, cuja grade ele removeria depois dos tiros, para parecer que o Relojoeiro tinha se escondido lá dentro.

Um suspiro fundo.

Muito bem, é a hora. Tinha de agir rapidamente, antes que alguém mais viesse até ali. Amelia Sachs mandara os outros policiais para o saguão principal, mas alguém podia voltar a qualquer instante.

Ele sacou o .32 e silenciosamente armou a pistola para ter certeza de que havia uma bala na câmara. Aproximou-se segurando a arma nas costas. Olhava direto para Sachs, que se movia pela cena do crime quase como uma dançarina. Precisa, fluida, perdida na concentração, enquanto pesquisava. Era bonito de se ver.

Baker forçou-se a sair desse devaneio.

Quem vai primeiro?, pensou.

Pulaski estava a 3 metros dele, Sachs, a 5,5 metros, os dois olhando para longe.

Logicamente Pulaski deveria ser o primeiro, por estar mais perto. Mas Baker soubera, por Lincoln Rhyme, das habilidades de Sachs com a pistola. Ela podia sacar e atirar em segundos. O rapaz provavelmente jamais tinha disparado em combate. Ele podia até pôr a mão na pistola depois de Baker matar Sachs, mas morreria antes de poder sacar.

Algumas respirações.

Amelia Sachs, sem perceber, cooperava. Ela se levantou de onde tinha estado de cócoras. Suas costas eram um alvo perfeito. Baker apontou a arma bem no alto da sua espinha e apertou o gatilho.

CAPÍTULO 31

Para a maioria das pessoas aquilo seria apenas um clique metálico, perdido no meio de dúzias de ruídos de um enorme edifício de escritórios na cidade.

Para Amelia Sachs, entretanto, foi claramente o ruído da agulha de disparo ativada pela mola de uma arma automática atingindo a espoleta de uma bala defeituosa, ou alguém disparando um projétil vazio. Ela escutara esse ruído característico centenas de vezes — de sua própria pistola e das de seus colegas policiais.

Ao clique seguiu-se o que geralmente vinha depois — o atirador puxando o ejetor para que a bala defeituosa saltasse e outra entrasse na câmara. Em muitos casos — como agora —, a manobra era particularmente frenética, o atirador tendo que armar instantaneamente para aprontar uma nova bala. Podia ser uma questão de vida ou morte.

Tudo isso foi registrado por ela numa fração de segundo. Sachs deixou cair o rolo que segurava para coletar resíduos. Sua mão direita bateu no quadril — ela sempre sabia o lugar exato de seu coldre — e um instante depois deu a volta, acocorada em posição de combate, com a Glock na mão, olhando na direção de onde o ruído viera.

Ela olhou perifericamente, à sua direita, Ron Pulaski, parado no escritório seguinte, olhando para sua arma, alarmado, imaginando o que ela estava fazendo.

A 6 metros de distância estava Dennis Baker, olhos arregalados. Em sua mão enluvada estava uma pequena pistola, uma .32, ela pensou, apontada em sua direção, enquanto ele deslizava o carregador. Notou que era uma Autauga MKII, o tipo de arma que Rhyme tinha especulado como sendo a que o Relojoeiro usava.

Baker piscou. Não conseguiu falar por um instante.

— Ouvi alguma coisa — disse rapidamente. — Achei que ele tinha voltado, o Relojoeiro.

— Você apertou o gatilho.

— Não, só estava armando.

Ela olhou o chão, onde estava a bala falhada. A única razão para que estivesse ali era ele ter tentado atirar, e depois ejetado o cartucho defeituoso.

Pegando a pequena pistola .32 com a mão esquerda, Baker abaixou o braço direito. Este ficou balançando perto da perna.

— Temos que ter cuidado. Acho que ele voltou.

Sachs fez pontaria diretamente no peito de Baker.

— Não faça isso, Dennis — disse ela, apontando em direção ao quadril dele, onde estava sua pistola regulamentar. — Eu *vou* disparar. Suponho que você esteja com colete à prova de balas embaixo do terno. Minha primeira bala vai bater no seu peito, mas a segunda e a terceira batem mais acima. Não vai ser bonito.

— Eu... Você não compreende. — Os olhos dele estavam arregalados, em pânico. — Você tem que acreditar em mim.

Não era essa uma das frases-chaves que assinalavam tentativa de enganar, segundo Kathryn Dance?

— O que está acontecendo? — perguntou Pulaski.

— Fique aí, Ron — ordenou Sachs. — Não ligue para nada que ele disser. Saque sua arma.

— Pulaski — disse Baker —, ela está ficando maluca. Tem algo errado.

Mas com o canto do olho ela viu o recruta sacar a arma e apontar na direção de Baker.

— Dennis, coloque o .32 na mesa. Depois, com sua mão esquerda, tire sua peça de serviço pelo cabo, apenas o polegar e o indicador. Coloque-a no chão e recue cinco passos. Deite com a cara no chão. Ouviu? Está claro para você?

— Você não compreende.

Ela disse calmamente:

— Não preciso compreender. Preciso que você faça o que estou dizendo.

— Mas...

— E preciso que você faça isso agora.

— Você enlouqueceu — retrucou Baker. — Você tem bronca de mim desde que descobriu que eu estava checando você e seu antigo namorado. Vai tentar me desacreditar... Pulaski, ela vai me matar. Ela virou bandida. Não deixe que ela abata você também.

Pulaski disse:

— Você entendeu as instruções da detetive Sachs. Eu vou desarmá-lo se for necessário. Agora, como é que vai ser?

Vários segundos transcorreram. Pareceram horas. Ninguém se moveu.

— Foda-se. — Baker colocou as pistolas onde tinham man dado e se deitou no chão. — Vocês dois estão na merda pura.

— Algeme-o — disse Sachs a Pulaski.

Ela cobriu Pulaski enquanto o espantado recruta agarrou as mãos dele para trás e fechou as algemas.

— Reviste-o.

Sachs agarrou seu Motorola.

— Detetive Cinco Oito Oito Cinco para Haumann. Responda. Câmbio.

— Siga em frente. Câmbio.

— Temos uma nova situação aqui. Tenho alguém algemado que precisa ser escoltado aí para baixo.

— O que está acontecendo? — perguntou o chefe da USE. — É o criminoso?

— Essa é uma boa pergunta — respondeu Sachs, colocando a pistola no coldre.

Com esse último giro no caso, uma nova pessoa estava presente diante do edifício de escritórios em Midtown onde o detetive Dennis Baker aparentemente tentara matar Amelia Sachs e Ron Pulaski.

Usando o controle do touchpad, Lincoln Rhyme manobrou a cadeira de rodas vermelha Storm Arrow pela calçada do edifício, até sua entrada. Baker estava sentado na traseira de um carro da patrulha, algemado e acorrentado. Seu rosto estava branco. Ele olhava direto para a frente.

Primeiro alegara que Sachs estava visando-o por conta do caso de Nick Carelli. Então Rhyme decidira verificar com a chefia. Perguntou para o oficial sênior do DPNY que havia enviado o e-mail sobre o assunto. Acabou que tinha sido Baker quem levantara a preocupação sobre a possível conexão de Sachs com um policial desonesto e a chefia jamais enviara o e-mail; o próprio Baker o escrevera. Criara a coisa toda como cobertura no caso de ser pego seguindo Sachs ou fazendo verificações sobre ela.

Usando o touchpad, Rhyme aproximou-se do edifício, onde Sellitto e Haumann tinham estabelecido seu posto de comando. Estacionou e Sellitto explicou o que havia acontecido. Mas acrescentou:

— Não sei o que é isso tudo. Simplesmente não sei.

O detetive pesadão esfregou as mãos sem luvas. Olhou para o céu limpo e ventoso como se compreendesse apenas naquele momento que era um dos meses mais frios jamais registrados. Quando estava num caso, frio ou calor simplesmente não importavam.

— Descobriu alguma coisa nele? — perguntou Rhyme.

— Só o .32 e luvas de látex — disse Pulaski. — E alguns objetos pessoais.

Logo depois Amelia Sachs juntou-se a eles, segurando uma caixa com uma dúzia de bolsas de plástico de evidências. Ela estava pesquisando o carro de Baker.

— Fica melhor a cada minuto que passa, Rhyme. Olhe só aqui.

Ela mostrou para Rhyme e Sellitto as bolsas, uma por uma. Continham cocaína, 50 mil em dinheiro, algumas roupas velhas, recibos de clubes e bares de Manhattan, incluindo o St. James. Levantou uma bolsa que parecia não conter nada. Examinando mais de perto, entretanto, ele percebeu fibras finas.

— Tapetes? — perguntou.

— Sim. Marrom.

— Aposto que combinam com os do Explorer.

— Era o que eu pensava.

Outra ligação com o Relojoeiro.

Rhyme assentiu, olhando para a bolsa de plástico, que balançava sob o vento. Sentia aquela satisfação quando as peças do quebra-cabeça começavam a se unir. Ele se virou para o carro de patrulha onde estava Baker e perguntou pela janela semiaberta:

— Quando você foi designado para a 118DP?

O homem olhou de volta para o criminalista.

— Foda-se. Um caralho se vocês acham que vou dizer qualquer coisa. Isso tudo é uma merda. Alguém plantou isso em cima de mim.

Rhyme disse para Sellitto:

— Ligue para o Departamento de Pessoal. Quero saber onde ele trabalhou antes.

Sellitto fez a chamada e, depois de uma breve conversa, levantou a cabeça e disse:

— Bingo. Ele esteve na 118DP por dois anos. Narcóticos e Homicídio. Foi promovido para trabalhar na chefia há dois anos.

Baker se encolheu no banco de trás e retomou sua postura de olhar direto para a frente.

— Bem, não é que estamos diante de uma bela confluência de casos — disse Rhyme, bem-humorado.

— Uma o quê? — disparou Sellitto.

— Confluência. Uma reunião, Lon. Uma fusão. Você não faz palavras cruzadas?

Sellitto resmungou.

— Que casos?

— Obviamente, o caso de Sachs na 118DP e a situação do Relojoeiro. Não estavam nada separados. Lados opostos da mesma lâmina da faca, pode-se dizer.

Ficou muito satisfeito com a metáfora.

Seu Caso e o Outro Caso...

— Importa-se de explicar?

Será que realmente precisava?

Amelia Sachs disse:

— Baker participava da corrupção na 118DP. Contratou o Relojoeiro... bem, Duncan... para me eliminar pois eu estava chegando perto dele.

— O que realmente prova que existe algo de podre no reino da Dinamarca.

Agora foi a vez de Pulaski não entender:

— Dinamarca? Aquela da Europa?

— Aquela do Shakespeare, Ron — disse o criminalista, impaciente.

E quando o jovem policial deu um sorriso bobo de quem não entendia nada, Rhyme desistiu.

Sachs retomou o assunto:

— Ele quer dizer que isso prova que havia uma *grande* corrupção na 118DP. Obviamente eles fazem mais que simplesmente sentar em cima das investigações sobre alguma quadrilha de Baltimore ou de Bay Ridge.

Olhando distraído para o edifício de escritórios, Rhyme assentiu, esquecido do frio e do vento. É claro que havia ainda perguntas não respondidas. Por exemplo, Rhyme não tinha certeza se Vincent Reynolds era realmente cúmplice ou se estava sendo simplesmente usado.

Depois havia a questão de onde estaria o dinheiro da extorsão, e Rhyme perguntava agora:

— Quem é o tal em Maryland? Com quem você está trabalhando? É coisa do CO ou outra coisa?

— Você é surdo? — retrucou Baker. — Não digo porra nenhuma.

— Leve-o para o Registro Central — disse Sellitto para os policiais ao lado do carro. — Por enquanto registrem o caso como assalto com intenção de matar. Mais tarde acrescentaremos mais alguns ornamentos.

Enquanto observavam a radiopatrulha ir embora, Sellitto sacudiu a cabeça.

— Jesus — murmurou o detetive. — Tivemos sorte.

— Sorte? — resmungou Rhyme, lembrando-se de que ele já dissera algo semelhante antes.

— Sim, Duncan não matou mais ninguém. E aqui também, Amelia era um patinho sentado. Se aquela peça não tivesse falhado...

Sua voz sumiu antes que ele descrevesse a tragédia que quase acontecera.

Lincoln Rhyme acreditava tanto na sorte quanto em fantasmas e discos voadores. E começou a se perguntar que diabos a sorte tinha a ver com qualquer coisa, mas as palavras não saíram de sua boca.

Sorte...

De repente, uma dúzia de pensamentos, como abelhas fugindo de uma colmeia derrubada, girou ao seu redor. Franziu o rosto.

— Que estranho...

A voz mais uma vez murchou. Finalmente ele sussurrou:

— Duncan.

— Alguma coisa errada, Linc? Você está bem?

— Rhyme? — perguntou Sachs.

— Psiu.

Usando o controlador do touchpad, virou vagarosamente em círculo, olhando os becos próximos, depois as bolsas e caixas de evidência que Sachs coletara. Deu uma risadinha. E ordenou:

— Quero a arma de Baker.

— A peça de serviço dele? — perguntou Pulaski.

— É *claro* que não. A outra. O .32. Onde está? Agora, se apresse.

Pulaski achou a arma dentro de um saco plástico. Voltou com ele na mão.

— Desmonte-a.

— Eu? — perguntou o recruta.

— Ela. — Rhyme acenou para Sachs.

Sachs estendeu um pedaço de plástico na calçada, substituiu as luvas de couro pelas de látex e em poucos segundos tinha desmontado a arma, as partes arrumadas no chão.

— Segure as peças uma por uma.

Sachs fez isso. Seus olhos se encontraram. Ela disse:

— Interessante.

— OK. Recruta?

— Sim, senhor.

— Tenho que falar com o legista. Ache-o para mim.

— Claro, certo. Devo ligar?

O suspiro de Rhyme foi seguido por uma coluna de vapor saindo de sua boca.

— Você pode *tentar* um telegrama, você pode tentar *bater, bater toc-toc* na porta dele. Mas aposto que a melhor maneira é usar... seu... *telefone*. E não aceite não como resposta. *Preciso* dele aqui.

O jovem agarrou o celular e começou a apertar os números no mostrador.

— Linc — disse Sellitto —, o que é isso...

— E preciso que você também faça uma coisa, Lon.

— Sim, o quê?

— Há um sujeito do outro lado da rua nos observando. Na entrada do beco.

Sellitto voltou-se.

— Percebi. — O sujeito era magro, usava óculos escuros apesar da penumbra, chapéus, jeans e um casaco de couro. — Parece familiar.

— Convide-o para vir até aqui. Gostaria de lhe fazer algumas perguntas.

Sellitto riu.

— Kathryn Dance realmente está afetando você, Linc. Achava que você não confiava em testemunhas.

— Ah, acho que neste caso seria bom abrir uma exceção.

Sacudindo os ombros, o detetive grandalhão perguntou:

— Quem é ele?

— Posso estar enganado — disse Rhyme com o tom de voz de quem acreditava que raramente estava —, mas tenho a sensação de que ele é o Relojoeiro.

CAPÍTULO 32

Gerald Duncan sentou na calçada ao lado de Sachs e Sellitto. Estava algemado, destituído de chapéu, óculos, vários pares de luvas bege, carteira e de um estilete ensanguentado.

Ao contrário de Dennis Baker, sua atitude era agradável e cooperativa — apesar de ter sido empurrado para o chão, revistado e algemado por três policiais, Sachs entre eles, uma mulher que não era conhecida por ser delicada no ato de prender, particularmente quando se tratava de criminosos como esse.

Sua carteira de motorista de Missouri confirmou sua identidade, e mostrava um endereço em St. Louis.

— Cristo — disse Sellitto —, como diabos você o reconheceu?

A conclusão de Rhyme sobre a identidade do sujeito que estava olhando não era tão milagrosa como parecia. Sua crença de que o Relojoeiro poderia não ter fugido da cena surgiu antes de ele notar o sujeito no beco.

— Estou com o legista na linha — disse Pulaski.

Rhyme inclinou-se em direção ao fone que o recruta segurava com a mão enluvada e teve uma conversa rápida com o médico. O legista passou algumas informações bem interessantes. Rhyme agradeceu e assentiu; Pulaski desligou. O criminalista manobrou a cadeira de rodas Storm Arrow para mais perto de Duncan.

— Você é Lincoln Rhyme — disse o prisioneiro, como se estivesse honrado em conhecer o criminalista.

— Certo. E você é o "Relojoeiro", entre aspas.

O homem deu uma risada de reconhecimento.

Rhyme examinou-o. Ele parecia cansado, mas transmitia uma sensação de satisfação — até mesmo de paz.

Com um raro sorriso, Rhyme perguntou ao suspeito:

— Então. Quem é ele mesmo? A vítima lá no beco. Podemos procurar nos registros públicos por Theodore Adams, mas isso seria uma perda de tempo, não é?

Duncan inclinou a cabeça.

— Você também sacou essa?

— O que há sobre Adams? — perguntou Sellitto, depois compreendendo que havia questões mais amplas no caso. — O que está acontecendo aqui, Linc?

— Estou perguntando ao nosso suspeito quem é o homem que encontramos no beco ontem de manhã, com o pescoço esmagado. Quero saber quem era e como morreu.

— Esse escroto assassinou-o — disse Sellitto.

— Não, não fez isso. Acabei de falar com o legista. Ele não tinha nos contatado com a necrópsia final, mas me deu os resultados preliminares. A vítima morreu entre 5 e 6 horas da segunda-feira, não às 11. E morreu instantaneamente por conta de extensos ferimentos internos consistentes com um acidente de automóvel ou queda. O corpo estava congelado quando o descobrimos na manhã seguinte, de modo que o legista de plantão não podia fazer um teste preciso sobre a causa ou hora da morte. — Rhyme levantou uma sobrancelha. — Então, Sr. Duncan. Quem e como?

Duncan explicou:

— É só um pobre coitado que morreu num acidente de carro em Westchester. O nome dele é James Pickering.

Rhyme o incitou:

— Continue. E lembre-se, estamos ansiosos por respostas.

— Escutei sobre o acidente pelo rádio da polícia. A ambulância levou o corpo para a morgue do hospital local. Roubei o cadáver dali.

Rhyme disse a Sachs:

— Ligue para o hospital.

Ela obedeceu. Depois de uma conversa curta, relatou:

— Um homem de 31 anos saiu da pista na Bronx River Parkway lá pelas 17 horas de segunda-feira. Perdeu o controle do carro num trecho congelado. Morreu instantaneamente, ferimentos internos. O nome é James Pickering. O corpo foi para o hospital e desapareceu de lá. Pensaram que podia ter sido transferido por engano para outro hospital, mas não conseguiram descobrir. Os parentes não estão lidando muito bem com a coisa, como pode imaginar.

— Sinto muito por isso — disse Duncan, e pareceu perturbado. — Mas não tive escolha. Estou com todos os seus objetos pessoais e os devolverei. E pagarei as despesas do funeral.

— A identidade e as coisas na carteira que descobrimos no corpo? — perguntou Sachs.

— Falsificações. — Duncan balançou a cabeça. — Não passariam por um escrutínio detalhado, mas eu só precisava que as pessoas se enganassem por alguns dias.

— Você roubou o corpo, dirigiu com ele até o beco e armou a barra de ferro em seu pescoço para que parecesse que morrera vagarosamente.

Um assentimento.

— Depois deixou o relógio e o bilhete.

— Correto.

Lon Sellitto perguntou:

— Mas o cais, na rua 22? E o sujeito que você matou lá?

Rhyme olhou para Duncan.

— Seu sangue é AB positivo?

Duncan riu.

— Você é bom.

— Nunca houve uma vítima no cais, Lon. Era o sangue dele mesmo. — Examinando o suspeito, Rhyme disse: — Você arrumou o bilhete e o relógio no cais, e derramou sangue ao redor e no casaco, que atirou no rio. Você mesmo fez os arranhões com as unhas. Onde você conseguiu o sangue? Tirou de você mesmo?

— Não, consegui num hospital em Nova Jersey. Disse a eles que precisava estocar antes de fazer uma cirurgia planejada.

— Daí os anticoagulantes.

Sangue armazenado geralmente tem um agente solvente para evitar que coagule.

Duncan assentiu.

— Eu me perguntei se vocês iriam verificar isso.

Rhyme perguntou:

— E a unha?

Duncan levantou seu anular. Faltava a ponta da unha. Ele mesmo tinha arrancado. E acrescentou:

— Tenho certeza de que Vincent contou a vocês sobre um jovem que eu supostamente matei perto da igreja. Jamais toquei nele. O sangue no estilete e num jornal na lixeira ali perto, se ainda estiver lá, é meu.

— Como isso aconteceu? — perguntou Rhyme.

— Foi um momento inconveniente. Vincent pensou que o garoto tinha visto sua faca. Então tive de fingir que o matara. Do contrário Vincent poderia suspeitar de mim. Segui o garoto na volta da esquina e depois me enfiei num beco, cortei meu próprio braço com a faca e manchei um pouco do meu próprio sangue no estilete. — E mostrou um ferimento recente no antebraço. — Podem fazer o teste de DNA.

— Ah, não se preocupe. Faremos isso.... E o carro roubado, você não matou ninguém para roubar o Buick, não foi?

Eles não receberam relatórios de estudantes desaparecidos em Chelsea ou de motoristas assassinados durante um roubo de carro em nenhum lugar da cidade.

Lon Sellitto se viu obrigado a replicar novamente:

— Que diabos está acontecendo aqui?

— Ele não é um serial killer — disse Rhyme. — Aliás, não é nenhum tipo de assassino. Armou essa coisa toda para fazer parecer que fosse.

Sellitto perguntou:

— Nenhuma esposa morta num acidente?

— Nunca fui casado.

— Como você sacou isso tudo? — perguntou Pulaski a Rhyme.

— Por conta de algo que Lon disse.

— Eu?

— Foi quando você mencionou o nome dele, Duncan.

— E daí? Nós sabíamos disso.

— Exatamente. Porque Vincent Reynolds nos contou. Mas o Sr. Duncan é alguém que usa luvas 24 horas por dia, sete dias por semana para não deixar impressões digitais. É cuidadoso demais para dizer seu nome a uma pessoa como Vincent, a menos que não se importasse se descobríssemos quem era.

"Depois você disse que era sorte ele não ter matado todas as vítimas recentes e também Amelia. No começo, ouvir isso me aporrinhou. Mas comecei a pensar sobre isso. Você tinha razão. *Nós* realmente não salvamos nenhuma vítima. A florista? Joanne? Eu saquei que ele a visava, é certo, mas foi ela quem ligou para o 911 depois que ouviu um ruído em sua oficina, um ruído que ele provavelmente fez intencionalmente.

— Correto — concordou Duncan. — E deixei um pedaço de arame no chão para avisá-la de que alguém tinha invadido o local.

Sachs disse:

— Lucy, a soldado no Greenwich Village. Recebemos uma ligação anônima de uma testemunha sobre o arrombamento. Mas não era testemunha nenhuma, certo? Você foi quem fez aquela ligação.

— Eu disse ao Vincent que alguém na rua tinha chamado o 911. Mas, não, eu liguei de um telefone público e dedurei a mim mesmo.

Rhyme acenou para o edifício de escritórios atrás deles.

— E aqui, o extintor de incêndio era um truque, presumo.

— Inofensivo. Joguei um pouco de álcool por fora, mas está cheio de água.

Sellitto já estava no telefone, ligando para a 6DP, sede do Esquadrão Antibombas do DPNY. Desligou um momento depois.

— Água de torneira.

— Tal como a arma que você deu a Baker, a que ele ia usar para matar Sachs aqui. — Rhyme olhou para a pistola .32 desmontada. — Acabei de verificar, o pino de disparo foi quebrado.

Duncan disse para Sachs:

— Também obstruí o cano. Pode verificar. E sabia que ele não podia usar sua própria arma para atirar em você porque isso o ligaria à sua morte.

— Tá bem — berrou Sellitto. — Chega. Alguém fale comigo.

Rhyme levantou os ombros.

— A única coisa que posso fazer é sugerir irmos todos para a delegacia, Lon. Cabe aqui ao Sr. Duncan completar a viagem. Suspeito de que ele planejou nos informar de tudo. E por essa razão estava desfrutando o espetáculo de camarote ali na rua.

Duncan assentiu e disse a Rhyme:

— Acertou na mosca, detetive Rhyme.

— Estou aposentado — corrigiu o criminalista.

— A questão central de tudo que fiz foi exatamente o que acabou de acontecer e, sim, estava desfrutando muito tudo isso: observando aquele filho da puta do Dennis Baker ser preso e arrastado para a cadeia.

— Continue.

O rosto de Duncan enrijeceu.

— Há um ano estive aqui a negócios. Possuo uma companhia que faz leasing para equipamento industrial. Estava trabalhando com um amigo, meu melhor amigo. Ele salvou minha vida no Exército há vinte anos. Trabalhei o dia inteiro redigindo documentos e voltei para o hotel para trocar de roupa antes do jantar. Mas ele nunca apareceu. Descobri que tinha sido morto com um tiro. A polícia disse que havia sido em assalto. Mas alguma coisa não parecia estar certa. Quer dizer, quantas vezes assaltantes atiram à queima-roupa em suas vítimas, bem na testa, e duas vezes?

— Ah, mortes em tiroteio durante roubos são extremamente raras, segundo recentes...

A voz de Pulaski foi diminuindo diante do olhar frio de Rhyme.

Duncan continuou:

— Bem, da última vez que o vi, meu amigo me contou algo estranho. Disse que na noite anterior esteve em um clube no centro. Quando saiu, dois policiais o levaram para o lado e disseram que ele andava comprando drogas. Isso era pura merda. Ele não usava drogas. Tenho certeza disso. Ele sabia que estava sofrendo uma extorsão e exigiu ver um supervisor da polícia. Ia telefonar para alguém na Chefia de Polícia e queixar-se. Mas nesse instante algumas pessoas saíram do clube e a polícia o deixou ir embora. No dia seguinte foi morto a tiros.

"Coincidência demais. Continuei voltando ao clube e fazendo perguntas. Isso me custou 5 mil paus, mas finalmente achei alguém que topou me contar que Dennis Baker e alguns de seus colegas policiais tinham um esquema de extorsão na cidade.

Duncan explicou sobre o esquema de plantar drogas em homens de negócios ou em seus filhos e depois arquivar as acusações em troca da extorsão de grandes pagamentos.

— As drogas que estavam faltando na 118DP — disse Pulaski.

Sachs assentiu.

— Não o suficiente para vender, mas o bastante para plantar como evidência, com certeza.

Duncan acrescentou:

— Eu ouvi dizer que estavam baseados num bar em Lower Manhattan.

— O St. James?

— Esse aí. Todos se encontravam lá depois de terminar seus turnos na delegacia.

Rhyme perguntou:

— Seu amigo. O que foi assassinado. Qual o nome dele?

Duncan informou o nome e Sellitto ligou para a Homicídios. Era verdade. O homem tinha sido baleado durante um aparente assalto e nenhum criminoso jamais fora preso.

— Usei a conexão que tinha feito no clube, paguei bastante dinheiro para ser apresentado a algumas pessoas que conheciam Baker. Fingi que era assassino profissional e ofereci meus serviços. Durante algum tempo não ouvi nada. Pensei que ele tinha sido estourado ou mudado de vida e não ouvi mais falar dele. Foi frustrante. Mas finalmente Baker me ligou e nos encontramos. Acabou que ele esteve me checando para ver se era confiável. Aparentemente, ficou satisfeito. Não me deu muitos detalhes, mas disse que tinha um arranjo de negócios que estava ameaçado. Ele e outro tira tinham cuidado de um "problema" que tiveram.

Sachs perguntou:

— Creeley ou Sarkowski? Ele mencionou os dois?

— Não me disse nomes, mas era óbvio que falava em matar pessoas.

Sachs sacudiu a cabeça, olhar perturbado.

— Estava preocupada pensando que alguns tiras da 118DP estavam recebendo grana de gângsteres. E todo o tempo *eles* eram os verdadeiros assassinos.

Rhyme olhou para ela. Sabia que ela estava pensando em Nick Carelli. Pensando também em seu pai.

Duncan continuou:

— Então Baker disse que tinham um novo problema. Precisava que mais alguém fosse eliminado, uma detetive mulher. Mas não podiam matá-la eles mesmos, se ela morresse todos saberiam que era por causa da investigação e aprofundariam o caso ainda mais intensamente. Eu dei a ideia de fingir ser um serial killer. E inventei o nome, o "Relojoeiro".

Sellitto disse:

— Por isso não encontramos nada nas associações de relojoeiros. — Todas tinham respondido negativamente sobre Gerald Duncan.

— Certo. O personagem foi criação exclusivamente minha. E precisava de alguém para alimentar informações para vocês para que pensassem que eu era realmente um psicopata, e assim descobri Vincent Reynolds. Aí começamos os supostos ataques.

Os primeiros dois eu forjei, quando Vincent não estava por perto. Os outros — quando ele estava comigo — eu atrapalhei tudo de propósito.

"Tinha que ter certeza de que vocês encontrariam a caixa de balas que ligaria o Relojoeiro a Baker. Ia deixá-la em algum lugar para que vocês descobrissem. Mas — Duncan deu uma risada — acabou que não precisei fazer isso. Vocês descobriram o utilitário e quase nos pegaram.

— Então foi por isso que você deixou a munição dentro dele.

— Sim. E também o livro.

Outro pensamento ocorreu a Rhyme:

— O policial que revistou o estacionamento disse ser curioso você ter estacionado no lugar aberto, e não perto da entrada. Isso foi porque você quis ter certeza que descobriríamos o Explorer.

— Exatamente. E todos os demais supostos crimes estavam precisamente dirigindo a atenção para este aqui, para que vocês pudessem agarrar Baker no ato de tentar matá-la. Isso lhes daria uma possível causa, imaginei, para revistar seu carro e sua casa e descobrir as evidências para trancafiá-lo de vez.

— E o poema? "A cheia Lua Fria..."?

— Eu mesmo escrevi. — Duncan sorriu. — Sou melhor homem de negócios que poeta. Mas me pareceu suficientemente assustador para satisfazer a necessidade.

— E por que você escolheu essas pessoas em particular como vítimas?

— Não escolhi. Escolhi as *localizações* porque permitiam que escapássemos rapidamente. Esta última, a da mulher aqui, foi porque eu precisava de um bom lugar para fazer Baker se expor.

— Vingança por seu amigo? — perguntou Sachs. — Muitos outros simplesmente providenciariam para que ele fosse morto de uma vez.

Duncan disse com sinceridade:

— Jamais machucaria alguém. Não conseguiria fazer isso. Posso até ter torcido um pouco a lei, admito ter cometido alguns crimes aqui. Mas foram sem vítimas. Nem mesmo roubei os carros; Baker os retirou de um depósito da polícia.

— E a mulher que era irmã da suposta primeira vítima? — perguntou Sachs. — Quem era ela?

— Uma amiga que pedi para ajudar. Emprestei-lhe um bocado de dinheiro há alguns anos e não havia como ela me pagar. Então aceitou me ajudar.

— E a garota que estava no carro com ela? — perguntou Sachs.

— Era mesmo sua filha.

— Qual o nome da mulher?

Um sorriso de desculpas.

— Isso fica comigo. Prometi que seria assim. Tal como o sujeito no clube que me ligou com Baker. Isso faz parte do acordo e vou mantê-lo.

— Quem mais estava envolvido no esquema de extorsão na 118DP, além de Baker?

Duncan sacudiu a cabeça, lamentando.

— Gostaria de poder lhes dizer. Quero que sejam presos tanto quanto queria que Baker fosse. Tentei descobrir. Mas ele não falava sobre o esquema. Tenho a impressão de que há alguém mais envolvido no esquema, além dos policiais do distrito.

— Alguém mais?

— Certo. Alguém mais acima.

— De Maryland ou com uma casa lá? — perguntou Sachs.

— Nunca o ouvi mencionar isso. Ele confiava em mim, mas só até certo ponto. Não acho que estivesse preocupado que eu fosse entregá-lo; acho que receava que eu me tornasse ambicioso e fosse eu mesmo atrás do dinheiro.

Um carro oficial escuro estacionou ao lado da barreira policial e dele desceu um homem magro, careca, vestindo um sobretudo fino. Uniu-se a Rhyme e aos demais. Era um assistente sênior do procurador distrital. Rhyme tinha testemunhado em vários dos julgamentos que o homem havia processado. O criminalista acenou uma saudação e Sellitto explicou os últimos eventos.

O procurador escutou a bizarra virada no caso. A maioria dos criminosos que colocara na cadeia era do tipo Tony Soprano ou ainda mais estúpidos drogados e marginais. Divertia-se ao descobrir finalmente um criminoso brilhante, cujos crimes, aliás, não eram tão sérios quanto pareciam. O que o excitava mais ainda que um serial killer era um processo que podia definir sua carreira, o de um esquema mortal de corrupção dentro do departamento de polícia.

— Alguma coisa disso passou pelas Assuntos Internos?

— Não. Eu mesmo estava investigando.

— Quem autorizou isso?

— Flaherty.

— A inspetora? A que dirige a Divisão de Operações?

— Certo.

Ele começou a fazer perguntas e tomar notas. Depois de fazer isso, com caligrafia precisa, por cinco minutos, fez uma pausa.

— Muito bem, então temos arrombamento e invasão, violação de propriedade... mas não seguida de roubo.

No caso, significava arrombar e invadir com o objetivo de cometer outro crime, como o roubo propriamente dito ou assassinato. Duncan não teve outro objetivo senão o de invadir.

O promotor continuou:

— Roubo de cadáveres...

— Empréstimo. Nunca pretendi manter o cadáver — lembrou Duncan.

— Bem, cabe a Westchester decidir sobre isso. Mas também temos obstrução da justiça, interferência em procedimentos policiais...

Duncan franziu o rosto.

— No entanto, pode-se dizer que, já que não houve nenhum assassinato em primeiro lugar, os procedimentos policiais não eram necessários, de modo que é discutível dizer que houve interferência.

Rhyme deu uma risadinha.

O promotor distrital assistente, entretanto, ignorou o comentário.

— Posse de arma de fogo...

— O cano estava entupido — contestou Duncan. — Não era utilizável.

— E o que diz sobre roubo de veículos motorizados? De onde vieram eles?

Duncan explicou que Baker os retirou do depósito da polícia no Queens. Assinalou a pilha de seus objetos pessoais, que incluíam um conjunto de chaves de carro.

— O Buick está estacionado mais adiante. Na rua 31. Baker o retirou do mesmo lugar que o utilitário.

— Como você recebeu os carros? Alguém mais estava envolvido?

— Baker e eu fomos juntos retirá-los. Estavam estacionados num restaurante. Baker conhecia algumas pessoas ali, segundo disse.

— Tem o nome delas?

— Não.

— Qual era o restaurante?

— Era um restaurante grego. Não me lembro do nome. Tomamos a 495 para chegar lá. Não me lembro da saída, mas só estivemos na autoestrada por uns dez minutos depois de sair do túnel em Midtown, e viramos à esquerda para a saída.

— Norte — disse Sellitto. — Vamos mandar alguém verificar. Talvez Baker estivesse também negociando veículos confiscados.

O promotor sacudiu a cabeça.

— Espero que você compreenda as consequências disso. Não apenas os crimes. Você terá de pagar multas por induzir o uso inútil de veículos de emergência e ocupar empregados da cidade da mesma forma. Estou falando de dezenas, centenas de milhares de dólares.

— Não tenho problemas quanto a isso. Verifiquei a legislação e a jurisprudência antes de começar. Decidi que valia a pena correr o risco de prisão para expor Baker. Mas não teria feito nada se houvesse alguma chance de um inocente ser ferido.

— Ainda assim você colocou pessoas em risco — murmurou Sellitto. — Pulaski foi atacado no estacionamento onde deixou o utilitário. Podia ter sido morto.

Duncan riu.

— Não, não. Fui *eu* que o salvei. Depois de abandonarmos o Explorer e corrermos para fora do estacionamento, notei o tal sem-teto. Não gostei da sua aparência. Tinha uma alavanca, chave de roda ou coisa assim na mão. Depois de Vincent e eu nos separarmos, voltei ao estacionamento para ter certeza de que ele não machucaria ninguém. Quando partiu para cima de você — disse Duncan, olhando para Pulaski —, descobri uma calota no lixo e a joguei na parede para que você se virasse e o visse chegando.

O recruta assentiu.

— Foi isso que aconteceu. Pensei que o sujeito tivesse tropeçado e feito o barulho. Mas de qualquer modo estava preparado quando veio para cima de mim. E *havia* uma calota ali perto.

O promotor disse que precisava de um tempo. Olhou suas anotações, depois para Duncan, e esfregou a cabeça brilhante. Suas orelhas estavam vermelhas com o frio.

— Tenho que conversar com o promotor distrital sobre isto.

Voltou-se para os dois detetives do Police Plaza que o encontraram ali. O promotor acenou para Duncan e disse:

— Levem-no lá para baixo. E mantenham alguém bem perto dele; lembrem, ele está dedurando tiras desonestos. Pode haver pessoas querendo caçá-lo.

Ajudaram Duncan a se levantar.

Amelia Sachs perguntou:

— E por que você simplesmente não veio até nós e contou o que tinha acontecido? Ou gravou Baker admitindo o que tinha feito? Podia ter evitado toda essa charada.

Duncan riu estridentemente.

— E em quem eu podia confiar? Para quem podia mandar a fita? Como saberia quem era honesto e quem estava trabalhando com Baker?... É um fato da vida, vocês sabem.

— Como assim?

— Policiais corruptos.

Rhyme notou que Sachs não demonstrou qualquer reação a esse comentário, enquanto dois policiais uniformizados conduziram o criminoso, tal como era, para o carro da polícia. Eles eram novamente uma equipe, pelo menos temporariamente.

Você e eu, Sachs...

O caso de Lincoln Rhyme se transformara no de Amelia Sachs e, se o Relojoeiro tinha se revelado inofensivo, ainda havia muito trabalho por fazer. O escândalo de corrupção na 118DP havia agora "topado de frente", como disse Sellitto, provocando o comentário sardônico de Rhyme: "Eis um verbo que não se escuta todos os dias." O assassino ou os assassinos de Benjamin Creeley e Frank Sarkowski ainda deviam ser identificados especificamente entre os tiras suspeitos de cumplicidade. O caso contra Baker ainda tinha que ser costurado e a conexão de Maryland — e o dinheiro da extorsão — desenterrados.

Kathryn Dance se voluntariou para interrogar Baker, mas este se recusou a dizer uma palavra, de modo que a equipe teve que contar com o trabalho tradicional de cena do crime e investigação.

Seguindo instruções de Rhyme, Pulaski estava cruzando as referências das chamadas telefônicas de Baker e estudando cuidadosamente seus registros no Palm Pilot, tentando descobrir com quem ele passava mais tempo dentro da 118DP e em outros lugares, mas não estava conseguindo nada útil. Mel Cooper e Sachs analisavam as evidências do carro de Baker, da casa em Long Island e de seu escritório no Police Plaza, assim como das casas e apartamentos de várias namoradas com quem ele saíra recentemente (e acabou que nenhuma delas sabia das demais). Sachs pesquisara com sua diligência habitual e regressara à casa de Rhyme com caixas de roupas, talões de cheques, documentos, fotos, armas e resíduos dos pneus do carro dele.

Depois de uma hora examinando aquilo tudo, Cooper anunciou:

— Ah. Achei alguma coisa.

— O quê? — perguntou Rhyme.

Sachs lhe disse:

— Descobriu cinzas nas roupas que estavam no porta-malas do carro de Baker.

— E? — perguntou Sellitto.

Cooper acrescentou:

— Idênticas às cinzas descobertas na lareira da casa de Creeley. Coloca-o na cena do crime.

Também descobriram uma fibra na garagem de Baker que batia com a da corda usada no "suicídio" de Benjamin Creeley.

— Quero ligar Baker também com a morte de Sarkowski — disse Rhyme. — Peça para Nancy Simpson e Frank Rettig irem ao Queens, no lugar onde o corpo foi descoberto. Para retirar amostras de solo. Talvez possamos colocar Baker ou um de seus colegas também no local.

— O solo que encontrei na casa de Creeley, diante da lareira — assinalou Sachs —, continha elementos químicos, como os do local de uma fábrica. Podem combinar.

— Bom.

Sellitto ligou para o Laboratório de Cena do Crime no Queens e ordenou o recolhimento das amostras.

Sachs e Cooper também descobriram amostras de areia e uma vegetação que era alga marinha. Essas substâncias foram descobertas no carro de Baker. E havia amostras similares na garagem da sua casa.

— Areia e algas — comentou Rhyme. — Pode ser uma casa de verão. Mais uma vez, Maryland. Talvez Baker tenha uma, ou alguma namorada dele.

Mas uma verificação nos bancos de dados de propriedades imobiliárias mostrou que esse não era o caso.

Sachs trouxe o outro quadro branco da sala de exercícios de Rhyme e anotou as últimas evidências. Claramente frustrada, recuou e olhou as anotações.

— A conexão de Maryland — disse ela. — Temos de descobri-la. Se eles já mataram duas pessoas, e quase liquidaram com Ron e comigo, certamente podem matar mais. Sabem que estamos fechando o cerco e não vão querer testemunhas. E agora mesmo provavelmente estão destruindo evidências.

Sachs ficou em silêncio. Parecia aturdida.

É difícil quando sua amante é também sua parceira profissional. Mas Lincoln Rhyme não podia recuar, mesmo — especialmente — com Amelia Sachs. E disse numa voz baixa e calma:

— Esse é o *seu* caso, Sachs. Você viveu com ele. Eu não. Para onde tudo isso aponta?

— Não sei.

Ela enfiou o polegar em outro dedo. A boca contraída, sacudiu a cabeça, olhando para o quadro das evidências. Fios soltos.

— Não há evidências suficientes — continuou.

— *Nunca* há evidências suficientes — lembrou Rhyme. — Mas isso não é desculpa. É para isso que estamos aqui, Sachs. Somos nós que examinamos alguns tijolos sujos e imaginamos como será o castelo inteiro.

— Não sei.

— Não posso ajudá-la, Sachs. Você tem que descobrir por conta própria. Pense sobre o que já tem. Alguém com uma conexão em Maryland... alguém seguindo você numa Mercedes... Água do mar e algas marinhas... Dinheiro, muito dinheiro. Tiras desonestos.

— Eu não *sei* — repetiu ela estridentemente.

Mas ele não cedia nem um centímetro.

— Essa não é uma opção. Você *tem* de saber.

Ela o encarou, e a dura mensagem por trás das palavras: você pode sair amanhã e jogar fora sua carreira se quiser. Mas agora você ainda é uma policial com um trabalho por fazer.

As unhas raspavam a cabeça.

— Há algo mais, algo que você está deixando passar — murmurou Rhyme enquanto também olhava os quadros de evidências.

— Então, você está dizendo que temos de "tirar o cabresto" para enxergar melhor a situação? — disse Ron Pulaski.

— Bem, se você sente que não está vendo a situação com clareza, não digo para "tirar o cabresto", mas para prestar mais atenção ao que consegue enxergar... Então, Sachs, o que *você* consegue ver?

Ela olhou os quadros por alguns momentos.

Então sorriu e murmurou:

— Maryland.

HOMICÍDIO DE BENJAMIN CREELEY

- Creeley, 56 anos, suicídio aparente por enforcamento. Fio de pendurar roupa. Mas tinha o polegar quebrado, não podia fazer o nó.
- Nota de suicídio escrita no computador sobre depressão. Mas não parecia ser suicida depressivo, sem histórico de problemas emocionais/mentais.
- Por volta do Dia de Ação de Graças dois homens invadiram sua casa e possivelmente queimaram evidências. Homens brancos, mas rostos não observados. Um maior que o outro. Ficaram lá dentro por cerca de uma hora.
- Evidências na casa de Westchester:
  - Invadiram arrombando a porta com gazua; trabalho habilidoso.
  - Marcas de textura de couro nas ferramentas da lareira e na escrivaninha de Creeley.
  - Piso em frente à lareira de Creeley tem conteúdo de ácido maior que o solo ao redor da casa e contém poluentes. De indústria?
  - Vestígios de cocaína queimada na lareira.
  - Cinza na lareira:
    - Registros financeiros, planilhas, referências a milhões de dólares.
    - Verificando logotipo nos documentos, enviando entradas para perito-contador.
    - Entradas na agenda: trocar óleo do carro, hora no barbeiro e ir ao St. James Tavern.
  - Análise da cinza feita pelo Laboratório de Cena do Crime do Queens:
    - Logotipo de software usado em contabilidade corporativa.
    - Perito contábil: números padrões para reembolsos de executivos.
    - Queimado pelo que revelava ou para confundir investigadores?
- St. James Tavern:
  - Creeley foi lá várias vezes.
  - Aparentemente não usou drogas enquanto estava lá.
  - Não há certeza sobre quem encontrou, mas talvez tiras da vizinha da 118DP.
  - Última vez que esteve lá — pouco antes da sua morte — discutiu com pessoas desconhecidas.
  - Conferido o dinheiro usado como pagamento pelos policiais no St. James — números de série limpos, mas cocaína e heroína descobertas. Roubadas da DP?
    - Não faltavam muitas drogas, apenas cerca de 170 a 200 gramas de maconha e um pouco mais de 100 gramas de cocaína.
- Poucos casos de crime organizado na área da 118DP, o que é incomum, mas não há evidência de que os policiais estejam bloqueando isso intencionalmente.

- Duas gangues no East Village são suspeitos possíveis mas não prováveis.
- Entrevista com Jordan Kessler, sócio de Creeley, e verificação com a esposa.
  - Confirmou o não uso visível de drogas.
  - Não parecia ligado a criminosos.
  - Bebendo mais que o usual; começou a jogar; viagens para Las Vegas e Atlantic City. Perdas grandes, mas não significativas para Creeley.
  - Não está clara a razão da depressão.
  - Kessler não reconheceu registros queimados.
  - Esperando lista de clientes.
  - Kessler aparentemente não ganha com a morte de Creeley.
- Sachs e Pulaski seguidos por Mercedes AMG.

HOMICÍDIO DE FRANK SARKOWSKI

- Sarkowski tinha 57 anos, sem registros policiais, assassinado no dia 4 de novembro deste ano, deixou esposa e dois filhos adolescentes.
- Vítima era proprietária de edifício em Manhattan. Empresa de manutenção para outras companhias e serviços públicos.
- Art Snyder era o detetive encarregado.
- Sem suspeitos.
- Assassinato/Roubo?
  - Recebeu disparos mortais como parte de um aparente roubo. Arma recuperada na cena — morto com uma Smith & Wesson .38 Special, sem marcas, arma fria. Detetive do caso acredita que poderia ter sido um crime profissional.
- Negócios iam mal?
- Assassinado no Queens — não se sabe por que estava lá.
  - Área deserta do bairro, perto de tanques de gás natural.
- Arquivo e evidências desaparecidos.
  - Arquivo foi para a 158DP em ou por volta do dia 28 de novembro. Sem indicação do policial que requisitou.
  - Sem indicação de para onde foi na 158DP.
  - VI Jefferies não coopera.
- Sem conexão conhecida com Creeley.
- Sem registros criminais — Sarkowski ou companhia.
- Boatos — dinheiro indo para tiras da 118DP. Terminava em algum lugar/alguém com uma conexão em Maryland. Máfia de Baltimore envolvida?
- Sem pistas.
- Sem indicação de quadrilhas.
- Não se descobriram outras conexões em Maryland.

O RELOJOEIRO

CENA DO CRIME 5

Localização:

- Edifício de escritórios. Rua 32 com a Segunda Avenida.

Vítimas:

- Amelia Sachs/Ron Pulaski

Criminoso:

- Dennis Baker, DPNY.

MO:

- Tiro (tentativa).

Evidências:

- Pistola Autauga MkII, calibre .32.
- Luvas de látex.
- Recuperadas do carro, casa e escritório de Baker:
  - Cocaína.
  - 50 mil em dinheiro.
  - Roupas.
- Recibos de clubes e bares, inclusive do St. James.
- Fibras de carpete do Explorer.
- Fibras que combinam com as da corda usada na morte de Creeley.
- Atualmente recolhendo mostras de solo do local onde Sarkowski foi assassinado.
- Areia e algas. Costa de Maryland — conexão?

Outros:

- Gerald Duncan planejou todo o esquema para implicar Dennis Baker e outros que mataram o amigo dele. Oito ou dez outros policiais da 118DP envolvidos, não tem certeza de quem. Alguém mais, além dos tiras da 118DP, está envolvido. Duncan não é mais suspeito de homicídio.

CAPÍTULO 33

Amelia Sachs entrou no pequeno armazém deserto na Little Italy, ao sul do Greenwich Village. As janelas eram pintadas e uma única lâmpada nua iluminava o ambiente. A porta para a sala dos fundos estava escancarada, revelando um monte de entulhos, velhas prateleiras e latas empoeiradas de molho de tomate.

O lugar parecia um antigo clube social de alguma pequena quadrilha do crime organizado, o que de fato fora até sofrer uma batida da polícia e fechar um ano antes. O proprietário temporário era a cidade, que tentava se desembaraçar do lugar, mas sem conseguir. Sellitto tinha dito que seria um lugar bom e seguro para uma reunião sensível desse tipo.

Sentado numa mesa desconjuntada estavam o subprefeito Robert Wallace e um jovem policial bem-apessoado, um detetive do Assuntos Internos. O policial do DAI, Toby Henson, saudou Sachs com um aperto de mãos firme e seu olhar sugeria que se ela desse uma resposta positiva a um convite para sair, ele lhe proporcionaria uma grande noitada.

Ela parecia sombria, focada apenas em cumprir a difícil tarefa que tinha pela frente. Ao repensar os fatos, olhando *dentro* da caixa, como Rhyme sugerira, tinha produzido resultados, que eram muito desagradáveis.

— Você disse que havia um problema? — perguntou Wallace. — E não quis falar sobre o assunto pelo telefone.

Ela informou os dois sobre Gerald Duncan e Dennis Baker. Wallace já havia escutado o básico do assunto, mas Henson riu, surpreso.

— Esse Duncan é simplesmente um cidadão? E queria derrubar um tira desonesto? Por isso fez tudo?

— Sim.

— Você tem nomes?

— Só o de Baker. São oito ou dez da 118DP, mas há alguém mais, o principal jogador.

— Alguém mais?

— Sim. O tempo todo estávamos buscando alguém com conexões com Maryland... Mas *essa* nós sacamos erroneamente.

— Maryland? — perguntou o homem do DAI.

Sachs riu com amargura.

— Sabe aquele jogo que chamam de "telefone sem fio"?

— Você se refere àquela brincadeira de crianças? Você sussurra alguma coisa para a pessoa ao seu lado e quando a coisa dá a volta chega completamente diferente?

— Sim. Minha fonte escutou "Maryland". Mas eu acho que é "Marilyn".

— Um nome de pessoa? — Quando ela assentiu, os olhos de Wallace se estreitaram. — Espere, você não quer dizer...?

— Inspetora Marilyn Flaherty.

— Impossível.

O detetive Henson sacudiu a cabeça.

— Não há como.

— Quisera estar errada. Mas temos algumas evidências. Descobrimos areia e água salgada no carro de Baker. Ela tem uma casa em Connecticut, perto da praia. E eu fui seguida por alguém numa Mercedes AMG. Primeiro pensei que fosse uma quadrilha de Baltimore ou Jersey. Mas na verdade esse é o carro que Flaherty possui.

— Um tira que possui uma AMG? — perguntou incrédulo o policial do Assuntos Internos.

— Não se esqueça de que Flaherty é um tira que faz um par de centenas de milhares de dólares por ano, ilegalmente — disse Sachs friamente. — E descobrimos um cabelo negro-grisalho mais ou menos do comprimento do dela no Explorer que Baker tinha roubado do depósito. Ah, e lembre-se: ela realmente não queria que do DAI cuidasse do caso.

— Sim, isso foi estranho — concordou Wallace.

— Porque ela iria enterrar a coisa toda. Dar a alguém de seu grupo para "lidar" com o caso. O que significava desaparecer com tudo.

— Puta merda, uma inspetora — sussurrou o bonitinho do DAI.

— Ela está presa? — perguntou Wallace.

Sachs sacudiu a cabeça.

— O problema é que não conseguimos descobrir o dinheiro. Não temos uma causa provável para fazer uma intimação e examinar suas contas bancárias e revistar sua casa. Por isso preciso de vocês.

— O que posso fazer? — disse Wallace.

— Pedi que ela nos encontrasse aqui. Vou informá-la sobre o que aconteceu, só que com uma versão amaciada. O que quero é que vocês digam a ela que descobrimos que Baker tem um parceiro. O prefeito instituiu uma comissão especial e vai levantar todas as barreiras para que ele seja descoberto. Dizer que o Departamento de Assuntos Internos está completamente a bordo.

— Você acha que ela vai entrar em pânico, correr até o dinheiro e você a pega.

— É isso que esperamos. Meu parceiro vai colocar um rastreador no carro dela enquanto ela estiver hoje aqui. Depois que sair, vamos segui-la... Então, vocês concordam em mentir para ela?

— Não, eu não — disse Wallace olhando para a mesa rústica, marcada com grafites. — Mas farei isso.

O detetive Toby Henson aparentemente tinha perdido todo interesse em seu futuro romântico com Sachs. Suspirou e fez uma avaliação com a qual ela infelizmente tinha que concordar.

— Isso vai ser foda.

Agora, o que nós aprendemos?

Ron Pulaski, acostumado a pensar em *nós* por causa dessa coisa de gêmeos, fez a si mesmo essa pergunta.

Querendo dizer: o que *eu* aprendi trabalhando neste caso com Rhyme e Sachs?

Ele estava determinado a ser o melhor policial possível e passava muito tempo avaliando o que tinha feito certo e o que tinha feito errado no trabalho. Caminhando agora pela rua em direção ao velho armazém onde Sachs estava reunida com Wallace, realmente não podia ver algo que tivesse feito de muito errado no caso. Ora, claro que podia ter processado melhor a cena do Explorer. E com certeza manteria a porra da sua arma *por fora* do macacão Tyvek de agora em diante — e não usaria chaves de braço, a menos que realmente tivesse que fazer isso.

Mas, e no conjunto? Ele teve um desempenho muito bom.

Ainda assim, não estava satisfeito. Supunha que essa sensação vinha do fato de trabalhar com a detetive Sachs. Aquela mulher tinha estabelecido um padrão muito alto. Sempre havia algo mais que verificar, mais uma pista para descobrir, outra hora a ser passada na cena.

Podia fazer você enlouquecer.

Também podia ensiná-lo a ser um policial fantástico.

E agora tinha mesmo que corresponder, já que ela estava saindo. Pulaski escutara o boato, claro, e não estava muito feliz com isso. Mas faria o que fosse necessário. Não sabia, entretanto, se jamais teria a determinação dela. Afinal, naquele instante, caminhando pela rua gelada, pensava em sua família. Realmente queria ir para casa. Conversar com Jenny sobre o dia dela — não o dele, não, não — e depois brincar com as crianças. Era tão divertido, simplesmente observar o olhar dos filhos. Mudava tão rápida e completamente — quando seu filho notava algo que nunca vira antes, quando fazia as ligações, quando ria. Ele e Jenny sentariam no chão com Brad entre os dois, engatinhando de um lado para o outro, seus dedinhos agarrando o polegar de Pulaski.

E a menina recém-nascida? Era redondinha e enrugada como um grapefruit velho e ficaria ali por perto dentro de seu carrinho do Bob Esponja, feliz e perfeita.

Mas o prazer de sua família teria que esperar. Depois do que estava para acontecer, essa seria uma noite longa.

Conferiu o número das casas. Estava a dois quarteirões de onde encontraria Amelia Sachs. Pensando: o que mais aprendi?

Uma coisa: é bom mesmo ter aprendido a ficar longe dos becos.

Um ano atrás fora espancado até quase morrer porque caminhava perto demais da parede, com o criminoso escondido na esquina de um edifício. O homem avançara e golpeara a cabeça dele com um porrete.

Descuidado e estúpido.

Como disse a detetive Sachs, “Você não sabia. Agora sabe”.

Ao se aproximar de outro beco agora, Pulaski se desviava para a esquerda para caminhar pelo meio-fio — diante da possibilidade de que alguém, um assaltante ou um drogado, estivesse escondido no beco.

Virou e olhou para trás, viu a rua de paralelepípedos vazia. Mas pelo menos estava sendo esperto. Assim tinha que ser, sendo tira, aprendendo essas pequenas lições e fazendo delas parte de...

A mão o agarrou por trás.

— Jesus — gaguejou ele enquanto era puxado pela porta aberta de uma van no meio-fio, que não tinha visto porque examinava o beco. Arfou e começou a gritar por ajuda.

Mas quem o assaltava — o vice-inspetor Halston Jefferies, olhos tão frios como a lua acima — meteu a mão na boca do recruta. Alguém mais agarrou a arma de Pulaski e em dois segundos ele desaparecera no fundo da van.

A porta bateu e fechou.

A porta da frente do velho armazém abriu e Marilyn Flaherty entrou, fechou a porta atrás dela e passou o trinco.

Sem sorrir, olhou ao redor da loja fria, acenou para os outros policiais e para Wallace. Sachs achou que ela estava mais tensa que o comum.

O vice-prefeito, mostrando frieza, apresentou-a ao detetive do DAI. Apertou as mãos dele e sentou na mesa desconjuntada, próximo a Sachs.

— Altamente secreta, hein?

— A coisa se transformou num ninho de vespas — disse Sachs.

Observou cuidadosamente o rosto da mulher enquanto apresentava os detalhes. A inspetora manteve o rosto pétreo, sem deixar transparecer nada. Sachs imaginou o que Kathryn

Dance veria em sua postura rígida, lábios apertados, olhar rápido e frio. A mulher estava virtualmente imóvel.

A detetive contou sobre os parceiros de Baker. Depois acrescentou:

— Sei como se sente sobre o Assuntos Internos, mas, com todo o respeito, decidi que precisamos trazê-los para o assunto.

— Eu...

— Sinto muito, inspetora.

Sachs voltou-se para Wallace.

Mas o vice-prefeito não disse nada. Simplesmente sacudiu a cabeça, suspirou e olhou para o sujeito do DAI. O jovem policial sacou sua arma.

Sachs piscou.

— O quê... Ei, o que você está fazendo?

Ele apontou a arma para o espaço entre ela e Flaherty.

— O que é isso? — disse com voz entrecortada.

— É uma confusão — disse Wallace, soando quase pesaroso. — Uma confusão de verdade. Vocês duas, mantenham as mãos sobre a mesa.

O vice-prefeito olhou para elas, enquanto Toby Henson passou sua arma para Wallace, que cobriu as mulheres.

Henson não era do DAI; era um detetive da 118DP, parte do círculo interno do esquema de extorsão, e o homem que ajudara Dennis Baker a assassinar Sarkowski e Creeley. Vestiu luvas de couro e tirou a Glock de Sachs do coldre. Revistou-a atrás de uma peça de reserva. Não havia nenhuma. Revistou a bolsa da inspetora e retirou seu pequeno revólver de serviço.

— Acertou em cheio, detetive — disse Wallace para Sachs, que olhava chocada para ele. — Temos um problema... um problema. — Ele retirou o celular e ligou para um dos policiais na rua, também parte do esquema de extorsão. — Tudo limpo?

— Sim.

Wallace desligou o telefone.

Sachs disse:

— Você? Era você? Mas...

Sua cabeça girou na direção de Flaherty.

— O que é isso tudo? — perguntou a inspetora.

O vice-prefeito acenou para a inspetora e disse para Sachs:

— Completamente errada. Ela não tinha nada a ver com a coisa. Dennis Baker e eu éramos sócios, em *negócios*. Em Long Island. Crescemos juntos lá. Tínhamos juntos uma companhia de reciclagem. Que quebrou e ele foi para a Academia, virou policial. Depois eu me envolvi na política da cidade e nos mantivemos em contato. Eu me tornei a ligação com a polícia e *ombudsman* e saquei que tipo de esquemas funcionavam e os que não. Dennis e eu bolamos um que funcionava.

— Robert! — retrucou Flaherty. — Não, não...

— Ah, Marilyn... — Foi o que o homem de cabelos prateados conseguiu dizer.

— Então — disse Amelia Sachs, os ombros caindo —, qual o cenário aqui? — E deu uma risada triste. — A inspetora me mata e depois se suicida. Você planta algum dinheiro na casa dela. E...

— E Dennis Baker morre na prisão, ele se mete com o prisioneiro errado, cai das escadas, quem sabe? Ruim demais. Mas ele devia ter sido mais cuidadoso. Sem testemunhas, é o fim do caso.

— Você acha que alguém vai engolir isso? Alguém na 118DP vai dedurar a coisa. Vão pegar você cedo ou tarde.

— Bem, desculpe-me, detetive, mas temos que apagar os incêndios quando estes aparecem, não acha? E você é a porra do maior incêndio que temos no momento.

— Escute, Robert — disse Flaherty, a voz frágil —, você está enrascado, mas ainda não é tarde demais.

Wallace colocou as luvas.

— Verifique de novo a rua, diga a eles para prepararem o carro. — O vice-prefeito pegou a Glock de Sachs.

O homem foi até a porta.

Os olhos de Wallace se mantiveram frios enquanto olhava para Sachs e agarrava firmemente a pistola.

Sachs encarou seus olhos.

— Espere.

Wallace franziu o rosto.

Ela o olhou de cima a baixo, sobrenaturalmente calma sob as circunstâncias, ele pensou. Depois disse:

— USE 1, invada.

Wallace piscou.

— O quê?

Para o espanto do vice-prefeito, um homem gritou do quarto traseiro:

— Ninguém se mexa! Ou eu atiro!

O que era isso?

Ofegante, Wallace olhou para a porta, onde um policial da USE estava parado, o cano de sua metralhadora H&K girando entre o político e Henson na porta da frente.

Sachs abaixou-se e agarrou alguma coisa embaixo da mesa. A mão dela emergiu com outra Glock. Ela devia ter escondido aquilo antes! Girou para a porta da frente, apontando a pistola para Henson.

— Largue a arma! Deite-se no chão!

O policial da USE virou sua arma para o vice-prefeito.

Wallace, pensando em pânico. Ah, Cristo, é uma armadilha... Foi uma armação.

— Agora! — gritou Sachs novamente.

Henson murmurou:

— Merda.

E fez o que ela mandou.

Wallace continuou agarrando a Glock de Sachs. Olhava para a arma.

Com os olhos em Henson, Sachs virou-se ligeiramente na direção de Wallace:

— A peça que você está segurando está descarregada. Você vai morrer à toa.

Enojado, ele soltou a arma na mesa, levantando as mãos.

Confusa, a inspetora Flaherty estava empurrando a cadeira, levantando-se.

Sachs falou para sua lapela:

— Equipes de invasão, adiante.

A porta da frente foi arrombada e meia dúzia de policiais invadiu — policiais da USE. Seguindo-os, entraram o vice-inspetor Halston Jefferies e o chefe do Departamento de Assuntos Internos, capitão Ron Scott. Um jovem patrulheiro louro também entrou na sala.

Os policiais da USE jogaram Wallace no chão. Ele sentiu a dor no quadril e nas juntas. Henson também foi algemado. O vice-prefeito olhou para fora e viu os dois outros policiais da 118DP, os que estavam vigiando a entrada. Estavam também deitados na calçada fria, algemados.

— Droga de modo de descobrir a coisa — disse Amelia Sachs para ninguém em particular enquanto recarregava sua própria Glock e a enfiava no coldre. — Mas com certeza responde nossa questão.

A questão à qual ela se referia não era sobre a culpa de Robert Wallace — eles já sabiam de antemão que ele era um dos sócios de Baker. Era sobre se Marilyn Flaherty também estava envolvida.

Tinham armado a coisa toda para descobrir, assim como para conseguir uma confissão gravada de Wallace.

Lon Sellitto, Ron Scott e Halston Jefferies tinham montado um posto de comando na van mais acima da rua e escondido o atirador da USE na sala de trás para ter certeza de que Wallace e o tira que estava com ele não começassem a atirar antes que Sachs tivesse a oportunidade de gravar a confissão. Estava previsto que Pulaski tomaria a porta da frente com uma equipe, enquanto outra tomava a traseira. Mas no último minuto perceberam que Wallace tinha outros policiais com ele, tiras da 118DP, que poderiam ou não ser desonestos, de modo que tiveram que mudar um pouco os planos.

Pulaski, de fato, quase caminhara direto até os tiras de Wallace no armazém e arruinara a coisa toda.

O recruta disse:

— O inspetor Jefferies me puxou para dentro da van do comando justo antes que esses sujeitos lá de fora me vissem.

— Caminhando pela rua como um escoteiro passeando — resmungou Jefferies. — Se você quiser continuar vivo nas ruas, garoto, fique com a porra de seus olhos bem abertos.

A raiva do inspetor parecia domesticada, se comparada com o ataque do dia anterior, notou Sachs. Pelo menos não estava cuspindo.

— Sim, senhor. No futuro terei mais cuidado, senhor.

— Jesus Cristo, hoje em dia deixam qualquer um entrar na Academia.

Sachs tentou reprimir o sorriso. Voltou-se para Flaherty:

— Desculpe, inspetora. Mas tínhamos de ter certeza de que a senhora não participava da jogada. — Ela explicou as suspeitas e as pistas que a levaram a pensar que a inspetora pudesse estar trabalhando com Baker.

— O Mercedes? — perguntou Flaherty. — Claro que é meu. E, claro, você estava sendo seguida. Mandei um policial da Divisão de Operações manter um olho em você e Pulaski. Os dois são jovens, você era inexperiente e poderia estar bem fora de sua jurisdição. Dei a ele meu próprio carro porque você teria notado de cara se fosse um veículo do nosso estoque.

O carro de luxo realmente a fizera se enganar e começar a pensar em outra direção. Já que os gângsteres não estavam envolvidos, começara a se perguntar se Pulaski não errara em suas conclusões a respeito do sócio de Creeley, Jordan Kessler, e o homem de negócios estivesse de alguma maneira envolvido nas mortes. Talvez, especulara, Creeley e Sarkowski tivessem sido pegos numa das investigações tipo a da Enron que atualmente estivesse em curso, e assassinados por algo que soubessem sobre fraudes corporativas na empresa de algum cliente. Kessler parecia ser o único envolvido no jogo que poderia ter um veículo como o Mercedes AMG.

Mas agora compreendia que o caso era totalmente sobre policiais corruptos, e que a cinza na lareira de Creeley não era de registros contábeis manipulados, mas simplesmente evidências que eles tinham queimado para ter certeza de destruírem qualquer registro do dinheiro de extorsão, como ela originalmente especulara.

Agora a atenção da inspetora voltou-se para Robert Wallace. Perguntou a Sachs:

— Como você descobriu sobre ele?

— Conte a ela, Ron — disse a Pulaski.

O recruta começou:

— A detetive Sachs averiguou... — Fez uma pausa. — A detetive Sachs descobriu vários resíduos no veículo e na casa de Baker que nos deram a ideia, bem, deram à detetive Sachs e a Rhyme a ideia de que talvez a outra pessoa envolvida vivesse perto de uma praia ou marina.

Sachs prosseguiu:

— Não achava que Jefferies estivesse envolvido porque ele não requisitaria um arquivo para seu próprio distrito se quisesse destruí-lo. Alguém havia enviado o arquivo para lá e o interceptara antes que fosse registrado. Voltei a ele e perguntei se alguém estivera recentemente na sala de arquivos, alguém que pudesse ter alguma conexão com o caso. Alguém tinha estado. Você. — E olhou na direção de Wallace. — Depois fiz a outra pergunta lógica. Você teria uma conexão com Maryland? E certamente tinha. Só que não era óbvia.

Prestando atenção ao que consigo ver...

— Oh, meu Deus — murmurou ele. — Baker me disse que você tinha mencionado Maryland. Mas jamais pensei que descobrisse.

— Wallace tem um barco ancorado em sua casa na South Shore de Long Island — disse Ron Scott, o chefe do DAI, a Flaherty. — Registrado em Nova York, mas construído em Annapolis. É o *Maryland Monroe*. — Scott olhou para ele de cima a baixo e riu friamente. — Vocês que têm barco gostam de piadas.

Sachs disse:

— Os resíduos de areia, algas e água salgada no carro e na casa de Baker batem com os da sua marina. Conseguimos um mandado e revistamos o barco. Conseguimos algumas evidências. Números de telefone, documentos, resíduos. Mais de quatro milhões em dinheiro, ah, e também muitas drogas. Muita bebida, provavelmente roubada. Mas acho que a bebida vai ser a menor de suas preocupações.

Ron Scott acenou para dois dos policiais da USE.

— Levem-no para a cidade. Registro Central.

Enquanto era retirado, Wallace gritou de volta:

— Não vou dizer nada. Se vocês pensam que vou dar nomes, podem esquecer. Não estou confessando.

Flaherty deu a primeira risada que Sachs escutava dela.

— Você está louco, Robert? Tudo indica que há provas para pôr você em cana para sempre. Não precisa dizer nada. Na verdade, prefiro que você nunca mais abra a porra da sua boca.

III

8H32 — QUINTA-FEIRA

"O tempo é um grande professor, mas infelizmente mata todos os seus discípulos."

— Louis Hector Berlioz

CAPÍTULO 34

Agora a sós, Rhyme e Sachs examinavam as tabelas com as evidências colecionadas tanto no caso do escândalo de corrupção do St. James quanto no caso do Relojoeiro.

Sachs se concentrava, mas Rhyme sabia que estava distraída. Tinham permanecido acordados até tarde e conversado sobre o que acontecera. A corrupção já era ruim o bastante, mas policiais tentando assassinar outros tiras chocava-os ainda mais.

Sachs alegava que ainda não tinha decidido deixar a força, mas um olhar a seu rosto revelou a Rhyme que ela partiria. Também sabia que ela trocara alguns telefonemas com a Argyle Security.

Não havia dúvida.

Rhyme olhava para o pequeno retângulo de papel que estava em sua pasta aberta no laboratório: o envelope contendo a carta de demissão. Tal como a luz brilhante da lua cheia, a brancura da carta cegava. Era difícil ver claramente; era difícil ver qualquer outra coisa.

Forçou-se a não pensar sobre isso e olhou novamente as evidências.

Gerald Duncan — apelidado de "Bandido Diet" pelo espirituoso Thom — aguardava o indiciamento pelas infrações cometidas, todas menores (a análise do DNA revelara que o sangue no estilete, no casaco pescado no porto, e o derramado no cais era do próprio Duncan, e o pedaço de unha casava perfeitamente).

O caso de corrupção na 118DP movia-se vagarosamente.

Havia provas suficientes para indiciar Baker e Wallace, assim como Toby Henson. O solo da cena do crime de Sarkowski e as amostras recolhidas por Sachs na casa de Creeley em Westchester eram idênticos aos resíduos encontrados nas casas de Baker e Henson. É claro, tinham também a fibra de corda que implicava Baker na morte de Creeley, mas fibras semelhantes foram também descobertas no barco de Wallace. Henson tinha luvas de couro cujos padrões de textura batiam com aqueles descobertos em Westchester.

Mas o trio não cooperava. Rejeitaram qualquer acordo, e nenhuma evidência implicava qualquer outra pessoa, inclusive os dois policiais que estavam do lado de fora do clube social de East Village, que alegavam inocência. Rhyme tentara pôr Kathryn Dance em cima deles, mas os dois recusavam dizer qualquer coisa.

Rhyme confiava que, no final, descobriria todos os criminosos da 118DP e montaria casos contra eles. Mas ele não queria isso no final de tudo: queria agora. Como Sachs tinha assinalado, outros tiras da 118DP poderiam estar planejando assassinar mais testemunhas — talvez atentar novamente contra ela ou Pulaski. Também era possível que um ou mais deles estivessem forçando Baker, Henson e Wallace a permanecerem em silêncio, ameaçando suas famílias.

Além disso, Rhyme estava sendo convocado para outros casos. Mais cedo recebera uma chamada sobre outro incidente — o agente Fred Dellray, do FBI (temporariamente retirado do inferno dos crimes financeiros), relatara uma invasão e incêndio criminoso no National Institute of Standards and Technology (Instituto Federal de Padrões e Tecnologia), um edifício federal no Brooklyn. Os danos foram pequenos, mas o criminoso tinha invadido um sistema de segurança muito sofisticado e, com o terrorismo na cabeça de todo mundo, qualquer arrombamento numa instalação federal chamava atenção: eles queriam que Rhyme os ajudasse na investigação. Ele queria ajudar, mas tinha de liquidar primeiro com o caso de extorsão de Baker-Wallace.

Um mensageiro chegou com o arquivo do assassinato do amigo de Duncan, planejado por Baker quando o sujeito recusou ser extorquido. O caso ainda estava aberto — não havia prescrição nos casos de assassinato — porém havia mais de ano não eram feitas entradas no arquivo. Rhyme esperava descobrir algumas pistas no antigo caso que os ajudassem a identificar criminosos da 118DP.

Rhyme entrou primeiro no arquivo do *New York Times* e leu a curta matéria sobre a morte da vítima, Andrew Culbert. Não informava nada mais além de que era um homem de negócios de Duluth e aparentemente tinha sido morto num assalto em Midtown. Não havia suspeitos. Não houve mais matérias a respeito.

Rhyme mandou Thom instalar o relatório da investigação no seu aparelho de girar páginas e o criminalista passou a ler as folhas. Como frequentemente acontecia num caso frio, as notas haviam sido feitas por várias pessoas, já que a investigação fora transferida — cada vez com menos energia — com o passar do tempo. Segundo o relatório da cena do crime, havia poucos resíduos, nenhuma impressão digital nem pegadas, não foram recolhidos cartuchos (morte devida a dois tiros na testa, as balas sendo as ubíquas .38 Specials; um teste com as armas recolhidas com Baker e os outros tiras da 118DP não revelou correspondências balísticas).

— Você tem o inventário da cena do crime? — perguntou a Sachs.

— Vejamos. Está aqui — disse ela, levantando a folha. — Vou ler.

Ele fechou os olhos, de modo a ter uma imagem melhor dos itens.

— Carteira — leu Sachs —, uma chave de hotel do St. Regis, uma chave de minibar, uma caneta Cross, um PDA, um pacote de chicletes, um pequeno pedaço de papel com as palavras "banheiro masculino" no alto. A segunda folha diz "Chardonnay". Só isso. O investigador principal, lá da Homicídios, era John Repetti.

Rhyme olhava para o nada, sua mente presa em algo. Olhou para ela.

— O quê?

— Dizia Repetti, ele cuidou do caso da Midtown North. Quer que ligue para ele?

Depois de um momento, Lincoln Rhyme respondeu:

— Não, quero que faça outra coisa.

A maleta está possuída.

Ouvindo a gravação arranhada de Blind Lemon Jefferson cantando o blues "See That My Grave Is Kept Clean" no seu iPod, Kathryn Dance olhava sua maleta, abaulada e aberta, recusando-se a fechar.

E só comprei dois pares de sapatos, alguns presentes de Natal... tá bom, *três* pares de sapatos, mas um era sapatilha, o que não conta. Ah, e o suéter. O suéter era o problema.

Tirou-o. E tentou novamente. Os fechos chegaram a ficar centímetros um do outro, mas não fecharam.

Realmente possuída.

Vou bancar a elegante. Achou a bolsa de plástico da lavanderia e lá descarregou jeans, um terno, bobs, meias e o irritante e volumoso suéter. Tentou e a maleta fechou.

Clique.

Não foi necessário um exorcista.

O telefone do hotel soou e a portaria anunciou um visitante. Bem na hora.

— Pode mandar subir — disse Dance, e cinco minutos depois Lucy Richter estava sentada no pequeno sofá do seu quarto.

— Quer beber alguma coisa?

— Obrigada, não posso demorar muito.

Dance apontou para o minibar.

— Quem inventou o minibar era malvado. Doces e salgadinhos. Minha fraqueza. Bem, quase tudo é fraqueza para mim. E para somar injúria a ofensa, o molho custa dez dólares.

Lucy, que aparentava jamais ter contado calorias ou gorduras em toda a sua vida, riu. Depois disse:

— Ouvi dizer que o pegaram. O policial que vigiava minha casa me disse. Mas ele não sabia dos detalhes.

A agente explicou sobre Gerald Duncan, como ele era inocente, e sobre o escândalo de corrupção numa delegacia do DPNY.

Lucy balançou a cabeça diante das novidades. Depois ficou olhando ao redor do pequeno quarto. Fez alguns comentários inócuos sobre as gravuras e a vista das janelas. Fuligem, neve e uma entrada de ar eram os elementos da paisagem.

— Só passei para agradecer.

Não, não foi só isso, pensou Dance. Mas respondeu:

— Você não precisa agradecer. É o nosso trabalho.

Observou que os braços de Lucy estavam descruzados e que ela estava confortavelmente sentada, ligeiramente para trás, ombros relaxados, mas não caídos. Algum tipo de confissão estava a caminho.

Dance deixou o silêncio se desenrolar.

— Você é uma conselheira? — disse Lucy.

— Não, simplesmente tira.

Durante as entrevistas, entretanto, não era incomum que os suspeitos simplesmente continuassem, depois da confissão, compartilhando histórias de outros lapsos morais, pais odiados, ciúmes de parentes, raiva, alegria, esperanças. Confidenciando, procurando conselhos. Não, ela não era conselheira. Mas era policial, mãe e especialista em cinésica, e os três papéis exigiam que fosse especialista na largamente esquecida arte de escutar.

— Bem, é muito fácil falar com você. Achei que podia pedir sua opinião sobre algo.

— Pode dizer — encorajou Dance.

A soldado disse:

— Não sei o que fazer. Vou receber essa condecoração daqui a pouco, aquela sobre a qual falei. Mas há um problema.

Ela explicou mais sobre seu trabalho no exterior, controlando caminhões de combustível e suprimentos.

Dance abriu o minibar e tirou de lá duas garrafas de Perrier, a seis dólares cada uma. Levantou uma sobrancelha.

A soldado hesitou.

— Ah, claro.

Abriu as duas e entregou uma a Lucy. Manter as mãos ocupadas libera a mente para pensar e a voz para falar.

— Bem, esse cabo, Pete, estava na minha equipe. Um conscrito da Dakota do Sul. Cara engraçado. Muito engraçado. Era treinador de futebol na terra dele, trabalhava em construção. Foi de uma ajuda enorme quando cheguei lá. Um dia, cerca de um mês atrás, ele e eu tínhamos que fazer um inventário de veículos danificados. Alguns deles eram mandados de volta para o Fort Hood para conserto, outros, nós mesmo consertávamos, e alguns eram sucateados.

"Eu estava no escritório e ele tinha ido ao refeitório. Ia recolhê-lo às 13 horas para irmos até o depósito de sucata. Fui pegá-lo num Humvee. Vi Petey lá, esperando por mim. Naquele instante, um AEI disparou. Isso é uma bomba.

Dance sabia disso, claro.

— Eu estava a uns 10 ou 12 metros de distância quando houve a explosão. Petey estava acenando e depois foi esse clarão e o cenário todo mudou. É como se você piscasse e a praça virasse outra coisa diferente. — Ela olhou pela janela. — A frente do refeitório tinha desaparecido, palmeiras simplesmente sumiram. Alguns soldados e um par de civis que estavam ali parados... Num momento ali, e depois tinham sumido.

A voz dela estava sinistramente calma. Dance reconheceu o tom; muitas vezes o escutara em testemunhas que perderam pessoas amadas em crimes. (As entrevistas mais difíceis de fazer, piores que sentar diante do assassino mais imoral.)

— O corpo de Petey estava despedaçado. É a única maneira de descrevê-lo. — A voz engasgou. — Era todo vermelho e negro, quebrado... Já tinha visto muita coisa lá. Mas aquilo foi terrível.

Ela tomou um gole de água e agarrou a garrafa como uma criança com uma boneca.

Dance não expressou nenhuma condolência — seria inútil. Acenou para que a mulher continuasse. Um suspiro fundo. Os dedos de Lucy estavam firmemente cruzados. Em seu trabalho, Dance caracterizava esse gesto — bem comum — como a tentativa de estrangular a tensão insuportável vinda da culpa, dor ou vergonha.

— A coisa é... Eu me atrasei. Estava no escritório. Olhei para o relógio. Era mais ou menos 12h55, mas ainda tinha meio copo de refrigerante sobrando. Pensei em jogar aquilo fora e ir, e levava cinco minutos para chegar até o refeitório, mas queria terminar o refrigerante. Só queria sentar e terminar de beber. Então me atrasei para chegar ao refeitório. Se eu estivesse no horário ele não teria morrido. Eu o teria recolhido e já estaríamos a mais de um quilômetro de distância quando o AEI explodiu.

— Você se feriu?

— Um pouco. — Ela arregaçou a manga e mostrou uma cicatriz grande e seca no antebraço. — Nada sério. — Olhou para a cicatriz e bebeu mais água, seus olhos, afundados. — Mesmo que eu estivesse apenas *um* minuto atrasada, pelo menos ele já estaria dentro do veículo. Provavelmente teria sobrevivido. Sessenta segundos... Isso teria feito a diferença entre ele viver ou morrer. E tudo por causa de um refrigerante. Eu só queria terminar a porra do refrigerante. — Uma risada triste escapou de seus lábios secos. — E depois quem aparece e tenta me matar? Alguém que se chama de Relojoeiro, deixando a merda de um relógio no meu banheiro. Durante semanas eu só conseguia pensar em como apenas um minuto, de um jeito ou de outro, faz a diferença entre a vida e a morte. E aí aparece esse monstro jogando isso na minha cara.

Dance perguntou:

— E o que mais? Há mais alguma coisa, não é?

Uma risadinha.

— Sim, eis o problema. Veja, meu período ia acabar dentro de um mês. Mas me senti tão culpada sobre o Pete que disse a meu comandante que me realistaria.

Dance assentia.

— A cerimônia é por causa disso. Não é sobre ter sido ferida. Somos feridos todos os dias. É sobre o realistamento. O Exército está com problemas para conseguir recrutas novos. Vão usar os realistados como cartazes para o Exército. Gostamos tanto que queremos voltar. Esse tipo de coisa.

— E você anda repensando o assunto?

Ela fez que sim.

— Está me deixando louca. Não consigo dormir. Não consigo fazer amor com meu marido. Não consigo fazer nada... Estou sozinha, receio. Sinto falta da minha família. Mas também sei que estamos fazendo algo importante por lá, algo que é bom para muitas pessoas. Não consigo decidir. Simplesmente não consigo decidir.

— O que aconteceria se dissesse a eles que mudou de ideia?

— Não sei. Provavelmente ficariam putos da vida. Mas não estou falando de corte marcial. O problema é mais meu. Estaria desapontando pessoas. Recuando de alguma coisa, o que nunca fiz na minha vida. Estaria quebrando uma promessa.

Dance pensou um instante, bebendo água.

— Não posso lhe dizer o que fazer. Mas posso lhe dizer uma coisa: meu trabalho é descobrir a verdade. A maioria das pessoas com quem lido são criminosos. Sabem qual é a verdade e estão mentindo para salvar seus próprios rabos. Mas existem muitas pessoas com quem cruzo que mentem a si mesmas. E geralmente nem percebem isso.

"Mas seja o caso de você estar enganando os tiras, sua mãe, seu marido ou um amigo, os sintomas são sempre os mesmos. Você está estressada, com raiva, deprimida. As mentiras enfeiam as pessoas. A verdade faz o contrário... É claro que às vezes a última coisa que queremos é a verdade. Mas nem lhe digo quantas vezes fiz um suspeito confessar e o olhar que ele me dá é o de puro alívio. É a coisa mais estranha. Às vezes até agradecem.

— Está dizendo que *sei* qual é a verdade?

— Ah, sim. Você sabe. Está aí. Bem encoberta. E você pode não gostar quando descobrir. Mas está aí.

— E como descubro? Interrogo a mim mesma?

— Sabe, essa é uma ótima maneira de colocar a coisa. Claro, o que você faz é procurar pelas mesmas coisas que eu procuro: raiva, depressão, negação, desculpas, racionalização. Quando você sente isso, e por quê? E não se deixe distrair com nada. Continue focada. Vai descobrir o que realmente quer.

Lucy Richter inclinou-se e abraçou Dance — algo que pouquíssimas pessoas jamais fazem.

A soldado sorriu.

— Ei, tive uma ideia. Vamos escrever um livro de autoajuda. *O guia de autointerrogatório das garotas*. Vai ser um best seller.

— Com todo o nosso tempo livre — Dance riu.

E brindaram com as garrafas de água.

Quinze minutos mais tarde as duas estavam a meio caminho de liquidar os muffins e o café que tinham pedido no serviço de quarto quando o celular da agente cricrilou. Ela viu o número de identificação da chamada. Kathryn Dance balançou a cabeça e riu.

A campainha da porta de Rhyme soou. Thom chegou no laboratório um instante depois, acompanhando Kathryn Dance. O cabelo dela estava solto, sem a trança justa de antes, e os fones de ouvido do iPod balançavam ao redor de seu pescoço. Ela tirou um sobretudo leve e cumprimentou Sachs e Mel Cooper, que acabavam de chegar.

Dance abaixou e acariciou Jackson, o cão.

Thom disse:

— Hum, será que você gostaria de um presente de despedida?

Apontou para o havanês.

Ela riu.

— Ele é uma graça, mas já estou no limite de animais em casa, tanto do tipo de duas quanto de quatro patas.

Rhyme, no celular, tinha pedido, por favor, que ela os ajudasse mais uma vez.

— Prometo que agora é a última — disse ele, quando ela se sentou a seu lado.

— Então, o que há?

— Há uma falha no caso. E preciso de sua ajuda.

— O que posso fazer?

— Lembro quando me contou sobre o caso Hanson na Califórnia: revisando a transcrição de suas declarações permitiu que você percebesse o que ele iria fazer.

Ela assentiu.

— Gostaria que fizesse o mesmo para nós.

Rhyme explicou a ela sobre o assassinato do amigo de Gerald Duncan, Andrew Culbert, que despertou em Duncan o desejo de derrubar Baker e Wallace.

— Mas descobrimos algumas coisas curiosas no arquivo. Culbert tinha um PDA, mas não um celular. Hoje em dia todo mundo nos negócios tem celular. E ele tinha um papel com duas anotações. Uma era "Chardonnay". O que poderia significar que o tinha escrito para se lembrar de comprar algum vinho. Mas a outra era "Banheiro masculino". Por que alguém escreveria isso? Pensei um tanto sobre o assunto e me ocorreu que é o tipo de coisa que alguém escreveria se tivesse problema de fala ou audição. Pedir vinho num restaurante, depois perguntar onde era o banheiro. E sem celular, também. Fiquei pensando se ele não seria surdo.

— Então — disse Dance —, o amigo de Duncan foi assassinado porque o assaltante perdeu a paciência quando a vítima não pôde compreendê-lo ou não entregou a carteira suficientemente rápido. Ele *pensou* que Baker matou seu amigo, mas isso era apenas uma coincidência.

— Fica mais complicado — disse Sachs.

— Rastreamos a esposa de Culbert em Duluth — disse Rhyme. — Ela me disse que ele era surdo e mudo de nascença.

Sachs acrescentou:

— Mas Duncan disse que Culbert tinha salvado sua vida no Exército. Se fosse surdo, não poderia ter servido.

— Acho que Duncan simplesmente leu sobre a vítima de assalto e alegou que era seu amigo, para dar alguma credibilidade a seu plano de implicar Baker. — O criminalista sacudiu os ombros. — Poderia não ser problema. Afinal, prendemos um tira corrupto. Mas deixa algumas perguntas. Você pode ver o videoteipe do interrogatório de Duncan e nos dizer o que acha?

— É claro.

Cooper digitou no teclado.

Logo depois um vídeo de Gerald Duncan, tomado em ângulo aberto, apareceu no monitor. Ele sentava confortavelmente numa sala de entrevistas enquanto a voz de Lon Sellitto dava os detalhes: quem ele era, a data e o caso. Depois começou o depoimento propriamente dito. Duncan relatou essencialmente os mesmos fatos que tinha contado a Rhyme quando estava sentado no meio-fio do lado de fora da última cena do crime do "serial killer".

Quando terminou, Cooper apertou o botão de PAUSA, congelando o rosto de Duncan.

Dance voltou-se para Rhyme.

— Isso é tudo?

— Sim.

Ele notou que seu rosto tinha ficado imóvel. O criminalista perguntou:

— O que você acha?

Ela hesitou, e depois disse:

— Tenho que dizer... Minha sensação é que não apenas a história sobre seu amigo ser assassinado é problemática. Acho que virtualmente tudo que ele conta é uma mentira completa.

Silêncio na casa de Rhyme.

Silêncio total.

Finalmente Rhyme levantou os olhos da imagem de Gerald Duncan, imóvel na tela, e disse:

— Vá em frente.

— Captei sua linha de base quando ele mencionava os detalhes de seu plano para fazer prender Baker. Sabemos que certos aspectos disso são verdadeiros. Então, quando o nível de estresse muda, suponho que ele esteja enganando. Observei os maiores desvios quando fala sobre seu suposto amigo. E acho que seu nome não é Duncan. Ou que viva no Meio-Oeste. Ah, ele pouco se importa com Dennis Baker. Não tem interesse emocional na prisão do sujeito. E há algo mais.

Ela olhou para a tela.

— Pode mostrar lá para o meio? Há um momento em que toca seu rosto.

Cooper passou o vídeo em reverso.

— Aí. Passe a partir daí.

— *Jamais machuquei alguém. Não poderia fazer isso. Posso até dobrar um pouco a lei...*

Dance sacudiu a cabeça, franzindo o rosto.

— O quê? — perguntou Sachs.

— Seus olhos... — sussurrou Dance. — Ah, isso é um problema.

— Por quê?

— Acho que ele é perigoso, muito perigoso. Passei meses estudando as fitas dos interrogatórios de Ted Bundy, o serial killer. Era um sociopata puro, isso querendo dizer que podia enganar sem qualquer sinal exterior. Mas uma coisa que pude detectar em Bundy foi uma leve reação em seus olhos quando alegava que jamais tinha assassinado alguém. A reação não era uma típica de engano; revelava desapontamento e traição. Estava negando algo central em seu ser. — E apontou para a tela. — Exatamente o que Duncan acabou de fazer.

— Tem certeza? — perguntou Sachs.

— Não posso ter certeza, não. Mas acho que temos de fazer mais perguntas a ele.

— Seja lá o que ele pretenda fazer, melhor colocá-lo numa cela de nível três até descobrirmos isso.

Já que tinha sido detido apenas por crimes menores, não violentos, Gerald Duncan estaria numa cela de segurança mínima na rua Centre. Não era provável haver fugas dali, mas não impossível. Rhyme comandou seu telefone para que ligasse para o supervisor do Centro de Detenção de Downtown, Manhattan.

Identificou-se e deu instruções para transferir Duncan para uma cela mais segura.

O carcereiro não disse nada. Rhyme presumiu que isso se devia a ele não querer aceitar ordens de um civil.

O tédio da política.

Fez uma careta e olhou para Sachs, querendo dizer que ela deveria autorizar a transferência. Foi então que a verdadeira razão do silêncio do supervisor se esclareceu:

— Bem, detetive Rhyme — disse o sujeito, constrangido —, ele só esteve aqui por alguns minutos. Não chegamos nem a registrá-lo.

— O quê?

— O promotor, ele fez algum acordo e liberou Duncan ontem à noite. Achei que sabia.

CAPÍTULO 35

Lon Sellitto estava de volta ao laboratório de Rhyme, andando raivoso de um lado para o outro.

O advogado de Duncan, ao que parecia, encontrara-se com o promotor-assistente e, em troca de uma declaração escrita e juramentada admitindo a culpa, o pagamento de 100 mil dólares pelo mau uso de recursos da polícia e dos bombeiros, e uma garantia por escrito de testemunhar contra Baker, teve retiradas todas as acusações criminais, sujeitas a serem reabertas se ele faltasse no tribunal como testemunha contra Baker. Não fora nem registrado nem tivera suas digitais colhidas.

O detetive grandalhão e amarfanhado olhava para o telefone viva voz, ameaçador, mãos na cintura, como se o próprio aparelho fosse o idiota incompetente que libertara um assassino potencial.

O tom defensivo da voz do promotor era claro:

— Só assim ele cooperaria — disse o sujeito. — Estava representado por um advogado da Reed & Prince. Entregou seu passaporte. Tudo legítimo. Concordou em não deixar a jurisdição até o julgamento de Baker. Coloquei-o num hotel da cidade, com um policial de guarda. Não irá a lugar nenhum. Qual o problema? Já fiz isso centenas de vezes.

— E o caso de Westchester? — disse Rhyme junto ao viva voz. — O cadáver roubado.

— Concordaram em não processar. Disse que os ajudaríamos em outros casos em que precisassem de cooperação.

O promotor via isso como um anel dourado em sua carreira; liquidando uma gangue de policiais corruptos que o lançaria no estrelato.

Rhyme sacudiu a cabeça, lívido. Incompetência e ambição egoísta o enfureciam. Já era suficientemente difícil fazer seu trabalho sem interferência de políticos. Por que diabos alguém não tinha telefonado primeiro para ele, antes de soltar Duncan? Mesmo antes da opinião de Kathryn Dance sobre o interrogatório, havia muitas questões não respondidas para que o sujeito fosse liberado.

— Onde é que ele está? — gritou Sellitto.

— De qualquer maneira, que prova...?

— Onde ele está, porra?

Sellitto estava furioso.

O procurador hesitou e depois lhe deu o nome de um hotel em Midtown, e o celular do policial que estava de guarda.

— Já estou ligando.

Cooper discou o número.

Sellitto continuou:

— E quem era o advogado dele?

O assistente do promotor distrital lhe disse também o nome. A voz nervosa resmungou:

— Realmente não sei por que todo esse rebuliço...

Sellitto desligou. Olhou para Dance.

— Estou para apertar alguns botões bem sérios. Sabe do que estou falando?

Ela assentiu.

— Temos merda no ventilador também lá na Califórnia. Mas tenho confiança na minha opinião. Faça o que puder para descobri-lo. Quero dizer, tudo mesmo. Darei a mesma opinião para quem você quiser. Chefe de polícia, prefeito, governador.

— Veja o que o advogado sabe dele — disse Rhyme para Sachs.

Ela anotou o nome, abriu o celular. Rhyme ouvira falar da Reed & Prince, claro. Era um grande e respeitável escritório de advocacia na Broadway. Os advogados eram conhecidos por cuidar de casos de alto perfil, na defesa de criminosos de colarinho branco.

A voz lúgubre de Cooper informou:

— Temos um problema. O policial que está no hotel, vigiando Duncan. Foi verificar em seu quarto. Ele desapareceu, Lincoln.

— O quê?

— O policial disse que na noite passada ele foi cedo para a cama, dizendo que não se sentia bem e queria dormir até tarde. Parece que abriu a porta do quarto ao lado com uma gazua. O policial não tem ideia de quando isso aconteceu. Pode ter sido ontem à noite.

Sachs fechou seu celular.

— A Reed & Prince não tem nenhum advogado na equipe com esse nome dado pelo promotor. E Duncan não é cliente deles.

— Ah, porra — exclamou Rhyme.

— Muito bem — disse Sellitto —, hora da cavalaria. — Ligou para Bo Haumann na USE e disse-lhe que precisavam prender novamente seu suspeito.

— Só que não sabemos exatamente onde ele anda.

Informou ao policial tático os poucos detalhes que sabia. A reação de Haumann, que Rhyme não ouviu, podia entretanto ser deduzida pela expressão de Sellitto.

— Não precisa dizer isso para *mim*, Bo.

Sellitto deixou uma mensagem para o próprio promotor distrital e depois ligou para a Chefia de Polícia para informar os chefões sobre o problema.

— Quero saber mais sobre ele — disse Rhyme a Cooper. — Fomos complacentes demais. Não perguntamos o bastante. — Olhou para Dance. — Kathryn, realmente odeio fazer isso...

Ela desligava o celular.

— Já cancelei meu voo.

— Desculpe. O caso nem é seu.

— É meu caso desde que entrevistei Cobb na terça-feira — disse Dance, os olhos verdes frios, os lábios duros.

Cooper repassava as informações que tinham conseguido sobre Gerald Duncan. Listou números de telefone e começou a ligar. Depois de várias conversas, disse:

— Escutem só. Ele não é Duncan. A Polícia Estadual do Missouri mandou um carro até o endereço da carteira de motorista. É propriedade de um Gerald Duncan, sim, mas não do nosso Gerald Duncan. O sujeito que vivia ali foi transferido há seis meses para Anchorage por causa do trabalho. A casa está vazia e para alugar. Olhem a foto.

A imagem era da carteira de motorista de um homem muito diferente do que tinham prendido no dia anterior.

Rhyme comentou:

— Brilhante. Ele verificou nos jornais o que havia para alugar, descobriu uma casa havia tempo no mercado e considerou que não iria ser alugada nas próximas semanas por conta do Natal. O mesmo com a igreja. E falsificou a carteira de motorista que vimos. O passaporte também. Desde o começo subestimamos esse sujeito.

Cooper, olhando o computador, disse:

— O proprietário, o verdadeiro Duncan, teve problemas com cartão de crédito. Roubo de identidade.

Lincoln Rhyme sentiu um frio no centro de seu ser, lugar em que teoricamente não podia sentir nada. Tinha a sensação de que um desastre invisível estava rapidamente se configurando.

Dance ainda olhava a imagem imóvel do rosto de Duncan, com tanta intensidade quanto Rhyme observava seus quadros de evidências. E meditou:

— O que será que ele realmente está tramando?

Uma pergunta que eles não tinham nem como começar a responder.

Viajando de metrô, Charles Vespasian Hale, o homem que fingia ser Gerald Duncan, o Relojoeiro, conferiu seu relógio de pulso (seu relógio de bolso Breguet, do qual gostava tanto, não se adequava ao papel que ele se preparava para assumir).

Tudo estava dentro do horário. Tomou o trem do lugar no Brooklyn onde montara sua casa segura primária, antegozando e também um pouco ansioso, no entanto o mais próximo possível da harmonia que jamais sentira em sua vida.

Muito pouco do que dissera a Vincent Reynolds sobre seu passado pessoal era verdadeiro, claro. Nem podia ser. Tinha planejado uma longa carreira em sua profissão e sabia que o gordinho estuprador diria tudo aos tiras diante da primeira ameaça.

Nascido em Chicago, Hale era filho de um professor de latim (daí o seu nome do meio, homenagem a um nobre imperador romano) e uma mulher que era gerente do departamento de roupas infantis numa loja suburbana da Sears. O casal jamais conversava muito, nem fazia muitas coisas. À noite, depois do jantar, o pai circulava entre seus livros e a mãe ia para a máquina de costura. Como atividade familiar, os dois se contentavam em sentar em cadeiras separadas diante de um pequeno aparelho de televisão para ver comédias ruins e previsíveis dramas policiais, o que lhes permitia um meio particular de comunicação — ao comentar os programas, expressavam um ao outro os desejos e ressentimentos que jamais tinham coragem de dizer diretamente.

Calma...

O garoto fora um solitário na maior parte de sua vida. Fora um filho inesperado e seus pais o tratavam de modo formal, apático e com um ar de espanto, como se fosse uma espécie de planta que não soubessem exatamente quando molhar ou aplicar fertilizante. As horas de aborrecimento e solidão transformaram-se numa ferida aberta, e Charles sentia-se desesperado em ocupar seu tempo, por temer que a calma massacrante da casa o estrangulasse.

Passara horas e horas ao ar livre — caminhando e subindo em árvores. Por alguma razão, era melhor estar só quando andava ao ar livre. Sempre havia algo para distraí-lo, algo que podia ser descoberto na colına seguinte, ou no galho mais acima da árvore do bordo. Participava do clube de pesquisas biológicas na escola. Sempre participava das expedições e era sempre o primeiro a cruzar a ponte de cordas, mergulhar do penhasco e descer de rapel pelas encostas das montanhas.

Se fosse obrigado a permanecer dentro de casa, Charles desenvolvia o hábito de colocar as coisas em ordem. Arrumar e rearrumar os suprimentos de escritório, livros e brinquedos preenchia as horas maçantes. Não se sentia só quando fazia isso, não sentia as dores do aborrecimento, não receava o silêncio.

Sabia, Vincent, que a palavra "meticuloso" vem do latim meticulosus, *que significa medroso?*

Quando as coisas não eram precisas e ordenadas ele se tornava frenético, mesmo quando o defeito era algo irrelevante como o trilho desalinhado do brinquedo ou um raio de roda de bicicleta. Qualquer coisa que não funcionasse perfeitamente irritava-o do mesmo modo que uma unha arranhando um quadro-negro fazia outras pessoas se encolherem.

Como o casamento de seus pais, por exemplo. Depois do divórcio, ele jamais falou com qualquer um dos dois. A vida deveria ser arrumada e perfeita. Quando não era, você podia sentir-se livre para eliminar de uma vez os elementos desordenados. Não rezava — não havia evidência empírica de que fosse possível pôr sua vida em ordem ou alcançar seus objetivos por meio da comunhão divina. Mas se o fizesse, Charles rezaria para que os pais morressem.

Hale esteve no Exército durante dois anos e floresceu na atmosfera de ordem. Na escola de oficiais chamou a atenção de seus professores que, depois que foi comissionado, recorreram a ele para que ensinasse história militar e planejamento tático e estratégico, no que se destacou.

Depois que foi para a reserva, passou um ano caminhando e escalando montanhas na Europa. Depois regressou à América e começou a trabalhar em bancos de investimentos e de aplicações de risco, estudando direito à noite.

Trabalhou algum tempo como advogado e teve desempenho brilhante estruturando negociações. Ganhou um bom dinheiro, mas havia uma solidão subjacente à sua vida. Evitava relacionamentos porque eles exigiam improvisação e estavam cheios de comportamentos ilógicos. Cada vez mais sua paixão por planejamento e ordem assumia o papel de amante. E como qualquer um que substitui por uma obsessão os relacionamentos reais, Hale viu-se cada vez mais procurando modos mais intensos de se satisfazer.

Encontrou a solução perfeita seis anos antes. Assassinou seu primeiro homem.

Vivendo em San Diego, Hale soube que um colega de negócios tinha sido seriamente ferido. Um garoto motorista bêbado batera no carro do homem. O acidente despedaçou o quadril do negociante e quebrou ambas as pernas, uma das quais teve de ser amputada. O motorista não manifestou qualquer remorso e continuou a negar que tivesse feito algo errado, até mesmo culpando a vítima pelo acidente. O marginal foi condenado, mas, como réu primário, escapou com uma sentença leve. E depois começou a importunar o colega de Hale por dinheiro.

Hale decidiu que aquilo já tinha ultrapassado os limites. Bolou um plano sofisticado para aterrorizar e fazer o garoto parar. Mas, quando examinou o esquema, compreendeu que este o fazia ficar desconfortável, inquieto. Havia algo canhestro nele. O plano não estava tão precisamente ordenado como queria. Finalmente compreendeu qual era o problema. O esquema deixava a vítima assustada, mas viva. Se o garoto morresse, então funcionaria perfeitamente e não havia nada que pudesse ligar o fato a Hale ou a seu colega.

Mas será que ele poderia realmente matar um ser humano? A ideia parecia absurda.

Sim ou não?

Num dia chuvoso de outubro, tomou uma decisão.

O assassinato ocorreu perfeitamente e a polícia jamais suspeitou de que a morte do sujeito fosse mais que um acidente de eletrocução caseira.

Hale estava preparado para sentir remorso. Mas não sentiu nada disso. Ao contrário, estava extasiado. O plano tinha sido tão perfeitamente executado que o fato de ter assassinado alguém era irrelevante.

O viciado queria mais de sua droga.

Pouco tempo depois, Hale envolveu-se na montagem de um negócio na Cidade do México — a construção de um condomínio de *haciendas* de luxo. Mas um político corrupto conseguiu provocar tantas dificuldades que o negócio estava para fracassar. O sócio mexicano de Hale explicou que o intolerante político mexicano já fizera aquilo várias vezes.

— É uma pena que ele não possa ser removido — disse Hale timidamente.

— Ah, ele jamais poderá ser *removido* — disse o mexicano. — É, pode-se dizer, invulnerável.

Isso chamou a atenção de Hale.

— Por quê?

O mexicano explicou que o funcionário desonesto era obcecado com segurança. Dirigia um enorme utilitário blindado, um Cadillac construído especialmente para ele, e estava sempre com guardas armados. A companhia de segurança constantemente planejava novas rotas para que ele se deslocasse de suas casas até escritórios e reuniões. Frequentemente mudava com a família de casa, e muitas vezes nem ficava numa de suas residências, mas na de amigos ou alugadas. E muitas vezes viajava com o filho mais novo — e o boato era que mantinha o garoto por perto como escudo. O funcionário também era protegido por outro alto funcionário do Ministério do Interior.

— Assim, pode-se dizer que é invulnerável — explicou o mexicano, servindo duas taças da caríssima tequila Patrón.

— Invulnerável — murmurou Charles Hale, assentindo.

Pouco tempo depois dessa reunião, cinco matérias aparentemente não relacionadas apareceram na edição de 20 de outubro do *Heraldo de México*.

- Um incêndio no escritório da Mexicana Seguridad Provado, uma companhia de segurança, resultou na evacuação de todos os empregados. Ninguém ficou ferido e os danos foram pequenos.
- Um hacker desligou o principal computador de um provedor de celulares, resultando na interrupção do serviço numa parte da Cidade do México e nos subúrbios do sul, por aproximadamente duas horas.

- Um caminhão incendiado no meio da rodovia 160, ao sul da Cidade do México, perto de Chalco, bloqueou completamente o tráfego para o norte.
- Henri Porfirio, chefe do setor de licenciamentos de empreendimentos imobiliários comerciais do Distrito Federal, morreu quando seu utilitário despencou de uma ponte de mão única e mergulhou 12 metros, caindo em cima de um caminhão de gás propano ali estacionado, e explodiu. O incidente aconteceu quando motoristas seguiam indicações de um sinaleiro para sair da rodovia e ir por uma estrada secundária para evitar o engarrafamento. Outros veículos tinham passado pela ponte sem problemas, mas o veículo do funcionário, por ser blindado, era pesado demais para a velha estrutura, apesar de a placa dizer que a ponte suportava o peso do utilitário. O chefe da segurança de Porfírio sabia do engarrafamento e tentava entrar em contato para dirigi-lo por uma rota mais segura, mas não conseguiu porque seu celular não estava funcionando. O seu foi o único veículo que caiu.

  O filho de Porfirio não estava no utilitário, onde normalmente estaria, pois a criança tinha sofrido uma leve intoxicação alimentar no dia anterior e ficara em casa com sua mãe.
- Erasmo Salerno, alto funcionário do governo federal mexicano, foi preso depois que uma informação confidencial levou a polícia até sua casa de veraneio, onde descobriram um depósito de armas e cocaína (curiosamente os repórteres também foram avisados, inclusive um fotógrafo ligado ao *Los Angeles Times*).

Todas notícias no mesmo dia.

Um mês depois o projeto imobiliário de Hale deslanchou e ele recebeu de seus colegas investidores do México um bônus de 500 mil dólares em dinheiro.

Ele ficou satisfeito com o dinheiro. Mais satisfeito ainda, entretanto, com as conexões que fizera por intermédio do negociante mexicano. Não demorou muito para ele o colocar em contato com alguém na América que precisava de serviços semelhantes.

Agora, várias vezes por ano, entre seus projetos de negócios, ele aceitava uma encomenda como aquela. Geralmente era assassinato, mas também se envolvia em fraudes financeiras, de seguro e em roubos elaborados. Trabalhava para qualquer um, qualquer que fosse o motivo, irrelevante para ele. Não lhe interessava a razão pela qual alguém queria que um crime fosse cometido. Duas vezes tinha assassinado maridos abusivos. Matou um molestador de crianças uma semana antes de assassinar um negociante que era um dos grandes contribuintes da United Way, uma organização comunitária internacional.

"Bem" e "mal" eram palavras cujas definições eram diferentes para Charles Vespasian Hale. "Bem" era o estímulo mental. "Mal", o tédio. Bom era um plano elegantemente executado. Mau era um plano desleixado ou mal executado.

Mas sua trama atual — certamente a mais elaborada e de maior alcance — estava se desenvolvendo perfeitamente.

Deus criou o complexo mecanismo do Universo, deu corda e o deixou correr...

Ele saiu do metrô e subiu para a rua, o nariz ardendo com o frio, os olhos lacrimejando, e caminhou pela calçada. Estava prestes a apertar o botão que colocaria em movimento seu verdadeiro cronógrafo.

O telefone de Lon Sellitto tocou e ele atendeu. Franzindo o rosto, manteve uma conversa breve.

— Vou examinar o caso.

Rhyme olhou para ele com expectativa.

— Era Haumann. Acabou de receber um telefonema do gerente de um serviço de entregas do mesmo andar que a companhia que o Relojoeiro invadiu em Midtown. Um cliente tinha ligado. Um pacote que supostamente deveriam ter entregado ontem não apareceu. Parece que alguém invadiu o local e o roubou mais ou menos na mesma hora que fazíamos a varredura dos escritórios procurando o criminoso. O gerente queria saber se tínhamos conhecimento de alguma coisa sobre isso.

O olhar de Rhyme deslizou para as fotos que Sachs tirara do saguão. Bendita seja, ela tirara fotos do andar inteiro. Abaixo do nome do serviço de entregas estavam as palavras *Alta segurança — Entregas valiosas garantidas. Licenciada e assegurada.*

Rhyme ouvia o ruído de fundo das pessoas que conversavam a seu redor. Mas não escutava as palavras. Olhava para a fotografia e para as outras evidências.

— Acesso — sussurrou.

— O quê? — perguntou Sellitto, franzindo o rosto.

— Estávamos tão focados no Relojoeiro e nos assassinatos falsos, e depois no seu esquema para expor Baker, que nem olhamos para o que mais acontecia.

— Que era? — perguntou Sachs.

— Arrombamento e invasão. O crime que ele *efetivamente* cometeu foi invasão. Todos os escritórios daquele lugar ficaram desguarnecidos por algum tempo. Quando evacuaram o edifício, deixaram as portas destrancadas?

— Bem, sim, suponho — disse o detetive grandalhão.

— Então — disse Sachs —, enquanto estávamos focados na companhia de revestimentos, o Relojoeiro pode ter vestido um uniforme ou simplesmente pendurado um crachá no pescoço, entrado direto no serviço de entregas e pegado esse pacote.

Acesso...

— Ligue para o serviço. Descubra o que estava no pacote, quem enviou e para onde ia. Agora.

CAPÍTULO 36

Um táxi parou diante do Metropolitan Museum of Art, na Quinta Avenida. O enorme edifício estava decorado para o Natal, embonecado com enfeites de bom gosto, estilo vitoriano, como se esperava ver no Upper West Side. Discretamente festivo.

Desse carro desceu Charles Vespasian Hale, que olhou cuidadosamente ao redor diante da remota possibilidade de que a polícia o estivesse seguindo. Era altamente improvável que estivesse sob vigilância. Ainda assim, Hale gastou seu tempo, olhou para todos os lados buscando alguém que prestasse a menor atenção a ele. Não viu nada perturbador.

Inclinou-se na janela aberta do táxi, pagou ao motorista — entregando o dinheiro com as mãos enluvadas — e, pendurando uma bolsa de lona negra no ombro, subiu as escadas até o saguão que parecia uma catedral e ecoava com o ruído de vozes, a maioria de jovens: o lugar estava lotado de garotos liberados da escola. Sempre-vivas, dourados, enfeites e tule estavam por todo lado. *Fantasias* de Bach para cravo ecoavam alegremente pela cavernosa entrada.

É a estação...

Hale deixou a bolsa preta na chapelaria, apesar de manter seu casaco e chapéu. O encarregado olhou dentro da sacola, percebeu quatro livros de arte, fechou o zíper e desejou bom dia a Hale. Este guardou o recibo e comprou um ingresso. Sorriu para os guardas na entrada e caminhou para dentro do museu propriamente dito.

— O Mecanismo Délfico? — disse Rhyme para o diretor do Metropolitan Museum of Art pelo viva voz. — Ainda está em exibição aí?

— Sim, detetive — respondeu o homem, inquieto. — Estamos há três semanas com isso aqui. É parte de uma exposição itinerante...

— Ótimo, ótimo. Está com guardas?

— Sim, é claro. Eu...

— Existe a possibilidade de um ladrão tentar roubá-lo.

— Roubá-lo? Tem certeza? É um *objeto* único. Quem se apossar dele jamais poderá mostrá-lo em público.

— Ele não pretende vendê-lo — disse Rhyme. — Acho que o quer para si mesmo.

O criminalista explicou. O pacote roubado do serviço de entregas no edifício da rua 32 vinha de um rico mecenas das artes e se destinava ao Metropolitan Museum. Continha um grande portfólio de algumas antiguidades que foram oferecidas para a coleção de mobília do museu.

O Metropolitan Museum?, especulara Rhyme. Depois lembrou-se dos programas de museus encontrados na igreja. Perguntara a Vincent Reynolds e ao negociante de relógios, Victor Hallerstein, se Duncan tinha mencionado algo sobre o Met. Tinha, aparentemente, passado muito tempo lá, e expressara um interesse particular no Mecanismo Délfico.

Rhyme disse agora ao diretor:

— Achamos que ele pode ter roubado o pacote para contrabandear alguma coisa para dentro do museu. Talvez ferramentas, talvez software para desarmar alarmes. Não sabemos. No momento ainda não consigo decifrar isso. Mas acho que devemos ser cuidadosos.

— Deus do céu... Muito bem. O que faremos?

Rhyme olhou para Cooper, que digitou no teclado e levantou os polegares. O criminalista disse ao microfone:

— Acabamos de passar um e-mail com a foto dele. Poderia imprimi-la e dar uma cópia a todos os empregados, na sala de vigilância de segurança e na chapelaria? Ver se o reconhecem.

— Farei isso imediatamente. Pode aguardar alguns minutos?

— Claro.

O diretor logo voltou ao fone.

— Detetive Rhyme — disse, sem fôlego. — Ele está aqui! Registrou uma bolsa na chapelaria há dez minutos. O encarregado reconheceu a foto.

— A bolsa ainda está aí?

— Sim. Ele não saiu.

Rhyme acenou para Sellitto, que pegou o telefone e ligou para Bo Haumann na USE, cujas equipes estavam a caminho do museu, e contou-lhe as últimas novidades.

— O guarda no Mecanismo... — perguntou Rhyme. — Ele está armado?

— Não. Você acha que o ladrão está? Não temos detectores de metal na entrada. Ele pode ter entrado armado.

— É possível.

Rhyme olhou para Sellitto com a sobrancelha levantada.

O detetive perguntou:

— Faço entrar uma equipe, vagarosamente? Disfarçados?

— Ele registrou uma bolsa... e conhece relógios.

— Alguém verificou a bolsa?

— Vou ver. Não desligue. — Um momento depois, voltou. — Livros. Está com livros de arte na bolsa. Mas o encarregado não os examinou.

— Uma bomba para distrair? — perguntou Sellitto.

— Pode ser. Talvez seja apenas fumaça, mas mesmo assim as pessoas entram em pânico. Pode haver mortos de qualquer maneira.

Haumann chamou pelo rádio. A voz chegou no meio da estática:

— OK, estamos com equipes se aproximando de todas as entradas, públicas e de serviço.

— Você está convencida de que ele pode matar? — perguntou Rhyme a Dance.

— Sim.

Rhyme considerava as impressionantes habilidades de planejamento do sujeito. Haveria algum outro plano mortal que ele acionaria se percebesse estar prestes a ser preso no museu? E tomou uma decisão.

— Evacuem.

— Todo o museu? — perguntou Sellitto.

— Acho que temos que fazer isso. Primeira prioridade, salvar vidas. Esvaziem a chapelaria e o saguão e depois levem as pessoas para fora. Faça os homens de Haumann verificarem todos que saírem. Garanta que as equipes tenham sua foto.

O diretor do museu ouvira.

— Acha isso necessário mesmo?

— Sim. Faça isso logo.

— Está bem, mas simplesmente não sei como alguém poderia roubá-lo — disse o diretor. — O Mecanismo está por trás de um vidro à prova de balas com 2 centímetros de espessura. E a vitrine não pode ser aberta até o final da exposição, na próxima terça-feira.

— Como assim? — perguntou Rhyme.

— Está em uma de nossas vitrines especiais.

— Mas por que não abrirá antes de terça-feira?

— Porque a vitrine tem uma fechadura computadorizada, com uma ligação por satélite com algum relógio do governo. Disseram que ninguém pode arrombá-la. Colocamos os objetos mais valiosos ali.

O sujeito continuava falando, mas Rhyme olhou para o outro lado. Alguma coisa o incomodava. Depois lembrou-se.

— Aquele incêndio criminoso que houve antes, o que Fred Dellray queria que ajudássemos. Onde foi mesmo?

Sachs franziu o rosto.

— Em um escritório do governo. O Instituto de Padrões e Tecnologia, ou coisa assim. Por quê?

— Verifique isso, Mel.

O técnico entrou online. Lendo do site, disse:

— IFPT, Instituto Federal de Padrões e Tecnologia, é o novo nome do National Bureau of Standards e...

— Bureau of Standards? — interrompeu Rhyme. — Mantém o relógio atômico do país... Será que é *isso* que ele pretende? A fechadura eletrônica do museu tem uma ligação com o NIST. De algum modo ele quer mudar o tempo, convencer a tranca que já é a próxima terça-feira. O cofre abrirá automaticamente.

— Será que pode fazer isso? — perguntou Dance.

— Não sei. Mas se for possível, ele descobre como. O incêndio no NIST foi cobertura para a invasão, aposto... — Então Rhyme parou de falar quando todas as implicações do plano do Relojoeiro ficaram claras. — Ah, não.

Rhyme pensava sobre a observação de Kathryn Dance: para o Relojoeiro, a vida humana era negligenciável. Então disse:

— A hora de todos os lugares do país é governada pelo relógio atômico dos Estados Unidos. Linhas aéreas, trens, defesa nacional, linhas de força, computadores... tudo. Você imagina o que acontecerá se ele zerar o relógio?

Em um hotel barato em Midtown, um homem de meia-idade e uma mulher estavam sentados num pequeno sofá que cheirava a mofo e comida velha. Olhavam para a televisão.

Charlotte Allerton era a mulher atarracada que fingira ser a irmã de Theodore Adams, a primeira "vítima", no beco, na terça-feira. O homem a seu lado, Bud Allerton, seu marido, era quem tinha fingido ser o advogado que assegurara a liberação de Gerald Duncan da cadeia, prometendo que seu cliente seria uma testemunha espetacular no escândalo dos tiras desonestos.

Bud realmente era advogado, apesar de não exercer havia vários anos. Tinha renovado suas antigas habilidades pelo bem do plano de Duncan, que exigia que Bud fingisse ser advogado criminalista do grande e prestigioso escritório Reed & Prince. O procurador distrital assistente comprou direto o esquema, sem mesmo ligar para a firma e verificar. Gerald Duncan acreditara, corretamente, que o promotor estaria tão ansioso para ficar famoso em um caso de corrupção policial que acreditaria no que ele quisesse. Além do mais, quem pede identidade de advogados?

A atenção dos Allerton voltava-se quase exclusivamente para a tela da TV, que mostrava o noticiário local. Um programa sobre segurança de árvores de Natal. Blá, blá, blá... Por um instante, o olhar de Charlotte voltou-se para o dormitório da suíte, onde sua filha, bonita e magra, sentava-se lendo um livro. A garota olhou para a mãe e o padrasto pela porta com o mesmo olhar sombrio e taciturno que marcava sua expressão nos últimos meses.

Essa garota...

Franzindo o rosto, Charlotte olhou de volta para a TV.

— Não está demorando demais?

Bud não disse nada. Seus dedos grossos estavam entrelaçados e sentava-se inclinado, cotovelos nos joelhos. Ela se perguntou se ele rezava.

Um instante depois o repórter cuja missão do dia era salvar famílias do suplício de queimar árvores de Natal desapareceu e na tela surgiram as palavras *Boletim Especial de Notícias*.

CAPÍTULO 37

Ao fazer suas pesquisas sobre fabricação de relógios, para que pudesse aparentar ser um assassino vingador, Charles Hale aprendera o conceito de "complicações".

Uma complicação é uma função de um relógio adicional à marcação da hora do dia. Por exemplo, os pequenos mostradores que salpicam na frente dos aparelhos mais caros, proporcionando informações como dia da semana e a data e a hora em diferentes localidades, e funções de repetição (campainhas tocando a certos intervalos). Relojoeiros sempre gostaram do desafio de incluir o máximo de complicações possíveis em seus relógios. Um típico é o Patek Philippe Star Calibre 2000, relógio feito com mais de mil peças. Suas complicações proporcionam ao proprietário informações como a hora do levantar e do pôr do sol, um calendário perpétuo, dia, data e mês, estação, fases da lua, órbita lunar e indicadores de bateria tanto para o movimento do relógio quanto para as diferentes campainhas lá dentro.

O problema com as complicações, entretanto, é que elas são justamente isso. Tendem a distrair do propósito final de um relógio: marcar o tempo. A Breitling produz peças formidáveis, mas alguns dos modelos Professional e Nativimer têm tantos mostradores, ponteiros e funções laterais, como cronógrafos, réguas de cálculos, que facilmente se perde a visão dos ponteiros de horas e minutos.

Mas complicações eram exatamente o que Charles Hale precisava para seu plano em Nova York, distrações para levar a polícia para longe do que ele realmente queria. Já que havia uma boa chance de que Lincoln Rhyme e sua equipe descobrissem que ele já não estava preso e que não era realmente Gerald Duncan, compreenderiam que tinha outra coisa em mente, além de vingar-se de um tira desonesto.

Então ele precisava de outra complicação para manter a polícia focada em outro lugar.

O celular de Hale vibrou. Leu a mensagem de texto, que era de Charlotte Allerton. *Noticiário Especial na TV: museu fechado. Polícia busca você lá.*

Colocou o celular de volta no bolso.

E desfrutou o momento de satisfação intensa, quase sexual.

A mensagem informou-o que, enquanto Rhyme *tinha* descoberto que ele não era quem parecia ser, a polícia ainda estava perdendo tempo e se focando na complicação do Metropolitan Museum. Ele apontava a polícia para o que parecia ser um plano para roubar o famoso Mecanismo Délfico. Tinha plantado na igreja catálogos de exposições horológicas em Boston e Tampa. Tinha elogiado o aparelho para Vincent Reynolds. Tinha insinuado ao negociante de relógios antigos sua obsessão por aparelhos antigos, mencionando especificamente o Mecanismo, e que sabia da exposição no Met. O pequeno incêndio que havia provocado no National Institute of Standards and Technology, no Brooklyn, os faria pensar que de alguma maneira ele iria reajustar o relógio de césio do país, desarmando o sistema de segurança do Met, e roubar o Mecanismo.

Um plano para roubar o aparelho seria precisamente a dedução esperta e sutil que os tiras fariam sobre os reais motivos de Hale. Policiais gastariam horas vasculhando o museu e o Central Park ali perto, procurando por ele e examinando a bolsa de lona que abandonara. Esta continha quatro livros ocos, dentro dos quais colocara duas bolsas com fermento, um pequeno scanner e, claro, um relógio — um despertador digital barato. Nada disso significava nada, mas cada um certamente manteria a polícia ocupada durante horas.

As complicações de seu plano eram tão elegantes, ainda que não tão numerosas, quanto as que, diziam, tinham os relógios mais elaborados do mundo, os fabricados por Gerald Genta.

Mas, naquele momento, Hale não estava nada perto do museu, que havia deixado havia meia hora. Pouco depois de entrar e guardar a bolsa, entrou num banheiro e tirou o sobretudo, revelando um uniforme militar, patente de major. Colocou óculos e um quepe estilo militar — escondido num bolso falso do sobretudo, e abandonou rapidamente o museu. No momento estava em Lower Manhattan, vagarosamente avançando na fila de controle de segurança que entrava no escritório nova-iorquino do Departamento de Habitação e Desenvolvimento Urbano.

Em pouco tempo, uma quantidade de soldados e suas famílias assistiriam à cerimônia em sua homenagem, organizada pela cidade e pelos Departamentos de Defesa e de Estado dos EUA, naquele edifício. Os oficiais iriam saudar os soldados recém-regressados de fora do país, entregando-lhes os certificados de condecorações por seus serviços em conflitos mundiais e agradecendo por terem se realistado. Depois das cerimônias, as fotos e as declarações triviais à imprensa, os convidados sairiam e os generais e outras autoridades governamentais deveriam se reunir novamente para discutir futuros esforços para difundir a democracia em outros lugares do mundo.

Essas autoridades governamentais, assim como os soldados, suas famílias e membros da imprensa que estivessem presentes, eram o objetivo real da missão de Charles Hale em Nova York.

Ele fora contratado com o simples objetivo de matar o maior número deles que fosse possível.

Com o robusto e sempre sorridente Bob dirigindo, Lucy Richter estava no carro enquanto abriam caminho passando o primeiro posto de controle diante do edifício do Departamento de Habitação e Desenvolvimento Urbano, onde os carros começavam a diminuir a marcha.

Com a mão na perna musculosa do marido, Lucy estava silenciosa.

O Honda costurava pelo tráfego pesado, Bob puxando conversa casual sobre a festa da noite. Lucy respondia desanimada. Estava mais uma vez perturbada com o Grande Conflito, que havia confessado a Kathryn Dance. Ela deveria ou não continuar com o realistamento?

Autointerrogatório...

Quando concordara, um mês antes, estaria sendo honesta ou enganando a si própria?

Procurando pelas coisas sobre as quais a agente Dance lhe falara: raiva, depressão... Estou mentindo?

Tentou afastar o debate da cabeça.

Estavam já perto do edifício e agora ela via os manifestantes. Eram contra os vários conflitos externos nos quais os EUA estavam envolvidos. Seus amigos e colegas soldados do além-mar ficavam irados com qualquer um que se manifestasse contra, mas, curiosamente, Lucy não via a coisa dessa maneira. Acreditava que o simples fato de essas pessoas serem livres para se manifestar e não estivessem presas validava o que ela fazia.

O casal se aproximou do posto de controle no cruzamento perto do edifício do DHDU. Dois soldados avançaram para verificar suas identidades e olhar o porta-malas.

Lucy ficou tensa.

— O que foi? — perguntou seu marido.

— Olhe — disse ela.

Ele olhou para baixo. A mão direita dela estava no quadril, onde colocava o coldre quando estava em serviço.

— Preparada para o saque rápido? — brincou Bob.

— Instinto. Nos postos de controle.

Ela riu, mas o som saiu sem graça.

Neblina amarga...

Bob acenou para os soldados e sorriu para a esposa.

— Acho que aqui estamos bem a salvo. Não é como se estivéssemos em Bagdá ou em Cabul.

Lucy apertou sua mão e os dois avançaram para o estacionamento reservado para os homenageados.

Charles Hale não era completamente apolítico. Tinha algumas opiniões gerais sobre democracia versus teocracia versus comunismo versus fascismo. Mas sabia que suas opiniões eram tão vulgares quanto as dos ouvintes que ligavam para Rush Limbaugh em seu programa de rádio. Nada particularmente radical ou articulado. Assim, em outubro passado, quando Charlotte e Bud Allerton o contrataram para o trabalho de "mandar uma mensagem" sobre "governo grande" e a equivocada intervenção americana em nações estrangeiras "pagãs", Hale bocejara mentalmente.

Mas ficara intrigado com o desafio.

— Já falamos com seis pessoas e ninguém quer aceitar o trabalho — disse-lhe Bud Allerton. — É quase impossível.

Charles Vespasian Hale gostava daquela palavra. Ninguém se chateia quando lida com o impossível. Era como "invulnerável".

Charlotte e Bud — seu segundo marido — faziam parte de uma milícia direitista insignificante que havia anos atacava empregados do governo federal e edifícios e instalações das Nações Unidas. Tinham passado para a clandestinidade havia pouco tempo, mas recentemente, enraivecidos com as intromissões do governo nos assuntos mundiais, ela e outros em sua organização sem nome decidiram que era o momento de partir para algo realmente grande.

Esse ataque não apenas deixaria clara a preciosa mensagem deles, como causaria um dano real ao inimigo: assassinar generais e altos funcionários que traíram os princípios sobre os quais a América estava fundamentada, mandando nossos rapazes e — que Deus nos perdoe — moças para morrer em solo estrangeiro em benefício de pessoas atrasadas, cruéis e não cristãs.

Hale conseguira se safar desses clientes viciados em retórica e começou a trabalhar. No começo de novembro foi para Nova York, mudou-se para a casa segura no Brooklyn, e passou o mês e meio seguinte envolvido na construção de seu relógio, comprando suprimentos, descobrindo parceiros incautos para ajudá-lo (Dennis Baker e Vincent Reynolds), aprendendo tudo que podia sobre as supostas vítimas do Relojoeiro e vigiando o edifício do DHDU.

Do qual agora ele se aproximava na manhã de atmosfera amargamente fria.

O edifício tinha sido escolhido para a cerimônia não por causa da missão do DHDU, que nada tinha a ver com os militares, claro, e sim porque proporcionava a melhor segurança entre os edifícios do governo federal, em Lower Manhattan. As paredes eram de calcário grosso; se um terrorista conseguisse ultrapassar de alguma maneira as barricadas que rodeavam o lugar e detonasse um carro-bomba, a explosão resultante provocaria menos danos do que em um edifício moderno com fachadas de vidro. O DHDU também era mais baixo que a maioria dos escritórios da região, o que o tornava alvo difícil para mísseis ou aviões suicidas. Tinha uma quantidade limitada de entradas e saídas, facilitando o controle, e o salão onde aconteceria mais tarde a cerimônia de condecoração e a reunião estratégica estava diante do muro sem janelas do edifício do outro lado do beco, de modo que nenhum franco-atirador poderia disparar para dentro do salão.

Com mais duas dúzias de soldados e policiais armados com automáticas nos arredores e no alto dos edifícios, o DHDU era praticamente inexpugnável.

Isto é, pelo lado de fora.

Mas ninguém percebeu que a ameaça não viria do lado de fora.

Charles Hale exibiu as três identidades militares, duas das quais emitidas exclusivamente para esse evento e entregues aos participantes havia apenas dois dias. Mandaram que atravessasse o detector de metais e depois foi fisicamente revistado.

Um último guarda, um cabo, verificou as identidades pela segunda vez e depois fez continência. Hale respondeu ao gesto e entrou.

O edifício do DHDU era labiríntico, mas Hale caminhou rapidamente até o porão. Ele conhecia perfeitamente a planta do local porque a quinta suposta vítima do Relojoeiro, Sarah Stanton, fizera os orçamentos da companhia que fornecera os carpetes e o linóleo para o edifício, fato que descobrira nos arquivos públicos sobre as empreiteiras que serviam ao governo. Nos arquivos de Sarah ele descobrira as plantas exatas de cada sala e corredor do DHDU. (A companhia também estava do outro lado do mesmo andar do serviço de entregas, para o qual ligara antes para queixar-se sobre um pacote para o Metropolitan Museum que não teria sido entregue, acrescentando veracidade ao aparente plano de roubar o Mecanismo Délfico.)

De fato, todos os "assaltos" do Relojoeiro naquela semana, com exceção do banho de sangue no cais, foram passos vitais para sua missão do dia: a companhia de revestimentos, o apartamento de Lucy Richter, o beco da rua Cedar e a loja da florista.

Tinha invadido o apartamento de Lucy para fotografar, e depois forjar, os passes de acesso especial exigidos aos soldados que assistiriam à cerimônia de condecoração (soubera seu nome numa reportagem sobre o evento). Também tinha copiado e depois decorado o memorando classificado do Departamento de Defesa que lhe fora entregue sobre o evento, com as medidas de segurança que seriam efetivadas no DHDU.

O aparente assassinato do fictício Teddy Adams também tinha um objetivo. Foi no beco atrás desse mesmo edifício que Hale tinha colocado o corpo da vítima do acidente de carro em Westchester. Quando Charlotte Allerton — fazendo o papel da irmã desesperada da vítima — chegou, os guardas deixaram a mulher histérica entrar pela porta dos fundos do DHDU e permitiram que usasse o banheiro de baixo sem revistá-la. Uma vez dentro, ela plantou o que Hale agora recuperava do fundo da lixeira embutida na parede: uma pistola calibre .22 e dois discos de metal. Não havia outro modo de colocar esses dois itens dentro do edifício protegido por uma série de detectores de metal e revistas pessoais. Ele agora tinha tudo isso nos bolsos e caminhava para a sala de conferências do sexto andar.

Uma vez lá, Hale localizou o que considerava ser a mola principal de seu plano: os dois grandes arranjos florais que Joanne Harper tinha criado para a cerimônia, um na frente da sala e o outro no fundo. Hale soubera pelo escritório de compras do Serviço de Administração Governamental que ela tinha o contrato para fornecer arranjos florais e plantas para o edifício do DHDU. Ele havia invadido a loja da rua Spring para esconder algo nos vasos, que passariam pela segurança, esperava, com apenas uma olhada, já que Joanne era fornecedora confiável havia vários anos. Quando Hale invadiu sua oficina, levava algo mais que o relógio com a cara de lua e suas ferramentas na bolsa: dois vidros com um explosivo conhecido como Astrolite. Mais poderoso que a TNT ou a nitroglicerina, o Astrolite era um líquido claro que permanecia explosivo mesmo quando absorvido em outra substância. Hale descobriu quais arranjos iriam para o DHDU e derramou o Astrolite no fundo dos vasos.

Hale, claro, poderia simplesmente ter invadido os quatro locais sem a ficção do Relojoeiro, mas se alguém tivesse observado um arrombador ou notasse algo faltando ou fora do lugar, a pergunta seria feita: o que ele realmente queria? Assim, criou camadas de motivos para os arrombamentos. Seu plano original era simplesmente fingir ser um serial killer para acessar os quatro locais necessários, sacrificando seu infeliz assistente, Vincent Reynolds, para convencer a polícia que o Relojoeiro era exatamente o que fingia ser. Mas, então, em meados de novembro, um contato do crime organizado da área o chamou e lhe disse que um tira do DPNY, chamado Dennis Baker, procurava alguém para matar uma detetive de lá. Os gângsteres não ousavam se envolver no assassinato de um tira, mas estaria Hale interessado? Ele não estava, mas imediatamente compreendeu que podia usar Baker como uma complicação adicional ao plano: um cidadão vingando-se de um policial desonesto. Finalmente, acrescentou o floreio do roubo do Mecanismo Délfico.

Motivo é o modo mais certo de ser agarrado. Elimine-se o motivo, elimina-se a suspeita...

Hale parou diante do arranjo na frente da sala de conferência e o arrumou, como o faria um soldado diligente, um soldado orgulhoso de fazer parte desse acontecimento importante. Quando ninguém olhava, empurrou um dos discos de metal que acabara de recuperar lá embaixo — detonadores computadorizados — dentro do explosivo, apertou o botão para armá-lo e afofou o musgo, escondendo o aparato. Fez o mesmo com o arranjo dos fundos, que detonaria com um sinal de rádio do primeiro detonador.

Os dois belos arranjos eram agora bombas letais, contendo explosivo suficiente para destruir a sala inteira.

O ambiente no laboratório de Rhyme estava elétrico.

Todos, exceto Pulaski, que estava cumprindo uma missão a mando de Rhyme, olhavam para o criminalista, que por sua vez tinha os olhos fixos nos quadros de evidências que o rodeavam como batalhões de soldados esperando ordens.

— Ainda há muitas perguntas em aberto — disse Sellitto. — Você sabe o que acontecerá se apertarmos *aquele* botão.

Rhyme olhou para Amelia Sachs.

— O que você acha? — perguntou.

Seus lábios cheios endureceram.

— Acho que não temos escolha. Voto por sim.

— Ah, cara — disse Sellitto.

Rhyme disse para o amarfanhado tenente:

— Faça a chamada.

Lon Sellitto discou o número pouco conhecido que o ligou imediatamente ao telefone codificado da escrivaninha do prefeito de Nova York.

De pé na sala de conferências do DHDU, que se enchia de soldados e seus convidados, Charles Hale sentiu seu celular vibrar.

Tirou-o do bolso e deu uma olhada na mensagem de texto, outra de Charlotte Allerton. *FAA fazendo aviões pousarem. Trens parados. Equipe especial no escritório do NIST verificando o relógio dos EUA. Pode avançar. Deus abençoe.*

Perfeito, pensou Charles. A polícia acreditava na complicação sobre o Mecanismo Délfico e seu aparente plano de invadir o computador que controlava o relógio de césio do país.

Ele recuou, deu uma olhada no salão e colou um sorriso plastificado no rosto. Saiu e desceu de elevador até o saguão principal. Saiu no lugar onde as limusines chegavam, sob pesada segurança. Enfiou-se na multidão que se reunia do outro lado das barreiras de concreto, alguns acenando bandeiras, outros aplaudindo.

Também notou os manifestantes, jovens sujos, hippies envelhecidos e professores ativistas com suas esposas, avaliou. Portavam cartazes e cantavam coisas que Hale não conseguia escutar. O tom, entretanto, era de insatisfação com a política externa dos EUA.

Fiquem por perto, disse-lhes silenciosamente.

Às vezes se consegue o que se deseja.

CAPÍTULO 38

Ao entrar no salão de conferências do sexto andar, acompanhada de 17 outros soldados de todos os serviços das Forças Armadas, a sargento do Exército dos Estados Unidos Lucy Richter sorriu brevemente para seu marido. Também piscou o olho para sua família — seus pais e sua tia — que sentavam do outro lado da sala.

O cumprimento talvez tenha sido um pouco abrupto, um pouco distante. Mas ela não estava ali como esposa de Bob ou como filha ou sobrinha. Estava ali como soldado condecorado, na companhia de seus oficiais superiores e companheiros homens e mulheres em armas.

Os soldados reuniram-se embaixo, enquanto suas famílias e amigos tinham subido para o salão de conferências. Aguardando pela sua grande entrada, Lucy conversou com um jovem texano paramédico da Força Aérea, que voltara para os EUA para tratamento médico (a porra de uma granada propelida por foguete tinha ricocheteado na sua mochila frontal de equipamentos antes e explodira vários metros além). Estava ansioso para voltar para casa, disse.

— Para casa? — perguntou ela. — Pensei que todos estávamos nos realistando.

Ele piscou.

— Eu também. Quer dizer, minha unidade. *Lá* é minha casa.

Inquieta e de pé diante de sua cadeira, ela olhava para os repórteres. O jeito como eles olhavam ao redor, famintos por oportunidades para matérias, como se fossem atiradores em tocaia procurando alvos, a deixava nervosa. Mas conseguiu apagá-los de sua mente e olhou as fotografias que tinham sido montadas para a cerimônia. Imagens patrióticas. Ela se emocionou vendo a bandeira americana, uma foto das torres do World Trade Center, as bandeiras e emblemas militares, os oficiais e suas condecorações e filas de barras no peito, revelando quanto tempo e onde tinham servido.

E o debate interno prosseguia o tempo todo. Pensando no que dissera Kathryn Dance, ela se perguntou: e qual a verdade para mim?

Voltar para a terra da neblina amarga?

Ou ficar aqui?

Sim, não?

As portas laterais abriram-se e alguns homens de olhar agudo entraram — Serviço Secreto —, seguidos de meia dúzia de homens e mulheres de terno ou uniformes com insígnias do alto-comando, fitas e medalhas cobrindo os peitos. Lucy reconheceu alguns mandachuvas de Washington e Nova York, apesar de ficar mais agitada com a presença de chefões do Pentágono, já que vinham do mundo que fazia parte de sua vida.

O cansativo debate continuava dentro dela.

Sim, não...

A verdade... O que é a verdade?

Quando as autoridades se sentaram, um general de Nova Jersey fez alguns comentários e apresentou um homem aprumado e bonito de uniforme escuro. O general Roger Poulin, chefe do Estado-maior conjunto, levantou-se e caminhou até o microfone.

Poulin acenou para quem o apresentara e depois aos demais na sala. Com voz profunda, disse:

— Generais, distintas autoridades dos departamentos de Defesa e do Estado e da cidade de Nova York, companheiros soldados e convidados... Tenho prazer em lhes dar as boas-vindas hoje, aqui, nesta cerimônia de celebração em honra de 18 bravos indivíduos, pessoas que arriscaram suas vidas e demonstraram sua vontade de fazer o sacrifício extremo para preservar a liberdade do nosso país e defender a causa da democracia pelo mundo afora.

Aplausos irromperam e os convidados levantaram-se.

O barulho diminuiu e o general Poulin começou seu discurso. No começo, Lucy Richter escutava, mas logo sua atenção diminuiu. Ela olhava para os civis na sala — os familiares e convidados dos soldados. Pessoas como seu pai e sua mãe, seu marido e sua tia, os esposos, os filhos, os pais e avôs, os amigos.

Essas pessoas sairiam depois da cerimônia, indo para seus trabalhos ou lares. Voltariam para a simplicidade de viver suas vidas um dia, uma hora, um minuto de cada vez.

Seu porte militar não lhe permitia, claro, que sorrisse, mas Lucy Richter podia sentir seu rosto relaxando e a tensão em seus ombros esvanecer como a neblina amarga levada pelo vento quente. A raiva, a depressão, a negação — tudo que Kathryn Dance tinha lhe dito que procurasse — subitamente desapareciam.

Ela fechou os olhos por um momento e depois voltou sua atenção para o homem que era, depois do presidente dos EUA, seu comandante superior, compreendendo agora claramente que, não importava o que acontecesse em sua vida, sua decisão tinha sido tomada e ela estava contente.

Charles Hale estava no banheiro de uma pequena cafeteria não longe do edifício do DHDU. Enfiado dentro de um compartimento imundo, extraiu um saco de lixo de baixo de suas roupas. Despiu o uniforme militar e vestiu jeans, suéter, luvas e um casaco que acabara de comprar. Enfiou o uniforme, casaco e chapéu lá dentro, permanecendo com a arma. Tirou a bateria e o chip do celular e também colocou no saco. Depois, esperando até o banheiro ficar vazio, enfiou a bolsa na lixeira e caminhou para fora.

Novamente na rua, comprou um celular pré-pago, pagando em dinheiro, e vagou pela calçada até chegar a três quarteirões de distância do DHDU. Desse ponto de observação, tinha uma visão estreita da traseira do edifício e do beco no qual a primeira "vítima" do Relojoeiro fora descoberta. Ele mal podia ver uma fatia da janela do salão de conferências no sexto andar, onde a cerimônia prosseguia.

O casaco era frio e supostamente ele deveria sentir frio, mas não sentia nenhum desconforto com a excitação do momento. Olhou para o relógio digital, que estava sincronizado com os temporizadores dos detonadores.

Eram 12h14min19s. A cerimônia começara ao meio-dia. Com as bombas, aprendera em pesquisa exaustiva, é sempre necessário dar às pessoas a oportunidade de se acomodarem, para os retardatários chegarem e os guardas relaxarem.

12h14min29s.

Um belo detalhe dessas bombas em particular, ele refletiu, algo fortuito, foi que Joanne, a florista, tinha enchido os vasos com centenas de bolinhas de vidro. Quem não tivesse morrido ou se ferido seriamente pelos próprios explosivos seria peneirado com os fragmentos de vidro.

12h14min44s.

Hale percebeu que se inclinara, seu peso na ponta dos pés. Havia sempre a possibilidade de algo dar errado — a segurança podia fazer uma última varredura atrás de explosivos ou alguém podia tê-lo visto na câmera de vídeo entrando no edifício e saindo de forma suspeita pouco tempo depois.

12h14min52s.

Ainda assim, o risco de fracassar fazia a vitória contra o tédio ser muito mais doce. Seus olhos estavam cravados no beco atrás do edifício do DHDU.

12h14min55s.

12h14min56s.

12h14min57s.

12h14min58s.

12h14min59s.

12h15min00s...

Silenciosamente, uma imensa coluna de fogo e detritos saiu pela janela do salão de conferências. Meio segundo depois chegou o atordoante ruído da própria explosão.

Vozes a seu redor.

— Ah, meu Deus. O quê...?

Gritos.

— Olhe, ali! O que é isso?

— Deus, não!

— Liguem para o 911! Alguém...

Os pedestres se amontoavam na calçada, olhando.

— Uma bomba? Um avião?

Com a preocupação estampada no rosto, Hale sacudiu a cabeça, ficando ali mais um momento para saborear seu sucesso.

A explosão parecia maior do que antecipara. As fatalidades seriam maiores do que Charlotte e Bud esperavam. Era difícil saber como alguém sobreviveria.

Ele deu a volta calmamente e subiu a rua, e depois desceu mais uma vez até a estação do metrô a caminho do hotel dos Allerton, onde receberia o resto de seu pagamento.

Charles Hale estava satisfeito. Tinha afugentado o tédio e ganhado um bom dinheiro.

O mais importante, entretanto, era a elegância empolgante do que fizera. Tinha criado um plano que funcionara perfeitamente — como um relógio, pensou, desfrutando o sorriso autocomplacente.

CAPÍTULO 39

— Ah, obrigada — sussurrou Charlotte, tanto para Jesus quanto para o homem que fizera sua missão ser bem-sucedida.

Estava sentada inclinando-se para a frente, olhos na TV. O noticiário especial sobre a evacuação do Metropolitan Museum e a interrupção de todo o transporte público na área fora substituído por uma história diferente, a bomba no edifício do DHDU. Charlotte apertou a mão do marido. Bud inclinou-se e a beijou. Ele sorria como um garotinho.

A apresentadora do noticiário estava soturna — apesar do seu prazer secreto por estar de serviço quando surgiu essa história tão importante — enquanto dava os detalhes já sabidos. Uma bomba explodira no edifício do Departamento de Habitação e Desenvolvimento Urbano em Manhattan, onde várias autoridades governamentais e militares assistiam a uma cerimônia. Um subsecretário de Estado e o chefe do Estado-maior conjunto estavam presentes. As câmeras mostravam fumaça saindo das janelas do salão de conferência. O detalhe importante — a contagem das vítimas — ainda não tinha sido divulgado, apesar de pelo menos cinquenta pessoas estarem na sala quando a bomba detonou.

Um comentarista pipocou na tela. Sua total falta de conhecimento sobre o acontecimento não o impediu de chegar à conclusão de que aquilo era trabalho de terroristas islâmicos fundamentalistas.

Logo saberiam a verdade.

— Olhe, doçura, conseguimos!

Charlotte chamou sua filha, que permanecera no quarto, perdida em um livro. (Aquele satânico *Harry Potter*. Charlotte já tinha jogado fora dois deles. Onde será que ela conseguira outro exemplar?)

A garota soltou um suspiro exasperado e voltou ao livro.

Charlotte ficou momentaneamente furiosa. Queria invadir o quarto e esbofetear a garota com a maior força possível. Tinham acabado de alcançar uma vitória espetacular e a menina não mostrava nada mais que falta de respeito. Bud tinha pedido várias vezes para dar uma surra de vara de nogueira na bunda despida da garota. Charlotte havia objetado, mas agora imaginava se não era mesmo uma boa ideia.

Ainda assim, sua raiva esmoreceu quando pensou na vitória do dia. Levantou-se.

— Melhor irmos embora.

Desligou a TV e continuou fazendo a mala. Bud foi até o dormitório para fazer a mesma coisa. Eles dirigiriam até a Filadélfia, onde tomariam um avião de volta a St. Louis — Duncan lhes dissera para evitar os aeroportos de Nova York logo depois. Então voltariam para o sertão do Missouri e entrariam novamente na clandestinidade, esperando a próxima oportunidade para promover sua causa.

Gerald Duncan logo estaria ali. Receberia o resto do dinheiro e também deixaria a cidade. Ela se perguntou se conseguiria convertê-lo à causa. Já tinha conversado com ele sobre a ideia, mas ele não ficara interessado, apesar de dizer que ficaria contente em ajudá-los novamente se tivessem alvos particularmente difíceis e se o dinheiro fosse o bastante.

Uma batida na porta.

Duncan estava bem na hora.

Rindo, Charlotte marchou até a porta e a escancarou.

— Você conseguiu! Eu...

Mas as palavras caíram de sua boca, o sorriso desapareceu. O policial, capacete negro e roupa de combate, empurrou-a para dentro. Com ele estava Amelia Sachs, uma enorme pistola negra nas mãos, rosto furioso, olhar apertando enquanto examinava a sala.

Mais meia dúzia de tiras escoou atrás deles.

— Polícia! Parados, parados!

— Não! — gemeu Charlotte.

Tentou girar mas só conseguiu dar um passo antes de ser violentamente derrubada.

No quarto, Bud Allerton ofegou chocado quando ouviu o grito da mulher, as vozes berrando e as pisadas. Bateu a porta e a trancou, e depois tirou uma pistola automática da pasta, puxou o cursor e colocou um cartucho na câmara.

— Não! — gritou sua enteada, derrubando o livro e correndo para a porta.

— Silêncio — ele sussurrou ferozmente.

Agarrou-a pelo braço. Ela gritou quando ele a jogou na cama. Sua cabeça bateu na parede e ela ficou estonteada. Bud jamais gostara da garota, não gostava de sua atitude, não gostava do seu sarcasmo e sua rebeldia. Crianças eram colocadas na Terra para obedecer — especialmente as garotas — ou sofrem as consequências se não o fizessem.

Ele escutou na porta. Parecia que uma dúzia de policiais estava na sala da suíte. Bud não tinha muito tempo para rezar, mas aqueles com quem Deus fala sentem impulso de comunicar-se com Ele conforme as circunstâncias.

Meu querido Senhor e Salvador Jesus Cristo, obrigado pela glória que nos concedeste, os verdadeiros crentes. Por favor, dê-me forças para terminar com minha vida e apressar minha jornada até Vós. E permita-me mandar para o inferno tantos quanto possa daqueles que vieram até aqui para transgredir contra Vós.

O carregador da pistola tinha 15 balas. Podia levar muitos policiais consigo, se permanecesse resoluto e se Deus lhe desse forças suficientes para ignorar os ferimentos que receberia. Mas ainda assim eles tinham muito poder de fogo. Precisava de alguma vantagem.

Bud voltou-se para sua soluçante enteada, que agarrava a cabeça ensanguentada. Acrescentou uma estrofe à oração, com uma ternura que achou particularmente generosa naquelas circunstâncias.

E quando receberdes essa criança no paraíso, por favor perdoai seus pecados contra Vós. Ela não sabia o que fazia.

Levantou-se, foi até a enteada e a agarrou pelos cabelos.

— Allerton, está aí? — gritou Amelia Sachs para Charlotte, apontando para a porta fechada do quarto.

Ela não disse nada.

— A garota?

No hall, o gerente da portaria indicou em que suíte estavam Charlotte e Bud Allerton, junto com a filha. Tinha bastante certeza de que estavam lá em cima agora. O porteiro reconheceu a fotografia do Relojoeiro e disse que o sujeito estivera ali várias vezes, mas não tinha voltado naquele dia, ao que sabia.

— Onde está Allerton? — insistia Sachs.

Ela queria agarrar a mulher e sacudi-la.

Charlotte permaneceu em silêncio, olhando firme para a detetive.

— Banheiro limpo — anunciou um dos policiais da USE.

— Segundo banheiro limpo.

— Closet limpo — anunciou Ron Pulaski, quase cômico de tão magro, enfiado na volumosa jaqueta à prova de balas e capacete.

Só faltava o quarto com a porta fechada. Sachs aproximou-se, parou do lado e fez sinal para os outros policiais saírem da linha de fogo.

— Você, dentro do quarto, escute! Sou uma policial. Abra a porta!

Nenhuma resposta.

Sachs experimentou a maçaneta. A porta estava destrancada. Respirou fundo, arma levantada.

Ela abriu rapidamente a porta e abaixou-se na posição de combate e tiro. Sachs viu a garota — a mesma que estava no carro de Charlotte na primeira cena do crime do Relojoeiro. As mãos da garota estavam amarradas e fita adesiva tampava sua boca e seu nariz. Sua pele estava azul e ela se debatia na cama, desesperada por oxigênio. Era questão de segundos até ela sufocar.

Ron Pulaski gritou:

— Olhe, a janela está aberta.

Apontando para a janela do quarto disse:

— O sujeito está fugindo.

E avançou.

Sachs o agarrou pela jaqueta blindada.

— O quê? — perguntou.

— Ainda não está segura — retrucou ela; acenou para a sala de estar. — Verifique a escada de incêndio de lá. Veja se ele está lá fora. E seja cuidadoso. Ele pode estar mirando a janela.

O recruta correu até a sala da frente e olhou rapidamente para fora. Avisou:

— Nada. Talvez tenha escapado.

Disse pelo rádio para a USE lá fora verificar o beco atrás do hotel.

Sachs vacilava. Mas não podia esperar mais tempo. Tinha de salvar a garota. Começou a avançar.

Mas parou de pronto. Apesar do horrível sufocamento, a filha de Charlotte enviava-lhe uma mensagem. Ela sacudia a cabeça dizendo não, que Sachs considerou como aviso de que havia uma emboscada. A garota olhou à sua direita, indicando onde Allerton, ou alguém, se escondia, provavelmente esperando para atirar.

Sachs agachou-se.

— Seja lá quem estiver no quarto, jogue fora a arma! Deite-se, rosto para baixo, no meio do quarto! Agora!

Silêncio.

A pobre garota se debatia, olhos saltados.

— Jogue fora a arma agora!

Nada.

Vários policiais da USE tinham subido. Um deles balançava uma granada de luz e som, destinada a desorientar criminosos. Mas as pessoas ainda podiam atirar, mesmo que estivessem ofuscadas e ensurdecidas. Sachs temia que ele atingisse a garota se começasse a disparar indiscriminadamente. Ela balançou a cabeça em negativa para o policial da USE e apontou para o dormitório através da porta. Era preciso atingi-lo logo, a garota não tinha mais tempo.

Mas a garota sacudia a cabeça mais uma vez. Lutava para controlar as convulsões e olhava à direita de Sachs, e depois para baixo.

Mesmo morrendo, ela dirigia os disparos de Sachs.

Sachs ajustou a pontaria que seria muito mais à direita do que ela pretendia. Se disparasse ali, um atirador saberia qual sua posição e possivelmente a atingiria com os disparos de resposta.

A garota assentiu.

Ainda assim, Sachs hesitou. Será que a garota realmente mandava essa mensagem? A criança revelava uma disciplina que poucos adultos podiam exibir, e Sachs não podia ousar interpretá-la mal. O risco de atingir um inocente era muito alto.

Mas então lembrou-se do olhar da garota da primeira vez que a vira, no carro perto do beco da rua Cedar. Ali, vira esperança. Aqui, via coragem.

Sachs apertou firmemente a pistola e disparou seis tiros num padrão circular no lugar onde a garota estava indicando. Sem esperar para ver o que atingira, saltou dentro do quarto, policiais da USE atrás dela.

— Peguem a garota! — gritou, varrendo a área à sua direita, o banheiro e o closet, com sua Glock.

Um soldado da USE cobriu o quarto com sua metralhadora MP-5 enquanto outros policiais arrastavam a garota para a segurança no chão e arrancavam a fita do seu rosto. Sachs escutou o sibilar de sua inalação desesperada, e depois soluços.

Sachs escancarou a porta do closet e saiu de lado enquanto o cadáver de um homem — atingido quatro vezes — caía para a frente. Chutou a arma dele para o lado e examinou o closet e o banheiro, depois — para não correr mais riscos — o boxe do chuveiro, o espaço embaixo da cama e também a escada de incêndio.

Um minuto depois toda a suíte estava segura. Charlotte, rubra de fúria e soluçando, estava sentada, algemada, no sofá, e a garota no saguão recebendo oxigênio dos paramédicos. Não tinha sofrido ferimentos graves, informaram eles.

Charlotte não falava nada sobre o Relojoeiro, e uma busca preliminar dos aposentos não proporcionou nenhuma indicação de onde ele poderia estar. Sachs descobriu um envelope com 250 mil dólares em dinheiro, o que sugeria que ele viria receber seu pagamento. Sachs avisou Sellitto, que estava no térreo, pelo rádio e informou que ele tinha que tirar todos os veículos da polícia e de emergência e preparar uma equipe de apreensão oculta no saguão.

Rhyme estava a caminho em sua van e Sachs ligou para dizer-lhe que usasse a porta traseira. Depois foi ao saguão para ver como estava a garota.

— Como você se sente?

— OK, acho. Meu rosto dói.

— Ah, eles tiraram a fita bem rápido, aposto.

— É, tipo assim.

— Obrigado pelo que você fez. Você salvou vidas. Salvou a *minha* vida.

A garota olhava Sachs com um olhar curioso e depois abaixou o olho. A detetive entregou-lhe o livro do Harry Potter que tinha achado no quarto e perguntou-lhe se sabia algo sobre um sujeito que dizia ser Gerald Duncan.

— Ele é arrepiante. Tá, bem assustador. Olha para você como se você fosse uma pedra, ou um carro ou uma mesa. Não como uma pessoa.

— Tem alguma ideia de onde ele está?

Ela balançou a caneca.

— Só sei que escutei minha mãe dizer que ele alugava um lugar lá pelo Brooklyn. Não sei onde. Ele não diz nada. Mas virá aqui mais tarde para pegar um dinheiro.

Sachs levou Pulaski para o lado e pediu que verificasse todas as ligações de e para os celulares de Charlotte e Bud, assim como as chamadas para o telefone do hotel.

— E que tal o telefone do saguão de entrada também? Quer dizer, o telefone público. E os que estão aqui por perto na rua.

Ela levantou a sobrancelha.

— Boa ideia.

O recruta saiu para cumprir a missão. Sachs pegou um refrigerante e entregou à garota. Ela abriu a lata e bebeu rapidamente a metade. Olhava para Sachs de um modo estranho. Depois deu uma risada.

— Que foi? — perguntou Sachs.

— Você não se lembra mesmo de mim, não é? Já encontrei você antes.

— Perto do beco, terça-feira passada. Correto.

— Não, não. Tipo muito tempo.

Sachs apertou os olhos. Lembrou-se de que *sentira* algum tipo de familiaridade quando vira a garota no carro na primeira cena do crime no beco. E sentia isso ainda mais fortemente agora. Mas não conseguia localizar o lugar onde poderia ter visto a garota antes de terça-feira.

— Receio não me lembrar.

— Você salvou minha vida. Eu era uma garotinha.

— Muito tempo...

Depois Amelia Sachs apertou os olhos, virou-se para a mãe e estudou Charlotte mais de perto.

— Oh, Deus do céu — ofegou.

CAPÍTULO 40

No surrado quarto de hotel, Lincoln Rhyme balançou incrédulo a cabeça quando Sachs contou-lhe o que acabara de saber: que conheceram Charlotte alguns anos antes, quando ela viera para Nova York usando o pseudônimo de Carol Ganz. Ela e a filha, cujo nome era Pammy, foram vítimas no primeiro caso em que Sachs e Rhyme tinham trabalhado juntos — o mesmo sobre o qual estivera pensando antes, o sequestrador obcecado por ossos humanos, um criminoso tão esperto e implacável quanto o Relojoeiro.

Para persegui-lo, Rhyme tinha recrutado Sachs para ser seus olhos, ouvidos e pernas nas cenas de crime e juntos conseguiram resgatar tanto a mulher quanto sua filha — e acabaram descobrindo que ela se chamava realmente Charlotte Willoughby. Era membro de uma milícia de extrema-direita que detestava o governo federal e seu envolvimento nos assuntos mundiais. Depois de serem salvas e reunidas, a mulher conseguiu colocar uma bomba na sede das Nações Unidas em Manhattan. A explosão matou seis pessoas.

Rhyme e Sachs assumiram o caso, mas Charlotte e a garota desapareceram na clandestinidade do movimento, provavelmente no Meio-Oeste ou no Oeste, e finalmente a trilha esfriou.

De vez em quando verificavam no FBI, VICAP e relatórios de polícias locais com algum ângulo sobre milícias ou movimentos políticos direitistas, mas nunca apareceram pistas sobre Charlotte ou Pammy. A preocupação de Sachs para com a garotinha nunca diminuiu entretanto, e às vezes, deitada com Rhyme na cama, à noite, ela se perguntava como a garota estava, e se seria tarde demais para salvá-la. Sachs, que sempre desejara ter filhos, ficava horrorizada com o tipo de vida que a mãe dela provavelmente forçava a garota a levar — escondendo-se, com poucos amigos de sua idade, jamais frequentando escolas normais —, tudo em nome de uma causa odiosa.

E eis que Charlotte, agora com um novo marido, Bud Allerton, regressara à cidade em mais uma missão terrorista, e Rhyme e Sachs mais uma vez se viam entrelaçados em suas vidas.

Charlotte agora fitava Rhyme, os olhos cheios tanto de lágrimas quanto de ódio.

— Você assassinou Bud! Seus malditos fascistas! Mataram ele!

Depois a prisioneira riu friamente.

— Mas nós vencemos! Quantos matamos hoje? Cinquenta pessoas? Setenta e cinco? E quantos chefões do Pentágono?

Sachs inclinou seu rosto para perto do dela.

— Você sabia que havia crianças naquele salão de conferências? Maridos e esposas de soldados? Seus pais? Avós? Você *sabia* disso?

— Claro que sabíamos — disse Charlotte.

— Para você eram apenas sacrifícios, certo?

— Pelo bem maior — respondeu Charlotte.

Isso talvez fosse um slogan que ela e seu grupo recitavam no começo de suas reuniões, ou fosse lá que tipo de encontros eles tivessem.

Rhyme captou o olhar de Sachs e disse:

— Talvez devêssemos mostrar-lhe a carnificina.

Sachs assentiu e ligou a TV.

Uma apresentadora estava na tela. "...um ferimento insignificante. Um policial do esquadrão antibombas que dirigia um robô por controle remoto e tentava desarmar as bombas foi ligeiramente ferido por fragmentos. Foi atendido e liberado. Os danos materiais estão estimados em 500 mil dólares. A despeito das informações iniciais, nem a al-Qaeda nem qualquer outro grupo terrorista islâmico teve envolvimento no atentado. Segundo um porta-voz do Departamento de Polícia de Nova York, uma organização terrorista doméstica foi responsável. Mais uma vez, se está assistindo agora, duas bombas explodiram por volta de meio-dia de hoje no edifício do Departamento de Habitação e Desenvolvimento Urbano em Manhattan mas não houve mortos e apenas um levemente ferido. O subsecretário de Estado e o chefe do Estado-maior conjunto estavam entre as vítimas visadas...

Sachs diminuiu o volume e jogou um olhar irônico na direção de Charlotte.

— Não — disse a mulher, ofegante. — Oh, não... O quê...?

Rhyme disse:

— Obviamente percebemos tudo antes de as bombas explodirem e evacuamos o salão.

Charlotte estava estarrecida.

— Mas... impossível. Não... Os aeroportos foram fechados, os trens...

— Ah, *isso* — disse Rhyme desdenhosamente. — Simplesmente precisávamos conseguir mais tempo. No começo, certo, achei que ele estava roubando o Mecanismo Délfico, mas depois concluí que era apenas dissimulação. Mas isso não queria dizer que ele *não tivesse* feito algo com o relógio do NIST. Então, enquanto descobríamos exatamente o que pretendia, chamamos o prefeito e ele ordenou que os voos e o transporte público fossem suspensos na área.

Você sabe o que acontecerá se apertarmos esse botão...

Ela relanceou o olhar pelo quarto onde seu marido sofrera uma morte tão inútil. Então a ideóloga dentro dela despertou e ela começou a falar monotonamente:

— Vocês nunca nos derrotarão. Podem ganhar uma batalha ou duas. Mas vamos recuperar nosso país. Iremos...

— Ei, pode parar com essa conversa, sacou?

Quem falara era um negro alto e magro que entrava na sala. Era Fred Dellray, agente especial do FBI. Quando soube do ataque terrorista interno, largou o caso de fraude na contabilidade que estava cuidando ("De qualquer modo, me dava sono") e anunciou que seria a ligação federal no caso das bombas no DHDU.

Dellray vestia um terno azul-claro e uma chocante camisa verde por baixo de um sobretudo espinha-de-peixe marrom, modelo mais ou menos de 1975. O gosto de moda do agente era tão atrevido quanto seus modos. Olhou Charlotte de cima a baixo.

— Ora, ora, ora, vejam só o que pescamos.

A mulher o olhou desafiadoramente. Ele riu.

— É uma vergonha você ir para a cadeia por... bem, *para sempre*, e nem conseguiu fazer o que seu coraçãozinho tinha mandado. Que tal se sente chafurdando na poça dos perdedores?

O modo de Dellray se aproximar para interrogar suspeitos era bem diferente do de Kathryn Dance. Rhyme achava que esta não o aprovaria.

Charlotte tinha sido presa por Sachs por acusações criminais estaduais e agora era a vez de Dellray prendê-la por crimes federais — tanto pelo incidente atual quando pelas bombas nas Nações Unidas anos atrás, seu envolvimento no tiroteio em um tribunal federal em San Francisco e outras acusações variadas.

Charlotte disse que sabia de seus direitos e logo começou a recitar outra lição.

Dellray sacudiu o dedo em sua direção.

— Me dê um minutinho, queridinha.

O magrela voltou-se para Rhyme:

— Então, como é que é mesmo essa história, Lincoln? Ouvimos falar "x", ouvimos falar "y", tudo sobre uns rapazes de uniforme azul pegando uma grana que não era deles e depois um sujeito estranho deixando relógios como cartões de visita. Depois vem essa história dos aeroportos fechados e um alerta de segurança prioridade 1 no edifício do DHDU vem interromper minha sesta.

Rhyme detalhou para ele o frenético processo de análise cinésica e forense que levou a perceber o verdadeiro plano do Relojoeiro. Kathryn Dance sugerira que ele mentia sobre sua verdadeira missão em Nova York. Então eles voltaram a examinar as evidências. Algumas delas apontavam para um possível roubo de um raro artefato no Metropolitan Museum.

Mas quanto mais se pensava sobre o caso, menos provável aquilo parecia ser. Rhyme suspeitou de que Duncan tinha inventado a história sobre o pacote não entregue no Met justamente para mantê-los focados no museu. Alguém tão cuidadoso quanto o Relojoeiro não deixaria o rastro que deixou. Ele entregou Vincent, sabendo que o estuprador entregaria a igreja, onde encontraram outros catálogos de museus que se referiam ao Mecanismo. Ele também tinha mencionado isso para Hallerstein e Vincent. Não, ele estava a fim de outra coisa. Mas o quê? Kathryn Dance revisou o interrogatório e decidiu que ele mentia quando disse que escolhera as supostas vítimas simplesmente porque suas localizações permitiam rotas de fuga fáceis.

— O que significava que as escolhera com algum outro objetivo — contou Rhyme a Dellray. — Então, será que tinham algo em comum?

Rhyme lembrara-se de algo que Dance soubera sobre a primeira cena do crime. Ari Cobb dissera que o utilitário originalmente estava estacionado no fundo do beco, mas que depois o Relojoeiro veio mais para a frente para deixar o cadáver.

— Por quê? Uma razão era que precisava colocar a vítima num lugar específico. O que havia perto dali? A porta dos fundos do edifício do Departamento de Habitação e Desenvolvimento Urbano.

Rhyme então conseguiu a lista dos clientes da companhia de instalação onde havia plantado a falsa bomba-extintor de incêndio e soube que forneceram carpetes e ladrilhos para os escritórios do DHDU.

— Mandei nosso recruta até o centro para dar uma olhada. Ele descobriu um edifício perto da rua Cedar que estava em reformas. Os operários tinham passado piche isolante havia uma semana, justo antes da onda de frio. Amostras do piche batiam com o que tínhamos encontrado nos sapatos do criminoso. O telhado era um lugar perfeito para observar o DHDU.

Isso também explicava por que tinha derramado areia no chão na cena do crime e varrido: para ter certeza absoluta de que não encontraríamos vestígios que ajudassem alguém a identificá-lo depois, quando voltasse para montar e armar a bomba.

Rhyme também descobriu que as outras vítimas tinham ligações com o edifício. Lucy Richter estava sendo condecorada lá naquele dia, e tinha os passes especiais e identificações para entrar em todos os lugares do edifício. Ela também tinha o memorando classificado sobre os procedimentos de segurança e procedimentos de evacuação.

Quanto a Joanne Harper, ela faria os arranjos florais para a cerimônia, um bom modo de contrabandear algo para o edifício.

— Uma bomba, calculei. Envolvemos o prefeito e ele contatou a imprensa, suspendeu a divulgação de que estávamos evacuando o DHDU para que os criminosos não desconfiassem. Mas o aparato explodiu antes que o esquadrão antibombas pudesse desarmá-lo. — Rhyme balançou a cabeça. — Simplesmente *odeio* quando boas evidências explodem. Você sabe como é difícil levantar impressões digitais de pedaços de metal que voaram pelo ar a quase mil quilômetros por segundo?

— E como você pegou aqui a Miss Simpatia? — perguntou Dellray, acenando para Charlotte.

Rhyme respondeu depreciativamente:

— Essa foi fácil. Foi descuidada. Se Duncan era falso, então a mulher que o ajudara na primeira cena no beco também era. Nosso recruta tinha recolhido todos os números de placas nas vizinhanças do beco da rua Cedar. O carro que a suposta irmã dirigia era da Avis, alugada para Charlotte Allerton. Conferimos nos hotéis da cidade até descobrirmos.

Dellray sacudiu a cabeça.

— E o seu criminoso? O Sr. Ourives?

— É Relojoeiro — resmungou o criminalista. — E aí é outra história. — Explicou que a filha de Charlotte, Pam, escutara que ele tinha um lugar no Brooklyn mas que não sabia onde era. — Sem outras pistas.

Dellray inclinou-se.

— Onde no Brooklyn? Preciso saber. E agora.

Charlotte respondeu, desafiadora:

— Vocês são patéticos! Todos vocês! São apenas lacaios da burocracia de Washington. Estão vendendo o coração do nosso país e...

Dellray inclinou-se, bem perto do rosto dela. Estalou a língua.

— Hã, hã. Nada de política. Nada de filosofia... Só queremos respostas para as perguntas! Está sacando?

— Foda-se — respondeu Charlotte.

Dellray expirou o ar dos pulmões como se fosse um trompetista. Gemeu:

— Eu *não sou* páreo para esse intelecto.

Rhyme desejava que Kathryn Dance estivesse ali para interrogar a mulher, apesar de achar que levaria muito tempo para extrair alguma informação dela. Aproximou-se com sua cadeira de rodas e disse num sussurro, para que Pam não ouvisse:

— Se você nos ajudar, posso garantir que veja sua filha, de tempos em tempos, na prisão. Se não cooperar, garanto que jamais a verá novamente enquanto viver.

Charlotte olhou para o saguão, onde Pam, sentada numa cadeira, agarrava desafiadoramente seu *Harry Potter*. A garota de cabelos negros era bonita, uma aparência frágil, muito magra. Vestia jeans desbotados e um suéter azul-escuro. A pele ao redor de seus olhos era escura. Ela estalava as unhas dos dedos compulsivamente. A garota parecia carente, de centenas de modos diferentes.

Charlotte deu as costas para Rhyme.

— Então não a verei mais — disse calmamente.

Dellray piscou diante disso, e seu rosto, que geralmente não revelava sentimentos, endureceu com nojo.

O próprio Rhyme não conseguia pensar em nada mais que dizer à mulher.

Foi então que Ron Pulaski chegou correndo. Parou um momento para recuperar o fôlego.

— Que foi? — perguntou Rhyme.

Ele ainda levou um instante até poder responder. Finalmente, informou:

— Os telefones... O Relojoeiro.

— Desembuche logo, Ron.

— Desculpe... — Um longo suspiro. — Não conseguimos rastrear o celular, mas um empregado do hotel a viu, Charlotte, fazendo ligações por volta da meia-noite, todos os dias nos últimos quatro ou cinco dias. Liguei para a telefônica. Consegui o número para o qual ela ligava. Eles o detectaram. É um telefone público no Brooklyn. Neste cruzamento

Entregou uma folha de papel para Sellitto, que transmitiu a informação para Bo Haumann e a USE.

— Bom trabalho — disse Sellitto a Pulaski.

Telefonou para o vice-inspetor da DP onde se localizava o telefone. Policiais começariam a revistar a vizinhança logo que Mel Cooper mandasse as fotos para o vice-inspetor por e-mail.

Rhyme supôs que o Relojoeiro vivesse perto do telefone — isso não surpreenderia o criminalista —, mas meia hora depois já tinham identificação positiva de um patrulheiro, que descobriu vários vizinhos que reconheceram o homem.

Sellitto anotou o número e o transmitiu para Bo Haumann.

Sachs anunciou:

— Ligo do local.

— Espere aí — disse Rhyme, olhando-a. — Por que você não espera aqui desta vez? Deixe Bo cuidar disso.

— O quê?

— Eles tem uma força tática completa lá.

Rhyme pensava na superstição que tiras prestes a sair tinham mais probabilidade de serem mortos ou feridos que os demais. Rhyme não acreditava em superstição. Isso não importava. Ele não queria que ela fosse.

Amelia Sachs pensava a mesma coisa, talvez. Parecia que vacilava. Depois viu-a olhando para Pam Willoughby no corredor. E voltou-se para o criminalista. Seus olhos se encontraram. Ela sorriu levemente e acenou.

Agarrou o casaco de couro e caminhou para a porta.

* * *

Numa vizinhança calma do Brooklyn, uma dúzia de policiais táticos movia-se pela calçada, outros seis aproximavam-se silenciosamente pelo beco atrás de um bangalô decadente.

Era uma vizinhança de casas modestas com pequenos jardins, atualmente cheias de enfeites natalinos. O tamanho minúsculo dos lotes não tinha afetado a capacidade dos proprietários de povoar a área com tantos Papais Noéis, alces e gnomos quanto fosse possível.

Sachs caminhava por uma calçada vagarosamente à frente da equipe de invasão. Comunicava-se por rádio com Rhyme.

— Estamos no local — disse suavemente.

— Qual a situação?

— Limpamos as casas dos dois lados e atrás. Não há ninguém na frente.

Uma horta comunitária ocupava o lote de outro lado da rua. Um espantalho esfarrapado estava no meio do lote minúsculo. Em seu peito um emaranhado de grafitagens.

— Lugar ótimo para um assalto. Estamos... espere aí, Rhyme.

Uma luz tinha apagado em uma das salas da frente. Os policiais a sua volta pararam e agacharam. Ela sussurrou:

— Ele ainda está lá... Vou desligar.

— Vá pegá-lo, Sachs. — Ela escutou uma determinação pouco comum na voz dele. Ela sabia que ele estava preocupado com a possibilidade de o homem escapar. Salvar as pessoas no edifício do DHDU e capturar Charlotte era ótimo. Mas Rhyme não ficaria feliz até ter todos os criminosos algemados.

Mas ele não estava tão determinado quanto Amelia Sachs. Ela queria dar o Relojoeiro para Rhyme, como presente para marcar seu último caso juntos.

Ela mudou a frequência do rádio e falou no microfone tático:

— Detetive 5885 para USE 1.

Bo Haumann, na área de comando um quarteirão atrás, apareceu no rádio:

— Adiante, K.

— Ele está aqui. Acabei de ver uma luz apagar na sala da frente.

— Recebido, equipe B, copiou?

Esses eram os policiais atrás do bangalô.

— Líder da equipe B para USE 1. Copiamos isso. Vamos... Espere. OK, ele está agora no andar de cima. Acabei de ver a luz acender lá. Parece que está no dormitório dos fundos.

— Não suponha que esteja só — disse Sachs.

Pode haver mais alguém do grupo de Charlotte com ele. Ou pode ter conseguido outro parceiro.

— Recebi essa, detetive — respondeu Haumann com sua voz grave. — B e V, o que podem nos dizer?

As equipes de Busca e Vigilância estavam justamente tomando posição no teto do edifício de apartamentos atrás e no jardim do outro lado da casa segura do Relojoeiro, sobre a qual apontavam seus instrumentos.

— B e V 1 para USE 1. Todas as persianas estão fechadas. Não dá para ver nada. Temos calor nos fundos da casa. Mas ele não está andando. Há uma luz no sótão, mas não podemos ver nada... sem janela, apenas uma veneziana.

— O mesmo aqui — B e V 2. Sem visual. Calor em cima, nada no térreo. Ouvi um clique ou dois um segundo atrás, K.

— Arma?

— Pode ser. Ou talvez simplesmente eletrodomésticos ou o aquecedor, K.

O policial da USE ao lado de Sachs espalhou seus policiais com sinais manuais. Ele, Sachs e dois outros se amontoaram na porta da frente, outra equipe de quatro atrás deles. Um estava com o martelo arrombador na mão. Os outros três cobriam as janelas do térreo e do segundo andar.

— Equipe B para 1. Estamos posicionados. Temos uma escada ao lado do quarto aceso nos fundos, K.

— Equipe A posicionada — sussurrou outro policial da USE no rádio.

— Nada de bater na porta — disse Haumann às equipes. — Quando contar três, granadas de luz nos aposentos iluminados. Joguem com força para que quebrem as persianas. Em um, invasão dinâmica e simultânea na frente e atrás. Equipe B, dividam-se e cubram o térreo e o porão. Equipe A, direto para cima. Lembrem-se, o sujeito sabe fazer bombas. Procurem-nas.

— Equipe B, recebido.

— A, recebido.

A despeito do ar gelado, as mãos de Sachs suavam dentro das luvas Nomex apertadas. Ela tirou a da mão direita e soprou nela. Depois fez o mesmo com a esquerda. Ajustou o colete à prova de balas e soltou a cobertura do coldre onde levava seu pente extra de munição. Os outros policiais portavam metralhadoras, mas Sachs nunca usava isso. Preferia a elegância de uma bala bem colocada do que uma chuva de chumbo.

A voz rouca de Haumann começou a contar:

— Seis... cinco... quatro... três...

O barulho de vidro quebrado encheu o ar gelado quando os policiais jogaram as granadas pelas janelas.

Haumann continuou, calmamente:

— Dois... um.

O estalo seco das granadas sacudiu as vidraças e estouros de luz branca encheram momentaneamente a casa. O policial grandalhão com o martelo arrombador aplicou-o na porta da frente. Esta quebrou quase sem resistência e em poucos segundos os policiais se espalhavam pela casa escassamente mobiliada.

Ela começou a escutar as vozes dos outros policiais chamando depois de revistar o porão e os aposentos do térreo.

Um dormitório de cima estava vazio, o segundo também.

Então todos os aposentos foram declarados limpos.

— Em que ele se meteu, porra? — murmurou Sachs.

— É sempre uma aventura, hein? — comentou alguém.

— Caralho de criminoso invisível — disse outro.

Então ela escutou o fone de ouvido:

— B e V 1. Luz no sótão acabou de apagar. Ele está em cima.

No pequeno dormitório dos fundos descobriram um alçapão no teto, uma corda grossa pendurada dele. Uma escada retrátil. Um policial desligou a luz do quarto para dificultar a pontaria dele. Todos ficaram atrás e apontaram armas para o alçapão, enquanto Sachs agarrava a corda e puxava. Um estalo e a coisa desceu, revelando uma escada dobrável.

O líder da equipe gritou:

— Você, aí no sótão. Desça agora... Está me ouvindo? É sua última oportunidade.

Nada.

Ele disse:

— Granada de luz.

Um policial tirou uma do cinturão e assentiu.

O líder da equipe colocou a mão na escada, mas Sachs sacudiu a cabeça.

— Eu pego ele.

— Tem certeza de que quer fazer isso?

Sachs assentiu.

— Só me empreste um capacete.

Ela pegou um, ajustou-o e prendeu.

— Estamos prontos, detetive.

— Vamos lá.

Sachs subiu até quase o final e tirou a granada. Removeu o pino e fechou os olhos para que a luz da granada não a cegasse e também para acostumar seus olhos à escuridão do sótão.

Bom, vamos lá.

Ela jogou a granada no sótão e abaixou a cabeça.

Três segundos depois, a granada detonou. Sachs, abrindo os olhos, subiu o resto da escada e entrou numa pequena área, cheia de neblina de fumaça e cheiro de resíduos do explosivo usado na granada. Ela rolou para longe da abertura, acendendo a lanterna e varrendo a área em círculos enquanto se movia até uma coluna, o único abrigo que conseguiu ver.

Nada à direita, nada no centro, nada...

Foi então que ela sumiu da face da Terra.

O assoalho não era de madeira, como parecia, mas simples papelão aplicado sobre o isolamento. Sua perna direita quebrou o revestimento de gesso do quarto, imobilizando-a. Ela gritou de dor.

— Detetive! — gritou alguém.

Sachs levantou a lanterna e a arma na única direção que podia ver — direto em frente dela. O assassino não estava lá.

O que significava que estava atrás.

Foi nesse instante que a luz do sótão acendeu, quase em cima dela, transformando-a no alvo perfeito.

Sachs pensou em seu pai.

Pensou em Lincoln Rhyme.

Você e eu, Sachs...

E decidiu que não ia ser liquidada sem levar um pedaço dele. Colocou a pistola nos dentes e usou ambas as mãos para sair do buraco, girar e achar um alvo.

Escutou botas na escada quando um policial da USE subia para ajudá-la. Claro, era *por isso* que o Relojoeiro esperava — uma oportunidade de matar mais policiais. Estava usando-a como isca para atrair mais tiras para a morte e esperava escapar no caos.

— Cuidado! — gritou, agarrando a pistola com a mão. — Ele está...

— Onde ele está? — perguntou o líder da equipe A.

O homem estava agachado no alto da escada. Não a tinha entendido — ou ouvido — e subira correndo, seguido por mais dois policiais. Eles examinavam a sala, inclusive a área atrás de Sachs.

Com o coração batendo furiosamente, ela tentava ver por cima do ombro.

— Vocês não o veem? — perguntou. — Ele tem que estar aqui.

— Nada.

Ele e outro policial abaixaram-se e agarraram o colete à prova de balas e a puxaram para fora do gesso. Agachada, ela girou.

O aposento estava vazio.

— Como ele saiu? — perguntou o policial da USE. — Não há portas ou janelas.

Sachs notou algo do outro lado do quarto. Riu com amargura.

— Ele jamais esteve aqui. Nem aqui em cima, nem lá embaixo. Provavelmente deu no pé há horas.

— Mas as luzes. *Alguém* estava ligando e desligando.

— Nada disso. Olhe só. — E apontou para uma pequena caixa bege ligada à caixa de luz. — Ele queria que pensássemos que ainda estava aqui. Dava-lhe mais chance para fugir.

— O que é isso?

— O que mais podia ser? Um temporizador.

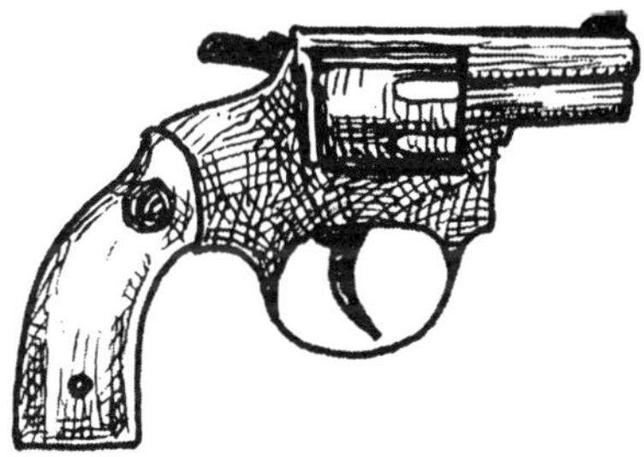

CAPÍTULO 41

Sachs terminou a busca na cena da casa no Brooklyn e mandou as poucas evidências que encontrou para a casa de Rhyme.

Tirou seu macacão Tyvek, colocou o casaco e correu pelo frio cortante até o carro de Sellitto. No assento traseiro sentava-se Pam Willoughby, agarrada em seu *Harry Potter* e bebendo chocolate quente, que o detetive grandalhão filara para ela. Ele ainda estava na casa segura do criminoso, terminando a papelada. Sachs entrou e sentou-se a seu lado. Por sugestão de Kathryn Dance, trouxeram a garota ali para examinar a cena e as posses do Relojoeiro com a esperança de que algo disparasse uma lembrança. Mas o sujeito não tinha deixado muita coisa para trás, e de qualquer modo nada que Pam viu proporcionou mais lembranças sobre ele.

Sorrindo, Sachs examinou a garota, lembrando-se daquela estranha expressão de esperança que vira nela dentro do carro alugado, na primeira cena. A policial disse:

— Pensei muito em você todos esses anos.

— Eu também — disse a garota, olhando para o copo.

— Aonde vocês foram depois de Nova York?

— Voltamos para o Missouri e nos escondemos nos bosques. Mamãe me deixava muito com outras pessoas. A maior parte do tempo ficava sozinha e lia. Realmente não me dava muito bem com ninguém. Para mim, todos pareciam sinistros. Se você não pensasse do jeito deles, que era uma confusão, ficavam falando mal de você.

"Muitos deles defendiam a escola em casa. Mas eu queria mesmo ir para escola pública e pedi muito isso. Bud não queria deixar, mas mamãe finalmente concordou. Mas me disse que se contasse alguma coisa sobre ela e o que fizera, eu iria também para a cadeia como sua assistente... não, cúmplice. E os homens fariam coisas comigo lá. Você sabe o que quero dizer.

— Ah, doçura.

Sachs apertou sua mão. Amelia Sachs queria muito ter filhos e sabia que, de um modo ou de outro, estes estavam em seu futuro. Estava estarrecida por uma mãe ter feito sua filha passar por aquilo.

— E às vezes quando as coisas ficavam mesmo bem ruins, eu pensava em você e fingia que você era minha mãe. Não sabia seu nome. Talvez tivesse escutado naquela época, mas não conseguia me lembrar. Então lhe dei outro: Ártemis. Desse livro que li sobre mitologia. Era uma deusa da caça. Porque você matou aquele cachorro doido, o que me atacou. — Ela olhou para baixo. — É um nome estúpido.

— Não, não, é um nome maravilhoso. Adorei... Você me reconheceu no beco, terça-feira, não foi? Quando você estava no carro?

— Sim. Acho que você estava destinada a estar lá... para me salvar de novo. Você não acha que essas coisas acontecem?

Não, Sachs não achava. Mas disse:

— A vida às vezes faz coisas engraçadas.

Um carro da prefeitura estacionou e uma assistente social conhecida de Sachs desceu e uniu-se a elas.

— Epa — disse a mulher, uma bela afro-americana, esfregando as mãos diante da lufada de ar quente. — Oficialmente ainda nem é inverno. Não é justo. — Ela estivera ajeitando as coisas para a garota e explicou: — Descobrimos um bom casal de pais substitutos. Há um em Riverdale que conheço há anos. Você ficará lá nos próximos dias enquanto vemos se localizamos algum parente seu.

Pammy franziu a testa.

— Posso ter um nome novo?

— Um novo...?

— Não quero mais ser eu. E não quero que minha mãe fale comigo de novo. E não quero que nenhuma dessas pessoas com as quais ela anda me encontre.

Sachs adiantou-se a qualquer resposta que a assistente social fosse dar:

— Vamos assegurar que nada aconteça com você. Prometo.

Pammy abraçou-a.

— Então posso vê-la novamente? — perguntou Sachs.

Tentando conter sua excitação com a notícia, a garota disse:

— Acho que sim. Se você quiser.

— Que tal fazermos compras amanhã?

— Está bem.

— Bom. Está combinado. — Sachs teve uma ideia: — Ei, você gosta de cães?

— Sim, algumas pessoas com quem fiquei em Missouri tinham um. Gostava dele mais do que delas.

Ela telefonou para Thom na casa de Rhyme.

— Uma pergunta...

— Diga.

— Já achou alguém para Jackson?

— Nada. Ele ainda está para ser adotado.

— Pode tirá-lo do mercado — disse Sachs.

Desligou e olhou para Pam.

— Tenho um presente antecipado de Natal para você.

Às vezes até os relógios mais bem projetados simplesmente não funcionam.

Na verdade, os aparelhos são bem frágeis, quando se pensa nisso. Quinhentas, mil peças minúsculas que se movimentam, parafusos e molas quase microscópicos, todos precisamente montados, dúzias de movimentos separados trabalhando em uníssono... Mil coisas podem dar errado. Às vezes o relojoeiro erra no cálculo, às vezes uma minúscula peça de metal está defeituosa, às vezes o proprietário aperta demais a corda. Às vezes deixa cair. A umidade entra por baixo do vidro.

O relógio às vezes também funciona perfeitamente em um meio ambiente, mas não em outro. Até mesmo o famoso Rolex Oyster Perpetual, revolucionário por ter sido o primeiro relógio de luxo para mergulhadores, não suporta pressão ilimitada debaixo da água.

Agora, perto do Central Park, Charles Vespasian Hale estava sentado em seu próprio carro, que dirigira até ali desde San Diego — sem deixar pista alguma, ao pagar a gasolina com dinheiro e evitar os pedágios —, e imaginava o que tinha dado errado com seu plano.

Supunha que a resposta estava com a polícia, especificamente Lincoln Rhyme. Hale fizera todo o possível para antecipar seus movimentos. Mas o antigo tira conseguira chegar sempre um pouquinho na frente dele. Rhyme fizera exatamente o que tinha preocupado Hale — examinou algumas engrenagens e alavancas e a partir delas percebeu como todo o mecanismo de relógio de Hale fora construído.

Teria bastante tempo para considerar o que dera errado e tentar evitar o mesmo problema no futuro. Dirigiria de volta para a Califórnia, partindo imediatamente. Olhou seu rosto no retrovisor. Tinha tingido o cabelo de volta para a cor original e as lentes de contato azul-pálido tinham desaparecido, mas o colágeno, que lhe proporcionara o nariz grosso e as bochechas inchadas, ainda não tinha escorrido de sua pele. E levaria meses até que reconquistasse os 20 quilos que perdera para o trabalho e ele voltasse a ser o que era. Sentia-se pastoso e lerdo depois de todo esse tempo na cidade e precisava voltar novamente para seu ermo montanhoso.

Sim, falhara. Mas, como dissera a Vincent Reynolds, isso não era significativo no grande esquema das coisas. Não estava preocupado com a prisão de Charlotte Allerton. Eles não sabiam nada sobre sua verdadeira identidade (todo o tempo acreditaram que seu nome era Duncan) e o contato inicial entre eles fora feito por intermédio de indivíduos extremamente discretos.

Além do mais, havia na verdade um lado positivo em seu fracasso aqui. Hale tinha aprendido algo que mudara sua vida. Ele criara a persona do Relojoeiro simplesmente porque o personagem parecia assustador e atrairia a atenção do populacho e da polícia, vidrados em criminosos feitos para a TV.

Mas quando entrou no papel, Hale descobriu, para sua surpresa, que esse personagem era a personificação de sua verdadeira personalidade. Desempenhar o papel foi como se estivesse chegando em casa. Realmente tinha se fascinado com relógios e com o tempo. (Também tinha desenvolvido um genuíno interesse pelo Mecanismo Délfico; roubá-lo em algum momento do futuro era uma possibilidade distinta.)

O Relojoeiro...

Charles Hale era simplesmente um relógio. Pode-se usar um relógio para algo alegre como verificar as contrações no nascimento de um bebê. Ou odioso: coordenar o tempo de um ataque para assassinar mulheres e crianças.

O tempo transcende a moral.

Olhou então para o que estava no assento a seu lado, o relógio de bolso Breguet de ouro. Pegou-o com as mãos enluvadas, e deu corda vagarosamente — é sempre melhor dar pouca corda do que exagerar — e cuidadosamente enfiou-o entre as folhas de plástico-bolha dentro de um grande envelope branco.

Fechou a aba com a fita adesiva e ligou o carro.

Não havia pistas claras.

Rhyme, Sellitto, Cooper e Pulaski estavam no laboratório na Central Park West, repassando as poucas coisas que descobriram na casa segura do criminoso no Brooklyn.

Amelia Sachs não estava presente no momento. Ela não anunciara aonde ia. Mas não precisava. Mencionara para Thom que estaria por perto, se precisassem dela — numa reunião na rua 57 com a Sexta Avenida. Rhyme verificara no catálogo telefônico. Era o endereço da sede da Argyle Security.

Rhyme simplesmente não conseguia pensar nisso, e concentrava-se em como continuar a procura pelo Relojoeiro, fosse lá onde ele estivesse.

Trabalhando de trás para a frente, Rhyme construiu um esboço bruto dos acontecimentos. A cerimônia fora anunciada no dia 15 de outubro, de modo que Carol e Bud contataram o Relojoeiro por volta dessa data. Ele viera para Nova York no dia 1º de novembro, data do aluguel da casa segura no Brooklyn. Algumas semanas mais tarde, Amelia Sachs assumira o caso Creeley e, logo depois, Baker e Wallace decidiram mandar matá-la.

— Então eles se engancharam com o Relojoeiro. O que ele nos contou, quando pensávamos que era Duncan? Sobre o encontro deles?

Sellitto disse:

— Simplesmente que alguém do clube os reuniu, o clube onde Baker contatou seu amigo.

— Mas ele mentia. Não havia clube algum... — Rhyme sacudiu a cabeça. — Alguém fez o contato entre eles, alguém que conhece o Relojoeiro, provavelmente alguém da área. Se pudermos descobri-lo, pode haver algumas pistas sólidas. Baker está falando?

— Nada. Nem uma palavra. Ninguém está.

O recruta sacudia a cabeça.

— Essa vai ser difícil. Quero dizer, quantas quadrilhas do crime organizado existem na área metropolitana? Vamos levar uma eternidade para achar qual é a certa. E isso não quer dizer que vão se oferecer para nos ajudar.

O criminalista franziu a testa.

— Do que você está falando? O que uma quadrilha do crime organizado tem a ver com qualquer coisa aqui?

— Bem, simplesmente presumi que alguém com uma conexão com o CO foi quem os reuniu.

— E por quê?

— Baker queria que matassem um tira, certo? Mas não podia fazer isso de uma maneira que atraísse suspeitas sobre ele, então teve que contratar alguém. Procurou alguma conexão com gângsteres, que certamente tem. O gângster não ia simplesmente liquidar um tira e assim pôs Baker em contato com alguém que poderia: o Relojoeiro.

Quando ninguém disse nada, Pulaski corou e olhou para baixo.

— Não sei, foi só um palpite.

— É um palpite bom para cacete, garoto.

— É mesmo?

Rhyme assentiu.

— Nada mau... Vamos ligar para a força-tarefa do CO e ver se algum dedo-duro deles pode nos contar alguma coisa. Ligue também para Dellray... Agora, voltemos às evidências.

Tinham encontrado algumas marcas de fricção na casa segura do Brooklyn, mas nenhuma dessas digitais voltou positiva do sistema IAFIS do FBI, e nenhuma combinava com digitais recolhidas nas cenas anteriores. O aluguel da casa tinha sido feito com outro nome falso e o sujeito tinha informado também um endereço anterior falso. Foi uma transação em dinheiro. Uma pesquisa exaustiva de atividade na internet na vizinhança mostrou que o homem aparentemente tinha se logado ocasionalmente em várias redes próximas. Não havia registros de correio eletrônico, apenas uso de navegadores. O site que ele visitara mais frequentemente era uma livraria que vendia textos de cursos de educação continuada para certas especialidades médicas.

Sellitto disse:

— Merda, talvez outra pessoa já o tenha contratado.

Pode apostar, pensou Rhyme, assentindo.

— Já deve estar mirando outra vítima, ou vítimas. Provavelmente finalizando agora mesmo seu plano. Penso nos danos que pode fazer fingindo ser médico.

E eu o deixei escapar.

Um exame dos resíduos que Sachs havia coletado revelou pouco mais que fibras de lã tosquiada e alguns pedacinhos de material vegetal contendo água salgada evaporada, que resultou não bater com as algas e a água do mar descobertas no barco de Robert Wallace em Long Island.

O vice-inspetor da DP do Brooklyn ligou para informar que outras pesquisas na vizinhança tinham sido inúteis. Meia dúzia de pessoas lembrara ter visto o Relojoeiro, mas ninguém sabia nada a respeito.

Quanto a Charlotte e seu falecido marido, Bud Allerton, os esforços investigativos foram muito mais bem-sucedidos. O casal nem de longe tinha sido tão cuidadoso quanto o Relojoeiro. Sachs descobriu uma grande quantidade de evidências sobre os grupos de milícia clandestina com os quais o casal se relacionava, inclusive um grande, no Missouri, e a infame Assembleia Patriótica no interior do estado de Nova York, com quem Rhyme e Sachs já haviam lidado no passado. Ligações telefônicas, impressões digitais e e-mails dariam ao FBI e à polícia local muitas pistas para seguir.

A campainha tocou e Thom deixou a sala para atender. Um momento depois regressou com uma mulher em uniforme militar. Era Lucy Richter, a quarta "vítima" do Relojoeiro. Rhyme notou que ela estava mais surpresa com o laboratório em sua casa do que com sua deficiência física. Depois lembrou que essa era uma mulher envolvida num tipo de combate onde bombas eram a arma preferida. Sem dúvida já vira membros amputados e paraplégicos de todo tipo. A condição de Rhyme não a desconcertava.

Ela explicou que telefonara havia pouco para Kathryn Dance para dizer que gostaria de falar com os investigadores. A detetive californiana sugeriu que ela ligasse ou passasse na casa de Rhyme.

Thom se animou e ofereceu-lhe café ou chá. Normalmente incomodado com visitantes e relutante em incentivar alguém para que demorasse, desta vez Rhyme, ao contrário, olhou ferozmente para o ajudante.

— Ela pode estar faminta, Thom. Ou desejar algo mais substancial. Uísque, por exemplo.

— Não há como saber o que você quer — disse Thom. — Não sabia que havia uma regra sobre hospitalidade para com membros das Forças Armadas na edição de Rhyme do manual de etiqueta.

— Obrigada, mas nada para mim — disse Lucy. — Não posso demorar. Primeiro, quero lhe agradecer. Por salvar minha vida duas vezes.

— Na verdade — assinalou Sellitto —, da primeira vez você não esteve em perigo. Ele não ia machucar você, aliás, nenhuma de suas vítimas. A segunda vez? Bem, OK, aceito, já que ele queria explodir o salão de conferências em cacos.

— Minha família também estava lá — disse ela. — Não tenho como agradecer o suficiente.

Rhyme sentia-se, como sempre, desconfortável com agradecimentos, mas assentiu, indicando o que achava ser um reconhecimento apropriado.

— A outra razão é que descobri algo que pode ser útil. Andei conversando com meus vizinhos sobre quando ele invadiu. Um homem que vive a três edifícios de distância me contou algo. Disse que ontem estava recebendo uma entrega no fundo do edifício e achou uma corda pendurada no beco, vinda do teto. É possível alcançá-la facilmente do meu telhado. Pensei, talvez, que foi por ali que ele escapou.

— Interessante — disse Rhyme.

— Mas há algo mais. Meu marido deu uma olhada. Bob foi dos SEAL da Marinha por dois anos...

— Marinha? E você é do Exército? — perguntou Pulaski, rindo.

Ela sorriu.

— Nós temos... algumas discussões interessantes de vez em quando. Especialmente durante a época do futebol americano. De qualquer modo, ele olhou a corda e disse que quem a amarrou sabia o que fazia. Era um nó bem raro usado em rapel. Esse nó é pouco conhecido aqui, pois é mais usado na Europa. Ele deve ter alguma experiência em escalada e montanhismo além-mar.

— Ah, um pouco de informação concreta. — Rhyme olhou severo para Pulaski. — Vergonha que a *vítima* tivesse que descobrir a evidência, não acha? Na verdade, isso está na *nossa* descrição de trabalho. — E voltou-se para Lucy: — A corda ainda está lá?

— Sim.

— Ótimo... Você vai ficar na cidade algum tempo? — perguntou Rhyme. — Se o agarrarmos, pode ser que precisemos de você para testemunhar no julgamento.

— Voltarei para o exterior logo. Mas tenho certeza de que posso voltar para o julgamento. Posso conseguir uma licença especial para isso.

— E quanto tempo ficará por lá?

— Realistei-me por mais dois anos.

— Foi mesmo? — perguntou Sellitto.

— Não ia fazer isso. É difícil. Mas decidi voltar.

— Por causa da bomba na cerimônia?

— Não, foi justo antes disso. Eu olhava para as famílias e os outros soldados ali e pensava como é engraçado como a vida coloca você em lugares onde você jamais pensaria. Mas lá está você e fazendo algo de bom e importante e, basicamente, simplesmente me sentia certa. — Ela pegou o casaco. — Se não precisam mais de mim, vou para casa.

Despediram-se e Thom levou-a até a porta.

Quando regressou, Rhyme disse ao ajudante:

— Acrescente isso ao perfil. Escalador de rochas ou montanhista. Possivelmente treinado na Europa.

Para Pulaski, Rhyme disse:

— Arranje alguém da unidade de cena do crime para recolher a corda que você não percebeu da primeira vez...

— Na verdade não fui eu quem fez a busca...

— ...E depois ache um especialista em escalada. Quero saber onde ele pode ter treinado. E processe a corda também. Onde a comprou e quando?

— Sim, senhor.

Quinze minutos depois a campainha tocou novamente e Thom regressou com Kathryn Dance. Os fones de ouvidos brancos do iPod pendurados em seus ombros, ela cumprimentou a todos. Segurava um envelope branco, 20 por 28 centímetros.

— Olá — disse Pulaski.

Como saudação, Rhyme levantou uma sobrancelha.

— Estou a caminho do aeroporto — explicou Dance. — Só queria me despedir. Ah, isto estava na soleira da porta.

Entregou o envelope a Thom.

O ajudante deu uma olhada.

— Sem remetente nem endereço para devolução — disse, franzindo o rosto.

— Vamos pelo seguro — disse Rhyme. — A cesta.

Sellitto pegou o envelope e caminhou até um grande container feito de fitas de aço entrelaçadas, como uma cesta de lavanderia de vime. Colocou o envelope lá e tampou. Como regra, qualquer pacote sem identificação passava pelo cesto de bombas, projetado para dissipar a força de algum dispositivo explosivo improvisado de potência pequena ou média. Lá dentro havia sensores que detectariam qualquer vestígio de nitratos ou outros explosivos comuns.

O computador cheirou os vapores que emanavam do envelope e informou que não era uma bomba.

Vestindo luvas de látex, Cooper retirou-o e o examinou. O envelope tinha uma etiqueta gerada por computador, que dizia apenas *Lincoln Rhyme*.

— Autoadesivo — acrescentou o técnico com uma careta resignada.

Os criminalistas preferem os envelopes antiquados que os criminosos tem que lamber, pois o adesivo era boa fonte de DNA. Cooper acrescentou que conhecia a marca do envelope. Era vendida em lojas por todo o país e virtualmente não identificável.

Rhyme girou mais para perto e, com Dance a seu lado, observou o técnico extrair um relógio de bolso e um bilhete, também produzido por uma impressora de computador.

— É dele — anunciou Cooper.

O envelope estivera na porta por não mais que 15 minutos — o tempo entre a saída de Lucy Richter e a chegada de Dance. Sellitto chamou a Central para mandar alguns carros da 20DP varrer a vizinhança. Cooper enviou por e-mail o retrato falado do Relojoeiro para lá.

— Pesado — disse Cooper.

Pegou lentes de aumento e examinou-o de perto. Continuou:

— Parece antigo, sinais de desgaste... sem gravuras personalizadas.

Pegou um pincel de pelo de camelo e varreu o relógio sobre um folha de papel. O mesmo com o envelope. Nenhum resíduo se deslocou.

— Aqui está a nota, Lincoln.

Ele montou o projetor elevado.

Prezado Sr. Rhyme.

Já terei ido quando receber isto. Já sei, claro, que nenhum dos participantes da conferência foi ferido. Concluí que você previu meus planos. Eu então previ os seus e atrasei minha viagem ao hotel de Charlotte, o que me deu a oportunidade de localizar seus policiais. Suponho que tenha salvado a filha dela. Ela merece mais que aquele casal.

Então, parabéns. Achava que o plano era perfeito. Mas aparentemente estava errado.

O relógio de bolso é um Breguet. É o meu favorito entre os vários relógios com que cruzei. Foi feito no início dos anos 1800 e apresenta um escapamento cilíndrico de rubi, calendário perpétuo e um mecanismo antichoque paraquedas. Espero que aprecie a janela com as fases da lua, à luz de nossas recentes aventuras. Existem poucos exemplares desse relógio no mundo. Dou-lhe este como presente, por respeito. Ninguém jamais impediu-me de completar um trabalho; você é tão bom quanto meus planos. (Diria que é tão bom quanto eu, mas isso não é bem verdade. Afinal, você não me agarrou.) Mantenha a corda do Breguet (mas gentilmente). Ele marcará o tempo até nos encontrarmos novamente.

Um conselho: se eu fosse você, aproveitaria cada um desses segundos.

— O Relojoeiro

Sellitto fez uma careta.

— Que foi? — perguntou Rhyme.

— As ameaças contra você são mais classudas que as contra mim, Linc. Geralmente todos os meus criminosos simplesmente dizem: "Vou matar você." E que diabos é isso? — Apontou para o bilhete. — Um ponto e vírgula? Ele ameaça você e ainda usa ponto e vírgula. Que merda.

Rhyme não riu. Ainda estava furioso com a fuga do sujeito — e furioso também por ele aparentemente não desejar se aposentar.

— Quando você se cansar de fazer piadas ruins, Lon, poderá notar que a gramática e a sintaxe dele são perfeitas. Isso nos diz algo mais sobre ele. Boa educação. Escolas particulares? Educação clássica? Bolsas de estudos? Orador da turma? Coloque isso no quadro, Thom.

Sellitto não se perturbou.

— Porra de ponto e vírgula.

— Achei alguma coisa aqui — disse Cooper, levantando os olhos do computador. — Esse material verde da casa dele no Brooklyn? Tenho quase certeza de que é *Caulerpa taxifolia*. Uma erva venenosa.

— Uma o *quê*?

— É uma planta marinha que se espalha incontrolavelmente. Provoca todo tipo de problemas. Foi banida dos EUA.

— E, se se espalha, presumivelmente pode ser encontrada em qualquer lugar — disse Rhyme irritado. — Inútil como evidência.

— Na verdade, não — explicou Cooper. — Até agora, só foi achada na costa norte-americana do Pacífico.

— Do México ao Canadá?

— Por aí.

Rhyme acrescentou sarcasticamente:

— Isso é virtualmente um endereço, rua e número. Chame a SWAT.

Foi então que Kathryn Dance franziu o rosto.

— Costa Oeste? — E considerou algo por um instante. Depois perguntou:

— Onde está a entrevista com ele?

Mel Cooper achou o arquivo. Apertou o *play* e pela enésima vez observaram o assassino olhar para a câmera e mentir para eles. Dance inclinou-se atentamente. Ela lembrou a Rhyme o modo como ele mesmo examinava evidências.

Ele assistira a entrevista tantas vezes que já estava insensível às palavras; achava que não proporcionava nada mais útil. Mas Dance riu de repente.

— Tenho uma ideia.

— O quê?

— Bem, não posso lhe dar um endereço, mas posso lhe dar um estado. Acho que ele vem da Califórnia. Ou viveu lá algum tempo.

— Por que você acha isso?

Ela pôs a fita para voltar. Depois passou novamente uma parte da entrevista, a parte onde ele falava em dirigir até Long Island para receber o utilitário confiscado.

Dance parou a fita e disse:

— Estudei expressões regionais. As pessoas na Califórnia geralmente se referem às rodovias expressas com o artigo "a". *A* 405 em Los Angeles, por exemplo. Na entrevista ele se refere "à 495" aqui em Nova York. E você ouviu ele dizer *autopista*? Isso também é comum na Califórnia, mais que *via expressa* ou *interestadual*. Que é o que se escuta por aqui na Costa Leste.

Possivelmente útil, pensou Rhyme. Outro tijolo na parede das evidências.

— Para o quadro — disse.

— Quando voltar abrirei uma investigação formal no meu escritório — disse ela. — Colocarei tudo que temos por todo o estado. Vamos ver o que acontece. Muito bem, melhor eu ir... Ah, espero vocês dois na Califórnia logo.

O ajudante olhou para Rhyme.

— Ele precisa viajar mais. Finge que não gosta, mas o fato é que, quando chega em algum lugar, desfruta bem. Pelo menos enquanto houver uísque e algum bom crime para mantê-lo interessado.

— Estamos no norte da Califórnia — disse Dance. — Área do vinho, principalmente, mas não se preocupe, temos bastante crime.

— Veremos — disse Rhyme sem se comprometer. Depois acrescentou: — Mais uma coisa, faça-me um favor?

— Claro.

— Desligue seu celular. Provavelmente ficarei tentado a ligar para você de novo no caminho do aeroporto se aparecer alguma coisa.

— Se não tivesse que voltar para as crianças era capaz de atender.

Sellitto mais uma vez agradeceu a ela e Thom acompanhou-a até a porta.

Rhyme disse:

— Ron, seja útil.

O recruta olhou para os quadros de evidências.

— Já telefonei sobre a corda, se é a isso que se refere.

— Não, *não* é isso que quero dizer — murmurou Rhyme. — Eu disse *útil.*

E acenou para a garrafa de uísque na prateleira do outro lado da sala.

— Ah, claro.

— Ponha duas — resmungou Sellitto. — E não seja pão-duro.

Pulaski serviu o uísque e entregou os dois copos, Cooper não quis. Rhyme disse ao recruta:

— Não esqueça você.

— Ah, estou de uniforme.

Sellitto abafou uma risada.

— Está bem. Talvez um pouquinho.

Serviu-se e bebericou o forte e extremamente caro uísque.

— Gostei — disse, ainda que seus olhos contassem outra história. — Diga, você nunca mistura com um pouco de ginger ale ou Sprite?

CAPÍTULO 42

Antes e Depois.

As pessoas mudam.

Por uma ou outra razão, elas mudam, e "antes" se transforma em "depois".

Lincoln Rhyme escutava essas vozes flutuando em sua cabeça uma e outra vez. Disco quebrado. As pessoas mudam.

Na verdade ele já usara a frase, quando disse à sua esposa que queria o divórcio, pouco depois do acidente. O relacionamento já andava conturbado havia algum tempo e decidiram que, sobrevivesse ou não ao pescoço quebrado, ele seguiria caminho por conta própria e não a ligaria à difícil vida de esposa de aleijado.

Mas naquela época "seguir por sua conta" significava algo muito diferente do que Rhyme enfrentava agora. A vida que construíra nos últimos anos, uma vida precária, estava prestes a mudar muito. O problema, claro, era que, indo para a Argyle Security, Sachs realmente não estava mudando. Estava recuando.

Sellitto e Cooper tinham ido embora e Rhyme estava sozinho com Pulaski no laboratório, estacionado diante da mesa de exames, organizando as evidências no caso dos escândalos da 118DP. Finalmente, confrontados com as evidências, e com o fato de inadvertidamente terem contratado um terrorista doméstico, Baker, Wallace e Henson queriam fazer acordos e entregavam todo mundo envolvido na 118DP. (Mas ninguém dizia nada sobre quem tinha ligado o Relojoeiro a Baker. Compreensível. Simplesmente não se entrega o nome de alguém do alto escalão do CO quando se vai para a mesma penitenciária onde ele podia acabar, graças a seu testemunho.)

Preparando-se para a saída de Sachs, Rhyme concluíra que Ron Pulaski poderia tornar-se um bom tira de cena do crime. Tinha imaginação e inteligência, e era tão determinado quanto Lon Sellitto. Rhyme poderia polir suas asperezas em oito meses ou um ano. Juntos, ele e o recruta processariam cenas de crime, analisariam evidências e achariam criminosos, que iriam para a prisão ou morreriam tentando não ir. O sistema continuaria funcionando. O processo policial era maior que um homem ou uma mulher. Tinha que ser.

Sim, o sistema continuaria funcionando... Mas era impossivelmente duro imaginar esse sistema sem Amelia Sachs.

Bem, foda-se o maldito sentimentalismo, disse Rhyme a si mesmo, e voltou a trabalhar. Olhou para o quadro de evidências. O Relojoeiro estava lá fora, em algum lugar. Vou descobrir onde está. Ele não... vai... conseguir... escapar.

— O quê? — perguntou Pulaski.

— Não disse nada — retrucou Rhyme.

— Sim, falou sim. Eu só não...

E ficou silencioso diante do olhar intimidador de Rhyme.

Voltando às suas tarefas, Pulaski perguntou:

— As notas que encontrei no escritório de Baker? Estão num papel vagabundo. Devo usar ninidrina para levantar as latentes?

Rhyme começou a responder.

Uma voz de mulher disse:

— Não, primeiro tente vapor de iodina. *Depois* ninidrina, *depois* nitrato de prata. Tem de fazer nessa ordem.

Rhyme levantou o olhar e viu Sachs na porta. Colocou uma máscara benigna no rosto. Fazer boa cara diante das más notícias, ele elogiou a si mesmo. Ser *generoso*. Ser *maduro*.

Ela continuou:

— Se não, os produtos químicos podem reagir e arruinar as impressões.

Bem, *isso* é constrangedor, pensou o criminalista com raiva. Olhou para os quadros de evidências entre eles e rugiu como o vento de dezembro lá fora.

— Sinto muito — disse ela.

Era incomum escutar tais palavras por parte dela. A mulher se desculpava quase com tanta frequência quanto Rhyme. O que significava quase nunca.

Rhyme não respondeu. Manteve os olhos fixados nos quadros.

— Realmente, sinto muito.

Irritado com esse sentimento de cartão-postal, ele olhou de lado, franzindo o rosto, mal conseguindo controlar a raiva.

Mas viu que ela não falava com ele.

Os olhos dela estavam fixados em Pulaski.

— Vou dar um jeito de compensar isso para você. Você pode processar a próxima cena. Serei sua copiloto. Ou o próximo par de cenas.

— Como assim? — perguntou o recruta.

— Sei que ouviu dizer que eu estava de saída.

Ele assentiu.

— Mas mudei de ideia

— Não está saindo? — perguntou Pulaski.

— Não.

— Então, sem problema — disse Pulaski. — Não me importo de repartir o trabalho um pouco mais, sabe.

O alívio dele por não ser mais a única formiga diante do microscópio de Lincoln Rhyme claramente se sobrepunha a qualquer desapontamento por ser reduzido novamente à condição de ajudante.

Sachs arrastou uma cadeira e sentou diante de Rhyme.

Ele disse:

— Pensei que você estivesse na Argyle.

— Estava. Para dizer a eles que desistia.

— Posso perguntar a razão disso?

— Recebi um telefonema. De Suzanne Creeley. A esposa de Ben Creeley. Ela agradeceu por eu ter descoberto quem realmente tinha assassinado seu marido. Estava chorando. Disse que simplesmente não conseguia aguentar imaginar que o marido tinha se matado. O assassinato era terrível, mas um suicídio, isso teria minado tudo que passaram juntos por tantos anos.

Sachs sacudiu a cabeça.

— Um laço numa corda e um polegar quebrado... Compreendi o que significa esse trabalho, Rhyme. Não essa merda em que me vi metida, a política, meu pai, Baker e Wallace.... Não é possível ficar complicando as coisas. Ser tira significa descobrir a verdade por trás de um nó e um polegar quebrado. Nada mais que isso.

Você e eu, Sachs...

— Então — perguntou ela, objetiva, enquanto olhava o quadro das evidências —, nosso malfeitor, algo de novo sobre ele?

Rhyme contou a ela sobre o presente que recebera, o Breguet, e depois fez um resumo:

— Escalador de rochas ou montanhas, possivelmente treinado na Europa. Passou algum tempo na Califórnia, perto da praia. E esteve recentemente por lá. Pode ser que viva por lá atualmente. Boa educação. Tem gramática, sintaxe e pontuação corretas. E eu quero repassar todas as engrenagens desse relógio novamente. Afinal, ele é um *relojoeiro*, correto? Isso quer dizer que provavelmente tirou a cobertura para bisbilhotar por dentro. Se houver uma molécula de resíduo, quero saber.

Rhyme apontou para o bilhete do sujeito e disse:

— Ele admite que vigiava o apartamento de Charlotte no momento em que a prendemos. Quero vasculhar todos os possíveis pontos de observação que possa ter usado. Você está convocado para isso, Ron.

— Saquei.

— E não se esqueça do que sabemos sobre ele. Talvez tenha ido embora, talvez não. Tenha certeza de ter sua arma à mão. *Do lado de fora* do Tyvek. Lembre-se...

— Pesquise bem, mas vigie as costas? — perguntou Pulaski.

— Levou um A pela decoreba — disse o criminalista. — Agora, pode ir trabalhar.

IV

12H48 — SEGUNDA-FEIRA

O que, então, é o tempo? Se ninguém me perguntar, eu sei o que é. Se quiser explicar para alguém que me perguntar, não sei mais.

— Santo Agostinho

CAPÍTULO 43

Aquele dia de dezembro não estava particularmente frio, mas o antigo aquecedor da casa de Rhyme tinha ido para o espaço e todos no laboratório do térreo se acotovelavam enfiados em casacos pesados. Nuvens de vapor saíam das bocas a cada respiração, e as extremidades que apareciam estavam vermelhas. Amelia Sachs usava dois suéteres e Pulaski vestia um casaco verde acolchoado no qual estavam pendurados dois bilhetes do elevador de esquis da estação de inverno de Killington, como se fossem medalhas de um soldado veterano.

Um tira esquiador, refletiu Rhyme. Parecia estranho, ainda que não soubesse dizer exatamente a razão. Talvez algo sobre os perigos de se jogar montanha abaixo com uma pistola 9mm carregada embaixo da sua roupinha de coelho.

— Onde está o cara que vem consertar o aquecedor? — perguntou Rhyme ao ajudante.

— Disse que estaria aqui entre 13 e 17 horas.

Thom vestia um casado de tweed, que Rhyme havia lhe dado de presente no Natal passado, e um cachecol de caxemira púrpura escuro, que fora um dos presentes de Sachs.

— Ah, 13 e 17 horas. Uma e cinco. Vou lhe dizer. Ligue para ele e...

— Foi o que ele disse.

— Espere, escute. Ligue para ele e diga que tivemos uma informação sobre um assassino enlouquecido solto na vizinhança dele e que vamos lá pegá-lo entre 13 e 17 horas. Veja se ele vai gostar da história.

— Lincoln — disse o paciente ajudante —, não acho...

— Ele sabe o que nós fazemos aqui? Sabe que estamos aqui para servir e proteger? Ligue e diga-lhe isso.

Pulaski notou que Thom nem se aproximara do telefone. E perguntou:

— Hã, quer que eu faça? A ligação, quero dizer?

Ah, a sinceridade da juventude...

Thom respondeu ao jovem policial:

— Não ligue para ele. É como um cachorro que pula em cima de você. Ignore-o que ele para.

— Um cachorro? — perguntou Rhyme. — *Eu* sou um cachorro. Isso é um tanto irônico, não é, Thom? Já que *você* está mordendo a mão que o alimenta. — Satisfeito com a resposta, acrescentou: — Diga ao mecânico que acho que estou com hipotermia. E acho que estou mesmo, aliás.

— Então você consegue sentir... — disse o recruta, terminando abruptamente a pergunta.

— Sim, eu *posso* me sentir putamente desconfortável, Pulaski.

— Desculpe, não pensava.

— Ei — disse Thom, rindo. — Parabéns!

— Como assim? — perguntou o recruta.

— Você foi promovido para ser chamado pelo sobrenome. Ele começou a achar que você está um degrau acima das lesmas... É assim que ele chama as pessoas de quem realmente gosta. Eu, por exemplo, sou simplesmente Thom. Sempre e para sempre Thom.

— Mas — disse Sachs para o recruta —, se você disser mais uma vez que sente muito, será rebaixado novamente.

A campainha tocou um instante depois e o simplesmente-primeiro-nome Thom foi atender.

Rhyme olhou o relógio. Marcava 13h02. Será que o sujeito de fato chegava na hora?

Mas, claro, esse não era o caso. Era Lon Sellitto, que entrou e começou a tirar o casaco e depois mudou de ideia. Viu seu hálito ondeando para fora da boca.

— Por Deus, Linc, com o que a cidade despeja de dinheiro em cima de você, bem que podia pagar sua conta de aquecimento, sabe. Isso aí é café? Está quente?

Thom serviu-lhe uma xícara e Sellitto agarrou-a com uma das mãos enquanto abria a pasta com a outra.

— Finalmente consegui. — E apontou para o que extraíra, um velho envelope-arquivo “vai e volta”, desfigurado com tinta desbotada e anotações a lápis, muitas das entradas riscadas, prova de anos de reutilização frugal do material de escritório no governo municipal.

— O arquivo Luponte? — perguntou Rhyme.

— Isso aí.

— Eu queria isso semana passada — resmungou o criminalista, nariz ardendo com o frio.

Talvez ele dissesse ao mecânico que lhe pagaria entre um e cinco meses. Olhou para o arquivo.

— Já tinha quase desistido. Sei como você adora lugares-comuns, Lon. Será que a frase "atrasou, pagou" chama sua atenção?

— Não — disse amigavelmente o detetive. — A que estou pensando agora é: "Se você faz um favor e se queixam, fodam-se."

— Essa é boa — reconheceu Lincoln Rhyme.

— De qualquer maneira, você não me disse que nível de classificação o arquivo tinha. Tive que descobrir por conta própria, e precisei do Ron Scott para localizá-lo.

Rhyme olhava para o detetive enquanto este abria o arquivo e o folheava. Sentia uma sensação aguda de inquietação, imaginando o que encontraria ali dentro. Podia ser bom, podia ser devastador.

— Deve haver um relatório oficial. Encontre-o.

Sellitto pesquisou a pasta. Levantou um documento. Na capa havia uma velha etiqueta datilografada que dizia *Anthony C. Luponte, vice-comissário*. A pasta estava selada com uma desbotada peça de fita vermelha que dizia, *Classificado*.

— Devo abrir? — ele perguntou.

Rhyme girou os olhos.

— Linc, diga-me quando o bom humor bater em você, está bem?

— Coloque na armação de virar páginas. Por favor e obrigado.

Sellitto rasgou a fita e entregou o folheto a Thom.

O ajudante montou o relatório num aparelho que parecia um suporte de livro de cozinha, ao qual estava conectada uma armação de borracha que virava as páginas quando comandadas por um pequeno movimento do dedo de Rhyme em seu touchpad com controle eletrônico do mecanismo. Depois começou a folhear o documento, lendo e tentando abafar sua tensão.

— Luponte? — Sachs levantou a cabeça da mesa de evidências.

Mais uma página virada.

— É isso aí.

Ele continuou lendo parágrafo após parágrafo da densa prosa burocrática.

Ora, vamos logo, pensou raivoso. Chegue logo no maldito ponto central.

A mensagem seria boa ou má?

— Alguma coisa sobre o Relojoeiro? — perguntou Sachs.

Até então não haviam aparecido pistas do sujeito, fosse em Nova York ou na Califórnia, onde Kathryn Dance começara sua própria investigação.

Rhyme disse:

— Não tem nada a ver com ele.

Sachs sacudiu a cabeça.

— Mas foi por isso que você o pediu.

— Não, você *supôs* que era por isso que eu pedira.

— Então sobre o que é, algum dos outros casos? — perguntou.

Seu olhar dirigiu-se para os quadros de evidências, que mostravam o progresso de vários casos frios que eles andavam investigando.

— Não esses.

— Então quais?

— Poderei dizer mais rapidamente se não sofrer tantas interrupções.

Sachs suspirou.

Finalmente ele chegou na parte que queria. Fez uma pausa, olhou pela janela para os galhos completamente despidos que povoavam o Central Park. Ele acreditava, do fundo do coração, que o relatório lhe diria o que desejava saber, mas Lincoln Rhyme era um cientista antes de mais nada e não confiava no coração.

A verdade é o único objetivo...

Que verdades aquelas palavras lhe revelariam?

Olhou novamente para a armação e leu rapidamente a passagem. Depois leu de novo.

Depois de um momento, disse a Sachs:

— Quero ler algo para você.

— Está bem. Estou escutando.

Seu dedo direito moveu-se pelo touchpad e as páginas voltaram.

— Isso está na primeira página. Escutando?

— Já disse que sim.

— Bom. "Estas atas são e serão mantidas em segredo. De 18 de junho a 27 de junho de 1974, uma dúzia de policiais da cidade de Nova York foi indiciada por um grande júri por extorquir dinheiro de lojistas e negociantes em Manhattan e no Brooklyn e por aceitar suborno para evitar prosseguir investigações criminais. Adicionalmente, quatro outros policiais foram indiciados por assaltos consequentes a esses atos de extorsão. Esses 12 policiais eram membros do que ficou conhecido como Clube da Avenida 16, nome que se tornou sinônimo dos abomináveis crimes de corrupção policial."

Rhyme ouviu Sachs respirar fundo. Ergueu os olhos e a viu olhando para o arquivo do modo como uma criança olha uma cobra no seu quintal.

Ele continuou a ler:

— "Não há confiança maior do que a que existe entre os cidadãos destes Estados Unidos e os agentes de defesa da lei que estão encarregados de protegê-los. Os policiais do Clube da Avenida 16 promoveram uma indesculpável quebra dessa confiança sagrada e não apenas perpetuaram crimes que deveriam evitar como trouxeram vergonha inestimável sobre seus corajosos e sacrificados irmãos e irmãs uniformizados.

"Consequentemente, eu, prefeito da cidade de Nova York, por meio deste outorgo aos seguintes policiais a Medalha de

Valor por seus esforços para levar esses criminosos à Justiça: patrulheiro Vincent Pazzini, patrulheiro Herman Sachs e o detetive de terceiro grau Lawrence Koepel."

— O quê? — sussurrou Sachs.

Rhyme continuou a ler:

— "Cada um desses policiais arriscou sua vida em várias ocasiões ao trabalhar clandestinamente para proporcionar informações eficazes para identificar os criminosos e reunir evidências para serem usadas em seus julgamentos. Devido à natureza perigosa dessa missão, essas condecorações são apresentadas como procedimento reservado, e esse registro será selado, para segurança desses três corajosos policiais e suas famílias. Mas eles devem ter a certeza de que, ainda que esse elogio por seus esforços não seja publicado, a gratidão da cidade não será menor."

Amelia Sachs olhava fixamente para ele.

— Ele...?

Rhyme apontou para o arquivo.

— Seu pai era da banda boa, Sachs. Foi um dos três que escaparam. Só que não eram criminosos. Trabalhavam para a Assuntos Internos. Ele foi para o Clube da Avenida 16 o que você foi para a gangue do St. James. Só que trabalhava clandestino.

— Como você sabia disso?

— Eu não *sabia*. Lembrei de alguma coisa sobre o relatório Luponte e o julgamento dos corruptos. Não sabia que seu pai estava envolvido. Por isso queria lê-lo.

— Que coisa — disse Sellitto, meio engasgado com um pedaço de bolo de café.

— Continue olhando, Lon. Ainda há mais.

O detetive revistou mais a pasta e descobriu um certificado e uma medalha. Era a Medalha de Valor do DPNY, uma das mais altas condecorações outorgadas pelo departamento. Sellitto entregou-a a Sachs. Os lábios dela se abriram, olhos apertados enquanto lia o documento em pergaminho não emoldurado, que tinha o nome de seu pai. A condecoração balançava entre seus dedos instáveis.

— Ora, que beleza — disse Pulaski, apontando o certificado. — Olhe só todos esses pergaminhos e coisas.

Rhyme apontou para o arquivo no dispositivo de leitura.

— Está tudo aí, Sachs. O controlador dele no Assuntos Internos tinha que assegurar que os demais policiais acreditassem nele. Entregou a seu pai alguns milhares de dólares por mês para espalhar por aí, para que parecesse que ele também participava da extorsão. Ele tinha que ser confiável, já que se alguém achasse que era um informante, poderia ser assassinado, especialmente por Tony Gallante estar envolvido. O DAI iniciou uma investigação falsa em cima dele, para que ele parecesse confiável. Foi esse o caso que abandonaram por insuficiência de provas. Fizeram um arranjo com o pessoal de cena do crime para que os registros da cadeia de custódia se extraviassem.

Sachs abaixou a cabeça. Depois deu uma risadinha.

— Papai sempre foi um tipo humilde. Era o jeito dele. A maior condecoração que recebeu era secreta. Jamais falou nada sobre isso.

— Você pode ler todos os detalhes. Seu pai disse que se usasse um microfone oculto conseguiria todas as informações necessárias sobre Galante e os outros policiais envolvidos. Mas jamais testemunharia no tribunal. Não podia deixar que pairassem ameaças sobre você e sua mãe.

Ela olhava a medalha, que balançava de um lado para o outro, como o pêndulo de um relógio, pensou Rhyme ironicamente.

Finalmente, Lon Sellitto esfregou as mãos.

— Escutem, obrigado pelas boas notícias — resmungou. — Mas agora, que tal darmos o pé daqui e irmos até o Manny's? Eu preciso almoçar. E sabem do que mais? Aposto que lá *eles* pagam a conta do aquecimento.

— Adoraria — disse Rhyme, com uma sinceridade que ele acreditava mascarar sua absoluta falta de desejo de sair e ter que viajar pelas ruas geladas em sua cadeira de rodas. — Mas estou escrevendo uma peça editorial para o *Times*. — Apontou para seu computador. — Além do mais, tenho que esperar o mecânico. — E balançou a cabeça. — Entre uma e cinco.

Thom começou a dizer alguma coisa, sem dúvida para estimular Rhyme a sair de qualquer maneira, mas foi Sachs quem disse:

— Desculpem, tenho outros planos.

Rhyme disse:

— Se envolve gelo e neve, não estou interessado.

Ele supunha que ela e a garota, Pammy Willoughby, planejavam outra saída junto com Jackson, o havanês, adotado pela garota.

Mas a agenda de Amelia Sachs aparentemente era diferente.

— Sim, envolve neve e gelo. — Ela riu e beijou-o na boca. — Mas não envolve você.

— Graças a Deus — disse Lincoln Rhyme, soprando uma corrente de ar congelado na direção do teto e voltando-se para a tela do computador.

— Você.

— Olá, detetive, como está passando? — perguntou Amelia Sachs.

Art Snyder olhava para ela da porta de seu bangalô. Parecia melhor que a última vez que ela o vira, jogado no banco de trás da sua van. Não estava menos zangado, entretanto. Seus olhos vermelhos estavam fixados nela.

Mas quando sua profissão envolve o risco de levar um tiro de vez em quando, alguns olhares irados não significam nada.

— Passei para agradecer.

— Sim, por quê? — Ele segurava uma xícara de café que evidentemente não tinha café. Ela percebeu que uma quantidade de garrafas tinha reaparecido no aparador. Notou também que nenhum dos projetos de reforma tinha progredido.

— Fechamos o caso do St. James.

— Sim, ouvi dizer.

— Está meio frio aqui fora, detetive — disse ela.

— Querido? — chamou uma mulher robusta, de cabelos castanhos curtos e um rosto alegre e animado, da porta da cozinha.

— É só alguém do departamento.

— Bem, convide-a para entrar. Vou fazer café.

— É uma senhora ocupada — disse Snyder, amargurado. — Corre pela cidade toda, fazendo todo o tipo de coisas, fazendo perguntas. Provavelmente não pode ficar.

— Estou com o rabo gelando aqui fora.

— Art! Convide-a para entrar.

Ele suspirou, voltou-se e entrou, deixando que Sachs o seguisse e fechasse ela mesma a porta. Ela deixou o casaco numa cadeira.

A esposa de Snyder reuniu-se a eles. As mulheres apertaram as mãos.

— Dê-lhe a cadeira confortável, Art — repreendeu.

Sachs sentou-se na poltrona reclinável, Snyder no sofá, que gemeu com seu peso. Deixou alto o volume da TV, que exibia um frenético jogo de basquete em alta definição.

Sua esposa trouxe duas xícaras de café.

— Para mim, nada — disse Snyder, olhando para a xícara.

— Já servi. Quer que jogue fora? Desperdiçar bom café?

Ela deixou a xícara na mesa a seu lado e voltou para a cozinha, onde fritava alho.

Sachs tomou um gole do café forte, silenciosamente. Snyder continuava olhando a ESPN. Seu olhar seguiu uma jogada desde o lançamento até a linha de três pontos; seus punhos se fecharam quando a bola rebateu.

Entrou um comercial na TV. Ele mudou para um canal de jogo de pôquer de celebridades.

Sachs lembrou-se do que Kathryn Dance mencionara sobre o poder do silêncio para fazer alguém falar. Ficou sentada, bebericando café, olhando para ele, sem falar nada.

Finalmente, irritado, Snyder perguntou:

— A coisa lá no St. James?

— Hã, hã.

— Li que Dennis Baker estava por trás de tudo. E o vice-prefeito.

— Sim.

— Encontrei Baker algumas vezes. Parecia legal. Ele estar mordendo grana me surpreendeu. — Um traço de preocupação cruzou o rosto de Snyder. — Homicídios também? Sarkowski e aquele outro sujeito?

Ela assentiu.

— E um atentado.

Mas não disse que ela mesma era a vítima em potencial.

Ele sacudiu a cabeça.

— Dinheiro é uma coisa. Mas apagar pessoas... esse é um jogo barra-pesada.

Amém.

Snyder perguntou:

— Um dos criminosos era o sujeito sobre o qual lhe falei? Que tinha um lugar em Maryland ou algo assim?

Ela compreendeu que ele merecia algum crédito.

— Era Wallace. Mas não era um lugar. Era uma coisa.

Sachs explicou sobre o barco de Wallace.

Ele deu uma risada amarga.

— Não diga. O *Maryland Monroe*? É de mijar de rir.

— Poderia não ter resolvido o caso se você não tivesse ajudado — disse Sachs.

Snyder teve um milissegundo de satisfação. Depois lembrou-se de que estava com raiva. Fez questão de se levantar, com um suspiro, e encher a xícara com mais uísque. Sentou-se novamente. O café continuava intocado. Ele continuou mudando os canais da televisão.

— Posso lhe perguntar uma coisa?

— Posso impedir você? — murmurou ele.

— Você disse que conhecia meu pai. Não há mais muitas pessoas por aqui que o conheciam. Só queria lhe perguntar sobre ele.

— O Clube da Avenida 16?

— Não. Não quero saber disso.

— Ele teve sorte por conseguir escapar.

— Às vezes se consegue esquivar da bala.

— Pelo menos ele limpou a barra depois. Soube que nunca mais teve problemas depois daquilo.

— Você disse que trabalhou com ele. Ele não conversava muito sobre o trabalho. Sempre me perguntei como eram as coisas naquela época. Acho que quero escrever um pouco sobre isso.

— Para os netos dele?

— É por aí.

Relutante, Snyder disse:

— Nunca fomos parceiros.

— Mas você o conhecia?

Uma hesitação.

— Sim.

— Então me conte: como é a história sobre aquele comandante... o maluco? Sempre quis saber desse caso.

— *Qual* maluco? — zombou Snyder. — Havia um monte.

— O tal que mandou a equipe tática para o apartamento errado.

— Oh, Carruthers?

— Acho que era ele. Papai era um dos portáteis que manteve o sequestrador no lugar até a chegada da USE no lugar certo.

— Sim, sim. Eu estava nessa. Que babaca, esse Carruthers. O idiota... Graças a Deus ninguém se feriu. Oh, e isso foi no mesmo dia em que ele esqueceu as pilhas do megafone... Outra coisa sobre ele: mandava engraxar suas botas. Mandava os recrutas fazerem isso, sabe. E depois dava tipo um níquel de gorjeta. Sabe, já isso de dar gorjetas para os uniformizados é maluquice. Mas, além disso, só cinco centavos, porra?

O volume da TV baixou um pouco. Snyder riu.

— Ei, quer ouvir uma história?

— Claro que sim.

— Bem, seu pai, eu e um bando de nós, de folga, íamos ao Garden, ver uma luta ou jogo ou sei lá o quê. E o guri chega com uma atiradeira... sabe o que é isso?

Ela sabia. Mas disse que não.

— É tipo uma arma caseira. Tem um único cartucho .22. E esse pobre coitado tenta nos assaltar, pode acreditar? Aponta para nós bem no meio da rua 34. Estávamos entregando as carteiras. Então seu pai deixa cair a dele, por acaso ou de propósito, sabe do que estou falando? E o fedelho se abaixa para pegar. Quando levanta, se caga todo... olhando direto para o cano de nossas peças, quatro Smiths, engatilhados e prontos para descarregar. A cara do fedelho... Aí ele diz: "Acho que hoje não é o meu dia." Não é mesmo clássico? "Acho que hoje não é o meu dia." Cara, rimos a noite inteira com essa história... — Seu rosto se abriu num sorriso. — Oh, e outra coisa...

Enquanto ele falava, Sachs assentia e o encorajava. Na verdade, ela conhecia muitas dessas histórias. Herman Sachs não deixava de conversar com a filha sobre seu trabalho. Passavam horas na garagem, trabalhando na transmissão ou na bomba de combustível, enquanto as histórias de vida dos tiras corriam soltas, plantando as sementes de seu próprio futuro.

Mas é claro que ela não estava ali para conhecer histórias familiares. Não, era simplesmente um chamado para atender um pedido de policial-precisa-de-ajuda, um 10-13 do coração. Sachs decidira que o ex-detetive Art Snyder não iria para o ralo. Se ele supunha que seus amigos não queriam vê-lo porque tinha ajudado a ferrar a gangue do St. James, então ela o ligaria com muitos outros tipos que conversariam com ele; ela mesma, Sellitto, Rhyme e Ron Pulaski, Fred Dellray, Roland Bell, Nancy Simpson, Frank Rettig e dúzias mais de outros.

Ela fez mais perguntas e ele respondeu, às vezes impaciente, às vezes irritado, às vezes distraído, mas sempre falando alguma coisa. Snyder levantou um par de vezes para encher a xícara de bebida e frequentemente olhava para o relógio e depois para ela, como se perguntasse: Você não tem que ir embora?

Mas ela simplesmente se sentava confortavelmente na cadeira de reclinar, fazia suas perguntas e até mesmo contava algumas de suas histórias de combate. Amelia Sachs não ia a lugar algum, tinha todo o tempo do mundo.

NOTA DO AUTOR

Autores são bons na mesma medida que o sejam os amigos e colegas à sua volta, e tenho muita sorte de conviver com um conjunto maravilhoso: Will e Tina Anderson, Alex Bonham, Louise Burke, Robby Burroughs, Britt Carlson, Jane Dabis, Julie Reece Deaver, John Gilstrap, Cathy Gleason, Jamie Hodder-Williams, Kate Howard, Emma Longhurts, Diana Mackay, Joshua Martino, Carolyn Mays, Tara Parsons, Seba Pezzani, Carolyn Reidy, Ornella Rubbiati, David Rosenthal, Marysue Rucce, Deborah Schneider, Vivienne Schuster, Brigitte Smith, Kevin Smith e Alexis Taines.

Gratidão especial, como sempre, para Madelyn Warcholik.

Os interessados nos assuntos de fabricação e coleção de relógios desfrutarão do compacto e lírico *Marking Time*, de Michael Korda.

títulos da **COLEÇÃO NEGRA**

ESSA MALDITA FARINHA
Rubens Figueiredo

MISTÉRIO À AMERICANA
org. de Donald E. Westlake

BANDIDOS
Elmore Leonard

PERVERSÃO NA CIDADE DO JAZZ
James Lee Burke

NOTURNOS DE HOLLYWOOD
James Ellroy

VIÚVAS
Ed McBain

MODELO PARA MORRER
Flávio Moreira da Costa

VIOLETAS DE MARÇO
Philip Kerr

O HOMEM SOB A TERRA
Ross Macdonald

O COLECIONADOR DE OSSOS
Jeffery Deaver

A FORMA DA ÁGUA
Andrea Camilleri

O CÃO DE TERRACOTA
Andrea Camilleri

A REGIÃO SUBMERSA
Tabajara Ruas

DÁLIA NEGRA
James Ellroy

O EXECUTANTE
Rubem Mauro Machado

SOB MINHA PELE
Sarah Dunant

A MANEIRA NEGRA
Rafael Cardoso

CIDADE CORROMPIDA
Ross Macdonald

O LADRÃO DE MERENDAS
Andrea Camilleri

ASSASSINO BRANCO
Philip Kerr

A VOZ DO VIOLINO
Andrea Camilleri

AS PÉROLAS PEREGRINAS
Manuel de Lope

A SOMBRA MATERNA
Melodie Johnson Howe

A CADEIRA VAZIA
Jeffery Deaver

OS VINHEDOS DE SALOMÃO
Jonathan Latimer

RÉQUIEM ALEMÃO
Philip Kerr

CADILLAC K.K.K.
James Lee Burke

UMA MORTE EM VERMELHO
Walter Mosley

UM MÊS COM MONTALBANO
Andrea Camilleri

METRÓPOLE DO MEDO
Ed McBain

A LÁGRIMA DO DIABO
Jeffery Deaver

SEMPRE EM DESVANTAGEM
Walter Mosley

O VÔO DAS CEGONHAS
Jean-Christophe Grangé

O CORAÇÃO DA FLORESTA
James Lee Burke

DOIS ASSASSINATOS EM MINHA VIDA DUPLA
Josef Skvorecky

O VÔO DOS ANJOS
Michael Connelly

CAOS TOTAL
Jean-Claude Izzo

EXCURSÃO A TÍNDARI
Andrea Camilleri

NOSSA SENHORA DA SOLIDÃO
Marcela Serrano

SANGUE NA LUA
James Ellroy

FERROVIA DO CREPÚSCULO
James Lee Burke

MISTÉRIO À AMERICANA 2
org. de Lawrence Block

A ÚLTIMA DANÇA
Ed McBain

O CHEIRO DA NOITE
Andrea Camilleri

UMA VOLTA COM O CACHORRO
Walter Mosley

MAIS ESCURO QUE A NOITE
Michael Connelly

TELA ESCURA
Davide Ferrario

POR CAUSA DA NOITE
James Ellroy

GRANA, GRANA, GRANA
Ed McBain

NA COMPANHIA DE ESTRANHOS
Robert Wilson

RÉQUIEM EM LOS ANGELES
Robert Crais

ALVO VIRTUAL
Denise Danks

O MORRO DO SUICÍDIO
James Ellroy

SEMPRE CARO
Marcello Fois

REFÉM
Robert Crais

CIDADE DOS OSSOS
Michael Connelly

O OUTRO MUNDO
Marcello Fois

MUNDOS SUJOS
José Latour

DISSOLUÇÃO
C.J. Sansom

CHAMADA PERDIDA
Michael Connelly

GUINADA NA VIDA
Andrea Camilleri

SANGUE DO CÉU
Marcello Fois

PERTO DE CASA
Peter Robinson

LUZ PERDIDA
Michael Connelly

DUPLO HOMICÍDIO
Jonathan e Faye Kellerman

ESPINHEIRO
Thomas Ross

CORRENTEZAS DA MALDADE
Michael Connely

BRINCANDO COM FOGO
Peter Robinson

FOGO NEGRO
C. J. Sansom

A LEI DO CÃO
Don Wislow

MULHERES PERIGOSAS
org. de Otto Penzler

CAMARADAS EM MIAMI
José Latour

O LIVRO DO ASSASSINO
Jonathan Kellerman

MORTE PROIBIDA
Michael Connelly

A LUA DE PAPEL
Andrea Camilleri

ANJOS DE PEDRA
Stuart Archer Cohen

CASO ESTRANHO
Peter Robinson

UM CORAÇÃO FRIO
Jonathan Kellerman

O POETA
Michael Connelly

A FÊMEA DA ESPÉCIE
Joyce Carol Oates

A CIDADE DOS VIDROS
Arnaldur Indridason

O VÔO DE SEXTA-FEIRA
Martin W. Brock

A 37ª HORA
Jodi Compton

CONGELADO
Lindsay Ashford

A PRIMEIRA INVESTIGAÇÃO DE MONTALBANO Andrea Camilleri

SOBERANO
C. J. Sansom

TERAPIA
Jonathan Kellerman

A HORA DA MORTE
Petros Markaris

PEDAÇO DO MEU CORAÇÃO
Peter Robinson

O DETETIVE SENTIMENTAL
Tabajara Ruas

DIVISÃO HOLLYWOOD
Josheph Wambaugh

UM DO OUTRO
Philip Kerr

GARGANTA VERMELHA
Jo Nesbø

SANGUE ESTRANHO
Lindsay Ashford

PILOTO DE FUGA
Andrew Vachss

CARNE E SANGUE
John Harvey

IRA
Jonathan Kellerman

CASA DA DOR
Jo Nesbø

O MEDO DE MONTALBANO
Andrea Camilleri

O QUE OS MORTOS SABEM
Laura Lippman

UM TÚMULO EM GAZA
Matt Rees

EM RISCO
Stella Rimington

Este livro foi composto na tipologia Chaparral Pro,
em corpo 11,3/15,4, e impresso em papel off-white 80g/m²,
no Sistema Cameron da Divisão Gráfica
da Distribuidora Record.